MITTER

KNAUR
SCIENCE FICTION FANTASY

Herausgeber
Werner Fuchs

Die Suche war vorbei, das Auge Aldurs gefunden. Und mit der Krönung Garions war wieder ein Nachkomme Rivas Herrscher aller Völker des Westens.
Aber die Prophezeiung war noch nicht erfüllt. Im Osten erwachte der böse Gott Torak und trachtete nach Vergeltung. Garion mußte sich ihm stellen und ihn töten oder getötet werden. Von diesem Duell hing das Schicksal der ganzen Welt ab. Und zusammen mit seinem Großvater, dem uralten Zauberer Belgarath, machte sich Garion zur Stadt der Endlosen Nacht auf, wo ihn Torak erwartete. Im Süden führte Prinzessin Ce'Nedra die Heere des Westens gegen die Anhänger Toraks ins Feld und hoffte, sie von dem Mann ablenken zu können, den sie liebte.
Die Prophezeiung trieb Garion voran, aber sie beantwortete nicht die eine bohrende Frage: Wie kann ein Mensch einen unsterblichen Gott töten...

David Eddings wurde 1931 in Spokane, Washington, geboren. Sein erstes Buch, der Abenteuerroman »High Hunt«, wurde 1973 veröffentlicht. Mit dem fünfbändigen Fantasy-Zyklus »Das Auge Aldurs« schuf er ein Epos, das in den USA und Großbritannien großes Aufsehen erregte und in die Bestsellerlisten vordrang. Kritiker bescheinigten dieser Serie eine ähnliche Grandeur, wie sie auch von Tolkiens »Der Herr der Ringe« ausgeht.

Die vorangegangen Titel in der großen Saga
von der Suche nach dem Auge Aldurs sind:

Band 1: *»Die Prophezeiung des Bauern«* (Band 5785)
Band 2: *»Die Zaubermacht der Dame«* (Band 5792)
Band 3: *»Gambit der Magier«* (Band 5817)
Band 4: *»Turm der Hexerei«* (Band 5818)

Deutsche Erstausgabe

Titel der Originalausgabe »Book Five of the Belgariad – Enchanters End Game«

Umschlaggestaltung Franz Wöllzenmüller
Umschlagillustration Clyde Caldwell
Satz Compusatz, München
Druck und Bindung Ebner Ulm
ISBN 3-426-05819-7

David Eddings

Verwunschenes Endspiel

Fantasy-Roman

Deutsche Erstausgabe

Aus dem Amerikanischen von Irmhild Hübner

Knaur

ISBN 3-426-05819-7 1280

Für Leigh, meine geliebte Frau, deren Hände und Gedanken jede Seite berührt haben, und die mir bei dieser Arbeit beigestanden hat, wie sie mir in all meinem Tun beisteht.

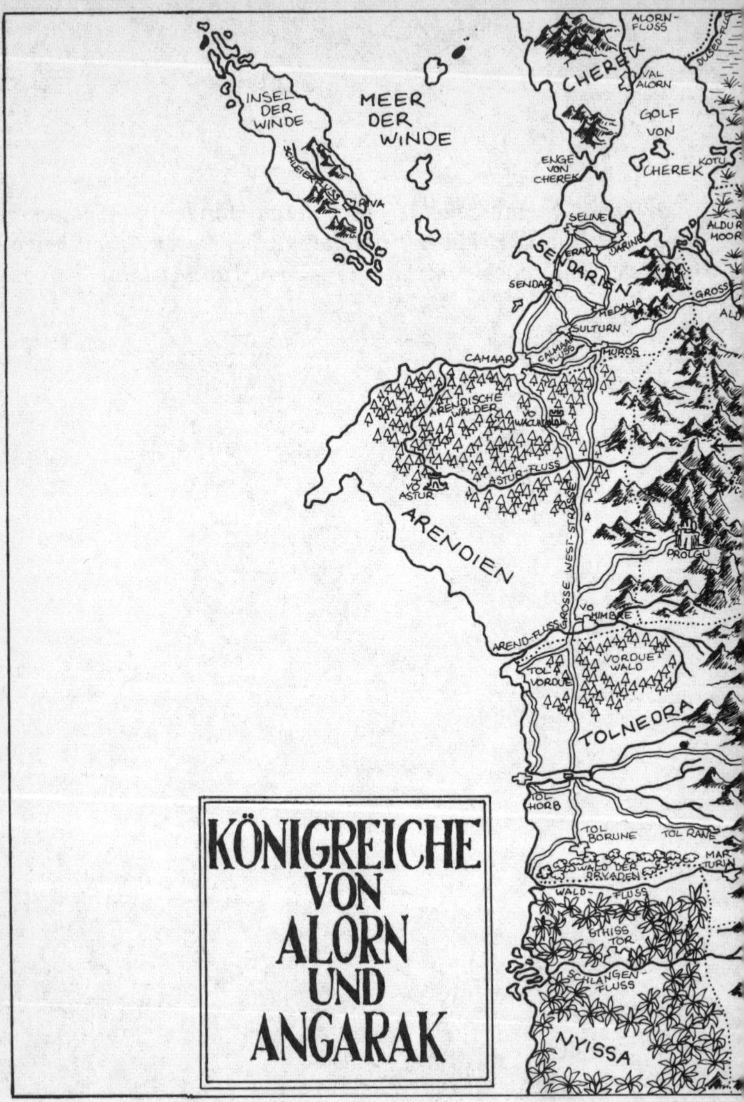
KÖNIGREICHE VON ALORN UND ANGARAK
INSEL DER WINDE
MEER DER WINDE
SCHLEIER-FLUSS
RIVA
ALORN-FLUSS
CHEREK
VAL ALORN
GOLF VON CHEREK
ENGE VON CHEREK
KOTU
ALDUR MOOR
SELINE
SENDARIEN
JARINE
SENDAR
MEDALIA
SULTURN
CAMAAR
CAMAAR-FLUSS
MUROS
ARENDISCHE WÄLDER
VO WACUNE
ASTUR-FLUSS
VO ASTUR
ARENDIEN
GROSSE WEST-STRASSE
PROLGU
VO MIMBRE
AREND-FLUSS
TOL VORDUE
VORDUE WALD
TOLNEDRA
TOL HORB
TOL BORUNE
TOL RANE
MAR TURIN
WALD DER DRYADEN
WALD-FLUSS
STHISS TOR
SCHLANGEN-FLUSS
NYISSA

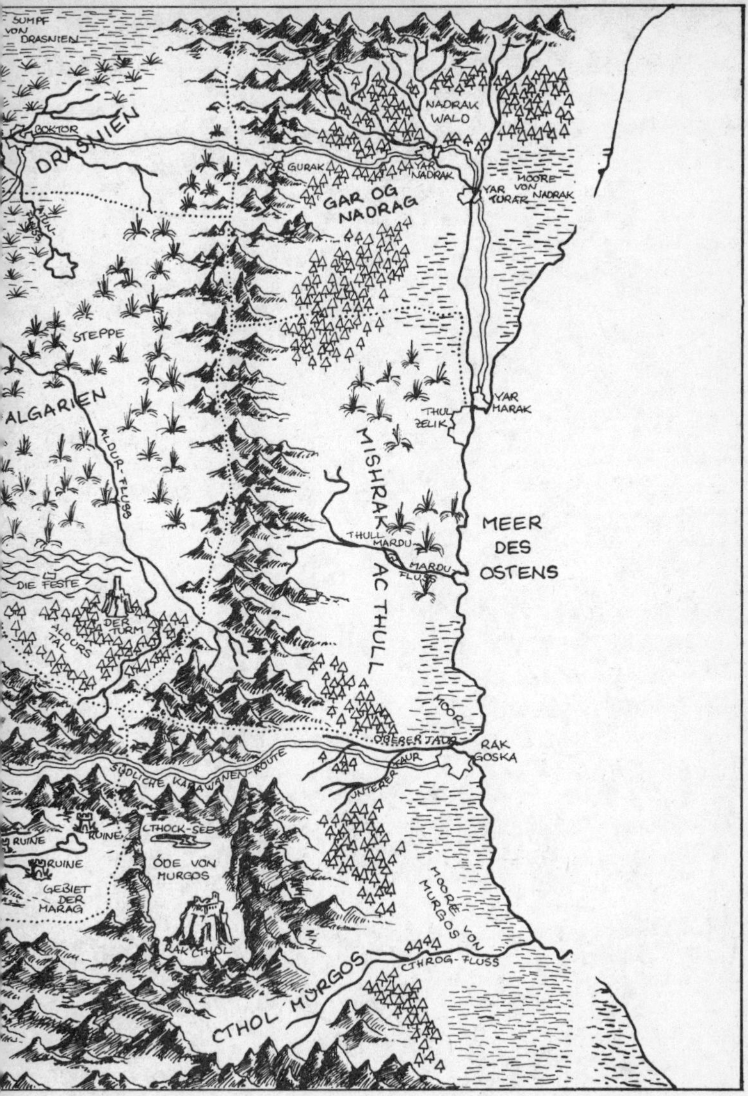
SUMPF VON DRASNIEN
BOKTOR
DRASNIEN
GURAK
YAR NADRAK
NADRAK WALD
MOORE VON NADRAK
YAR TURAK
GAR OG NADRAG
STEPPE
ALGARIEN
ALDUR-FLUSS
YAR MARAK
THULL ZELIK
MISHRAK AC THULL
THULL MARDU
MARDU FLUSS
MEER DES OSTENS
DIE FESTE
DER TURM
ALDURS TAL
MOOR
OBERER TAUR
RAK GOSKA
SÜDLICHE KARAWANEN-ROUTE
UNTERER TAUR
CTHOCK-SEE
RUINE
RUINE
RUINE
ÖDE VON MURGOS
GEBIET DER MARAG
MOORE VON MURGOS
RAK CTHOL
CTHOL MURGOS
CTHROG-FLUSS

PROLOG

Ein Bericht über die Anfänge – und das Ende.
Auszüge aus dem *Buch Torak**

Hört mich, Ihr Angaraks, denn ich bin Torak, Herr der Herren und König der Könige. Verneigt Euch vor meinem Namen, betet mich an und bringt mir Opfer dar, denn ich bin Euer Gott und herrsche über alle Reiche Angaraks. Und mein Zorn wird furchtbar sein, wenn Ihr mein Mißfallen erregt.
Ich war, ehe die Welt erschaffen wurde. Ich werde sein, wenn die Berge wieder zu Sand geworden sind, wenn die Meere zu stehenden Tümpeln geschrumpft und die Welt vergangen sein wird. Denn ich war vor Anbeginn der Zeit und werde nach ihr sein.
Aus den zeitlosen Reichen der Unendlichkeit habe ich in die Zukunft geblickt. Und ich wurde gewahr, daß es zwei Schicksale gab, die durch die endlosen Pfade der Ewigkeit aufeinander zusteuern. Jedes Schicksal ist absolut, und in der letzten Begegnung soll alles, was getrennt war, wieder vereint werden. In diesem Augenblick soll alles, was war, alles, was ist, und alles, was sein wird, zu einem Sinn vereint werden.
Und aufgrund dieser Vision brachte ich meine sechs Brüder dazu, sich die Hände zu reichen, um alles zu erschaffen, was ist, und so die Erfordernisse der beiden Schicksale zu erfüllen. Wir haben den Mond und die Sonne auf ihre Bahnen gesetzt und diese Welt erschaffen. Wir bedeckten die Welt mit Wäldern

---

*) Anm. d. Hrsg.: Diese Version, die aus dem *Buch Torak* stammen soll, ist eine von mehreren, die unter den Nadraks verbreitet war. Da nur die höchsten Grolims Zugang zu offiziellen Abschriften des Werks hatten, kann nicht mit Sicherheit behauptet werden, daß diese Version authentisch ist, wenn auch inhaltliche Beweise dies weitgehend nahelegen. Die Bibliothek König Anhegs von Cherek soll eine echte Abschrift enthalten, diese stand jedoch nicht für einen Vergleich zur Verfügung.

und Gräsern und schufen Tiere, Vögel und Fische, um das Land, das Wasser und die Luft mit Leben zu füllen.
Aber unser Vater empfand keine Freude bei unserem Tun, das ich verursacht hatte. Er wandte sich ab von unserem Werk, um über das Absolute zu sinnen. Allein ging ich in die Berge von Korim, die nicht mehr sind und rief ihn an, er möge annehmen, was ich getan hatte. Aber er wies mein Werk zurück und wandte sich von mir ab. Da verhärtete sich mein Herz gegen ihn, und ich verließ jenen Ort, von nun an für alle Zeiten vaterlos.
Wieder hielt ich Rat mit meinen Brüdern, und wir reichten uns die Hände und erschufen den Menschen als Werkzeug unseres Willens. Wir schufen die Menschen in vielen Völkern. Und jedes Volk sollte einen von uns wählen, der sein Gott sein sollte. Und die Völker wählten uns, und einzig Aldur wurde von keinem Volk gewählt, denn er war immer eigensinnig und unzufrieden, so daß wir ihm nicht die Herrschaft übertrugen. Dann zog Aldur sich von uns zurück und versuchte, unsere Diener mit Zaubersprüchen von uns fortzulocken. Aber es gab nur wenige, die ihm folgten.
Meine Völker nannten sich Angaraks. Ich war zufrieden mit ihnen und führte sie in die Berge von Korim, die nicht mehr sind. Dort enthüllte ich ihnen die Gründe, warum ich die Welt ins Leben gerufen hatte.
Sie verehrten mich mit Gebeten und brachten mir Brandopfer dar. Ich segnete sie, und sie gediehen und vermehrten sich. In ihrer Dankbarkeit errichteten sie mir einen Altar, auf dem sie mir die schönsten Mädchen und ihre tapfersten Jünglinge opferten. Und ich war erfreut und segnete sie wieder, so daß sie über alle anderen Völker gediehen und ihre Zahl unermeßlich wurde.
Da war das Herz Aldurs voller Neid für die Verehrung, die mir zuteil wurde, und Haß wuchs in ihm gegen mich. In den Tiefen seiner Seele verschwor er sich gegen mich, und er nahm einen Stein und hauchte ihm Leben ein, daß dieser mein Ziel zerstören sollte. Und mit diesem Stein suchte er Herrschaft über mich zu gewinnen. Deshalb wurde Cthrag Yaska geschaffen. Und ewige

Feindschaft war besiegelt zwischen Cthrag Yaska und mir. Aldur saß abseits mit jenen, die er seine Schüler nannte, und sann darüber nach, wie der Stein ihm zur Macht verhelfen konnte.
Ich sah, daß Aldur durch den verfluchten Stein mir und meinen Brüdern entfremdet wurde. Und ich ging zu Aldur und machte ihm Vorwürfe und bat ihn, die böse Verzauberung von dem Stein zu nehmen wie auch das Leben, das er ihm eingehaucht hatte. Dies tat ich, damit Aldur nicht länger fern von seinen Brüdern bleiben sollte. Ja, ich weinte sogar und erniedrigte mich vor ihm.
Aber der böse Stein hatte schon Macht über Aldurs Seele gewonnen und sein Herz gegen mich verhärtet. Ich sah, daß der Stein, den Aldur geschaffen hatte, meinen Bruder für immer zum Sklaven machen würde. Und er sprach geringschätzig zu mir und wollte mich fortjagen.
Aus Liebe zu ihm und um ihn vor dem bösen Schicksal zu retten, das mir die Vision enthüllt hatte, schlug ich meinen Bruder Aldur nieder und nahm den verfluchten Stein an mich. Und ich trug Cthrag Yaska davon, um ihm meinen Willen aufzuzwingen und seiner Niedertracht und dem Bösen, für das es geschaffen war, Einhalt zu gebieten. So habe ich die Bürde dessen, was Aldur getan hatte, auf meine Schultern genommen.
Aldur zürnte mir. Er ging zu unseren Brüdern und sprach zu ihnen voller Lügen über mich. Und sie alle kamen zu mir und sprachen herablassend zu mir und forderten, daß ich Aldur zurückgeben sollte, was seine Seele verwirrt und ich genommen hatte, um ihn von der Verzauberung zu befreien. Aber ich weigerte mich.
Dann rüsteten sie sich zum Krieg. Der Himmel war schwarz vom Rauch der Essen, als die Völker Waffen aus Eisen schmiedeten, um die Erde mit dem Blut meiner Angaraks zu tränken. Kaum war ein Jahr vergangen, da marschierten ihre Heere in die Länder meiner Völker ein. Und meine Brüder zogen drohend an der Spitze ihrer Heerscharen.

Nun war ich nicht willens, die Hand gegen sie zu erheben. Doch konnte ich nicht zulassen, daß sie die Länder meiner Völker verwüsteten oder das Blut derer vergossen, die mich verehrten. Und ich wußte, daß aus einem solchen Krieg zwischen meinen Brüdern und mir nur Unheil erwachsen konnte. In einem solchen Kampf würden sich die beiden Schicksale, die ich gesehen hatte, vor der ihnen bestimmten Zeit treffen, und das Universum würde bei dieser Begegnung zerfallen.
Und so wählte ich, was ich fürchtete, und was doch weniger Unheil bringen würde als die Gefahr, die ich vorhersah. Ich nahm den verfluchten Cthrag Yaska und hob ihn gegen die Erde selbst. In mir lag das Ziel des einen Schicksals, während das Ziel des anderen in dem Stein lag, den Aldur erschaffen hatte. Das Gewicht all dessen, was war und was sein würde, lastete auf uns, und die Erde vermochte diese Last nicht zu tragen. Die Erdkruste zerbarst vor mir, und das Meer strömte ins trockene Land. So wurden die Völker voneinander getrennt, daß sie nicht zusammenkommen und ihr Blut vergießen konnten.
Aber das Böse, das Aldur in den Stein gewirkt hatte, versengte mich mit Feuer, als ich ihn hob, um die Welt zu spalten und Blutvergießen zu vermeiden. Noch als ich meinen Befehl sprach, brach aus dem Stein ein schreckliches Feuer hervor. Die Hand, in der ich den Stein hielt, wurde von den Flammen verzehrt, und das Auge, mit dem ich ihn anblickte, wurde geblendet. Die eine Seite meines Gesichts wurde durch das Feuer entstellt. Und ich, einst der schönste unter meinen Brüdern, war nun in den Augen aller schrecklich anzusehen. Ich mußte mein Gesicht unter einer Maske aus Stahl verbergen, daß sie sich nicht von mir fernhielten.
Zorn erfüllte mich über das Böse, das mir angetan worden war, und Schmerzen loderten in mir, die nicht eher gelindert werden konnten, bis der schreckliche Stein von dem Bösen befreit wurde.
Aber das dunkle Meer stand zwischen meinem Volk und denen, die gegen es ziehen wollten, und meine Feinde flohen in

Entsetzen vor dem, was ich getan hatte. Selbst meine Brüder flohen vor der Welt, die wir geschaffen hatten, denn sie wagten nicht länger, gegen mich aufzustehen. Doch in geistiger Form hielten sie die Verbindung mit ihren Anhängern aufrecht.
Dann brachte ich mein Volk in die Öde von Mallorea, und dort ließ ich an einem geschützten Platz eine mächtige Stadt erbauen. Man nannte sie Cthol Mishrak, als Erinnerung an die Leiden, die ich für mein Volk erduldet hatte. Ich verbarg die Stadt unter einer Wolke, die immerfort darüber schweben sollte.
Dann ließ ich eine eiserne Schatulle schmieden, und in ihr barg ich Cthrag Yaska, so daß der böse Stein, der Leben zerstören konnte, nie mehr frei sein sollte. Tausend und noch einmal tausend Jahre lang arbeitete ich und rang mit dem Stein, um den Fluch des Bösen von ihm zu nehmen, den Aldur auf ihn gelegt hatte. Groß waren die Zauberkräfte und Worte der Macht, die ich für den unbeugsamen Stein gebrauchte, doch trotzdem brannte das finstere Feuer, wenn ich mich ihm näherte, und ich fühlte, daß sein Fluch noch immer auf der Welt lastete.
Dann verschwor Belar, der jüngste und unbesonnenste von meinen Brüdern, sich mit Aldur gegen mich, der noch immer Haß und Eifersucht in seiner Seele gegen mich hegte. Und Belar sprach im Geiste zu seinem ungehobelten Volk, den Alornern, und hetzte sie gegen mich auf. Der Geist Aldurs schickte Belgarath, den Schüler, dem er seinen Haß am tiefsten eingepflanzt hatte, um sich mit ihnen zu vereinen. Und der üble Rat Belgaraths überzeugte Cherek, den Anführer der Alorner, und seine drei Söhne.
Durch böse Zauberei überwanden sie die Barriere des Meeres, die ich geschaffen hatte, und kamen wie Diebe in der Nacht nach Cthol Mishrak. Heimlich und verstohlen schlichen sie durch meinen eisernen Turm zu der Schatulle, die den unheilvollen Stein barg.
Der jüngste Sohn Chereks, den die Menschen Riva Eisenfaust nannten, war so in Zauberei und Bannsprüche eingewoben,

daß er den verfluchten Stein nehmen konnte, ohne zugrunde zu gehen. Und sie flohen damit gen Westen.

Mit den Kriegern meiner Völker verfolgte ich sie, daß der Fluch Cthrag Yaskas nicht noch einmal auf das Land losgelassen werde. Aber der, den sie Riva nannten, erhob den Stein und ließ sein schreckliches Feuer auf mein Volk los. Und so entkamen die Diebe und trugen das Böse des Steins mit sich in die Länder des Westens.

Darauf riß ich die mächtige Stadt Cthol Mishrak nieder, daß mein Volk aus ihren Ruinen fliehen mußte. Und ich teilte die Angaraks in Stämme auf. Die Nadraks schickte ich nach Norden, um den Weg zu bewachen, über den die Diebe gekommen waren. Die Thulls, mit ihren breiten Rücken, um Lasten zu tragen, schickte ich in das Land der Mitte. Die Murgos, das wildeste meiner Völker, schickte ich nach Süden. Und das zahlreichste behielt ich bei mir in Mallorea, damit es mir dienen und sich vermehren sollte bis zu dem Tag, an dem ich eine Armee gegen den Westen brauchen würde.

Über all diese Völker setzte ich die Grolims und unterwies sie in Zauberkünsten und Hexerei, auf daß sie meine Priester wurden und über den Eifer der anderen wachten. Ich befahl ihnen, das Feuer auf meinen Altären in Gang zu halten und mir stetig Opfer zu bringen.

Belgarath hatte in seiner Bösartigkeit Riva mit dem verfluchten Stein den Auftrag gegeben, über eine Insel im Meer der Winde zu herrschen. Dort ließ Belar zwei Sterne vom Himmel fallen. Aus diesen schmiedete Riva ein Schwert und setzte Cthrag Yaska auf seinen Knauf.

Und als Riva dieses Schwert ergriff, erbebte das Universum, und ich schrie auf, denn meine Vision hatte mir viel enthüllt, das bislang verborgen gewesen war. Ich sah, daß Belgaraths zauberkundige Tochter zu gegebener Zeit meine Braut sein würde, und ich freute mich. Aber ich sah auch, daß aus Rivas Lenden ein Kind des Lichts entspringen sollte, das ein Werkzeug des Schicksals sein würde, das meinem Ziel entgegenstand. Es wird ein Tag kommen, an dem ich von meinem langen Schlaf erwachen werde, um vor dem Schwert zu stehen, das das Kind des Lichts führt. An diesem Tag werden die beiden Schicksale aufeinanderprallen, und es wird nur einen Sieger geben und fortan nur ein Schicksal. Aber es wurde mir nicht enthüllt, welches.

Lange habe ich über diese Vision nachgesonnen, aber mehr wurde mir nicht enthüllt. Tausend Jahre und mehr vergingen. Dann rief ich Zedar zu mir, einen weisen und gerechten Mann, der vor den bösen Lehren Aldurs geflohen war, um mir seine Dienste anzubieten. Ich schickte ihn an den Hof des Schlangenvolkes, das in den Sümpfen des Westens lebt. Sein Gott ist Issa, aber er war schon immer faul und schlief und überließ seine Kinder, die sich Ny-Isser nannten, einzig der Herrschaft einer Königin. Zedar machte ihr gewisse Angebote, die ihr gefielen. Und sie schickte Mörder als Gesandte an den Hof von Rivas Nachkommen. Sie erschlugen alle aus seinem Hause, außer einem Kind, das es vorzog, sich im Meer zu ertränken.

Hier irrte also die Vision, denn wie kann ein Kind des Lichts geboren werden, wenn es niemanden mehr gibt, der es trägt? Und so habe ich sichergestellt, daß meinem Ziel gedient wird und die Bösartigkeit Aldurs und seiner Brüder nicht die Welt zerstören kann, die ich ins Leben gerufen habe.

Die Königreiche des Westens, die auf den Rat und die Betrügereien von bösen Göttern und schlechten Zauberern hören, werden in Staub versinken. Und ich werde jene verheeren, die mich verleugnen und zugrunde richten wollen. Ich werde ihre Leiden vervielfachen. Und sie sollen zu Boden gedrückt werden, vor mir auf die Knie fallen und sich als Opfer für meine Altäre anpreisen.

Die Zeit wird kommen, da ich die Herrschaft über die ganze Erde habe und alle Völker mein sind.

Hört mich, Ihr Völker, und fürchtet mich. Beugt Euch vor mir und betet mich an. Denn ich bin Torak, für alle Zeiten König der Könige, Herr der Herren, und alleiniger Gott dieser Welt, die ich erschaffen ließ.

Teil I

Gar og Nadrak

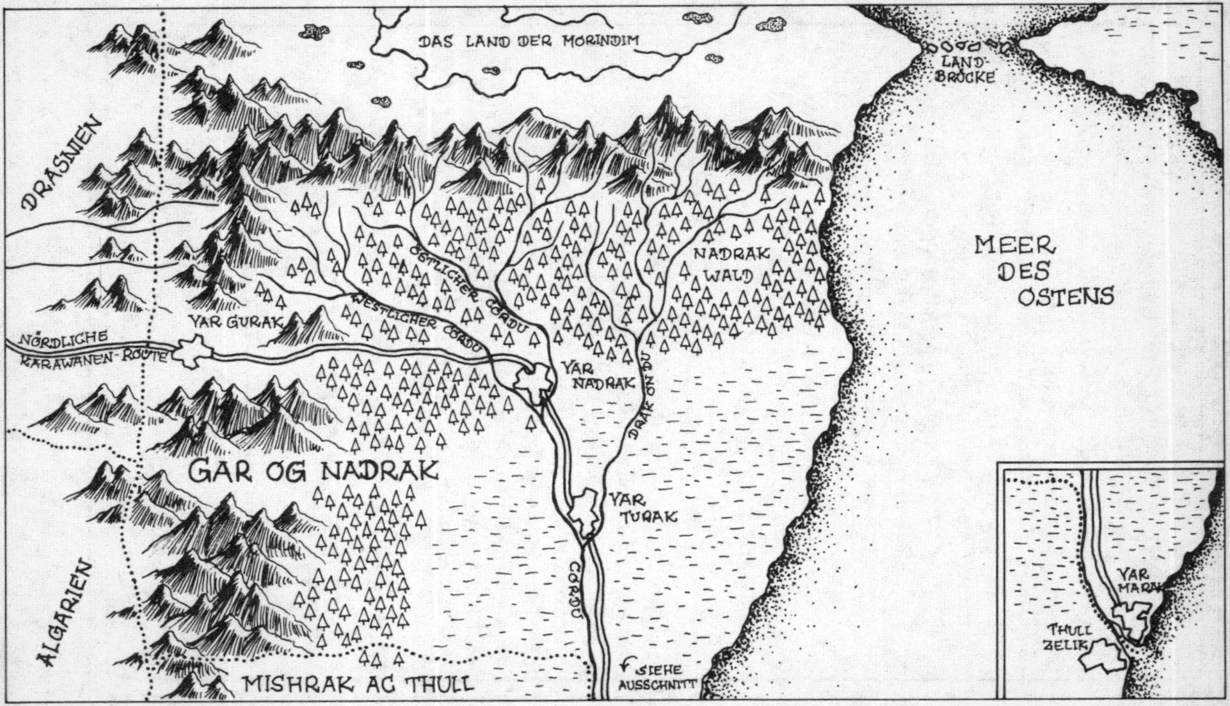
DAS LAND DER MORINDIM
LAND-BRÜCKE
DRASNIEN
MEER DES OSTENS
NADRAK WALD
ÖSTLICHER CORDU
WESTLICHER CORDU
YAR GURAK
NÖRDLICHE KARAWANEN-ROUTE
YAR NADRAK
DRAK ON DU
GAR OG NADRAK
YAR TURAK
CORDU
ALGARIEN
MISHRAK AC THULL
SIEHE AUSSCHNITT
YAR MARAK
THULL ZELIK

1

Garion fand, daß sich die Glocken der Maultiere ausgesprochen klagend anhörten. Ein Maultier war sowieso nicht gerade ein besonders liebenswertes Tier, und seine Gangart hatte etwas an sich, das der Glocke um seinen Hals einen bekümmerten Ton verlieh. Die Maultiere waren Eigentum des drasnischen Kaufmanns Mulger, eines mageren Mannes mit stechenden Augen und grüner Weste, der Garion, Silk und Belgarath gegen eine gewisse Summe gestattet hatte, sich ihm auf seiner Reise nach Gar og Nadrak anzuschließen. Mulgers Maultiere waren mit Handelsware beladen, und Mulger selbst schien ein Bündel aus Vorurteilen und vorgefaßten Meinungen mit sich herumzuschleppen, das annähernd so schwer sein mußte wie die Last eines seiner hochbepackten Tiere. Silk und der werte Kaufmann hatten sich vom ersten Augenblick an nicht leiden können, und Silk unterhielt sich damit, seinen Landsmann zu ärgern, während sie durch das hügelige Sumpfland nach Osten ritten, auf die zerklüfteten Berge zu, die die Grenze zwischen Drasnien und dem Land der Nadraks bildeten. Ihre Diskussionen, immer kurz vor dem Ausbruch offener Feindseligkeit, zerrten jedoch fast ebenso an Garions Nerven wie das eintönige Geläut der Maultierglocken.
Garions Reizbarkeit rührte von einem ganz bestimmten Punkt her. Er hatte Angst. Es hatte keinen Sinn, diese Tatsache vor sich selbst verbergen zu wollen. Die geheimnisvollen Worte des Mrin-Kodex' waren ihm genauestens erklärt worden. Er ritt auf eine Begegnung zu, die von Anbeginn der Zeit vorausbestimmt war, und es gab nicht die geringste Möglichkeit, sie zu umgehen. Die Begegnung war das Ergebnis nicht nur einer, sondern *zweier* unterschiedlicher Prophezeiungen, und selbst wenn er eine davon hätte überzeugen können, daß irgendwo ein Fehler vorlag, so würde ihn die andere trotzdem gnadenlos und ohne die geringste Rücksicht auf seine Gefühle zu dieser Auseinandersetzung treiben.
»Ich glaube, du siehst den entscheidenden Punkt nicht,

Ambar«, sagte Mulger gerade in dem beißenden Ton zu Silk, den manche Männer annehmen, wenn sie ihren Gesprächspartner aus ganzem Herzen verabscheuen. »Mein Patriotismus oder mein Mangel daran hat nichts damit zu tun. Der Wohlstand Drasniens beruht auf dem Handel, und wenn ihr vom Außendienst euch als Kaufleute tarnt, wird es nicht mehr lange dauern, bis auch ein *ehrlicher* Kaufmann nirgendwo mehr willkommen ist.« Mit dem Instinkt, der allen Drasniern angeboren zu sein schien, hatte Mulger sofort erkannt, daß Silk nicht war, was er zu sein vorgab.

»Ach, komm schon, Mulger«, erwiderte Silk herablassend, »sei nicht so naiv. Jedes Land der Welt tarnt seine geheimdienstlichen Tätigkeiten auf genau dieselbe Weise. Die Tolnedraner tun es, die Murgos tun es, selbst die Thulls tun es. Was soll ich deiner Meinung nach tun – mir ein Schild auf die Brust heften, auf dem ›Spion‹ steht?«

»Ehrlich gesagt, es interessiert mich überhaupt nicht, was du tust«, gab Mulger zurück. »Ich kann nur sagen, daß ich es ausgesprochen leid bin, überall, wo ich hingehe, beobachtet zu werden, nur weil man euch nicht traut.«

Silk zuckte mit einem unverschämten Grinsen die Achseln. »So ist die Welt nun einmal, Mulger. Du solltest dich besser daran gewöhnen, denn sie wird sich nicht mehr ändern.«

Mulger starrte den rattengesichtigen kleinen Mann hilflos an, dann wandte er sich abrupt ab und ritt zurück in die Gesellschaft seiner Maultiere.

»Treibst du es nicht ein wenig zu arg?« meinte Belgarath, aus dem scheinbaren Halbschlaf aufblickend, in den er beim Reiten für gewöhnlich fiel. »Wenn du ihn lange genug reizt, wird er dich bei den Grenzposten anschwärzen, und dann kommen wir nie nach Gar og Nadrak.«

»Mulger wird keinen Ton sagen, alter Freund«, beruhigte ihn Silk. »Denn wenn er es tut, wird man auch ihn zur Überprüfung dabehalten, und es gibt keinen Kaufmann auf der Welt, in dessen Taschen sich nicht ein paar Dinge befinden, die dort eigentlich nicht sein dürften.«

»Warum läßt du ihn dann nicht einfach in Ruhe?« fragte Belgarath.
»So habe ich wenigstens etwas zu tun«, antwortete Silk mit einem Schulterzucken. »Sonst müßte ich mir die Landschaft ansehen, und Ostdrasnien langweilt mich.«
Belgarath grunzte mürrisch, zog sich die graue Kapuze über den Kopf und begann wieder zu dösen.
Garion kehrte zu seinen melancholischen Gedanken zurück. Die Ginsterbüsche, die das Hügelland bedeckten, waren von deprimierender graugrüner Farbe, und die nördliche Karawanenroute wand sich wie eine verstaubte, weiße Narbe durch sie hindurch. Seit beinahe zwei Wochen war der Himmel nun schon bedeckt, aber es hatte nicht ein einziges Mal geregnet. Sie trabten weiter durch eine trübselige, schattenlose Welt auf die Berge zu, die sich drohend vor ihnen am Horizont erhoben. Was Garion am meisten aufregte, war die Ungerechtigkeit in alldem. Er hatte nie um irgend etwas davon gebeten. Er *wollte* kein Zauberer sein. Er *wollte nicht* der rivanische König sein. Er war sich nicht einmal sicher, ob er Prinzessin Ce'Nedra heiraten *wollte* – darüber konnte er sich nie schlüssig werden. Die kleine kaiserliche Prinzessin konnte wirklich anbetungswürdig sein – besonders wenn sie etwas wollte. Meistens wollte sie jedoch nichts, und dann kam ihre wahre Natur zum Vorschein. Wenn er bewußt etwas davon gesucht hätte, dann könnte er die Pflicht, die vor ihm lag, mit einer gewissen Resignation annehmen. Aber man hatte ihm überhaupt keine Wahl gelassen, und er verspürte immer mehr den Wunsch, dem unbeeindruckten Himmel entgegenzuschreien: »Warum ich?«
Er ritt neben seinem dösenden Großvater her, nur der murmelnde Gesang von Aldurs Auge begleitete ihn, aber selbst das war eine Quelle des Ärgers. Das Auge auf dem Knauf des großen Schwertes, das über seinem Rücken hing, sang ihm ein endloses Lied mit einer recht kindischen Begeisterung. Für das Auge mochte es ja schön und gut sein, über die bevorstehende Begegnung mit Torak zu jubeln, aber Garion war es schließlich,

der dem Drachengott von Angarak gegenüberstehen würde, und es war Garion, der verwundet werden würde. Er hatte das Gefühl, daß die ungetrübte Fröhlichkeit des Auges, alles in allem von sehr schlechtem Geschmack zeugte, um es milde auszudrücken.

Die nördliche Karawanenroute kreuzte die Grenze zwischen Drasnien und Gar og Nadrak in einer schmalen Felsenschlucht, in der sich zwei Garnisonen, eine drasnische und eine nadrakische, über ein einfaches Gatter hinweg ansahen, das nur aus einem waagrechten Pfosten bestand. Der Pfosten selbst bildete kein eigentliches Hindernis. Symbolisch jedoch war er eindrucksvoller als die Tore von Vo Mimbre oder Tol Honeth. Auf der einen Seite des Gatters war der Westen, auf der anderen der Osten. Mit einem einzigen Schritt konnte man von einer Welt in eine vollkommen andere treten, und Garion wünschte mit aller Macht, daß er diesen Schritt nicht zu tun hätte.

Wie Silk vorausgesagt hatte, sagte Mulger weder zu den drasnischen Pikenträgern noch zu den ledergekleideten nadrakischen Soldaten etwas von seinem Verdacht, und sie gelangten ohne Zwischenfälle in die Berge Gar og Nadraks. Unmittelbar hinter der Grenze kletterte die Karawanenroute eine steile Schlucht neben einem rasch fließenden Gebirgsbach empor. Der Himmel wurde zu einem dünnen, schmutziggrauen Band, und der Klang der Maultierglocken hallte von den Felsen wider, eine Begleitmusik zum Rauschen und Gurgeln des Baches.

Belgarath erwachte und blickte sich aufmerksam um. Er warf Silk einen raschen Blick zu, mit dem er den kleinen Mann warnte, den Mund zu halten, dann räusperte er sich. »Wir möchten dir danken, werter Mulger, und wünschen dir viel Glück bei deinen Geschäften hier.«

Mulger sah den alten Zauberer scharf an, seine Augen blickten fragend.

»Wir verlassen dich am Ausgang der Schlucht«, fuhr Belgarath mit ausdrucksloser Miene fort. »Wir müssen in diese Richtung.«

Er machte eine sehr vage Geste.

Mulger grunzte. »Ich will nichts davon wissen«, erklärte er.
»Bestimmt nicht«, versicherte ihm Belgarath. »Und bitte, nimm Ambars Bemerkungen nicht allzu ernst. Er hat einen seltsamen Humor und sagt Dinge, die er nicht so meint, weil er gern Leute ärgert. Wenn man ihn erst einmal näher kennt, ist er gar nicht so schlimm.«
Mulger warf Silk einen langen, bösen Blick zu, ohne darauf einzugehen. »Viel Glück, was immer ihr auch vorhabt«, sagte er widerstrebend, mehr aus Höflichkeit als aus Überzeugung. »Der junge Mann und du, ihr wart gar keine üblen Reisegefährten.«
»Wir stehen in deiner Schuld, werter Mulger«, setzte Silk spöttisch übertrieben hinzu. »Deine Gastfreundschaft war großartig.«
Mulger sah Silk direkt in die Augen. »Ich mag dich nicht, Ambar«, sagte er barsch. »Warum belassen wir es nicht dabei?«
»Ich bin niedergeschmettert.« Silk grinste ihn an.
»Laß gut sein«, grollte Belgarath.
»Ich habe mir alle Mühe gegeben, ihn für mich einzunehmen«, protestierte Silk.
Belgarath kehrte ihm den Rücken zu.
»Ehrlich.« Silk wandte sich an Garion, seine Augen funkelten vor gespielter Ehrbarkeit.
»Ich glaube dir auch nicht«, sagte Garion.
Silk seufzte. »Niemand versteht mich«, klagte er. Dann lachte er und ritt, fröhlich vor sich hinpfeifend, die Schlucht hinauf.
Am Ausgang der Schlucht verließen sie Mulger und schlugen einen Weg ein, der nach links von der Karawanenroute abbog und durch Felsgelände und über verkrüppelte Bäume führte. Auf dem Kamm einer Hügelkette hielten sie an und beobachteten, wie die Maultiere langsam weiterzogen und außer Sicht gerieten.
»Wohin gehen wir?« fragte Silk und spähte zu den Wolken hinauf, die über den Himmel jagten. »Ich dachte, wir gingen nach Yar Gurak.«
»Gehen wir auch«, erwiderte Belgarath, sich den Bart kratzend,

»aber wir schlagen einen Bogen und nähern uns der Stadt von der anderen Seite. Mulgers Ansichten machen eine Weiterreise mit ihm ein bißchen riskant. Ihm könnte leicht zur unpassenden Zeit ein falsches Wort herausrutschen. Außerdem müssen Garion und ich uns noch um etwas kümmern, ehe wir dort hinkommen.« Der alte Mann sah sich um. »Dort drüben wird es gehen«, sagte er und deutete auf ein flaches, grünes Tal, das verborgen auf der andere Seite der Bergkette lag. Er ritt voran in das Tal und stieg ab.

Silk, der ihr einziges Packpferd am Zügel führte, hielt neben einer kleinen Quelle und band die Pferde dort an einem abgestorbenen Strauch an.

»Was müssen wir denn tun, Großvater?« fragte Garion, während er sich aus dem Sattel gleiten ließ.

»Dein Schwert fällt zu sehr auf«, erklärte der alte Mann. »Wenn wir nicht während der ganzen Reise Fragen beantworten wollen, müssen wir etwas dagegen tun.«

»Willst du es unsichtbar machen?« fragte Silk hoffnungsvoll.

»In gewisser Weise«, antwortete Belgarath. »Garion, öffne dem Auge deinen Geist. Laß es zu dir sprechen.«

Garion runzelte die Stirn. »Das verstehe ich nicht.«

»Entspanne dich. Alles andere macht das Auge schon. Es ist sehr aufgeregt wegen dir, also hör nicht zu, wenn es dir irgendwelche Vorschläge macht. Es hat nur ein sehr begrenztes Verständnis von der wirklichen Welt. Entspanne dich und laß deine Gedanken einfach treiben. Ich muß mit ihm reden, und das kann ich nur durch dich. Es würde auf niemand anderen hören.«

Garion lehnte sich gegen einen Baum, und im nächsten Moment war sein Geist voller seltsamer Bilder. Die Welt, die er in diesen Bildern sah, war in einen blaßblauen Schimmer getaucht, und alles wirkte eckig, als ob es aus den Flächen und scharfen Kanten eines Kristalls bestehen würde. Er sah ein lebendiges Bild seiner selbst mit einem flammenden Schwert in der Hand, wie er schnell dahinritt und ganze Scharen gesichtsloser Männer ihm aus dem Weg eilten. Dann tönte Belgaraths

Stimme scharf in seinem Geist. »Laß das.« Die Worte waren, wie er merkte, nicht an ihn, sondern an das Auge selbst gerichtet. Dann erstarb die Stimme des alten Mannes zu einem Murmeln, das erklärte, Anweisungen gab. Die Erwiderungen des anderen, kristallinen Bewußtseins wirkten etwas schmollend, aber schließlich schienen sie sich zu einigen, und Garions Geist klärte sich wieder.

Belgarath schüttelte bekümmert den Kopf. »Manchmal ist es, als ob man mit einem kleinen Kind spräche«, sagte er. »Es hat keine Vorstellung von Zahlen, und es versteht nicht einmal ansatzweise das Wort ›Gefahr‹.«

»Es ist immer noch da«, bemerkte Silk enttäuscht. »Ich kann das Schwert immer noch sehen.«

»Du weißt eben, daß es da ist«, erklärte Belgarath. »Andere Leute werden es übersehen.«

»Wie kann man denn etwas so Großes übersehen?« wandte Silk ein.

»Das ist sehr kompliziert«, antwortete Belgarath. »Das Auge bringt die Leute einfach dazu, daß sie das Schwert nicht sehen. Wenn sie ganz genau hinsehen, merken sie vielleicht, daß Garion *irgend* etwas auf dem Rücken trägt, aber sie werden nicht neugierig genug sein, um herausfinden zu wollen, was es ist. Tatsächlich werden einige Leute nicht einmal Garion selbst bemerken.«

»Willst du behaupten, daß Garion unsichtbar ist?«

»Nein. Er ist im Moment nur unauffällig. Wir müssen weiter. In diesen Bergen bricht die Nacht schnell herein.«

Yar Gurak war vermutlich die häßlichste Stadt, die Garion je gesehen hatte. Sie erstreckte sich zu beiden Seiten eines tosenden, gelben Flusses, und schmutzige, ungepflasterte Straßen zogen sich die steilen Hänge der Schlucht hinauf, die der Fluß im Lauf der Zeit gegraben hatte. Um die Stadt herum war ein Streifen Land, das man aller Vegetation beraubt hatte. Schächte stießen in die Hänge vor, und überall waren große, tiefe Löcher. Zwischen den einzelnen Schürfstellen entsprangen Quellen, deren schlammiges Wasser zum Fluß hinablief.

Die Stadt machte einen zusammengeschusterten Eindruck, und alle Häuser hatten provisorischen Charakter. Holzbalken und unbehauene Steine waren das am meisten verwendete Baumaterial, und einige Häuser hatte man mit Hilfe von Zeltplanen fertiggestellt.

In den Straßen wimmelte es von hageren, dunkelhäutigen Nadraks, von denen offenbar viele betrunken waren. Als sie in die Stadt kamen, quoll aus einer Taverne eine aufgebrachte Menge, und sie mußten stehenbleiben, während sich etwa zwei Dutzend Nadraks im Schlamm wälzten und nicht ohne Erfolg versuchten, sich gegenseitig zu verstümmeln.

Die Sonne ging bereits unter, als sie ein Gasthaus am Ende einer der schlammigen Straßen fanden. Es war ein großes, quadratisches Gebäude, dessen Erdgeschoß aus Stein gebaut war, während das zweite Geschoß aus Holz bestand. An der Rückseite des Gebäudes befanden sich Ställe. Sie stellten die Pferde unter, nahmen ein Zimmer für die Nacht und betraten die scheunenartige Gaststube auf der Suche nach einem Abendessen. Die Bänke in der Gaststube waren wackelig, und die Tische waren fettverschmiert und voller Brotkrumen und Essensreste. Qualmende Öllampen hingen an langen Ketten, und der Geruch nach kochendem Kohl war überwältigend. Eine stattliche Anzahl von Kaufleuten aus den verschiedensten Teilen der Welt saß bei ihrer Abendmahlzeit – wachsame Männer in kleinen Gruppen, die durch Mauern des Mißtrauens voneinander getrennt waren.

Belgarath, Silk und Garion setzten sich an einen freien Tisch und aßen den Eintopf, den ihnen ein angeheiterter Kellner mit fettiger Schürze in hölzernen Schalen vorsetzte. Als sie ihre Mahlzeit beendet hatten, blickte Silk auf die offene Tür, die in den lärmenden Schankraum führte, und sah Belgarath fragend an.

Der alte Mann schüttelte den Kopf. »Lieber nicht«, sagte er. »Nadraks sind empfindlich, und die Beziehungen zum Westen sind im Moment recht gespannt. Es hat keinen Sinn, Ärger zu provozieren.«

Silk nickte zustimmend, wenn auch betrübt, und ging voran nach oben in ihr Zimmer. Garion hielt die rußende Kerze hoch und betrachtete zweifelnd die aus Balken gezimmerten Betten, die an einer Wand standen. Auf gespannten Seilen lagen strohgefüllte Matratzen, die klumpig und nicht sehr sauber aussahen. Der Lärm aus der Schankstube war deutlich zu hören.

»Wir werden heute wohl nicht viel schlafen«, meinte er.

»Bergwerksstädte sind anders als Bauerndörfer«, erklärte Silk. »Bauern haben ein Bedürfnis nach Schönheit – selbst wenn sie betrunken sind. Minenarbeiter sind da etwas ungehobelter.«

Belgarath zuckte die Achseln. »Sie werden bald leiser sein. Die meisten von ihnen sind lange vor Mitternacht schon bewußtlos.« Er wandte sich an Silk. »Sobald morgen früh die Läden aufmachen, möchte ich, daß du uns andre Kleider beschaffst – gebrauchte, wenn möglich. Wenn wir wie Goldsucher aussehen, wird man uns nicht allzusehr beachten. Besorge auch Hacken und Hämmer. Wir binden sie dann gut sichtbar außen an das Gepäck unseres Lasttieres.«

»Ich habe allmählich das Gefühl, als hättest du das schon früher gemacht.«

»Von Zeit zu Zeit. Es ist eine nützliche Verkleidung. Goldgräber sind sowieso verrückt, deshalb ist man auch nicht erstaunt, wenn sie an seltsamen Orten auftauchen.« Der alte Mann lachte kurz auf. »Einmal habe ich sogar Gold gefunden – eine Ader so dick wie ein Arm.«

Silk wurde sofort lebhaft. »Wo?«

Belgarath zuckte die Achseln. »Irgendwo in diese Richtung«, antwortete er mit einer vagen Geste. »Ich habe vergessen, wo genau.«

»Belgarath«, stöhnte Silk leicht verärgert.

»Laß dich nicht ablenken«, wies Belgarath ihn an. »Wir sollten etwas schlafen. Ich möchte morgen so früh wie möglich von hier aufbrechen.«

Die Wolkendecke der letzten Wochen war über Nacht aufgerissen, und als Garion erwachte, schien die Sonne golden durch

das schmutzige Fenster. Belgarath saß an dem rohen Tisch und studierte eine Landkarte aus Pergament. Silk war bereits unterwegs.
»Ich dachte schon, du wolltest bis Mittag schlafen«, sagte der alte Mann, als Garion sich aufsetzte und streckte.
»Ich konnte letzte Nacht nicht einschlafen«, erklärte Garion. »Unten war es so laut.«
»Nadraks sind nun einmal so.«
Plötzlich kam Garion ein Gedanke. »Was glaubst du wohl, was Tante Pol gerade macht?« fragte er.
»Sie schläft vermutlich.«
»Aber doch nicht mehr *so* spät.«
»Da, wo sie ist, ist es noch viel früher.«
»Das verstehe ich nicht.«
»Riva liegt über viertausend Meilen westlich von hier«, sagte Belgarath. »Dort wird die Sonne erst in einigen Stunden sein.«
Garion blinzelte. »Daran hatte ich nicht gedacht«, gab er zu.
»Das hatte ich auch nicht angenommen.«
Die Tür ging auf, und Silk kam mit einigen Bündeln herein. Er sah sehr wütend aus. Er warf sein Bündel zu Boden und stampfte, leise vor sich hinfluchend, zum Fenster.
»Was hat dich denn so aufgebracht?« fragte Belgarath sanft.
»Würdest du dir das einmal ansehen?« Silk hielt dem alten Mann ein Stück Pergament unter die Nase.
»Was ist damit?« Belgarath nahm das Pergament und las.
»Die ganze Geschichte ist schon vor Jahren erledigt worden«, erklärte Silk ärgerlich. »Was soll das, dieses Ding immer noch herumgehen zu lassen?«
»Die Beschreibung ist allerdings farbig«, bemerkte Belgarath.
»Hast du das gesehen?« Silk war tödlich beleidigt. Er wandte sich an Garion. »Findest du, daß ich aussehe wie ein Wiesel?«
»... ein häßlicher, wieselgesichtiger Mann«, las Belgarath, »mit unstetem Blick und langer, spitzer Nase. Ein notorischer Betrüger beim Würfelspiel.«
»Würdest du bitte *aufhören!*«
»Worum geht es denn?« fragte Garion.

»Vor einigen Jahren hatte ich ein leichtes Mißverständnis mit den Behörden«, sagte Silk mißbilligend. »Wirklich nichts Ernstes – aber immer noch geht dieses Ding um.« Er deutete zornig auf das Pergament, das Belgarath belustigt las. »Sie gehen sogar soweit, eine *Belohnung* auszusetzen.« Er überlegte kurz. »Ich muß allerdings zugeben, daß die Summe schmeichelhaft ist«, setzte er hinzu.

»Hast du bekommen, was du kaufen solltest?« fragte Belgarath.

»Selbstverständlich.«

»Dann wollen wir uns umziehen und verschwinden, ehe deine unerwartete Berühmtheit eine Menschenmenge anlockt.

Die abgetragene nadrakische Kleidung war weitgehend aus Leder gefertigt – enge schwarze Hosen, knapp sitzende Westen und kurzärmelige Leinentuniken.

»Ich würde mich nicht mit den Stiefeln abgeben«, sagte Silk. »Nadrakische Stiefel sind ausgesprochen unbequem – vermutlich, weil es ihnen noch nie aufgefallen ist, daß zwischen einem rechten und einem linken Fuß ein Unterschied besteht.« Er setzte sich eine spitze Filzmütze schief aufs Ohr. »Was haltet ihr davon?« fragte er und stellte sich in Pose.

»Sieht überhaupt nicht aus wie ein Wiesel, oder?« fragte Belgarath Garion.

Silk warf ihm einen angewiderten Blick zu, sagte aber nichts. Sie gingen hinunter, führten die Pferde aus dem Stall und stiegen auf. Silks Miene blieb weiterhin säuerlich, als sie Yar Gurak verließen. Als sie eine Hügelkuppe nördlich der Stadt erreicht hatten, glitt er vom Pferd, nahm einen Stein und schleuderte ihn mit aller Kraft auf die Häuser hinab, die sich unter ihnen zusammendrängten.

»Fühlst du dich jetzt besser?« fragte Belgarath neugierig.

Silk schnaubte verächtlich, kletterte wieder auf sein Pferd und ritt ihnen voran die andere Seite des Hügels hinab.

2

In den nächsten Tagen kamen sie durch eine Wildnis aus Steinen und verkrüppelten Bäumen. Mit jedem Tag schien die Sonne wärmer, und der Himmel strahlte in einem intensiven Blau, während sie tiefer und tiefer in das Gebirge mit seinen schneebedeckten Gipfeln eindrangen. Die wenigen Pfade waren kaum mehr als gewundene Spuren, die sich wie zufällig zwischen den blendendweißen Gipfeln und über die grünen Bergwiesen schlängelten, wo Wildblumen sich im Wind wiegten. Die Luft war erfüllt vom harzigen Duft immergrüner Gehölze, und hier und dort sahen sie Rotwild, das äste oder sie mit großen, verwunderten Augen ansah.

Belgarath hielt zuversichtlich einen östlichen Kurs ein, wirkte dabei aber wachsam und gespannt. Es gab keine Anzeichen des Halbschlummers, in den er auf deutlicher markierten Straßen für gewöhnlich verfiel, und irgendwie machte er hier oben in den Bergen einen jüngeren Eindruck.

Sie begegneten auch anderen Reisenden, meist in Leder gekleideten Nadraks, aber einmal trafen sie auch auf eine Gruppe von Drasniern, die sich einen steilen Hang hinaufkämpfte, und einmal sahen sie in weiter Ferne jemanden, der Tolnedraner sein konnte. Die Gespräche mit diesen anderen Reisenden waren kurz und von Mißtrauen geprägt. Die Berge von Gar og Nadrak wurden bestenfalls oberflächlich patrouilliert, und jeder Reisende war so gezwungen, für seine eigene Sicherheit zu sorgen.

Die einzige Ausnahme von dieser argwöhnischen Schweigsamkeit bildete ein redseliger alter Goldgräber auf einem Esel, der eines Morgens aus den blaugetönten Schatten der Bäume auftauchte. Sein verfilztes Haar war weiß, und seine zusammengewürfelte Kleidung schien weitgehend aus Lumpen zu bestehen, die er irgendwo am Wegrand aufgesammelt hatte. Sein sonnengebräuntes, von Runzeln durchzogenes Gesicht war wettergegerbt wie altes Leder, und die blauen Augen zwinkerten fröhlich. Er schloß sich ihnen ohne einen Gruß oder die geringste Unsicherheit an, ob sie ihn willkommen heißen würden, und begann unverzüglich zu reden, als nähme er den Faden eines Gesprächs wieder auf, das erst vor kurzem unterbrochen worden war.

In seiner Stimme und seiner Art lag etwas Eigenwilliges, das Garion sofort anziehend fand.

»Muß zehn Jahre oder mehr her sein, seit ich diesen Weg gegangen bin«, begann er, auf seinem Esel neben Garion herreitend. »Ich komme nicht mehr sehr oft in diesen Teil der Berge. Die Flußbetten hier sind alle schon mindestens hundertmal durchkämmt worden. Wo wollt ihr hin?«

»Ich weiß nicht genau«, antwortete Garion vorsichtig. »Ich war noch nie hier, also reite ich einfach hinter den anderen her.«

»Wenn ihr euch weiter nach Norden haltet, findet ihr besseren Kies«, riet der Mann auf dem Esel, »in der Nähe von Morindland. Da oben muß man natürlich vorsichtig sein, aber wie heißt es doch: kein Risiko, kein Gewinn.« Er betrachtete Garion neugierig. »Du bist kein Nadrak, nicht wahr?«

»Sendarier«, erwiderte Garion knapp.

»War nie in Sendarien«, meinte der alte Goldgräber. »War eigentlich nie irgendwo – nur hier oben.« Er blickte liebevoll auf die Berge mit ihren tiefgrünen Wäldern und den weißen Mützen. »Wollte eigentlich auch nie woanders hin. Seit siebzig Jahren durchsuche ich diese Berge nun schon von einem Ende zum anderen und habe nie viel davon gehabt – außer der Freude, hierzusein. Einmal habe ich zwar einen erzhaltigen Fluß gefunden, in dem so viel rotes Gold war, daß es aussah, als wäre er voller Blut. Aber der Winter hat mich dort eingeholt, und ich bin fast erfroren bei dem Versuch, da herauszukommen.«

»Bist du im nächsten Frühling dorthin zurückgegangen?« konnte Garion nicht umhin zu fragen.

»Wollte ich schon, aber in jenem Winter habe ich viel getrunken – ich hatte ja Gold genug. Jedenfalls hat mir das Trinken irgendwie das Hirn vernebelt. Als ich im nächsten Jahr loszog, nahm ich ein paar Fäßchen zur Gesellschaft mit. Das ist immer ein Fehler. Der Alkohol wirkt in den Bergen stärker, und man paßt nicht immer so auf, wie man sollte.« Er lehnte sich im Sattel seines Esels zurück und kratzte sich nachdenklich den Bauch. »Ich bin in die Ebenen nördlich der Berge gezogen – nach Morindland. Habe wohl damals gedacht, ich käme in dem flachen Gelände leichter vorwärts. Aber, um es kurz zu machen, ich lief in einen Trupp Morindim und wurde gefangengenommen. Ich hatte einen Tag bis zu den Ohren im Bierfaß gesteckt und war völlig weg, als sie mich gefangennahmen. Glücklicherweise wohl. Die Morindim sind abergläubisch, und sie dachten, ich sei besessen. Das hat mir vermutlich das Leben gerettet. Sie haben mich fünf, sechs Jahre lang behalten und versucht, hinter die Bedeutung meiner Wahnsinnsanfälle zu kommen – und nachdem ich wieder nüchtern war und meine Lage erkannte, habe ich darauf geachtet, viel irres Zeug zu reden. Schließlich wurden sie es leid und paßten nicht mehr so gut auf mich auf, so daß ich entkommen konnte. Aber da hatte ich vergessen, wo genau der Fluß lag. Hin und wieder, wenn ich in der Gegend bin, suche ich noch nach ihm.« Er sprach anscheinend einfach drauflos, aber seine alten blauen Augen blickten sehr durchdringend. »Du hast da aber ein großes Schwert, mein Junge. Wem willst du denn damit an den Kragen?«

Die Frage kam so schnell, daß Garion keine Zeit blieb, sich zu wundern.

»Komisch ist das mit deinem Schwert«, setzte der alte Mann scharfsinnig hinzu. »Es scheint sich selbst unauffällig machen zu wollen.« Dann wandte er sich an Belgarath, der ihn mit undurchdringlicher Miene ansah. »Du hast dich kaum verändert«, bemerkte er.

»Und du redest immer noch zuviel«, entgegnete Belgarath.

»Alle paar Jahre überkommt mich das Bedürfnis zu reden«, gab der alte Mann auf dem Esel zu. »Geht es deiner Tochter gut?«

Belgarath nickte.

»Schöne Frau, deine Tochter – aber launisch.«

»Das hat sich nicht wesentlich geändert.«

»Hatte ich auch nicht erwartet.« Der alte Goldsucher kicherte, dann zögerte er einen Moment. »Falls du nichts gegen einen Rat ein zuwenden hast, sei auf der Hut, wenn du vorhast, ins Flachland hinunterzugehen«, sagte er ernst. »Es sieht aus, als würde es da unten bald anfangen zu brodeln. Viele Fremde in roten Tuniken laufen dort herum, und von alten Altären, die seit Jahren nicht benutzt worden sind, steigt wieder Rauch auf. Die Grolims sind wieder unterwegs, und ihre Messer sind frisch geschärft. Die Nadraks, die hierher kommen, sehen ständig über ihre Schultern.« Er hielt inne und sah Belgarath in die Augen. »Es hat auch andere Zeichen gegeben«, fügte er hinzu. »Die Tiere sind schreckhaft – wie vor einem schweren Sturm – und manchmal in der Nacht, wenn man genau hinhört, klingt es von Ferne wie Donner – vielleicht kommt es sogar von Mallorea her. Die ganze Welt scheint sich unbehaglich zu fühlen. Ich habe das Gefühl, daß etwas Großes geschehen wird, etwas, an dem *du* vielleicht beteiligt bist. Sei versichert, *sie* wissen, daß du hier bist. Ich würde mich nicht darauf verlassen, unerkannt durchschlüpfen zu können, ohne daß mich jemand bemerkt.« Dann zuckte er die Achseln, als sei die Sache damit für ihn erledigt. »Ich dachte nur, du würdest es vielleicht gern wissen.«

»Danke«, erwiderte Belgarath.

»Hat mich nichts gekostet.« Der alte Mann zuckte wieder die Achseln. »Ich glaube, ich werde da langgehen.« Er deutete nach Norden. »In den letzten Monaten kommen zu viele Fremde hier in die Berge. Es wird allmählich zu voll. Ich habe jetzt genug geredet, also werde ich mich wieder zurückziehen.« Er wendete seinen Esel und trabte davon. »Viel Glück«, rief er zum Abschied über die Schulter zurück, dann verschwand er in den blauen Schatten unter den Bäumen.

»Du scheinst ihn zu kennen«, meinte Silk zu Belgarath.

Der alte Zauberer nickte. »Ich habe ihn vor ungefähr dreißig Jahren kennengelernt. Polgara war nach Gar og Nadrak gegangen, um ein paar Nachforschungen anzustellen. Nachdem sie alle Informationen gesammelt hatte, die sie wollte, kam ich her und kaufte sie dem Mann ab, dem sie gehörte. Wir machten uns auf den Heimweg, aber ein früher Schneesturm erwischte uns hier in den Bergen. Er hat uns gefunden, als wir herumstolperten, und uns mit in die Höhle genommen, wo er sich einigelt, wenn der Schnee zu tief wird. Eigentlich eine recht bequeme Höhle, abgesehen davon, daß er darauf besteht, seinen Esel mit hineinzunehmen. Er und Polgara haben sich den ganzen Winter darüber gestritten, so weit ich mich erinnere.«

»Wie heißt er?« fragte Silk neugierig.

Belgarath zuckte die Achseln. »Hat er nie gesagt, und es wäre unhöflich zu fragen.«

Garion hatte bei dem Wort »kaufen« schlucken müssen. Ohnmächtige Wut wallte in ihm auf. »Tante Pol *gehörte* jemandem?« fragte er ungläubig.

»Das ist nadrakische Sitte«, erklärte Silk. »In ihrer Gesellschaft gelten Frauen als Besitz. Es schickt sich nicht für eine Frau, ohne Besitzer zu sein.«

»Sie war eine *Sklavin?*« Garions Fingerknöchel wurden weiß, so sehr ballte er die Fäuste.

»Sie war natürlich keine Sklavin«, sagte Belgarath. »Kannst du dir auch nur im entferntesten vorstellen, daß deine Tante Pol so etwas mit sich machen ließe?«

»Aber du hast gesagt...«

»Ich sagte, ich habe sie dem Mann abgekauft, dem sie gehörte. Ihre Beziehung war eine Formalität, nichts weiter. Sie brauchte einen Besitzer, um hier arbeiten zu können, und er hat viel an Achtung gewonnen, weil er eine so bemerkenswerte Frau besaß.« Belgarath verzog das Gesicht. »Es hat mich ein Vermögen gekostet, sie von ihm zurückzukaufen. Manchmal frage ich mich, ob sie das wirklich wert war.«

»*Großvater!*«

»Deine letzte Bemerkung würde sie sicher sehr interessant finden, alter Freund«, sagte Silk verschmitzt.

»Du mußt sie ihr ja nicht unbedingt wiederholen, Silk.«

»Man kann nie wissen.« Silk lachte. »Vielleicht will ich eines Tages einmal etwas von dir.«

»Du bist abscheulich.«
»Ich weiß.« Silk grinste und sah sich dann um. »Dein Freund hat einige Mühen auf sich genommen, um dich zu treffen. Was steckt dahinter?«
»Er wollte mich warnen.«
»Daß sich die Lage in Gar og Nadrak zuspitzt? Das wußten wir schon vorher.«
»Seine Warnung war sehr viel dringlicher als nur das.«
»Es klang aber nicht sehr dringend.«
»Das liegt daran, daß du ihn nicht kennst.«
»Großvater«, sagte Garion plötzlich, »wie kommt es, daß er mein Schwert sehen konnte? Ich dachte, dafür hätten wir gesorgt.«
»Er sieht *alles*, Garion. Er kann einen Blick auf einen Baum werfen und dir zehn Jahre später genau sagen, wie viele Blätter er hatte.«
»Ist er ein Zauberer?«
»Nicht daß ich wüßte. Er ist nur ein seltsamer alter Mann, der die Berge liebt. Er weiß nicht, was in der Welt vor sich geht, weil er es nicht wissen *will*. Wenn er wirklich wollte, könnte er wahrscheinlich alles herausfinden, was in der Welt geschieht.«
»Dann könnte er ein Vermögen als Spion verdienen«, bemerkte Silk.
»Er will kein Vermögen. Ist das nicht offensichtlich? Wenn er Geld braucht, geht er einfach zu dem Fluß, von dem er erzählt hat.«
»Aber er hat doch gesagt, er hätte den Weg dorthin vergessen«, protestierte Garion.
Belgarath schnaubte. »Er hat in seinem Leben noch nie etwas vergessen.« Dann schweifte sein Blick in die Ferne. »Es gibt ein paar Menschen wie ihn auf der Welt – Menschen, die kein Interesse daran haben, was andere tun. Vielleicht ist das gar kein so schlechter Weg. Wenn ich mein Leben noch einmal leben könnte, würde ich es vielleicht machen wie er.« Dann sah er sich aufmerksam um. »Wir nehmen den Pfad dort drüben«, schlug er vor und deutete auf einen kaum sichtbaren Weg, der

vor ihnen abzweigte und über eine mit ausgebleichten Baumstümpfen übersäte Wiese führte. »Wenn es stimmt, was er sagt, sollten wir größere Ansiedlungen meiden. Der Pfad verläuft weiter nördlich, wo nicht so viele Leute sind.«

Kurz darauf begann sich das Gelände allmählich zu senken, und die drei ritten zügig von den Bergen hinab auf den riesigen Wald von Nadrak zu. Die Berggipfel machten bewaldeten Hügeln Platz. Als sie auf einer Kuppe standen, erstreckte sich unter ihnen das endlose Meer aus Bäumen, das sich bis zum Horizont und darüber hinaus dehnte, dunkelgrün unter dem blauen Himmel. Ein schwacher Wind wehte, und wenn sein Seufzen durch die Bäume strich, dann lag eine traurige Erinnerung an all die Frühjahre und Sommer darin, die nie wiederkommen würden.

Ein Stück oberhalb des Waldes stand ein Dorf, das sich neben ein riesiges Loch duckte, das roh und häßlich in den roten Lehm des Hügels gegraben worden war.

»Eine Minenstadt«, sagte Belgarath. »Wir wollen ein bißchen herumschnüffeln und sehen, was hier los ist.«

Wachsam ritten sie den Hügel hinab. Als sie näher kamen, konnte Garion sehen, daß das Dorf denselben provisorischen Eindruck machte wie Yar Gurak. Die Häuser waren in der gleichen Art gebaut – ungeschälte Holzbalken und roher Stein –, die niedrigen Dächer mit Steinen beschwert, damit die Winterstürme die Schindeln nicht wegwehten. Nadraks schienen sich nicht um die äußere Erscheinung ihrer Häuser zu kümmern. Sobald Dach und Wände fertiggestellt waren, schienen sie zufrieden einzuziehen und sich anderen Dingen zu widmen, ohne jene letzten Handgriffe auszuführen, die einem Haus den dauerhaften Charakter verliehen und die ein Sendarier oder Tolnedraner für unabdingbar notwendig halten würde. Die ganze Siedlung trug ein »Das-reicht-jetzt« zur Schau, das Garion aus irgendeinem Grund beleidigte.

Einige der Bergarbeiter, die in dem Dorf lebten, kamen auf die Straße, um die Fremden zu sehen. Ihre schwarze Lederkleidung war rotfleckig von der Erde, in der sie gruben, und aus ihren Augen war Mißtrauen zu lesen. Eine furchtsame Wachsamkeit lag über dem ganzen Ort, gewürzt mit einer trotzigen Streitlust.

Silk deutete mit dem Kopf auf ein großes, niedriges Gebäude, vor dessen Doppeltüren ein Schild hing, das eine schlechtgemalte, im Wind baumelnde Weintraube zeigte. Eine große, überdachte Veranda zog sich um das ganze Haus, und ledergekleidete Nadraks hockten auf Bänken und beobachteten einen Hundekampf, der sich mitten auf der Straße abspielte.

Belgarath nickte. »Aber laßt uns auf die Seite gehen«, schlug er vor, »falls wir eilig aufbrechen müssen.«

Sie stiegen an der Seitenveranda ab, banden ihre Pferde ans Geländer und gingen hinein.

Das Innere der Taverne war verqualmt und schummrig, da Fenster in nadrakischen Häusern zu den Seltenheiten zählten. Die Tische und Bänke waren roh gezimmert, und das spärliche Licht kam von rauchenden Öllampen, die an Ketten von den Deckenbalken hingen. Der Fußboden war schmutzig und voller Essensreste. Hunde liefen ungestört unter Tischen und Bänken herum. Ein schwerer Gestank nach schalem Bier und ungewaschenen Körpern hing in der Luft, und obwohl der Nachmittag gerade erst anbrach, war das Lokal schon dicht besetzt. Viele der Männer in dem großen Raum befanden sich schon in fortgeschrittenem Zustand der Trunkenheit. Es war sehr laut, denn die Nadraks, die an den Tischen hockten oder durch den Raum schwankten, schienen gewohnheitsmäßig mit höchster Lautstärke zu sprechen.

Belgarath kämpfte sich einen Weg bis an einen Ecktisch frei, an dem ein einzelner Mann mit trübem Blick und schlaffen Lippen saß und in seinen Bierkrug starrte.

»Du hast doch nichts dagegen, wenn wir uns mit an den Tisch setzen, oder?« fragte er den Mann barsch und setzte sich, ohne eine Antwort abzuwarten.

»Würde es etwas ausmachen, wenn?« fragte der Mann hinter dem Bierkrug. Er war unrasiert, und seine vorstehenden Augen waren blutunterlaufen.

»Nicht viel«, erwiderte Belgarath unverblümt.
»Ihr seid neu hier, nicht wahr?« Der Nadrak betrachtete die drei neugierig, wobei er einige Mühe hatte, die Augen geradeaus zu richten.
»Ich finde nicht, daß dich das etwas angeht«, entgegnete Belgarath grob.
»Du hast eine scharfe Zunge für einen Mann, der seine besten Jahre hinter sich hat«, meinte der Nadrak und verschränkte seine Finger unheilvoll.
»Ich bin hergekommen, um zu trinken, nicht um zu streiten«, erklärte Silk rauh. »Vielleicht ändere ich meine Meinung noch, aber im Augenblick habe ich Durst.« Er ergriff den Arm eines vorbeieilenden Kellners. »Bier«, befahl er. »Und mach nicht zu lange.«
»Behalt deine Finger bei dir«, sagte der Kellner. »Gehört ihr zu ihm?« Er deutete auf den Nadrak, an dessen Tisch sie saßen.
»Wir sitzen bei ihm, oder?«
»Wollt ihr drei Krüge oder vier?«
»Ich will einen – im Moment. Bring den anderen, was sie wollen. Ich bezahle die erste Runde.«
Der Kellner grunzte mürrisch und zwängte sich durch die Menge, wobei er einen Hund mit einem Fußtritt aus dem Weg beförderte.
Silks Angebot schien die Streitlust ihres nadrakischen Gefährten besänftigt zu haben. »Ihr habt euch eine schlechte Zeit ausgesucht, um in die Stadt zu kommen«, meinte er. »Die ganze Gegend wimmelt von malloreanischen Rekrutenanwerbern.«
»Wir waren in den Bergen«, sagte Belgarath. »In einem oder zwei Tagen werden wir wohl auch dahin zurückgehen. Was hier unten passiert, interessiert uns nicht besonders.«
»Solange ihr hier seid, solltet ihr euch aber dafür interessieren – es sei denn, ihr wollt das Armeeleben ausprobieren.«
»Gibt es denn irgendwo Krieg?« fragte Silk.
»Wahrscheinlich – so heißt es jedenfalls. Irgendwo in Mishrak ac Thull.«

Silk schnaubte. »Ich habe noch nie einen Thull gesehen, für den sich das Kämpfen gelohnt hätte.«
»Es geht auch nicht um die Thulls. Es sollen die Alorner sein. Sie haben eine *Königin* – falls ihr euch so etwas überhaupt vorstellen könnt –, und sie will ins Land der Thulls einmarschieren.«
»Eine *Königin?«* höhnte Silk. »Das kann ja dann keine besondere Armee sein. Sollen die Thulls doch selbst kämpfen.«
»Erzähl das den malloreanischen Anwerbern«, meinte der Nadrak.
»Mußtest du das Bier erst brauen?« fuhr Silk den Kellner an, der mit vier großen Krügen wiederkam.
»Es gibt noch andere Tavernen, Freundchen«, antwortete der Kellner. »Wenn dir diese hier nicht gefällt, geh doch woanders hin. Das macht zwölf Pfennig.«
»Drei Pfennig für den Krug?« rief Silk aus.
»Sind halt schwere Zeiten.«
Schimpfend bezahlte Silk.
»Danke«, sagte der Nadrak und nahm sich einen der Krüge.
»Schweig«, brummte Silk mürrisch.
»Was machen die Malloreaner denn hier?« fragte Belgarath.
»Sie holen alle zusammen, die stehen, Blitze sehen und Donner hören können. Sie ziehen die Leute mit Fußketten ein, deshalb ist es nicht so leicht, sich zu weigern. Außerdem haben sie Grolims dabei, die ihre Messer immer sichtbar halten, um anzudeuten, was mit denen geschieht, die sich zu sehr wehren.«
»Vielleicht hattest du recht, als du sagtest, wir hätten uns eine schlechte Zeit ausgesucht, um von den Bergen herunterzukommen«, sagte Silk.
Der Nadrak nickte. »Die Grolims sagen, daß Torak sich schon im Schlaf bewegt.«
»Das sind keine guten Neuigkeiten«, meinte Silk.
»Darauf können wir wohl alle trinken.« Der Nadrak hob seinen Krug. »Habt ihr in den Bergen was gefunden, wonach zu graben sich lohnt?«

Silk schüttelte den Kopf. »Nur ein paar Spuren. Wir haben in den Flüssen nach Gold gesucht. Wir haben nicht die Ausrüstung, um Stollen in die Berge treiben zu können.«
»Ihr werdet nie reich, wenn ihr an einem Fluß hockt und Sand siebt.«
»Wir kommen durch.« Silk zuckte die Achseln. »Eines Tages stoßen wir vielleicht auf so viel, daß wir uns eine Ausrüstung anschaffen können.«
»Vielleicht regnet es auch eines Tages Bier.«
Silk lachte.
»Habt ihr schon mal daran gedacht, noch einen Partner aufzunehmen?«
Silk betrachtete den unrasierten Nadrak. »Bist du schon mal dort gewesen?« fragte er.
Der Nadrak nickte. »Oft genug, um zu wissen, daß es mir nicht gefällt – aber ich schätze, daß mir das Armeeleben noch viel weniger gefällt.«
»Wir wollen noch einen trinken und darüber reden«, schlug Silk vor.
Garion lehnte sich zurück an die rauhe Balkenwand. Nadraks schienen gar nicht so übel zu sein, wenn man einmal die rauhe Schale außer Acht ließ. Sie waren barsch und etwas mürrisch, aber sie hatten nicht diese eiskalte Feindseligkeit gegenüber Fremden, die er bei den Murgos bemerkt hatte.
Seine Gedanken schweiften zu dem zurück, was der Nadrak von einer Königin erzählt hatte. Er verwarf rasch die Vorstellung, daß eine der Königinnen, die sich zur Zeit in Riva aufhielten, gleichgültig unter welchen Umständen, eine solche Autorität angenommen hatte. Dann blieb nur noch Tante Pol. Die Information des Nadraks mochte etwas entstellt sein, aber in Belgaraths Abwesenheit *konnte* es möglich sein, daß Tante Pol das Kommando übernommen hatte – auch wenn es ihr ganz und gar nicht ähnlich sah. Was mochte dort bloß geschehen sein, daß sie zu solch extremen Handlungen gezwungen war?
Während der Nachmittag verstrich, wurden mehr und mehr Männer in der Taverne so betunken, daß sie schwankten, und

gelegentlich brach Streit aus – wenn die Kämpfe auch meist darin bestanden, wild um sich zu schlagen, denn kaum einer war noch nüchtern genug, einen gezielten Hieb anzubringen. Ihr Tischgenosse trank stetig, legte dann schließlich den Kopf auf die Arme und begann zu schnarchen.

»Ich glaube, wir haben alles erfahren, was es zu erfahren gab«, sagte Belgarath leise. »Laßt uns verschwinden. Nach dem, das unser Freund hier sagt, halte ich es für keine gute Idee, in der Stadt zu übernachten.«

Silk nickte zustimmend, und die drei erhoben sich von ihrem Tisch und bahnten sich ihren Wag durch die Menge zur Seitentür.

»Willst du Vorräte mitnehmen?« fragte der kleine Mann.

Belgarath schüttelte den Kopf. »Ich habe das Gefühl, daß wir so schnell wie möglich hier verschwinden sollten.«

Silk warf ihm einen raschen Blick zu, dann banden sie die Pferde los, stiegen auf und ritten hinaus auf die schmutzigen Straßen. Sie ritten im Schrittempo, um jedes Aufsehen zu vermeiden, aber Garion hatte das dringende Bedürfnis, diese schlammige Stadt hinter sich zu lassen. Etwas Bedrohliches lag in der Luft, und die goldene Spätnachmittagssonne wirkte wie von einer unsichtbaren Wolke verdunkelt. Als sie das letzte baufällige Haus am Rand der Stadt passierten, hörten sie hinter sich alarmierte Schreie. Garion drehte sich schnell um und sah eine Gruppe von etwa zwanzig Berittenen in roten Tuniken, die in vollem Galopp auf die Taverne zustürmten, die sie gerade verlassen hatten. Mit einer Geschicklichkeit, die lange Übung verriet, schwangen sich die rotgekleidete Fremden aus dem Sattel und besetzten sofort alle Türen, um denen, die in der Taverne saßen, jede Fluchtmöglichkeit zu nehmen.

»Malloreaner!« knurrte Belgarath. »Ab unter die Bäume!« Damit hieb er seinem Pferd die Fersen in die Flanken. Sie galoppierten über die verkrautete, mit Baumstümpfen übersäte Lichtung, die sich rings um die Siedlung zog, auf den Waldrand und die damit verbundene Sicherheit zu. Es gab jedoch weder Aufschreie noch wurden sie verfolgt. Die Taverne schien einen ausreichenden Fang zu bieten, um das malloreanische Netz zu füllen. Von einem sicheren Aussichtspunkt unter ausladenden Zweigen beobachteten Garion, Silk und Belgarath, wie eine Reihe verzweifelter Nadraks, an den Knöcheln mit einer Kette aneinandergefesselt, aus der Taverne in den roten Staub der Straße getrieben wurden und unter den wachsamen Augen der malloreanischen Anwerber Aufstellung nehmen mußten.

»Sieht aus, als wäre unser Freund nun doch noch zur Armee gekommen«, stellte Silk fest.

»Besser er als wir«, erwiderte Belgarath. »Wir wären ein wenig fehl am Platz mitten in einer Horde von Angaraks.« Er spähte zu der rötlichen Scheibe der untergehenden Sonne empor. »Reiten wir. Wir haben noch ein paar Stunden, bis es dunkel wird. Sieht so aus, als wäre der Militärdienst in dieser Gegend ansteckend, und ich möchte ihn nicht erleben.«

3

Der Wald von Nadrak war anders als der Wald von Arendien, der so weit im Süden lag. Die Unterschiede waren nur geringfügig, und Garion brauchte mehrere Tage, bis er seinen Finger darauf legen konnte. Zum einen wirkten die Pfade, denen sie folgten, nicht so dauerhaft. Sie wurden so selten benutzt, daß sie nicht fest in den lehmigen Waldboden eingezeichnet waren. In den arendischen Wäldern gab es überall Spuren menschlicher Anwesenheit, aber hier war der Mensch ein Eindringling, nur auf der Durchreise. Mehr noch, der Wald in Arendien hatte deutliche Grenzen, aber dieses Meer aus Bäumen erstreckte sich bis an den Rand des Kontinents, und er stand schon seit Entstehung der Welt so.

Der Wald wimmelte von Leben. Gelbbraune Hirsche tauchten flüchtig zwischen den Bäumen auf, und große, zottige Bisons, deren gekrümmte schwarze Hörner wie Onyx schimmerten, grasten auf den Lichtungen. Einmal trottete ein Bär, gereizt vor sich hinbrummend, quer über ihren Pfad. Kaninchen huschten durchs Unterholz, und Rebhühner stoben mit atemberaubendem Flügelschlag aus dem Gebüsch auf. Die Teiche und Flüsse waren von Fischen, Bisamratten, Ottern und Bibern bevölkert. Wie sie bald entdeckten, gab es auch kleinere Lebensformen. Die Moskitos kamen ihnen nur wenig kleiner als Spatzen vor, und eine lästige, kleine, braune Fliegenart biß alles, was sich bewegte.

Die Sonne ging früh auf und spät unter und sprenkelte den Waldboden mit goldenen Licktflecken. Obwohl es Hochsommer war, wurde es niemals wirklich heiß, und in der Luft lag der schwere Duft drängenden Wachstums, der den Ländern des Nordens eigen ist, wo die Sommer kurz und die Winter sehr lang sind.

Seit sie im Wald waren, schien Belgarath überhaupt nicht mehr zu schlafen. Jeden Abend, wenn Silk und Garion sich müde in ihre Decken rollten, schlüpfte der alte Zauberer wieder zurück unter dic Bäume und verschwand. Einmal, einige Stunden nach Einbruch der Dunkelheit in einer sternklaren Nacht, erwachte Garion kurz und hörte, wie weiche Pfoten leichtfüßig über eine mit Laub bedeckte Lichtung sprangen; und während er schon wieder einschlief, verstand er. Der große, silbergraue Wolf, der sein Großvater war, streifte durch die Nacht und suchte im Wald nach Spuren von Gefahr oder Verfolgern.

Die nächtlichen Streifzüge des alten Mannes waren so leise wie Rauch, aber sie blieben nicht unbemerkt. Eines Morgens, noch ehe die Sonne aufging und die Bäume noch verschwommen und halb verborgen im Nebel waren, glitten einige schattenhafte Gestalten durch die dunklen Stämme und blieben in ihrer Nähe stehen. Garion, der soeben aufgestanden war und das Feuer anfachen wollte, erstarrte in halbgebückter Haltung. Als er sich langsam aufrichtete, fühlte er, daß er beobachtet wurde, und seine Haut begann zu kribbeln. Etwa drei Meter von ihm entfernt stand ein riesiger, dunkelgrauer Wolf. Der Wolf sah ihn ernst an, seine Augen waren gelb wie die Sonne. In diesen goldenen Augen stand eine unausgesprochene Frage, und Garion merkte, daß er diese Frage verstand.

»Man fragt sich, warum du das tust?«
»Warum ich was tue?« fragte Garion, automatisch in der Sprache der Wölfe antwortend.
»In dieser seltsamen Gestalt herumlaufen.«
»Es ist notwendig.«
»Aha.« Mit ausgesuchter Höflichkeit verfolgte der Wolf das Thema nicht weiter. »Man würde gern wissen, ob du dich nicht etwas eingeschränkt fühlst«, bemerkte er jedoch.
»Es ist nicht so übel, wie es aussieht – wenn man sich erst einmal daran gewöhnt hat.«
Der Wolf wirkte nicht überzeugt. Er ließ sich auf die Hinterläufe nieder. »Man hat den anderen einige Male während der letzten Dunkelheit gesehen«, sagte er in der Art der Wölfe, »und man würde gern wissen, warum er und du in unser Revier gekommen seid.«
Garion wußte instinktiv, daß seine Antwort auf diese Frage von großer Wichtigkeit war. »Wir ziehen von einem Ort zum anderen«, antwortete er behutsam. »Es ist nicht unsre Absicht, ein Lager oder Gefährtinnen in eurem Revier zu suchen oder die Lebewesen zu jagen, die die euren sind.« Er hätte nicht erklären können, woher er wußte, was er sagen mußte.
Der Wolf schien mit seiner Antwort zufrieden zu sein. »Man würde sich freuen, wenn du dem mit dem Pelz wie Frost unsere Wertschätzung übermitteln würdest«, sagte er förmlich. »Man hat festgestellt, daß er große Achtung verdient.«
»Man wird sich freuen, ihm eure Worte wiederzugeben«, erwiderte Garion, etwas überrascht, wie leicht ihm die kunstvollen Phrasen über die Lippen kamen.
Der Wolf hob den Kopf und sog prüfend die Luft ein. »Es ist Zeit für uns zu jagen«, sagte er. »Möget ihr finden, was ihr sucht.«
»Möge eure Jagd erfolgreich sein«, wünschte Garion.
Der Wolf machte kehrt und trottete, gefolgt von seinen Gefährten, zurück in den Nebel.
»Alles in allem hast du das ganz ordentlich gehandhabt,

Garion«, sagte Belgarath aus den tiefen Schatten eines nahegelegenen Gebüschs.
Garion sprang verblüfft auf. »Ich wußte nicht, daß du da warst.«
»Hättest du aber wissen sollen«, erwiderte der alte Mann und trat aus dem Schatten.
»Woher wußte er es?« fragte Garion. »Ich meine, daß ich manchmal ein Wolf bin?«
»Das sieht man. Ein Wolf ist solchen Dingen gegenüber sehr aufmerksam.«
Silk kam von seinem Schlafplatz unter den Bäumen heran. Der kleine Mann bewegte sich wachsam, doch seine Nase zuckte vor Neugier. »Worum ging es?« erkundigte er sich.
»Die Wölfe wollten wissen, was wir in ihrem Territorium zu suchen haben«, antwortete Belgarath. »Sie wollten feststellen, ob sie gegen uns kämpfen müssen.«
»Kämpfen?« fragte Garion erstaunt.
»Das ist üblich, wenn ein fremder Wolf das Jagdrevier eines anderen Rudels betritt. Wölfe ziehen es vor, nicht zu kämpfen – es ist Kraftvergeudung – aber sie tun es, wenn die Situation es erfordert.«
»Was ist denn geschehen?« fragte Silk. »Warum sind sie einfach wieder gegangen?«
»Garion hat sie davon überzeugt, daß wir nur auf der Durchreise sind.«
»Wie klug von ihm.«
»Warum fachst du nicht das Feuer an, Garion?« schlug Belgarath vor. »Wir wollen frühstücken und dann aufbrechen. Es ist noch ein langer Weg bis Mallorea, und wir sollten möglichst viel davon schaffen, solange das Wetter noch gut ist.«
Später an jenem Tag kamen sie in ein Tal, in dem eine Ansammlung von Blockhütten und Zelten am Rand einer Wiese neben einem Fluß stand.
»Pelzhändler«, erklärte Silk Garion, auf die Siedlung deutend. »In diesem Teil des Waldes gibt es an jedem größeren Fluß solche Orte.« Die spitze Nase des kleinen Mannes zuckte, seine

Augen begannen zu leuchten. »In diesen Städtchen wird viel ge- und verkauft.«
»Vergiß es«, sagte Belgarath mit Nachdruck. »Bemüh dich, deine räuberischen Instinkte unter Kontrolle zu halten.«
»Ich habe an nichts Böses gedacht«, verteidigte sich Silk.
»Wirklich nicht? Fühlst du dich nicht wohl?«
Silk überhörte diese Bemerkung hochmütig.
»Wäre es nicht sicherer, wenn wir den Ort umgehen würden?« fragte Garion, als sie über die große Wiese ritten.
Belgarath schüttelte den Kopf. »Ich möchte wissen, was vor uns los ist, und die schnellste Möglichkeit, das herauszufinden, ist, mit Leuten zu reden, die dort waren. Wir werden hingehen, etwa eine Stunde lang dort herumstreifen und dann wieder verschwinden. Haltet die Ohren offen. Wenn jemand fragt, wir sind auf dem Weg nach Norden, um Gold zu suchen.«
Zwischen den Jägern und Fallenstellern, die durch den Ort liefen, und den Minenarbeitern, die sie in dem letzten Dorf gesehen hatten, gab es deutliche Unterschiede. Erstens waren sie offener – weniger mürrisch und entschieden weniger streitlustig. Garion vermutete, daß die aufgezwungene Einsamkeit ihres Berufs dafür sorgte, daß sie bei ihren unregelmäßigen Besuchen in den Handelsposten andere Gesellschaft um so mehr schätzten. Wenn sie wohl auch ebensoviel tranken wie die Goldschürfer, führte dies jedoch öfter zu Gesang und Gelächter als zu Schlägereien.
Mitten im Dorf stand eine große Taverne, und sie ritten über eine lehmige Straße langsam darauf zu. »Seiteneingang«, sagte Belgarath knapp, als sie vor der Taverne abstiegen. Sie führten die Pferde um das Gebäude herum und banden sie am Geländer der Veranda fest.
Das Innere der Taverne war sauberer, weniger überfüllt und heller als in der Bergarbeitersiedlung, und es roch nach Holz und frischer Luft anstatt nach feuchter, schlammiger Erde. Die drei setzten sich an einen Tisch in Türnähe und bestellten bei einem höflichen Kellner Bier. Das Bier war kräftig, dunkelbraun, gut gekühlt und erstaunlich preiswert.

»Die Taverne gehört den Pelzaufkäufern«, erklärte Silk, während er sich den Schaum von den Lippen wischte. »Sie haben festgestellt, daß man leichter mit einem Fallensteller verhandeln kann, wenn er etwas angetrunken ist, deswegen sorgen sie dafür, daß das Bier gut und preiswert ist.«

»Das hat ja bestimmt einen Sinn«, meinte Garion, »aber wissen die Fallensteller das denn nicht auch?«

»Doch, natürlich.«

»Warum trinken sie dann vor Verhandlungen?«

Silk zuckte die Achseln. »Sie trinken eben gerne.«

Die beiden Fallensteller am Nebentisch erneuerten gerade eine alte Bekanntschaft, die offensichtlich mehr als ein Dutzend Jahre zurückreichte. Ihre Bärte waren graugesprenkelt, aber sie sprachen mit der sorglosen Fröhlichkeit, die sehr viel jüngeren Männern eigen ist.

»Hast du irgendwelche Schwierigkeiten mit Morindim gehabt, als du oben warst?« fragte der eine.

Der zweite schüttelte den Kopf. »Ich habe Pestzeichen an beiden Enden des Tals angebracht, in dem ich meine Fallen aufgestellt hatte«, erwiderte er. »Ein Morindim wird meilenweit gehen, um einen Ort zu meiden, an dem die Pest ist.«

Der erste nickte zustimmend. »Im allgemeinen ist das der beste Weg. Gredder hat immer behauptet, Fluchzeichen wirkten besser, aber wie sich herausstellte, hat er sich geirrt.«

»Ich habe ihn während der letzten Saison nicht gesehen.«

»Das hätte mich auch gewundert. Die Morindim haben ihn vor etwa drei Jahren erwischt. Ich habe ihn selbst begraben – oder jedenfalls das, was von ihm noch übrig war.«

»Das wußte ich nicht. Ich habe mal einen Winter mit ihm an den Quellflüssen des Cordu verbracht. Er war ein Geizkragen. Aber es überrascht mich doch, daß die Morindim ein Fluchzeichen mißachten.«

»Soweit ich es beurteilen konnte, kam ein Magier und hat die Flüche von den Zeichen genommen. An einem habe ich eine getrocknete Wieselpfote gefunden, deren Zehen mit je drei Grashalmen umwunden waren.«

»Das ist ein mächtiger Bann. Sie müssen ihn schon dringend gewollt haben, wenn ein Magier sich so viel Mühe macht.«
»Du weißt, wie er war. Er konnte einfach im Vorbeigehen Leute ärgern, die dreißig Meilen weit weg waren.«
»Das stimmt allerdings.«
»Jetzt jedenfalls nicht mehr. Sein Schädel ziert jetzt den Suchstab eines morindischen Magiers.«
Garion lehnte sich zu seinem Großvater hinüber. »Was meinen sie mit Zeichen?« flüsterte er.
»Das sind Warnungen«, erwiderte Belgarath. »Meistens Stöcke, die in den Boden gerammt und mit Knochen oder Federn verziert werden. Die Morindim können nicht lesen, deswegen kann man nicht einfach ein Warnschild aufstellen.«
Ein gebückter alter Fallensteller, dessen Lederkleidung geflickt war und vom langen Tragen glänzte, schlurfte in die Mitte der Taverne. Sein faltiges Gesicht mit dem Bart trug einen um Verzeihung bittenden Ausdruck. Hinter ihm ging eine junge Nadrakfrau in einem schweren, roten Filzkleid, das in der Taille von einer glitzernden Kette zusammengehalten wurde. Sie hatte eine Art Hundehalsband um, und der alte Fallensteller hielt das Ende der Leine fest in der Hand. Trotz des Halsbandes wirkte die junge Frau stolz und hochmütig, und sie starrte die Männer in der Taverne mit kaum verhohlener Verachtung an. Als der alte Fallensteller endlich die Mitte des Raums erreicht hatte, räusperte er sich, um die Aufmerksamkeit der anderen auf sich zu lenken. »Ich habe hier eine Frau, die ich verkaufen möchte«, verkündete er laut.
Ohne eine Miene zu verziehen, spuckte die Frau ihn an.
»Also weißt du, das wird nur deinen Preis drücken, Vella«, sagte der alte Mann beschwichtigend.
»Du bist ein Narr, Tashor«, schnaubte sie. »Niemand hier kann sich mich leisten, und das weißt du. Warum hast du mich nicht den Pelzkäufern angeboten?«
»Die Aufkäufer interessieren sich nicht für Frauen, Vella«, entgegnete Tashor sanft. »Glaub mir, hier erzielen wir einen besseren Preis.«

»Ich würde dir nicht mal glauben, wenn du behauptest, morgen ginge die Sonne wieder auf, du alter Esel.«

»Wie ihr sehen könnt, ist diese Frau sehr temperamentvoll«, erklärte Tashor etwas lahm.

»Versucht er, seine Frau zu verkaufen?« fragte Garion, der an seinem Bier fast erstickte.

»Sie ist nicht seine Frau«, berichtigte Silk. »Sie gehört ihm, das ist alles.«

Garion ballte die Fäuste und erhob sich halb, das Gesicht verzerrt vor Wut, aber Belgaraths Hand umklammerte mit festem Griff sein Handgelenk. »Setz dich«, befahl der alte Mann.

»Aber –«

»Ich sagte, du sollst dich setzen. Das geht dich nichts an.«

»Es sei denn, du wolltest die Frau kaufen, versteht sich«, meinte Silk leichthin.

»Ist sie gesund?« rief ein hagerer Fallensteller mit einer Narbe auf der Wange Tashor zu.

»Ist sie«, versicherte Tashor, »und sie hat noch alle Zähne. Zeig ihnen deine Zähne, Vella.«

»Sie wollen doch nicht meine Zähne sehen, Idiot«, sagte sie und warf dem narbengesichtigen Fallensteller einen herausfordernden Blick aus ihren schwarzen Augen zu.

»Sie ist eine ausgezeichnete Köchin«, beeilte Tashor sich zu sagen, »und sie kennt Heilmittel gegen Rheumatismus und Schüttelfrost. Sie kann nähen und Felle färben, und sie ißt nicht sehr viel. Ihr Atem riecht nicht schlecht – es sei denn, sie hat Zwiebeln gegessen –, und sie schnarcht fast nie, außer wenn sie betrunken ist.«

»Wenn sie eine so gute Frau ist, warum willst du sie dann verkaufen?« wollte der hagere Fallensteller wissen.

»Ich werde alt«, antwortete Tashor, »und ich möchte Ruhe und Frieden haben. Es ist aufregend, Vella um sich zu haben, aber ich habe genug Aufregung gehabt. Ich möchte mich gern irgendwo niederlassen und vielleicht Hühner oder Ziegen züchten.« Der gebückte alte Mann sprach etwas jammernd.

»Ach, das ist unmöglich«, fuhr Vella auf. »Muß ich denn alles selbst machen? Geh aus dem Weg, Tashor.« Sie schob den alten Mann unsanft beiseite und blickte mit funkelnden schwarzen Augen in die Menge. »Also schön«, sagte sie entschlossen. »Kommen wir zum Geschäft. Tashor will mich verkaufen. Ich bin stark und gesund. Ich kann kochen, Felle und Häute gerben, Krankheiten heilen. Ich kann gut feilschen, wenn ich einkaufe, und ich braue gutes Bier.« Ihre Augen verengten sich grimmig. »Ich bin noch nie mit einem Mann im Bett gewesen, und ich sorge dafür, daß meine Dolche scharf genug sind, um Fremde nicht auf den Gedanken kommen zu lassen, sie könnten mich zwingen. Ich kann Fluch- und Pest- und Traumzeichen machen, um den Morindim Angst einzujagen, und einmal habe ich auf dreißig Schritt einen Bären mit dem Bogen erlegt.«
»Zwanzig Schritte«, korrigierte Tashor.
»Eher dreißig«, beharrte sie.
»Kannst du tanzen?« fragte der hagere Fallensteller mit der Narbe im Gesicht.
Sie sah ihm in die Augen. »Nur wenn du ernsthaft daran interessiert bist, mich zu kaufen«, antwortete sie.
»Darüber können wir uns unterhalten, wenn ich gesehen habe, wie du tanzt.«
»Kannst du einen Rhythmus halten?«
»Ja.«
»Schön.« Ihre Hände wanderten zu der Kette an ihrer Taille, die klirrte, als sie sie löste. Sie öffnete das schwere rote Kleid, stieg heraus und reichte es Tashor. Dann machte sie sorgfältig das Band um ihren Hals los und band sich ein rotes Seidenband um die Stirn, um die Fülle ihres glänzenden, blauschwarzen Haars zurückzuhalten. Unter dem roten Filzkleid trug sie ein dünnes, rosenfarbiges Gewand aus malloreanischer Seide, das sich bei jeder Bewegung raschelnd an sie schmiegte. Das Seidenkleid reichte ihr bis zur halben Wade, an den Füßen trug sie weiche Lederstiefel. Aus jedem Stiefel ragte der juwelenbesetzte Griff eines Dolches, und ein dritter

Dolch steckte in dem Ledergürtel, der um ihre Taille lag. Das Kleid war am Hals hochgeschlossen, ließ jedoch die Arme bis zur Schulter frei. An jedem Handgelenk hatte sie ein halbes Dutzend schmaler Goldreifen. Mit bewußter Anmut bückte sie sich und befestigte Ketten mit kleinen Glöckchen an ihren Fesseln. Dann hob sie die weich gerundeten Arme. »Dies ist der Rhythmus, Narbengesicht«, sagte sie zu dem Fallensteller. »Versuch ihn zu halten.« Sie begann in die Hände zu klatschen. Zuerst kamen drei langsame Schläge, die von vier stakkatoartigen gefolgt wurden. Vella begann ihren Tanz mit langsamen, aufreizenden Bewegungen. Ihr Kleid raschelte und rutschte ihr bis zu den Waden hoch.

Der hagere Fallensteller nahm ihren Rhythmus auf, seine schwieligen Hände klatschten laut in der plötzlichen Stille, als Vella tanzte.

Garion wurde rot. Vellas Bewegungen waren subtil und fließend. Die Glöckchen an ihren Knöcheln und die Reifen an den Handgelenken klingelten ein Gegenspiel zu dem Rhythmus, den der Fallensteller klatschte. Ihre Füße schienen in den komplizierten Schritten ihres Tanzes kaum den Boden zu berühren, und ihre Arme woben Muster in die Luft. Andere, interessantere Dinge gingen jedoch unter dem rosenfarbigen, dünnen Kleid vor sich. Garion schluckte hart und merkte, daß er fast den Atem anhielt.

Vella wirbelte herum. Ihr langes schwarzes Haar flog und paßte perfekt zu ihrem flatternden Gewand. Dann verlangsamte sie ihre Bewegungen wieder zu dem stolzen, sinnlichen Tanz, der jeden anwesenden Mann herausforderte.

Als sie aufhörte, applaudierten sie, und sie lächelte geheimnisvoll.

»Du tanzt sehr gut«, stellte der narbengesichtige Fallensteller mit unbeteiligter Miene fest.

»Natürlich«, erwiderte sie. »Ich mache alles sehr gut.«

»Bist du in jemanden verliebt?« Die Frage wurde recht barsch gestellt.

»Noch hat kein Mann mein Herz erobert«, erklärte Vella fest.

»Ich habe noch keinen Mann gesehen, der meiner würdig gewesen wäre.«
»Das kann sich ja ändern«, meinte der Fallensteller. »Eine Goldmark.«
»Das ist nicht dein Ernst«, schnaubte sie. »Fünf Goldmark.«
»Anderthalb«, konterte er.
»Das ist eine *Beleidigung.«* Vella hob die Hände und zog eine tragische Miene. »Kein Kupferstück weniger als vier.«
»Zwei Goldmark«, bot der Fallensteller.
»Unglaublich«, rief sie und breitete die Arme aus. »Warum reißt du mir nicht gleich das Herz heraus? Weniger als dreieinhalb kommt überhaupt nicht in Frage.«
»Um Zeit zu sparen, warum sagen wir nicht einfach drei?« sagte er entschieden. »Mit dem Ziel, daß die Vereinbarung dauerhaft wird«, setzte er als Nachgedanken hinzu.
»Dauerhaft?« Vellas Augen wurden groß.
»Ich mag dich«, erwiderte er. »Also, was sagst du?«
»Steh auf und laß dich anschauen«, befahl sie.
Langsam erhob er sich von seinem Stuhl. Er war groß und schlank, wirkte aber trotzdem muskulös. Vella schürzte die Lippen und betrachtete ihn genau. »Nicht schlecht, oder?« murmelte sie Tashor zu.
»Du könntest es schlechter treffen, Vella«, antwortete ihr Besitzer aufmunternd.
»Ich werde über dein Angebot von drei mit Vorhaben nachdenken«, erklärte Vella. »Hast du einen Namen?«
»Tekk«, stellte sich der große Fallensteller mit einer leichten Verbeugung vor.
»Schön, Tekk«, sagte Vella, »geh nicht weg. Tashor und ich müssen uns über dein Angebot unterhalten.« Sie sah ihn fast schüchtern an. »Ich glaube, ich mag dich auch«, setzte sie weit weniger herausfordernd als sonst hinzu. Dann nahm sie die Leine, die immer noch um Tashors Hand gewickelt war und zog diesen daran aus der Taverne. Ein- oder zweimal blickte sie über die Schulter zurück auf den hageren Tekk.
»Das ist eine Frau«, murmelte Silk mit tiefem Respekt.

Garion stellte fest, daß er wieder normal atmen konnte, wenn sich seine Ohren auch immer noch sehr heiß anfühlten. »Was haben sie mit Vorhaben gemeint?« fragte er Silk leise.
»Tekk hat eine Vereinbarung angeboten, die normalerweise zur Ehe führt«, erklärte Silk.
Das erstaunte Garion. »Ich verstehe überhaupt nichts.«
»Nur weil jemand sie besitzt, hat er noch keinerlei Anrechte auf ihre Person«, sagte Silk, »und ihre Dolche unterstreichen das. Man nähert sich einer nadrakischen Frau *nicht*, es sei denn, man ist lebensmüde. *Sie* trifft die Entscheidung. Die Hochzeit findet im allgemeinen nach der Geburt ihres ersten Kindes statt.«
»Warum war sie so interessiert an dem Preis?«
»Weil sie die Hälfte bekommt.« Silk zuckte die Achseln.
»Sie bekommt jedesmal, wenn sie verkauft wird, die Hälfte von dem Geld?« Garion konnte es kaum glauben.
»Natürlich. Alles andere wäre wohl kaum gerecht, oder?«
Der Kellner, der ihnen noch einmal Bier bringen wollte, war stehengeblieben und starrte Silk offen an.
»Stimmt etwas nicht, Freund?« fragte Silk sanft.
Rasch senkte der Kellner seinen Blick. »Entschuldigung«, murmelte er. »Ich dachte – du hast mich an jemanden erinnert, das ist alles. Bei näherem Hinsehen erkenne ich, daß ich mich geirrt habe.« Er setzte schnell die Krüge ab, drehte sich um und ging, ohne die Münzen mitzunehmen, die Silk auf den Tisch gelegt hatte.
»Ich glaube, wir sollten verschwinden«, sagte Silk leise.
»Was ist denn?« fragte Garion.
»Er weiß, wer ich bin, und es ist immer noch die Belohnung für mich ausgesetzt.«
»Vielleicht hast du recht«, stimmte Belgarath zu und erhob sich.
»Er redet mit den Männern da drüben«, sagte Garion, der den Kellner betrachtete, der sich in dringlichem Gespräch mit einer Gruppe von Jägern befand, die auf der anderen Seite des Raumes standen. Hin und wieder blickte er in ihre Richtung.

»Wir haben ungefähr eine halbe Minute, um nach draußen zu kommen«, sagte Silk angespannt. »Gehen wir.«
Die drei bewegten sich rasch auf die Tür zu.
»Ihr da!« rief jemand hinter ihnen her. »Wartet einen Augenblick!«
»Lauft!« bellte Belgarath. Sie schossen hinaus und schwangen sich gerade in dem Moment in den Sattel, als ein halbes Dutzend ledergekleideter Männer durch die Tavernentür stürmte.
Der Ruf »Haltet sie!« blieb weitgehend unbeachtet, als sie durch die Straßen galoppierten. Fallensteller und Jäger zeigen insgesamt wenig Neigung, sich in die Angelegenheiten anderer einzumischen, so daß Garion, Silk und Belgarath aus dem Dorf heraus waren und durch eine Furt platschten, ehe eine Verfolgung organisiert war.
Silk fluchte unentwegt, als sie auf der anderen Seite des Flusses wieder in den Wald kamen. Seine Verwünschungen waren farbig und ausgedehnt und betrafen nicht nur Geburt, Elternhaus und die unsauberen Angewohnheiten ihrer Verfolger, sondern auch derer, die dafür verantwortlich waren, daß sein Steckbrief immer noch kursierte.
Belgarath zügelte sein Pferd und hob die Hand. Silk und Garion blieben ebenfalls stehen. Silk fluchte unterdessen weiter.
»Könntest du deinen Redefluß vielleicht einmal kurz unterbrechen?« fragte Belgarath. »Ich versuche zu lauschen.«
Silk murmelte noch ein paar ausgesuchte Beschimpfungen vor sich hin, dann biß er die Zähne zusammen. Weit hinter ihnen erklangen undeutliche Schreie und Geplatsche.
»Sie durchqueren den Fluß«, stellte Belgarath fest. »Sieht aus, als hätten sie vor, die Sache ernst zu nehmen. Jedenfalls ernst genug, um uns zu jagen.«
»Werden sie nicht aufgeben, wenn es dunkel wird?« fragte Garion.
»Das sind nadrakische Jäger«, erklärte Silk voller Abscheu. »Sie werden uns tagelang folgen – aus reiner Freude an der Jagd.«

»Dagegen können wir jetzt nicht viel tun«, knurrte Belgarath. »Wir wollen versuchen, ihnen zu entkommen.« Damit stieß er seinem Pferd die Fersen in die Flanken.

Es war schon später Nachmittag, als sie durch den sonnendurchfluteten Wald galoppierten. Es gab nur wenig Unterholz, und die hohen, schlanken Stämme der Tannen und Fichten ragten wie Säulen in den blauen Himmel. Es war ein guter Tag für einen Ritt, aber kein guter Tag, um gejagt zu werden. Dafür war nie ein guter Tag.

Sie erklommen einen Hügel und hielten wieder an, um zu lauschen. »Sie scheinen zurückzufallen«, meinte Garion hoffnungsvoll.

»Das sind nur die Betrunkenen«, widersprach Silk verdrossen. »Diejenigen, die es wirklich ernst meinen, sind bestimmt schon viel näher. Man schreit nicht, wenn man auf der Jagd ist. Sieh mal – dort hinten.« Er zeigte mit dem Arm.

Garion sah in die angegebene Richtung. Zwischen den Bäumen blitzte etwas Helles auf. Ein Mann auf einem weißen Pferd kam auf sie zu. Weit im Sattel vorgebeugt, blickte er angespannt auf die Erde.

»Wenn er Fährten lesen kann, brauchen wir eine Woche, um ihn abzuschütteln«, sagte Silk angewidert.

Irgendwo tief im Wald zu ihrer Rechten heulte ein Wolf.

»Also weiter«, sagte Belgarath.

Sie galoppierten die andere Seite des Hügels hinab und suchten sich ihren Weg zwischen den Bäumen. Die Hufe ihrer Pferde trommelten gedämpft auf dem weichen Lehmboden und wirbelten erst halb verrottetes Laub auf.

»Wir hinterlassen eine Spur so breit wie ein Haus«, rief Silk Belgarath zu.

»Das können wir jetzt nicht ändern«, erwiderte der alte Mann. »Wir müssen erst einen größeren Abstand gewinnen, ehe wir anfangen können, unsere Spur zu verwischen.«

Ein weiteres Heulen schallte klagend durch den Wald, diesmal von links. Es schien etwas näher zu sein als das erste.

Sie ritten noch etwa eine Viertelstunde weiter, bis sie hinter sich bestürzte Schreie hörten. Männer brüllten erschreckt, Pferde wieherten in panischer Angst. Garion hörte wildes Geheul. Auf ein Zeichen von Belgarath hin verlangsamten sie die Pferde, um besser lauschen zu können. Das entsetzte Wiehern von Pferden schallte weiterhin durch den Wald, unterstrichen von den Verwünschungen und Schreckensrufen ihrer Reiter. Von überall erhob sich ein heulender Chor. Plötzlich schien der Wald voller Wölfe zu sein. Die Verfolgungsjagd hinter ihnen löste sich auf, als die Pferde der nadrakischen Kopfgeldjäger in schierer Panik nach allen Seiten davonstoben.

Mit grimmiger Befriedigung lauschte Belgarath auf die schwächer werdenden Geräusche. Dann trottete ein riesiger, dunkler Wolf mit hängender Zunge etwa dreißig Schritt von ihnen entfernt aus dem Wald, blieb stehen, setzte sich auf die Hinterläufe und sah sie mit seinen gelben Augen aufmerksam an.

»Haltet eure Zügel gut fest«, wies Belgarath sie leise an und klopfte seinem plötzlich aufgeregten Pferd beruhigend den Hals.

Der Wolf sagte nichts, sondern saß lediglich da und beobachtete sie.

Belgarath erwiderte den steten Blick ruhig, dann nickte er schließlich einmal anerkennend. Der Wolf erhob sich, machte kehrt und lief auf die Bäume zu. Einmal blieb er stehen, blickte sie über die Schulter hinweg an und hob die Schnauze zu dem tiefen Geheul, das die anderen Angehörigen seines Rudels zu ihrer unterbrochenen Jagd zurückrief. Dann war er verschwunden, und nur das Echo seines Heulens blieb zurück.

4

In den nächsten Tagen ritten sie ostwärts und stiegen dabei allmählich ab in ein breites, sumpfiges Tal, wo das Unterholz dichter wuchs und die Luft merklich feuchter wurde. Eines Nachmittags gab es ein kurzes Sommergewitter mit heftigen

Donnerschlägen, prasselndem Regen und Wind, der in den Bäumen heulte, sie schüttelte und Blätter und Zweige vom Unterholz riß und sie zwischen den dunklen Stämmen umherwirbelte. Aber das Gewitter verzog sich bald, und die Sonne kam wieder heraus. Danach blieb das Wetter schön, und sie kamen gut voran.

Garion fühlte sich seltsam unvollständig auf ihrer Reise und ertappte sich gelegentlich dabei, daß er nach fehlenden Freunden Ausschau hielt. Die lange Suche nach dem Auge hatte ihm eine Art Muster eingeprägt, ein Gefühl für richtig und falsch, und diese Reise fühlte sich eben falsch an. Zum Beispiel war Barak nicht bei ihnen, und die Abwesenheit des großen, rotbärtigen Cherek vermittelte Garion ein seltsames Gefühl der Unsicherheit. Er vermißte auch den habichtgesichtigen, schweigenden Hettar und die gepanzerte Gestalt Mandorallens, der immer vorneweg ritt und an dessen Lanze sein silberblaues Banner flatterte. Er sehnte sich nach Durnik dem Schmied, und er vermißte sogar Ce'Nedras boshafte Sticheleien. Was in Riva geschehen war, kam ihm immer unwirklicher vor, und die komplizierte Zeremonie, die seine Verlobung mit der unmöglichen kleinen Prinzessin begleitet hatte, begann in seiner Erinnerung zu verblassen wie ein halbvergessener Traum.

Eines Abends, nachdem die Pferde angepflockt waren, sie ihre Abendmahlzeit zu sich genommen und sich in die Decken gewickelt hatten, um zu schlafen, erkannte Garion jedoch endlich die zentrale Leere, die in sein Leben getreten war. Tante Pol war nicht bei ihnen, und sie fehlte ihm schrecklich. Seit seiner Kindheit hatte er gefühlt, daß – solange sie bei ihm war – nichts wirklich schiefgehen konnte, was sie nicht wieder in Ordnung bringen konnte. Ihre ruhige, stete Gegenwart war dasjenige gewesen, an das er sich immer geklammert hatte. So deutlich, als stünde sie vor ihm, konnte Garion ihr Gesicht sehen, die strahlenden Augen und die weiße Locke an ihrer Schläfe. Die plötzliche Sehnsucht nach ihr überfiel ihn wie ein heftiger Schmerz.

Alles wirkte ohne sie verkehrt. Sicher, Belgarath war da, und Garion war überzeugt, daß sein Großvater mit jeder rein physischen Gefahr fertig werden konnte, aber es gab auch andere, weniger offensichtliche Gefahren, die der alte Mann entweder außer Acht ließ oder die er lieber ignorierte. An wen sollte Garion sich zum Beispiel wenden, wenn er Angst hatte? Angst zu haben gefährdete zwar nicht Leib oder Leben, aber es war trotzdem eine Wunde, und manchmal sogar eine sehr tiefe und ernste. Tante Pol war immer in der Lage gewesen, seine Ängste zu bannen, aber nun war sie nicht da, und Garion fürchtete sich und konnte es nicht einmal zugeben. Er seufzte und zog die Decken enger um sich. Dann fiel er in einen unruhigen Schlaf.

Einige Tage später erreichten sie gegen Mittag die östliche Gabelung des Cordu, einen breiten, schmutzigbraunen Fluß, der durch ein dichtbewachsenes Tal nach Süden zur Hauptstadt Yar Nadrak floß. Das hellgrüne, hüfthohe Gestrüpp wuchs auf einem mehrere hundert Meter breiten Streifen auf beiden Ufern, schlammverkrustet von den Hochwassern der Schneeschmelze im Frühjahr. In der schwülen Luft hingen ganze Wolken von Mücken und Moskitos.

Ein mürrischer Fährmann setzte sie über zu dem Dorf am anderen Ufer. Als sie die Pferde von der Fähre herunterführten, sagte Belgarath leise: »Wir sollten hier unsere Richtung ändern. Wir trennen uns. Ich werde Proviant besorgen, und ihr zwei sucht die Taverne. Seht zu, daß ihr ein paar Informationen über Pfade, die nach Norden ins Land der Morindim führen, aufschnappen könnt. Je eher wir dort sind, desto besser. Die Malloreaner scheinen hier die Oberhand zu gewinnen und könnten sich ohne Vorwarnung hier festsetzen. Ich habe keine Lust, jeden unserer Schritte einem malloreanischen Grolim zu erklären – ganz davon abgesehen, daß es im Moment ein allzu starkes Interesse an Silk gibt.«

Silk stimmte ihm finster zu. »Ich möchte diese Sache gern klären, aber ich nehme an, dafür haben wir keine Zeit, oder?«

»Nein, eigentlich nicht. Im Norden ist der Sommer nur sehr

kurz, und die Reise nach Mallorea ist selbst bei schönstem Wetter nicht sehr vergnüglich. Wenn ihr in der Taverne seid, erzählt allen, daß wir unser Glück in den Goldfeldern des Nordgebirges versuchen wollen. Irgend jemand ist bestimmt da, der mit seinen Kenntnissen über Pfade und Pässe angeben will – vor allem, wenn du ihm ein paar Bier spendierst.«

»Ich dachte, du hättest gesagt, daß du den Weg kennst«, protestierte Silk.

»Ich kenne *einen* Weg, aber der liegt zweihundert Meilen weiter östlich von hier. Wir wollen sehen, ob wir nicht einen finden können, der etwas näher ist. Ich komme in die Taverne, sobald ich den Proviant habe.« Der alte Mann bestieg sein Pferd und ritt die schmutzige Straße entlang, wobei er das Lastpferd hinter sich am Zügel führte.

Silk und Garion hatten keine Schwierigkeiten, jemanden in der muffigen Taverne zu finden, der bereit war, über Wege und Pfade zu reden. Ganz im Gegenteil, ihre erste Frage löste eine allgemeine Debatte aus.

»Das ist ein langer Umweg, Besher«, unterbrach ein angetrunkener alter Goldgräber die Beschreibung eines Bergpasses, die ein anderer gerade gab. »Man muß *links* an den Stromschnellen vorbei. Das spart drei Tage.«

»Ich rede jetzt, Varn«, erwiderte Besher gereizt und schlug mit der Faust auf den zerschrammten Tisch. »Du kannst ihnen von deinem Weg erzählen, wenn ich fertig bin.«

»Dazu wirst du den ganzen Tag brauchen, wie für den Weg, den du so liebst. Sie wollen Gold suchen, nicht die Landschaft bewundern.« Varns langes, stoppeliges Kinn war streitlustig vorgereckt.

»Wie gehen wir, wenn wir oben auf der langen Wiese sind?« fragte Silk rasch, um Feindseligkeiten vorzubeugen.

»Ihr geht nach rechts«, erklärte Besher mit einem Blick auf Varn.

Varn dachte darüber nach, als suchte er einen Grund zu widersprechen. Schließlich nickte er widerstrebend. »Das ist natürlich der einzige Weg, den man gehen *kann*«, setzte er

hinzu, »aber sobald ihr durch das Wacholdergebüsch seid, müßt ihr euch nach links wenden.« Er sagte dies in dem Ton eines Mannes, der auf Widerspruch gefaßt ist.
»*Links?*« wandte Besher lautstark ein. »Du bist ein Dummkopf, Varn. Man muß sich wieder *rechts* halten!«
»Paß auf, wen du einen Dummkopf nennst, du Esel!«
Ohne weitere Diskussion schlug Besher Varn ins Gesicht, worauf beide aufsprangen und einander über die Tische und Bänke hinweg knufften und wild in der Luft herumfuchtelten.
»Sie haben natürlich beide Unrecht«, sagte ein anderer Goldgräber gelassen, der in ihrer Nähe saß und die Schlägerei mit klinischer Distanz betrachtete. »Wenn ihr durch das Wacholdergebüsch seid, müßt ihr geradeaus gehen.«
Einige untersetzte Männer mit losen Tuniken über ihren polierten Kettenhemden hatten während des Streits unbemerkt die Taverne betreten und traten nun grinsend vor, um Varn und Besher zu trennen, die auf dem schmutzigen Boden herumrollten. Garion spürte, wie Silk neben ihm starr wurde.
»Malloreaner!« sagte der kleine Mann leise.
»Was sollen wir tun?« wisperte Garion und sah sich nach einer Fluchtmöglichkeit um. Aber ehe Silk antworten konnte, trat ein schwarzgekleideter Grolim ein.
»Ich sehe gerne Männer, die so eifrig kämpfen«, schnurrte der Grolim mit seltsamem Akzent. »Die Armee braucht solche Männer.«
»Anwerber!« rief Varn, riß sich von den rotgekleideten Malloreanern los und stürzte zur Tür. Einen Augenblick lang sah es so aus, als könnte er entkommen, aber als er an die Tür kam, hieb ihm jemand von draußen einem schweren Knüppel auf den Kopf. Plötzlich weich in den Knien, taumelte er mit leerem Blick zurück. Der Malloreaner, der ihn getroffen hatte, kam herein, warf ihm einen abschätzenden Blick zu und schlug dann wohlüberlegt noch einmal zu.
»Nun?« fragte der Grolim und sah sich belustigt um. »Wie sieht es aus? Möchten noch mehr von euch davonlaufen, oder zieht ihr es vor, ruhig mitzukommen?«

»Wo bringt ihr uns hin?« fragte Besher, der seinen Arm aus dem Griff eines grinsenden Anwerbers zu befreien versuchte.
»Zuerst nach Yar Nadrak«, antwortete der Grolim, »und dann nach Süden in die Ebenen von Mishrak ac Thull und in das Lager Seiner Kaiserlichen Majestät, 'Zakath, Kaiser von Mallorea. Ihr seid soeben in die Armee eingetreten, Freunde. Ganz Angarak bejubelt euren Mut und euren Patriotismus, und Torak selbst freut sich über euch.« Und wie um seine Worte zu unterstreichen, fuhr die Hand des Grolims an den Griff des Opfermessers, das in einer Scheide an seinem Gürtel steckte.

Die Kette klirrte höhnisch, als Garion, am Knöchel gefesselt, in der langen Reihe verzweifelter Rekruten dahertrottete, auf einem Pfad, der nach Süden durch das dichte Gebüsch am Ufer des Flusses führte. Die Zwangsverpflichteten waren alle flüchtig nach Waffen durchsucht worden – bis auf Garion, den man aus irgendwelchen Gründen übersehen hatte. Er war sich des riesigen Schwerts auf seinem Rücken schmerzlich bewußt, doch wie immer beachtete es sonst niemand.
Als sie vor Verlassen des Dorfes aneinandergekettet wurden, hatten Garion und Silk ein kurzes Gespräch in den kaum wahrnehmbaren Fingerzeichen der drasnischen Geheimsprache führen können.
– *Ich könnte dieses Schloß mit meinem Daumennagel knacken* – hatte Silk mit einem verächtlichen Fingerschnappen behauptet. – *Sobald es heute abend dunkel wird, hake ich uns los und wir verschwinden. Ich glaube wirklich nicht, daß mir das Armeeleben zusagt, und für dich ist es nun völlig unpassend, in einer Angarak-Armee zu dienen – wenn man es genau betrachtet. – Wo ist Großvater?* – hatte Garion gefragt.
– *Oh, irgendwo in der Nähe, schätze ich.* –
Garion war jedoch beunruhigt, und eine ganze Wagenladung voller »Was-wenn's« kam ihm in den Sinn. Um nicht darüber nachdenken zu müssen, beobachtete er verstohlen die Malloreaner, die sie bewachten. Der Grolim und der größte Teil seines Trupps waren weitergezogen, nachdem die Gefangenen

gefesselt waren, um andere Dörfer und damit weitere Rekruten zu suchen, und hatten nur fünf von ihnen zurückgelassen, um diese Gruppe nach Süden zu begleiten. Malloreaner unterschieden sich von anderen Angaraks. Ihre Augen standen zwar ebenso schräg, aber ihre Körper schienen nicht jene Zweckgebundenheit zu besitzen, die die westlichen Stämme so beherrschte. Sie waren untersetzt, aber ohne so breitschultrig und athletisch zu sein wie die Murgos. Sie waren groß, doch nicht so hager und geschmeidig wie Nadraks. Sie waren offensichtlich stark, hatten aber nicht die fast tierischen Kräfte der Thulls mit ihrem starken Brustkorb. Darüber hinaus strahlten sie eine Art verächtlicher Überlegenheit aus, wenn sie Angaraks aus dem Westen betrachteten. Sie sprachen zu den Gefangenen in kurzen, gebellten Befehlen, und wenn sie sich miteinander unterhielten, dann in einem so starken Dialekt, daß sie kaum zu verstehen waren. Über ihren Kettenhemden trugen sie grob gewebte rote Tuniken. Sie konnten nicht besonders gut reiten, wie Garion feststellte, und die gekrümmten Schwerter und breiten, runden Schilde schienen ihnen ständig im Weg zu sein, wenn sie mit den Zügeln zurechtzukommen versuchten.
Garion hielt vorsichtig den Kopf gesenkt, um zu verbergen, daß er – mehr noch als Silk – ganz entschieden kein Angarak war. Die Wachen achteten jedoch kaum auf die Rekruten als Einzelwesen, sondern schienen mehr an ihrer Gesamtzahl interessiert zu sein. Sie ritten ständig an der schwitzenden Kolonne auf und ab, zählten und verglichen die Zahlen mit einem Dokument, das sie mitführten. Sie machten dabei angespannte, sogar besorgte Gesichter. Garion vermutete, daß Unerfreuliches geschehen würde, wenn ihre Anzahl nicht mit der Liste übereinstimmte, wenn sie nach Yar Nadrak kamen.
Eine leichte Bewegung etwas oberhalb des Pfades im Gebüsch ließ Garion aufblicken, und er wandte den Kopf in diese Richtung. Ein großer, silbergrauer Wolf schlich am Waldrand entlang; er hielt exakt mit der Kolonne Schritt. Garion senkte rasch wieder den Kopf, tat so, als ob er stolperte und ließ sich schwer gegen Silk fallen. »Großvater ist da oben«, flüsterte er.

»Hast du ihn jetzt erst bemerkt?« Silk klang überrascht. »Ich beobachte ihn schon seit einer Stunde oder länger.«

Als der Pfad vom Fluß abbog und in den Wald führte, spürte Garion, wie sich die Anspannung in ihm aufbaute. Er konnte nicht mit Sicherheit sagen, was Belgarath vorhatte, aber er wußte, daß die Deckung durch den Wald die Gelegenheit bot, auf die sein Großvater zweifellos wartete. Er bemühte sich, seine wachsende Nervosität zu verbergen, während er hinter Silk hermarschierte, aber das leiseste Geräusch aus dem Wald ließ ihn unwillkürlich zusammenfahren.

Der Pfad führte auf eine große Lichtung, die auf allen Seiten von hohem Farn umgeben war, und dort ließen die malloreanischen Wachen die Kolonne halten, damit sich die Gefangenen etwas ausruhen konnten. Garion sank dankbar neben Silk auf die weiche Erde. Es war eine beachtliche Anstrengung zu marschieren, wenn ein Bein an eine lange Reihe Gefangener gefesselt war, und Garion merkte, daß er heftig schwitzte.

»Worauf wartet er noch?« fragte er Silk flüsternd.

Der rattengesichtige kleine Mann zuckte die Achseln. »Es dauert noch ein paar Stunden, bis es dunkel ist«, antwortete er leise. »Vielleicht will er darauf warten.«

Dann hörten sie aus einiger Entfernung plötzlich Gesang. Das Lied war ordinär und sehr schief gesungen, aber dem Sänger machte es offenbar Spaß. Als er näher kam, merkte man an der undeutlichen Aussprache, daß er ziemlich betrunken war.

Die Malloreaner grinsten einander an. »Noch ein Patriot der sich einschreiben will«, meinte einer von ihnen hämisch. »Verteilt euch, dann schnappen wir ihn, sobald er auf die Lichtung kommt.«

Der singende Nadrak kam auf einem großen Rotschimmel in Sicht. Er trug die übliche, dunkelgefärbte Lederkleidung, und auf einem Ohr saß keck eine Pelzmütze. Er hatte einen dünnen schwarzen Bart und hielt einen Weinschlauch in der Hand. Er schien im Sattel zu schwanken, aber etwas in seinen Augen deutete an, daß er nicht ganz so betrunken war, wie es den Anschein hatte. Garion starrte ihn unverhohlen an, als er, eine

Reihe von Maultieren mit sich führend, auf die Lichtung ritt. Es war Yarblek, der nadrakische Kaufmann, den sie auf der südlichen Karawanenroute in Cthol Murgos getroffen hatten. »He, ihr da!« grüßte Yarblek die Malloreaner lautstark. »Wie ich sehe, hattet ihr eine gute Jagd. Einen ziemlichen Haufen Rekruten habt ihr da.«

»Die Jagd wird immer einfacher.« Einer der Malloreaner grinste ihn an und lenkte sein Pferd über den Pfad, um Yarblek den Weg abzuschneiden.

»Meint ihr mich?« lachte Yarblek dröhnend. »Seid nicht albern. Ich bin viel zu beschäftigt, um Soldat zu spielen.«

»Wie schade«, erwiderte der Malloreaner.

»Ich bin Yarblek, Kaufmann aus Yar Turak und ein persönlicher Freund von König Drosta. Ich habe eine Vollmacht, die er mir selbst ausgestellt hat. Wenn ihr mich irgendwie belästigt, läßt Drosta euch die Haut abziehen und rösten, wenn ihr nach Yar Nadrak kommt.«

Der Malloreaner wirkte etwas weniger selbstsicher. »Wir gehorchen nur 'Zakath«, erklärte er abweisend. »König Drosta hat keine Befehlsgewalt über uns.«

»Ihr seid in Gar og Nadrak, Freundchen«, sagte Yarblek mit Nachdruck, »und hier tut Drosta, was ihm gefällt. Vielleicht muß er sich bei 'Zakath entschuldigen, wenn alles vorbei ist, aber dann seid ihr fünf schon geschält und gar.«

»Ich nehme an, du kannst beweisen, daß du in offiziellen Geschäften unterwegs bist?« fragte der malloreanische Wächter vorsichtig.

»Natürlich kann ich das«, erwiderte Yarblek. Er kratzte sich den Kopf, und sein Gesicht nahm einen dümmlich-erstaunten Ausdruck an. »Wo habe ich das Pergament nur hingetan?« murmelte er vor sich hin. Dann klatschte er in die Hände. »Ach ja«, sagte er, »jetzt weiß ich's wieder. Es ist in dem Gepäck auf dem letzten Maulesel. Hier, trinkt etwas, dann hole ich es.« Er warf dem Malloreaner den Weinschlauch zu, machte kehrt und ritt zum Ende seiner Karawane. Dort stieg er ab und wühlte in einem Leinwandbündel herum.

»Wir sehen uns seine Papiere lieber an, ehe wir etwas unternehmen«, riet einer der anderen Malloreaner. »König Drosta gehört nicht zu den Leuten, mit denen man sich gerne anlegt.«

»Wir können ebensogut einen Schluck nehmen, während wir warten«, schlug ein anderer vor, die Augen auf den Weinschlauch gerichtet.

»In dem Punkt sind wir uns einig«, erwiderte der erste und zog den Stöpsel aus dem Lederschlauch. Er hob den Schlauch mit beiden Händen, um zu trinken.

Ein dumpfer Aufprall, und plötzlich ragte der gefederte Schaft eines Pfeils aus seiner Kehle, gerade oberhalb seiner roten Tunika. Der Wein schoß aus dem Schlauch und floß über sein erstauntes Gesicht. Seine Gefährten starrten ihn an und griffen dann mit alarmierten Aufschreien zu den Waffen, aber es war bereits zu spät. Die meisten von ihnen stürzten in einem plötzlichen Pfeilhagel aus dem Sattel, der aus dem Schutz des Farns auf sie herabregnete. Einer jedoch riß sein Pferd herum und wollte fliehen, den Pfeilschaft, der tief in seiner Seite steckte, umklammernd. Sein Pferd hatte noch nicht einmal zwei lange Sätze gemacht, als sich drei Pfeile in den Rücken des Malloreaners senkten. Er wurde steif, dann rutschte er schlaff aus dem Sattel, seine Füße blieben jedoch in den Steigbügeln hängen. Sein verschrecktes Pferd galoppierte davon und schleifte ihn hinter sich her.

»Ich scheine dieses Dokument nicht finden zu können«, erklärte Yarblek, der mit einem boshaften Grinsen zurückkehrte. Er drehte den Malloreaner, mit dem er gesprochen hatte, mit dem Fuß um. »Du wolltest es doch sowieso nicht sehen, oder?« fragte er den Toten.

Der Malloreaner mit dem Pfeil in der Kehle starrte blicklos zum Himmel hinauf, sein Mund stand offen, und aus seiner Nase rann Blut.

»Das hatte ich auch nicht angenommen.« Yarblek lachte rauh. Er rollte den toten Mann wieder aufs Gesicht. Dann drehte er sich um und grinste Silk an, während seine Bogenschützen aus dem dunkelgrünen Farn auftauchten. »Du kommst wirklich

herum, Silk«, sagte er. »Ich dachte, Taur Urgas hätte in dem stinkenden Cthol Murgos mit dir abgerechnet.«
»Er hat sich verschätzt«, erwiderte Silk beiläufig.
»Wie hast du es fertiggebracht, in die malloreanische Armee aufgenommen zu werden?« fragte Yarblek. Jede Spur seiner gespielten Trunkenheit war von ihm abgefallen.
Silk zuckte die Achseln. »Ich bin unvorsichtig geworden.«
»Ich folge euch schon seit drei Tagen.«
»Deine Anteilnahme rührt mich.« Silk hob seinen gefesselten Fuß und rasselte mit der Kette. »Wäre es zuviel verlangt, dies hier zu öffnen?«
»Du wirst doch wohl keine Dummheiten machen, oder?«
»Natürlich nicht.«
»Such den Schlüssel«, befahl Yarblek einem seiner Bogenschützen.
»Was hast du mit uns vor?« fragte Besher nervös, mit einem ängstlichen Blick auf die toten Wachen.
Yarblek lachte. »Was ihr tut, wenn die Kette ab ist, ist eure Sache«, antwortete er gleichgültig. »Ich würde allerdings nicht empfehlen, sich in der Nähe so vieler toter Malloreaner aufzuhalten. Es könnte jemand vorbeikommen und Fragen stellen.«
»Du läßt uns einfach gehen?« fragte Besher ungläubig.
»Ich habe gewiß nicht vor, euch zu füttern.«
Die Bogenschützen gingen an der Kette entlang und öffneten die Fußeisen, und die Nadraks schossen in die Büsche, sobald sie frei waren.
»Schön«, sagte Yarblek und rieb sich die Hände. »Jetzt, wo wir das erledigt haben, warum trinken wir nicht einen?«
»Der Wächter hat deinen ganzen Wein verschüttet, als er vom Pferd fiel«, meinte Silk.
»Das war nicht mein Wein«, schnaubte Yarblek. »Den habe ich heute morgen gestohlen. Du solltest wissen, daß ich meinen eigenen Wein niemals jemandem anbieten würde, den ich umbringen will.«
»Ich hatte mich schon gewundert.« Silk grinste ihn an. »Ich dachte schon, deine Manieren würden nachlassen.«

Yarblek verzog gekränkt das Gesicht.
»Entschuldigung«, bat Silk rasch. »Ich hatte dich falsch eingeschätzt.«
»Schon gut.« Yarblek zuckte die Achseln. »Viele Leute mißverstehen mich.« Er seufzte. »Das ist nun mal die Last, die ich tragen muß.« Er öffnete ein Bündel von seinem Leittier und hob ein kleines Fäßchen Bier heraus. Er stellte es auf den Boden und stach es geübt an, indem er es mit der Faust einschlug. »Wir wollen uns besaufen«, schlug er vor.
»Würden wir wirklich gern«, lehnte Silk höflich ab. »Aber wir haben noch dringende Angelegenheiten zu erledigen.«
»Du glaubst gar nicht, wie leid mir das tut«, antwortete Yarblek und fischte einige Krüge aus seinem Gepäck.
»Ich wußte, du würdest es verstehen.«
»Oh, ich verstehe es schon, Silk.« Yarblek bückte sich und tauchte zwei Krüge in das Faß. »Und es tut mir so leid wie sonst was, daß eure Geschäfte noch warten müssen. Hier.« Er gab Silk einen Krug und reichte den anderen Garion. Dann füllte er einen Krug für sich selbst.
Silk sah ihn mit hochgezogenen Brauen an.
Yarblek ließ sich auf dem Boden neben dem Faß nieder und legte die Füße bequem auf einen der toten Malloreaner. »Siehst du, Silk«, erklärte er, »Drosta will dich haben – unbedingt. Er hat eine Belohnung auf dich ausgesetzt, die einfach *zu* attraktiv ist, um sie sich entgehen zu lassen. Freundschaft ist eine Sache, aber Geschäft ist schließlich Geschäft. Warum macht ihr, dein junger Freund und du, es euch nicht bequem? Dies ist eine hübsche, schattige Lichtung mit weichem Moos, auf dem man liegen kann. Wir betrinken uns alle, und du kannst mir erzählen, wie du es geschafft hast, Taur Urgas zu entkommen. Und dann erzählst du mir, was aus der schönen Frau geworden ist, die mit euch in Cthol Murgos war. Vielleicht bekomme ich hierdurch genug Geld zusammen, um sie mir leisten zu können. Ich halte zwar nichts vom Heiraten, aber bei Toraks Gebiß, ist das eine schöne Frau. Für sie wäre ich fast bereit, meine Freiheit aufzugeben.«

»Sie wäre bestimmt geschmeichelt«, sagte Silk. »Was dann?«
»Was wann?«
»Wenn wir betrunken sind. Was machen wir dann?«
»Dann wird uns wahrscheinlich schlecht – das passiert meistens. Wenn es uns wieder gutgeht, reiten wir nach Yar Nadrak hinunter. Ich streiche die Belohnung für dich ein, und du kannst dann herausfinden, warum König Drosta lek Thun dich so dringend in die Hände bekommen will.« Er sah Silk leicht belustigt an. »Du kannst dich ruhig hinsetzen und trinken, mein Freund. Im Augenblick gehst du doch nirgendwo hin.«

5

Yar Nadrak war eine ummauerte Stadt, die am Zusammenfluß der westlichen und östlichen Gabelungen des Cordu lag. Um die Stadt herum hatte man einen etwa drei Meilen breiten Gürtel gerodet, indem man einfach Feuer gelegt hatte. Wenn man sich der Stadt näherte, kam man durch eine Wildnis aus schwarzen Baumstümpfen und wucherndem Brombeergestrüpp. Das Stadttor war mächtig und gründlich mit Teer bestrichen. Es wurde gekrönt von einer steinernen Replik der Maske Toraks. Dieses schöne, unmenschlich grausame Gesicht blickte auf alle hinab, die die Stadt betraten, und Garion mußte ein Schaudern unterdrücken, als er darunter herritt.
Die Häuser der nadrakischen Hauptstadt waren hoch und hatten steile Dächer. Die Fenster der zweiten Stockwerke besaßen ausnahmslos Läden, und die meisten dieser Läden waren geschlossen. Jedes sichtbare Stückchen Holz an den Gebäuden war zur besseren Erhaltung mit Teer gestrichen, und die schwarzen Flecken verliehen den Häusern ein eigentümlich krankhaftes Aussehen.
Die engen, winkligen Straßen Yar Nadraks strömten eine trotzige, verängstigte Atmosphäre aus, und die Einwohner hielten den Blick gesenkt, wenn sie eilig ihren Geschäften nachgingen. Die Kleidung der Bürger der Hauptstadt schien

weniger aus Leder zu bestehen als im Hinterland, aber selbst hier waren die meisten Kleidungsstücke schwarz, und nur selten tauchte einmal ein blauer oder gelber Farbfleck auf. Die einzige Ausnahme von dieser Regel bildeten die roten Tuniken der malloreanischen Soldaten. Sie schienen überall zu sein, streiften durch die kopfsteingepflasterten Straßen, fuhren die Bürger barsch an und sprachen laut miteinander in ihrem schweren Akzent.

Während die Soldaten weitgehend angeberische Raufbolde waren, junge Männer, die ihre Nervosität unter großsprecherischem, prahlerischem Gehabe zu verbergen suchten, waren die malloreanischen Grolims von ganz anderer Art. Im Gegensatz zu den westlichen Grolims, die Garion in Cthol Murgos gesehen hatte, trugen sie nur selten die polierte Stahlmaske. Statt dessen hatten sie einen starren, grimmigen Gesichtsausdruck, mit dünnen Lippen und schmalen Augen, und wenn sie in ihren schwarzen Kapuzenroben durch die Straßen eilten, ging ihnen jeder – Malloreaner ebenso wie Nadraks – aus dem Weg.

Garion und Silk, die gut bewacht auf Maultieren saßen, folgten Yarblek in die Stadt. Silk und Yarblek hatten auf dem Weg flußabwärts ihr Wortgefecht weitergeführt, gelegentlich Beleidigungen ausgetauscht oder vergangene Indiskretionen enthüllt. Obwohl er freundlich wirkte, ließ Yarblek in seiner Wachsamkeit nicht nach, und seine Männer bewachten Garion und Silk auf Schritt und Tritt. Garion hatte auf ihrem Drei-Tages-Ritt heimlich den Wald beobachtet, doch er hatte keine Spur von Belgarath entdecken können. Nun betrat er die Stadt mit nervöser Angst. Silk wirkte dagegen so entspannt und zuversichtlich wie immer, und sein Verhalten zerrte aus irgendeinem Grund an Garions Nerven.

Nachdem sie schon einige Zeit über eine gewundene Straße geklappert waren, bog Yarblek in eine schmale, schmutzige Gasse ab, die zum Fluß führte.

»Ich dachte, zum Palast ginge es dort entlang«, meinte Silk und deutete in Richtung Stadtmitte.

»Stimmt«, antwortete Yarblek, »aber wir gehen nicht zum

Palast. Dort hat Drosta Gesellschaft, und er zieht es vor, Geschäfte privat zu erledigen.« Die Gasse öffnete sich bald auf eine elende Straße, wo die hohen, schmalen Häuser sich in einem völlig verwahrlosten Zustand befanden. Der hagere Nadrak preßte die Lippen zusammen, als zwei malloreanische Grolims um eine Ecke bogen und auf sie zu kamen. Yarbleks Miene war offen feindselig, als die beiden sich näherten.

Einer von ihnen blieb stehen und erwiderte seinen Blick. »Du scheinst ein Problem zu haben, Freund.«

»Das ist meine Sache, oder?« entgegnete Yarblek.

»Das ist es in der Tat«, sagte der Grolim kühl. »Aber laß es dir nicht entgleiten. Offene Mißachtung der Priesterschaft ist etwas, das dich in ernsthafte Schwierigkeiten bringen kann.«

Der Schwarzgekleidete sah ihn drohend an.

Aus einem plötzlichen Impuls heraus streckte Garion vorsichtig seinen Geist nach dem Grolim aus und erkundete ihn behutsam, aber den Gedanken, denen er begegnete, war weder eine besondere Wachsamkeit eigen noch die Aura, die der Geist eines Zauberers immer auszustrahlen schien.

»Laß das«, warnte ihn die Stimme in seinem Geist. *»Das ist, als ob du eine Glocke läuten oder ein Schild um den Hals tragen würdest.«*

Garion zog rasch seine Gedanken zurück. *»Ich dachte, alle Grolims wären Zauberer«*, sagte er lautlos. *»Diese beiden sind ganz normale Menschen.«* Aber das andere Bewußtsein war bereits wieder verstummt.

Die beiden Grolims gingen weiter, und Yarblek spuckte verächtlich aus. »Schweine«, murmelte er. »Allmählich hasse ich Malloreaner genauso wie Murgos.«

»Sie scheinen dein Land zu übernehmen, Yarblek«, stellte Silk fest.

Yarblek grunzte. »Laß einen Malloreaner herein, und nach kurzer Zeit sind sie überall.«

»Warum habt ihr sie dann erst hereingelassen?« fragte Silk pfiffig.

»Silk«, sagte Yarblek barsch, »ich weiß, daß du ein Spion bist, und ich werde *nicht* anfangen, mit dir über Politik zu reden, also hör auf, nach Informationen zu angeln.«

»Nur, um die Zeit zu vertreiben«, meinte Silk unschuldig.

»Warum kümmerst du dich nicht um deine eigenen Angelegenheiten?«

»Aber das *sind* meine Angelegenheiten, alter Freund.«

Yarblek starrte ihn wütend an, dann lachte er plötzlich.

»Wohin gehen wir?« fragte Silk und sah sich in der schäbigen Gasse um. »Das ist nicht gerade der vornehmste Teil der Stadt, wenn ich mich recht erinnere.«

»Du wirst es schon merken.«

Sie ritten weiter auf den Fluß zu, wo der Gestank von faulendem Abfall und offenen Kloaken fast überwältigend war. Garion sah Ratten, die in den Rinnsteinen fraßen, und die Menschen auf der Straße hatten die verstohlenen Bewegungen aller, die jeden Grund haben, die Polizei zu meiden.

Yarblek bog abrupt ab und führte sie in eine weitere enge, schmierige Gasse. »Von hier aus gehen wir zu Fuß«, erklärte er und stieg vom Pferd. »Ich möchte zur Hintertür hineingehen.«

Sie ließen die Tiere bei einem seiner Männer zurück und gingen durch die Gasse, wobei sie über verfaulende Abfallhaufen klettern mußten.

»Dort hinunter«, sagte Yarblek, auf eine kurze, wacklige Holztreppe deutend, die zu einer schmalen Tür führte. »Wenn wir drinnen sind, haltet den Kopf gesenkt. Man muß nicht unbedingt merken, daß ihr keine Nadraks seid.«

Sie stiegen die knarrenden Stufen hinab und schlüpften durch die Tür in eine dämmrige, verräucherte Taverne, in der es nach Schweiß, verschüttetem Bier und Erbrochenem stank. Die Feuerstelle in der Mitte des Raumes war voller Asche, und mehrere große Äste schwelten darin, die sehr viel Qualm und nur sehr wenig Licht von sich gaben. Zwei schmale, schmutzige Fenster nach vorne hinaus waren nur unwesentliche hellere Flecken als die sie umgebenden Wände, und eine ein-

same Öllampe hing an einer Kette, die man an einen Deckenbalken genagelt hatte.
»Setzt euch hierher«, befahl Yarblek und deutete auf eine Bank, die an der Rückseite der Schenke stand. »Ich bin gleich zurück.« Er ging in den vorderen Teil der Taverne. Garion sah sich rasch um, muße jedoch sofort feststellen, daß einige von Yarbleks Leuten unauffällig neben der Tür lauerten.
»Was sollen wir tun?« flüsterte er Silk zu.
»Wir haben wohl keine andere Wahl, als abzuwarten, was passiert«, antwortete Silk.
»Du scheinst nicht sehr beunruhigt zu sein.«
»Bin ich auch nicht.«
»Aber wir sind doch gefangengenommen worden, oder?«
Silk schüttelte den Kopf. »Wenn man jemanden gefangennimmt, legt man ihm Fesseln an. König Drosta will nur mit mir reden, das ist alles.«
»Aber dieser Steckbrief...«
»Darauf würde ich nicht allzuviel geben, Garion. Der Steckbrief war für die Malloreaner gedacht. Was immer Drosta auch vorhat, er will nicht, daß sie darüber Bescheid wissen.«
Yarblek kämpfte sich durch die Menge zurück und ließ sich neben ihnen auf die schmutzige Bank fallen. »Drosta wird gleich hier sein«, sagte er. »Wollt ihr etwas trinken, während wir warten?«
Silk sah sich angewidert um. »Lieber nicht«, meinte er. »In den Bierfässern solcher Spelunken schwimmen meist ein paar ersoffene Ratten, ganz zu schweigen von toten Fliegen und Kakerlaken.«
»Wie du meinst.«
»Ist das nicht ein etwas ungewöhnlicher Ort, um einen König zu treffen?« fragte Garion mit einem Seitenblick auf das Innere der Taverne.
»Man muß König Drosta kennen, um das zu verstehen«, erklärte Silk. »Er ist berüchtigt für gewisse Gelüste, und diese Spelunken hier am Fluß sagen ihm zu.«
Yarblek lachte zustimmend. »Unser Monarch ist ein lebhafter

Knabe«, bemerkte er, »aber man darf nie den Fehler begehen und glauben, daß er dumm ist – ungehobelt vielleicht, aber nicht dumm. Wenn er an einen Ort wie diesen kommt, wird sich kein Malloreaner die Mühe machen, ihm zu folgen. Er findet, daß es eine gute Möglichkeit ist, Dinge zu unternehmen, die 'Zakath nicht unbedingt zu Ohren kommen müssen.«

Am Eingang der Taverne entstand Unruhe, und zwei breitschultrige Nadraks in schwarzen Ledertuniken und spitzen Helmen schoben sich durch die Tür. »Platz gemacht!« bellte einer. »Und alles aufstehen!«

»Die noch aufstehen *können*«, setzte der andere trocken hinzu.

Eine Welle höhnischen Gelächters und Spötteleien lief durch die Menge, als ein dünner Mann in gelber Seidenweste und pelzverbrämtem grünem Samtmantel eintrat. Seine Augen waren vorstehend, und sein Gesicht war gezeichnet von alten Pockennarben. Er bewegte sich schnell und abgehackt, und seine Miene zeigte eine seltsame Mischung aus sardonischer Belustigung und einem verzweifelten, unstillbaren Hunger.

»Heil Seiner Majestät, Drosta lek Thun, König der Nadraks!« brüllte ein Betrunkener lauthals, und die übrigen Anwesenden lachten rauh, höhnten, pfiffen und stampften mit den Füßen.

»Meine treuen Untertanen«, entgegnete der Pockennarbige mit breitem Grinsen. »Säufer, Diebe und Zuhälter. Ich sonne mich im warmen Glanz eurer Liebe zu mir.« Seine Verachtung schien sich ebenso gegen ihn selbst zu richten wie gegen die zerlumpte, ungewaschene Menge.

Der Mob johlte spöttisch.

»Wie viele heute abend, Drosta?« rief einer.

»So viele, wie ich schaffe.« Der König warf boshafte Seitenblicke um sich. »Es ist meine Pflicht, königliche Segnungen zu verteilen, wo immer ich auch hingehe.«

»Nennt man das jetzt etwa so?« fragte einer spöttisch.

»Eine genausogute Bezeichnung wie jede andere«, antwortete Drosta achselzuckend.

»Das königliche Schlafgemach wartet«, sagte der Wirt mit einer spöttischen Verbeugung.

»Ebenso wie die königlichen Bettwanzen, denke ich«, fügte Drosta hinzu. »Bier für jeden, der nicht zu betrunken ist, es zu schlucken. Meine loyalen Untertanen sollen auf meine Manneskraft trinken.«

Die Menge jubelte, als der König auf die Treppe zusteuerte, die in die oberen Stockwerke führte. »Die Pflicht ruft«, erklärte er und zeigte mit großer Geste auf die Treppe. »Alle sollen sehen, wie bereitwillig ich gehe und diese Verantwortung auf mich nehme.« Damit schritt er unter dem spöttischen Applaus des Pöbels die Treppe hinauf.

»Was jetzt?« fragte Silk.

»Wir warten noch etwas«, antwortete Yarblek. »Es wäre zu offensichtlich, wenn wir sofort hinaufgingen.«

Garion rutschte unbehaglich auf seiner Bank hin und her. Hinter seinen Ohren spürte er ein nervöses Kribbeln, ein Prickeln, das über seine Haut lief. Er hatte die unerfreuliche Vorstellung von Wanzen und Flöhen, die von dem Gesindel in der Taverne auf der Suche nach frischem Blut auf ihn zuwanderten, verwarf diesen Gedanken jedoch wieder. Das Kribbeln schien nicht äußerlich zu sein.

An einem Tisch in der Nähe schnarchte ein schäbig gekleideter alter Mann, offenbar in fortgeschrittenem Stadium der Trunkenheit, den Kopf auf die Arme gelegt. Mitten in einem Schnarcher hob er kurz den Kopf und blinzelte. Es war Belgarath. Er ließ den Kopf wieder auf die Arme sinken. Garion überkam eine Woge der Erleichterung.

Die betrunkene Menge in der Taverne wurde immer lauter. Bei der Feuerstelle brach ein kurzer, häßlicher Kampf aus, und die übrigen feuerten die beiden Gegner zuerst an, dann beteiligten sie sich und traten die am Boden Liegenden mit Füßen.

»Gehen wir«, sagte Yarblek knapp und erhob sich. Er zwängte sich durch die Menge und stieg die Treppe empor.

»Großvater ist hier«, flüsterte Garion Silk zu, während sie Yarblek folgten.

»Ich habe ihn gesehen«, antwortete Silk.

Die Treppe führte auf einen dämmrigen Flur, der mit schmutzigen, fadenscheinigen Teppichen ausgelegt war. Am anderen Ende lehnten die zwei gelangweilt wirkenden Leibwachen König Drostas zu beiden Seiten einer Tür an der Wand.

»Ich heiße Yarblek«, sagte Silks Freund, als sie an der Tür waren. »Drosta erwartet mich.«

Die Wachen sahen sich an, dann klopfte einer an die Tür. »Der Mann, den Ihr sehen wolltet, ist hier, Eure Majestät.«

»Schickt ihn herein.« Drostas Stimme klang gedämpft.

»Er ist nicht allein«, warnte der Wächter.

»Das ist schon in Ordnung.«

»Geht«, sagte der Wächter zu Yarblek, entriegelte die Tür und stieß sie auf.

Der König der Nadraks lag auf einem ungemachten Bett, die Arme um die mageren Schultern zweier ungewaschener, spärlich bekleideter junger Mädchen mit verfilzten Haaren und hoffnungslos blickenden Augen gelegt. »Yarblek«, grüßte der liederliche Monarch den Kaufmann, »was hat dich aufgehalten?«

»Ich wollte keine Aufmerksamkeit erregen, indem ich Euch sofort folgte, Drosta.«

»Ich hätte mich fast ablenken lassen.« Drosta schaute auf die beiden Mädchen hinunter. »Sind sie nicht niedlich?«

»Wenn man so was mag.« Yarblek zuckte die Achseln. »Ich habe sie lieber, wenn sie etwas reifer sind.«

»Das ist auch gut«, gab Drosta zu, »aber ich liebe sie alle. Ich verliebe mich zwanzigmal am Tag. Lauft jetzt, meine Hübschen«, befahl er den Mädchen. »Ich muß mich jetzt ums Geschäft kümmern. Ich schicke später nach euch.«

Die beiden Mädchen gingen sofort und schlossen leise die Tür hinter sich.

Drosta setzte sich im Bett auf und kratzte sich abwesend unter dem Arm. Seine fleckige, zerknitterte gelbe Weste war aufgeknöpft und ließ seine schwarzbehaarte, knochige Brust sehen. Er war dünn, fast ausgemergelt, und seine hageren Arme sahen aus wie Stöcke. Sein Haar war schütter und fettig, und sein dünner Bart bestand aus kaum mehr als ein paar Haaren, die auf seinem Kinn sprossen. Die Pocken hatten tiefe, zornigrote Narben auf seinem Gesicht zurückgelassen, und Hals und Hände waren von einem ungesunden, schorfigen Ausschlag bedeckt. Er verbreitete einen entschieden unangenehmen Geruch. »Bist du sicher, daß das der Mann ist, den ich wollte?« fragte er Yarblek. Garion sah den König der Nadraks scharf an. Die Heiserkeit war aus seiner Stimme verschwunden, und sein Ton war schneidend und direkt, der Ton eines Mannes, der sich völlig dem Geschäft widmet. Garion änderte seine bisherige Ansicht. Drosta lek Thun war keineswegs so, wie er zu sein schien.

»Ich kenne ihn seit Jahren, Drosta«, antwortete Yarblek. »Dies ist Prinz Kheldar von Drasnien. Er ist auch bekannt unter dem Namen Silk, und manchmal auch als Ambar von Kotu oder Radek von Boktor. Er ist ein Dieb, ein Schwindler und ein Spion. Davon abgesehen ist er gar nicht so übel.«

»Wir sind entzückt, einen so berühmten Mann kennenzulernen«, erklärte König Drosta. »Willkommen, Prinz Kheldar.«

»Eure Majestät«, erwiderte Silk mit einer Verbeugung.

»Ich hätte dich in den Palast gebeten«, fuhr Drosta fort, »aber ich habe einige Gäste mit der unglückseligen Angewohnheit, ihre Nasen in meine Angelegenheiten zu stecken.« Er lachte trocken. »Zum Glück habe ich sehr schnell herausgefunden, daß Malloreaner ein dünkelhaftes Volk sind. Sie würden mir nie an Orte wie diesen folgen, also können wir frei reden.« Er blickte mit belustigter Nachsicht auf das billige, geschmacklose Mobiliar und die roten Vorhänge. »Außerdem«, setzte er hinzu, »gefällt es mir hier.«

Garion stand mit dem Rücken zur Wand neben der Tür und versuchte, sich so unauffällig wie möglich zu machen, aber Drostas nervöser Blick blieb auf ihm ruhen. »Kann man ihm trauen?« wollte der König von Silk wissen.

»Vollkommen«, versicherte Silk ihm. »Er ist mein Lehrling. Ich unterweise ihn in dem Geschäft.«

»Worin? Im Stehlen oder Spionieren?«

Silk zuckte die Achseln. »Es läuft auf dasselbe hinaus. Yarblek sagt, daß Ihr mich sprechen wolltet. Ich nehme an, es geht eher um gegenwärtige Dinge als um frühere Mißverständnisse.«

»Du denkst schnell, Kheldar«, sagte Drosta anerkennend. »Ich brauche deine Hilfe und bin bereit, dafür zu bezahlen.«

Silk grinste. »Ich liebe das Wort ›bezahlen‹.«

»Das habe ich gehört. Weißt du, was hier in Gar og Nadrak vor sich geht?« Drostas Augen blickten durchdringend, und seine zur Schau getragene Lasterhaftigkeit war völlig von ihm abgefallen.

»Ich bin schließlich im Geheimdienst, Eure Majestät«, erklärte Silk.

Drosta grunzte, stand auf und ging zu einem Tisch, auf dem eine Karaffe Wein und Gläser standen. »Etwas zu trinken?« fragte er.

»Warum nicht?«

Drosta füllte vier Gläser, nahm sich eins und schritt mit zorniger Miene im Zimmer auf und ab. »Ich kann das nicht gebrauchen, Kheldar«, brach es aus ihm hervor. »Meine Familie hat Generationen – Jahrhunderte – damit verbracht, Gar og Nadrak den Klauen der Grolims zu entreißen. Jetzt sind sie dabei, uns wieder in heulendes Barbarentum zurückzuzerren, und ich kann nichts dagegen tun. Eine Viertelmillion Malloreaner treiben sich nach ihrem Gutdünken innerhalb unserer Grenzen herum, und im Süden steht eine Armee, die ich nicht einmal zählen kann. Wenn ich auch nur ein Wort des Protestes von mir gebe, wird 'Zakath mein Reich mit einem Faustschlag zertrümmern.«

»Würde er das wirklich tun?« fragte Silk und setzte sich an den Tisch.

»Mit ebensowenig Skrupeln wie du eine Fliege totschlagen würdest«, antwortete Drosta. »Bist du ihm je begegnet?«

Silk schüttelte den Kopf..

»Dann hast du Glück gehabt«, sagte Drosta schaudernd. »Taur Urgas ist verrückt, und so sehr ich ihn auch hasse, er ist wenigstens noch menschlich. 'Zakath besteht aus Eis. Ich *muß* mit Rhodar in Verbindung treten.«

»Aha«, machte Silk. »Darum geht es also.«

»Du bist zwar ein ganz netter Kerl, Kheldar«, meinte Drosta trocken, »aber nur um des Vergnügens deiner Gesellschaft willen, würde ich mir nicht all die Mühe machen. Du mußt Rhodar meine Nachricht überbringen. Ich habe versucht, ihm eine Botschaft zu schicken, aber ich erreiche ihn nie. Er bleibt nie lange genug an einem Ort. Wie kann sich ein so fetter Mann nur so verdammt schnell bewegen?«

»Er täuscht«, sagte Silk knapp. »Was genau habt Ihr im Sinn?«

»Eine Allianz«, antwortete Drosta unumwunden. »Ich stehe mit dem Rücken zur Wand. Entweder ich verbünde mich mit Rhodar, oder ich werde verschluckt.«

Silk setzte behutsam sein Glas ab. »Das ist ein sehr weitreichender Vorschlag, Eure Majestät. In der gegenwärtigen Lage würde es sehr viel Überzeugungskraft kosten, so etwas zu vereinbaren.«

»Deswegen habe ich auch nach dir geschickt, Kheldar. Wir sehen dem Ende der Welt entgegen. Du mußt zu Rhodar gehen und ihn dazu überreden, daß er seine Armee von der thullischen Grenze zurückzieht. Sorge dafür, daß dieser Wahnsinn aufhört, ehe es zu spät ist.«

»König Drosta, meinen Onkel von irgend etwas zu überzeugen, übersteigt meine Fähigkeiten«, antwortete Silk vorsichtig. »Es schmeichelt mir, daß Ihr glaubt, ich hätte soviel Einfluß auf ihn, aber normalerweise spielt es sich zwischen uns eher umgekehrt ab.«

»Verstehst du denn nicht, was passiert, Kheldar?« König Drostas Stimme klang zornig, und er gestikulierte beim Sprechen heftig mit den Armen. »Unsere einzige Überlebenschance besteht darin, alles zu vermeiden, was den Murgos und den Malloreanern einen Grund gibt, sich zu verbünden. Wir sollten alles daran setzen, Unfrieden zwischen ihnen zu stiften, statt sie mit einem gemeinsamen Feind zu versorgen. Taur Urgas und 'Zakath hassen sich mit einer schon fast heiligen Inbrunst. Es gibt mehr Murgos als Sandkörner und mehr Malloreaner als Sterne am Himmel. Die Grolims können so lange ihr

Geschwätz vom Erwachen Toraks plärren, bis ihnen die Zunge abfällt, aber Taur Urgas und 'Zakath haben nur aus einem Grund das Feld betreten – jeder will den anderen vernichten und sich zum Großkönig von Angarak machen. Sie steuern direkt auf einen Krieg mit gegenseitiger Auslöschung zu. Wenn wir uns nicht einmischen, können wir sie beide auf einmal loswerden.«

»Ich glaube, ich verstehe, was Ihr meint«, murmelte Silk.

»'Zakath bringt seine Malloreaner über das Meer des Ostens in sein Lager bei Thull Zelik, und Taur Urgas sammelt seine Murgos aus dem Süden in der Nähe von Rak Goska. Sie werden unausweichlich gegeneinander ziehen. Wir *müssen* uns raushalten und sie kämpfen lassen. Sorge dafür, daß Rhodar sich zurückzieht, ehe er alles verdirbt.«

»Habt Ihr mit den Thulls darüber gesprochen?« erkundigte sich Silk.

Drosta schnaubte verächtlich. »Wozu? Ich habe versucht, das alles König Gethell zu erklären, aber das ist, als ob man zu einem Misthaufen redet. Die Thulls haben eine solche Angst vor den Grolims, daß man nur Toraks Namen zu erwähnen braucht, und sie verlieren völlig den Verstand. Gethell ist durch und durch ein Thull. Zwischen seinen Ohren ist nichts als Sand.«

»Es gibt nur ein Problem dabei, Drosta«, sagte Silk zu dem erregten Monarchen. »Ich kann König Rhodar Eure Botschaft nicht überbringen.«

»Du kannst nicht?« explodierte Drosta. »Was soll das heißen, du *kannst nicht?«*

»Mein Onkel und ich stehen im Moment nicht gerade auf bestem Fuß miteinander«, log Silk, ohne rot zu werden. »Wir hatten vor einigen Monaten ein kleines Mißverständnis. Bei meinem Anblick würde er mich sofort in Ketten legen – und ich bin ziemlich sicher, daß es danach noch schlimmer käme.«

Drosta stöhnte. »Dann sind wir alle verloren«, erklärte er, wobei er in sich zusammenzusinken schien. »Du warst meine letzte Hoffnung.«

»Laßt mich einen Moment überlegen«, sagte Silk. »Vielleicht können wir doch noch etwas retten.« Er starrte zu Boden und kaute geistesabwesend auf seinen Fingernägeln, während er über das Problem nachdachte. »*Ich* kann nicht gehen«, sagte er schließlich. »Das ist klar. Aber das bedeutet nicht, daß nicht jemand anders gehen kann.«

»Wem sonst würde Rhodar trauen?«

Silk wandte sich an Yarblek, der dem Gespräch aufmerksam gefolgt war. »Hast du augenblicklich irgendwelche Schwierigkeiten in Drasnien?«

»Nicht daß ich wüßte.«

»Schön«, fuhr Silk fort. »In Boktor gibt es einen Pelzhändler – Geldahar.«

»Dick? Leicht schielend?« fragte Yarblek.

»Das ist er. Warum nimmst du nicht eine Schiffsladung Pelze und gehst nach Boktor? Wenn du versuchst, Geldahar die Felle zu verkaufen, erzähle ihm, daß die Lachse dieses Jahr spät wandern.«

»Er wird bestimmt fasziniert sein, das zu hören.«

»Es ist ein Code-Wort«, erklärte Silk übertrieben geduldig. »Sobald du ihm das sagst, wird er dafür sorgen, daß du zu Königin Porenn in den Palast gelangst.«

»Ich habe gehört, daß sie eine schöne Frau ist«, sagte Yarblek, »aber das ist eine weite Reise, nur um eine hübsches Mädchen zu sehen. Ich kann auch ein paar Straßen weiter hübsche Mädchen finden.«

»Du verstehst nicht, Yarblek«, entgegnete Silk. »Porenn ist Rhodars Königin, und er vertraut ihr – sogar mehr, als er mir früher vertraute. Sie wird wissen, daß ich dich schicke, und wird alles, was du ihr sagst, an meinen Onkel weiterleiten. Rhodar wird Drostas Botschaft drei Tage nachdem du in Boktor eingetroffen bist, lesen. Das garantiere ich.«

»Du würdest einer *Frau* alles erzählen?« fuhr Drosta auf. »Kheldar, du bist wahnsinnig. Ein Geheimnis ist bei einer Frau nur dann sicher aufgehoben, wenn man ihr die Zunge abschneidet.«

Silk schüttelte entschieden den Kopf. »Porenn besitzt jetzt schon die Kontrolle über den drasnischen Geheimdienst, Drosta. Sie kennt bereits die meisten Geheimnisse der Welt. Ihr werdet nie einen Gesandten durch eine alornische Armee bis zu Rhodar schleusen können, also vergeßt das. Er hat Chereks dabei, und die töten jeden Angarak, der ihnen unter die Augen kommt. Wenn Ihr Euch mit Rhodar verständigen wollt, müßt Ihr den drasnischen Geheimdienst als Zwischenträger benutzen, und das bedeutet, über Porenn zu gehen.«

Drosta sah ihn zweifelnd an. »Vielleicht«, sagte er nach kurzer Überlegung. »Im Moment würde ich alles versuchen, aber warum soll Yarblek gehen? Warum kannst *du* der drasnischen Königin nicht meine Botschaft überbringen?«

Silk sah etwas gequält drein. »Ich fürchte, das wäre keine gute Idee«, antwortete er. »Porenn war der eigentliche Gegenstand der Auseinandersetzung mit meinem Onkel. Ich bin im Palast zur Zeit keineswegs willkommen.«

König Drosta zog eine seiner buschigen Augenbrauen hoch. »Also *das* ist es.« Er lachte. »Du hast deinen Ruf wirklich verdient, wie ich sehe.« Er wandte sich an Yarblek. »Dann liegt es also an dir. Triff die nötigen Vorbereitungen für die Reise nach Boktor.«

»Ihr schuldet mir bereits Geld, Drosta«, entgegnete Yarblek unverblümt, »die Belohnung dafür, daß ich Kheldar hergebracht habe, erinnert Ihr Euch?«

Drosta zuckte die Achseln. »Schreib es irgendwo auf.«

Yarblek schüttelte stur den Kopf. »Kommt nicht in Frage. Wir wollen in Gelddingen auf dem laufenden bleiben. Ihr seid als säumiger Zahler bekannt, wenn Ihr erst habt, was Ihr wollt.«

»Yarblek«, sagte Drosta jammernd, »ich bin dein König.«

Yarblek neigte spöttisch den Kopf. »Ich ehre und respektiere Eure Majestät«, sagte er, »aber Geschäft bleibt Geschäft.«

»Ich trage nicht so viel Geld bei mir«, protestierte Drosta.

»Das ist schon in Ordnung, Drosta. Ich kann warten.« Yarblek verschränkte die Arme und setzte sich mit der Miene eines Mannes, der vorhat, eine Weile zu bleiben.

Der König der Nadraks starrte ihn hilflos an.
Dann öffnete sich die Tür, und Belgarath kam herein, noch in die Lumpen gekleidet, die er unten in der Taverne getragen hatte. Es lag nichts Verstohlenes in seiner Haltung, er bewegte sich vielmehr wie jemand, der ernste Dinge zu erledigen hat.
»Was soll das?« rief Drosta ungläubig. »Wachen!« brüllte er. »Schafft diesen betrunkenen Alten hier raus!«
»Sie schlafen, Drosta«, sagte Belgarath gelassen. »Aber sei nicht zu streng mit ihnen. Es ist nicht ihre Schuld.« Er schloß die Tür hinter sich.
»Wer bist du? Was machst du hier?« fragte Drosta. »Verschwinde!«
»Ich glaube, Ihr solltet genauer hinsehen, Drosta«, empfahl Silk ihm mit einem trockenen Hüsteln. »Äußerlichkeiten können manchmal täuschen, und Ihr solltet nicht so schnell jemanden hinauswerfen. Vielleicht hat er etwas Wichtiges zu sagen.«
»Kennst du ihn, Kheldar?« fragte Drosta.
»Jeder kennt ihn«, antwortete Silk, »oder hat von ihm gehört.«
Drostas Gesicht verzog sich zu einem verwirrten Stirnrunzeln, aber Yarblek war von seinem Stuhl aufgesprungen. Er war plötzlich blaß geworden. »Drosta!« keuchte er. »Seht ihn an. Überlegt einen Moment. Ihr wißt, wer das ist.«
Drosta starrte den schäbig gekleideten alten Mann an, seine hervorquellenden Augen wurden groß. *»Du!«* stammelte er.
Yarblek starrte Belgarath immer noch mit offenem Mund an. »Er war von Anfang an drin verwickelt. Ich hätte es mir schon in Cthol Murgos zusammenreimen können – er, die Frau, alles.«
»Was machst du in Gar og Nadrak?« fragte Drosta ehrfürchtig.
»Wir sind nur auf der Durchreise, Drosta«, antwortete Belgarath. »Wenn ihr euer Gespräch hier beendet habt – ich brauche die beiden Alorner. Wir haben eine Verabredung, und wir sind schon spät dran.«
»Ich habe immer gedacht, du wärst nur ein Mythos.«
»Diese Ansicht unterstütze ich auch nach Kräften«, sagte Belgarath. »Dann läßt es sich leichter reisen.«

»Hast du etwas damit zu tun, was die Alorner machen?«
»Sie handeln mehr oder weniger auf meine Veranlassung, ja. Polgara behält sie im Auge.«
»Kannst *du* ihnen nicht sagen, sie sollen aufhören?«
»Das wird nicht nötig sein, Drosta. Ich an deiner Stelle würde mir keine allzu großen Sorgen über 'Zakath und Taur Urgas machen. Es stehen wichtigere Dinge bevor als ihre Zänkereien.«
»Also *das* hat Rhodar vor«, sagte Drosta in plötzlicher Erkenntnis. »Ist es wirklich schon so spät?«
»Noch später als du denkst«, antwortete der alte Zauberer. Er ging zum Tisch und goß sich etwas von Drostas Wein ein. »Torak wird schon unruhig, und die ganze Sache ist wahrscheinlich erledigt, bevor der erste Schnee fällt.«
»Du verlangst zu viel, Belgarath«, sagte Drosta. »Ich kann vielleicht versuchen, um Taur Urgas und 'Zakath herum zu manövrieren, aber ich werde ganz bestimmt nicht Torak verärgern.« Er ging entschlossen auf die Tür zu.
»Tu nichts Unüberlegtes, Drosta«, riet Belgarath ihm ruhig von seinem Stuhl her und trank einen Schluck Wein. »Grolims können sehr unvernünftig sein, und die Tatsache, daß ich hier in Yar Nadrak bin, kann nur so verstanden werden, daß wir eine geheime Abmachung haben. Du wirst rücklings über einem Altar liegen, und dein Herz wird in den Kohlen zischen, ehe du überhaupt Gelegenheit hast, etwas zu erklären – König hin, König her.«
Drosta blieb wie angewurzelt stehen, sein pockennarbiges Gesicht wurde sehr blaß. Einen Augenblick schien er mit sich selbst zu kämpfen. Dann sanken seine Schultern herab, und seine Entschlossenheit schwand. »Du setzt mir das Messer auf die Brust, nicht wahr, Belgarath?« sagte er mit einem kurzen Auflachen. »Du hast es geschafft, daß ich mich selbst überlistet habe, und jetzt willst du mich damit dazu zwingen, den Gott von Angarak zu verraten.«
»Liebst du ihn denn so sehr?«
»Niemand liebt Torak. Ich habe *Angst* vor ihm, und das ist ein

besserer Grund, sich mit jemandem gut zu stellen, als irgendeine rührselige Bindung. Wenn er erwacht...« Der König der Nadraks schauderte.

»Hast du je darüber nachgedacht, wie die Welt aussehen könnte, wenn es ihn nicht gäbe?« fragte Belgarath.

»Das wäre zu schön, um wahr zu sein. Er ist ein Gott. Niemand kann darauf hoffen, ihn zu besiegen. Dafür ist er zu mächtig.«

»Es gibt mächtigere Dinge als Götter, Drosta – zwei, die mir auf Anhieb einfallen. Und diese beiden rasen auf eine letzte Begegnung miteinander zu. Es ist bestimmt keine gute Idee, wenn du dich jetzt zwischen sie stellst.«

Aber etwas anderes war Drosta eingefallen. Er drehte sich mit einem Blick ungläubigen Staunens um und starrte Garion an. Er schüttelte den Kopf und rieb sich die Augen, als wollte er einen Nebel verscheuchen. Garion wurde sich peinlich des großen Schwerts auf seinem Rücken bewußt. Drostas vorstehende Augen wurden noch größer, als die Erkenntnis dessen, was er sah, die Suggestion des Auges auslöschte, nicht wahrzunehmen, was da vor ihm stand. Seine Miene wurde ehrfürchtig, und eine verzweifelte Hoffnung flackerte in seinem häßlichen Gesicht auf. »Eure Majestät«, stammelte er mit einer respektvollen Verbeugung.

»Eure Majestät«, erwiderte Garion und neigte höflich den Kopf.

»Es sieht so aus, als müßte ich Euch Glück wünschen«, sagte Drosta leise. »Und egal, was Belgarath sagt, ich glaube, Ihr werdet es brauchen.«

»Danke, König Drosta«, sagte Garion.

6

»Glaubst du, wir können Drosta vertrauen?« fragte Garion Silk, als sie Belgarath durch die von Abfällen übersäte Gasse hinter der Taverne folgten.

»Nur so weit, wie wir ihn werfen könnten«, antwortete Silk.

»Aber in *einem* war er ehrlich. Er steht mit dem Rücken zur Wand. Das bringt ihn vielleicht dazu, aufrichtig mit Rhodar zu verhandeln – wenigstens zu Anfang.«

Als sie die Straße am Ende der Gasse erreichten, warf Belgarath einen Blick zum Himmel hinauf. »Wir sollten uns beeilen«, meinte er. »Ich möchte aus der Stadt hinaus sein, ehe die Tore geschlossen werden. Ich habe unsere Pferde etwa eine Meile von hier in einem Dickicht gelassen.«

»Du bist ihretwegen zurückgegangen?« Silk wirkte etwas erstaunt.

»Natürlich. Ich habe nicht vor, den ganzen Weg nach Morindland zu laufen.« Er bog in eine Straße ein, die vom Fluß wegführte.

Sie kamen gerade in dem Moment am Stadttor an, als die Wächter es für die Nacht schließen wollten. Einer der nadrakischen Soldaten hob die Hand, als ob er sich ihnen in den Weg stellen wollte, änderte dann aber anscheinend seine Meinung und winkte sie ärgerlich durch, unterdrückt vor sich hinschimpfend. Das große, teerbestrichene Tor schloß sich mit einem Dröhnen hinter ihnen, und man hörte das Rasseln schwerer Ketten, als die Riegel vorgeschoben wurden. Garion sah einmal zu dem steinernen Antlitz Toraks empor, das vom Tor finster auf sie herabsah, dann wandte er ihm den Rücken zu.

»Glaubst du, daß man uns verfolgen wird?« fragte Silk Belgarath, als sie über die verkommene Straße gingen, die aus der Stadt führte.

»Es würde mich nicht wundern«, erwiderte Belgarath. »Drosta weiß – oder vermutet – einiges von dem , was wir vorhaben. Malloreanische Grolims sind sehr geschickt, und sie können seinem Kopf Gedanken entnehmen, ohne daß er es merkt. Deswegen machen sie sich wohl auch nicht die Mühe, ihm zu folgen, wenn er seine kleinen Ausflüge unternimmt.«

»Solltest du dann nicht etwas unternehmen?« fragte Silk, während sie in der zunehmenden Dämmerung dahinschritten.

»Wir sind schon zu dicht an Mallorea, um unnötigen Lärm zu veranstalten«, erklärte Belgarath. »Zedar kann mich über große

Entfernungen hinweg hören, und Torak döst nur noch. Ich möchte nicht das Risiko eingehen, ihn mit lautem Gepolter zu wecken.«

Sie wanderten auf die Schattenlinie des Gebüschs zu, das am Rande der gerodeten Flächen wuchs, die die Stadt umgaben. Im Dämmerlicht klang das Quaken der Frösche in dem sumpfigen Gelände am Fluß sehr laut.

»Dann schläft Torak nicht mehr richtig?« fragte Garion schließlich. Er hatte im stillen immer die geheime Hoffnung gehegt, daß er sich an den schlafenden Gott heranpirschen könnte, ohne daß dieser es merkte.

»Nein, nicht mehr richtig«, antwortete sein Großvater. »Der Lärm, den deine Berührung des Auges auslöste, hat die ganze Welt erschüttert. Nicht einmal Torak konnte dabei weiterschlafen. Er ist zwar noch nicht richtig wach, aber er schläft auch nicht mehr fest.«

»Hat es wirklich soviel Lärm gemacht?« fragte Silk neugierig.

»Man konnte es wahrscheinlich auf der anderen Seite des Universums hören. Ich habe die Pferde dort drüben gelassen.« Der alte Mann deutete auf ein kleines Weidengehölz ein paar hundert Meter links der Straße.

Hinter ihnen rasselten schwere Ketten, und die erstaunten Frösche verstummten für einen Moment.

»Sie öffnen das Tor«, sagte Silk. »Das würden sie nicht tun, wenn sie nicht einen offiziellen Grund hätten.«

»Dann beeilen wir uns«, erwiderte Belgarath.

Die Pferde bockten und wieherten, als die drei sie in der rasch zunehmenden Dunkelheit durch die wispernden Weiden drängten. Außerhalb des Wäldchens stiegen sie auf und ritten zurück zur Straße.

»Sie wissen, daß wir irgendwo hier sind«, sagte Belgarath. »Es hat also keinen Sinn, daß wir uns verstecken.«

»Einen Moment noch«, sagte Silk. Er glitt aus dem Sattel und durchwühlte einen der Leinenbeutel, die ihr Lasttier trug. Er zog etwas heraus und kletterte wieder auf sein Pferd. »Dann los.«

Sie galoppierten unter einem sternenklaren, mondlosen Himmel auf die dichteren Schatten zu, wo der Wald an die große, verbrannte Lichtung grenzte, die die nadrakische Hauptstadt umgab.
»Kannst du sie sehen?« rief Belgarath Silk zu, der das Schlußlicht bildete und sich immer wieder umsah.
»Ich glaube schon«, rief Silk zurück. »Sie sind ungefähr eine Meile hinter uns.«
»Das ist zuwenig.«
»Sobald wir im Wald sind, kümmere ich mich darum«, versprach Silk zuversichtlich.
Der dunkle Wald kam immer näher. Garion konnte schon die Bäume riechen.
Sie preschten in die schwarzen Schatten unter den Bäumen, wo sie sofort die leichte, zusätzliche Wärme spürten, die ein Wald immer ausstrahlt. Silk zügelte plötzlich sein Pferd. »Reitet weiter«, befahl er, während er sich aus dem Sattel schwang. »Ich hole euch schon ein.«
Belgarath und Garion ritten etwas langsamer weiter, um die Straße in der Dunkelheit besser ausmachen zu können. Nach einigen Minuten holte Silk sie wieder ein. »Horcht«, sagte der kleine Mann und brachte sein Pferd zum Stehen. Seine Zähne blitzten in der Dunkelheit auf, als er grinste.
»Sie kommen«, warnte Garion drängend, der das Klappern von Hufen hörte. »Sollten wir nicht lieber...«
»Horch«, flüsterte Silk scharf.
Hinter sich hörten sie bestürzte Ausrufe und den dumpfen Aufprall fallender Körper. Ein Pferd wieherte auf und jagte davon.
Silk lachte boshaft. »Jetzt können wir wohl weiter«, sagte er fröhlich. »Sie werden eine Weile aufgehalten sein, um ihre Pferde zu suchen.«
»Was hast du denn gemacht?« fragte Garion.
Silk zuckte die Achseln. »Ich habe ein Seil über die Straße gespannt, etwa in Brusthöhe eines Reiters. Ein alter Trick, aber manchmal sind die alten Tricks die besten. Sie müssen jetzt

vorsichtig sein, also sollten wir sie gegen Morgen abgehängt haben.«

»Dann los«, sagte Belgarath.

»Wohin geht es eigentlich?« fragte Silk, während sie in leichten Galopp fielen.

»Wir reiten direkt auf das Nordgebirge zu«, antwortete der alte Mann. »Es wissen zu viele Leute, daß wir hier sind, deswegen sollten wir so schnell wie möglich ins Land der Morindim gelangen.«

»Wenn sie wirklich hinter uns her sind, werden sie uns doch auch dorthin verfolgen, oder nicht?« fragte Garion, nervös über seine Schulter blickend.

»Ich glaube nicht«, erwiderte Belgarath. »Wenn wir dort ankommen, werden sie weit abgeschlagen sein. Ich kann mir nicht vorstellen, daß sie riskieren, ins Land der Morindim einzudringen, nur um einer kalten Spur zu folgen.«

»Ist es denn *so* gefährlich, Großvater?«

»Die Morindim machen häßliche Sachen mit den Fremden, die sie erwischen.«

Garion dachte darüber nach. »Werden *wir* nicht auch Fremde sein?« fragte er. »Für die Morindim, meine ich.«

»Darum kümmere ich mich, wenn wir dort sind.«

Sie galoppierten weiter durch die samtschwarze Nacht und ließen ihre nun wachsameren Verfolger weit hinter sich. Die Dunkelheit zwischen den Bäumen wurde gesprenkelt vom schwachen Schein der Glühwürmchen, und unablässig zirpten die Grillen. Als das erste Licht des Morgens in den Wald drang, erreichten sie den Rand eines weiteren abgebrannten Feldes. Belgarath blieb stehen, um vorsichtig durch das Gebüsch zu spähen, das hier und dort von verkohlten Baumstümpfen durchsetzt war. »Wir sollten besser etwas essen«, schlug er vor. »Die Pferde brauchen eine Rast, und wir können dann noch etwas schlafen, ehe wir wieder aufbrechen.« Er sah sich um. »Aber wir gehen lieber von der Straße weg.« Er bog ab und ritt am Rand der Rodung entlang. Nach einigen hundert Metern kamen sie auf eine kleine Lichtung, die in das Gestrüpp vorsprang. Aus einer kleinen Quelle plätscherte Wasser in einen vermoosten Teich am Waldrand. Die Lichtung war umgeben von Brombeerhecken und einem Dickicht aus verkohlten Stämmen. »Dies ist ein guter Platz«, entschied Belgarath.

»Eigentlich nicht«, widersprach Silk. Er starrte auf einen annähernd würfelförmig behauenen Felsblock, der mitten auf der Lichtung stand. Häßliche schwarze Spuren zogen sich über die Flächen des Steins.

»Für unsere Zwecke schon«, entgegnete der alte Mann. »Die Altäre Toraks werden im allgemeinen gemieden, und wir wollen ja keine Gesellschaft.«

Sie stiegen am Waldrand ab, und Belgarath begann ihr Gepäck nach Brot und Dörrfleisch zu durchsuchen. Garion fühlte sich seltsam geistesabwesend. Er war müde, und seine Schläfrigkeit machte ihn leicht benommen. Ganz bewußt wanderte er über die weiche Erde auf den blutbefleckten Altar zu. Er starrte ihn an, und seine Augen nahmen jede Einzelheit genau wahr, ohne daß er über deren eigentliche Bedeutung nachdachte. Der geschwärzte Stein stand unverrückbar in der Mitte der Lichtung und warf im schwachen Tageslicht keinen Schatten. Es war ein alter Altar, der schon seit längerem nicht mehr benutzt worden war. Die Flecken, die in die Poren des Steins eingedrungen waren, waren schwarz vor Alter, und die Knochen, die ringsum auf dem Boden lagen, waren halb in der Erde versunken und mit grünem Moos bewachsen. Viele der Knochen waren gebrochen und trugen die Spuren kleiner scharfer Zähne von den Aasfressern des Waldes, die sich von allem ernährten, solange es nur tot war. Um eine zerfallene Wirbelsäule hing noch eine Kette mit einem billigen, schwarz angelaufenen, silbernen Anhänger, und nicht weit davon steckte eine Messingschnalle voller Grünspan immer noch in einem Stück verrottendem Leder.

»Komm da weg, Garion«, sagte Silk, spürbar angewidert.

»Es hilft etwas, wenn ich ihn anschaue«, erwiderte Garion ruhig, weiter den Altar und die Knochen betrachtend. »Dann habe ich etwas, worüber ich nachdenken und meine Angst verdrängen kann.« Er straffte die Schultern, so daß sich das große Schwert auf seinem Rücken bewegte. »Ich finde eigentlich nicht, daß die Welt so etwas braucht. Ich glaube, es ist Zeit, daß man etwas dagegen unternimmt.«

Als er sich umdrehte, merkte er, daß Belgarath ihn aus schmalen Augen beobachtete. »Es ist ein Anfang«, sagte der Zauberer. »Laßt uns essen und dann etwas schlafen.«

Sie hielten ein rasches Frühstück ab, pflockten die Pferde an und rollten sich unter einigen Büschen am Rand der Lichtung in ihre Decken. Weder die Gegenwart des Grolimaltars noch der seltsame Entschluß, den dieser in ihm ausgelöst hatte, konnte Garion daran hindern, auf der Stelle einzuschlafen.

Es war schon fast Mittag, als er erwachte, aufgeschreckt durch ein sanftes Wispern in seinem Geist. Er setzte sich hastig auf und sah sich nach der Quelle dieser Strömung um, aber weder von dem Wald noch der abgebrannten Rodung schien eine Gefahr zu drohen. Belgarath stand in seiner Nähe und blickte zum Sommerhimmel empor, wo ein großer, blaugebänderter Habicht kreiste.

»*Was machst du hier?*« Der alte Zauberer sprach nicht, sondern warf die Worte regelrecht mit seinem Geist in die Höhe. Der Habicht segelte auf die Lichtung herab, schlug mit den Flügeln, um nicht auf dem Altar zu landen und glitt zu Boden. Er sah Belgarath mit zornig-gelben Augen an, dann schimmerten seine Konturen und verschwammen. Plötzlich saß an seiner Stelle der mißgestaltete Zauberer Beldin. Er war immer noch so zerlumpt, so schmutzig und so gereizt, wie Garion ihn von ihrer letzten Begegnung her in Erinnerung hatte.

»Weiter seid ihr noch nicht gekommen?« fragte er Belgarath barsch. »Was macht ihr denn die ganze Zeit, haltet ihr bei jeder Taverne an?«

»Es gab eine kleine Verzögerung«, erwiderte Belgarath gelassen.

Beldin grunzte mürrisch. »Wenn ihr weiter so herumtrödelt, braucht ihr das ganze Jahr, bis ihr in Cthol Mishrak seid.«

»Wir werden schon hinkommen, Beldin. Du machst dir zuviel Sorgen.«

»Irgend jemand muß das ja tun. Ihr werdet verfolgt, mußt du wissen.«

»Wie weit sind sie hinter uns?«

»Vielleicht fünfzehn Meilen.«

Belgarath zuckte die Achseln. »Das reicht. Wenn wir nach Morindland kommen, geben sie ohnehin auf.«

»Und was, wenn nicht?«

»Warst du in letzter Zeit öfter mit Polgara zusammen?« fragte Belgarath trocken. »Ich dachte, ich wäre den ›Was-wenn's‹ entkommen.«

Beldin zuckte die Achseln, eine Geste, die durch seinen Buckel grotesk wirkte. »Ich habe sie letzte Woche gesehen«, berichtete er. »Weißt du, sie hat interessante Dinge mit dir vor.«

»Sie war im Tal?« Belgarath klang überrascht.

»Auf der Durchreise. Sie war bei der Armee des kleinen rothaarigen Mädchens.«

Garion warf seine Decke von sich. »*Wessen Armee?*« fragte er.

»Was geht da unten vor?« wollte Belgarath wissen.

Beldin fuhr sich durch das verfilzte Haar. »Ich habe es nicht ganz begriffen«, gestand er. »Ich weiß nur, daß die Alorner dem kleinen tolnedranischen Rotschopf folgen. Sie nennt sich rivanische Königin – was immer das auch heißen soll.«

»*Ce'Nedra?*« Garion konnte es nicht glauben, wenn er auch insgeheim wußte, daß er es besser tun sollte.

»Ich glaube, sie ist wie die Pest über Arendien hergefallen«, fuhr Beldin fort. »Nachdem sie fort war, gab es nicht einen gesunden Mann mehr im Reich. Dann ist sie nach Tolnedra gezogen und hat ihrem Vater Krämpfe beschert – ich wußte gar nicht, daß er zu Anfällen neigt.«

»Sie treten bei den Borunern hin und wieder auf«, sagte Belgarath. »Es ist nichts wirklich Ernstes, aber sie halten es gern geheim.«

»Jedenfalls«, erzählte der Bucklige weiter, »während Ran Borune noch der Schaum vor dem Mund stand, hat ihm seine

Tochter seine Legionen gestohlen. Sie hat die halbe Welt dazu gebracht, zu den Waffen zu greifen und ihr zu folgen.« Er sah Garion fragend an. »Du sollst sie doch heiraten, nicht wahr?«

Garion nickte, denn er vertraute seiner Stimme noch nicht.

Beldin grinste plötzlich. »Vielleicht solltest du mal an deine Flucht denken.«

»*Ce'Nedra?*« fragte Garion noch einmal fassungslos.

»Das scheint ihm aufs Gehirn geschlagen zu sein«, meinte Beldin.

»Er steht unter starker Anspannung, und seine Nerven sind im Moment nicht die besten«, erwiderte Belgarath.

Beldin nickte. »Die Zwillinge und ich werden uns Polgara anschließen, wenn der Feldzug beginnt. Vielleicht braucht sie Hilfe, wenn die Grolims vereint gegen sie auftreten.«

»Feldzug?« rief Belgarath. »Was für ein Feldzug? Ich habe gesagt, sie sollten lediglich herummarschieren und viel Lärm machen. Ich habe ausdrücklich gesagt, *keine* Invasion.«

»Wie es scheint, haben sie dich ignoriert. Alorner sind in solchen Dingen nicht gerade für ihre Zurückhaltung bekannt. Anscheinend haben sie gemeinsam beschlossen, etwas zu unternehmen. Der Dicke wirkt eigentlich sehr intelligent. Er will eine cherekianische Flotte ins Meer des Ostens bringen, um wirksam gegen die malloreanischen Fährschiffe vorgehen zu können. Alles übrige scheint vorwiegend der Ablenkung zu dienen.«

Belgarath begann zu fluchen. »Man kann sie keine Sekunde aus den Augen lassen«, tobte er. »Wie konnte Polgara sich nur auf diese Torheiten einlassen?«

»Der Plan hat gewisse Vorteile, Belgarath. Je mehr Malloreaner sie jetzt ertränken, desto weniger haben wir später zu bekämpfen.«

»Wir hatten nie vor, mit ihnen zu kämpfen, Beldin. Die Angaraks werden sich nur dann vereinen, wenn Torak kommt und sie wieder zusammenschweißt – *oder* wenn sie sich einem gemeinsamen Feind gegenüber sehen. Wir haben gerade erst mit Drosta lek Thun, dem König der Nadraks, gesprochen, und er ist so überzeugt, daß Murgos und Malloreaner kurz davor stehen, gegeneinander in den Krieg zu ziehen, daß er sich mit dem Westen verbünden will, um mit heiler Haut da herauszukommen. Wenn du zurückgehst, sieh zu, ob du Rhodar und Anheg etwas Vernunft beibringen kannst. Ich habe auch so schon genügend Probleme.«

»Deine Schwierigkeiten fangen gerade erst an, Belgarath. Die Zwillinge hatten vor ein paar Tagen eine Visitation.«

»Eine was?«

Beldin zuckte die Achseln. »Wie willst du es sonst nennen? Sie arbeiteten an etwas – das mit alldem überhaupt nichts zu tun hat –, und plötzlich fielen die beiden in Trance und plapperten auf mich ein. Zuerst wiederholten sie nur das Geschwätz aus dem Mrin-Kodex – du kennst die Stelle –, wo der Mrin-Prophet völlig verrückt wurde und eine Zeitlang nur noch tierische Laute von sich gab. Jedenfalls, sie gaben diesen Teil wieder – aber diesmal kam es zusammenhängend heraus.«

»Was haben sie gesagt?« fragte Belgarath mit brennenden Augen.

»Bist du sicher, daß du es hören willst?«

»Natürlich will ich.«

»Also schön. Es war folgendes: ›Denn höret, das Herz des Steins wird erweichen, und die Schönheit, die zerstört ward, wird zurückgegeben, und das Auge, das nicht ist, soll wieder werden.‹«

Belgarath starrte ihn an. »Das ist es?«

»Das ist es.«

»Aber was soll das heißen?« fragte Garion.

»Genau, was es sagt, Belgarion«, antwortete Beldin. »Aus irgendeinem Grund wird das Auge Torak wiederherstellen.«

Garion begann zu zittern, als ihm die volle Bedeutung von Beldins Worten klar wurde.

»Dann wird Torak gewinnen«, sagte er dumpf.

»Von gewinnen oder verlieren war nicht die Rede, Belgarion«, stellte Beldin richtig. »Es hieß nur, daß das Auge zurücknehmen wird, was es Torak angetan hat, als er es benutzte, um die Welt zu spalten. Von dem ›Warum‹ wurde nichts gesagt.«

»Das war schon immer das Problem mit der Prophezeiung«, bemerkte Belgarath. »Es kann eine von einem Dutzend Möglichkeiten bedeuten.«

»Oder alle auf einmal«, setzte Beldin hinzu. »Deswegen ist es manchmal so schwer, sie zu verstehen. Wir neigen dazu, uns auf eine Sache zu konzentrieren, aber Prophezeiung schließt gleichzeitig alles ein. Ich werde daran arbeiten und sehen, ob ich dem nicht einen Sinn abringen kann. Wenn ich etwas herausbekomme, lasse ich es dich wissen. Jetzt mache ich mich besser auf den Rückweg.« Er beugte sich leicht nach vorn und krümmte die Arme in einer flügelähnlichen Haltung. »Paß auf die Morindims auf«, riet er Belgarath. »Du bist ein guter Zauberer, aber die Magie ist etwas ganz anderes ...«

»Ich werde schon damit zurechtkommen, wenn es nötig ist«, erwiderte Belgarath bissig.

»Vielleicht«, meinte Beldin. »Wenn es dir gelingt, nüchtern zu bleiben.« Er begann zu schimmern und verwandelte sich wieder in einen Habicht, schlug zweimal mit den Flügeln und schraubte sich zum Himmel empor. Garion beobachtete ihn, bis er nur noch ein kleiner Punkt war.

»Ein seltsamer Besuch«, sagte Silk und rollte sich aus seinen Decken. »Sieht so aus, als wäre einiges geschehen, seit wir unterwegs sind.«

»Und nichts Gutes«, fügte Belgarath verdrießlich hinzu. »Laßt uns aufbrechen. Wir müssen uns jetzt wirklich beeilen. Wenn Anheg seine Flotte ins Meer des Ostens schafft und anfängt, malloreanische Schiffe zu versenken, entschließt sich 'Zakath vielleicht, nach Norden zu marschieren und über die Landbrücke zu kommen. Falls wir nicht zuerst da sind, wird es da oben recht eng.« Der alte Mann blickte finster zu Silk. »Ich würde deinen Onkel gern in die Finger bekommen. Ich würde dafür sorgen, daß er ein paar Pfund abschwitzt.«

Sie sattelten rasch die Pferde und ritten am Rand des durchsonnten Waldes auf die Straße zurück, die nach Norden führte.

Trotz der eher schwachen Versicherungen der beiden Zauberer versank Garion in Verzweiflung. Sie würden verlieren, und Torak würde ihn töten.

»Hör auf, dich selbst zu bemitleiden«, sagte die innere Stimme schließlich.

»Warum hast du mich soweit getrieben?« fragte Garion bitter.

»Darüber haben wir schon einmal gesprochen.«

»Er wird mich töten.«

»Wie kommst du darauf?«

»Das hat die Prophezeiung gesagt.« Garion hielt abrupt inne, als ihm ein Gedanke kam. *»Du hast es selbst gesagt. Du bist doch die Prophezeiung, oder?«*

»Das ist eine irreführende Bezeichnung, außerdem habe ich nichts von gewinnen oder verlieren gesagt.«

»Aber das ist es doch, was es bedeutet.«

»Nein. Es bedeutet genau, was es heißt.«

»Was könnte es denn sonst bedeuten?«

»Du wirst von Tag zu Tag sturer. Hör auf, dir so viele Gedanken über Bedeutungen zu machen und tu einfach, was du tun mußt. Dort hinten hattest du es fast schon geschafft.«

»Wenn du nur in Rätseln sprichst, warum dann überhaupt? Warum die ganze Mühe, Dinge zu sagen, die niemand verstehen kann?«

»Weil es nötig ist, es zu sagen. Das Wort bestimmt das Ereignis. Das Wort setzt dem Ereignis Grenzen und formt es. Ohne das Wort ist das Ereignis nur ein zufälliges Geschehen. Das ist der ganze Zweck dessen, was du Prophezeiung nennst – das Bedeutsame vom Zufall zu trennen.«

»Das verstehe ich nicht.«

»Das hatte ich auch nicht erwartet, aber du hast immerhin gefragt. Jetzt hör auf, dir Sorgen zu machen. Es hat nichts mit dir zu tun.«

Garion wollte protestieren, aber die Stimme war fort. Durch die Unterhaltung fühlte er sich aber schon etwas besser – nicht viel, aber wenigstens ein bißchen. Um sich abzulenken, ritt er neben Belgarath, als sie auf der anderen Seite der Rodung

wieder in den Wald kamen. »Wer sind eigentlich die Morindim, Großvater?« fragte er. »Alle Leute reden von ihnen, als wären sie schrecklich gefährlich.«
»Das sind sie auch«, antwortete Belgarath, »aber man kann durch ihr Land reisen, wenn man vorsichtig ist.«
»Stehen sie auf Toraks Seite?«
»Die Morindim stehen auf keiner Seite. Sie leben nicht einmal in derselben Welt wie wir.«
»Das begreife ich nicht.«
»Die Morindim sind, wie die Ulgos früher einmal waren – ehe UL sie angenommen hat. Es gab verschiedene Gruppen von Gottlosen. Alle wanderten in andere Richtungen davon. Die Ulgos gingen nach Westen, die Morindim nach Norden. Andere Gruppen zogen nach Süden oder Osten und verschwanden.«
»Warum sind sie nicht einfach geblieben, wo sie waren?«
»Das konnten sie nicht. In den Entscheidungen der Götter liegt auch so etwas wie ein Zwang. Jedenfalls, die Ulgos fanden schließlich einen Gott. Die Morindim nicht. Sie fühlen immer noch den Zwang, sich von anderen Völkern fernzuhalten. Sie leben in der baumlosen Ebene hinter den Nordbergen – meistens als kleine, nomadisierende Gruppen.«
»Was hast du damit gemeint, sie leben nicht in derselben Welt wie wir?«
»Die Welt ist ein ziemlich schrecklicher Ort für einen Morind, ein von Dämonen heimgesuchter Ort. Sie beten Teufel an und leben mehr in Träumen als in der Wirklichkeit. Ihre Gesellschaft wird beherrscht von den Träumern und Magiern.«
»Aber eigentlich gibt es doch keine Teufel, oder?« fragte Garion skeptisch.
»Oh, doch. Die Teufel sind sehr real.«
»Woher kommen sie?«
Belgarath zuckte die Achseln. »Ich habe keine Ahnung. Aber sie existieren, und sie sind vollkommen böse. Die Morindim halten sie mit Hilfe von Magie unter Kontrolle.«
»Magie? Unterscheidet sie sich von dem, was wir tun?«

»Ziemlich. Wir sind Zauberer, oder jedenfalls nennt man uns so. Was wir tun, verlangt den Willen und das Wort, aber das ist nicht die einzige Möglichkeit, etwas zu tun.«
»Ich verstehe nicht ganz.«
»Es ist eigentlich gar nicht so kompliziert, Garion. Es gibt verschiedene Wege, an der normalen Ordnung der Dinge herumzumanipulieren. Vordai ist eine Hexe. Sie benutzt Geister, manche sind gutmütig, manche sind boshaft, aber sie sind nie wirklich böse. Ein Magier benutzt Teufel, böse Geister.«
»Ist das nicht auch gefährlich?«
Belgarath nickte. »*Sehr* gefährlich sogar«, antwortete er. »Der Magier versucht, den Dämon mit Bannsprüchen, Formeln, Gesängen, Symbolen, mystischen Diagrammen und so weiter zu kontrollieren. Solange er keinen Fehler macht, ist der Dämon sein völliger Sklave und muß tun, was er ihm befiehlt. Aber der Dämon will kein Sklave sein und sucht ständig nach einer Möglichkeit, den Bann zu brechen.«
»Und was passiert, wenn es ihm gelingt?«
»Im allgemeinen verschlingt er den Magier auf der Stelle. Das geschieht recht häufig. Wenn die Konzentration nachläßt, oder du einen Dämon rufst, der zu stark für dich ist, dann steckst du in Schwierigkeiten.«
»Was hat Beldin gemeint, als er sagte, du wärst nicht sehr gut in Magie?« fragte Silk.
»Ich habe nie viel Zeit damit verbracht, sie zu lernen«, erwiderte der alte Zauberer. »Ich habe schließlich andere Möglichkeiten, und Magie ist gefährlich und nicht sehr zuverlässig.«
»Dann solltest du sie nicht benutzen«, schlug Silk vor.
»Das hatte ich eigentlich auch nicht vor. Meist reicht die Androhung von Magie aus, um die Morindim auf Abstand zu halten. Wirkliche Auseinandersetzungen sind selten.«
»Ich kann verstehen warum.«
»Wenn wir die Nordberge hinter uns haben, werden wir uns verkleiden. Es gibt eine Anzahl von Zeichen und Symbolen, die die Morindim meiden.«
»Klingt vielversprechend.«

»Aber zuerst müssen wir einmal dahinkommen«, sagte der alte Mann. »Laßt uns etwas schneller reiten. Wir haben noch einen weiten Weg vor uns.« Damit ließ er sein Pferd in Galopp fallen.

7

Fast eine Woche lang ritten sie ständig nach Norden. Sie kamen zügig voran, mieden jedoch die spärlich verstreuten Siedlungen, die im Nadrakwald lagen. Garion bemerkte, daß die Nächte beständig kürzer wurden, und als sie die Vorberge der Nordkette erreichten, gab es praktisch keine Dunkelheit mehr. Abend und Morgen waren nur wenige Stunden hellen Dämmerlichts, wenn die Sonne kurz am Horizont versank, um bald darauf schon wieder aufzugehen.

Das Nordgebirge bildete die nördliche Begrenzung des nadrakischen Waldes. Es war eigentlich weniger eine Gebirgsregion als vielmehr eine Reihe von Gipfeln, hochragendes Gelände, das sich wie ein langer Finger von den Gebirgen, die das Rückgrat des Kontinents bildeten, nach Osten erstreckte. Während sie über einen kaum sichtbaren Pfad zu einem Sattel ritten, der zwischen zwei verschneiten Gipfeln lag, wurden die sie umgebenden Bäume immer kleiner und verkrüppelter und verschwanden schließlich ganz. Danach gab es keine Bäume mehr. Belgarath blieb am Rand eines dieser letzten Wäldchen stehen und schnitt sich ein halbes Dutzend langer Ruten.

Der Wind, der von den Gipfeln herabwehte, brachte bittere Kälte und den trockenen Geruch nach ewigem Winter mit sich. Als sie die mit Felsblöcken übersäte Paßhöhe erreichten, blickte Garion zum erstenmal auf die endlose Ebene hinunter. Die Ebene, die durch keinerlei Baumbewuchs unterbrochen wurde, war mit hohem Gras bewachsen, das sich in langen Wellen vor dem unablässigen Wind beugte. Flüsse zogen ziellos durch diese Leere, und unzählige seichte Seen und Teiche lagen, blau und glitzernd unter der nördlichen Sonne, so weit man sehen konnte.

»Wie weit reicht die Ebene?« fragte Garion leise.
»Von hier bis zum Polareis«, antwortete Belgarath. »Viele hundert Meilen.«
»Und außer den Morindim lebt niemand hier?«
»Niemand will hier leben. Den größten Teil des Jahres ist die Ebene in Schnee und Finsternis begraben. Du kannst sechs Monate hier herumwandern, ohne ein einzigesmal die Sonne zu sehen.«
Sie ritten den felsigen Abhang zur Ebene hinunter und fanden eine kleine, niedrige Höhle am Fuß des Granitkliffs, das die Grenzlinie zwischen Gebirge und Vorbergen zu bilden schien.
»Wir bleiben eine Weile hier«, sagte Belgarath, sein Pferd zügelnd. »Wir müssen einige Vorbereitungen treffen, und die Pferde brauchen eine Rast.«
In den nächsten Tagen waren sie recht beschäftigt, während Belgarath ihr Äußeres radikal veränderte. Silk stellte grobe Fallen in dem Labyrinth aus Kaninchenspuren auf, die sich durch das hohe Gras wanden, und Garion durchstreifte die Vorberge auf der Suche nach knolligen Wurzeln und einer seltsam duftenden weißen Blume. Belgarath saß in der Höhlenöffnung und fertigte verschiedene Dinge aus seinen Ruten. Die Wurzeln, die Garion sammelte, sonderten eine dunkelbraune Masse ab, die Belgarath ihnen sorgfältig auf die Haut auftrug. »Die Morindim sind dunkelhäutig«, erklärte er, als er Silks Arme und Rücken mit der Farbe einrieb. »Etwas dunkler noch als Tolnedraner oder Nyisser. Nach ein paar Wochen wird die Farbe verblassen, aber sie wird lange genug halten, bis wir hier durch sind.«
Nachdem er ihre Haut schwärzlich gefärbt hatte, zerstampfte er die eigenartig riechenden Blumen, um eine Art jettschwarzer Tinte zu erhalten. »Silks Haar hat schon die richtige Tönung«, sagte er, »und meins wird auch so durchgehen, aber Garions geht auf gar keinen Fall.« Er verdünnte einen Teil der Tinte mit Wasser und färbte Garions strohblondes Haar schwarz. »So ist es besser«, grunzte er, als er fertig war, »und wir haben noch genug übrig für die Tätowierungen.«

»Tätowierungen?« fragte Garion verblüfft.
»Die Morindim schmücken sich ausführlich damit.«
»Tut es weh?«
»Wir werden uns nicht wirklich tätowieren, Garion«, sagte Belgarath mit gequälter Miene. »Es würde zu lange dauern, um zu verheilen. Außerdem fürchte ich, daß deine Tante hysterische Anfälle bekommen würde, wenn ich dich von oben bis unten gemustert wieder mit nach Hause brächte. Die Tinte wird gerade lange genug halten, bis wir Morindland hinter uns haben. Sie wird letztendlich verblassen.«
Silk saß mit gekreuzten Beinen vor der Höhle und mußte jedem wie ein Schneider erscheinen, der frische Kaninchenfelle an ihre Kleider nähte.
»Werden sie nach ein paar Tagen nicht anfangen zu riechen?« fragte Garion naserümpfend.
»Vermutlich«, gab Silk zu, »aber ich habe keine Zeit, die Felle zu gerben.«
Später, als Belgarath sorgfältig die Tätowierung auf ihre Gesichter malte, erklärte er ihnen die Verkleidung, die sie annehmen würden. »Garion wird der Sucher sein«, sagte er.
»Was ist denn das?« wollte Garion wissen.
»Halt dein Gesicht still«, brummte Belgarath stirnrunzelnd und zog mit einer Rabenfeder dünne Linien unter Garions Augen. »Die Suche ist ein morindisches Ritual. Für einen jungen Morind von Rang gehört es sich, daß er sich auf eine Suche begibt, ehe er eine wichtige Position in seinem Stamm übernimmt. Du wirst ein Stirnband aus weißem Pelz tragen und den roten Speer, den ich für dich gemacht habe. Er dient nur zeremoniellen Zwecken«, warnte er, »also versuche nicht, jemanden damit zu erstechen. Das gilt als sehr schlechtes Benehmen.«
»Ich werde daran denken.«
»Wir werden dein Schwert tarnen, so daß es aussieht wie eine Reliquie oder so etwas. Ein Magier könnte vielleicht die Suggestion des Auges durchschauen, daß es nicht da ist – abhängig davon, wie gut er ist. Noch etwas, dem Sucher ist es unter allen

Umständen strengstens verboten zu sprechen, also halt den Mund. Silk wird dein Träumer sein. Er wird am linken Arm ein Band aus weißem Pelz tragen. Träumer sprechen meist in Rätseln oder unverständliches Geplapper, und sie neigen dazu, in Trance zu fallen und Anfälle zu haben.« Er warf Silk einen Blick zu. »Schaffst du das?«

»Verlaß dich nur auf mich«, meinte Silk grinsend.

»Lieber nicht«, grunzte Belgarath. »Ich werde Garions Magier sein. Ich trage einen Stab mit einem gehörnten Schädel, der ausreichen wird, daß die meisten Morindim einen Bogen um uns machen.«

»Die meisten?« hakte Silk rasch ein.

»Es gilt als schlechtes Benehmen, sich in eine Suche einzumischen, aber hin und wieder geschieht es doch.« Der alte Mann betrachtete kritisch Garions Tätowierungen. »Gut genug«, meinte er und wandte sich mit seinen Federkielen Silk zu.

Als alles fertig war, waren die drei kaum noch zu erkennen. Was der alte Mann ihnen so sorgsam auf Arme und Gesicht gemalt hatte, waren weniger Bilder als Ornamente. Die Gesichter hatte er in scheußliche Teufelsfratzen verwandelt, und die sichtbaren Körperteile waren mit Symbolen in schwarzer Tinte verziert. Sie trugen pelzbesetzte Hosen und Westen und um den Hals klappernde Ketten aus Knochen. Die gefärbten Arme und Schultern blieben nackt und waren reichhaltig bemalt.

Dann ging Belgarath in das unterhalb der Höhle liegende Tal, um etwas zu suchen. Sein tastender Geist brauchte nicht lange, um zu finden, was er suchte. Wie Garion mit Abscheu beobachtete, schändete der alte Mann ohne Skrupel ein Grab. Er grub einen grinsenden menschlichen Schädel aus und klopfte behutsam die Erde aus ihm. »Ich brauche Hirschgeweihe«, sagte er zu Garion. »Nicht zu groß und einigermaßen zusammenpassend.« Dann hockte er sich hin, ein wüster Anblick in seinen Fellen und Bemalungen, und begann den Schädel mit einigen Handvoll trockenem Sand abzuschrubben.

Hier und dort lagen im hohen Gras wettergebleichte Geweihe,

da die Hirsche dieser Region jeden Winter ihr Geweih abwarfen. Garion sammelte etwa ein Dutzend und kehrte damit zur Höhle zurück, wo sein Großvater gerade ein Paar Löcher in den oberen Teil des Schädels bohrte. Kritisch untersuchte er die Hörner, die Garion ihm brachte, suchte ein Paar aus und schraubte sie in die Löcher. Das Knirschen von Horn auf Knochen verursachte Garion eine Gänsehaut. »Was hältst du davon?« fragte Belgarath, den gehörnten Schädel hochhaltend.

»Es ist grotesk«, schauderte Garion.

»Das soll es auch sein«, erwiderte der alte Mann. Er befestigte den Schädel auf einem langen Stab, schmückte ihn mit einigen Federn und stand auf. »Wir wollen zusammenpacken und dann aufbrechen.«

Sie ritten durch die baumlosen Vorberge hinunter in das wogende, hüfthohe Gras, als die Sonne schon am südwestlichen Horizont sank, um nur kurz hinter die Gipfel der Bergkette zu tauchen, die sie gerade überquert hatten. Der Geruch der ungegerbten Felle, die Silk an ihre Kleider genäht hatte, war nicht sehr angenehm, und Garion tat sein möglichstes, nicht zu dem gräßlich entstellten Schädel hinüberzusehen, der auf Belgaraths Stab steckte.

»Wir werden beobachtet«, bemerkte Silk nach etwa einer Stunde beiläufig.

»Das hatte ich erwartet«, antwortete Belgarath. »Reitet einfach weiter.«

Als die Sonne wieder aufging, hatten sie ihre erste Begegnung mit den Morindim. Sie hatten auf dem leicht abfallenden Kiesufer eines gewundenen Flusses Rast gemacht, um die Pferde zu tränken, als etwa ein Dutzend in Felle gekleideter Reiter, deren dunkle Gesichter zu Teufelsfratzen tätowiert waren, ans andere Ufer galoppierten und dort stehenblieben. Sie sagten nichts, betrachteten aber die Erkennungszeichen, die Belgarath so mühsam angefertigt hatte, ganz genau. Nach einer kurzen, geflüsterten Beratung machten sie kehrt und entfernten sich wieder vom Ufer. Einige Minuten später kam einer von ihnen zurück, ein in Fuchsfelle gewickeltes Bündel bei sich tragend. Er hielt an, ließ das Bündel am Ufer fallen und ritt dann davon, ohne sich noch einmal umzusehen.

»Was bedeutet das?« fragte Garion.

»Das Bündel ist ein Geschenk – jedenfalls so etwas Ähnliches«, antwortete Belgarath. »Es ist eine Gabe für jeden Teufel, der uns vielleicht begegnet. Geh und hole es.«

»Was ist darin?«

»Ein bißchen hiervon, ein bißchen davon. Ich würde es nicht aufmachen, wenn ich du wäre. Außerdem vergißt du, daß du nicht sprechen darfst.«

»Es ist doch niemand da«, meinte Garion und drehte den Kopf, um nach irgendwelchen Anzeichen dafür Ausschau zu halten, daß sie beobachtet wurden.

»Sei dir dessen nicht zu sicher«, entgegnete der alte Mann. »Sie können sich zu Hunderten im Gras verstecken. Geh und hol das Bündel, dann reiten wir weiter. Sie waren höflich genug, aber sie werden wesentlich glücklicher sein, wenn wir mit unseren Teufeln ihr Gebiet wieder verlassen haben.«

Sie ritten weiter über die flache, charakterlose Ebene. Eine Wolke von Fliegen, angezogen vom Geruch ihrer unbehandelten Felle, plagte sie.

Ihre nächste Begegnung, einige Tage später, war weniger freundlich. Sie waren in ein hügeliges Gebiet gekommen, wo große, runde weiße Felsblöcke aus dem Gras ragten und zottige, wilde Rinder mit großen, gebogenen Hörnern grasten. Wolken waren aufgezogen, und der graue Himmel dämpfte das Licht, so daß die kurze Dämmerung, die den Übergang von einem Tag zum nächsten markierte, nur ein kaum wahrnehmbares Dunklerwerden bedeutete. Sie ritten einen sanften Hang zu einem großen See hinab, der wie geschmolzenes Blei unter dem wolkenverhangenen Himmel lag, als sich plötzlich ringsum aus dem hohen Gras tätowierte, pelzgekleidete Krieger erhoben, mit langen Speeren und kurzen Bögen bewaffnet, die offenbar aus Knochen gefertigt waren.

Garion riß heftig an seinen Zügeln und sah Belgarath fragend an, wie er sich verhalten sollte.

»Sieh ihnen ins Gesicht«, sagte sein Großvater leise, »und denke daran, daß du nicht sprechen darfst.«
»Da kommen noch mehr«, sagte Silk angespannt und deutete mit dem Kinn auf einen nahen Hügel, von dem ungefähr ein halbes Dutzend Morindim auf bemalten Pferden langsam herankam.
»Überlaß mir das Reden«, sagte Belgarath.
»Mit Vergnügen.«
Der Mann an der Spitze der berittenen Truppe war kräftiger gebaut als die meisten seiner Gefährten, und die schwarzen Tätowierungen auf seinem Gesicht waren blau und rot ausgemalt, was ihn als wichtigen Mann seines Stammes auswies und der Teufelsfratze ein noch schrecklicheres Aussehen verlieh. Er hatte einen großen Knüppel in der Hand, der mit fremdartigen Symbolen bemalt und mit Reihen scharfer Zähne von verschiedenen Tieren besetzt war. An der Art, wie er sie hielt, war zu erkennen, daß es sich eher um ein Rangabzeichen als um eine Waffe handelte. Er ritt ohne Sattel und hatte nur einen Strick als Zügel. In einer Entfernung von dreißig Schritten blieb er stehen. »Warum seid ihr in das Land des Wiesel-Stammes gekommen?« fragte er abrupt. Er sprach mit starkem Akzent, und seine Augen brannten vor Feindseligkeit.
Belgarath richtete sich beleidigt auf. »Sicherlich hat der Häuptling des Wiesel-Stammes die Zeichen der Suche erkannt«, erwiderte er kalt. »Wir haben keine Interessen im Land des Wiesel-Stammes, sondern folgen dem Befehl des Teufelsgeistes des Wolfs-Stammes in der Suche, die er uns auferlegt hat.«
»Ich habe noch nie von dem Wolfs-Stamm gehört«, antwortete der Häuptling. »Wo liegt sein Land?«
»Im Westen«, sagte Belgarath. »Der Mondgeist hat auf unserem Weg hierher zweimal ab- und zugenommen.«
Das schien den Häuptling zu beeindrucken.
Ein Morind mit langen weißen Zöpfen und dünnem, schmutzigem Bart lenkte sein Pferd neben den Häuptling. In der rechten Hand hielt er einen Stab, der von dem Schädel eines großen Vogels gekrönt wurde. Der aufgerissene Schnabel war mit

Zähnen geschmückt, die ihm ein wildes Aussehen gaben. »Wie lautet der Name des Teufelsgeistes des Wolfs-Stammes?« fragte er. »Vielleicht kenne ich ihn.«
»Das bezweifle ich«, antwortete Belgarath höflich. »Er entfernt sich nur selten von seinem Volk. Auf jeden Fall kann ich seinen Namen nicht aussprechen, denn dies hat er ausschließlich den Träumern gestattet.«
»Kannst du mir sagen, wie er aussieht und welche Zeichen er trägt?« fragte der Magier mit den weißen Zöpfen.
Silk gab ein langgezogenes Röcheln aus tiefster Kehle von sich, wurde im Sattel steif und verdrehte die Augen so furchtbar, daß nur noch das Weiße zu sehen war. Mit abgehackten, krampfartigen Bewegungen warf er beide Arme in die Luft. »Seid auf der Hut vor dem Teufel Agrinja, der ungesehen hinter uns stampft«, begann er mit hohler, orakelnder Stimme. »Ich habe in meinen Träumen sein Gesicht mit den drei Augen und das Maul mit den hundert Zähnen gesehen. Die Augen der Sterblichen vermögen ihn nicht zu sehen, doch seine siebenklauigen Hände strecken sich schon aus, um all die zu zerreißen, die sich seinem auserwählten Sucher, dem Speerträger des Wolfs-Stammes, in den Weg stellen. In meinen Alpträumen habe ich ihn fressen sehen. Der Hunger kommt, und er giert nach Menschenfleisch. Flieht seinen Hunger.« Er erschauerte, ließ die Arme fallen und sank in seinem Sattel zusammen, als wäre er plötzlich erschöpft.
»Du bist also schon hier gewesen, wie ich sehe«, murmelte Belgarath. »Aber bitte halte deine Erfindungsgabe im Zaum. Denk daran, daß *ich* möglicherweise hervorbringen muß, was du träumst.«
Silk blinzelte ihm zu. Seine Beschreibung des Teufels hatte spürbar Eindruck auf die Morindim gemacht. Die Berittenen sahen sich nervös um, und die Männer im Gras rückten unwillkürlich näher zusammen und umklammerten mit zitternden Händen ihre Waffen fester.
Dann schob sich ein dünner Morind, der am linken Arm ein Band aus weißem Pelz trug, durch die verängstigten Krieger

nach vorn. Sein rechtes Bein endete in einem Klumpfuß, der ihn beim Gehen grotesk hinken ließ. Er fixierte Silk mit einem Blick reinsten Hasses, dann warf er die Arme zur Seite und begann zu beben und zu zucken. Sein Rücken krümmte sich, er fiel hintüber und wälzte sich in den Krämpfen eines scheinbaren Anfalls auf dem Boden. Er wurde völlig starr, dann sprach er. »Der Teufelsgeist des Wiesel-Stammes, der furchtbare Horja, spricht zu mir. Er verlangt zu wissen, weshalb der Teufel Agrinja seinen Sucher ins Land des Wiesel-Stammes schickt. Der Teufel Horja ist zu schrecklich, als daß man ihn ansehen könne. Er hat *vier* Augen und *hundertundzehn* Zähne, und jede seiner sechs Hände hat *acht* Klauen. Er frißt nur Männer, und er hat Hunger.«

»Ein Imitator«, schnaubte Silk verächtlich, den Kopf immer noch gesenkt haltend. »Er kann sich nicht einmal seinen eigenen Traum ausdenken.«

Der Magier des Wiesel-Stammes warf dem Träumer, der ausgestreckt im Gras lag, einen angewiderten Blick zu, dann wandte er sich wieder an Belgarath. »Der Teufelsgeist Horja fordert den Teufelsgeist Agrinja heraus«, erklärte er. »Er befiehlt ihm zu gehen, sonst reißt er dem Sucher des Agrinja die Eingeweide heraus.«

Belgarath fluchte mit zusammengebissenen Zähnen.

»Was jetzt?« murmelte Silk.

»Ich muß mit ihm kämpfen«, antwortete Belgarath verdrossen. »Darauf lief es von Anfang an hinaus. Weißzöpfchen versucht sich wohl einen Namen zu machen. Ich nehme an, er greift jeden Magier an, der ihm über den Weg läuft.«

»Kannst du mit ihm fertig werden?«

»Das werden wir bald feststellen.« Belgarath glitt aus dem Sattel. »Ich warne euch, geht beiseite«, dröhnte er, »denn sonst lasse ich den Hunger unseres Teufelsgeistes auf euch los.« Mit der Spitze seines Stabs zeichnete er einen Kreis auf den Boden und dort hinein einen fünfzackigen Stern. Dann trat er grimmig in das Symbol.

Der weißbezopfte Magier des Wiesel-Stammes schnaubte und

glitt ebenfalls von seinem Pferd. Rasch zeichnete er ein ähnliches Symbol auf den Boden und trat in seinen Schutz.
»Das ist es«, murmelte Silk Garion zu. »Wenn die Symbole erst einmal gezeichnet sind, kann keiner von beiden mehr zurück.«
Belgarath und der Magier mit den weißen Zöpfen hatten jeder für sich begonnen, Beschwörungen in einer Sprache zu murmeln, die Garion noch nie gehört hatte. Dabei schwenkten sie drohend ihre schädelgekrönten Stäbe gegeneinander. Der Träumer des Wiesel-Stammes erkannte plötzlich, daß er sich mitten in der Gefahrenzone befand, erholte sich mit wunderbarer Schnelligkeit von seinem Anfall, kam auf die Füße und hinkte verschreckt davon.
Der Häuptling lenkte sein Pferd vorsichtig aus der unmittelbaren Nähe der beiden murmelnden Männer, versuchte jedoch trotzdem, seine Würde zu bewahren.
Auf einem der großen, weißen Felsblöcke, etwa zwanzig Schritte links von den beiden Magiern, baute sich eine schimmernde Luftstörung auf, ähnlich Hitzewellen, die an einem heißen Tag von einem Ziegeldach aufsteigen. Garion sah die Bewegung aus dem Augenwinkel und starrte das Phänomen verblüfft an. Währenddessen wurde das Schimmern kräftiger, und in ihm schienen sich Teile eines zerbrochenen Regenbogens zu befinden, flackernd, wabernd, zuckend und züngelnd wie Flammen, die von einem unsichtbaren Feuer aufstiegen. Garion beobachtete fasziniert, wie ein zweites schimmerndes Gebilde im hohen Gras zu ihrer Rechten auftauchte. Auch diese Lufttrübung schien Farben an sich zu ziehen. Während Garion zuerst das eine, dann das andere Phänomen anstarrte, sah er – oder glaubte er zumindest zu sehen –, daß inmitten jeder Lufttrübung allmählich eine Gestalt Form annahm. Zuerst waren die Gestalten noch unförmig, waberten, veränderten sich, bauten ihre Form auf aus den zuckenden Farbblitzen, die um sie herumzischten. Dann, als die Gestalten einen bestimmten Punkt erreicht hatten, schienen sie rasch vollständig zu werden, sich zu einem einzigen Wesen zusammenzufü-

gen, und zwei riesige Gestalten standen sich gegenüber, schnaubend und in geistlosem Haß geifernd. Beide waren haushoch, mit ausladenden Schultern. Ihre Haut war vielfarbig, es sah aus, als liefen farbige Wellen darüber.
Der im Gras Stehende besaß ein drittes Auge, das bösartig zwischen den beiden anderen funkelte. Die langen Arme endeten in siebenklauigen Händen, die er in einer grauenhaft gierigen Geste gekrümmt hatte. Sein vorspringendes, schnauzenähnliches Maul war weit geöffnet, so daß Reihe um Reihe nadelscharfer Zähne sichtbar wurde. Er stieß ein donnerndes Geheul aus, das von Haß und Hunger sprach.
Auf dem Felsblock kauerte der andere. Sein Rumpf verbreiterte sich zu mächtigen Schultern, aus denen viele schuppige Arme sprossen, die sich wie Schlangen in alle Richtungen wanden und in großen, vielklauigen Händen endeten. Zwei Augenpaare, übereinander angeordnet, starrten voller Wahnsinn unter schweren Brauen hervor, und seine Schnauze gab den Blick auf einen Wald von Zähnen frei. Er hob seinen abscheulichen Kopf und bellte, daß ihm der Schaum aus dem Maul tropfte.
Aber schon als die beiden Ungeheuer sich anstarrten, schien ein heftiger Kampf in ihnen zu toben. Ihre Haut platzte an verschiedenen Stellen auf, und große, pulsierende Fleischfetzen erschienen an den merkwürdigsten Stellen ihrer Körper. Garion hatte das eigenartige Gefühl, daß noch etwas anderes – fremdartig und womöglich noch schrecklicher – in jeder der beiden Erscheinungen gefangen war. Grollend näherten sich die Teufel einander, aber trotz ihrer sichtlichen Kampfeslust schienen sie aufeinander zu gepeitscht zu werden. Es war, als ob sie zögerten. Ihre grotesken Gesichter zuckten hin und her, und sie fauchten erst ihren Gegner und dann den Magier an, der sie kontrollierte. Garion vermutete, daß dieses Zögern von etwas herrührte, das tief in der Natur jedes Teufels lag. Die Versklavung, der Zwang, einem anderen gehorchen zu müssen, war es, was sie haßten. Die Fesseln aus Bannsprüchen und Beschwörungen, mit denen Belgarath und der weißbezopfte

Morind sie banden, verursachten ihnen unerträgliche Qualen, und in ihr Fauchen mischte sich das Wimmern über diese Pein. Belgarath schwitzte heftig. Kleine Schweißtropfen rannen ihm über das dunkel gefärbte Gesicht. Die Beschwörungen, mit denen er den Teufel Agrinja in der Erscheinung gefangen hielt, kamen unablässig über seine Lippen. Der kleinste Fehler in einem Wort oder in dem Bild, das er in seinem Geist geformt hatte, würde seine Macht über das Ungeheuer, das er gerufen hatte, brechen, und dann würde es über ihn herfallen.

Zuckend, als ob sie von einem inneren Kampf zerrissen würden, umkreisten Agrinja und Horja einander, kämpften mit Armen, Klauen und Zähnen und rissen sich große Fetzen schuppigen Fleisches vom Leib. Die Erde erbebte unter ihren Füßen.

Zu betäubt, um Angst zu haben, beobachtete Garion den wütenden Kampf. Während er zusah, stellte er einen seltsamen Unterschied zwischen den beiden Geistern fest. Agrinja blutete aus seinen Wunden, er verlor fremdartiges, dunkles Blut, so tiefrot, daß es fast schwarz aussah. Horja hingegen blutete nicht. Fleisch wurde von seinen Armen und Schultern gerissen, als wäre es aus Holz. Der Magier mit den weißen Zöpfen sah den Unterschied ebenfalls, und in seine Augen trat Angst. Seine Stimme wurde schrill, als er Horja weiter Beschwörungen zurief, bemüht, den Teufel unter Kontrolle zu halten. Die sich bewegenden Klumpen unter Horjas Haut wurden größer, unruhiger. Seine Brust hob und senkte sich, und eine furchtbare Hoffnung brannte in seinen Augen.

Weißzöpfchen schrie jetzt. Die Beschwörungen kamen holpernd, stammelnd von seinen Lippen. Dann verhaspelte er sich bei einer schier unaussprechlichen Formel. Verzweifelt versuchte er es noch einmal, doch wieder blieb er stecken.

Mit einem triumphierenden Gebell richtete sich der Teufel Horja auf und schien zu explodieren. Stücke seiner schuppigen Haut und seines Fleisches fielen von ihm ab, als das Ungeheuer die Illusion abschüttelte, die es gefangengehalten hatte. Er hatte zwei kräftige Arme und ein fast menschliches Gesicht, das von zwei gekrümmten, nadelspitzen Hörnern überragt wurde. Anstelle von Füßen hatte er Hufe, und von seiner grauen Haut tropfte Schleim. Er drehte sich langsam um und fixierte den zitternden Magier mit glühenden Augen.

»Horja!« kreischte der Magier. »Ich befehle dir...« Die Stimme versagte ihm, als er entsetzt den Teufel anstarrte, der seiner Kontrolle entrissen war. »Horja! Ich bin dein Meister!«

Aber Horja stampfte bereits auf ihn zu, zertrampelte mit seinen schweren Hufen das Gras und näherte sich Schritt um Schritt seinem früheren Meister.

In panischer Angst wich der Magier zurück und trat dabei, ohne es zu merken, aus dem schützenden Symbol, das er auf den Boden gezeichnet hatte.

Da lächelte Horja ein eiskaltes Lächeln, bückte sich und ergriff den kreischenden Magier an den Füßen, ohne auf die Schläge zu achten, die dieser ihm mit seinem schädelgekrönten Stab auf Kopf und Schultern versetzte. Dann stand das Ungetüm auf, hob den Magier hoch, so daß er mit dem Kopf nach unten hing. Die breiten Schultern strafften sich mit ungeheurer Kraft und mit grausamer Langsamkeit zerriß der Teufel den Magier in zwei Teile, entsetzliche Bosheit in den Augen.

Die Morindim flohen.

Verächtlich warf der riesige Teufel ihnen die Teile seines ehemaligen Meisters nach, daß Blut und Eingeweide über das Gras spritzten. Mit einem wilden Jagdschrei nahm er dann ihre Verfolgung auf.

Der dreiäugige Agrinja, der immer noch in Kampfstellung kauerte, hatte die Vernichtung des Magiers fast gleichgültig mit angesehen. Als es vorbei war, drehte er sich um und sah Belgarath mit glühendem Haß an.

Der schweißgebadete alte Zauberer hob seinen Schädelstab, das Gesicht in äußerster Konzentration verzerrt. Der innere Kampf in dem Ungeheuer wurde stärker, aber allmählich meisterte und stabilisierte Belgaraths Wille die Gestalt. Agrinja heulte enttäuscht auf und zerriß die Luft mit seinen Klauen, bis jede Spur von Flimmern wieder verschwunden

war. Dann sanken die grauenhaften Hände herab, und das Ungeheuer beugte geschlagen den Kopf.
»Geh«, sagte Belgarath fast lässig. Agrinja war auf der Stelle verschwunden.
Garion begann plötzlich heftig zu zittern. Sein Magen revoltierte, er wandte sich ab, stolperte ein paar Schritte beiseite, sank auf die Knie und übergab sich.
»Was war denn?« fragte Silk erschüttert.
»Er hat sich von ihm befreien können«, antwortete Belgarath ruhig. »Ich glaube, es hat an dem Blut gelegen. Als er sah, daß Agrinja blutete und Horja nicht, begriff er, daß er etwas vergessen hatte. Das hat seine Selbstsicherheit ins Wanken gebracht, und er konnte sich nicht mehr konzentrieren. Garion, hör auf.«
»Ich kann nicht«, stöhnte Garion, und schon krampfte sich sein Magen wieder zusammen.
»Wie lange wird Horja die anderen jagen?« fragte Silk.
»Bis Sonnenuntergang«, schätzte Belgarath. »Der Wiesel-Stamm hat einen unangenehmen Nachmittag vor sich, denke ich.«
»Besteht die Möglichkeit, daß er umkehrt und uns angreift?«
»Dazu hat er keine Veranlassung. Wir haben ja nicht versucht, ihn zu versklaven. Sobald Garion seinen Magen wieder unter Kontrolle hat, können wir weiterziehen. Wir werden nicht mehr belästigt werden.«
Garion kam wieder auf die Füße und wischte sich geschwächt den Mund ab.
»Geht es wieder besser?« fragte Belgarath.
»Eigentlich nicht«, antwortete Garion, »aber es ist nichts mehr da, was hochkommen könnte.«
»Trink etwas Wasser und versuche, nicht mehr daran zu denken.«
»Wirst du das noch mal machen müssen?« fragte Silk beunruhigt.
»Nein.« Belgarath deutete auf einen etwa eine Meile entfernten Hügelrücken, über den sich einige Reiter bewegten. »Die

anderen Morindim dieser Gegend haben alles beobachtet. Die Nachricht darüber wird sich verbreiten, und niemand wird uns von jetzt an zu nahe kommen. Laßt uns aufbrechen. Es ist noch ein langer Weg zur Küste.«

In den nächsten Tagen erfuhr Garion alles, was er wissen wollte, über den schrecklichen Kampf, den er mitangesehen hatte.

»Die *Form* ist der Schlüssel zu dem Ganzen«, erklärte Belgarath. »Was die Morindim Teufelsgeister nennen, unterscheidet sich gar nicht so sehr von Menschen. Man formt in seiner Phantasie eine Illusion und zwingt sie dem Geist auf. Solange man ihn in dieser Illusion gefangenhält, muß er tun, was man ihm befiehlt. Wenn die Illusion jedoch aus irgendeinem Grund brüchig wird, befreit sich der Geist und nimmt seine wahre Gestalt wieder an. Danach hat man keinerlei Kontrolle mehr über ihn. Ich habe in diesen Dingen einen gewissen Vorteil. Es hat meine Vorstellungskraft geschärft, daß ich oft zwischen Mensch- und Wolfsgestalt wechsle.«

»Warum hat Beldin denn gesagt, du wärst ein schlechter Magier?« erkundigte sich Silk neugierig.

»Beldin ist Purist«, antwortete der alte Mann achselzuckend. »Er meint, daß es notwendig ist, alles in die Form zu geben – bis zur letzten Schuppe und dem kleinsten Zehennagel. Eigentlich ist das nicht unbedingt nötig, aber so sieht er es nun einmal.«

»Könnten wir vielleicht von etwas anderem reden?« fragte Garion.

Am nächsten Tag erreichten sie die Küste. Der Himmel war immer noch bedeckt, und das Meer des Ostens wogte düster unter den schmutziggrauen Wolken. Der Strand, auf dem sie entlangritten, war breit und bestand aus runden, schwarzen Kieseln, zwischen denen weißes, ausgebleichtes Treibholz lag. Wellen rollten schäumend ans Ufer, nur um mit einem endlosen, klagenden Seufzen wieder zurückzuströmen. In dem kräftigen Wind segelten kreischende Seevögel.

»Welche Richtung?« fragte Silk.

Belgarath sah sich um. »Nach Norden.«

»Wie weit noch?«
»Ich bin nicht ganz sicher. Es ist schon lange her, und ich weiß nicht genau, wo wir sind.«
»Du bist nicht gerade der beste Führer der Welt, alter Freund«, beklagte Silk sich.
»Du kannst nicht alles haben.«
Zwei Tage später erreichten sie die Landbrücke, und Garion starrte sie entsetzt an. Sie war ganz anders, als er sie sich vorgestellt hatte. Eine Reihe runder, vom Wasser glatt geschliffener Felsbrocken ragte aus dem dunklen Wasser und zog sich in einer unregelmäßigen Linie bis zu einem Fleck am Horizont. Der Wind kam von Norden und brachte eine bittere Kälte und den Geruch nach Polareis mit sich. Zwischen den Felsen war das Wasser aufgewühlt, weil sich die Wellen hier an Unterwasserriffen brachen.
»Wie sollen wir denn da hinüberkommen?« fragte Silk.
»Wir warten, bis Ebbe ist«, erklärte Belgarath. »Dann sind die Riffe weitgehend über Wasser.«
»Weitgehend?«
»Von Zeit zu Zeit müssen wir vielleicht waten. Laßt uns diese Felle von unseren Kleidern trennen, ehe wir aufbrechen. Dann haben wir während des Wartens etwas zu tun, und außerdem duften sie alllmählich etwas kräftig.«
Hinter einem Stoß Treibholz suchten sie Schutz und trennten die steifen, riechenden Pelze von ihren Kleidern. Dann holten sie ein paar Lebensmittel aus ihrem Gepäck und aßen. Garion stellte fest, daß die Farbe, mit der seine Haut getönt war, an den Händen schon langsam verblaßte und die Tätowierungen auf den Gesichtern seiner Freunde merklich heller geworden waren.
Es wurde dunkler, und die kurze Zeit der Dämmerung, die einen Tag vom andern trennte, schien länger zu sein als noch vor einer Woche.
»Der Sommer hier oben ist fast vorbei«, bemerkte Belgarath, der auf die Felsen starrte, die langsam aus dem zurückweichenden Wasser auftauchten.

»Wie lange noch bis zur Ebbe?« fragte Silk.
»Ungefähr eine Stunde.«
Sie warteten. Der Wind pfiff launisch um den Treibholzstapel, und das hohe Gras am Rand des Strandes wogte.
Schließlich stand Belgarath auf. »Gehen wir«, sagte er knapp. »Wir führen die Pferde. Die Klippen sind schlüpfrig, also paßt auf, wo ihr hintretet.«
Der Weg über die ersten Trittsteine war gar nicht so schlimm, aber als sie weiter hinauskamen, wurde der Wind zum entscheidenden Faktor. Sie wurden regelmäßig von beißendkalter Gischt durchnäßt, und gelegentlich schwappte eine besonders hohe Welle über die Felsen und zerrte unvermutet an ihren Beinen. Das Wasser war entsetzlich kalt.
»Glaubst du, wir schaffen den ganzen Weg, bis die Flut wieder einsetzt?« versuchte Silk den Wind zu übertönen.
»Nein«, rief Belgarath zurück. »Wir müssen auf einem der größeren Blöcke die nächste Ebbe abwarten.«
»Klingt unangenehm.«
»Nicht annähernd so unangenehm wie schwimmen.«
Sie hatten vielleicht die Hälfte des Wegs hinter sich gebracht, als deutlich wurde, daß die Flut wieder eingesetzt hatte. Immer öfter schwappten Wellen über die Felsen, und eine besonders große zog Garions Pferd die Beine unter dem Körper weg. Garion hatte Mühe, das verängstigte Tier wieder auf die Beine zu bringen und zerrte an den Zügeln, während die Hufe seines Pferdes immer wieder von den glitschigen Felsen abrutschten.
»Wir sollten einen Platz finden, wo wir warten können, Großvater«, überschrie er das Donnern der Wellen. »Sonst steht es uns bald bis zum Hals.«
»Noch zwei Inseln«, sagte Belgarath. »Dann kommt eine größere.«
Das letzte Stück des Riffs lag schon vollständig unter Wasser, und Garion zuckte zusammen, als er in das eisige Wasser stieg. Die Wellen bedeckten die Oberfläche mit Gischt und machten es unmöglich, auf den Grund zu sehen. Er ging blindlings weiter, ertastete mit tauben Füßen den Weg. Eine große Welle

reichte ihm bis zu den Achseln, und ihr starker Sog riß ihn von den Beinen. Er klammerte sich an die Zügel seines Pferdes, stolperte und hustete, als er verzweifelt wieder Halt zu finden versuchte.

Dann war das Schlimmste vorüber. Jetzt war das Wasser über dem Riff nur noch knöcheltief, und ein wenig später kletterten sie auf den großen Felsblock. Garion stieß einen langen Seufzer aus, als er in Sicherheit war. Der Wind, der durch seine nassen Kleider drang, ließ ihn zwar bis ins Mark frieren, aber wenigstens waren sie aus dem Wasser.

Später, als sie zusammengekauert auf der dem Wind abgewandten Seite des Felsens saßen, blickte Garion über das finstere, schwarze Meer auf die vor ihnen liegende, abweisende Küste. Das Ufer bestand, wie auch in Morindland hinter ihnen, aus schwarzem Kies, und die niedrigen Hügel dahinter lagen dunkel unter den dahinjagenden, grauen Wolken. Nirgendwo war eine Spur von Leben zu sehen, aber in der Gestalt des Landes selbst schien eine Bedrohung zu liegen.

»Ist es das?« fragte er schließlich mit gedämpfter Stimme.

Belgaraths Gesicht war ausdruckslos, als er über das Wasser auf die Küste blickte. »Ja«, antwortete er. »Das ist Mallorea.«

Teil II

Mishrak ac Thull

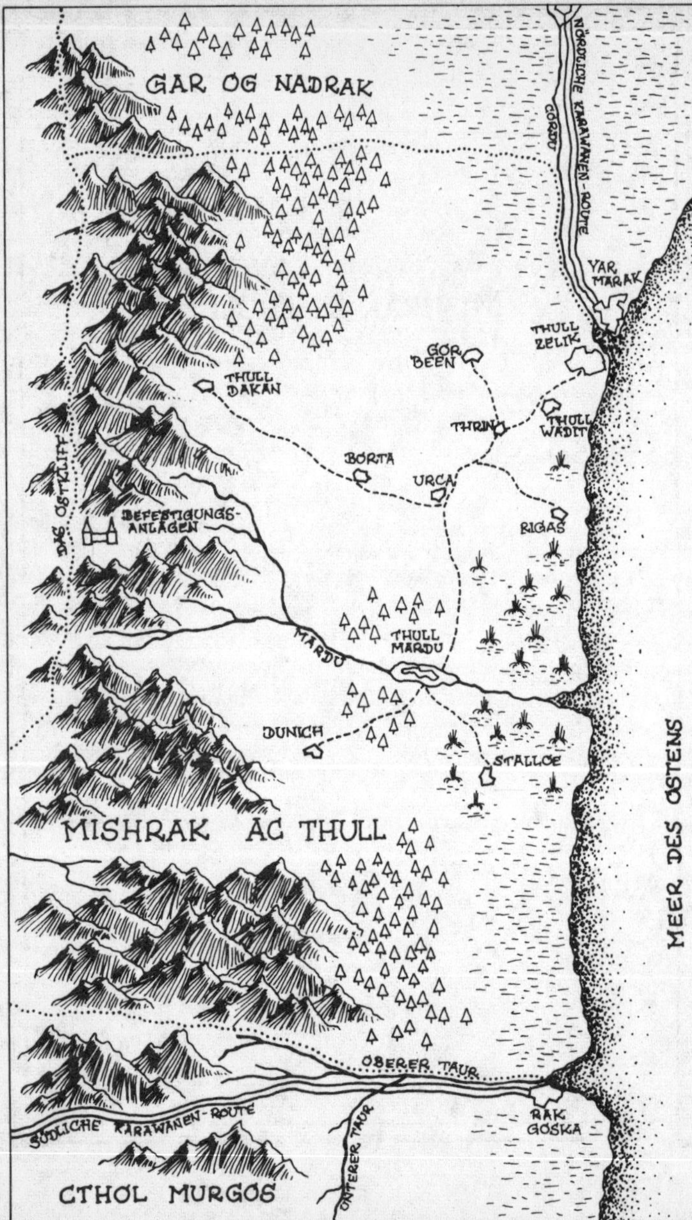
GAR OG NADRAK
NÖRDLICHE KARAWANEN-ROUTE
CORDU
YAR MARAK
THULL ZELIK
GOR BEEN
THULL DAKAN
THRIN
THULL WADIT
BORTA
URCA
BEFESTIGUNGS-ANLAGEN
RIGAS
DAS OSTKLIFF
MARDU
THULL MARDU
DUNICH
STALLOE
MEER DES OSTENS
MISHRAK AC THULL
OBERER TAUR
RAK GOSKA
SÜDLICHE KARAWANEN-ROUTE
UNTERER TAUR
CTHOL MURGOS

8

Die Krone war Königin Islenas erster Fehler gewesen. Sie war schwer und bescherte ihr Kopfschmerzen. Ihr Entschluß, sie zu tragen, war ursprünglich einem Gefühl der Unsicherheit entsprungen. Die bärtigen Krieger in Anhegs Thronsaal schüchterten sie ein, und sie spürte, daß sie ein sichtbares Symbol der Autorität brauchte. Jetzt fürchtete sie sich, ohne die Krone zu erscheinen. Mit jedem Tag empfand sie weniger Vergnügen daran, sie aufzusetzen, und betrat die Haupthalle von Anhegs Palast weniger selbstsicher.

Es war die traurige Wahrheit, daß Königin Islena von Cherek hoffnungslos unfähig war zu regieren. Bis zu dem Tag, als sie – in königlichen Purpur gekleidet und mit der goldenen Krone angetan – in den gewölbten Thronsaal von Val Alorn marschiert war, um zu verkünden, daß sie in Abwesenheit ihres Gatten das Reich regieren würde, hatten Islenas wichtigste Entscheidungen sich um die Frage gedreht, welches Kleid sie anziehen und wie ihr Haar frisiert werden sollte. Jetzt sah es so aus, als hinge das Schicksal Chereks jedesmal an einem seidenen Faden, wenn sie vor einer Entscheidung stand.

Die Krieger, die lässig mit ihren Bierkrügen um die riesige, offene Feuerstelle saßen oder ziellos im Saal umherwanderten, waren ihr keinerlei Hilfe. Sobald sie den Thronsaal betrat, brach jede Unterhaltung ab, und die Männer erhoben sich und beobachteten, wie sie zu dem bannergeschmückten Thron schritt, aber ihre Gesichter verrieten nichts über ihre wahren Gefühle für sie. Gegen jede Vernunft schloß sie, daß das ganze Problem in den Bärten läge. Wie sollte sie erkennen, was ein Mann dachte, der bis zu den Ohren zugewachsen war? Nur das rasche Eingreifen der Gräfin Merel, der kühlen, blonden Gemahlin des Grafs von Trellheim, hatte sie davon abgehalten, eine allgemeine Rasur anzuordnen.

»Das kannst du nicht, Islena«, hatte Merel ihr entschieden erklärt und der Königin dabei die Feder aus der Hand genommen, mit der sie gerade die hastig aufgesetzte Proklamation unterzeichnen wollte. »Sie hängen an ihren Bärten wie kleine Jungen an ihrem Lieblingsspielzeug. Du kannst nicht verlangen, daß sie ihre Bärte abnehmen.«

»Ich bin die Königin.«

»Aber nur, solange sie es dir gestatten. Sie akzeptieren dich aus Respekt vor Anheg, und mehr auch nicht. Wenn du ihren Stolz verletzt, setzen sie dich ab.« Diese furchtbare Drohung hatte die Angelegenheit ein für allemal beendet.

Islena verließ sich mehr und mehr auf Baraks Frau, und es dauerte nicht lange, bis die beiden, die eine in Purpur, die andere in Grün, nur selten einzeln anzutreffen waren. Selbst wenn Islena zauderte, erstickte Merels eisiger Blick jede Spur von Respektlosigkeit, die hin und wieder auftauchte – vor allem, wenn das Bier zu reichlich geflossen war – im Keim. Letztendlich war es Merel, die die täglichen Entscheidungen traf, die das Königreich lenkten. Wenn Islena auf dem Thron saß, stand Merel, die blonden Zöpfe auf dem Kopf festgesteckt wie eine eigene Krone, an ihrer Seite, wo die unentschlossene Königin sie gut sehen konnte. Cherek wurde durch ihr Mienenspiel regiert. Ein leises Lächeln bedeutete ja, ein Stirnrunzeln nein, ein kaum wahrnehmbares Schulterzucken vielleicht. Es funktionierte gut.

Nur einer ließ sich von Merels frostigen Blicken nicht einschüchtern. Grodeg, der hochgewachsene, weißbärtige Hohepriester Belars, forderte unerbittlich Privataudienzen bei der Königin, und sobald Merel den Raum verlassen hatte, war Islena verloren.

Trotz Anhegs allgemeiner Mobilmachung waren die Mitglieder des Bärenkultes noch nicht aufgebrochen, um sich dem Feldzug anzuschließen. Ihre Versprechungen, später zur Flotte zu stoßen, klangen zwar aufrichtig, aber im Laufe der Zeit wurden ihre Ausflüchte und Verzögerungen immer offensichtlicher. Islena wußte, daß Grodeg hinter allem steckte. Nahezu jeder gesunde Mann im Reich war mit der Flotte fort, die bereits den breiten Aldur hinaufruderte, um in Zentralarendien mit Anheg zusammenzutreffen. Die Palastwachen in Val

Alorn bestanden nur noch aus grauhaarigen alten Männern und jungen Burschen, denen gerade der erste Flaum auf den Wangen sproß. Nur der Bärenkult blieb zurück, und Grodeg tat alles, um seinen Vorteil bis zum äußersten auszunutzen.
Er war wohl höflich, verbeugte sich vor der Königin, wenn die Situation es erforderte, und erwähnte auch nie ihre frühere Verbindung mit dem Kult, aber seine Angebote zu helfen wurden immer beharrlicher, und wenn Islena bei seinen Vorschlägen über dies und das zauderte, behandelte er ihr Zögern glattzüngig als Einverständnis. Nach und nach verlor Islena die Kontrolle, und Grodeg, mit der bewaffneten Macht des Kultes hinter sich, übernahm das Sagen. Immer mehr Kultmitglieder überschwemmten den Palast, erteilten Befehle, trieben sich im Thronsaal herum und grinsten offen über Islenas Regierungsversuche.
»Du wirst etwas unternehmen müssen, Islena«, sagte Merel eines Abends streng, als die beiden allein in den Privaträumen der Königin waren. Sie ging in dem mit Teppichen ausgelegten Zimmer auf und ab. Ihr Haar schimmerte weich wie Gold im Licht der Kerzen, aber in ihrer Miene lag nichts Sanftes.
»Was soll ich denn tun?« jammerte Islena händeringend. »Er ist nie offen respektlos, und seine Entscheidungen *scheinen* immer ganz im Interesse Chereks zu liegen.«
»Du brauchst Hilfe, Islena«, erklärte Merel.
»Aber an wen kann ich mich wenden?« Die Königin von Cherek war den Tränen nahe.
Gräfin Merel strich sich das grüne Kleid glatt. »Ich glaube, es wird Zeit, an Porenn zu schreiben«, sagte sie.
»Was soll ich denn schreiben?« fragte Islena kläglich.
Merel deutete auf einen kleinen Tisch in der Ecke, auf dem Pergament und Tinte warteten. »Setz dich«, befahl sie, »und schreibe, was ich dir diktiere.«

Graf Brador, der tolnedranische Botschafter, wurde allmählich ausgesprochen lästig, fand Königin Layla. Die mollige kleine Königin marschierte zielstrebig auf den Saal zu, in dem sie ihre

Audienzen abzuhalten pflegte, und wo der Botschafter sie mit seinen ganzen Dokumenten erwartete.
Die Höflinge in den Gängen verbeugten sich, als sie mit klappernden Absätzen an ihnen vorüberging, wie immer mit leicht schief sitzender Krone. Ganz uncharakteristisch ignorierte Layla sie diesmal. Jetzt war nicht die Zeit für höfliches Geplauder und müßiges Geschwätz. Sie mußte mit dem Tolnedraner fertig werden, sie hatte schon zu lange gezögert.
Der Botschafter hatte olivfarbene Haut, zurückweichendes Haar und eine Hakennase. Er trug einen braunen Mantel mit goldenen Blenden, die ihn als zum Hause Borune gehörig auswiesen. Er saß scheinbar träge in einem gepolsterten Sessel am Fenster des sonnigen Zimmers, in dem er sich mit Königin Layla treffen sollte. Bei ihrem Eintritt stand er auf und verbeugte sich elegant. »Eure Hoheit«, murmelte er höflich.
»Mein lieber Graf Brador««, strahlte Königin Layla ihn an, ihr hilflosestes und zerstreutestes Lächeln aufsetzend, »bitte setzt Euch doch. Wir kennen einander doch gut genug, um all diese ermüdenden Förmlichkeiten beiseite zu lassen.« Sie sank in einen Sessel und fächerte sich mit einer Hand Luft zu. »Es ist warm geworden, nicht wahr?«
»Hier in Sendarien sind die Sommer schön, Eure Hoheit«, erwiderte der Graf und ließ sich wieder in seinem Sessel nieder. »Ich frage mich, habt Ihr wohl Gelegenheit gehabt, über die Vorschläge nachzudenken, die ich Euch bei unserer letzten Zusammenkunft unterbreitet hatte?«
Königin Layla starrte ihn verständnislos an. »Welche Vorschläge waren das, Graf Brador?« Sie stieß ein hilfloses, kleines Lachen aus. »Bitte verzeiht mir, aber in letzter Zeit läßt mich mein Gedächtnis völlig im Stich. Es gibt so viele Dinge zu beachten. Ich frage mich nur, wie mein Gemahl das alles schafft.«
»Wir besprachen die Verwaltung des Hafens von Camaar, Eure Hoheit«, erinnerte sie der Graf sanft.
»Tatsächlich?« Die Königin sah ihn an, als ob sie überhaupt nichts begriff, freute sich aber insgeheim über den Anflug von

Ärger, der über sein Gesicht huschte. Das war ihr bester Trick. Indem sie vorgab, alle vorherigen Gespräche vergessen zu haben, zwang sie ihn, jedesmal von vorn zu beginnen. Sie wußte, daß die Strategie des Grafen darin bestand, seinen letztendlichen Vorschlag ganz allgemein aufzubauen, und ihre angebliche Vergeßlichkeit vereitelte diese Taktik. »Was hat uns bloß auf ein so langweiliges Thema gebracht?« fügte sie hinzu.

»Sicherlich erinnert sich Eure Hoheit noch«, protestierte der Graf mit einer Spur von Verärgerung. »Das tolnedranische Handelsschiff, die *Stern von Tol Horb*, mußte anderthalb Wochen im Hafen ankern, ehe man einen Liegeplatz dafür finden konnte. Jede Verzögerung beim Löschen der Ladung kostet ein Vermögen.«

»Heutzutage ist alles so hektisch«, seufzte die Königin von Sendarien. »Das ist der Mangel an Arbeitskräften, versteht Ihr. Jeder, der noch hier ist, ist damit beschäftigt, Proviant zur Armee zu schaffen. Aber ich werde der Hafenverwaltung doch eine strenge Note schreiben. Gibt es sonst noch etwas, Graf Brador?«

Brador hüstelte unbehaglich. »Äh... Eure Hoheit hat bereits eine solche Note abgesandt«, erinnerte er sie.

»Habe ich das?« Königin Layla heuchelte Erstaunen. »Wundervoll. Dann ist ja alles in Ordnung, nicht wahr? Und Ihr seid gekommen, um mir zu danken.« Sie lächelte ihn mädchenhaft an. »Wie überaus galant von Euch.« Sie beugte sich vor, um impulsiv eine Hand auf seinen Arm zu legen, wobei sie ihm ganz bewußt das zusammengerollte Pergament, das er bei sich hatte, aus der Hand schlug. »Wie ungeschickt von mir«, rief sie, bückte sich rasch und hob das Pergament auf, ehe er es an sich nehmen konnte. Dann lehnte sie sich in ihrem Sessel zurück und klopfte sich mit der Pergamentrolle wie geistesabwesend gegen die Wange.

»Äh... eigentlich war unsere Unterredung schon über Euren Brief an die Hafenverwaltung hinausgediehen«, sagte Brador, nervös das Pergament im Auge behaltend, das sie ihm so geschickt abgenommen hatte. »Vielleicht erinnert Ihr Euch, daß ich tolnedranische Unterstützung bei der Verwaltung des Hafens angeboten hatte. Ich glaube, wir waren übereingekommen, daß eine solche Unterstützung dazu beitragen könnte, dem Mangel an Arbeitskräften abzuhelfen, den Eure Hoheit gerade erwähnt hat.«

»Was für eine wundervolle Idee!« rief Layla. Mit ihrer plumpen kleinen Faust schlug sie wie vor Begeisterung auf die Lehne ihres Sessels. Auf dieses verabredete Zeichen hin stürmten zwei ihrer jüngeren Kinder laut schreiend in den Raum.

»Mutter!« klagte Prinzessin Gelda wütend, »Fernie hat mir mein rotes Band gestohlen.«

»Habe ich nicht!« stritt Prinzessin Ferna diese Anschuldigung empört ab. »Sie hat es mir für meine blauen Perlen gegeben.«

»Habe ich nicht!« fuhr Gelda sie an.

»Hast du wohl!« fauchte Ferna zurück.

»Kinder, Kinder«, tadelte Layla sie. »Seht ihr denn nicht, daß eure Mutter zu tun hat? Was soll denn der Graf bloß von uns denken?«

»Aber sie hat es gestohlen«, protestierte Gelda. »Sie hat mein rotes Band gestohlen.«

»Habe ich nicht«, sagte Ferna und streckte ihrer Schwester gehässig die Zunge heraus.

Hinter ihnen kam mit großen Augen der kleine Prinz Meldig herein, Königin Laylas jüngstes Kind. In einer Hand hielt der Prinz einen Marmeladentopf, und sein Gesicht war großzügig mit dessen Inhalt beschmiert. »Oh, das ist unmöglich«, rief Layla aufspringend. »Ihr Mädchen solltet doch auf ihn aufpassen.« Sie ging geschäftig zu dem marmeladenverschmierten Prinzen, zerknüllte das Pergament, das sie noch immer in der Hand hielt, und begann, dem Prinzen damit das Gesicht abzuwischen. Unvermittelt hörte sie auf. »O je«, sagte sie, als ob ihr plötzlich zum Bewußtsein gekommen war, was sie da tat. »War das wichtig, Graf Brador?« fragte sie den Tolnedraner und hielt ihm das verknitterte, klebrige Schriftstück hin.

Brador hatte jedoch seine Niederlage eingesehen. »Nein, Eure Hoheit«, antwortete er resigniert, »nicht sehr. Die königliche

Familie von Sendarien ist mir zahlenmäßig inzwischen auch weit überlegen, wie es scheint.« Er erhob sich. »Vielleicht ein andermal«, murmelte er mit einer Verbeugung. »Mit Erlaubnis Eurer Hoheit«, sagte er, bereit zu gehen.
»Ihr dürft dies nicht vergessen, Graf Brador«, rief Layla und drückte ihm das Pergament in die widerstrebenden Hände.
Der Graf sah einem Märtyrer nicht unähnlich, als er sich zurückzog. Königin Layla wandte sich wieder ihren Kindern zu, die sie verschmitzt angrinsten. Sie begann laut auf sie einzuschimpfen, bis sie sicher war, daß der Graf außer Hörweite war, dann kniete sie nieder, umarmte alle drei und lachte.
»Haben wir es gut gemacht, Mutter?« fragte Prinzessin Gelda.
»Ihr wart einfach perfekt«, antwortete Königin Layla lachend.

Sadi der Eunuch war etwas unvorsichtig geworden. Er hatte sich durch die höfliche Haltung, die im vergangenen Jahr im Palast von Sthiss Tor Einzug gehalten hatte, in Sicherheit wiegen lassen, und einer seiner Kollegen hatte seine Unachtsamkeit ausgenutzt und die Gelegenheit ergriffen, ihn zu vergiften. Sadi schätzte es ganz entschieden nicht, vergiftet zu werden. Die Gegenmittel schmeckten alle widerwärtig, und die Nachwirkungen machten ihn schwach und leicht benommen. Daher kam es, daß er dem Erscheinen des in ein Kettenhemd gekleideten Botschafters von Taur Urgas mit nur schlecht verhohlener Gereiztheit entgegensah.
»Taur Urgas, der König der Murgos, grüßt Sadi, den obersten Diener der unsterblichen Salmissra«, deklamierte der Murgo, als er das kühle, schwach beleuchtete Arbeitszimmer betrat, von dem aus Sadi die meisten Staatsangelegenheiten regelte.
»Der Diener der Schlangenkönigin erwidert den Gruß des rechten Arms des Drachengottes von Angarak.« Sadi kam diese förmliche Phrase fast unbeteiligt über die Lippen. »Könnten wir zur Sache kommen? Ich fühle mich im Moment nicht besonders wohl.«
»Ich war sehr erfreut, als ich von deiner Genesung hörte«, log der Botschafter, sorgsam darauf achtend, daß sein vernarbtes

Gesicht keinerlei Gefühle verriet. »Hat man den Giftmischer schon gefunden?« Er zog sich einen Stuhl heran und setzte sich an den polierten Tisch, den Sadi als Schreibtisch benutzte.
»Natürlich«, antwortete Sadi und fuhr sich geistesabwesend mit der Hand über seinen rasierten Schädel.
»Und hingerichtet?«
»Warum sollten wir das tun? Der Mann ist ein professioneller Giftmischer. Er hat nur seine Arbeit getan.«
Der Murgo sah ihn verblüfft an.
»Wir betrachten einen guten Giftmischer als staatliches Guthaben«, sagte Sadi. »Wenn wir jeden von ihnen töten wollten, wenn sie jemanden vergiften, wären bald keine mehr übrig, und man weiß nie, wann man selbst gern jemand vergiften würde.«
Der Murgobotschafter schüttelte ungläubig den Kopf. »Dein Volk ist erstaunlich tolerant, Sadi«, sagte er mit seinem rauhen Akzent. »Was ist mit seinem Auftraggeber?«
»Das ist etwas anderes«, erwiderte Sadi. »Sein Auftraggeber unterhält im Moment die Egel auf dem Grund des Flusses. Ist dein Besuch offizieller Natur, oder bist du lediglich vorbeigekommen, um dich nach meiner Gesundheit zu erkundigen?«
»Etwas von beidem, Exzellenz.«
»Ihr Murgos seid eine praktische Rasse«, meinte Sadi trocken. »Was will Taur Urgas diesmal?«
»Die Alorner bereiten eine Invasion nach Mishrak ac Thull vor, Exzellenz.«
»Davon habe ich gehört. Was hat das mit Nyissa zu tun?«
»Nyisser haben keinen Grund, die Alorner zu lieben.«
»Ebensowenig einen, die Murgos zu lieben«, erklärte Sadi nachdrücklich.
»Es war schließlich Aloria, das nach dem Tod des rivanischen Königs in Nyissa eingefallen ist«, erinnerte ihn der Murgo, »und es war Cthol Murgos, das den Markt für Nyissas wichtigsten Exportartikel darstellte.«
»Mein lieber Freund, komm zur Sache«, sagte Sadi und rieb sich müde den Kopf. »Ich handle nicht auf der Basis längst

vergessener Beleidigungen oder vergangener Gefälligkeiten. Der Sklavenhandel ist nicht mehr von Bedeutung, und die Narben, die die alorische Invasion geschlagen hat, sind seit Jahrhunderten verheilt. Was will Taur Urgas?«

»Mein König möchte jedes Blutvergießen vermeiden«, erklärte der Murgo. »Die tolnedranischen Legionen bilden einen wichtigen Teil der Armeen, die sich in Algarien sammeln. Wenn eine Androhung – und nur eine Androhung – feindlicher Aktivitäten plötzlich an der ungeschützten Südgrenze Tolnedras auftauchte, würde Ran Borune seine Legionen zurückrufen. Dieser Verlust würde die Alorner zum Abbruch dieses Unternehmens zwingen.«

»Du verlangst, daß *ich* in Tolnedra einmarschiere?« fragte Sadi fassungslos.

»Natürlich nicht, Sadi. Seine Majestät wünscht lediglich deine Erlaubnis dafür, ein paar Truppen durch euer Land zu transportieren, um die Bedrohung an der tolnedranischen Südgrenze herzustellen. Es braucht überhaupt kein Blut vergossen zu werden.«

»Nur nyissisches Blut, wenn sich die Murgoarmee wieder zurückzieht. Die Legionen würden wie zornige Hornissen den Waldfluß hinabschwärmen.«

»Taur Urgas wäre nur zu gern bereit, einige Garnisonen hierzulassen, um die Unantastbarkeit nyissischen Hoheitsgebietes zu garantieren.«

»Das glaube ich gern«, sagte Sadi trocken. »Sag deinem König, daß sein Vorschlag zum jetzigen Zeitpunkt völlig unannehmbar ist.«

»Der König der Murgos ist mächtig«, sagte der Murgo mit Nachdruck, »und er erinnert sich besser an die, die sich ihm in den Weg stellen, als an seine Freunde.«

»Taur Urgas ist ein Irrer«, erklärte Sadi unverblümt. »Er will Ärger mit den Alornern vermeiden, damit er sich auf 'Zakath konzentrieren kann. Aber trotz seines Wahnsinns ist er nicht so dumm, ungebeten eine Armee nach Nyissa zu schicken. Eine Armee muß essen, und Nyissa ist ein schlechter Ort, um

Lebensmittel zu finden – wie die Geschichte gezeigt hat. Selbst die verlockendsten Früchte schmecken bitter.«

»Eine Murgoarmee bringt ihren eigenen Proviant mit«, erwiderte der Botschafter steif.

»Gut für sie. Aber wo will sie Trinkwasser finden? Ich glaube nicht, daß wir so weiterkommen. Ich werde Ihrer Majestät deinen Vorschlag unterbreiten. Selbstverständlich wird sie die endgültige Entscheidung treffen. Aber ich vermute, daß du schon etwas wesentlich Reizvolleres anbieten mußt als eine ständige Besatzung durch die Murgos, damit sie die Angelegenheit günstig beurteilt. War das alles?«

Der Murgo stand auf, sein vernarbtes Gesicht war zornig verzerrt. Er verbeugte sich förmlich vor Sadi und zog sich dann ohne ein weiteres Wort zurück.

Sadi überlegte eine Weile. Wenn er jetzt richtig spielte, konnte er mit geringem Einsatz viel gewinnen. Ein paar sorgsam formulierte Botschaften an König Rhodar in Algarien würden Nyissa zu den Freunden des Westens zählen lassen. Falls Rhodars Armee gewinnen sollte, würde Nyissa davon profitieren. Falls sich andererseits herausstellen sollte, daß der Westen verlor, konnte man den Vorschlag Taur Urgas' immer noch annehmen. In jedem Fall stand Nyissa auf der Gewinnerseite. Diese Idee gefiel Sadi außerordentlich. Sein irisierendes Gewand raschelte, als er aufstand und an einen Schrank trat. Er nahm eine Kristallkaraffe heraus, die eine dunkelblaue Flüssigkeit enthielt, und maß sorgfältig etwas von dem dicklichen Sirup in ein Glas ab und trank es. Fast sofort überkam ihn eine euphorische Ruhe, als seine Lieblingsdroge zu wirken begann. Einen Augenblick später war er bereit, seiner Königin gegenüberzutreten. Er lächelte sogar, als er aus seinem Arbeitszimmer in den dämmrigen Gang trat, der zum Thronsaal führte.

Wie immer war Salmissras Gemach von Öllampen, die an langen Silberketten von der Decke hingen, nur spärlich beleuchtet. Der Chor der Eunuchen kniete noch immer anbetend vor der Königin, aber er sang nicht länger ihr Lob. Jede Art von Lärm reizte Salmissra jetzt, und es war nicht ratsam, sie zu reizen. Die Schlangenkönigin lag immer noch auf dem diwangleichen Thron unter der mächtigen Statue Issas. Sie döste unablässig und bewegte ihre gefleckten Windungen mit dem trockenen Zischen, mit dem Schuppe sich an Schuppe rieb. Aber selbst in ihrem unruhigen Halbschlaf zuckte ihre Zunge nervös. Sadi näherte sich dem Thron, warf sich nachlässig auf den polierten Steinboden und wartete. Sein Geruch würde ihn der Schlange melden, die seine Königin war.

»Ja, Sadi?« wisperte sie endlich mit einem staubigen Zischen.

»Die Murgos wünschen eine Allianz, meine Königin«, informierte Sadi sie. »Taur Urgas will Tolnedra von Süden her bedrohen, damit Ran Borune seine Legionen von der thullischen Grenze abzieht.«

»Interessant«, erwiderte sie gleichgültig. Ihre dunklen Augen bohrten sich in die seinen, ihre Windungen raschelten. »Was meinst du?«

»Neutralität kostet nichts, Göttliche Salmissra«, erklärte Sadi. »Eine Allianz, gleich mit welcher Seite, wäre verfrüht.«

Salmissra drehte sich um, ihr gefleckter Schild blähte sich auf, als sie ihr Bild im Spiegel betrachtete. Die Krone saß noch immer auf ihrem Kopf, poliert und glitzernd wie ihre Schuppen. Ihre Zunge zuckte, und die Augen, leblos wie Glas, blickten in den Spiegel. »Tu, was du für das beste hältst, Sadi«, sagte sie uninteressiert.

»Ich werde mich darum kümmern, meine Königin«, sagte Sadi und verbeugte sich, um zu gehen.

»Ich brauche Torak nicht mehr«, grübelte sie, immer noch den Spiegel anstarrend. »Dafür hat Polgara gesorgt.«

»Jawohl, meine Königin«, stimmte Sadi zu und erhob sich.

Sie sah ihn an. »Bleib ein bißchen, Sadi. Ich bin einsam.«

Sofort sank Sadi zurück auf die spiegelnden Fliesen.

»Manchmal habe ich so seltsame Träume, Sadi«, zischte sie. »Sehr seltsame Träume. Ich scheine mich an Dinge zu erinnern, an Dinge, die geschehen sind, als mein Blut noch warm und ich eine Frau war. In meinen Träumen habe ich merkwürdige Gedanken und merkwürdige Gelüste.« Sie blickte ihn

direkt an, mit ausgebreitetem Schild und reckte ihm ihren spitzen Kopf entgegen. »War ich wirklich so, Sadi? Es ist alles wie von Nebel verhüllt.«
»Es war eine schwierige Zeit, meine Königin«, antwortete Sadi offen. »Für uns alle.«
»Weißt du, Polgara hatte recht«, fuhr sie wispernd fort. »Die Tränke haben mich entflammt. Ich glaube, so ist es besser – keine Leidenschaften, kein Hunger, keine Ängste.« Sie wandte sich wieder dem Spiegel zu. »Du kannst jetzt gehen, Sadi.«
Er erhob sich und ging auf die Tür zu.
»Ach, Sadi.«
»Ja, meine Königin?«
»Wenn ich dir früher Ärger gemacht habe, tut es mir leid.«
Er starrte sie an.
»Natürlich nicht sehr, aber ein bißchen.« Dann widmete sie sich wieder ihrem Spiegelbild.
Sadi zitterte, als er die Tür hinter sich schloß. Etwas später schickte er nach Issus. Der schäbige, einäugige Mietling betrat das Arbeitszimmer des Obereunuchen mit einem merklichen Zögern. Er wirkte etwas ängstlich.
»Komm herein, Issus«, sagte Sadi ruhig.
»Ich hoffe, du bist mir nicht böse, Sadi«, sagte Issus nervös und sah sich um, ob sie auch wirklich allein waren. »Du weißt ja, es war nicht persönlich gemeint.«
»Schon gut, Issus«, beruhigte Sadi ihn. »Du hast nur getan, wofür du bezahlt wurdest.«
»Wie hast du es gemerkt?« fragte Issus mit beruflicher Neugier. »Die meisten sind schon zu weit hinüber, wenn sie merken, daß sie vergiftet wurden, als daß das Gegengift noch wirken könnte.«
»Dein Gebräu hinterläßt einen ganz schwachen Nachgeschmack nach Zitronen«, antwortete Sadi. »Ich bin geübt darin, ihn zu erkennen.«
»Ach«, machte Issus. »Daran muß ich noch arbeiten. Sonst ist es ein sehr gutes Gift.«
»Ein ausgezeichnetes Gift, Issus«, stimmte Sadi zu. »Das

bringt mich darauf, weshalb ich nach dir geschickt habe. Es gibt einen Mann, ohne den ich gut auskommen könnte.«
Issus Augen leuchteten auf, er rieb sich die Hände. »Das übliche Honorar?«
»Selbstverständlich.«
»Wer ist es?«
»Der Botschafter der Murgos.«
Issus' Gesicht bewölkte sich für einen Moment. »Es wird etwas schwierig sein, an ihn heranzukommen.« Er kratzte sich den stoppeligen Schädel.
»Du wirst schon einen Weg finden. Ich habe äußerstes Vertrauen zu dir.«
»Ich bin der Beste«, pflichtete Issus ihm ohne falsche Bescheidenheit bei.
»Der Botschafter drängt mich zu bestimmten Verhandlungen, die ich verzögern will«, fuhr Sadi fort. »Sein plötzliches Ableben sollte die Dinge etwas unterbrechen.«
»Du mußt mir nichts erklären, Sadi«, sagte Issus. »Ich brauche nicht zu wissen, warum du ihn aus dem Weg haben willst.«
»Aber du mußt wissen, *wie*. Aus verschiedenen Gründen möchte ich, daß es ganz natürlich aussieht. Könntest du es so einrichten, daß er – und vielleicht ein paar Mitglieder seines Haushaltes – an einem Fieber erkranken? Einem besonders gefährlichen?«
Issus runzelte die Stirn. »Das ist nicht einfach. So etwas gleitet einem schnell aus der Hand. Man infiziert dann rasch ein ganzes Viertel, und es gibt nur wenige Überlebende.«
Sadi zuckte die Achseln. »Manchmal muß man eben Opfer bringen. Kannst du es tun?«
Issus nickte feierlich.
»Dann tu es, und ich entwerfe inzwischen einen Beileidsbrief an König Taur Urgas.«

Königin Silar saß an ihrem Webstuhl in der großen Halle der algarischen Feste und summte leise vor sich hin, während ihre Finger das Schiffchen mit einem einschläfernden, klappernden

Geräusch hin- und herbewegten. Durch die schmalen Fenster, die hoch in der Wand eingelassen waren, schien die Sonne und erhellte den großen, langgestreckten Raum mit einem diffusen, goldenen Licht. König Cho-Hag und Hettar waren nicht in der Feste, sie bereiteten einige Meilen vom Fuß der Ostklippe entfernt das große Zeltlager vor, das die Armee der Alorner, Arendier, Sendarier und Tolnedraner aufnehmen sollte, die sich von Westen her näherte. Obwohl er sich noch innerhalb der Grenzen seines Reiches befand, hatte Cho-Hag die Macht formell seiner Frau übergeben und allen versammelten Clan-Führern das Versprechen abgenommen, sie zu unterstützen.
Die Königin von Algarien war eine stille Frau, deren ruhiges Gesicht nur selten ihre Gefühle verriet. Sie hatte ihr ganzes Leben im Hintergrund gestanden, oftmals so unauffällig, daß man ihre Gegenwart völlig übersah. Sie hatte jedoch Augen und Ohren offengehalten. Außerdem hatte sich ihr verkrüppelter Gatte ihr immer anvertraut. Seine ruhige, dunkelhaarige Königin wußte genau, was vor sich ging.
Elvar, der Erzpriester von Algarien, stand in weißer Robe und aufgeplustert im Bewußtsein seiner eigenen Wichtigkeit, vor ihr und las ihr die sorgfältig vorbereiteten Proklamationen vor, die ihm alle Autorität übertrugen. Sein Ton war herablassend, als er ihr alles erklärte.
»Ist das alles?« fragte sie, als er geendet hatte.
»Es ist wirklich zum besten, Eure Hoheit«, sagte er hochmütig. »Alle Welt weiß, daß Frauen nicht fürs Regieren taugen. Soll ich nach Feder und Tinte schicken?«
»Noch nicht, Elvar«, erwiderte sie und wob gelassen weiter.
»Aber...«
»Weißt du, ich hatte gerade einen sehr merkwürdigen Gedanken«, sagte sie, ihn offen anblickend. »Du bist der Erzpriester Belars hier in Algarien, aber du verläßt niemals die Feste. Ist das nicht etwas eigenartig?«
»Meine Pflichten, Eure Hoheit, zwingen mich...«
»Gilt nicht deine oberste Pflicht dem Volk und den Kindern Belars? Wir sind schrecklich selbstsüchtig gewesen, daß wir

dich hierbehalten haben, wo du dich doch danach sehnen mußt, draußen bei den Clans zu sein und die religiöse Unterweisung der Kinder zu überwachen.«

Er starrte sie mit offenem Mund an.

»Und ebenso die anderen Priester«, fuhr sie fort. »Sie scheinen alle auf die Feste konzentriert zu sein, in Verwaltungspflichten gedrängt. Ein Priester ist zu wertvoll für solche Aufgaben. Diese Sachlage muß sofort berichtigt werden.«

»Aber...«

»Nein, Elvar. Meine Pflicht als Königin liegt völlig klar vor mir. Die Kinder Algariens müssen an erster Stelle stehen. Ich entbinde dich von allen Pflichten hier in der Feste, damit du zu deiner gewählten Berufung zurückkehren kannst.« Plötzlich lächelte sie. »Ich werde sogar selbst deine Reiseroute festlegen«, sagte sie vergnügt. Sie überlegte einen Moment. »Es sind unruhige Zeiten«, setzte sie dann hinzu, »ich versehe dich also besser mit einer Eskorte – einigen vertrauenswürdigen Männern aus meinem eigenen Clan, bei denen ich mich darauf verlassen kann, daß sie dafür sorgen, daß du deine Reise weder unterbrechen mußt noch durch beunruhigende Nachrichten aus der Ferne vom Predigen abgehalten wirst.« Sie sah ihn wieder an. »Das wäre alles, Elvar. Du solltest vielleicht packen gehen. Es werden einige Jahre vergehen, ehe du zurückkehrst, denke ich.«

Der Erzpriester Belars gab erstickte Laute von sich.

»Ach, noch etwas.« Die Königin wählte mit Bedacht einen neuen Strang Garn aus und hielt ihn prüfend ins Sonnenlicht. »Es ist schon Jahre her, daß eine Übersicht über die Herden angefertigt wurde. Da du sowieso unterwegs bist, möchte ich gern eine genaue Aufstellung über alle Kälber und Fohlen in Algarien. Du schickst mir dann von Zeit zu Zeit einen Bericht, nicht wahr?« Sie wandte sich wieder ihrer Weberei zu. »Du bist entlassen, Elvar«, sagte sie sanft, ohne auch nur aufzublicken, als der Erzpriester, bebend vor Wut, davonstürzte, um Vorbereitungen für seine Wandergefangenschaft zu treffen.

Graf Morin, der Großkämmerer Seiner Kaiserlichen Majestät, Ran Borune XXIII., seufzte, als er den Privatgarten des Kaisers betrat. Unzweifelhaft stand ein neuer Redeschwall bevor, und Morin hatte ihn schon mindestens ein dutzendmal gehört. Manchmal hatte der Kaiser eine außergewöhnliche Gabe, sich zu wiederholen.

Ran Borune war jedoch seltsamer Stimmung. Der kahle, hakennäsige, kleine Kaiser saß nachdenklich in seinem Sessel im Schatten eines Baumes und lauschte dem Trillern seines Kanarienvogels. »Er hat nie wieder gesprochen, Morin, weißt du das?« sagte der Kaiser, als sein Kämmerer über das kurzgeschnittene Gras kam. »Nur das eine Mal, als Polgara hier war.« Mit traurigen Augen betrachtete er wieder den kleinen, goldgelben Vogel. Dann seufzte er. »Ich glaube, in dem Geschäft habe ich nur als Zweitbester abgeschnitten. Polgara hat mir einen Kanarienvogel gegeben und dafür Ce'Nedra genommen.« Er sah sich in dem sonnendurchfluteten Garten um, der von marmornen Mauern umgeben war. »Liegt das an meiner Einbildung, Morin, oder ist der Palast jetzt wirklich kalt und leer?« Dann verfiel er wieder in brütendes Schweigen und starrte auf ein Beet mit roten Rosen, ohne etwas zu sehen.

Der Kaiser gab ein seltsames Geräusch von sich, und Graf Morin sah ihn scharf an, halb darauf gefaßt, daß der Herrscher einen neuerlichen Anfall erlitt. Doch das war es nicht. Stattdessen stellte Morin fest, daß Ran Borune kicherte. »Hast du begriffen, wie sie mich überlistet hat, Morin?« Der Kaiser lachte. »Sie hat mich absichtlich in diesen Anfall getrieben. Was für ein Sohn wäre sie geworden!« Ran Borune lachte jetzt offen und ließ so sein heimliches Vergnügen über Ce'Nedras Schlauheit erkennen.

»Sie *ist* trotz allem Eure Tochter, Majestät«, meinte Graf Morin.

»Sich vorzustellen, daß sie eine Armee von dieser Größe aushebt, und dabei ist sie kaum sechzehn«, sagte der Kaiser bewundernd. »Was für ein großartiges Kind!« Ganz plötzlich schien er sich von der finsteren Verdrießlichkeit erholt zu haben, die ihn seit seiner Rückkehr nach Tol Honeth geplagt hatte. Er lachte weiter, und seine strahlenden Augen wurden schmal vor Listigkeit. »Die Legionen, die sie mir gestohlen hat, werden vermutlich ohne straffe Führung bald unwirsch«, überlegte er.

»Ich würde sagen, das ist Ce'Nedras Problem, Eure Majestät«, erwiderte Morin. »Oder Polgaras.«

»Na ja...« Der Kaiser kratzte sich am Ohr. »Ich weiß nicht, Morin. Die Lage da draußen ist nicht so klar.« Er sah seinen Kämmerer an. »Bist du mit General Varana bekannt?«

»Dem Herzog von Anadile? Selbstverständlich, Eure Majestät. Ein durchaus professioneller Bursche – solide, unvoreingenommen, außergewöhnlich intelligent.«

»Er ist ein alter Freund der Familie«, vertraute Ran Borune ihm an. »Ce'Nedra kennt ihn und würde auf seinen Rat hören. Warum gehst du nicht zu ihm, Morin, und schlägst ihm vor, eine Weile Urlaub zu nehmen – und vielleicht nach Arendien zu gehen und sich dort umzuschauen?«

»Ich bin sicher, daß er bei der Aussicht auf Urlaub überglücklich sein wird«, stimmte Graf Morin zu. »Im Sommer kann das Garnisonsleben sehr langweilig sein.«

»Es ist nur ein Vorschlag«, betonte der Kaiser. »Seine Anwesenheit im Krisengebiet muß strikt inoffiziell bleiben.«

»Natürlich, Eure Majestät.«

»Und wenn er *zufällig* ein paar Vorschläge machen oder gar seine Dienste anbieten sollte, dann wüßten wir überhaupt nichts davon, nicht wahr? Was ein Bürger in seiner Freizeit macht, ist schließlich nicht unsere Sache, oder?«

»Sehr wahr, Eure Majestät.«

Der Kaiser grinste breit. »Und wir bleiben bei dieser Geschichte, nicht wahr, Morin?«

»Auf Biegen und Brechen, Eure Majestät«, antwortete Morin ernst.

•

Der Kronprinz von Drasnien rülpste laut ins Ohr seiner Mutter, seufzte und fiel auf der Stelle an ihrer Schulter in Schlaf.

Königin Porenn lächelte ihn an, legte ihn zurück in seine Wiege und wandte sich wieder dem drahtigen Mann in der unauffälligen Kleidung zu, der in einem Stuhl lag. Der hagere Mann war unter dem seltsamen Namen »Speer« bekannt. Speer war der Leiter des drasnischen Geheimdienstes und einer von Porenns engsten Beratern.

»Jedenfalls«, fuhr er mit seinem Bericht fort, »die Armee des tolnedranischen Mädchens ist noch zwei Tagesmärsche von der Feste entfernt. Die Techniker sind dem Zeitplan etwas voraus und arbeiten an den Hebewerken oben auf der Klippe, und die Chereks treffen Vorbereitungen, um mit dem Transport der Schiffe vom Ostufer des Aldurs aus zu beginnen.«

»Dann scheint ja alles nach Plan zu verlaufen«, sagte die Königin und nahm wieder auf ihrem Stuhl am Tisch neben dem Fenster Platz.

»In Arendien gibt es leichte Schwierigkeiten«, bemerkte Javelin. »Die üblichen Hinterhälte und Zänkereien – nichts wirklich Ernstes. Königin Layla hat den Tolnedraner Brador so aus dem Gleichgewicht gebracht, daß es fast so ist, als wäre er überhaupt nicht in Sendarien.« Er kratzte sich das spitze Kinn. »Aus Sthiss Tor kommen seltsame Informationen. Die Murgos versuchen, über etwas zu verhandeln, aber ihre Botschafter sterben ständig. Wir wollen jemanden näher an Sadi heranbringen, um herauszubekommen, was dort vor sich geht. Mal sehen, was sonst noch? Ach ja, die Honether haben sich schließlich und endlich auf einen Kandidaten geeinigt – einen pompösen, arroganten Dummkopf, der schon fast jeden Einwohner Tol Honeths beleidigt hat. Sie wollen ihm die Krone kaufen, aber als Kaiser wäre er hoffnungslos unfähig. Selbst mit all ihrem Geld wird es für sie schwierig sein, ihn auf den Thron zu hieven. Ich glaube, das wäre alles, Eure Hoheit.«

»Ich habe einen Brief von Islena aus Val Alorn erhalten«, erzählte Königin Porenn ihm.

»Ja, Eure Hoheit«, erwiderte Speer höflich. »Ich weiß.«

»Speer, hast du wieder meine Post gelesen?« fragte sie mit einem plötzlichen Anflug von Ärger.

»Nur um auf dem laufenden zu bleiben, Porenn.«
»Ich habe dir gesagt, du sollst das lassen.«
»Aber Ihr habt doch nicht ernstlich damit gerechnet, daß ich das tue, oder?« Er schien tatsächlich überrascht zu sein.
Sie lachte. »Du bist unmöglich.«
»Selbstverständlich bin ich das. Das wird von mir erwartet.«
»Können wir Islena irgendwie helfen?«
»Ich werde einige Leute darauf ansetzen«, versprach er. »Wir können wahrscheinlich durch Merel, die Gattin des Grafen von Trellheim, arbeiten. Sie zeigt allmählich Anzeichen von Reife und steht Islena nahe.«
»Ich glaube, wir sollten uns auch unseren eigenen Geheimdienst näher ansehen«, schlug Porenn vor. »Wir sollten jeden ausfindig machen, der irgendwelche Beziehungen zum Bärenkult unterhält. Es mag eine Zeit kommen, wo wir etwas dagegen unternehmen müssen.«
Javelin nickte zustimmend.
An der Tür klopfte es leicht.
»Ja!« rief Porenn.
Die Tür ging auf, und ein Diener steckte seinen Kopf herein. »Entschuldigt, Eure Hoheit«, sagte er, »aber da ist ein nadrakischer Kaufmann – Yarblek. Er sagt, er möchte die Lachswanderung mit Euch besprechen.« Der Diener wirkte völlig verblüfft.
Königin Porenn setzte sich in ihrem Stuhl auf. »Schick ihn sofort herein«, befahl sie.

9

Die Reden waren vorbei. Die Ansprachen, die Prinzessin Ce'Nedra solche Qualen bereitet hatten, hatten ihre Wirkung getan, und sie fand sich immer weniger im Mittelpunkt der Dinge. Zuerst erstrahlten die Tage für sie im Glanz herrlicher Freiheit. Die schreckliche Furcht, die sie bei der Aussicht empfunden hatte, zwei- bis dreimal am Tag zu riesigen Menschenmassen sprechen zu müssen, war überstanden. Ihre nervöse Erschöpfung verschwand, und sie wachte nicht mehr mitten in der Nacht zitternd und verängstigt auf. Fast eine ganze Woche lang schwelgte und sonnte sie sich darin. Dann wurde es ihr sehr langweilig.

Die Armee, die sie in Arendien und Nordtolnedra zusammengerufen hatte, wogte wie ein Meer durch die Vorberge von Ulgoland. Die mimbrischen Ritter, deren Rüstungen im hellen Sonnenschein glänzten und deren farbenfrohe Wimpel an ihren Lanzen flatterten, ritten an der Front der Armee, dahinter marschierte Ce'Nedras Infantrie, Sendarier, Asturier, Rivaner und einige Chereks. In der Mitte, als Herzstück, marschierten die schimmernden Reihen der Legionen des Kaiserreichs Tolnedra, die dunkelroten Standarten hoch erhoben, die weißen Federbüsche auf ihren Helmen im Takt zu ihren gemessenen Schritten wippend. In den ersten Tagen war es sehr aufwühlend, an der Spitze einer so riesigen Streitmacht zu reiten, die auf ihr Kommando hin nach Osten zog, aber der Glanz des Neuen verblaßte bald.

Prinzessin Ce'Nedras allmähliches Abtreiben vom Mittelpunkt der Befehlsgewalt war weitgehend ihr eigener Fehler. Die Entscheidungen hatten nun immer häufiger mit Logistik zu tun – mit ermüdenden Einzelheiten über Nachtlager und Feldküchen –, und Ce'Nedra fand die Diskussion über solche Dinge langweilig. Doch diese Einzelheiten waren es, die das Schneckentempo ihrer Armee bestimmten.

Zur allgemeinen Überraschung wurde ganz plötzlich König Fulrach von Sendarien zum obersten Befehlshaber. Er war es, der entschied, wie weit jeden Tag marschiert, wann gerastet und wo das Nachtlager aufgeschlagen wurde. Seine Autorität leitete sich daher ab, daß die Proviantwagen ihm gehörten. Schon zu Beginn des Marsches durch Nordarendien hatte der rundliche sendarische Monarch einen Blick auf die recht skizzenhaften Pläne geworfen, die die alornischen Könige für die Versorgung der Truppen aufgestellt hatten, hatte mißbilligend den Kopf geschüttelt und dann diesen Aspekt des Feldzuges selbst in die Hand genommen. Sendarien war ein Bauernland, und seine Lagerhäuser waren übervoll. Außerdem wimmelten die Straßen und Wege Sendariens zu bestimmten Jahreszeiten von Wagen. Mit fast lässiger Wirksamkeit ließ König Fulrach ein paar Befehle verlauten, und schon bald zogen ganze Karawanen schwer beladener Wagen durch Arendien nach Tolnedra und von dort nach Osten, um der Armee zu folgen. Die Marschgeschwindigkeit der Armee wurde von den knarrenden Proviantwagen diktiert.

Sie waren erst ein paar Tage in den Vorbergen von Ulgo, als König Fulrachs Autorität ihr ganzes Gewicht zeigte.

»Fulrach«, beschwerte sich König Rhodar von Drasnien, als der König von Sendarien eine weitere Rast befahl, »wenn wir nicht schneller ziehen, brauchen wir den ganzen Sommer, um zur Ostklippe zu kommen.«

»Du übertreibst, Rhodar«, entgegnete Fulrach sanft. »Wir kommen gut voran. Die Proviantwagen sind schwer, und die Zugpferde müssen jede Stunde ausruhen.«

»Das ist unmöglich«, erklärte Rhodar. »Ich werde die Geschwindigkeit erhöhen.«

»Das liegt bei dir.« Der Sendarier mit dem braunen Bart zuckte die Achseln und blickte kühl auf Rhodars ausladenden Bauch. »Aber wenn du heute meine Zugpferde bis zur Erschöpfung treibst, hast du morgen nichts zu essen.«

Damit war diese Angelegenheit erledigt.

In den steilen Bergen von Ulgo ging es noch langsamer voran. Ce'Nedra betrat das Land der dichten Wälder und felsigen Schluchten nicht ohne Angst. Sie erinnerte sich noch lebhaft an ihren Kampf mit Grul, dem Eldrak, und an die Angriffe der Algroths und Hrulgin, die sie im vergangenen Winter so geängstigt hatten. Aber es gab nur wenige Begegnungen mit den Untieren, die in den Bergen von Ulgo lebten. Die Armee war so groß, daß selbst die wütendsten Wesen sie mieden. Mandorallen, Baron von Vo Mandor, berichtete bedauernd über nur kurzen Sichtkontakt.

»Vielleicht, wenn ich einen Tagesritt vor unserer Streitmacht ritte, möchte sich eine Gelegenheit ergeben, mit einigen der

ausgelasseneren Biester sich zu messen«, überlegte er eines abends laut, während er nachdenklich ins Feuer starrte.
»Du bekommst auch nie genug, was?« fragte Barak spitz.
»Laß es, Mandorallen«, sagte Polgara zu dem großen Ritter. »Die Wesen tun uns nichts, und dem Gorim von Ulgo wäre es lieber, wenn wir sie in Ruhe ließen.«
Mandorallen seufzte.
»Ist er immer so?« erkundigte sich König Anheg neugierig bei Barak.
»Schlimmer, als du dir vorstellen kannst«, antwortete Barak.
Der langsame Marsch durch Ulgoland, wie sehr er auch an Rhodars, Brands und Anhegs Nerven zerrte, schonte jedoch die Kräfte der Armee, und sie erreichten die Ebenen Algariens in erstaunlich guter Verfassung.
»Wir ziehen weiter zur algarischen Feste«, entschied König Rhodar, als die Armee über den letzten Paß strömte und sich auf das hügelige Grasland ergoß. »Wir müssen uns neu formieren, und es hat keinen Sinn, zum Fuß der Klippe zu marschieren, ehe unsere Techniker so weit sind. Außerdem möchte ich einem Thull, der zufällig von oben heruntersieht, nicht die Größe unserer Armee verraten.«
So marschierte die Armee in bequemen Tagesmärschen durch Algarien, eine meilenbreite Spur im hohen Gras hinter sich lassend. Riesige Rinderherden unterbrachen kurz ihr Grasen, um mit mildem Erstaunen zuzusehen, wie die Armee vorbeizog, dann wandten sie sich unter den wachsamen Augen berittener algarischer Clansleute wieder ihrem Futter zu.
Das Lager, das in Südzentralalgarien rund um die mächtige Feste aufgeschlagen wurde, erstreckte sich über viele Meilen, und die Wachfeuer bei Nacht sahen fast aus wie der Widerschein der Sterne. Sobald sie erst einmal bequem in der Feste untergebracht war, vergrößerte sich die Entfernung Prinzessin Ce'Nedras vom alltäglichen Kommando über ihre Truppen noch mehr. Ihre Stunden schienen angefüllt mit Langeweile. Das heißt nicht, daß sie keine Berichte empfing. Ein rigoroses Trainingsprogramm wurde aufgestellt, einerseits, weil große

Teile der Armee nicht aus Berufssoldaten bestanden, vor allem aber, um den Müßiggang zu unterbinden, der immer zu Disziplinschwierigkeiten führt. Jeden Morgen erstattete Oberst Brendig, der ernste sendarische Baron, dem jeder Humor zu fehlen schien, mit enervierender Gründlichkeit Bericht über die Fortschritte des vergangenen Tages sowie über weitere Einzelheiten, die Ce'Nedra größtenteils widerwärtig fand.

Eines Morgens, nachdem Brendig sich respektvoll zurückgezogen hatte, explodierte Ce'Nedra schließlich. »Wenn er noch einmal von sanitären Einrichtungen spricht, schreie ich«, erklärte sie Adara und Polgara. Die Prinzessin lief im Zimmer auf und ab und wedelte empört mit den Händen.

»Aber es *ist* für eine Armee dieser Größe sehr wichtig, Ce'Nedra«, sagte Adara ruhig.

»Aber muß er denn immerzu davon *reden?* Das ist ein widerliches Thema.«

Polgara, die Botschaft, dem kleinen blonden Waisenjungen, geduldig beibrachte, sich die Stiefel zu schnüren, sah auf, schätzte mit einem Blick Ce'Nedras Stimmung ein und machte einen Vorschlag. »Warum nehmt ihr jungen Damen euch nicht Pferde und reitet aus? Frische Luft und Bewegung tut euch sicher gut.«

Es dauerte nicht lange, bis sie Ariana, das blonde Mimbrermädchen, gefunden hatten. Sie wußten genau, wo sie suchen mußten. Sie brauchten allerdings etwas länger, als sie sie von ihrer hingerissenen Betrachtung Lelldorins von Wildantor losreißen konnten. Lelldorin bemühte sich mit Hilfe seines Vetters Torasin, einer Gruppe von arendischen Leibeigenen die Grundbegriffe des Bogenschießens beizubringen. Torasin, ein feuriger junger asturischer Patriot, hatte sich der Armee erst spät angeschlossen. Wie Ce'Nedra vermutete, hatte es zwischen den beiden jungen Männern Mißstimmigkeiten gegeben, aber der Aussicht auf Krieg und Ruhm hatte Torasin letztendlich nicht widerstehen können. Er hatte die Armee in den Vorbergen von Ulgoland eingeholt, auf einem Pferd, das er

halb zu Tode geritten hatte. Seine Versöhnung mit Lelldorin war sehr gefühlsbetont gewesen, und jetzt standen sich die beiden näher als je zuvor. Ariana hatte jedoch nur Augen für Lelldorin. Ihre Augen glühten, als sie ihn mit so völlig geistloser Bewunderung anhimmelte, daß es schon erschreckend war.
In weicher algarischer Lederkleidung galoppierten die drei Mädchen im hellen Morgensonnenschein aus dem Lager, unvermeidlich gefolgt von Olban, dem jüngsten Sohn des Rivanischen Wächters, und einer Abordnung von Leibwächtern. Ce'Nedra wußte nicht genau, was sie von Olban halten sollte. Seit ein Murgo im Wald von Arendien einen Anschlag auf ihr Leben unternommen hatte, hatte sich der junge Rivaner zum Anführer ihrer persönlichen Leibwache erklärt, und nichts auf der Welt konnte ihn dazu bringen, seine Pflicht zu vernachlässigen. Aus irgendeinem Grund schien er geradezu dankbar zu sein für jede Gelegenheit, ihr dienen zu können, und Ce'Nedra war sich dumpf bewußt, daß nur rohe Gewalt ihn aufhalten konnte.
Es war ein warmer, wolkenloser Tag, und der blaue Himmel wölbte sich über der unglaublichen Weite der algarischen Ebene, wo das hohe Gras in der duftenden Brise wogte. Sobald sie außer Sichtweite des Lagers waren, hoben sich Ce'Nedras Lebensgeister. Sie ritt das weiße Pferd, das König Cho-Hag ihr geschenkt hatte, ein geduldiges, gleichmütiges Tier, das sie Nobel genannt hatte. Nobel war vielleicht kein besonders passender Name, denn es war ein faules Pferd. Ein Großteil seiner Sanftmut rührte daher, daß sein neuer Besitzer so klein war und praktisch kein Gewicht hatte. Darüber hinaus verwöhnte Ce'Nedra ihn im Überschwang ihrer Zuneigung sehr, steckte ihm Äpfel und Süßigkeiten zu, wann immer sie konnte. Als Folge von wenig Bewegung und reichlich Futter, entwikkelte Nobel einen ansehnlichen Bauch.
In Gesellschaft ihrer beiden Freundinnen und gefolgt von dem wachsamen jungen Olban, ritt die Prinzessin auf ihrem molligen weißen Pferd über das Grasland, jubelnd in dem Gefühl der Freiheit, das der Ritt ihr gab.

Am Fuß eines langgestreckten Hügels zügelten sie die Pferde, damit sie etwas ausruhen konnten. Nobel, der wie ein Blasebalg schnaufte, warf seiner kleinen Herrin einen vorwurfsvollen Blick zu, aber sie ignorierte herzlos die unausgesprochene Klage. »Es ist einfach ein wundervoller Tag für einen Ritt«, rief sie begeistert.
Ariana seufzte.
Ce'Nedra lachte sie aus. »Ach komm, es ist doch nicht so, als ob Lelldorin fortginge, Ariana, und es ist gut, wenn uns die Männer ab und zu vermissen.«
Ariana lächelte etwas gezwungen und seufzte wieder.
»Aber vielleicht ist es nicht so gut für uns, wenn wir sie vermissen«, murmelte Adara, ohne zu lächeln.
»Was ist denn das für ein Duft?« fragte Ce'Nedra plötzlich.
Adara hob ihr ebenmäßiges Gesicht, um die leichte Brise einzuatmen, dann sah sie sich um, als wollte sie sich orientieren. »Kommt mit«, sagte sie in einem für sie ganz untypischen Befehlston und ritt voran um den Hügel herum. Auf halber Höhe des Abhangs war dort eine Stelle mit niedrigen, dunkelgrünen Büschen bewachsen, die zarte lavendelblaue Blüten trugen. An jenem Morgen waren blaue Schmetterlinge geschlüpft, die jetzt in einer ekstatischen Wolke über den Blumen taumelten. Adara ließ ihr Pferd in Galopp fallen, ritt den Hang hinauf und ließ sich aus dem Sattel gleiten. Mit einem leisen Aufschrei kniete sie fast ehrfürchtig nieder und umarmte die Büsche.
Als Ce'Nedra näherkam, sah sie zu ihrer Überraschung Tränen in den grauen Augen ihrer sanften Freundin aufsteigen, die dabei gleichzeitig lächelte. »Was ist denn los, Adara?« fragte sie.
»Das sind *meine* Blumen«, sagte Adara mit bebender Stimme. »Ich hätte nicht gedacht, daß sie so wachsen und sich vermehren würden.«
»Wovon redest du eigentlich?«
»Garion hat diese Blume letzten Winter erschaffen – nur für mich. Es gab nur eine, eine einzige. Ich habe gesehen, wie sie in

seiner Hand entstanden ist. Bis gerade hatte ich sie ganz vergessen. Sieh mal, wie sie sich in nur einem Frühjahr ausgebreitet haben.« Ce'Nedra fühlte einen schmerzlichen Stich der Eifersucht. Für *sie* hatte Garion nie eine Blume erschaffen. Sie bückte sich und pflückte eine der lavendelblauen Blüten von einem Busch, wobei sie etwas fester daran riß als notwendig war. »Sie ist schief«, meinte sie mit einem kritischen Blick auf die Blume. Dann biß sie sich auf die Lippe und wünschte, sie hätte es nicht gesagt.
Adara warf ihr einen protestierenden Blick zu.
»Ich wollte dich doch nur necken, Adara«, sagte Ce'Nedra rasch mit einem unechten Lachen. Ohne es eigentlich zu wollen, suchte sie weiter nach einem Fehler in der Blume und beugte ihr Gesicht über die kleine, ungleichmäßige Blüte in ihrer Hand. Ihr Duft schien alle ihre Sorgen fortzuspülen und ihre Laune spürbar anzuheben.
Ariana war ebenfalls abgestiegen, und auch sie atmete den sanften Duft der Blüten ein, runzelte dabei jedoch leicht die Stirn. »Dürfte ich einige Eurer Blumen pflücken, Dame Adara?« bat sie. »Mir scheint, ihre Blütenblätter bergen seltsame Kräfte, die für die Dame Polgara vielleicht von Interesse sind – Heilkräfte, die für meine begrenzte Vertrautheit mit Salben und aromatischen Kräutern zu schwer zu bestimmen sind.«
Daraufhin machte Ce'Nedra, die etwas beiseite gegangen war, plötzlich kehrt. »Wundervoll!« rief sie, fröhlich in die Hände klatschend. »Wäre es nicht herrlich, wenn deine Blume sich als großartige Medizin erweisen würde, Adara? Als wunderbare Heilpflanze? Wir könnten sie ›Adaras Rose‹ nennen, und für alle Zeit würden Kranke deinen Namen preisen.«
»Sie sieht nun nicht gerade wie eine Rose aus, Ce'Nedra«, wandte Adara ein.
»Ach, Unsinn«, wischte Ce'Nedra den Einwand beiseite. »Ich soll schließlich eine Königin sein, wenn ich also sage, es ist eine Rose, dann ist es eine. Wir bringen sie sofort zu Polgara.« Sie drehte sich zu ihrem rundlichen Pferd um, das müßig die

Blumen betrachtete und überlegte, ob es ein paar davon verspeisen sollte oder nicht. »Komm, Nobel«, sagte die Prinzessin. »Wir galoppieren zurück zur Feste.«
Bei dem Wort »galoppieren« zuckte Nobel sichtlich zusammen.

Polgara untersuchte die Blüten sorgfältig, aber zur Enttäuschung der Prinzessin und ihrer Freundinnen wollte sie sich nicht gleich auf ihren medizinischen Wert festlegen. Etwas gedämpft kehrte die kleine Prinzessin still zu ihrem Zimmer und zu ihren Pflichten zurück.
Oberst Brendig erwartete sie. Bei näherer Überlegung kam Ce'Nedra zu dem Schluß, daß Oberst Brendig der bei weitem praktischste Mann war, dem sie je begegnet war. Keine Einzelheit war ihm zu unwichtig. Bei einem geringeren Mann hätte man diese Sorge um Kleinigkeiten als reine Pedanterie abgetan, aber der Glaube des Obersten daran, daß alle großen Dinge sich aus vielen kleinen zusammensetzen, verlieh seiner geduldigen Aufmerksamkeit für Einzelheiten eine gewisse Würde. Er schien überall im Lager zu sein; unter seiner Aufsicht wurden Zeltleinen gestrafft, unordentliche Haufen von Material ordentlich gestapelt und nachlässig offenstehende Westen rasch zugeknöpft.
»Ich hoffe, daß Eure Majestät ihren Ausritt erfrischend fand«, sagte der Oberst höflich und verbeugte sich, als Ce'Nedra den Raum betrat.
»Danke schön, Oberst Brendig«, antwortete die Prinzessin. »Meine Majestät fand es.« Sie war in einer launigen Stimmung, und es machte ihr immer Spaß, den ernsten Sendarier zu necken.
Ein kurzes Lächeln zuckte um Brendigs Lippen, dann kam er unverzüglich zu seinem militärischen Bericht. »Ich freue mich, Eurer Majestät mitteilen zu können, daß die drasnischen Techniker die Hebewerke auf dem Kliff fast fertiggestellt haben«, begann er. »Nur die Kontergewichte müssen noch aufgezogen werden, die helfen sollen, die cherekianischen Kriegsschiffe hochzuhieven.«

»Wie schön«, sagte Ce'Nedra mit dem leeren, hohlköpfigen Lächeln, von dem sie wußte, daß es ihn zur Verzweiflung trieb. Brendigs Kiefer preßten sich aufeinander, aber sonst verriet sein Gesicht keine Spur seines Ärgers. »Die Chereks beginnen damit, die Masten und Takelagen von ihren Schiffen abzubauen, um sie auf den Transport vorzubereiten«, fuhr er fort, »und die befestigten Stellungen oben auf der Klippe sind dem Zeitplan schon ein paar Tage voraus.«

»Wie wunderbar!« rief Ce'Nedra aus und klatschte mit mädchenhafter Freude in die Hände.

»Eure Majestät, *bitte*«, klagte Brendig.

»Es tut mir leid, Oberst Brendig«, entschuldigte sich Ce'Nedra, liebevoll seine Hand tätschelnd. »Aus irgendeinem Grund bringt Ihr meine schlechtesten Seiten zum Vorschein. Lächelt Ihr denn nie?«

Er sah sie mit völlig unbewegtem Gesicht an. »Ich lächle doch, eure Majestät«, sagte er. »Ach, Ihr habt übrigens einen Besucher aus Tolnedra.«

»Besuch? Wen?«

»Einen General Varana, den Herzog von Anadile.«

»Varana? Hier? Was um alles in der Welt tut er in Algarien? Ist er allein?«

»Er wird von einigen anderen tolnedranischen Herren begleitet«, antwortete Brendig. »Sie sind zwar nicht in Uniform, aber sie bewegen sich wie Militärs. Sie *behaupten*, sie seien private Beobachter. General Varana hat seinem Wunsch Ausdruck verliehen, Euch seine Aufwartung zu machen, wann immer es Euch recht ist.«

»Selbstverständlich, Oberst Brendig«, sagte Ce'Nedra mit einer Begeisterung, die nicht länger vorgetäuscht war. »Bitte schickt sofort nach ihm.«

Ce'Nedra kannte General Varana seit ihren Kindertagen. Er war stämmig, hatte grau werdendes, lockiges Haar und ein steifes Knie, das ihn leicht hinken ließ. Er zeichnete sich durch den trockenen, unterkühlten Sinn für Humor aus, der für die Familie Anadile so charakteristisch war. Von allen vornehmen

Familien Tolnedras waren die Boruner mit den Anadilern am besten vertraut. Zum einen kamen beide Familien aus dem Süden, und die Anadiler schlugen sich bei Streitigkeiten mit den mächtigen Familien aus dem Norden für gewöhnlich auf die Seite der Boruner. Obwohl Anadile nur ein Herzogtum war, hatte es nie irgendwelche Unterwürfigkeiten in der Beziehung der Familie gegenüber den Großherzögen aus dem Hause Borune gegeben. Tatsächlich machten anadilische Herzöge oft genug Scherze über ihre mächtigen Nachbarn. Ernsthafte Geschichtsschreiber und Staatsmänner betrachteten es schon seit langem als Unglück für das Reich, daß die talentierte Familie der Anadiler nicht vermögend genug war, um ernsthaft auf den Kaiserthron Anspruch zu erheben.

Als General Varana höflich in den Raum hinkte, wo Ce'Nedra ihn ungeduldig erwartete, spielte ein leises Lächeln um seine Lippen, und eine seiner Augenbrauen waren fragend hochgezogen. »Eure Majestät«, grüßte er sie mit einer Verbeugung.

»Onkel Varana«, rief die Prinzessin und flog ihm entgegen, um ihn zu umarmen. Varana war zwar eigentlich nicht ihr Onkel, aber sie hatte ihn schon immer als solchen betrachtet.

»Was hast du bloß gemacht, meine kleine Ce'Nedra?« Er lachte und umfing sie mit seinen muskulösen Armen. »Du stellst die ganze Welt auf den Kopf, weißt du das? Was macht ein Boruner mitten in Algarien an der Spitze einer alornischen Armee?«

»Ich werde in Mishrak ac Thull einmarschieren«, erklärte sie verschmitzt.

»Wirklich? Wozu? Hat König Gethell von Thull irgendwie das Haus Borune beleidigt? Davon habe ich ja gar nichts gehört.«

»Es ist eine alornische Angelegenheit«, antwortete Ce'Nedra leichthin.

»Ach, ich verstehe. Das erklärt es wohl. Alorner brauchen keine Gründe für ihre Taten.«

»Du machst dich über mich lustig«, beschwerte sie sich.

»Aber natürlich, Ce'Nedra. Die Anadiler machen sich seit Jahrtausenden über die Boruner lustig.«

Sie schnitt eine Grimasse. »Es ist *sehr* ernst, Onkel Varana.«

»Aber sicher«, stimmte er zu und legte ihr sanft einen Finger auf die schmollend vorgeschobene Unterlippe, »aber das ist doch kein Grund, nicht darüber zu lachen.«

»Du bist unmöglich«, sagte Ce'Nedra hilflos und mußte gegen ihren Willen lachen. »Was machst du hier?«

»Ich beobachte«, antwortete er. »Das tun Generäle immer. Du ziehst in den einzigen Krieg, den es zur Zeit gibt, also haben wir uns gedacht, wir kommen her und schauen uns das an. Morin hat es vorgeschlagen.«

»Der Kämmerer meines Vaters?«

»Ich glaube, das ist seine Position, ja.«

»Morin würde so etwas nicht tun – nicht von sich aus.«

»Wirklich nicht? Erstaunlich.«

Ce'Nedra runzelte die Stirn und kaute geistesabwesend auf einer Haarsträhne. Varana zog ihr die Locke aus dem Mund.

»Morin tut nichts, was mein Vater ihm nicht aufträgt«, überlegte Ce'Nedra und wollte sich wieder eine Strähne zwischen die Zähne stecken.

Wieder nahm ihr Varana die Locke aus den Fingern.

»Laß das«, sagte sie.

»Warum? So habe ich dir auch das Daumenlutschen abgewöhnt.«

»Das ist etwas anderes. Ich denke nach.«

»Dann denke mit geschlossenem Mund.«

»Das war die Idee meines Vaters, nicht wahr?«

»Ich würde nicht behaupten wollen, die Gedanken des Kaisers zu kennen«, erwiderte er.

»Ich schon. Was hat der alte Fuchs vor?«

»Das ist nicht sehr respektvoll, Kind.«

»Du hast gesagt, du bist hier, um zu beobachten?«

Er nickte.

»Und vielleicht um ein paar Vorschläge zu machen?«

Er zuckte die Achseln. »Wenn mir jemand zuhört. Du mußt verstehen, ich bin nicht offiziell hier. Das läßt die kaiserliche Politik nicht zu. Dein Anspruch auf den Thron von Riva wird in Tol Honeth formell nicht anerkannt.«

Sie blickte ihn an. »Diese Vorschläge, die du eventuell machst – falls du zufällig in der Nähe einer tolnedranischen Legion sein solltest, die offenbar ein wenig Führung braucht, könnte es sein, daß einer dieser Vorschläge vielleicht lautet: ›Vorwärts Marsch!‹?«

»Die Situation könnte entstehen, ja«, gab er ernsthaft zu.

»Und du hast noch einige andere Offiziere des Generalstabs bei dir?«

»Ich glaube, daß einige von ihnen tatsächlich gelegentlich in diesem Korps dienen.« Seine Augen zwinkerten vor unterdrückter Belustigung.

Ce'Nedra hob wieder die Locke, und General Varana nahm sie ihr wiederum fort.

»Wie würde es dir gefallen, König Rhodar von Drasnien kennenzulernen?« fragte sie.

»Ich würde mich geehrt fühlen, seine Majestät kennenzulernen.«

»Warum gehen wir dann nicht zu ihm?«

»Ja, warum nicht?«

»Ach, ich liebe dich, Onkel.« Sie lachte und schlang die Arme um ihn.

Sie fanden König Rhodar zusammen mit den anderen Führern der Armee in einer Besprechung in dem großen, hellen Raum, den König Cho-Hag ihnen zur Verfügung gestellt hatte. Unter den Armeeoberen wurden keinerlei Förmlichkeiten mehr beachtet, und die meisten lungerten in bequemen, mit Pferdefellen bezogenen Sesseln herum und sahen zu, wie der rotgewandete Rhodar mit einem Stück Schnur Entfernungen auf einer großen Landkarte abmaß, die eine ganze Wand bedeckte.

»Das scheint mir gar nicht so weit zu sein«, sagte er gerade zu König Cho-Hag.

»Das liegt daran, daß deine Karte flach ist, Rhodar«, erwiderte Cho-Hag. »Die Gegend dort ist sehr gebirgig. Glaub mir, das dauert drei Tage.«

König Rhodar stieß einen unfeinen Laut des Widerwillens aus. »Ich schätze, dann müssen wir die Idee aufgeben. Ich würde zu gern diese Befestigungen niederbrennen, aber ich habe keinesfalls vor, Selbstmordkommandos aufzustellen. Ein Dreitagesritt ist einfach zu weit.«

»Eure Majestät«, sagte Ce'Nedra höflich.

»Ja, Kind?« Rhodar blickte noch immer stirnrunzelnd auf die Karte.

»Ich möchte Euch jemanden vorstellen.«

König Rhodar drehte sich um.

»Eure Majestät«, sagte Ce'Nedra förmlich, »darf ich Euch mit Seiner Gnaden, dem Herzog von Anadile, bekanntmachen? General Varana, Seine Majestät, König Rhodar von Drasnien.«

Die beiden Männer verneigten sich höflich voreinander und maßen sich mit abschätzenden Blicken.

»Der Ruf des Generals ist ihm vorausgeeilt«, meinte König Rhodar.

»Aber die Fähigkeiten Seiner Majestät als Militärstratege sind geheimgehalten worden«, entgegnete Varana.

»Meint Ihr, daß damit den Anforderungen der Höflichkeit Genüge getan ist?« fragte Rhodar.

»Wenn nicht, können wir später noch ein wenig weiter darüber lügen, wie außerordentlich höflich wir zueinander sind«, befand Varana.

König Rhodar grinste ihn kurz an. »Also schön, was macht Tolnedras führender Taktiker in Algarien?«

»Beobachten, Eure Majestät.«

»Und Ihr haltet an dieser Geschichte fest?«

»Selbstverständlich. Aus politischen Gründen muß Tolnedra in dieser Angelegenheit streng neutral bleiben. Ich bin sicher, daß der drasnische Geheimdienst Eure Majestät über die Gegebenheiten der Sachlage informiert hat. Die fünf Spione, die Ihr im Kaiserpalast habt, sind sehr tüchtig.«

»Sechs, genaugenommen«, bemerkte Rhodar beiläufig.

General Varana hob die Augenbrauen. »Das hätten wir uns wohl denken können.«

»Es wechselt von Zeit zu Zeit.« Rhodar zuckte die Achseln. »Ihr kennt die strategische Lage?«

»Man hat mich informiert, ja.«
»Wie schätzt Ihr sie ein?«
»Ihr seid in Schwierigkeiten.«
»Danke«, erwiderte Rhodar trocken.
»Eure Anzahl erfordert, daß Ihr eine defensive Haltung annehmt.«
Rhodar schüttelte den Kopf. »Das könnten wir machen, wenn wir uns um Taur Urgas und die Murgos aus dem Süden kümmern müßten, aber 'Zakath schifft täglich mehr Truppen nach Thull Zelik. Wenn wir uns einfach in Befestigungsanlagen verschanzen und er sich entschließt, gegen uns zu ziehen, kann er uns im Herbst bis zum Hals in Malloreanern begraben. Der Schlüssel zu der ganzen Situation liegt darin, Anhegs Flotte ins Meer des Ostens zu bringen, um die Truppentransporte aufzuhalten. Wir müssen etwas riskieren, damit das aufhört.«
Varana studierte die Landkarte. »Wenn Ihr den Mardu hinabsegelt, müßt Ihr die thullische Hauptstadt einnehmen«, sagte er, auf Thull Mardu deutend. »Sie ist eine Insel – wie Tol Honeth – und liegt mitten im Fluß. Ihr werdet nie mit einer Flotte an ihr vorbeisegeln können, solange sie von einer feindlichen Macht gehalten wird. Ihr müßt die Stadt einnehmen.«
»Der Gedanke ist uns auch schon gekommen«, sagte König Anheg von seinem Sessel aus, wo er bequem hingestreckt lag und den unvermeidlichen Bierkrug in der Hand hielt.
»Ihr kennt Anheg?« fragte Rhodar den General.
Varana nickte. »Vom Hörensagen«, antwortete er. Er verbeugte sich vor Anheg. »Eure Majestät.«
»General«, entgegnete Anheg und neigte den Kopf.
»Wenn Thull Mardu stark verteidigt wird, kostet es Euch ein Drittel Eurer Armee, es einzunehmen«, fuhr Varana fort.
»Wir wollen die Garnison herauslocken«, erläuterte Rhodar.
»Wie?«
»Das wird von Korodullin und mir abhängen«, sagte König Cho-Hag leise. »Sobald wir oben auf der Klippe sind, werden die mimbrischen Ritter ausschwärmen und jede Stadt und jedes

Dorf im Hochland zerstören, und meine Clans werden in die ländlichen Gebiete einfallen und die Felder abbrennen.«

»Sie werden merken, daß es nur ein Ablenkungsmanöver ist, Eure Majestät«, gab Varana zu bedenken.

»Natürlich«, gab Brand ihm mit seiner tiefen Stimme recht, »aber eine Ablenkung von was? Wir glauben nicht, daß sie wirklich erkennen, daß Thull Mardu das eigentliche Ziel ist. Wir werden unser Bestes tun, um unsere Überfälle so ziellos wie möglich wirken zu lassen. Der Verlust dieser Städte und Felder mag zuerst vielleicht hinzunehmen sein, aber es wird nicht lange dauern, bis sie etwas unternehmen müssen, um sie zu schützen.«

»Und Ihr glaubt, sie ziehen die Garnisonen aus Thull Mardu ab, um gegen Euch zu kämpfen?«

»Das ist unser Plan«, antwortete Rhodar.

Varana schüttelte den Kopf. »Sie werden Murgos aus Rak Goska und Malloreaner aus Thull Zelik herbeirufen. Und statt eines raschen Überfalls auf Thull Mardu habt Ihr dann einen richtigen Krieg.«

»Das würdet *Ihr* tun, General Varana«, widersprach König Rhodar, »aber Ihr seid weder Taur Urgas noch 'Zakath. Unsere Strategie basiert auf unserer Einschätzung dieser beiden. Keiner von beiden wird seine Streitkräfte einsetzen, ehe er nicht überzeugt ist, daß wir eine ernstzunehmende Bedrohung darstellen. Jeder will seine Armee so weit wie möglich schonen. Aus ihrer Sicht sind wir nur ein nebensächliches Ärgernis – und eine Entschuldigung, eine Armee aufzustellen. Beide werden sich zurückhalten, und König Gethell von Thull wird sich uns allein stellen müssen, mit einer nur scheinbaren Unterstützung von den Murgos und Malloreanern. Wenn wir schnell genug sind, haben wir Anhegs Flotte im Meer des Ostens und unsere Truppen wieder zum Kliff zurückgezogen, ehe sie ganz begreifen, was wir vorhaben.«

»Und dann?«

»Dann wird Taur Urgas in Rak Goska bleiben, als wäre er angenagelt.« König Anheg kicherte. »Ich werde im Meer des

Ostens sein und schiffsladungsweise Malloreaner ertränken, und er wird mir bei jedem Schritt zujubeln.«

»Und 'Zakath wird nicht wagen, die Truppen, die er bereits in Thull Zelik hat, gegen uns einzusetzen«, fügte Brand hinzu. »Wenn er zu viele Männer verliert, wird Taur Urgas die Oberhand gewinnen.«

General Varana dachte nach. »Ein Drei-Weg-Stillstand, sozusagen«, überlegte er. »Drei Armeen im selben Gebiet, und keine bereit, den ersten Schritt zu tun.«

»Die allerbeste Art für einen Krieg.« König Rhodar grinste. »Niemand kommt zu Schaden.«

»Taktisch betrachtet, ist Euer einziges Problem, wie die Überfälle angesehen werden, ehe Ihr Thull Mardu angreift«, meinte Varana. »Sie müssen ernsthaft genug sein, um die Garnisonen aus der Stadt zu locken, aber auch nicht so ernst, um 'Zakath oder Taur Urgas zu alarmieren. Das ist eine äußerst schwierige Gratwanderung, meine Herren.«

Rhodar nickte. »Deswegen sind wir auch froh, Tolnedras besten Taktiker bei uns zu haben, damit er uns beraten kann«, sagte er mit einer eleganten Verbeugung.

»Bitte, Majestät«, warf General Varana ihm zu und hob abwehrend die Hand. »*Vorschlagen,* nicht beraten. Ein Beobachter kann nur Vorschläge machen. Der Begriff ›Ratschlag‹ läßt auf Parteinahme schließen, die sich mit Tolnedras Haltung striktester Neutralität nicht vereinbaren läßt.«

»Ach«, machte König Rhodar. Er wandte sich an König Cho-Hag. »Wir müssen Vorkehrungen für die Bequemlichkeit des kaiserlichen Vorschlägers und seiner Leute treffen«, erklärte er breit grinsend.

Ce'Nedra beobachtete mit heimlicher Freude, wie zwischen diesen beiden hervorragenden Männern etwas begann, das sich offenbar zu einer guten Freundschaft entwickeln würde. »Ich überlasse die Herren ihren Vergnügungen«, sagte sie. »Militärische Besprechungen machen mir Kopfschmerzen, also verlasse ich mich darauf, daß ihr mich nicht in Schwierigkeiten bringt.« Sie knickste, lächelte gewinnend und zog sich zurück.

Zwei Tage später kehrte Relg aus Ulgo zurück, begleitet von einer Abordnung seiner Landsleute, die der Gorim geschickt hatte. Taiba, die sich still im Hintergrund gehalten hatte, seit die Armee in der Feste war, schloß sich Ce'Nedra und Polgara an, um die Ulgos zu begrüßen, deren Wagen knarrend den Hügel zum Haupttor emporächzten. Die schöne Maragfrau trug ein einfaches, fast strenges Leinenkleid, aber ihre violetten Augen strahlten. Relg, dessen Kettenhemd mit Kapuze Kopf und Schultern bedeckte wie eine Schlangenhaut, kletterte von dem ersten Wagen und antwortete nur nichtssagend auf die Begrüßung durch Barak und Mandorallen. Seine großen Augen schweiften über die Gruppe, die sich am Tor versammelt hatte, bis sie Taiba gefunden hatten. Dann schien eine gewisse Spannung von ihm abzufallen. Ohne ein Wort ging er auf sie zu. Ihre Begegnung verlief schweigend, und sie berührten sich nicht, wenn sich auch Taibas Hände mehrfach unwillkürlich auf ihn zubewegten. Im goldenen Sonnenlicht standen sie einander gegenüber, und errichteten eine unsichtbare Barriere um sich herum, die die Gegenwart der anderen völlig ignorierte. Taibas Augen ruhten unablässig auf Relgs Gesicht, aber in ihnen war nichts von der leeren, sanften Bewunderung zu lesen, die in Arianas Augen stand, wenn sie Lelldorin ansah. In Taibas Augen stand eher eine Frage – fast eine Herausforderung. Relgs Erwiderung war der verwirrte Blick eines Mannes, der zwischen zwei überwältigenden Zwängen hin- und hergerissen wird. Ce'Nedra beobachtete sie einen Augenblick, mußte aber schließlich die Augen abwenden.

Die Ulgos wurden in dämmrigen, höhlenartigen Räumen in den Fundamenten der Feste untergebracht, wo Relg seine Landsleute durch den schmerzhaften Prozeß führen konnte, ihre Augen ans Tageslicht zu gewöhnen und mit ihnen üben konnte, die unsinnige Panik zu ignorieren, die alle Ulgos überfiel, wenn sie sich unter freiem Himmel aufhielten.

Am Abend kam eine weitere kleine Abordnung aus dem Süden an. Drei Männer, zwei in weißen Gewändern, der dritte in schmierigen Lumpen, erschienen am Tor und verlangten Einlaß. Die Algarier am Tor ließen sie unverzüglich ein, und einer wurde in Polgaras Wohnung geschickt, um ihre Ankunft zu melden.

»Ihr bringt sie besser her«, sagte sie dem armen Mann, der aschfahl im Gesicht war und am ganzen Körper zitterte. »Sie waren schon sehr lange nicht mehr unter Menschen, und größere Ansammlungen machen sie vielleicht nervös.«

»Sofort, Dame Polgara«, sagte der zitternde Algarier mit einer Verbeugung. Er zögerte einen Moment. »Würde er das *wirklich* tun?« stieß er hervor.

»Würde wer was tun?«

»Der Häßliche. Er sagte, er würde –« Der Mann hielt inne, da ihm plötzlich einfiel, mit wem er sprach. Er wurde rot. »Ich sollte wohl nicht wiederholen, was er gesagt hat, Dame Polgara, aber es war eine schreckliche Drohung für einen Mann.«

»Oh«, sagte sie. »Ich glaube, ich weiß, was du meinst. Einer seiner Lieblingsausdrücke. Ich denke schon, daß du vor ihm sicher bist. Er sagt das nur, damit die Leute auf ihn aufmerksam werden. Ich bin nicht mal sicher, ob man das jemandem antun und ihn gleichzeitig am Leben erhalten kann.«

»Ich bringe sie sofort her, Dame Polgara.«

Die Zauberin drehte sich um und sah Ce'Nedra, Adara und Ariana an, die bei ihr zu Abend gegessen hatten. »Meine Damen«, sagte sie ernst, »wir bekommen Gäste. Zwei von ihnen sind die liebenswertesten Männer der Welt, aber der dritte ist etwas unbeherrscht in seiner Ausdrucksweise. Wenn ihr in solchen Dingen empfindlich seid, solltet ihr besser gehen.«

Ce'Nedra, die sich noch lebhaft an ihre Begegnung mit den dreien in Aldurs Tal erinnerte, erhob sich sofort.

»Du nicht, Ce'Nedra«, sagte Polgara. »Ich fürchte, du mußt bleiben.«

Ce'Nedra schluckte schwer. »An eurer Stelle würde ich wirklich gehen«, riet sie ihren Freundinnen.

»Ist er denn *so* schlimm?« fragte Adara. »Ich habe schon öfters Männer fluchen hören.«

»Aber nicht so«, warnte Ce'Nedra.
»Jetzt hast du mich neugierig gemacht.« Adara lächelte. »Ich glaube, ich bleibe.«
»Aber sagt nicht, ich hätte euch nicht gewarnt«, murmelte Ce'Nedra.
Beltira und Belkira waren so reizend, wie Ce'Nedra sie in Erinnerung hatte, aber der mißgestaltete Beldin war eher noch häßlicher und gemeiner. Ariana floh, bevor er Polgara noch ganz begrüßt hatte. Adara wurde leichenblaß, blieb aber tapfer sitzen. Dann wandte sich der abscheuliche kleine Mann Ce'Nedra zu, um sie mit ein paar rauhen Fragen zu begrüßen, die die Prinzessin bis zu den Haarwurzeln erröten ließen. An diesem Punkt verließ auch Adara klugerweise das Zimmer.
»Was ist nur mit deinen Weibern los, Pol?« fragte Beldin unschuldig und kratzte sich sein verfilztes Haar. »Sie wirken so bedrückt.«
»Es sind wohlerzogene junge Damen, Onkel«, antwortete Polgara. »Gewisse Ausdrücke beleidigen ihre Ohren.«
»Ist das alles?« Er lachte heiser. »Aber dieser Rotschopf hier scheint etwas weniger empfindlich zu sein.«
»Eure Bemerkungen beleidigen mich ebenso wie meine Gefährtinnen, Meister Beldin«, erklärte Ce'Nedra steif, »aber ich lasse mich nicht von den schmutzigen Reden eines schlechterzogenen Buckligen in die Flucht schlagen.«
»Nicht schlecht«, gratulierte er ihr und flegelte sich ungelenk in einen Stuhl, »aber du mußt noch lernen, dich dabei zu entspannen. Eine Beleidigung hat einen ganz bestimmten Rhythmus und Fluß, den du noch nicht beherrschst.«
»Sie ist noch sehr jung, Onkel«, erinnerte Polgara ihn.
Beldin schielte zu der Prinzessin hinüber. »Wirklich?«
»Laß das«, sagte Polgara.
»Wir sind gekommen...«
»... um uns eurem Unternehmen anzuschließen«, sagten die Zwillinge. »Beldin meint...«
»... daß ihr vielleicht auf Grolims trefft und...«
»... unsere Hilfe braucht.«

»Ist das nicht rührend?« fragte Beldin. »Sie haben noch immer nicht gelernt, vernünftig zu reden.« Er sah Polgara an. »Ist das die ganze Armee, die ihr habt?«
»Die Chereks stoßen am Fluß zu uns«, erwiderte sie.
»Du hättest überzeugender reden müssen«, hielt er Ce'Nedra vor. »Ihr habt nicht annähernd genug Männer. Die Süd-Murgos vermehren sich wie Maden im Speck, und die Malloreaner sind zahlreich wie die Schmeißfliegen.«
»Wir erklären dir noch unsere Strategie, Onkel«, versprach Polgara. »Wir wollen gar nicht direkt mit den Armeen von Angarak kämpfen. Was wir hier tun, dient nur der Ablenkung.«
Er grinste häßlich. »Ich hätte viel darum gegeben, dein Gesicht zu sehen, als du feststellen mußtest, daß Belgarath dir entschlüpft war.«
»Ich würde nicht darauf herumreiten, Meister Beldin«, schlug Ce'Nedra vor. »Die Dame Polgara war nicht erfreut über Belgaraths Entscheidung, und es ist bestimmt nicht klug, ihren Ärger wieder aufzustacheln.«
»Ich habe Pols kleine Anfälle schon öfter erlebt.« Er zuckte die Achseln. »Warum schickst du nicht jemanden nach einem Schwein oder Schaf, Pol? Ich habe Hunger.«
»Es ist üblich, die Tiere erst zu kochen, Onkel.«
Er sah sie verblüfft an. »Wozu?«

10

Drei Tage später zog die Armee von der Feste in das Übergangslager, das die Algarier am Ostufer des Aldur errichtet hatten. Die Truppen jedes Landes marschierten getrennt in breiten Reihen und trampelten eine unübersehbare Spur in das kniehohe Gras. In der mittleren Abteilung marschierten die Legionen Tolnedras, mit erhobenen Fahnen und paradegleicher Vollkommenheit. Das Äußere der Legionen hatte seit der Ankunft General Varanas und seines Stabes merklich gewonnen. Die Meuterei auf der Ebene vor Tol Vordue hatte Ce'Nedra zwar viele Männer beschert, aber keine hohen Offiziere, und sobald die Gefahr überraschender Inspektionen gebannt war, hatte sich eine gewisse Laschheit der Legionen bemächtigt. General Varana hatte weder die Rostflecken auf den Brustharnischen noch den allgemein unrasierten Zustand der Truppen erwähnt. Seine sanfte Mißbilligung schien zu genügen. Die hartgesottenen Unteroffiziere, die jetzt die Legionen befehligten, hatten einen Blick auf sein Gesicht geworfen und sofort etwas unternommen. Die Rostflecken verschwanden, und die Legionäre rasierten sich wieder regelmäßig. Hier und da blühten auf den frisch rasierten Gesichtern zwar blaue Flecken, stumme Beweise dafür, daß die Unteroffiziere mit den harten Fäusten es für nötig befunden hatten, ihre Truppen nachdrücklich davon zu überzeugen, daß die Ferien vorüber waren.

Zu einer Seite der Legionen ritten die glitzernden mimbrischen Ritter, deren vielfarbige Wimpel von dem Wald ihrer aufgepflanzten Lanzen flatterten. Ihre Gesichter strahlten Begeisterung aus, sonst aber kaum etwas. Ce'Nedra vermutete insgeheim, daß ein großer Teil ihres Rufs von dem grenzenlosen Mangel an allem herrührte, was auch nur entfernt an Gedanken erinnerte. Es bedurfte einer nur geringen Ermunterung, und die Mimbrer würden fröhlich auch den Winter oder die Gezeiten angreifen.

Auf der anderen Flanke der Legionen gingen die braun und grün gekleideten Bogenschützen Asturiens. Diese Plazierung war mit Bedacht gewählt worden. Die Asturier waren ebensowenig mit Intelligenz gesegnet wie ihre mimbrischen Vettern, und man hielt es allgemein für klug, andere Truppen zwischen die beiden arendischen Streitkräfte zu setzen, um Feindseligkeiten zu vermeiden.

Hinter den Asturiern marschierten die grimmig wirkenden Rivaner, ganz in Grau. Sie wurden von den wenigen nicht bei der Flotte befindlichen Chereks begleitet. Die Flotte wurde bereits auf den Transport zum Fuß der Klippe vorbereitet.

Neben den Mimbrern marschierten die sendarischen Milizen in ihren hausgemachten Uniformen, und am Schluß des Trosses kamen die quietschenden und knarrenden Proviantwagen König Fulrachs, die sich bis zum Horizont erstreckten. Die algarischen Clans ritten nicht in geordneten Reihen, sondern teilten sich in kleine Gruppen, die Herden von Ersatzpferden und halbwilden Rindern an den äußeren Flanken der Armee entlangtrieben.

Ce'Nedra ritt in Rüstung auf ihrem weißen Pferd neben General Varana. Sie versuchte ohne viel Erfolg, ihm ihr Anliegen zu erklären.

»Mein liebes Kind«, sagte der General schließlich. »Ich bin Tolnedraner und Soldat. Weder das eine noch das andere gestattet mir, an irgendwelchen Mystizismus zu glauben. Meine dringlichsten Sorgen gelten im Moment der Ernährung dieser Menschenmengen. Eure Nachschubwege erstrecken sich den ganzen Weg über die Berge und durch Arendien zurück nach Sendarien. Das ist ein sehr langer Weg, Ce'Nedra.«

»König Fulrach kümmert sich darum, Onkel«, sagte sie selbstgefällig. »Seit wir unterwegs sind, transportieren seine Sendarier Lebensmittel und anderes über die Große Nordstraße zur Aldurfurt und schiffen sie von dort auf Lastkähnen flußaufwärts. Auf uns warten riesige Vorratslager.«

General Varana nickte beifällig. »Sendarier scheinen perfekte Quartiermacher abzugeben«, stellte er fest. »Schafft er auch Waffen heran?«

»Ich glaube, so etwas ist einmal erwähnt worden«, antwortete Ce'Nedra. »Pfeile, neue Lanzen für die Ritter und so etwas. Sie schienen zu wissen, was sie zu tun haben, deswegen habe ich nicht zu viele Fragen gestellt.«

»Das ist töricht, Ce'Nedra«, sagte Varana unverblümt. »Wenn du eine Armee befehligst, solltest du über alle Einzelheiten Bescheid wissen.«

»Aber ich befehlige keine Armee, Onkel«, erläuterte sie. »Ich führe sie. König Rhodar befehligt sie.«

»Und was willst du tun, wenn ihm etwas zustößt?«
Ce'Nedra wurde plötzlich kalt.
»Du ziehst in den Krieg, Ce'Nedra, und im Krieg werden nun einmal Menschen verletzt und getötet. Du solltest lieber anfangen, dich für das zu interessieren, was um dich herum vorgeht, meine kleine Prinzessin. In den Krieg zu ziehen, wenn du den Kopf unter einem Kissen vergräbst, verbessert deine Erfolgsaussichten nicht gerade.« Er sah ihr in die Augen. »Und kaue nicht an deinen Fingernägeln, Ce'Nedra«, setzte er hinzu. »Das macht deine Hände unansehnlich.«
Das Lager am Fluß war sehr groß, und mittendrin stand König Fulrachs Hauptvorratslager, eine regelrechte Stadt aus Zelten und sauber aufgestapeltem Material. Eine lange Reihe niedriger Lastkähne war am Flußufer vertäut und wartete geduldig darauf, entladen zu werden.
»Deine Leute sind sehr fleißig gewesen«, sagte König Rhodar zu dem untersetzten sendarischen Monarchen, als sie durch eine schmale Gasse zwischen Bergen aus zugedeckten Lebensmitteln und Kistenstapeln voller Ausrüstungsgegenstände ritten. »Woher wußtest du, was du herbeischaffen lassen mußtest?«
»Während wir durch Arendien zogen, habe ich mir Notizen gemacht«, antwortete König Fulrach. »Es war nicht allzu schwer zu erkennen, was wir brauchen würden – Stiefel, Pfeile, Ersatzschwerter, und so weiter. Im Augenblick bringen wir nur Lebensmittel heran. Die algarischen Herden versorgen uns mit frischem Fleisch, aber auf Dauer wird man krank, wenn man nichts anderes als Fleisch bekommt.«
»Du hast doch jetzt schon genug hier, um die Armee ein Jahr lang zu füttern«, meinte König Anheg.
Fulrach schüttelte den Kopf. »Fünfundvierzig Tage«, berichtigte er penibel. »Ich möchte einen Dreißig-Tage-Vorrat hier und einen Zwei-Wochen-Vorrat in den Befestigungen haben, die die Drasnier oben auf der Klippe bauen. Das ist unser Sicherheitsspielraum. Solange die Kähne unsere Vorräte täglich auffüllen, haben wir immer soviel zur Verfügung. Wenn

man erst einmal entschieden hat, wie das Ziel aussieht, ist der Rest simple Rechnerei.«

»Woher weißt du, wieviel ein Mann an einem Tag essen wird?« fragte Rhodar, der die hochgetürmten Stapel betrachtete. »An manchen Tagen habe ich mehr Hunger als sonst.«

Fulrach zuckte die Achseln. »Das gleicht sich aus. Manche essen mehr, manche weniger, aber am Ende läuft es etwa auf das gleiche hinaus.«

»Fulrach, manchmal bist du so praktisch, daß mir fast übel wird«, sagte Anheg.

»Irgendwer muß es ja sein.«

»Habt ihr Sendarier denn gar keinen Sinn für Abenteuer? Tut ihr denn *nie* etwas, ohne vorher alles genau zu planen?«

»Nicht, wenn wir es vermeiden können«, entgegnete der König von Sendarien sanft.

Mitten im Vorratslager waren einige große Pavillons errichtet worden, die den Anführern der Armee und ihrem Stab dienen sollten. Am Nachmittag, nachdem sie sich gebadet und umgezogen hatte, ging Prinzessin Ce'Nedra zum Hauptzelt, um zu sehen, was sich dort tat.

»Sie haben etwa eine Meile flußabwärts geankert«, erstattete Barak seinem Vetter gerade Bericht. »Sie sind seit etwa vier Tagen hier. Greldik hat mehr oder weniger das Kommando.«

»Greldik?« Anheg wirkte überrascht. »Er hat doch gar keine offizielle Stellung.«

»Er kennt den Fluß.« Barak zuckte die Achseln. »Über die Jahre hinweg ist er fast überall hingesegelt, wo es Wasser und etwas zu verdienen gab. Er sagt, daß die Leute stetig trinken, seit sie vor Anker liegen. Sie wissen, was auf sie zukommt.«

Anheg kicherte. »Dann sollten wir sie auch nicht enttäuschen. Rhodar, wie lange wird es noch dauern, bis deine Techniker damit beginnen können, meine Schiffe auf die Klippe zu hieven?«

»Etwa eine Woche«, antwortete Rhodar, von seinem Nachmittagsimbiß aufblickend.

»Das ist früh genug«, meinte Anheg. Er wandte sich wieder an

Barak. »Sag Greldik, daß wir morgen früh mit dem Transport beginnen – ehe die Leute Zeit haben, wieder nüchtern zu werden.«
Ce'Nedra hatte nie ganz verstanden, was mit dem Wort »Transport« gemeint war, bis sie am nächsten Morgen ans Ufer des Flusses kam und sah, wie die schwitzenden Chereks ihre Schiffe aus dem Wasser schoben und sie mit Muskelkraft auf hölzernen Bohlen weiterzogen. Die Anstrengung, die nötig war, um ein Schiff auch nur ein paar Zentimeter zu bewegen, entsetzte sie.
Darin war sie nicht allein. Durnik, der Schmied, warf einen entgeisterten Blick auf das Verfahren und machte sich dann unverzüglich auf die Suche nach König Anheg. »Verzeihung, Eure Majestät«, sagte er respektvoll, »aber ist das nicht schlecht für die Boote – und für die Männer?«
»Schiffe«, korrigierte Anheg. »Man nennt sie Schiffe. Ein Boot ist etwas anderes.«
»Wie man sie auch immer nennt – werden ihre Fugen nicht undicht, wenn sie so über die Bohlen gezogen werden?«
Anheg zuckte die Achseln. »Sie lecken ohnehin alle ein wenig«, antwortete er. »Außerdem macht man es nun einmal so.«
Durnik sah rasch ein, daß es zwecklos war, mit dem König von Cherek zu reden. Statt dessen ging er zu Barak, der finster das riesige Schiff betrachtete, das seine Mannschaft flußaufwärts gerudert hatte. »Im Wasser ist es ja sehr eindrucksvoll«, sagte der rotbärtige Mann zu seinem Freund, Kapitän Greldik, »aber ich fürchte, es wird noch eindrucksvoller sein, wenn wir es erst ziehen müssen.«
»Du warst doch derjenige, der das größte Kriegsschiff haben wollte«, erinnerte Greldik ihn mit breitem Grinsen. »Du wirst so viel Bier kaufen müssen, daß dieser Wal da schwimmen kann, ehe deine Mannschaft betrunken genug ist, um zu versuchen, es zu ziehen – ganz zu schweigen davon, daß es sich für einen Kapitän gehört, mit anzufassen, wenn ein solcher Transport notwendig geworden ist.«
»Blöder Brauch«, grollte Barak mürrisch.

»Ich möchte sagen, du hast noch eine schlimme Woche vor dir, Barak.« Greldiks Grinsen wurde noch breiter.
Durnik nahm die beiden Seeleute beiseite und begann, ernsthaft auf sie einzureden, wobei er mit einem Zweig Zeichnungen in den Sand am Ufer ritzte. Je länger er redete, desto interessierter wirkten sie.
Was einen Tag später aus diesem Gespräch geworden war, entpuppte sich als ein Paar niedriger Schlitten, die auf jeder Seite ein Dutzend Räder hatten. Unter dem Spott der übrigen Chereks wurden die beiden Schiffe vorsichtig aus dem Wasser und auf die Schlitten gezogen, wo sie gut vertäut wurden. Das Hohngelächter ebbte jedoch merklich ab, als die Mannschaften der beiden Schiffe anfingen, ihre Schlitten über die Ebene zu ziehen. Hettar, der zufällig vorbeikam, sah einen Augenblick lang stirnrunzelnd zu. »Warum zieht ihr sie mit der Hand«, fragte er, »wenn ihr mitten in den größten Pferdeherden der Welt seid?«
Baraks Augen wurden groß, dann stahl sich ein fast ehrfürchtiges Grinsen auf sein Gesicht.
Das Hohngelächter, das sich erhoben hatte, als Baraks und Greldiks Schiffe auf ihre Gefährte manövriert wurden, verwandelte sich rasch in zorniges Gemurmel, als die rollenden Schlitten, von algarischen Pferden gezogen, mühelos zur Klippe rollten, vorbei an Männern, die alle Kraft aufboten, um ihre Schiffe auch nur zentimeterweise vorwärtszubringen. Um die Wirkung zu vervollkommnen, befahlen Greldik und Barak ihren Männern, müßig an Deck der Schiffe zu sitzen und Bier zu trinken oder zu spielen.
König Anheg starrte seinen unverschämt grinsenden Vetter an, als das große Schiff an ihm vorüberrollte. Er war zutiefst beleidigt. »Das geht zu weit«, explodierte er, riß sich seine verbeulte Krone vom Kopf und warf sie zu Boden.
König Rhodar machte ein völlig unbewegtes Gesicht. »Ich bin der erste, der zugesteht, daß es bestimmt nicht so gut ist, wie die Schiffe per Hand zu ziehen, Anheg. Sicher gibt es ganz einleuchtende philosophische Gründe für das ganze Schwitzen,

Stöhnen und Fluchen, aber so geht es einfach *schneller*, findest du nicht auch? Wir sollten es wirklich auch so machen.«

»Es ist unnatürlich«, grollte Anheg, den Blick immer noch auf die beiden Schiffe geheftet, die schon einige hundert Meter zurückgelegt hatten.

Rhodar zuckte die Achseln. »Beim ersten Versuch wirkt alles unnatürlich.«

»Ich werde darüber nachdenken«, sagte Anheg finster.

»Aber ich würde nicht zu lange nachdenken«, riet Rhodar ihm. »Deine Beliebtheit als König sinkt mit jeder Meile rapide – und Barak gehört zu den Leuten, die dieses Ding auf dem ganzen Weg zur Klippe vor deinen Seeleuten hin- und herziehen würden.«

»Das würde er wirklich tun, nicht wahr?«

»Ich glaube, darauf kannst du dich verlassen.«

König Anheg seufzte bitterlich. »Schaff diesen unselig schlauen sendarischen Schmied her«, befahl er einem seiner Männer verdrießlich. »Bringen wir es hinter uns.«

Später an jenem Tag versammelten sich die Führer der Armee wieder zu einer Strategiebesprechung im Hauptzelt. »Unser größtes Problem besteht jetzt darin, die Größe unserer Streitmacht geheimzuhalten«, erklärte König Rhodar. »Anstatt alle auf einmal zum Kliff marschieren zu lassen, ist es vielleicht besser, die Truppen in kleinen Einheiten dorthinzuschicken und sie sofort zu den Festungen hinaufklettern zu lassen.«

»Wird ein solches Vorgehen unser Fortkommen nicht ziemlich verzögern?« fragte König Korodullin.

»Nicht besonders«, antwortete Rhodar. »Wir lassen deine Ritter und Cho-Hags Clans zuerst hinauf, so daß ihr anfangen könnt, Städte und Felder niederzubrennen. Dann haben die Thulls etwas zum Nachdenken, ohne sich den Kopf darüber zerbrechen zu müssen, wie viele Infanterieregimenter wir wohl haben. Wir wollen nicht, daß sie anfangen zu zählen.«

»Könnten wir nicht falsche Lagerfeuer und so weiter machen, damit es so aussieht, als hätten wir mehr Männer?« schlug Lelldorin lebhaft vor.

»Der Sinn der Sache besteht darin, unsere Armee kleiner erscheinen zu lassen, als sie ist, nicht größer«, erklärte Brand mit seiner tiefen Stimme sanft. »Wir wollen Taur Urgas und 'Zakath nicht so beunruhigen, daß sie ihre Armeen einsetzen. Wenn wir es nur mit König Gethells Thulls zu tun haben, wird es ein leichtes Spiel. Aber falls die Murgos und die Malloreaner eingreifen, stehen wir vor einem ernsten Kampf.«

»Und das ist es, was wir unbedingt vermeiden wollen«, setzte König Rhodar hinzu.

»Oh«, machte Lelldorin verlegen. »Daran hatte ich nicht gedacht.« Er wurde rot.

»Lelldorin«, sagte Ce'Nedra, in der Hoffnung, seine Verlegenheit überspielen zu helfen, »ich würde gerne ausgehen und den Truppen einen Besuch abstatten. Würdest du mich begleiten?«

»Selbstverständlich, Eure Majestät«, sagte der junge Asturier aufspringend.

»Keine schlechte Idee«, stimmte Rhodar zu. »Mach ihnen ein bißchen Mut, Ce'Nedra. Sie haben einen weiten Weg hinter sich, und ihre gute Stimmung wird allmählich nachlassen.«

Lelldorins Vetter Torasin, wie immer in schwarze Hose und Weste gekleidet, stand ebenfalls auf. »Ich komme mit, wenn ich darf«, sagte er. Er grinste König Korodullin frech an. »Asturier sind gute Ränkeschmiede, aber schlechte Strategen, ich werde also wohl nicht viel zu dem Gespräch beitragen können.«

Der König von Arendien lächelte über die Bemerkung des jungen Mannes. »Ihr seid keck, Jung-Torasin, aber mich dünkt, Ihr seid kein so erbitterter Gegner der Krone Arendiens, wie Ihr vorgebt.«

Torasin verbeugte sich übertrieben, immer noch grinsend. Als sie draußen waren, wandte er sich an Lelldorin. »Ich könnte den Mann fast gernhaben – wenn nicht all diese Ihrs und Euchs wären«, erklärte er.

»Es ist gar nicht so schlimm, wenn man sich einmal daran gewöhnt hat«, erwiderte Lelldorin.

Torasin lachte. »Wenn ich eine so hübsche Freundin hätte wie

die Gräfin Ariana, könnte sie mich Ihren und Euchen, soviel sie wollte«, sagte er. Er sah Ce'Nedra schelmisch an. »Welche Truppen wollte Eure Majestät aufmuntern?« neckte er sie.
»Laßt uns zu euren asturischen Landsleuten gehen«, entschied sie. »Ich nehme euch zwei lieber nicht mit ins Lager der Mimbrer – es sei denn, man nähme euch vorher die Schwerter ab und klebte euch den Mund zu.«
»Vertraust du uns denn nicht?« fragte Lelldorin.
»Ich *kenne* euch«, antwortete sie kopfschüttelnd. »Wo ist das asturische Lager?«
»Hier entlang«, sagte Torasin und deutete auf das südliche Ende des Vorratslagers.
Von den sendarischen Feldküchen trug der Wind Essensgerüche heran, und dieser Duft erinnerte Ce'Nedra an etwas. Statt ziellos zwischen den asturischen Zelten umherzuschlendern, suchte sie ganz bewußt nach ein paar bestimmten Männern. Sie fand Lammer und Detton, die beiden Leibeigenen, die außerhalb von Vo Wacune zur Armee gestoßen waren, wie sie vor einem geflickten Zelt ihre Nachmittagsmahlzeit beendeten. Sie waren besser genährt als an dem Tag, an dem sie sie zuerst gesehen hatte, und sie trugen keine Lumpen mehr. Als die beiden sie bemerkten, sprangen sie unbeholfen auf die Füße.
»Nun, meine Freunde«, fragte sie, um sie nicht in Verlegenheit zu bringen, »wie gefällt euch das Armeeleben?«
»Wir haben keinen Grund, uns zu beklagen, meine Dame«, antwortete Detton respektvoll.
»Nur das viele Marschieren«, fügte Lammer hinzu. »Ich hatte nicht gedacht, daß die Welt so groß ist.«
»Man hat uns Stiefel gegeben«, erzählte Detton und hob einen Fuß, damit sie den Stiefel bewundern konnte. »Sie waren zuerst etwas steif, aber inzwischen sind alle Blasen wieder verheilt.«
»Bekommt ihr genug zu essen?« fragte Ce'Nedra.
»Reichlich«, antwortete Lammer. »Die Sendarier kochen sogar für uns. Wußtet Ihr, daß es in ganz Sendarien keinen einzigen

Leibeigenen gibt, meine Dame? Ist das nicht erstaunlich? Das bringt einen zum Nachdenken.«

»Wirklich«, pflichtete Detton ihm bei. »Sie bauen alles an, und jeder hat genug zu essen, etwas anzuziehen und ein Haus, in dem er schlafen kann, und in dem ganzen Reich gibt es nicht einen Leibeigenen.«

»Ich sehe, daß man euch auch mit Ausrüstung versehen hat«, sagte die Prinzessin, die bemerkt hatte, daß die beiden Männer konische Lederhelme und dicke Lederwesten trugen.

Lammer nickte und nahm seinen Helm ab. »Sie sind mit Stahl gefüttert, damit das Hirn besser geschützt ist«, sagte er. »Als wir hier eintrafen, mußten wir uns alle in einer Reihe aufstellen, und jeder Mann hat einen Helm und diese schwere Ledertunika bekommen.«

»Sie haben auch jedem von uns einen Dolch und einen Speer gegeben«, erzählte Detton.

»Haben sie euch denn auch gezeigt, wie man damit umgeht?« fragte Ce'Nedra.

»Noch nicht, meine Dame«, antwortete Detton. »Wir haben uns bis jetzt damit beschäftigt zu lernen, wie man mit Pfeilen schießt.«

Ce'Nedra wandte sich an ihre beiden Begleiter. »Könntet ihr dafür sorgen, daß jemand sich darum kümmert?« bat sie. »Ich möchte sicher sein, daß jeder Mann sich wenigstens verteidigen kann.«

»Wir werden uns darum kümmern«, erwiderte Lelldorin.

Unweit von ihnen saß ein junger Leibeigener mit gekreuzten Beinen vor einem Zelt. Er setzte eine handgeschnitzte Flöte an die Lippen und begann zu spielen. Ce'Nedra hatte im Palast von Tol Honeth die größten Musiker der Welt gehört, aber die Flöte des Jungen ergriff ihr Herz und ließ ihr die Tränen in die Augen treten.

»Wie schön«, rief sie.

Lammer nickte. »Ich verstehe nicht viel von Musik«, sagte er, »aber mir scheint, daß der Bursche sehr gut spielt. Es ist zu schade, daß er nicht ganz richtig im Kopf ist.«

Ce'Nedra sah ihn scharf an. »Was meinst du damit?«
»Er stammt aus einem Dorf im südlichen Teil des arendischen Waldes. Wie man mir erzählt hat, ist das Dorf sehr arm, und der Grundbesitzer der Gegend ist sehr streng mit seinen Leibeigenen. Der Junge ist Waise und muß seit seiner Kindheit Kühe hüten. Einmal ist ihm eine Kuh davon gelaufen, und man hat ihn halb totgeschlagen. Seitdem kann er nicht mehr sprechen.«
»Wißt ihr, wie er heißt?«
»Anscheinend kennt niemand seinen Namen«, sagte Detton. »Wir sehen abwechselnd nach ihm – um sicherzugehen, daß er zu essen bekommt und einen Platz zum Schlafen hat. Viel mehr kann man für ihn nicht tun.«
Lelldorin gab einen leisen Laut von sich, und Ce'Nedra war erstaunt zu sehen, daß dem ernsten jungen Mann offen die Tränen über das Gesicht rannen.
Der Junge spielte weiter seine herzzerreißend aufrichtige Melodie, seine Augen suchten Ce'Nedra und blickten sie ernst an.
Sie blieben nicht viel länger. Die Prinzessin wußte, daß ihr Rang und ihre Stellung den beiden Leibeigenen Unbehagen einflößte. Sie hatte sich überzeugt, daß es ihnen gut ging und ihr Versprechen ihnen gegenüber gehalten wurde, und das war alles, worauf es ankam.
Als Ce'Nedra, Lelldorin und Torasin in das Lager der Sendarier hinüberwanderten, hörten sie plötzlich, wie hinter einem großen Zelt ein Streit ausbrach.
»Ich staple es da auf, wo ich will«, sagte ein Mann streitlustig.
»Du blockierst die Straße«, entgegnete ein zweiter Mann.
»Straße?« schnaubte der erste. »Wovon redest du? Dies ist doch keine Stadt. Hier gibt es keine Straßen.«
»Freund«, erklärte der zweite Mann übertrieben geduldig, »wir müssen die Wagen hier durchfahren, um zum Hauptlager zu kommen. Bitte räume deine Sachen weg, damit ich hier durchkomme. Ich habe heute noch viel zu tun.«
»Ich nehme doch von einem sendarischen Fuhrmann, der sich

vorm Kämpfen drücken will, keine Befehle entgegen. Ich bin Soldat.«

»Tatsächlich?« sagte der Sendarier trocken. »Wie viele Kämpfe hast du denn bis jetzt schon bestritten?«

»Ich werde kämpfen, wenn die Zeit kommt.«

»Sie kommt vielleicht schneller, als du denkst, wenn du deine Sachen nicht aus dem Weg räumst. Wenn ich erst von diesem Wagen herunterklettern und es selbst tun muß, macht mich das bestimmt ärgerlich.«

»Ich schlottere vor Angst«, erwiderte der Soldat sarkastisch.

»Räumst du die Sachen jetzt aus dem Weg?«

»Nein.«

»Ich habe dich gewarnt, Freund«, sagte der Fuhrmann resigniert.

»Wenn du meine Sachen anrührst, breche ich dir das Genick.«

»Nein. Du *versuchst*, mir das Genick zu brechen.«

Plötzlich hörten sie Handgemenge und einige kräftige Hiebe.

»Nun steh auf und nimm deine Sachen weg, wie ich es gesagt hatte«, sagte der Fuhrmann. »Ich habe nicht den ganzen Tag Zeit, um herumzustehen und mit dir zu streiten.«

»Du hast mich geschlagen, als ich nicht hingesehen habe«, jammerte der Soldat.

»Möchtest du zusehen, wie dich der nächste Schlag trifft?«

»Schon gut, reg dich nur nicht auf. Ich räume es ja weg.«

»Schön, daß wir uns verstehen.«

»Passiert so etwas öfter?« fragte Ce'Nedra leise.

Torasin nickte grinsend. »Einige Angehörige der Truppen haben das Bedürfnis zu prahlen, Majestät«, antwortete er, »und die sendarischen Fuhrleute haben meist nicht die Zeit, zuzuhören. Faustkämpfe und Straßenschlägereien sind für jene Burschen die zweite Natur, und so enden ihre Zänkereien mit den Soldaten fast immer gleich. Aber es hat einen erzieherischen Charakter.«

»Männer!« sagte Ce'Nedra.

Im Lager der Sendarier trafen sie Durnik. Bei ihm waren zwei seltsame junge Männer.

»Alte Freunde«, sagte Durnik, als er sie vorstellte. »Gerade mit den Lastkähnen angekommen. Ich glaube, du hast Rundorig schon kennengelernt, Prinzessin. Er war auf Faldors Farm, als wir sie im letzten Winter besuchten.«
Ce'Nedra erinnerte sich tatsächlich an Rundorig. Der große, schwerfällige junge Mann war derjenige, der Garions Jugendliebe Zubrette heiraten wollte. Sie begrüßte ihn herzlich und erinnerte ihn sanft daran, daß sie sich bereits kannten. Rundorigs arendische Herkunft war dafür verantwortlich, daß sein Hirn etwas langsam arbeitete. Sein Freund war jedoch alles andere als langsam. Durnik stellte ihn als Doroon vor, ebenfalls einen Freund aus Garions Kindertagen. Doroon war klein und drahtig, mit ausgeprägtem Adamsapfel und leicht vorstehenden Augen. Nach einigen Augenblicken der Schüchternheit begann seine Zunge wieder mit ihm durchzugehen. Es war nicht ganz leicht, Doroon zu folgen. Seine Gedanken jagten von hier nach dort, und seine Zunge versuchte atemlos, damit Schritt zu halten.
»In den Bergen war es etwas rauh, meine Dame«, beantwortete er ihre Frage nach der Reise, »wegen der steilen Straßen und so. Man sollte glauben, wenn diese Tolnedraner eine Straße bauen, würden sie ebeneres Gelände wählen, aber sie scheinen von geraden Linien fasziniert zu sein, nur daß es nicht immer der einfachste Weg ist. Ich frage mich, warum sie wohl so sind.« Die Tatsache, daß Ce'Nedra selbst aus Tolnedra stammte, schien noch nicht in sein Bewußtsein gedrungen zu sein.
»Ihr seid also über die Große Nordstraße gekommen?« fragte sie.
»Ja – bis wir an eine Stelle kamen, die Aldurfurt heißt. Komischer Name, nicht wahr? Obwohl, wenn man darüber nachdenkt, ergibt es schon einen Sinn. Aber das war, nachdem wir aus den Bergen heraus waren, wo die Murgos uns angegriffen haben. So einen Kampf habt Ihr noch nie gesehen.«
»Murgos?« fragte Ce'Nedra scharf, in dem Versuch, seine wandernden Gedanken an diesem Punkt festzuhalten.
Er nickte eifrig. »Der Mann, der die Aufsicht über die Wagen

hatte – ein großer Kerl aus Murgos, glaube ich, hat er nicht gesagt, er wäre aus Murgos, Rundorig? Vielleicht war es auch Camaar – irgendwie verwechsle ich die beiden immer. Wo war ich?«

»Bei den Murgos«, half Durnik.

»Ach ja. Jedenfalls, der Mann sagte, daß vor dem Krieg viele Murgos in Sendarien waren. Sie gaben sich als Kaufleute aus, aber in Wirklichkeit waren es Spione. Als der Krieg anfing, gingen sie alle in die Berge, und jetzt kommen sie aus dem Wald und versuchen, unsere Wagen in den Hinterhalt zu locken – aber wir haben auf sie gewartet, was, Rundorig? Rundorig hat einem der Murgos einen Stock über den Schädel gezogen, als er an unserem Wagen vorbeiritt und ihn glatt aus dem Sattel geworfen. Zack! Einfach so! Glatt vom Pferd geworfen. Der hat sich bestimmt gewundert.« Doroon lachte kurz auf, dann eilte seine Zunge weiter und beschrieb holter-di-polter ihre Reise in alle Einzelheiten.

Prinzessin Ce'Nedra war eigenartig berührt, Garions alte Freunde kennenzulernen. Aber darüber hinaus fühlte sie die schwere Last der Verantwortung, als sie erkannte, daß sie mit ihrem Feldzug in fast jedes Leben im Westen eingegriffen hatte. Sie hatte Männer von ihren Frauen getrennt, Väter von ihren Kindern, sie hatte einfache Männer, die noch nie weiter als bis ins Nachbardorf gekommen waren, Tausende von Meilen weit marschieren lassen, um in einem Krieg zu kämpfen, den sie vermutlich überhaupt nicht begriffen.

Am nächsten Morgen ritten die Armeeoberen die wenigen restlichen Meilen bis zu den Anlagen am Fuß der Klippe. Als sie auf einen Hügel kamen, riß Ce'Nedra Nobel am Zügel und starrte mit offenem Mund das Ostkliff an, das sie zum erstenmal sah. Das war unmöglich! So etwas Gigantisches konnte es doch nicht geben! Das große schwarze Kliff türmte sich über ihnen auf wie eine riesige, erstarrte Welle aus Stein, die so für alle Zeiten die Grenze zwischen Ost und West bildete und anscheinend jede Möglichkeit verwehrte, diese Grenze zu überschreiten. Die Klippe stand dort als Symbol für die Teilung der Welt – eine Teilung, die ebensowenig überwunden werden konnte wie diese Mauer aus Fels.

Als sie näherkamen, bemerkte Ce'Nedra geschäftiges Treiben sowohl am Fuß der Klippe als auch an ihrer oberen Kante. Dicke Taue hingen von oben herab, und am Fuß des Steilhangs sah Ce'Nedra kunstvoll miteinander verflochtene Flaschenzüge.

»Warum sind die Flaschenzüge hier unten?« fragte König Anheg skeptisch.

König Rhodar zuckte die Achseln. »Woher soll ich das wissen? Ich bin kein Techniker.«

»Na schön, wenn du es so siehst, dann lasse ich nicht zu, daß deine Leute auch nur ein einziges meiner Schiffe anrühren, ehe mir nicht jemand erklärt hat, weshalb die Flaschenzüge hier unten angebracht sind statt oben.«

König Rhodar seufzte und winkte einen der Techniker heran, der dabei war, sorgfältig einen Flaschenzug zu ölen. »Hast du eine Skizze von den Zügen bei der Hand?« fragte der dicke Monarch den fettverschmierten Arbeiter.

Der Techniker nickte und zog ein zusammengerolltes, schmutziges Pergament aus seiner Tunika hervor und reichte es seinem König. Rhodar warf einen Blick darauf und gab es an Anheg weiter.

Anheg starrte auf die komplizierte Zeichnung und bemühte sich, herauszufinden, welche Linien wohin führten, und vor allem, warum sie dorthin führten. »Das kann ich nicht lesen«, beschwerte er sich.

»Ich auch nicht«, sagte Rhodar vergnügt, »aber du wolltest doch wissen, weshalb die Flaschenzüge hier unten sind und nicht oben. Die Zeichnung sagt dir, warum.«

»Aber ich kann sie nicht lesen.«

»Das ist nicht meine Schuld.«

Nicht weit von ihnen ertönte Jubelgeschrei, als ein Felsbrokken, halb so groß wie ein Haus, von einem Netz aus Tauen umschlungen, majestätisch an der Klippe emporschwebte, begleitet von dem Knarren der Taue.

»Du mußt zugeben, daß es eindrucksvoll ist, Anheg«, sagte Rhodar. »Vor allem, wenn du überlegst, daß der ganze Felsen nur von den Pferden da drüben bewegt wird – und natürlich mit Hilfe des Gegengewichts.« Er deutete auf einen zweiten Felsbrocken, der ebenso majestätisch wie der erste am Kliff herabsank.

Anheg betrachtete die beiden Felsen. »Durnik«, sagte er über die Schulter nach hinten, »verstehst du, wie das Ganze funktioniert?«

»Jawohl, König Anheg«, antwortete der Schmied. »Seht Ihr, das Kontergewicht bringt das Gleichgewicht...«

»Bitte keine Erklärungen«, unterbrach Anheg ihn. »Hauptsache, jemand versteht es, den ich kenne und dem ich vertraue.«

Später an jenem Tag wurde das erste cherekianische Schiff auf die Klippe gehoben. König Anheg sah einen Augenblick zu, dann stöhnte er und wandte sich ab. »Das ist unnatürlich«, brummte er Barak zu.

»In letzter Zeit hast du eine Vorliebe für dieses Wort entwikkelt«, stellte Barak fest.

Anheg warf seinem Vetter einen finsteren Blick zu.

»Ich habe es dir nur sagen wollen«, erklärte Barak unschuldig.

»Ich mag Veränderungen nicht, Barak, sie machen mich nervös.«

»Die Welt schreitet voran, Anheg. Jeden Tag ändert sich etwas.«

»Das heißt nicht unbedingt, daß es mir gefallen muß«, grollte der König von Cherek. »Ich glaube ich gehe in mein Zelt und trinke etwas.«

»Soll ich mitkommen?« fragte Barak.

»Ich dachte, du wolltest hier stehenbleiben und zusehen, wie die Welt sich verändert.«

»Das kann sie auch, ohne daß ich aufpasse.«

»Und wird sie wohl auch«, setzte Anheg bedrückt hinzu. »Schön, dann laß uns gehen. Ich will das hier nicht mehr sehen.« Damit gingen die beiden davon, um etwas Trinkbares zu suchen.

11

Mayaserana, Königin von Arendien, war nachdenklicher Stimmung. Sie saß in dem großen, sonnigen Kinderzimmer, hoch oben im Palast von Vo Mimbre, über einer Stickerei. Ihr kleiner Sohn, der Kronprinz von Arendien, gluckste fröhlich in seiner Wiege vor sich hin, wo er mit einer bunten Perlenschnur spielte, die ihm der Kronprinz von Drasnien geschenkt hatte. Mayaserana hatte Königin Porenn nie kennengelernt, aber die gemeinsame Erfahrung der Mutterschaft ließ sie sich der vornehmen, schönen kleinen Blondine auf ihrem Thron hoch im Norden sehr nahe fühlen.

In einem Sessel unweit der Königin saß Nerina, Baronin von Vo Ebor. Beide Damen trugen Samt, die Königin in Purpur, die Baronin in Hellblau, und beide trugen die hohe, konische, weiße Kopfbedeckung, die die mimbrischen Edelmänner so bewunderten. Am anderen Ende des Zimmers saß ein älterer Lautenspieler, der leise eine traurige Melodie in Moll spielte.

Baronin Nerina schien noch bedrückter zu sein als die Königin. Die Ringe unter ihren Augen waren seit der Abreise der mimbrischen Ritter immer tiefer geworden, und sie lächelte nur selten. Schließlich seufzte sie und legte ihre Stickerei beiseite.

»Die Traurigkeit Eures Herzens findet ihren Ausdruck in Euren Seufzern, Nerina«, sagte die Königin sanft. »Denkt nicht immer an die Trennung und die Gefahren, denn sonst verläßt Euch gänzlich der Mut.«

»Unterweist mich darin, wie ich meinen Kummer bannen kann, Hoheit«, antwortete Nerina, »denn ich bedarf einer solchen Unterweisung bitterlich. Mein Herz wird von der Last meiner Sorgen erdrückt, und so sehr ich mich auch bemühe, sie zu bannen, kehren meine Gedanken doch, ungezogenen Kindern gleich, immer wieder zu den schrecklichen Gefahren zurück, denen mein Gatte und unser liebster Freund ausgesetzt sind.«

»Tröstet Euch mit dem Wissen, daß Eure Sorge von jeder Dame Mimbres geteilt wird, Nerina.«

Nerina seufzte wieder. »Doch mein Kummer ist in größerer

beklagenswerter Gewißheit begründet. Andere Damen, deren Zuneigung nur einem Liebsten gilt, dürfen wagen zu hoffen, daß er unversehrt von den Schrecken des Krieges zurückkehrt, aber ich, die ich deren zwei liebe, darf solches nicht hoffen. Ich werde gewiß einen verlieren, und dieses Wissen lastet schwer auf meiner Seele.«

In Nerinas offenem Eingeständnis, daß die Liebe zu beiden Männern in ihrem Herzen so miteinander verflochten war, daß sie sie nicht mehr trennen konnte, lag eine stille Würde. In einem jener kurzen Momente der Einsicht erkannte Mayaserana, daß Nerinas geteiltes Herz den Mittelpunkt der Tragödie bildete, die sie, ihren Gatten und Baron Mandorallen in das Reich der traurigen Legenden erhoben hatte. Wenn Nerina nur den einen hätte mehr lieben können als den anderen, hätte die Tragödie ihr Ende gefunden, doch ihre Liebe zu ihrem Gatten und die Liebe zu Mandorallen hielten sich so vollkommen die Waage, daß sie zu einem Stillstand gekommen war, für alle Zeiten erstarrt zwischen den beiden Männern.

Die Königin seufzte. Nerinas geteiltes Herz schien irgendwie ein Symbol für das geteilte Arendien zu sein, aber wo das sanfte Herz der leidenden Baronin nie geeint werden würde, war Mayaserana entschlossen, einen letzten Versuch zu unternehmen, um den Bruch zwischen Mimbre und Asturien zu heilen. Zu diesem Zweck hatte sie eine Abordnung der hartnäckigeren Führer der Rebellion im Norden in den Palast rufen lassen, und ihre Einladung mit einem Titel unterzeichnet, den sie nur selten benutzte: Herzogin von Asturien. Auf ihre Bitte hin erstellten die Asturier eben jetzt eine Liste ihrer Klagen.

Später an jenem sonnigen Nachmittag, saß Mayaserana allein auf dem Doppelthron Arendiens, und war sich der Leere neben ihr nur zu schmerzlich bewußt.

Der Anführer und Sprecher der Gruppe asturischer Adliger war Graf Reldegen, ein großer, hagerer Mann mit eisengrauem Haar und Bart, der sich beim Gehen auf einen schweren Stock stützte. Reldegen trug eine reichverzierte grüne Weste und schwarze Hosen, und wie bei den anderen der Abordnung, hing

an seinem Gürtel ein Schwert. Es hatte zorniges Gemurmel gegeben, daß die Asturier bewaffnet vor die Königin traten, aber Mayaserana hatte die dringlichen Bitten, ihnen die Waffen abzunehmen, unbeachtet gelassen.
»Graf Reldegen«, grüßte die Königin den Asturier, als dieser zum Thron hinkte.
»Euer Gnaden«, erwiderte er mit einer Verbeugung.
»Eure *Majestät*«, zischte einer der mimbrischen Höflinge schockiert.
»Ihre Gnaden hat uns als Herzogin von Asturien rufen lassen«, informierte Reldegen den Höfling kühl. »Dieser Titel fordert von uns mehr Achtung als andere, neuere Dekorationen.«
»Meine Herren, bitte«, sagte die Königin entschieden. »Ich bitte Euch, laßt nicht die Feindseligkeiten von neuem beginnen. Wir sind hier, um die Möglichkeiten für einen Frieden zu prüfen. Ich ersuche Euch, Graf Reldegen, sprecht. Redet Euch die Gründe für den Zwist, der das Herz Asturiens so verhärtet hat, von der Seele. Sprecht frei, Graf, und fürchtet nicht Vergeltung für Eure Worte.« Sie sah ihre Ratgeber streng an. »Wir befehlen, daß kein Mann für etwas zur Rechenschaft gezogen werden darf, das hier zur Sprache kommt.«
Die Mimbrer sahen die Asturier finster an, und die Asturier blickten ebenso finster zurück.
»Euer Gnaden«, begann Reldegen, »unsere Hauptklage liegt, denke ich, in der simplen Tatsache, daß unsere mimbrischen Oberherrn sich weigern, unsere Titel anzuerkennen. Ein Titel ist zwar ein leeres Ding, aber er beinhaltet doch eine Verantwortlichkeit, die man uns verweigert. Den meisten von uns sind die Privilegien gleichgültig, die ein Rang mit sich bringt, aber wir spüren schmerzlich die Enttäuschung darüber, daß wir nicht Gelegenheit erhalten, unseren Verpflichtungen nachzukommen. Unsere begabtesten Männer werden gezwungen, ihr Leben in Müßiggang zu vergeuden. Vielleicht darf ich noch darauf hinweisen, Euer Gnaden, daß der Verlust dieser Begabungen Arendien noch größeren Schaden zufügt als uns.«
»Wohl gesprochen, Graf«, murmelte die Königin.

»Wenn ich darauf antworten dürfte, Eure Majestät«, bat der alte, weißhaarige Baron von Vo Serin.

»Gewiß, Baron«, erwiderte Mayaserana. »Wir wollen frei und offen miteinander sein.«

»Die Titel der asturischen Herren könnten ohne weiteres längst die ihren sein«, erklärte der Baron. »Seit fünf Jahrhunderten wartet die Krone vergebens auf den erforderlichen Gefolgschaftseid, um sie zu verleihen. Ein Titel darf weder vergeben noch anerkannt werden, ehe sein Eigentümer nicht der Krone die Treue schwört.«

»Unglücklicherweise, Baron«, entgegnete Graf Reldegen, »können wir der Krone nicht die Treue schwören. Die Eide unserer Vorfahren dem Herzog von Asturien gegenüber sind noch immer in Kraft, und wir sind durch sie gebunden.«

»Der asturische Herzog, von dem Ihr sprecht, ist vor fünfhundert Jahren gestorben«, erinnerte ihn der alte Baron.

»Aber seine Linie ist nicht mit ihm ausgestorben«, legte Reldegen dar. »Ihre Gnaden ist sein direkter Nachkomme, und unser Treueschwur besitzt noch immer seine Gültigkeit.«

Die Königin starrte erst den einen, dann den anderen an. »Ich bitte Euch«, sagte sie, »berichtigt mich, wenn ich etwas falsch verstanden habe. Ist die Bedeutung dessen, was hier gesagt wurde, daß Arendien seit einem halben Jahrtausend wegen einer uralten *Formalität* gespalten ist?«

Reldegen schürzte nachdenklich die Lippen. »Es steht noch etwas mehr dahinter, Euer Gnaden, aber darin scheint tatsächlich der Kern des Problems zu liegen.«

»Fünfhundert Jahre Zwist und Blutvergießen wegen einer *Formsache*?«

Graf Reldegen kämpfte mit dieser Vorstellung. Er setzte mehrmals zum Sprechen an, brach jedoch jedesmal mit einem Blick hilfloser Verblüffung ab. Schließlich begann er zu lachen. »Das *ist* irgendwie arendisch, nicht wahr?«

Der alte Baron von Vo Serin warf ihm einen raschen Blick zu, dann begann er ebenfalls zu lachen. »Ich bitte Euch, Graf Reldegen, verschließt diese Erkenntnis in Eurem Herzen, sonst werden wir alle zur Zielscheibe allgemeiner Heiterkeit. Wir wollen nicht das Vorurteil bestätigen, daß außergewöhnliche Dummheit unser hervorstechendstes Merkmal ist.«

»Warum ist diese Absurdität nicht früher entdeckt worden?« verlangte Mayaserana zu wissen.

Graf Reldegen zuckte traurig die Achseln. »Vermutlich, weil Asturier und Mimbrer nicht miteinander sprechen, Euer Gnaden. Wir waren immer viel zu begierig, gleich zu kämpfen.«

»Schön«, sagte die Königin streng, »was ist vonnöten, um diese bedauerliche Verwirrung wieder in Ordnung zu bringen?«

Graf Reldegen sah den Baron an. »Vielleicht eine Proklamation?« schlug er vor.

Der alte Mann nickte nachdenklich. »Ihre Majestät könnte Euch von Eurem alten Eid entbinden. Das ist zwar kein verbreitetes Verfahren, aber es hat schon derartige Fälle gegeben.«

»Und dann schwören wir ihr als Königin von Arendien die Treue?«

»Das würde allen Anforderungen von Ehre und Anstand Genüge tun, denke ich.«

»Aber ich bin doch dieselbe Person, oder nicht?« wandte die Königin ein.

»Technisch betrachtet nicht, Eure Majestät«, erklärte der Baron. »Die Herzogin von Asturien und die Königin von Arendien sind zwei Wesenheiten. Ihr seid tatsächlich zwei Personen in einer.«

»Dies ist höchst verwirrend, meine Herren«, stellte Mayaserana fest.

»Wahrscheinlich hat es deswegen auch noch nie jemand bemerkt, Euer Gnaden«, sagte Reldegen. »Sowohl Ihr als auch Euer Gatte habt zwei Titel und formal zwei voneinander getrennte Persönlichkeiten.« Er lächelte kurz. »Ich bin erstaunt, daß auf dem Thron Platz war für eine solche Menschenmenge.« Dann wurde er wieder ernst. »Es wäre keine völlige Heilung, Euer Gnaden«, setzte er hinzu. »Die Spaltung zwischen Mimbre und Asturien sitzt so tief, daß es noch Generationen dauern wird, sie zu überwinden.«

»Und dann werdet Ihr auch meinem Gatten die Treue schwören?« fragte die Königin.
»Als dem König von Arendien, ja – als dem Herzog von Mimbre, nie.«
«Das wird für den Anfang genügen, Graf. Dann wollen wir uns um diese Proklamation kümmern. Mit Tinte und Pergament wollen wir die klaffende Wunde unseres armen Arendiens verbinden.«
»Hübsch gesagt, Euer Gnaden«, sagte Reldegen bewundernd.

Ran Borune hatte fast sein gesamtes Leben innerhalb der Mauern des Kaiserpalastes in Tol Honeth verbracht. Seine gelegentlichen Reisen in die übrigen größeren Städte des Reiches hatte er meist in geschlossenen Kutschen unternommen. Es konnte gut sein, daß Ran Borune in seinem Leben noch nie eine ganze Meile an einem Stück zu Fuß zurückgelegt hatte, und ein Mann, der noch nie eine Meile weit gelaufen ist, hat keine wahre Vorstellung davon, was eine Meile ist.
Der Vorschlag, der diese Schwierigkeit letztendlich löste, kam aus einer recht überraschenden Quelle. Ein früherer Lehrer namens Jeebers – ein Mann, der letzten Sommer nur knapp der Gefangenschaft oder gar Schlimmerem entgangen war – hatte seinen Vorschlag schüchtern vorgebracht. Meister Jeebers war jetzt überhaupt sehr schüchtern. Daß er um ein Haar das Mißfallen des Kaisers erregt hatte, hatte endgültig die pompöse Überheblichkeit beseitigt, die ihn früher ausgezeichnet hatte. Eine Reihe seiner Bekannten stellte mit Erstaunen fest, daß sie den kahlen, hageren Mann jetzt sogar mochten.
Meister Jeebers hatte dargelegt, daß der Kaiser es bestimmt verstehen würde, wenn er die Dinge nur im richtigen Maßstab sehen könnte. Wie so viele gute Ideen, die von Zeit zu Zeit in Tolnedra auftauchten, geriet auch diese sofort aus den Fugen. Ein halber Hektar des kaiserlichen Grund und Bodens wurde in ein maßstabsgetreues Modell des Grenzgebietes zwischen Ostalgariern und Mishrak ac Thull verwandelt. Um dem Ganzen das richtige Aussehen zu verleihen, wurde eine größere Anzahl

kleiner Bleifiguren gegossen, die dem Kaiser dabei helfen sollten, sich das Operationsgebiet vorzustellen.
Der Kaiser verkündete unverzüglich, daß er mehr von diesen Bleifigürchen haben wollte, damit er besser verstehen könnte, welche Menschenmengen beteiligt waren. Und so wurde in Tol Honeth eine neue Industrie geboren. Über Nacht wurde Blei erstaunlich rar.
Damit er das Feld besser überblicken konnte, bestieg der Kaiser jeden Morgen einen fast zehn Meter hohen Turm, der zu diesem Zweck hastig errichtet worden war. Mit der Hilfe eines stimmgewaltigen Leutnants aus der Palastwache, ließ der Kaiser dort seine Bleiregimenter aus Infanterie und Kavallerie in exakter Übereinstimmung mit den letzten Nachrichten aus Algarien aufmarschieren.
Der Generalstab war nahe daran, geschlossen seinen Rücktritt zu erklären. Zum größten Teil handelte es sich bei ihm um Männer in fortgeschrittenem mittlerem Alter, und es war eine anstrengende Kletterei, jeden Morgen zu dem Kaiser auf den Turm zu gelangen. Sie alle versuchten mehrfach, den hakennasigen kleinen Mann davon zu überzeugen, daß sie ebensogut vom Boden aus sehen konnten, aber davon wollte Ran Borune nichts hören.
»Morin, er bringt uns um«, beschwerte sich ein rundlicher General bitter bei dem Kämmerer des Kaisers. »Ich würde lieber in den Krieg ziehen, als viermal am Tag diese Leiter rauf- und runterzuklettern.«
»Rückt die drasnischen Lanzenträger vier Schritte nach links!« bellte der Leutnant vom Turm herab, und am Boden begannen ein Dutzend Männer, die kleinen Bleifiguren neu aufzustellen.
»Wir alle müssen dem Kaiser so dienen, wie er es für richtig hält«, erwiderte Graf Morin philosophisch.
»Ich sehe *dich* auch nie auf der Leiter«, warf ihm der General vor.
»Unser Kaiser hat mich für andere Aufgaben ausersehen«, sagte Morin selbstgefällig.
Am Abend suchte der müde Kaiser sein Bett auf. »Es ist sehr

aufregend, Morin«, murmelte er schläfrig, den samtgefütterten Kasten, der die massiven Goldfigürchen von Ce'Nedra, Rhodar und den anderen Armeeführern enthielt, fest an die Brust gedrückt, »aber es macht mich auch sehr müde.«

»Jawohl, Eure Majestät.«

»Es gibt immer soviel zu tun.«

»Das liegt in der Natur des Befehligens, Eure Majestät«, erklärte Morin.

Aber der Kaiser war bereits eingeschlafen.

Graf Morin nahm dem Kaiser das Kästchen aus den Armen und zog dem Schlafenden behutsam die Decke über die Schultern. »Schlafe, Ran Borune«, sagte er leise, »morgen kannst du wieder mit deinen Bleisoldaten spielen.«

Sadi der Eunuch hatte den Palast von Sthiss Tor leise durch eine Geheimtür verlassen, die hinter den Sklavenquartieren auf eine schmutzige Gasse hinausging, die in vielen Windungen zum Hafen führte. Er hatte absichtlich die Deckung abgewartet, die ihm das nachmittägliche Gewitter bot, und die schäbige Kleidung eines Dockarbeiters angezogen. Ihn begleitete der einäugige Berufsmörder Issus, der ebenfalls unauffällige Kleidung trug. Sadis Vorsichtsmaßnahmen waren Routine, nicht aber die Tatsache, daß er Issus als Begleiter ausgewählt hatte. Issus war weder Mitglied der Palastwache, noch gehörte er zu Sadis persönlichem Gefolge. Auf diesem Nachmittagsausflug kümmerte sich Sadi jedoch nicht um Äußerlichkeiten oder Anstand. Issus war im großen und ganzen von der Palastpolitik unberührt und genoß den Ruf, demjenigen gegenüber uneingeschränkt loyal zu sein, der ihn gerade bezahlte.

Die beiden gingen durch die regennasse Straße auf ein gewisses, übel beleumdetes Etablissement zu, das von Arbeitern der unteren Klassen aufgesucht wurde. Sie gingen durch den lärmenden Schankraum in ein Labyrinth von Kabinen auf der Rückseite, wo andere Vergnügungen geboten wurden. Am Ende eines übelriechenden Ganges deutete eine magere Frau mit harten Augen, deren Arme vom Handgelenk bis zu den

Ellbogen mit billigen, glitzernden Reifen bedeckt waren, wortlos auf eine zerkratzte Tür, dann drehte sie sich abrupt um und verschwand durch eine andere Tür.
Hinter der Tür befand sich ein schmutziger Raum, dessen Möblierung lediglich aus einem Bett bestand. Auf dem Bett lagen zwei Kleiderstapel, die nach Teer und Salzwasser rochen, und auf dem Boden standen zwei Krüge mit lauwarmem Bier. Schweigend zogen Sadi und Issus sich um. Unter einem fleckigen Kissen zog Issus zwei Perücken und falsche Bärte hervor.
»Wie können sie das nur trinken?« fragte Sadi, schnupperte an einem der Krüge und zog die Nase kraus.
Issus zuckte die Achseln. »Alorner haben einen seltsamen Geschmack. Du mußt nicht alles trinken, Sadi. Verspritze das meiste davon über deine Kleider. Drasnische Seeleute verschütten viel Bier, wenn sie sich vergnügen wollen. Wie sehe ich aus?«
Sadi warf ihm einen raschen Blick zu. »Lachhaft«, antwortete er. »Bart und Haare passen wirklich nicht zu dir, Issus.«
Issus lachte. »An *dir* sehen sie auch ziemlich fehl am Platz aus.« Er zuckte die Achseln und goß sorgsam etwas Bier über seine teerverschmierte Tunika. »Wir sehen jetzt wohl drasnisch genug aus, um durchzukommen, und wir riechen auf jeden Fall wie Drasnier. Drück deinen Bart noch etwas fester an, dann gehen wir lieber, solange es noch regnet.«
»Gehen wir hinten raus?«
Issus schüttelte den Kopf. »Falls uns jemand folgt, wird die Hintertür bewacht sein. Wir gehen so, wie drasnische Seeleute meist gehen.«
»Und wie?«
»Ich habe vereinbart, daß wir hinausgeworfen werden.«
Sadi war noch nie irgendwo hinausgeworfen worden, und er fand diese Erfahrung nicht besonders lustig. Die beiden kräftigen Rausschmeißer, die ihn ganz unfeierlich auf die Straße setzten, waren etwas grob, und Sadi trug einige Schrammen und Prellungen davon.

Issus kam mühsam auf die Füße und stieß Flüche gegen die verschlossene Tür aus, dann schlurfte er zu Sadi hinüber und zog ihn aus dem Straßenschmutz. Zusammen schwankten sie in scheinbarer Trunkenheit die Straße entlang zu der drasnischen Enklave.

Sadi hatte die beiden Männer bemerkt, die in einem Türbogen auf der anderen Straßenseite standen, als er und Issus hinausgeworfen wurden, und ebenso, daß die beiden die Verfolgung nicht aufnahmen.

Sobald sie die drasnische Enklave betreten hatten, ging Issus mit schnellen Schritten zum Haus von Droblek, dem drasnischen Hafenmeister, voran. Sie wurden unverzüglich eingelassen und in einen schwach erhellten, aber bequem eingerichteten Raum geführt, in dem der ungeheuer dicke Droblek saß und schwitzte. Bei ihm war Graf Melgon, der aristokratische Botschafter Tolnedras.

»Eine neue Tracht für den Obereunuchen Salmissras«, meinte Graf Melgon, als Sadi die Perücke und den falschen Bart abnahm.

»Nur ein kleines Täuschungsmanöver, Herr Botschafter«, erwiderte Sadi. »Ich wollte nicht, daß dieses Treffen allgemein bekannt wird.«

»Kann man ihm trauen?« fragte Droblek unverblümt und deutete auf Issus.

Sadi zog ein Gesicht. »*Kann* man dir trauen, Issus?«

»Du hast mich bis zum Monatsende bezahlt.« Issus zuckte die Achseln. »Danach werden wir sehen. Vielleicht bekomme ich ein besseres Angebot.«

»Sehr ihr?« sagte Sadi zu den beiden anderen. »Bis zum Ende des Monats kann man Issus trauen – jedenfalls soweit, wie man in Sthiss Tor überhaupt jemandem trauen kann. Aber eins habe ich bei Issus festgestellt – er ist einfach und unkompliziert. Wenn man ihn kauft, dann gehört er einem auch. Das nennt man wohl Berufsehre.«

Droblek grunzte mürrisch. »Könnten wir vielleicht zur Sache kommen? Warum hast du dir solche Mühe gemacht, dieses

Treffen zu arrangieren? Warum hast du uns nicht einfach in den Palast rufen lassen?«
»Mein lieber Droblek«, murmelte Sadi, »du kennst doch die Intrigen, die den Palast verseuchen. Ich würde es vorziehen, wenn das, was zwischen uns besprochen wird, mehr oder weniger vertraulich bleibt. Der Gesandte von Taur Urgas ist an mich herangetreten.«
Die beiden betrachteten ihn ohne Überraschung.
»Ich sehe, daß euch das bereits bekannt war.«
»Wir sind keine Kinder, Sadi«, erklärte Graf Melgon.
»Ich stehe im Moment in Verhandlung mit dem neuen Botschafter aus Rak Goska«, erzählte Sadi.
»Ist das nicht bis jetzt der dritte in diesem Sommer?« fragte Melgon.
Sadi nickte. »Murgos scheinen besonders anfällig für gewisse Fieber zu sein, die in den Sümpfen grassieren.«
»Das haben wir gemerkt«, meinte Droblek trocken. »Wie lautet deine Prognose für die Gesundheit des gegenwärtigen Botschafters?«
»Ich glaube nicht, daß er widerstandsfähiger ist als seine Landsleute. Er fühlt sich schon jetzt nicht ganz wohl.«
»Vielleicht hat er Glück und erholt sich wieder«, sagte Droblek.
»Sehr unwahrscheinlich«, erklärte Issus mit einem häßlichen Auflachen.
»Die Neigung der Murgobotschafter, unversehens zu sterben, hat dazu geführt, daß die Verhandlungen nur sehr langsam vorangehen«, fuhr Sadi fort. »Ich möchte gern, daß ihr König Rhodar und Ran Borune davon in Kenntnis setzt, daß diese Verzögerungen wahrscheinlich anhalten.«
»Warum?« fragte Droblek.
»Ich möchte, daß sie meine Hilfe bei ihrem Feldzug gegen die Angaraks verstehen und würdigen.«
»Tolnedra ist nicht an diesem Feldzug beteiligt«, beeilte sich Melgon zu versichern.
»Natürlich nicht.« Sadi lächelte.

»Wie weit bist du eigentlich bereit zu gehen, Sadi?« fragte Droblek neugierig.

»Das hängt fast gänzlich davon ab, wer jeweils auf der Gewinnerseite steht«, erwiderte Sadi gewandt. »Falls der Feldzug der Rivanischen Königin im Osten auf Schwierigkeiten stößt, wird die Seuche wohl nachlassen, und die Botschafter von Cthol Murgos werden nicht mehr so zuvorkommend sterben. Ich wäre geradezu gezwungen, an diesem Punkt zu einer Verständigung mit Taur Urgas zu gelangen.«

»Findest du das nicht etwas verachtenswert, Sadi?« fragte Droblek beißend.

Sadi zuckte mit den Achseln. »Wir sind ein verachtenswertes Volk, Droblek«, gab er zu, »aber wir überleben. Das ist kein geringer Erfolg für ein schwaches Land, das zwischen zwei Großmächten liegt. Sagt Rhodar und Ran Borune, daß ich die Murgos so lange zurückhalte, wie die Dinge zu ihren Gunsten stehen. Ich möchte, daß sie sich beide ihrer Verpflichtung mir gegenüber bewußt sind.«

»Und wirst du ankündigen, wenn deine Meinung sich ändern sollte?« fragte Melgon.

»Selbstverständlich nicht«, erwiderte Sadi. »Ich bin korrupt, Melgon, nicht dumm.«

»Du bist kein besonders wertvoller Verbündeter, Sadi«, erklärte Droblek.

»Das habe ich auch nie behauptet. Ich sorge für mich selbst. Im Augenblick stimmen eure und meine Interessen zufällig überein, das ist alles. Aber ich erwarte trotzdem, daß man sich meiner Unterstützung erinnert.«

»Du versuchst, dir beide Seiten offenzuhalten, Sadi«, warf Droblek ihm vor.

»Ich weiß.« Sadi lächelte. »Abscheulich, nicht wahr?«

Königin Islena von Cherek war in absoluter Panik. Diesmal war Merel zu weit gegangen. Der Rat, den sie von Porenn erhalten hatte, *schien* zwar recht vernünftig zu sein – und tatsächlich bot er sogar die Möglichkeit, mit einem Geniestreich Grodeg und seinen Bärenkult ein für allemal unschädlich zu machen. Die Vorstellung von der hilflosen Wut, in die dies den überheblichen Priester stürzen würde, war ihr fast schon Befriedigung genug. Wie so viele Menschen, fand Königin Islena an einem Phantasie-Triumph so viel Vergnügen, daß die Wirklichkeit eigentlich schon in den Hintergrund trat. Die Siege der Vorstellungskraft brachten keinerlei Risiken mit sich, eine Konfrontation mit dem Gegner endete immer zufriedenstellend, wenn beide Seiten der Auseinandersetzung den eigenen Tagträumen entsprangen. Auf sich allein gestellt, hätte Islena sich wahrscheinlich damit zufrieden gegeben.

Merel war jedoch weniger leicht zufriedengestellt. Der Plan, zu dem die kleine Königin von Drasnien geraten hatte, war ganz vernünftig gewesen, wies jedoch einen Fehler auf: Sie hatten nicht genug Männer, um ihn durchzuführen. Doch Merel hatte einen Verbündeten mit gewissen Reserven gefunden und ihn in den engeren Kreis um die Königin eingeführt. Eine Gruppe von cherekianischen Männern hatte Anheg und seine Flotte nicht nach Algarien begleitet, weil sie keine guten Seeleute abgaben. Auf Merels Drängen hatte die Königin von Cherek plötzlich große Begeisterung für die Jagd entwickelt. Im Wald, sicher vor lauschenden Ohren, wurden die Einzelheiten des Plans ausgearbeitet.

»Wenn man eine Schlange tötet, schlägt man ihr den Kopf ab«, erklärte Torvik, der Jäger, als er mit Merel und Islena im Wald saß, während seine Männer die Gegend durchstreiften und so viel Wild erbeuteten, daß es später so aussehen konnte, als hätte Islena den Tag mit einer wilden Schlächterei verbracht. »Man erreicht nicht viel, wenn man immer nur kleine Scheibchen vom Schwanz abschneidet«, fuhr der breitschultrige Jäger fort. »Der Bärenkult ist nicht nur an einem Ort ansässig. Mit etwas Glück können wir alle wichtigen Mitglieder, die sich zur Zeit in Val Alorn aufhalten, mit einem Schlag erledigen. Das müßte unsere Schlange genug reizen, daß sie ihren Kopf herausstreckt. Und den schlagen wir ihr dann einfach ab.«

Torviks Ausdrucksweise hatte die Königin aufstöhnen lassen.

Sie war sich nicht ganz sicher gewesen, ob der barsche, grauhaarige Jäger nur bildlich gesprochen hatte.

Und jetzt war es geschehen. Torvik und seine Jäger waren leise durch die nächtlichen Straßen Val Alorns gezogen, hatten die schlafenden Mitglieder des Bärenkultes eingesammelt und sie in Gruppen zum Hafen marschieren lassen, wo sie in den Laderäumen der wartenden Schiffe eingesperrt wurden. Aufgrund ihrer jahrelangen Erfahrung waren die Jäger beim Aufspüren ihrer Beute sehr gründlich gewesen. Am Morgen waren die einzigen übriggebliebenen Mitglieder des Kultes in der Stadt der Hohepriester Belars selbst und etwa ein Dutzend Unterpriester, die im Tempel wohnten.

Königin Islena saß blaß und zitternd auf dem Thron von Cherek. Sie trug ihr Purpurgewand und die goldene Krone. In der Hand hielt sie ein Szepter. Das Szepter hatte ein angenehmes Gewicht und konnte notfalls als Waffe dienen. Die Königin war sicher, daß ihr eine Notlage bevorstand.

»Das ist nur deine Schuld, Merel«, warf sie ihrer blonden Freundin aufgelöst vor. »Wenn du die Dinge einfach ihrem Lauf überlassen hättest, wären wir jetzt nicht in dieser furchtbaren Lage.«

»Dann wären wir in einer noch viel schlimmeren«, erwiderte Merel kühl. »Reiß dich zusammen, Islena. Es ist geschehen, und du kannst es nicht ungeschehen machen.«

»Grodeg erschreckt mich immer so«, stieß Islena hervor.

»Er ist nicht bewaffnet. Er kann dir nichts tun.«

»Ich bin doch nur eine Frau«, jammerte Islena. »Er wird mich mit seiner furchtbaren Stimme anschreien, und dann verliere ich völlig die Fassung.«

»Hör auf, dich wie ein Feigling zu benehmen, Islena«, fuhr Merel sie an. »Deine Ängstlichkeit hat Cherek an den Rand des Verderbens gebracht. Jedesmal, wenn Grodeg seine Stimme gegen dich erhob, hast du ihm alles gegeben, was er wollte – nur weil du Angst vor ein paar scharfen Worten hast. Bist du denn immer noch ein Kind? Macht dir Lärm solche Angst?«

»Du vergißt dich, Merel«, fuhr Islena plötzlich auf. »Ich bin schließlich die Königin.«
»Dann, bei allen Göttern, benimm dich auch wie eine Königin! Hör auf, dich wie ein dummes, verängstigtes Dienstmädchen aufzuführen. Sitz aufrecht auf deinem Thron, als wenn du ein Rückgrat aus Eisen hättest – und röte dir die Wangen. Du bist blaß wie ein Bettuch.« Merels Gesicht wurde streng. »Hör mich an, Islena«, sagte sie. »Beim kleinsten Anzeichen dafür, daß du schwach wirst, lasse ich Torvik seinen Speer in Grodegs Rücken jagen – gleich hier im Thronsaal.«
»Das kannst du nicht«, japste Islena. »Du kannst doch keinen Priester töten!«
»Er ist ein Mann – wie jeder andere Mann auch«, erklärte Merel barsch. »Wenn du ihm einen Speer in den Bauch stößt, stirbt er.«
»Nicht einmal Anheg würde das wagen.«
»Ich bin nicht Anheg.«
»Du wirst verflucht werden!«
»Ich habe keine Angst vor Verwünschungen.«
Torvik betrat den Thronsaal, einen Wildschweinspeer mit breiter Klinge nachlässig in der Hand wiegend. »Er kommt«, verkündete er lakonisch.
»O je«, bibberte Islena.
»Laß das!« fauchte Merel.
Grodeg war grau vor Wut, als er in den Thronsaal kam. Seine weiße Robe war zerknittert, als ob er sie hastig übergeworfen hätte, und Haar und Bart waren ungekämmt. »Ich will mit der Königin allein sprechen!« dröhnte er, während er über den binsenbestreuten Fußboden auf sie zuging.
»Diese Entscheidung trifft die Königin, nicht du, edler Hohepriester«, sagte Merel kalt.
»Spricht jetzt die Gattin des Grafen von Trellheim für den Thron?« fragte Grodeg Islena.
Islena zögerte, dann sah sie Torvik unmittelbar hinter dem hochgewachsenen Priester stehen. Jetzt hielt er den Speer nicht mehr nachlässig. »Beruhige dich, geschätzter Grodeg«, sagte

die Königin, plötzlich überzeugt davon, daß das Leben des aufgebrachten Priesters nicht nur von ihren Worten, sondern selbst vom Tonfall ihrer Stimme abhing. Beim kleinsten Stammeln würde Merel das Signal geben, und Torvik würde die breite, scharfe Klinge in Grodegs Rücken stoßen, mit ebensowenig Gefühl, als würde er eine Fliege erschlagen.
»Ich will Euch allein sehen«, wiederholte Grodeg hartnäckig.
»Nein.«
»*Nein?*« röhrte er ungläubig.
»Du hast mich gehört, Grodeg«, sagte sie. »Und hör auf, mich anzuschreien. Ich höre sehr gut.«
Er starrte sie mit offenem Mund an, erholte sich jedoch schnell. »Warum sind alle meine Freunde verhaftet worden?« fragte er.
»Sie sind nicht verhaftet, Hoherpriester«, antwortete die Königin. »Sie haben sich freiwillig dafür gemeldet, sich der Flotte meines Gemahls anzuschließen.«
»Lächerlich!« schnaubte er.
»Du solltest deine Worte etwas sorgfältiger wählen, Grodeg«, warnte Merel ihn. »Die Geduld der Königin mit deiner Unverschämtheit hat ihre Grenzen.«
»Unverschämtheit?« rief er. »Wie kannst du es wagen, so mit mir zu sprechen?« Er richtete sich hoch auf und fixierte die Königin mit strengem Blick. »Ich bestehe auf einer Privataudienz«, erklärte er mit Donnerstimme.
Die Stimme, die sie bislang immer eingeschüchtert hatte, ärgerte Islena auf einmal. Sie versuchte, das Leben dieses Narren zu retten, und er brüllte sie immerzu an. »Werter Grodeg«, sagte sie mit ungewöhnlich stählernem Tonfall, »wenn du mich noch einmal anbellst, lasse ich dich knebeln.«
Seine Augen wurden vor Staunen groß und rund.
»Wir haben nichts privat zu besprechen«, fuhr die Königin fort. »Für dich bleibt nur noch, deine Anweisungen zu empfangen, die du bis auf den letzten Buchstaben ausführen wirst. Es ist unser Befehl, daß du dich direkt zum Hafen begibst, wo du das Schiff besteigst, das darauf wartet, dich nach Algarien

zu bringen. Dort wirst du dich den Streitkräften Chereks im Kampf gegen die Angaraks anschließen.«

»Ich weigere mich!« fauchte Grodeg.

»Denke gut nach, Grodeg«, schnurrte Merel. »Die Königin hat dir einen königlichen Befehl erteilt. Eine Weigerung könnte als Verrat betrachtet werden.«

»Ich bin der Hohepriester Belars«, knirschte Grodeg mit zusammengebissenen Zähnen, mühsam seine Stimme beherrschend. »Ihr würdet es nicht wagen, mich wie einen Bauernlümmel einzuschiffen.«

»Ich frage mich, ob der Hohepriester Belars darauf wohl eine Wette eingehen würde«, sagte Torvik mit täuschender Sanftheit. Er stieß die Spitze seines Speers auf den Boden, nahm einen Stein aus einem Beutel an seinem Gürtel und begann, die bereits rasiermesserscharfe Klinge zu schleifen. Der stählerne Klang hatte eine offensichtlich abkühlende Wirkung auf Grodeg.

»Du gehst jetzt zum Hafen, Grodeg«, befahl Islena, »und du wirst an Bord des Schiffes gehen. Wenn nicht, gehst du in den Kerker, wo du den Ratten Gesellschaft leisten wirst, bis mein Gatte zurückkehrt. Du kannst wählen: Anheg oder die Ratten. Entscheide dich schnell. Du beginnst mich zu langweilen, und offengestanden, dein Anblick bereitet mir Übelkeit.«

Königin Porenn von Drasnien war im Kinderzimmer, angeblich, um ihren kleinen Sohn zu nähren. Aus Respekt vor der Person der Königin wurde nicht spioniert, während sie stillte. Porenn war jedoch nicht allein. Javelin, der spindeldürre Leiter des drasnischen Geheimdienstes, war bei ihr. Um den Anschein zu wahren, trug Javelin das Gewand und die Haube eines Dienstmädchens, und er sah erstaunlich weiblich aus in seiner Verkleidung, die er ohne ersichtliche Verlegenheit trug.

»Gibt es wirklich so viele Anhänger des Kultes im Geheimdienst?« fragte die Königin entsetzt.

Javelin hatte den Kopf höflich abgewandt. »Ich fürchte ja, Eure Hoheit. Wir hätten besser aufpassen müssen, aber wir hatten zu viele andere Dinge im Kopf.«

Porenn dachte einen Moment nach, unbewußt das saugende Kind wiegend. »Islena unternimmt schon etwas, nicht wahr?« fragte sie.
»So lauten die Nachrichten, die ich heute morgen erhalten habe«, antwortete Javelin. »Grodeg ist bereits auf dem Weg zur Mündung des Aldur, und die Männer der Königin durchkämmen das ganze Land nach den Mitgliedern des Kultes.«
»Wird es in irgendeiner Weise unsere Arbeit behindern, wenn wir so viele Leute aus Boktor hinauswerfen?«
»Wir können es schaffen, Eure Hoheit«, versicherte Javelin. »Wir müssen vielleicht die Abschlußprüfung der gegenwärtigen Klasse der Akademie etwas vorziehen und ihre Ausbildung bei der Arbeit vervollständigen, aber wir können es schaffen.«
»Gut, Javelin«, entschied Porenn. »Schick sie alle fort. Schaffe jeden Anhänger des Kultes aus Boktor hinaus, und trenne sie voneinander. Ich will sie auf den scheußlichsten Pflichtposten sehen, die dir einfallen, und im Umkreis von hundert Meilen um einen herum darf kein anderer zu finden sein. Es gibt keine Entschuldigungen, keine politischen Erkrankungen, keine Rücktritte. Gib jedem etwas zu tun, und dann sorge dafür, daß er es auch wirklich tut. Bei Einbruch der Nacht will ich keinen Bärenkultler mehr in Boktor haben, der sich in den Geheimdienst eingeschlichen hat.«
»Es wird mir ein Vergnügen sein, Porenn«, sagte Javelin. »Ach übrigens, dieser nadrakische Kaufmann, Yarblek, ist aus Yar Nadrak zurück, und er will wieder mit Euch über die Wanderung der Lachse reden. Er scheint regelrecht von Fisch besessen zu sein.«

12

Es dauerte volle zwei Wochen, die Flotte von Cherek auf das Kliff zu heben, und König Rhodar trieb das Tempo sichtlich zur Verzweiflung.

»Du wußtest doch, daß es einige Zeit in Anspruch nehmen würde«, sagte Ce'Nedra zu dem schimpfenden, schwitzenden König, der ungeduldig hin- und herlief und dem Kliff finstere Blicke zuwarf. »Weshalb regst du dich dann so auf?«
»Weil die Schiffe völlig ungeschützt sind, Ce'Nedra«, erwiderte er spitz. »Es gibt keine Möglichkeit, sie zu verstecken oder zu tarnen, während sie hochgezogen werden. Diese Schiffe sind der Schlüssel zu unserem ganzen Plan, und wenn jemand auf der Gegenseite anfängt, zwei und zwei zusammenzuzählen, stehen wir womöglich ganz Angarak gegenüber anstatt nur den Thulls.«
»Du machst dir zu viele Gedanken«, meinte sie. »Cho-Hag und Korodullin verbrennen alles, was in ihrer Reichweite ist. 'Zakath und Taur Urgas haben andere Dinge im Kopf als sich dafür zu interessieren, was wir auf die Klippe schleppen.«
»Es muß herrlich sein, so unbekümmert zu sein«, sagte er sarkastisch.
»Sei nicht gemein, Rhodar.«
General Varana, noch immer akkurat in seinen tolnedranischen Mantel gekleidet, hinkte mit der beflissen zurückhaltenden Miene auf sie zu, die anzeigte, daß er einen weiteren Vorschlag machen wollte.
»Varana«, stieß König Rhodar gereizt hervor. »Warum zieht Ihr nicht Eure Uniform an?«
»Weil ich nicht offiziell hier bin, Eure Majestät«, erwiderte der General ruhig. »Tolnedra ist in dieser Sache neutral, wie Ihr Euch erinnern werdet.«
»Das ist doch ein Vorwand, und alle wissen das.«
»Jedenfalls ist es notwendig. Der Kaiser hält noch immer diplomatische Verbindung mit Taur Urgas und 'Zakath aufrecht. Diese würden sehr beeinträchtigt, wenn man einen tolnedranischen General in voller Uniform hier herumspazieren sähe.« Er hielt kurz inne. »Würde Euch ein kleiner Vorschlag beleidigen, Eure Majestät?« fragte er.
»Das hängt von dem Vorschlag ab«, gab Rhodar zurück. Dann verzog er das Gesicht und entschuldigte sich. »Tut mir leid,

Varana. Diese Verzögerungen machen mich übellaunig. Was schwebte Euch vor?«
»Ich denke, Ihr solltet überlegen, ob Ihr Eure Kommandozentrale nicht besser nach oben verlegt. Wenn die Masse der Infanterie kommt, wollt Ihr sicher, daß alles reibungslos vonstatten geht, und es dauert meist ein paar Tage, die Falten auszubügeln, wenn man alles neu errichtet.«
König Rhodar starrte ein cherekianisches Schiff an, das gerade in die Höhe gezogen wurde. »Ich werde mich nicht auf so etwas setzen, Varana«, erklärte er entschieden.
»Es ist vollkommen sicher, Eure Majestät«, versicherte Varana. »Ich habe es selbst schon mehrfach ausprobiert. Sogar die Dame Polgara ist heute morgen so hinaufgeschwebt.«
»Polgara kann aber auch hinunterfliegen, falls etwas schiefgehen sollte«, sagte Rhodar. »Diese Fähigkeit habe ich nicht. Könnt Ihr Euch das Loch vorstellen, wenn ich da unten aufprallen sollte?«
»Die Alternative ist außerordentlich mühsam, Eure Majestät. Mehrere Schluchten führen vom Kliff abwärts. Man hat sie etwas begradigt, damit die Pferde hinaufkönnen, aber sie sind immer noch *sehr* steil.«
»Ein wenig Schwitzen wird mir nicht schaden.«
Varana zuckte die Achseln. »Wie Eure Majestät wünschen.«
»Ich begleite dich, Rhodar«, bot Ce'Nedra fröhlich an.
Er sah sie mißtrauisch an.
»Ich traue Maschinen auch nicht so recht«, gestand sie. »Ich gehe mich umziehen, dann können wir aufbrechen.«
»Du willst es *heute* machen?« Seine Stimme klang etwas kläglich.
»Warum es aufschieben?«
»Mir fallen ein Dutzend Gründe ein.«
Die Worte »sehr steil« erwiesen sich als starke Untertreibung. »Senkrecht abfallend« wäre genauer gewesen. Durch die Steigung kam Reiten überhaupt nicht in Frage, aber wenigstens waren an den steilsten Stellen Seile angebracht worden, an denen sich die Kletternden festhalten konnten. Ce'Nedra, in

eine ihrer kurzen Dryadentuniken gekleidet, kletterte an den Seilen entlang wie ein Eichhörnchen. König Rhodar folgte wesentlich langsamer.
»Bitte hör auf zu stöhnen, Rhodar«, bat sie, nachdem sie etwa eine Stunde lang geklettert waren. »Du hörst dich an wie eine kranke Kuh.«
»Das ist nicht ganz gerecht, Ce'Nedra«, keuchte er und blieb stehen, um sich den Schweiß vom Gesicht zu wischen.
»Ich habe nie versprochen, gerecht zu sein«, erwiderte sie mit einem verschmitzten Grinsen. »Komm weiter, wir haben noch einen langen Weg vor uns.« Damit kletterte sie flink weitere fünfzig Meter nach oben.
»Meinst du nicht, daß du etwas leicht bekleidet bist?« keuchte er mißbilligend, während er zu ihr hinaufstarrte. »Anständige Damen zeigen nicht so viel Bein.«
»Was stimmt denn nicht mit meinen Beinen?«
»Sie sind nackt – das stimmt daran nicht.«
»Sei nicht so prüde. Es ist bequem. Das allein zählt. Kommst du nun oder nicht?«
Rhodar stöhnte wieder. »Ist es nicht bald Zeit zum Mittagessen?«
»Wir haben gerade zu Mittag gegessen.«
»Tatsächlich? Das hatte ich schon wieder vergessen.«
»Du scheinst deine letzte Mahlzeit immer zu vergessen – meist noch, ehe die Krümel fortgewischt sind.«
»Das ist nun mal die Natur eines dicken Mannes, Ce'Nedra.« Er seufzte. »Die letzte Mahlzeit ist schon Geschichte. Die nächste ist wichtig.« Er starrte niedergeschlagen auf den unmenschlichen Pfad und stöhnte wieder.
»Es war allein deine Idee«, erinnerte sie ihn herzlos.
Die Sonne stand tief im Westen, als sie den oberen Rand erreichten. Während König Rhodar zusammenbrach, sah Prinzessin Ce'Nedra sich neugierig um. Die Befestigungsanlagen, die man entlang der Klippe errichtet hatte, waren ausgedehnt und sehr eindrucksvoll. Die Mauern bestanden aus Steinen und Erde und waren etwa zehn Meter hoch. Durch ein offenes

Tor sah die Prinzessin eine Reihe weiterer, niedrigerer Mauern, vor denen jeweils ein Graben verlief, der vor angespritzten Pfählen und dornigen Ranken nur so starrte. An verschiedenen Stellen der Hauptmauer erhoben sich imposante Blockhäuser, und innerhalb der Mauern standen in ordentlichen Reihen Hütten für die Soldaten.

In der Anlage wimmelte es von Männern, und ihre verschiedenen Arbeiten wirbelten fast ständig Staub auf. Ein Trupp von Algariern kehrte rußverschmiert und auf erschöpft wirkenden Pferden langsam zurück, einen Moment später ritt eine Abordnung von glitzernden mimbrischen Rittern mit wehenden Wimpeln und unter lautem Hufgeklapper auf ihren Schlachtrössern hinaus, um eine weitere Stadt zu suchen, die sie niederbrennen konnten.

Die riesigen Flaschenzüge am Rand der Klippe knirschten und knarrten unter dem Gewicht der cherekianischen Schiffe, die von der Ebene hochgehievt wurden, und in einiger Entfernung innerhalb der befestigten Mauern wartete die wachsende Flotte auf ihren Transport zu den Quellflüssen des Oberen Mardu, die etwa hundertfünfzig Meilen weit entfernt waren.

Polgara kam in Begleitung von Durnik und dem riesigen Barak, um die Prinzessin und den am Boden liegenden König von Drasnien zu begrüßen.

»Wie war die Kletterei?« fragte Barak.

»Grauenhaft«, ächzte Rhodar. »Hat jemand etwas zu essen für mich? Ich habe mindestens zehn Pfund verloren.«

»Sieht man dir aber gar nicht an«, meinte Barak.

»Diese Art von Anstrengung ist nicht besonders gut für dich, Rhodar«, sagte Polgara zu dem nach Luft schnappenden Monarchen. »Warum warst du denn so stur?«

»Weil ich eine entsetzliche Höhenangst habe«, erwiderte Rhodar. »Ich würde lieber zehnmal so weit klettern, als mich mit diesen Maschinen auf das Kliff ziehen zu lassen. Die Vorstellung von all der leeren Luft unter mir läßt mein Fleisch erbeben.«

Barak grinste. »Und da gibt es viel zu beben.«

»Kann mir *bitte* jemand etwas zu essen geben?« fragte Rhodar gequält.

»Etwas kaltes Hühnchen?« bot Durnik ihm besorgt an und reichte ihm ein knusprig braunes Hühnerbein.

»Wo habt ihr denn bloß das Hühnchen her?« rief Rhodar, gierig nach dem Bein greifend.

»Die Thulls haben ein paar mitgebracht«, erklärte Durnik.

»Thulls?« Ce'Nedra rang nach Luft. »Was machen denn Thulls hier?«

»Sie ergeben sich«, antwortete Durnik. »In den letzten Tagen sind ganze Dörfer hier erschienen. Sie gehen bis an die Gräben vor der Anlage, setzen sich hin und warten darauf, daß sie gefangengenommen werden. Sie sind sehr geduldig. Manchmal dauert es einen ganzen Tag, bis jemand Zeit hat, hinauszugehen und sie gefangenzunehmen, aber das scheint sie nicht zu stören.«

»Warum wollen sie denn gefangengenommen werden?« fragte Ce'Nedra.

»Hier gibt es keine Grolims«, erläuterte Durnik. »Keine Altäre von Torak und keine Opfermesser. Die Thulls scheinen der Meinung zu sein, dem zu entkommen, sei die Unannehmlichkeit, gefangengenommen zu werden, durchaus wert. Wir nehmen sie auf und lassen sie an den Befestigungen arbeiten. Sie sind gute Arbeiter, wenn man aufpaßt, daß sie es ordentlich machen.«

»Ist das denn sicher?« fragte Rhodar mit vollem Mund. »Vielleicht sind Spione unter ihnen.«

Durnik nickte. »Wissen wir«, sagte er, »aber die Spione sind im allgemeinen Grolims. Den Thulls fehlt normalerweise die geistige Voraussetzung für einen Spion, deshalb müssen die Grolims das selbst übernehmen.«

Rhodar ließ vor Staunen sein Hühnerbein sinken. »Ihr laßt Grolims in die Anlage?«

»Es ist nichts dabei«, sagte Durnik. »Die Thulls wissen, wer ein Grolim ist, und wir lassen sie selbst mit dem Problem fertigwerden. Sie nehmen die Grolims meist ein Stück entlang der

Klippe mit und werfen sie dann hinunter. Zuerst wollten sie es gleich hier machen, aber einige der Klügeren unter ihnen machten ihnen klar, daß es nicht sehr höflich wäre, den Männern, die dort unten arbeiten, Grolims auf den Kopf zu werfen, und seitdem gehen sie etwas beiseite, wo es niemanden stört, wenn ein Grolim herunterfällt. Ein sehr rücksichtsvolles Volk, diese Thullls. Man könnte sie fast gern haben.«

»Du hast einen Sonnenbrand auf der Nase, Ce'Nedra«, erklärte Polgara der kleinen Prinzessin. »Hast du denn nicht daran gedacht, einen Hut aufzusetzen?«

»Von Hüten bekomme ich Kopfschmerzen.« Ce'Nedra zuckte die Achseln. »Ein kleiner Sonnenbrand wird mir nicht schaden.«

»Du mußt auf dein Äußeres achten, Liebes«, sagte Polgara. »Du wirst nicht sehr königlich aussehen, wenn sich deine Nase pellt.«

»Kein Grund zur Sorge, Polgara. Du kannst es doch wieder in Ordnung bringen, nicht wahr? Weißt du, so.« Ce'Nedra machte eine kleine Geste, die sie für magisch hielt.

Polgara warf ihr einen langen, kalten Blick zu.

König Anheg von Cherek kam mit dem breitschultrigen Rivanischen Wächter auf sie zu. »Hattest du eine nette Kletterpartie?« fragte er Rhodar vergnügt.

»Möchtest du eins auf die Nase haben?« fragte Rhodar zurück.

König Anheg lachte heiser. »Je«, meinte er, »heute sind wir aber brummig, was? Ich habe gerade Neuigkeiten von zu Hause bekommen und dachte, sie würden dich vielleicht etwas aufheitern.«

»Nachrichten?« stöhnte Rhodar und erhob sich müde.

Anheg nickte. »Während du deine Leibesübungen veranstaltet hast, sind sie uns von unten hochgeschickt worden. Du wirst nicht glauben, was in der Heimat vor sich geht.«

»Versuch's mal.«

»Du wirst es einfach nicht glauben.«

»Anheg, spuck's aus!«

»Wir bekommen Verstärkung. Islena und Porenn sind in den letzten Wochen sehr geschäftig gewesen.«

Polgara sah ihn scharf an.

»Weißt du was?« sagte Anheg, eine zusammengerollte Botschaft in der Hand haltend. »Ich wußte nicht einmal, daß Islena lesen und schreiben kann, und jetzt bekomme ich das hier.«

»Tu nicht so geheimnisvoll, Anheg«, befahl Polgara. »Was haben die Damen gemacht?«

»Soweit ich es verstehe, hat sich der Bärenkult seit unserer Abreise recht unbeliebt gemacht. Grodeg hat anscheinend geglaubt, wenn die Männer weg sind, könnte er an die Macht gelangen. Er begann, in Val Alorn seinen Einfluß geltend zu machen, und im Hauptquartier des drasnischen Geheimdienstes in Boktor haben sich Kultanhänger eingeschlichen. Es sieht so aus, als hätten sie dort seit Jahren auf etwas hingearbeitet. Jedenfalls begannen Islena und Porenn Informationen auszutauschen, und als sie erkannten, wie nahe Grodeg daran war, seine Hände nach der Macht in den beiden Reichen auszustrecken, haben sie gehandelt. Porenn hat alle Kultisten aus Boktor hinausgeworfen und sie auf die schlimmsten Posten verbannt, die ihr eingefallen sind, und Islena hat den Bärenkult von Val Alorn zusammentreiben lassen – jedes einzelne Mitglied – und sie alle auf Schiffe verfrachtet, damit sie sich der Armee anschließen.«

»Sie haben *was*?« keuchte Rhodar.

»Ist das nicht erstaunlich?« Langsam breitete sich ein Grinsen auf Anhegs grobem Gesicht aus. »Das Schöne an der ganzen Sache ist, daß Islena damit durchkommt, während ich das nie gekonnt hätte. Von Frauen erwartet man nicht, daß sie die zu beachtenden Feinheiten kennen, wenn man Priester und Adelige verhaften will – die Notwendigkeit von Beweisen und so weiter – so daß das, was bei mir eine grobe Verletzung des Anstands gewesen wäre, bei ihr als Unwissenheit belächelt wird. Ich muß mich natürlich bei Grodeg entschuldigen, aber geschehen ist geschehen. Der Kult wird hier sein, und sie haben keinen vernünftigen Grund, nach Hause zurückzukehren.«

Rhodars Grinsen war genauso boshaft wie Anhegs. »Wie hat Grodeg es aufgenommen?«

»Er muß aschgrau vor Wut gewesen sein. Ich nehme an, Islena hat ihn persönlich abgekanzelt. Sie hat ihm die Wahl gelassen zwischen der Armee und dem Kerker.«

»Man kann den Hohenpriester von Belar doch nicht einkerkern!« rief Rhodar.

»Islena weiß das nicht, und Grodeg wußte, daß sie es nicht weiß. Sie hätte ihn im tiefsten Loch, das sie finden konnte, an die Wand ketten lassen, ehe jemand ihr hätte sagen können, daß das ungesetzlich ist. Kannst du dir vorstellen, wie meine Islena dem alten Windbeutel ein solches Ultimatum stellt?« In Anhegs Stimme klang glühender Stolz an.

König Rhodars Gesicht nahm einen verschlagenen Ausdruck an. »Früher oder später gibt es auf diesem Feldzug doch bestimmt hitzige Gefechte«, überlegte er.

Anheg nickte.

»Der Bärenkult ist doch stets stolz auf seine kämpferische Ausbildung gewesen, nicht wahr?«

Anheg nickte grinsend.

»Ich stelle mir vor, daß sie schwere Verluste davontragen werden«, sagte der König von Drasnien.

»Aber es ist schließlich für eine gute Sache«, erwiderte Anheg.

»Falls ihr zwei fertig seid mit euren Späßen, bringe ich die Prinzessin jetzt aus der Sonne«, erklärte Polgara den beiden grinsenden Monarchen.

Die Befestigungen auf dem Kliff summten in den nächsten Tagen vor Geschäftigkeit. Auch als das letzte Schiff der Flotte von Cherek hochgezogen wurde, schwärmten die Algarier und Mimbrer noch aus, um weitere Verwüstungen im Land der Thulls anzurichten. »Im Umkreis von hundertfünfzig Meilen steht kein Korn mehr auf den Feldern«, berichtete Hettar. »Wir müssen weiter hinausreiten, wenn wir noch etwas Brennbares finden wollen.«

»Hast du viele Murgos gefunden?« fragte Barak den habichtgesichtigen Mann.

»Ein paar.« Hettar zuckte die Achseln. »Nicht genug, als daß es interessant gewesen wäre, aber hin und wieder sind wir auf einige gestoßen.«
»Was macht Mandorallen?«
»Ich habe ihn seit einigen Tagen nicht mehr gesehen«, antwortete Hettar. »Aber aus der Richtung, in die er geritten ist, kommt viel Rauch, also nehme ich an, er ist beschäftigt.«
»Wie sieht es da draußen eigentlich aus?« fragte König Anheg.
»Nicht übel, wenn man einmal die Hochebene hinter sich hat. Das thullische Gebiet hier an der Klippe ist ziemlich gefährlich.«
»Was meinst du mit gefährlich? Ich muß meine Schiffe durch dieses Land schleppen.«
»Felsen, Sand, ein paar Dornbüsche – aber kein Wasser«, erwiderte Hettar. »Und es ist heißer als in einem Backofen.«
»Danke«, sagte Anheg.
»Du wolltest es doch wissen«, meinte Hettar. »Entschuldigt mich. Ich brauche ein frisches Pferd und neue Fackeln.«
»Ziehst du noch mal los?« fragte Barak.
»Dann bin ich wenigstens beschäftigt.«
Sobald das letzte Schiff oben war, wurden mit den drasnischen Flaschenzügen tonnenweise Lebensmittel und Ausrüstungsgegenstände nach oben gehievt, die König Fulrachs Vorratslager in der Anlage bald bis zum Bersten füllten. Die thullischen Gefangenen erwiesen sich als unschätzbare Hilfe, denn sie trugen, ohne zu zögern oder sich zu beklagen, jede Last, die man ihnen aufbürdete. Ihre grobschlächtigen Gesichter strahlten vor schlichter Dankbarkeit und einem solchen Eifer zu gefallen, daß Ce'Nedra es unmöglich fand, sie zu hassen. Ganz allmählich entdeckte Ce'Nedra, was das Leben des thullischen Volkes zu einem nie endenden Grauen machte. Es gab nicht eine Familie unter ihnen, die nicht mehrere Angehörige an die Messer der Grolims verloren hatte – Ehemänner, Frauen, Kinder und Eltern waren als Opfer ausgewählt worden, und der alles beherrschende Gedanke im Leben eines Thulls war es, um jeden Preis diesem Schicksal zu entgehen. Der unablässige

Schrecken hatte die Thulls aller menschlichen Gefühle beraubt. Jeder lebte in schrecklicher Einsamkeit, ohne Liebe, ohne Freunde, ohne ein Gefühl außer ewiger Angst. Der berüchtigte unbändige Appetit thullischer Frauen hatte nicht das geringste mit Moral oder einem Mangel daran zu tun. Es war einfach eine Frage des Überlebens. Um dem Messer zu entkommen, war eine thullische Frau gezwungen, ständig schwanger zu sein. Sie wurde nicht von Lust getrieben, sondern von Angst, und diese Angst machte sie unmenschlich.

»Wie können sie nur so leben?« brach es aus der Prinzessin hervor, als sie mit Polgara in die provisorische Unterkunft zurückkehrte, das für die Führer der Armee errichtet worden war. »Warum lehnen sie sich nicht auf und jagen die Grolims davon?«

»Und wer sollte einen Aufstand wohl anführen, Ce'Nedra?« fragte Polgara ruhig. »Die Thulls wissen, daß es Grolims gibt, die einem Mann so leicht die Gedanken aus dem Kopf pflücken können, wie du einen Apfel pflückst. Wenn ein Thull auch nur darüber nachdenken würde, wie man einen Widerstand organisieren könnte, wäre er der nächste, der zum Altar geschleift würde.«

»Aber ihr Leben ist so grauenhaft«, wandte Ce'Nedra ein.

»Vielleicht können wir das ändern«, sagte Polgara. »In gewisser Weise ist das, was wir vorhaben, nicht nur von Nutzen für den Westen, sondern ebenso für die Angaraks. Falls wir gewinnen, sind sie frei von den Grolims. Zuerst danken sie es uns vielleicht nicht, aber mit der Zeit werden sie lernen, es zu schätzen.«

»Warum sollten sie uns nicht danken?«

»Falls wir gewinnen, Liebes, dann deswegen, weil wir ihren Gott getötet haben. Sich bei jemandem dafür zu bedanken, ist sehr viel verlangt.«

»Aber Torak ist ein Ungeheuer.«

»Er ist trotzdem ihr Gott«, erwiderte Polgara. »Der Verlust eines Gottes ist sehr tiefgreifend und schmerzlich. Frag die Ulgos einmal, wie es ist, ohne einen Gott zu leben. Es ist fünftausend Jahre her, daß UL ihr Gott wurde, aber sie erinnern sich noch immer daran, wie es ohne ihn war.«

»Wir *werden* doch gewinnen, nicht wahr?« fragte Ce'Nedra, deren ganze Ängste plötzlich an die Oberfläche gespült wurden.

»Ich weiß es nicht, Ce'Nedra«, antwortete Polgara leise. »Das weiß niemand – ich nicht, Beldin nicht, mein Vater nicht, nicht einmal Aldur weiß es. Wir können es nur versuchen.«

»Was wird geschehen, wenn wir verlieren?« fragte die Prinzessin erschreckt.

»Wir werden genauso versklavt werden, wie die Thulls es sind«, entgegnete Polgara. »Torak wird König und Gott über die ganze Welt sein. Die anderen Götter werden für immer verbannt, und die Grolims werden uns alle beherrschen.«

»Ich möchte nicht in so einer Welt leben«, erklärte Ce'Nedra.

»Niemand von uns wünscht sich das.«

»Hast du Torak je gesehen?« fragte die Prinzessin plötzlich.

Polgara nickte. »Ein- oder zweimal. Das letzte Mal in Vo Mimbre kurz vor seinem Zweikampf mit Brand.«

»Wie ist er?«

»Er ist ein Gott. Die Kraft seines Geistes ist überwältigend. Wenn er zu dir spricht, mußt du ihm zuhören, und wenn er befiehlt, mußt du gehorchen.«

»Aber *du* doch bestimmt nicht.«

»Ich glaube, das verstehst du nicht, Kind.« Polgaras Gesicht war ernst, und ihre strahlenden Augen blickten in die Ferne. Geistesabwesend nahm sie Botschaft hoch und setzte ihn auf ihren Schoß. Das Kind lächelte sie an und berührte, wie so oft, die weiße Locke an ihrer Schläfe. »Toraks Stimme übt einen Zwang aus, der es einem fast unmöglich macht zu widerstehen«, fuhr sie fort. »Du *weißt*, daß er böse und verdreht ist, aber wenn er zu dir spricht, zerbröckelt dein Widerstandsgeist, und plötzlich bist du ganz schwach und ängstlich.«

»Aber *du* warst doch sicher nicht ängstlich.«

»Du verstehst immer noch nicht. Natürlich war ich verängstigt. Das waren wir alle – selbst mein Vater. Bete darum, daß du Torak nie begegnest. Er ist kein unwichtiger kleiner Grolim wie Chamdar oder ein alter Ränkeschmied wie Ctuchik der Magier. Er ist ein Gott. Er ist grauenhaft entstellt, und seine Pläne sind vereitelt worden. Etwas, das er brauchte – etwas so Wichtiges, daß ein Mensch sich gar keine Vorstellung davon machen kann – wurde ihm verweigert, und diese Verweigerung hat ihn wahnsinnig werden lassen. Sein Wahn ist nicht mit dem Irrsinn Taur Urgas' zu vergleichen, der trotz allem immer noch menschlich ist. Toraks Wahn ist der Wahn eines Gottes, eines Wesens, das seine verzerrten Vorstellungen Wirklichkeit werden lassen kann. Nur das Auge kann ihm widerstehen. Ich könnte ihm vielleicht für eine Weile die Stirn bieten, aber wenn er mir die volle Kraft seines Willens aufzwingt, werde ich ihm letztendlich geben müssen, was er will. Und was er von mir will, ist zu schrecklich, um auch nur daran zu denken.«

»Das verstehe ich nicht ganz, Polgara.«

Garions Tante sah das kleine Mädchen ernst an. »Vielleicht nicht«, sagte sie. »Es hat mit einem Teil der Vergangenheit zu tun, den die tolnedranische Geschichtsschreibung gern ausklammert. Setzt dich, Ce'Nedra, dann will ich versuchen, es dir zu erklären.«

Die Prinzessin ließ sich auf einer rohgezimmerten Bank nieder. Polgaras Stimmung war ungewöhnlich ruhig und nachdenklich. Sie legte ihre Arme um Botschaft und drückte ihn an sich, die Wange gegen seine weichen, blonden Locken gelegt, als ob die Berührung dieses Kindes ihr Trost spendete. »Es gibt zwei Prophezeiungen, Ce'Nedra«, sagte sie, »aber die Zeit naht, in der es nur noch eine geben wird. Alles, das ist oder war oder noch sein wird, wird ein Teil der Prophezeiung, die den Sieg davon trägt. Jeder Mann, jede Frau, jedes Kind hat zwei mögliche Schicksale. Für manche wird der Unterschied nicht sehr groß sein, aber in meinem Fall ist er gewaltig.«

»Das verstehe ich nicht.«

»In der Prophezeiung, der wir dienen – diejenige, die uns hierher geführt hat – bin ich Polgara die Zauberin, Tochter Belgaraths und Beschützerin Belgarions.«

»Und in der anderen?«
»In der anderen bin ich Toraks Braut.«
Ce'Nedra schnappte nach Luft.
»Und jetzt kannst du vielleicht verstehen, warum ich Angst habe«, sprach Polgara weiter. »Ich habe Angst vor Torak, seit mein Vater mir dies erklärt hat, als ich ungefähr in deinem Alter war. Ich habe nicht so sehr Angst um mich selbst, sondern mehr, weil ich weiß, daß wenn ich versage, wenn Torak meinen Willen besiegt, dann wird die Prophezeiung, der wir dienen, untergehen. Torak wird nicht nur mich gewinnen, sondern die gesamte Menschheit. Vor Vo Mimbre hat er mich gerufen, und ich habe – ganz kurz nur – den schrecklichen Drang verspürt, zu ihm zu laufen. Aber ich habe ihm getrotzt. Doch es war *mein* Trotz, der ihn in das Duell mit Brand getrieben hat, und nur in diesem Duell konnte die Macht des Auges gegen ihn eingesetzt werden. Mein Vater hat alles auf meine Willensstärke gesetzt. Der alte Wolf ist manchmal ein großer Spieler.«
»Aber wenn ...« Ce'Nedra konnte es nicht aussprechen.
»Wenn Garion verliert?« Polgara sagte es so gelassen, daß sie diese Möglichkeit schon oft durchdacht haben mußte. »Dann wird Torak kommen, um seine Braut zu fordern, und keine Macht der Erde wird ihn daran hindern können.«
»Lieber würde ich sterben«, stieß Ce'Nedra hervor.
»Ich auch, Ce'Nedra, aber dieser Weg steht mir vielleicht nicht offen. Toraks Wille ist so viel stärker, als meiner, daß er mir die Fähigkeit oder sogar den Wunsch nehmen kann, mein Leben zu beenden. Wenn es geschehen sollte, kann es gut sein, daß ich überglücklich bin, seine Erwählte und Geliebte zu sein – aber ich glaube, daß tief im Innern ein Teil von mir aufschreien und in grenzenlosem Entsetzen jahrhundertelang weiterschreien wird, bis zum Ende aller Tage.«
Es war zu schrecklich, um darüber nachzudenken. Unfähig, sich zurückzuhalten, warf sich die Prinzessin auf die Knie, schlang ihre Arme um Polgara und Botschaft und brach in Tränen aus.

»Aber, aber, du mußt doch nicht weinen, Ce'Nedra«, sagte Polgara sanft und strich dem schluchzenden Mädchen das Haar glatt. »Garion hat die Stadt der Ewigen Nacht noch nicht erreicht, und noch schläft Torak. Wir haben noch etwas Zeit. Und wer weiß? Vielleicht gewinnen wir sogar.«

13

Sobald die Flotte von Cherek oben auf der Klippe war, beschleunigten sich die Aktivitäten in der Anlage. König Rhodars Infanterieeinheiten kamen nach und nach aus dem Lager am Aldur und unternahmen die anstrengende Kletterpartie in den schmalen Schluchten des Kliffs, lange Reihen von Wagen brachten Lebensmittel und Material aus dem Hauptvorratslager zum Fuß der Klippe, wo die großen Flaschenzüge darauf warteten, alles an der meilenhohen Basaltwand hochzuziehen, und die mimbrischen und algarischen Überfallkommandos zogen vor Morgengrauen aus auf ihrer ausgedehnten Suche nach noch unzerstörten Städten und Feldern. Die Verwüstungen, die sie anrichteten, ihre kurzen, heftigen Belagerungen der nur unzureichend befestigten thullischen Städte und Dörfer und die Feuer, die sie an Felder mit reifem Korn legte, hatten die trägen Thulls endlich doch zu einem schlecht organisierten Widerstandsversuch aufgerüttelt. Aber die Thulls liefen unvermeidlich zu dem letzten Ort, den die Mimbrer angegriffen hatten und kamen so Stunden oder gar Tage zu spät, so daß sie nur noch rauchende Ruinen, Tote und obdachlose Einwohner vorfanden. Wenn sie jedoch versuchten, die behenden Algarier zu erwischen, entdeckten sie meist nur noch Morgen um Morgen verbrannter Erde. Die Angreifer waren weitergezogen, und die verzweifelten Versuche der Thulls, sie einzuholen, waren gänzlich vergebens.

Es kam den Thulls nicht in den Sinn, die Befestigungen anzugreifen, von denen aus die Feinde operierten, und falls doch, wurde die Idee rasch fallengelassen. Die Thulls waren gefühlsmäßig nicht dafür ausgestattet, schwer bewachte Festungen anzugreifen. Sie zogen es vor, hier- und dorthin zu stürzen, Feuer zu jagen und sich bei ihren Murgo- und Malloreaner-Verbündeten bitter darüber zu beschweren, daß ihnen zu wenig Unterstützung zuteil wurde. Die Malloreaner 'Zakaths weigerten sich beharrlich, ihr Lager bei Thull Zelik zu verlassen. Taur Urgas' Murgos machten allerdings ein paar Ausfälle im Süden des Landes, zum Teil als Geste der angarakischen Einheit, vor allem aber – wie König Rhodar vermutete – weil es Teil ihrer allgemeinen Manöveraufstellung war. Murgospäher wurden gelegentlich sogar in der Nähe der Befestigungen entdeckt. Um die Gegend von diesen spionierenden Murgos zu befreien, wurden täglich Patrouillen ausgeschickt, die die trockenen Hügel durchkämmten. Die ausgedörrten, felsigen Täler in der Nähe der Festung wurden von drasnischen Lanzenträgern und kleinen Legionärstrupps durchsucht. Algarier, die sich angeblich von ihren Überfällen ausruhten, vergnügten sich mit einem Spiel, das sie »Murgos jagen« nannten. Sie machten großes Aufhebens um ihre häufigen Ausflüge und bestanden fromm darauf, daß sie ihre Freizeit nur aus ihrem Verantwortungsgefühl für die Sicherheit der Festung opferten. Sie konnten mit ihren Protesten jedoch niemanden täuschen.

»In der Gegend *muß* nun einmal patrouilliert werden, Rhodar«, erklärte König Cho-Hag eigensinnig. »Meine Kinder erfüllen schließlich nur eine notwendige Pflicht.«

»Pflicht?« schnaubte Rhodar. »Setz einen Algarier auf ein Pferd und zeig ihm einen Hügel, dessen Rückseite er noch nicht kennt, und er wird immer eine Entschuldigung finden, um nachzusehen.«

»Du tust uns Unrecht«, entgegnete Cho-Hag mit einem Ausdruck gekränkter Unschuld.

»Ich *kenne* euch.«

Ce'Nedra und ihre zwei engsten Freundinnen hatten die regelmäßigen Ausflüge der unbekümmerten Algarier mit immer verdrießlicheren Mienen beobachtet. Wenn Ariana vielleicht auch etwas gesetzter und daran gewohnt war, wie alle mimbrischen Damen, geduldig zu Hause zu warten, während die Männer draußen spielten, fühlte Adara, Garions algarische Cousine, ihre eingeschränkte Bewegungsfreiheit sehr deutlich. Wie alle Algarier hatte sie das tiefsitzende Bedürfnis, sich den Wind ins Gesicht wehen zu lassen und das Donnern von Hufen unter sich zu spüren. Nach einer Weile wurde sie mißgelaunt und seufzte oft.

»Und was sollen wir heute tun, meine Damen?« fragte Ce'Nedra die beiden eines Morgens nach dem Frühstück fröhlich. »Wie sollen wir uns bis zum Mittagessen beschäftigen?« Sie fragte so übertrieben, weil sie bereits Pläne für den Tag geschmiedet hatte.

»Man kann immer sticken«, schlug Ariana vor. »Es beschäftigt angenehm die Augen und Hände und läßt Gedanken und Lippen frei für ein Gespräch.«

Adara seufzte tief.

»Vielleicht könnten wir auch gehen und meinem Gatten zusehen, wie er seine Leibeigenen bei ihren Kriegsvorbereitungen unterweist.« Ariana fand immer einen Grund, Lelldorin mindestens die Hälfte des Tages zuzusehen.

»Ich glaube nicht, daß ich heute schon wieder Männern zusehen will, die Heuballen mit Pfeilen ermorden«, sagte Adara leicht gereizt.

Ce'Nedra fiel rasch ein, um jeder Zankerei vorzubeugen. »Wir könnten auch eine Inspektionstour machen«, schlug sie listig vor.

»Ce'Nedra, wir haben jedes Blockhaus und jede Hütte innerhalb der Mauern schon mindestens ein dutzendmal inspiziert«, sagte Adara widerborstig, »und wenn ich noch einmal einem höflichen alten Leutnant zuhören muß, wie er mir ein Katapult erklärt, schreie ich.«

»Aber die äußeren Befestigungsanlagen haben wir doch noch nicht inspiziert, oder?« fragte die Prinzessin verschmitzt. »Würdest du nicht auch sagen, daß das ebenfalls zu unseren Pflichten zählt?«

Adara sah sie rasch an, dann glitt ein Lächeln über ihr Gesicht.

»Unbedingt«, stimmte sie zu. »Ich bin erstaunt, daß wir nicht früher daran gedacht haben. Wir waren sehr nachlässig, nicht wahr?«

Ariana verzog besorgt das Gesicht. »König Rhodar wird, wie ich fürchte, in seinen Einwänden gegen einen solchen Plan äußerst streng sein.«

»Rhodar ist nicht hier«, erklärte Ce'Nedra. »Er ist mit König Fulrach fort, um den Bestand der Vorräte aufzunehmen.«

»Die Dame Polgara würde es sicherlich auch nicht billigen«, meinte Ariana. Man merkte ihrem Ton jedoch an, daß sie langsam schwach wurde.

»Die Dame Polgara hat eine Besprechung mit Beldin dem Zauberer«, erwiderte Adara, deren Augen schelmisch funkelten.

Ce'Nedra grinste. »Also sind wir auf uns allein gestellt, nicht wahr, meine Damen?«

»Bei unserer Rückkehr werden wir gewiß tüchtig gescholten«, sagte Ariana.

»Und dann werden wir furchtbar zerknirscht sein, nicht wahr?« kicherte Ce'Nedra.

Eine Viertelstunde später passierten die Prinzessin und ihre beiden Freundinnen, in weicher algarischer Lederkleidung, in leichtem Galopp das Haupttor der großen Befestigungsanlage. Olban, der jüngste Sohn des Rivanischen Wächters, begleitete sie. Olban hatte die Idee nicht gefallen, aber Ce'Nedra hatte ihm keine Zeit gelassen, Einwände zu erheben und erst recht keine Zeit, jemanden zu benachrichtigen, der ihnen den Ausflug verbieten konnte. Olban wirkte besorgt, aber wie immer, begleitete er die kleine Rivanische Königin, ohne Fragen zu stellen.

Die von spitzen Pfählen starrenden Gräben, die vor den Mauern entlangliefen, waren sehr interessant, aber ein Graben sah wie der andere aus, und es bedurfte schon eines seltsamen Geistes, um Gefallen an diesen Vertiefungen zu finden.

»Sehr schön«, sagte Ce'Nedra fröhlich zu einem drasnischen Lanzenträger, der auf einem hohen Erdwall Wache stand.

»Großartige Gräben – und diese wunderbar spitzen Pfähle.« Sie warf einen Blick auf die trockene Landschaft außerhalb der Festung. »Woher habt ihr bloß all das Holz dafür genommen?«

»Die Sendarier haben es mitgebracht, Eure Majestät«, antwortete er, »aus dem Norden, glaube ich. Wir ließen die Thulls die Pfähle schneiden und anspitzen. Sie sind gute Pfahlmacher, wenn man ihnen genau sagt, was man will.«

Ist nicht vor etwa einer halben Stunde eine berittene Patrouille hier vorbeigekommen?« fragte Ce'Nedra.

»Ja, Eure Majestät. Graf Hettar von Algarien und einige seiner Männer. Sie sind in diese Richtung geritten.« Der Wächter zeigte nach Süden.

»Ach übrigens«, meinte Ce'Nedra, »falls jemand nach uns fragen sollte, sag ihm, daß wir ihnen hinterherreiten. Wir werden in ein paar Stunden zurück sein.«

Der Wächter sah sie etwas zweifelnd an, aber Ce'Nedra sprach rasch weiter, um jeden Einwand im Keim zu ersticken. »Graf Hettar hat versprochen, am Südende der Festung auf uns zu warten«, sagte sie. »Wir dürfen ihn wirklich nicht zu lange warten lassen. Ihr beiden habt aber auch zu lange gebraucht, um euch umzuziehen.« Sie lächelte den Wächter gewinnend an. »Du weißt ja, wie es ist«, meinte sie vertraulich. »Die Reitkleidung muß genau so sitzen, die Haare müssen unbedingt noch ein letztesmal gebürstet werden. Manchmal dauert es ewig. Kommt jetzt, meine Damen. Wir müssen uns beeilen, sonst ist Graf Hettar böse auf uns.« Mit einem dümmlichen Kichern lenkte die Prinzessin Nobel nach Süden und galoppierte davon.

»*Ce'Nedra*«, rief Ariana schockiert, als sie außer Hörweite waren. »Ihr habt ihn angelogen.«

»Natürlich.«

»Aber das ist schlimm.«

»Nicht halb so schlimm, wie noch einen Tag damit zu verbringen, Gänseblümchen auf einen dummen Unterrock zu sticken.«

Sie verließen die Befestigungsanlagen und überquerten eine

niedrige, verbrannte Hügelkette. Das dahinterliegende breite Tal war sehr groß. Gelbbraune, baumlose Berge erhoben sich in etwa zwanzig Meilen Entfernung am anderen Ende des Tals. Sie galoppierten in diese ungeheure Leere hinab, und fühlten sich zwergenhaft unbedeutend in dieser Landschaft. Ihre Pferde wirkten wie Ameisen, die auf die gleichgültigen Berge zukrochen.

»Ich hatte nicht gedacht, daß es so groß ist«, murmelte Ce'Nedra, die Augen mit der Hand beschattend, um die weit entfernten Berge zu betrachten.

Der Talboden war so eben wie eine Tischplatte und nur spärlich mit niedrigen, dornigen Büschen bewachsen. Der Boden war mit runden, etwa faustgroßen Steinen übersät, und von den Hufen ihrer Pferde stob bei jedem Schritt gelber, pulvriger Staub auf. Obwohl es noch nicht spät am Vormittag war, brannte die Sonne wie ein Backofen, und flimmernde Hitzewellen kräuselten sich im Tal vor ihnen, so daß die staubigen, graugrünen Büsche in der windstillen Luft zu tanzen schienen. Es wurde immer heißer. Nirgendwo gab es Spuren von Feuchtigkeit, und auf den Flanken ihrer Pferde trocknete der Schweiß fast augenblicklich.

»Ich glaube, wir sollten langsam an die Rückkehr denken«, sagte Adara, ihr Pferd zügelnd. »Wir können die Berge am Ende des Tals doch nicht erreichen.«

»Sie hat recht, Eure Majestät«, sagte Olban. »Wir sind schon viel zu weit draußen.«

Ce'Nedra brachte Nobel zum Stehen, und das weiße Pferd ließ den Kopf hängen, als stände es am Rand völliger Erschöpfung.

»Ach, hör auf, dich selbst zu bemitleiden«, schalt sie es gereizt. Ihr Ausflug verlief ganz anders, als sie es sich vorgestellt hatte. Sie sah sich um. »Wenn wir doch nur irgendwo Schatten finden könnten.« Ihre Lippen waren trocken, und die Sonne schien auf ihren ungeschützten Kopf zu hämmern.

»Diese Gegend bietet solchen Trost nicht, Prinzessin«, sagte Ariana, die sich in der flachen Leere des felsübersäten Tals umsah.

»Hat jemand daran gedacht, Wasser mitzunehmen?« fragte Ce'Nedra, während sie sich mit einem Taschentuch die Stirn abwischte.

Niemand hatte daran gedacht.

»Vielleicht sollten wir wirklich zurückreiten«, entschied sie bedauernd. »Es gibt hier sowieso nichts zu sehen.«

»Reiter«, sagte Adara scharf und deutete auf eine Gruppe berittener Männer, die aus einem eingesunkenen Graben kamen, der einen etwa eine Meile entfernten Hügel umgab.

»Murgos?« fragte Olban, geräuschvoll den Atem einziehend. Sofort fuhr seine Hand an das Schwert.

Adara hob die Hand an die Augen und starrte den näherkommenden Reitern angespannt entgegen. »Nein«, sagte sie. »Es sind Algarier. Ich erkenne es an der Art, wie sie reiten.«

»Hoffentlich haben sie Wasser bei sich«, meinte Ce'Nedra.

Das Dutzend algarischer Reiter kam direkt auf sie zu, eine große, gelbe Staubwolke hinter sich lassend. Plötzlich schnappte Adara nach Luft und wurde blaß.

»Was ist denn?« fragte Ce'Nedra.

»Graf Hettar ist bei ihnen«, antwortete Adara mit erstickter Stimme.

»Wie kannst du auf diese Entfernung nur jemanden erkennen?«

Adara biß sich auf die Lippe, sagte jedoch nichts.

Hettars Miene war wütend und unversöhnlich, als er sein schwitzendes Pferd zügelte. »Was macht ihr hier draußen?« herrschte er sie an. Sein Habichtgesicht und die schwarze Skalplocke verliehen ihm ein wildes, fast erschreckendes Aussehen.

»Wir dachten, wir machen einen Ausritt, Graf Hettar«, antwortete Ce'Nedra heiter, bemüht, seinem Blick standzuhalten.

Hettar überhörte sie. »Hast du den Verstand verloren, Olban?« fragte er den jungen Rivaner barsch. »Warum hast du den Damen gestattet, die Festung zu verlassen?«

»Ich schreibe Ihrer Majestät nicht vor, was sie zu tun hat«, antwortete Olban steif mit roten Ohren.

»Ach komm, Hettar«, protestierte Ce'Nedra. »Was schadet es, wenn wir ein wenig ausreiten?«
»Wir haben erst gestern eine Meile von hier drei Murgos getötet«, sagte Hettar. »Wenn ihr euch Bewegung verschaffen wollt, dann lauft ein paar Stunden innerhalb der Mauern herum. Ihr könnt nicht einfach ohne Schutz in feindliches Gebiet reiten. Du hast sehr töricht gehandelt, Ce'Nedra. Wir reiten jetzt zurück.« Sein Gesicht war grimmig wie ein Wintersturm, und sein Ton ließ keinerlei Raum für Diskussionen.
»Wir hatten gerade dieselbe Entscheidung getroffen, Graf Hettar«, murmelte Adara mit gesenktem Blick.
Hettar betrachtete streng den Zustand ihrer Pferde. »Du bist Algarierin, Adara«, sagte er nachdrücklich. »Ist dir nicht in den Sinn gekommen, Wasser für eure Pferde mitzunehmen? Du mußt doch wissen, daß man Pferde nicht ohne jede Vorsichtsmaßnahme dieser Hitze aussetzt.«
Adara sah ihn betroffen an.
Hettar schüttelte angewidert den Kopf. »Tränkt ihre Pferde«, wies er seine Männer knapp an, »dann begleiten wir sie zurück. Euer Ausflug ist zu Ende, meine Damen.«
Adaras Gesicht war flammend rot vor fast unerträglicher Scham. Sie rutschte unbehaglich in ihrem Sattel hin und her und versuchte, Hettars strengem, unversöhnlichem Blick auszuweichen. Sobald ihr Pferd getränkt war, stieß sie ihm die Fersen in die Flanken. Das verblüffte Tier stolperte kurz und schoß dann davon, auf dem Weg zurück, den sie gekommen waren.
Hettar fluchte und jagte hinter ihr her.
»Was macht sie denn jetzt?« rief Ce'Nedra.
»Graf Hettars Zurechtweisung hat unsere sanfte Freundin über die Maßen getroffen«, erklärte Ariana. »Seine gute Meinung von ihr ist ihr teurer als ihr Leben.«
»Hettar?« fragte Ce'Nedra entgeistert.
»Hat Euch Euer Auge nicht verraten, wie es um unsere liebe Freundin steht?« fragte Ariana erstaunt. »Ihr seid eigenartig unaufmerksam, Prinzessin.«

»Hettar?« wiederholte Ce'Nedra. »Ich hatte ja keine Ahnung.«
»Vielleicht liegt es daran, daß ich Mimbrerin bin«, vermutete Ariana. »Die Damen meines Volkes sind sehr empfänglich für die Anzeichen leiser Zuneigung bei anderen.«
Nach etwa hundert Metern hatte Hettar Adara eingeholt. Er ergriff mit einer Hand ihre Zügel und brachte ihr Pferd grob zum Stehen. Er sprach barsch auf sie ein und verlangte zu wissen, was sie vorhatte. Adara wand sich im Sattel und bemühte sich, ihr Gesicht vor ihm zu verbergen, während er auf sie einschimpfte.
Dann sah Ce'Nedra aus dem Augenwinkel heraus eine knappe Bewegung, kaum sechs Meter von den beiden entfernt. Überraschend erhob sich aus dem Sand zwischen zwei struppigen Büschen ein Murgo im Kettenhemd und warf die braungefleckte Decke von sich, unter der er sich versteckt hatte. Als er aufstand, hielt er den Bogen bereits schußbereit.
»Hettar!« schrie Ce'Nedra, als der Murgo den Bogen hob.
Hettar hatte dem Murgo den Rücken zugewandt, aber Adara sah, wie der Pfeil auf den ungeschützten Rücken des Algariers zielte. Mit einer verzweifelten Bewegung entriß sie Hettar ihre Zügel und drängte ihr Pferd gegen seins. Sein Pferd wich zurück, stolperte, fiel und warf den unvorbereiteten Mann zu Boden, während Adara ihr Pferd antrieb und direkt auf den Murgo zuschoß.
Mit einem leichten Anflug von Ärger schoß der Murgo auf das herannahende Mädchen.
Selbst aus dieser Entfernung konnte Ce'Nedra das häßliche Geräusch hören, als sich der Pfeil in Adara bohrte. An dieses Geräusch würde sie sich voller Entsetzen ihr Leben lang erinnern. Adara krümmte sich, ihre freie Hand umklammerte den Pfeil, der aus ihrer Brust ragte, aber sie wurde nicht langsamer, als sie den Murgo niederritt. Er fiel und rollte unter die Hufe ihres Pferdes, sprang aber auf, sobald sie vorbei war und griff nach seinem Schwert. Aber da war Hettar schon über ihm, dessen Säbel im Sonnenlicht glitzerte. Der Murgo schrie einmal auf, als er fiel.

Hettar wandte sich, den tropfenden Säbel noch in der Hand, zornig an Adara. »So etwas Dummes«, brüllte er sie an, aber plötzlich verstummte er. Ihr Pferd war ein paar Schritte hinter dem Murgo stehengeblieben, und sie war im Sattel zusammengesunken, so daß ihr das dunkle Haar wie ein Schleier über das blasse Gesicht fiel. Sie preßte beide Hände gegen die Brust. Langsam glitt sie aus dem Sattel.

Mit einem erstickten Aufschrei ließ Hettar den Säbel fallen und rannte zu ihr.

»Adara!« jammerte die Prinzessin und schlug die Hände vor das Gesicht, als Hettar das verwundete Mädchen sanft umdrehte. Der Pfeil, der in ihrer Brust stak, hob und senkte sich rhythmisch mit ihrem schwachen Herzschlag.

Als die anderen bei den beiden ankamen, hielt Hettar Adara in den Armen und starrte bestürzt in ihr blasses Gesicht. »Du kleiner Dummkopf«, murmelte er mit gebrochener Stimme. »Du kleines Schaf!«

Ariana glitt aus dem Sattel, noch ehe ihr Pferd stehengeblieben war, und lief zu Hettar. »Bewegt sie nicht, Graf«, warnte sie ihn scharf. »Der Pfeil hat ihre Lunge verletzt, und solltet Ihr sie bewegen, wird seine scharfe Spitze ihr Leben verlöschen lassen.«

»Zieh ihn heraus«, knurrte Hettar mit zusammengebissenen Zähnen.

»Nein, Graf. Den Pfeil herauszuziehen würde mehr Schaden anrichten, als ihn steckenzulassen.«

»Ich kann es nicht ertragen, sie so zu sehen.« Er schluchzte fast.

»Dann dürft Ihr eben nicht hinsehen, Graf«, sagte Ariana barsch, kniete neben Adara nieder und legte ihre kühle, kundige Hand auf den Hals des verwundeten Mädchens.

»Sie ist doch nicht tot, nicht wahr?« flehte Hettar.

Ariana schüttelte den Kopf. »Ernstlich verletzt, aber noch pulsiert das Leben in ihr. Gebt Euren Männern Anweisung, unverzüglich eine Bahre zu bauen, Graf. Wir müssen unsere liebe Freundin auf der Stelle in die Festung und in die Obhut

der Dame Polgara bringen, sonst strömt alles Leben aus ihr heraus.«
»Kannst *du* denn nichts tun?« stöhnte er.
»Nicht hier in dieser sonnendurchglühten Öde, Graf. Ich habe weder Instrumente noch Medizin dabei, und die Wunde mag meine Kenntnisse überfordern. Die Dame Polgara ist ihre einzige Hoffnung. Die Bahre, Graf. Rasch!«

Polgaras Gesicht war ernst, und ihre Augen blickten hart wie Stein, als sie am späten Nachmittag aus Adaras Krankenzimmer kam.
»Wie geht es ihr?« fragte Hettar. Er war stundenlang im Flur des Blockhauses auf- und abgegangen und nur stehengeblieben, um wütend auf die Wände einzuschlagen.
»Etwas besser«, antwortete Polgara. »Die Krise ist vorbei, aber sie ist immer noch sehr schwach. Sie fragt nach dir.«
»Sie *wird* doch wieder gesund, nicht wahr?« fragte Hettar angstvoll.
»Wahrscheinlich – wenn es keine Komplikationen gibt. Sie ist jung, und die Wunde sah schlimmer aus, als sie tatsächlich ist. Ich habe ihr etwas gegeben, daß sie sehr redselig macht, aber bleib nicht zu lange. Sie braucht Ruhe.« Polgaras Blick wanderte zu Ce'Nedras tränenüberströmtem Gesicht. »Komm in mein Zimmer, wenn du sie besucht hast, Majestät«, sagte sie streng. »Wir müssen miteinander reden.«
Adaras schmales Gesicht wurde von der Fülle ihres dunkelbraunen Haares umrahmt, das über das Kissen floß. Sie war sehr blaß, und ihr Blick war zwar etwas unstet, doch ihre Augen glänzten. Ariana saß still neben dem Bett.
»Wie fühlst du dich, Adara?« fragte Ce'Nedra in dem leisen, aber heiteren Ton, den man Kranken gegenüber immer anzuschlagen pflegt.
Adara lächelte sie schwach an.
»Hast du Schmerzen?«
»Nein.« Adaras Stimme war kaum zu verstehen. »Keine Schmerzen, aber ich fühle mich ganz benommen und seltsam.«

»Warum hast du das getan, Adara?« fragte Hettar unumwunden. »Du hättest nicht so auf den Murgo losreiten dürfen.«
»Du verbringst zuviel Zeit mit Pferden, Sha-dar«, erklärte Adara mit einem leichten Lächeln. »Du hast verlernt, die Gefühle deiner eigenen Rasse zu verstehen.«
»Was soll das heißen?« Er klang verwirrt.
»Genau, was ich gesagt habe, Hettar. Wenn eine Stute einen Hengst bewundernd anblickte, würdest du sofort erkennen, wie es um sie bestellt ist, nicht wahr? Aber wenn es um Menschen geht, siehst du überhaupt nichts, ist es nicht so?« Sie hustete geschwächt.
»Geht es dir gut?« fragte er scharf.
»Erstaunlich gut, wenn man bedenkt, daß ich sterbe.«
»Wovon redest du? Du stirbst doch nicht.«
Sie lächelte. »Bitte nicht«, sagte sie. »Ich weiß, was ein Pfeil in der Brust bedeutet. Deswegen wollte ich dich sehen. Ich wollte noch einmal dein Gesicht sehen. Ich betrachte dein Gesicht jetzt schon seit langer Zeit.«
»Du bist müde«, sagte er brüsk. »Du wirst dich besser fühlen, wenn du etwas geschlafen hast.«
»Ich werde schlafen, das ist richtig«, sagte sie bedauernd, »aber ich bezweifle, daß ich danach überhaupt noch etwas fühle. Der Schlaf, in den ich fallen werde, ist der Schlaf, aus dem man nicht wieder erwacht.«
»Unsinn.«
»Sicher, aber nichtsdestoweniger wahr.« Sie seufzte. »Nun, lieber Hettar, nun bist du mir schließlich doch entkommen, nicht wahr. Aber ich habe dich gut gehetzt. Ich habe sogar Garion gebeten, Zauberei bei dir anzuwenden.«
»Garion?«
Sie nickte. »Siehst du, wie verzweifelt ich war? Aber er sagte, er könnte es nicht.« Sie zog ein Gesicht. »Wozu ist Zauberei gut, wenn man mit ihrer Hilfe nicht einmal jemanden dazu bringen kann, sich zu verlieben?«
»Verlieben?« wiederholte er verblüfft.
»Was hast du denn geglaubt, worüber wir reden, Hettar? Über

das Wetter?« Sie lächelte ihn zärtlich an. »Manchmal bist du unglaublich begriffsstutzig.«
Er starrte sie staunend an.
»Kein Grund zur Beunruhigung, Graf. In einer Weile werde ich aufhören, dich zu jagen, und du bist frei.«
»Darüber sprechen wir noch, wenn es dir wieder besser geht«, sagte er ernst.
»Es wird mir nicht besser gehen. Hast du nicht gehört? Ich sterbe, Hettar.«
»Nein«, widersprach er. »Tatsache ist, daß du nicht sterben wirst. Polgara hat uns versichert, daß du wieder gesund wirst.«
Adara warf Ariana einen raschen Blick zu.
»Eure Wunde ist nicht tödlich, liebste Freundin«, bestätigte Ariana sanft. »Ihr werdet nicht sterben, das ist wahr gesprochen.«
Adara schloß die Augen. »Wie unangenehm«, murmelte sie errötend. Sie öffnete die Augen wieder. »Ich muß mich entschuldigen, Hettar. Ich hätte nichts dergleichen gesagt, wenn ich gewußt hätte, daß meine vorwitzigen Ärzte mein Leben retten würden. Sobald ich wieder auf den Beinen bin, werde ich zu meinem Clan zurückkehren. Ich werde dich nie mehr mit meinen törichten Ausbrüchen belästigen.«
Hettar sah auf sie hinunter, sein scharf geschnittenes Gesicht zeigte keine Regung. »Ich glaube nicht, daß mir das gefallen würde«, sagte er, zärtlich ihre Hand nehmend. »Wir haben viel miteinander zu besprechen. Jetzt ist weder die richtige Zeit noch der richtige Ort, aber versuche nicht, dich vor mir zu verstecken.«
»Du willst nur freundlich zu mir sein.« Sie seufzte.
»Nein. Praktisch. Durch dich habe ich etwas, an das ich denken kann, außer nur daran, Murgos zu töten. Ich brauche wahrscheinlich eine Weile, um mich an den Gedanken zu gewöhnen, aber wenn ich darüber nachgedacht habe, müssen wir unbedingt miteinander reden.«
Sie biß sich auf die Lippen und versuchte, ihr Gesicht abzuwenden. »Was für ein törichtes Durcheinander ich angerichtet

habe«, sagte sie. »Wenn ich jemand anders wäre, würde ich mich auslachen. Es wäre wirklich besser, wenn wir uns nie mehr sähen.«
»Nein«, widersprach er entschieden, immer noch ihre Hand haltend, »das wäre es nicht. Und versuche nicht, mir davonzulaufen, weil ich dich doch finde – und wenn ich jedes Pferd in Algarien nach dir suchen lassen muß.«
Sie sah ihn erstaunt an.
»Schließlich *bin* ich Sha-dar, erinnerst du dich? Pferde tun, was ich ihnen sage.«
»Das ist ungerecht«, protestierte sie.
Er lächelte sie spöttisch an. »Und Garion zu bitten, mich zu verzaubern, war *was*?«
»O je.« Sie errötete.
»Sie muß jetzt ruhen«, sagte Ariana. »Ihr könnt sie morgen wieder besuchen.«
Als sie draußen auf dem Flur waren, wandte sich Ce'Nedra an den hochgewachsenen Mann. »Du hättest ihr ruhig etwas Ermunterndes sagen können«, schalt sie ihn.
»Das wäre verfrüht gewesen«, erwiderte er. »Wir sind ein eher zurückhaltendes Volk, Prinzessin. Wir sagen nicht einfach etwas, nur um zu reden. Adara versteht mich schon.« Hettar wirkte so grimmig wie immer, sein scharfgeschnittenes Gesicht war streng, seine mähnengleiche Skalplocke floß über seine lederbekleideten Schultern. Seine Augen blickten jedoch etwas weicher, und zwischen seinen Brauen stand eine leicht verwirrte Falte. »Wollte Polgara dich nicht sehen?« fragte er. Das war ein höfliche, jedoch unmißverständliche Entlassung. Ce'Nedra stapfte davon, entrüstet vor sich hinmurmelnd über den Mangel an Rücksicht, der die männliche Hälfte der Bevölkerung befallen zu haben schien.
Die Dame Polgara saß gelassen in ihrem Zimmer und wartete.
»Nun?« fragte sie, als die Prinzessin eintrat. »Möchtest du es mir erklären?«
»Was erklären?«
»Die Dummheit, die Adara fast das Leben gekostet hätte.«

»Du glaubst doch nicht, daß es meine Schuld war«, protestierte Ce'Nedra.

»Wessen Schuld war es dann? Was hattet ihr da draußen zu suchen?«

»Wir haben nur einen kleinen Ausritt gemacht. Es ist so langweilig, immer eingesperrt zu sein.«

»Langweilig. Was für ein faszinierender Grund, seine Freunde zu töten.«

Ce'Nedra starrte sie mit offenem Mund an. Plötzlich wurde sie sehr blaß.

»Warum glaubst du wohl, haben wir diese Festung gebaut, Ce'Nedra? Doch deswegen, weil sie uns einen gewissen Schutz bietet.«

»Ich wußte nicht, daß es da draußen Murgos gibt«, jammerte die Prinzessin.

»Hast du dir denn die Mühe gemacht, das vorher herauszufinden?«

Die volle Bedeutung dessen, was sie getan hatte, brach plötzlich über Ce'Nedra herein. Sie begann heftig zu zittern und hielt sich eine Hand vor den Mund. Es *war* ihre Schuld! Wie sie es auch drehen und wenden mochte, um der Verantwortung zu entgehen, ihre Dummheit hatte um ein Haar eine ihrer liebsten Freundinnen getötet. Adara hatte fast mit ihrem Leben für ihre kindische Gedankenlosigkeit bezahlt. Ce'Nedra vergrub ihr Gesicht in den Händen und brach in Tränen aus.

Polgara ließ sie einige Minuten weinen, um ihr genügend Zeit zu lassen, daß sie ihre Schuld akzeptieren konnte, und als sie schließlich sprach, lag keine Spur von Verzeihung in ihrer Stimme. »Tränen können das Blut nicht fortwaschen, Ce'Nedra«, sagte sie. »Ich hatte gedacht, daß ich zumindest anfangen könnte, deinem Urteil zu trauen, aber es scheint, daß ich mich geirrt habe. Du kannst jetzt gehen. Ich glaube nicht, daß ich dir heute abend noch etwas zu sagen habe.«

Schluchzend floh die Prinzessin.

14

»Sieht es hier überall so aus?« fragte König Anheg, als die Armee durch eins der flachen, kiesübersäten Täler marschierte, das von kahlen, sonnenverbrannten Bergen umgeben war, die in der flimmernden Hitze zu tanzen schienen. »Ich habe noch keinen Baum gesehen, seit wir die Befestigungen verlassen haben.«

»In etwa sechzig Meilen ändert sich die Landschaft, Eure Majestät«, antwortete Hettar leise, der entspannt in der glühenden Sonne im Sattel saß. »Wir treffen auf Bäume, wenn wir von der Hochebene absteigen. Es sind nur niedrige, verkrüppelte Sträucher, aber sie bieten etwas Abwechslung von dieser Eintönigkeit.«

Hinter ihnen dehnte sich meilenweit die Armee, durch die Weite der Landschaft zu einer dünnen Linie verkleinert und eher an den gelben Staubwolken zu erkennen, die von Tausenden von Füßen aufgewirbelt wurden, als durch die einzelnen Gestalten der Männer und Pferde. Die cherekianischen Schiffe holperten, mit Leinwand verhüllt, auf ihren niedrigen Schlittenkarren über den felsigen Grund, und der Staub hing in der erstickenden Hitze über allem wie eine schwere Decke.

»Ich würde jetzt viel für ein bißchen Wind geben«, sagte Anheg sehnsüchtig, sich das Gesicht abwischend.

»Es bleibt besser, wie es ist, Anheg«, meinte Barak. »Hier gibt es öfters einen Sandsturm.«

»Wie weit ist es noch bis zum Fluß?« fragte König Rhodar kläglich und blickte auf die unveränderte Landschaft ringsum. Die Hitze war für den korpulenten Monarchen kaum zu ertragen. Sein Gesicht war tiefrot, und er schweißgebadet.

»Noch etwa hundert Meilen«, antwortete Hettar.

General Varana kam auf seinem kastanienbraunen Hengst von der Vorhut zurück. Der General trug einen kurzen Lederrock und einen schlichten Brustharnisch mit passendem Helm, die nichts über seinen Rang aussagten. »Die mimbrischen Ritter haben gerade wieder eine Gruppe von Murgos aufgestöbert«, berichtete er.

»Wie viele?« fragte Rhodar.
»Etwa zwanzig. Drei oder vier sind entkommen, aber die Algarier jagen sie.«
»Sollten unsere Patrouillen nicht weiter ausschwärmen?« schlug König Anheg vor, der sich wieder einmal den Schweiß vom Gesicht wischte. »Die Schiffe sehen nun mal nicht allzusehr nach Wagen aus. Ich möchte mir nicht unbedingt den Weg flußabwärts erkämpfen – falls wir je zum Fluß kommen.«
»Ich habe schon Leute dort draußen, Anheg«, beruhigte König Cho-Hag ihn.
»Hat schon jemand Malloreaner gesehen?« erkundigte sich Anheg.
»Bis jetzt noch nicht«, antwortete Cho-Hag. »Bislang sind wir nur auf Thulls und Murgos gestoßen.«
»Sieht aus, als bliebe 'Zakath in Thull Zelik«, fügte Varana hinzu.
»Ich wünschte, ich wüßte mehr über ihn«, sagte Rhodar.
»Die Gesandten des Kaisers berichten, daß er sehr zivilisiert ist«, erzählte Varana, »kultiviert, weltgewandt und sehr höflich.«
»Ich bin sicher, er hat noch eine andere Seite«, widersprach Rhodar. »Die Nadraks haben Angst vor ihm, und es braucht schon viel, um einen Nadrak zu ängstigen.«
»Solange er in Thull Zelik bleibt, ist mir egal, was für ein Mann er ist«, erklärte Anheg.
Oberst Brendig kam von den Infanterieregimentern und Wagen nach vorn. »König Fulrach bittet, daß wir die Kolonne für eine Rast halten lassen«, sagte er.
»*Schon wieder?*« fragte Anheg gereizt.
»Wir sind zwei Stunden lang marschiert, Eure Majestät«, legte Brendig dar. »In dieser Hitze und bei dem Staub zu marschieren ist für die Infanterie sehr anstrengend. Die Männer wären im Kampf kaum noch von Nutzen, wenn sie vom Marschieren bereits völlig erschöpft sind.«
»Haltet die Kolonne an, Oberst«, bat Polgara den sendari-

schen Baron. »In diesen Dingen können wir uns absolut auf Fulrachs Urteil verlassen.« Sie wandte sich an den König von Cherek. »Sei nicht so mürrisch, Anheg«, tadelte sie.

»Ich werde bei lebendigem Leibe gekocht, Polgara«, klagte er.

»Versuch doch mal, ein paar Meilen weit zu laufen«, schlug sie ihm sanft vor. »Das vermittelt dir vielleicht eine gewisse Vorstellung davon, wie es der Infanterie geht.«

Anheg sah sie finster an, sagte aber nichts mehr.

Prinzessin Ce'Nedra zügelte ihr schweißnasses Pferd, als die Kolonne stehenblieb. Seit Adara verwundet worden war, hatte die Prinzessin nur wenig gesprochen. Das schreckliche Gefühl, für die böse Verletzung ihrer Freundin verantwortlich zu sein, hatte sie sehr ernüchtert, und sie hatte sich in ein Schneckenhaus zurückgezogen, ein Verhalten, das für sie ganz untypisch war. Sie nahm den locker geflochtenen Strohhut ab, den ein gefangener Thull für sie angefertigt hatte und blickte zum Himmel hinauf.

»Zieh den Hut wieder auf, Ce'Nedra«, befahl Polgara. »Ich möchte nicht, daß du einen Sonnenstich bekommst.«

Gehorsam setzte Ce'Nedra den Hut wieder auf. »Er kommt zurück«, sagte sie, auf einen Punkt hoch am Himmel deutend.

»Wollt Ihr mich entschuldigen?« bat General Varana und wandte sich zum Gehen.

»Ihr seid albern, Varana«, sagte Rhodar zu dem Tolnedraner. »Warum weigert Ihr Euch beharrlich einzugestehen, daß er Dinge tun kann, die Ihr nicht glauben wollt?«

»Das ist eine Frage des Prinzips, Eure Majestät«, antwortete der General. »Tolnedraner glauben nicht an Zauberei. Ich bin Tolnedraner, also gebe ich nicht zu, daß so etwas existiert.« Er zögerte. »Ich muß jedoch gestehen, daß seine Informationen überraschend genau sind – wie immer er sie auch erhält.«

Ein großer, blaugebänderter Habicht fiel plötzlich wie ein Stein vom Himmel, schlug erst im letzten Moment mit den Flügeln und ließ sich dann unmittelbar vor ihnen auf dem Boden nieder.

General Varana drehte sich resolut um und betrachtete mit

scheinbar größtem Interesse einen einförmigen Hügel in der Nähe.
Der Habicht begann zu flimmern und sich zu verändern, während er noch seine Flügel zusammenlegte. »Haltet ihr *schon* wieder?« fragte Beldin gereizt.
»Wir müssen die Truppen ausruhen lassen, Onkel«, erwiderte Polgara.
»Dies ist kein Sonntagsspaziergang, Pol«, entgegnete Beldin. Er begann, sich unter einem Arm zu kratzen, wobei er die Luft mit einer Reihe kräftiger Flüche verpestete.
»Was hast du denn?« fragte Polgara sanft.
»Läuse«, grunzte er.
»Woher hast du denn bloß Läuse?«
»Ich habe ein paar andere Vögel besucht, um sie zu fragen, ob sie etwas gesehen hätten. Ich glaube, ich habe sie mir in einem Geiernest eingefangen.«
»Was ist bloß in dich gefahren, daß du dich mit Geiern abgibst?«
»Geier sind gar nicht so übel, Pol. Sie üben eine notwendige Funktion aus, und die Küken haben sogar einen gewissen Charme. Die Geierin hatte an einem toten Pferd etwa sechzig Meilen südlich von hier gefressen. Nachdem sie mir davon erzählt hatte, bin ich hingeflogen und habe es mir angesehen. Eine Kolonne Murgos kommt aus dieser Richtung.«
»Wie viele?« fragte General Varana rasch, ohne sich jedoch umzudrehen.
»Etwa tausend.« Beldin zuckte die Achseln. »Sie marschieren sehr schnell. Wahrscheinlich seht ihr sie morgen früh.«
»Tausend Murgos sind kein Grund zur Sorge«, sagte König Rhodar stirnrunzelnd. »Nicht für eine Armee dieser Größe. Aber was hat es für einen Sinn, tausend Mann zu opfern? Was erhofft Taur Urgas damit zu erreichen?« Er wandte sich an Hettar. »Könntest du bitte nach vorn reiten und Korodullin und den Baron von Vo Mandor zu uns bitten? Ich glaube, wir sollten eine Besprechung abhalten.«
Hettar nickte und galoppierte in Richtung der schimmernden

Reihen der mimbrischen Ritter davon, die die Spitze der Armee bildeten.
»Waren Grolims bei den Murgos, Onkel?« fragte Polgara den schmutzigen Buckligen.
»Nein, es sei denn, sie waren gut versteckt«, antwortete er. »Ich habe allerdings nicht allzu gründlich nach ihnen gesucht. Ich wollte mich nicht verraten.«
General Varana beendete abrupt seine Betrachtung des Hügels und drehte sich um. »Mein erster Gedanke ist, daß die Murgos eine Geste von Taur Urgas sind. Wahrscheinlich will er es sich nicht mit König Gethel verderben, und da die Malloreaner Thull Zelik nicht verlassen wollen, kann er einen Vorteil gewinnen, wenn er ein paar Truppen opfert, die bei der Verteidigung der thullischen Dörfer und Städte helfen sollen, die wir zerstören.«
»Das ergibt einen Sinn, Rhodar«, pflichtete Anheg ihm bei.
»Vielleicht«, meinte Rhodar zweifelnd. »Aber Taur Urgas denkt nicht wie ein vernünftiger Mensch.«
König Korodullin galoppierte heran, flankiert von Mandorallen und dem Baron von Vo Ebor. Ihre Rüstungen glitzerten im Sonnenlicht, und alle drei waren rot und sahen in ihren Stahlpanzern recht elend aus.
»Wie könnt ihr das nur aushalten?« fragte Rhodar.
»Gewohnheit, Eure Majestät«, erwiderte Korodullin. »Die Rüstung bringt zwar einige Unbequemlichkeiten mit sich, doch wir haben gelernt, diese zu ertragen.«
General Varana erläuterte ihnen rasch die Lage.
Mandorallen zuckte die Achseln. »Das ist nur von geringer Bedeutung. Ich nehme ein paar Dutzend Männer und zerschmettere diese Bedrohung aus dem Süden.«
Barak sah König Anheg an. »Siehst du, was ich meinte? Jetzt kannst du verstehen, warum ich die ganze Zeit so nervös war, als wir durch Cthol Murgos reisten.«
König Fulrach war gekommen, um an der Besprechung teilzunehmen, und jetzt räusperte er sich schüchtern. »Dürfte ich einen Vorschlag machen?«

»Ungeduldig verlangt es uns, die praktische Weisheit des Königs der Sendarier zu hören«, antwortete Korodullin mit ausgesuchter Höflichkeit.
»Die Murgos stellen eigentlich keine echte Bedrohung für uns dar, nicht wahr?« fragte Fulrach.
»Nein, Eure Majestät«, antwortete Varana. »Jedenfalls nicht mehr, seit wir wissen, daß sie im Anmarsch sind. Wir glauben, daß sie eine Art kleinere Hilfstruppe sind, um die Thulls zu besänftigen. Ihre Anwesenheit in unserer Nähe kann reiner Zufall sein.«
»Trotzdem möchte ich nicht, daß sie nahe genug an uns herankommen, um meine Schiffe sehen zu können«, erklärte Anheg entschieden.
»Dafür werden wir schon sorgen, Anheg«, sagte Rhodar.
»Jeder Teil unserer Armee könnte einer solchen Bedrohung leicht Herr werden«, fuhr Fulrach fort, »aber wäre es nicht besser – von einem moralischen Standpunkt aus betrachtet –, den Sieg der ganzen Armee zukommen zu lassen?«
»Ich kann dir nicht ganz folgen, Fulrach«, gestand Anheg.
»Statt Mandorallen diese tausend Murgos ganz allein ausrotten zu lassen, könnten wir doch aus jeder Abteilung ein paar Männer auswählen, die das übernehmen, nicht wahr?« Das würde uns nicht nur Erfahrung im taktischen Zusammenspiel einbringen, sondern alle Männer mit Stolz erfüllen. Ein leicht errungener Sieg jetzt wird ihnen den Rücken stärken, wenn wir später schwierigere Situationen zu meistern haben.«
»Fulrach, manchmal erstaunst du mich wirklich«, erklärte Rhodar.
Die Abteilungen, die sich im Süden den Murgos stellen sollten, wurden durch das Los bestimmt, wieder auf einen Vorschlag König Fulrachs hin. »Auf diese Weise gibt es kein Mißtrauen in der Armee, daß dies eine Elitetruppe ist«, bemerkte er.
Während die übrige Armee weiter auf die Quellflüsse des Mardu zumarschierte, wandte sich die Miniaturarmee unter dem Kommando von Barak, Hettar und Mandorallen nach Süden, um sich dem Feind zu stellen.

»Sie werden doch gesund wiederkommen, nicht wahr?« fragte Ce'Nedra Polgara nervös, während sie beobachtete, wie sie auf dem Weg durch das trockene Tal zu den Bergen im Süden kleiner und kleiner wurden.

»Ganz bestimmt, Liebes«, antwortete Polgara zuversichtlich. Trotzdem konnte die Prinzessin in jener Nacht nicht schlafen. Zum erstenmal waren Teile der Armee unterwegs zu einer richtigen Schlacht, und sie wälzte sich unruhig die ganze Nacht in ihrem Bett herum und malte sich die furchtbarsten Dinge aus. Aber bereits am nächsten Vormittag kehrte die Sondereinheit zurück. Hier und dort sah man ein paar Verbände und vielleicht ein Dutzend leerer Sättel, doch auf jedem Gesicht lag das Strahlen des Siegers.

»Netter kleiner Kampf«, berichtete Barak. Der große Mann grinste breit. »Wir haben sie kurz vor Sonnenuntergang erwischt. Sie haben überhaupt nicht ganz begriffen, wer sie da überfallen hat.«

General Varana, der die Truppe als Beobachter begleitet hatte, war etwas deutlicher in seiner Beschreibung, die er den versammelten Königen lieferte. »Die allgemeine Taktik hat so ziemlich genauso funktioniert, wie wir es geplant hatten«, sagte er. »Zuerst haben die asturischen Bogenschützen den Feind mit einem Pfeilregen eingedeckt, dann haben die Infanterietruppen Position auf einem langgestreckten Hang bezogen. Wir haben Legionäre, drasnische Lanzenträger, Sendarier und die arendischen Leibeigeneneinheiten gleichmäßig entlang der gesamten Front verteilt, hinter ihnen die Bogenschützen, die den Feind beständig mit Pfeilen beschossen. Wie wir erwartet hatten, griffen die Murgos an. Sobald sie sich in Bewegung gesetzt hatten, bezogen die Chereks und die Rivaner Stellung hinter ihnen, und die Algarier begannen, ihre Flanken anzugreifen. Als der Angriff der Murgos ins Wanken geriet, griffen die mimbrischen Ritter an.«

»Es war einfach großartig!« rief Lelldorin mit glühenden Augen. Der junge Asturier hatte zwar einen Verband am Oberarm, aber er schien dessen Existenz völlig vergessen zu haben, als er mit lebhaften Gesten erzählte. »Gerade als die Murgos völlig verwirrt waren, klang es wie Donner, und die Ritter kamen um einen Hügel, mit erhobenen Lanzen und flatternden Wimpeln. Sie schlugen über den Murgos zusammen wie eine Welle aus Stahl – und die Hufe ihrer Pferde ließen die Erde erzittern. Und dann, im letzten Moment, senkten sie alle die Lanzen. Es war, als ob man einer gewaltigen Welle zusah. Dann sind sie mit lautem Krachen auf die Murgos geprallt, ohne dabei auch nur ein wenig langsamer zu werden. Sie sind durch sie hindurchgeritten, als ob sie gar nicht dagewesen wären! Sie haben sie einfach niedergeritten, und dann sind wir hingelaufen und haben den Rest besorgt. Es war großartig!«

»Er ist genauso schlimm wie Mandorallen, findest du nicht?« meinte Barak zu Hettar.

»Das liegt wohl im Blut«, erwiderte Hettar weise.

»Ist einer entkommen?« fragte Anheg.

Barak grinste seinen Vetter an. »Als es dunkel geworden war, konnten wir hören, wie einige von ihnen versuchten, wegzukriechen. Da haben Relg und seine Ulgos eingegriffen und aufgeräumt. Keine Sorge, Anheg. Niemand wird zurückkehren und Taur Urgas etwas davon erzählen.«

»Aber er wird doch wohl auf Nachrichten warten, oder?« grinste Anheg.

»Dann hoffe ich, daß er Geduld hat«, sagte Barak, »weil er sehr lange warten wird.«

Ariana nahm Lelldorin mit ernstem Gesicht ins Gebet wegen seines Mangels an Besonnenheit, während sie seine Wunde versorgte. Ihre Worte gingen über einen einfachen Tadel weit hinaus. Sie wurde beredt, und ihre langen, verschlungenen Sätze verliehen ihren Vorwürfen eine Tiefe und ein Ausmaß, das den jungen Mann fast in Tränen ausbrechen ließ. Seine Wunde, die eingestandenermaßen nur geringfügig war, wurde zum Symbol seiner gedankenlosen Rücksichtslosigkeit ihr gegenüber. Ihr Gesicht nahm einen märtyrerhaften Ausdruck an, das seine verzog sich gequält. Ce'Nedra stellte fest, wie geschickt Ariana jede seiner schwachen Entschuldigungen so lange drehte und wendete, bis sie zu einer noch größeren persönlichen Kränkung wurden, und verstaute diese ausgezeichnete Technik für späteren Gebrauch in einer Schublade ihres komplexen Verstandes. Es stimmte zwar, daß Garion klüger war als Lelldorin, aber die Taktik würde wahrscheinlich auch bei ihm wirken, wenn sie nur etwas übte.

Taibas Begegnung mit Relg andererseits verlief ganz ohne Worte. Die schöne Maragfrau, die aus den Sklavenquartieren unter Rak Cthol gekommen war, nur um in eine noch stärkere Versklavung zu geraten, flog bei seiner Rückkehr an die Seite des Ulgofanatikers. Mit einem leisen Aufschrei umarmte sie ihn unüberlegt. Relg wich zurück, aber sein fast automatisches »Faß mich nicht an« schien auf seinen Lippen zu ersterben, und seine Augen wurden groß, als sie sich an ihn klammerte. Dann erinnerte sich Taiba wieder an seine Abneigung und ließ hilflos die Arme sinken, aber ihre violetten Augen glühten, als sie sein blasses Gesicht mit den großen Augen in sich aufnahm. Dann streckte Relg langsam, als ob er seinen Arm einem Feuer näherte, seine Hand aus und ergriff die ihre. Ungläubigkeit zuckte über ihr Gesicht, gefolgt von einem langsamen Erröten. Sie blickten sich kurz in die Augen und gingen dann zusammen Hand in Hand davon. Taiba hielt den Blick sittsam gesenkt, aber um ihre vollen, empfindsamen Lippen spielte ein triumphierendes Lächeln.

Der Sieg über die Murgos hob die Lebensgeister der Armee beträchtlich. Hitze und Staub schienen nicht mehr so sehr an ihren Kräften zu zehren wie in den ersten Tagen ihres Marsches, und zwischen den einzelnen Einheiten wuchs das Gefühl von Kameradschaft, während sie weiter nach Osten zogen.

Sie brauchten noch weitere vier Tage, um die Quellflüsse des Mardu zu erreichen, und einen zusätzlichen Tag, um an dem unruhigen Fluß einen Platz zu finden, wo die Schiffe sicher zu Wasser gelassen werden konnten. Hettar patrouillierte mit seinen Algariern weite Strecken und berichtete, daß in etwa dreißig Meilen noch eine Reihe von Stromschellen überwun-

den werden mußten, ehe sich der Fluß ruhig durch die thullische Ebene wand.
»Wir können die Schiffe um die Stromschnellen herumtragen«, erklärte König Anheg. »Laßt die Schiffe zu Wasser. Wir haben bereits genug Zeit verloren.«
An der Stelle war die Uferböschung sehr hoch, aber die Armee rückte ihr mit Schaufeln und Spaten vehement zu Leibe, und bald war sie zu einer sanften Rampe abgeflacht worden. Nacheinander wurden die Schiffe ins Wasser geschoben.
»Wir brauchen eine Weile, bis wir die Masten gesetzt haben«, sagte Anheg.
»Wartet damit noch«, befahl Rhodar.
Anheg sah ihn scharf an.
»Du wirst ohnehin nicht segeln können, Anheg, und die Masten ragen zu hoch heraus. Selbst der dümmste Thull der Welt wird begreifen, was es bedeutet, wenn ein Wald von Masten den Fluß hinunter schwimmt.«
Als alle Schiffe im Wasser waren, war es bereits Abend, und Polgara brachte die Prinzessin, Ariana und Taiba an Bord von Baraks Schiff. Eine Brise, die flußaufwärts kam, kräuselte sanft das Wasser und ließ das Schiff sachte schaukeln. Hinter den Wachfeuern erstreckte sich das thullische Grasland unter einem purpurnen Himmel, auf dem nacheinander die Sterne erschienen.
»Wie weit ist es bis Thull Mardu?« fragte Ce'Nedra Barak.
Der große Mann zupfte an seinem Bart und spähte den Fluß hinab. »Ein Tag bis zu den Stromschnellen«, antwortete er, »dann ein Tag, um die Schiffe darum herum zu tragen. Dann noch ungefähr zwei Tage.«
»Vier Tage«, sagte sie bedrückt.
Er nickte.
»Ich wünschte, es wäre schon vorbei«, seufzte sie.
»Alles zu seiner Zeit, Ce'Nedra«, sagte er. »Alles zu seiner Zeit.«

Die Schiffe waren schrecklich überfüllt, obwohl sich kaum die Hälfte der Armee auf ihnen zusammendrängte. Die algarischen Clans und die mimbrischen Ritter überwachten die Ufer, während die Cherek flußabwärts zu den Stromschnellen ruderten, und die Infanterieeinheiten, die auf den Schiffen keinen Platz mehr gefunden hatten, in dichten Reihen auf den überzähligen Pferden der Kavallerie ritten.

Das thullische Grasland auf beiden Ufern bestand aus sanften, langgezogenen Hügeln, die mit hohem, trockenem Gras bewachsen waren. Nahe am Fluß wuchsen vereinzelt Gruppen der gekrümmten, strauchähnlichen Bäume, die sie auch auf den niedrigeren Bergen angetroffen hatten, unmittelbar am Wasser waren Dickichte aus Weiden und kriechenden Ranken. Der Himmel blieb klar, und es war noch immer heiß, auch wenn der Fluß für genügend Luftfeuchtigkeit sorgte, um die sengende Trockenheit zu mildern, die Menschen und Pferden in dem ausgedehnten Hochland so zu schaffen gemacht hatte. Es war für alle eine fremdartige Landschaft, und die berittenen Einheiten, die an den Ufern patrouillierten, waren wachsam und hielten die Waffen griffbereit.

Dann kamen sie um eine lange Biegung des Flusses und sahen vor sich das weiße, schäumende Wasser der Stromschnellen. Barak schwang das Ruder seines großen Schiffes herum und legte am Ufer an. »Sieht aus, als wäre es an der Zeit, zu Fuß zu gehen«, knurrte er.

Im Bug war ein Streit ausgebrochen. Der bärtige König Fulrach protestierte lauthals gegen die Entscheidung, seine Proviantwagen an den Stromschnellen zurückzulassen. »Ich habe sie nicht den ganzen Weg bis hier hergeschafft, nur um sie jetzt zurückzulassen.«

»Sie brauchen zu lange, um irgendwohin zu gelangen«, sagte Anheg. »Wir müssen uns beeilen, Fulrach. Ich muß meine Schiffe an Thull Mardu vorbeigebracht haben, ehe die Murgos oder die Malloreaner merken, was wir vorhaben.

»Du hattest nichts dagegen, sie dabeizuhaben, als du auf der Hochebene hungrig und durstig warst«, entgegnete Fulrach zornig.
»Das war damals. Jetzt ist jetzt. Ich muß an meine Schiffe denken.«
»Und *ich* an meine Wagen.«
»Ihnen wird nichts geschehen, Fulrach«, sagte Rhodar besänftigend. »Wir müssen uns beeilen. Deine Wagen sind nicht schnell genug, um mit uns Schritt halten zu können.«
»Wenn jemand kommt und sie verbrennt, wirst du noch sehr hungrig werden, ehe wir wieder in der Befestigungsanlage auf dem Kliff sind, Rhodar.«
»Wir lassen Männer zu ihrer Bewachung zurück, Fulrach. Sei vernünftig. Du machst dir zu viele Gedanken.«
»Irgend jemand muß sich ja Gedanken machen. Ihr Alorner scheint zu vergessen, daß die Schlacht nur die Hälfte des Ganzen ist.«
»Hör auf, dich wie ein altes Weib zu benehmen, Fulrach«, sagte Anheg barsch.
Fulrach blickte ihn kalt an. »Ich habe deine letzte Bemerkung lieber überhört, Anheg«, sagte er steif. Damit drehte er sich auf dem Absatz um und stapfte davon.
»Was hat er denn?« fragte der König von Cherek unschuldig.
»Anheg, wenn du nicht lernst, wann du den Mund zu halten hast, müssen wir dich knebeln«, grollte Rhodar.
»Ich dachte, wir wären hier, um gegen die Angaraks zu kämpfen«, sagte Brand sanft. »Hat sich das geändert?«
Das gereizte Gezänk zwischen ihren Freunden beunruhigte Ce'Nedra, und sie wandte sich mit ihrer Sorge an Polgara.
»So wichtig ist das alles nicht, Liebes«, versicherte Polgara ihr, während sie Botschaft den Hals wusch. »Die kommende Schlacht macht sie etwas nervös, das ist alles.«
»Aber es sind doch Männer«, protestierte Ce'Nedra, »geübte Krieger.«
»Was hat das damit zu tun?« fragte Polgara und griff nach einem Handtuch.

Darauf hatte die Prinzessin keine Antwort.
Der Transport der Schiffe über die Stromschnellen verlief reibungslos, und am späten Nachmittag wurden sie unterhalb des tosenden, weißschäumenden Wassers wieder in den Fluß geschoben. Ce'Nedra fühlte sich inzwischen regelrecht krank von der fast unerträglichen Anspannung. All die Monate, in denen sie ihre Armee zusammengestellt und mit ihr nach Osten gezogen war, sollten jetzt ihrem Höhepunkt entgegengehen. In zwei Tagen würden sie gegen die Mauern Thull Mardus anstürmen. War es der rechte Zeitpunkt? War es wirklich notwendig? Konnten sie die Stadt nicht einfach umgehen und die Schlacht damit ganz vermeiden? Obwohl die alornischen Könige ihr versichert hatten, daß die Stadt eingenommen werden *mußte*, wuchsen Ce'Nedras Zweifel mit jeder zurückgelegten Meile. Und wenn es nun ein Fehler war? Die Prinzessin grübelte und sorgte sich und grübelte immer mehr, während sie am Bug von Baraks Schiff stand und auf den breiten Fluß hinausblickte, der sich durch das thullische Grasland schlängelte.
Schließlich, am Abend des zweiten Tages nach den Stromschnellen, kam Hettar angaloppiert und zügelte sein Pferd am nördlichen Ufer des Flusses. Er winkte, und Barak schwang das Steuer herum, so daß das Schiff näher ans Ufer trieb.
»Die Stadt ist noch etwa sechs Meilen entfernt«, rief der hochgewachsene Algarier herüber. »Wenn ihr noch näher kommt, können sie euch schon von den Mauern aus sehen.«
»Dann sind wir nah genug«, entschied Rhodar. »Laßt die Schiffe vor Anker gehen. Wir warten hier, bis es dunkel ist.«
Barak nickte und gab einem wartenden Seemann rasch ein Zeichen. Der Mann hob einen langen Stab, an dessen Spitze eine leuchtendrote Flagge befestigt war, und die Flotte hinter ihnen wurde als Antwort auf dieses Signal langsamer. Die Winden knirschten, als die Anker fielen, dann schaukelten die Schiffe träge in der Strömung.
»Es gefällt mir trotzdem nicht«, grollte Anheg mürrisch. »Im Dunkeln kann zuviel passieren.«
»Dann passiert ihnen aber auch etwas«, meinte Barak.

»Wir haben es schon so oft durchgesprochen, Anheg«, sagte Rhodar. »Wir waren uns alle einig, daß dies der beste Plan ist.«
»Es ist noch nie versucht worden«, wandte Anheg ein.
»Das ist doch der springende Punkt, nicht wahr?« sagte Varana. »Die Bewohner der Stadt werden es nicht erwarten.«
»Bist du *sicher*, daß deine Leute sehen können, wohin sie gehen?« wollte Anheg von Relg wissen.
Der Eiferer nickte. Er trug sein enganliegendes Hemd aus Stahlplättchen und prüfte sorgfältig die Klinge seines gekrümmten Messers. »Was für dich Dunkelheit ist, ist für uns normales Licht.«
Anheg sah finster in den roten Abendhimmel hinauf. »Ich *hasse* es, wenn ich der erste sein muß, der etwas ausprobiert«, verkündete er.
Sie warteten, bis sich der Abend über die Ebene gesenkt hatte. In den Dickichten am Fluß zwitscherten Vögel schläfrig, und die Frösche begannen ihr abendliches Konzert. Langsam bezogen die berittenen Einheiten Stellung entlang des Flusses. Die mimbrischen Ritter auf ihren großen Schlachtrössern stellten sich in Reihen auf, und hinter ihnen dehnten sich die Scharen der Algarier wie ein dunkles Meer. Am Südufer führten Cho-Hag und Korodullin das Kommando, der Norden stand unter der Leitung von Hettar und Mandorallen.
Allmählich wurde es dunkler.
Ein junger mimbrischer Ritter, der bei dem Angriff auf die Murgos verletzt worden war, lehnte an der Reling und spähte angestrengt in die Dämmerung. Der Ritter hatte dunkles, lockiges Haar und die zarte Blässe eines jungen Mädchens. Seine Schultern waren breit, der Nacken kräftig, und in seinen Augen lag eine offene Unschuld. Er machte jedoch einen niedergeschlagenen Eindruck.
Die Warterei war unerträglich geworden, und Ce'Nedra mußte einfach mit jemandem sprechen. Sie lehnte sich neben dem jungen Mann an die Reling. »Warum so traurig, Herr Ritter?« fragte sie leise.
»Weil es mir, wegen dieser unbedeutenden Verletzung, ver-

wehrt ist, an dem Abenteuer dieser Nacht teilzunehmen, Eure Majestät«, erwiderte er, auf seinen geschienten Arm deutend. Weder ihre Gegenwart noch die Tatsache, daß sie ihn angesprochen hatte, schien ihn zu überraschen.

»Haßt du die Angaraks denn so sehr, daß es dich schmerzt, eine Gelegenheit zu verpassen, sie zu töten?« Ce'Nedras Frage war leicht spöttisch.

»Nein, meine Dame«, antwortete er. »Ich hege keinen Haß für irgendeinen Mann, gleich welcher Rasse er sei. Was mich bedrückt, ist die verpaßte Gelegenheit, meine Fähigkeiten im Wettstreit zu messen.«

»Wettstreit? Dafür hältst du das also?«

»Gewiß, Eure Majestät. In welchem anderen Licht sollte ich es sehen? Ich habe keinen persönlichen Groll gegen die Männer Angaraks, und es ist nicht schicklich, seinen Gegner in einem Waffengang zu hassen. Nur wenige Männer sind bisher unter meiner Lanze oder meinem Schwert in den verschiedenen Tournieren gefallen, aber nicht einen von ihnen habe ich gehaßt. Ganz im Gegenteil, ich fühlte Zuneigung zu ihnen, während wir miteinander stritten.«

»Aber du hast doch versucht, sie zu Krüppeln zu machen.« Ce'Nedra staunte über die Beiläufigkeit, mit der der junge Mann sprach.

»Das gehört zum Wettstreit, Eure Majestät. Ein aufrichtiger Waffengang wird erst durch Tod oder Verwundung eines Kontrahenten entschieden.«

»Wie ist dein Name, Herr Ritter?« fragte sie.

»Ich bin Herr Beridel«, antwortete er, »Sohn des Baron Andorig von Vo Enderig.«

»Der Mann mit dem Apfelbaum?«

»Eben derselbe, Eure Majestät.« Der junge Mann schien sich zu freuen, daß sie von seinem Vater und der seltsamen Pflicht gehört hatte, die Belgarath ihm auferlegt hatte. »Mein Vater reitet jetzt zur Rechten König Korodullins. Ich könnte in dieser Nacht mit ihnen reiten, wenn ich nicht dieses Pech gehabt hätte.« Er betrachtete traurig seinen gebrochenen Arm.

»Es wird noch andere Nächte geben, Herr Beridel«, versicherte sie, »und andere Kämpfe.«
»Wahrlich, Eure Majestät«, stimmte er ihr zu. Sein Gesicht erhellte sich kurz, doch dann seufzte er und überließ sich wieder seinen trübsinnigen Gedanken.
Ce'Nedra schlich davon und ließ ihn mit seinen Grübeleien allein.
»Man kann einfach nicht vernünftig mit ihnen reden, mußt du wissen«, sagte eine heisere Stimme aus dem Schatten zu ihr. Es war Beldin, der häßliche Zauberer mit dem Buckel.
»Er scheint vor nichts Angst zu haben«, sagte Ce'Nedra etwas nervös. Der Zauberer mit dem unglaublichen Wortschatz machte Ce'Nedra immer nervös.
»Er ist Mimbrer und Arendier«, schnaubte Beldin. »Er hat nicht genug Verstand, um Angst zu haben.«
»Sind alle Männer in der Armee so wie er?«
»Nein. Die meisten von ihnen *haben* Angst, aber sie werden durchhalten – aus den verschiedensten Gründen.«
»Und du?« konnte sie nicht umhin zu fragen. »Hast du auch Angst?«
»Meine Ängste sind etwas exotischer«, antwortete er trocken.
»Und das heißt?«
»Wir sind seit sehr langer Zeit dabei – Belgarath, Pol, die Zwillinge und ich – und ich mache mir mehr Sorgen, daß etwas schiefgeht, als um meine persönliche Sicherheit.«
»Was meinst du mit schiefgehen?«
»Die Prophezeiung ist sehr komplex, und sagt überhaupt nichts aus. Die beiden möglichen Ergebnisse stehen noch immer völlig im Gleichgewicht, soweit ich das beurteilen kann. Eine Kleinigkeit könnte dieses Gleichgewicht zu einer der beiden Seiten umkippen lassen. Vielleicht etwas, das ich übersehen habe. Davor habe ich Angst.«
»Wir können nur unser Bestes tun.«
»Das ist vielleicht nicht gut genug.«
»Was könnten wir denn sonst tun?«
»Ich weiß es nicht, und genau das beunruhigt mich.«

»Warum soll man sich über etwas sorgen, das man doch nicht ändern kann?«

»Jetzt hörst du dich an wie Belgarath. Er neigt auch dazu, die Dinge einfach abzuschütteln und auf sein Glück zu vertrauen. Ich habe es gern etwas geordneter.« Er starrte in die Dunkelheit. »Halte dich diese Nacht dicht bei Polgara, kleines Mädchen«, sagte er nach einer Weile. »Laßt euch auf keinen Fall voneinander trennen. Das bringt dich vielleicht irgendwohin, wo du nicht hinwolltest, aber du mußt bei ihr bleiben, gleichgültig, was geschieht.«

»Wie soll ich das verstehen?«

»Ich weiß nicht, was es heißt«, entgegnete er gereizt. »Ich weiß nur, daß du und Pol und der Schmied und dieses heimatlose Kind, das ihr da aufgesammelt habt, zusammenbleiben müßt. Irgend etwas Unerwartetes wird geschehen.«

»Du meinst ein Unheil? Dann müssen wir die anderen warnen.«

»Wir *wissen* nicht, ob es ein Unheil ist«, erwiderte er. »Darin liegt ja das Problem. Vielleicht ist es notwendig, und wenn ja, dann sollten wir nicht damit herumspielen. Ich glaube, unser Thema hat sich erschöpft. Geh zu Polgara und bleib bei ihr.«

»Ja, Beldin«, sagte Ce'Nedra bescheiden.

Als die ersten Sterne am Himmel aufgingen, wurden die Anker gelichtet, und die cherekianische Flotte glitt leise flußabwärts nach Thull Mardu. Obwohl sie noch einige Meilen oberhalb der Stadt waren, wurden Befehle nur heiser geflüstert, und jeder Mann gab acht, daß er keinen Lärm machte, wenn er seine Waffen an sich nahm, den Gürtel festschnallte, die Rüstung einer letzten Prüfung unterzog und den Helm fester auf den Kopf zog.

Mittschiffs hielt Relg mit seinen Ulgos einen leisen Gottesdienst ab, in den rauhen, gutturalen Lauten der Ulgosprache kaum hörbar murmelnd. Ihre blassen Gesichter waren mit Ruß geschwärzt worden, so daß sie wie Schatten wirkten, als sie dort im Gebet zu ihrem seltsamen Gott knieten.

»Sie sind der Schlüssel zu dem Ganzen«, sagte Rhodar leise zu

Polgara, während sie die Andacht der Ulgos beobachteten. »Glaubst du wirklich, daß Relg dafür geeignet ist? Manchmal wirkt er etwas unausgeglichen.«

»Er ist in Ordnung«, antwortete Polgara. »Die Ulgos haben eher noch mehr Grund, Torak zu hassen, als ihr Alorner.«

Die gleitenden Schiffe umrundeten langsam eine weite Biegung des Flusses, und dort, eine halbe Meile flußabwärts, stand die ummauerte Stadt Thull Mardu auf ihrer Insel mitten im Fluß. Auf den Mauern flackerten einige Fackeln, und ein sanfter Schein kam aus dem Innern. Barak drehte sich und enthüllte kurz eine Laterne, während er sie mit seinem Körper schützte, so daß nur ein einziges Aufflackern von Licht hinausdrang. Langsam sanken die Anker durch das dunkle Wasser auf den Grund des Flusses, mit einem leisen Knirschen der Taue wurden die Schiffe langsamer, um schließlich ganz zum Stillstand zu kommen.

Irgendwo innerhalb der Stadt begann ein Hund aufgeregt zu bellen. Dann wurde eine Tür aufgerissen, und das Bellen endete abrupt mit einem Schmerzensgejaule.

»Ich habe nicht viel übrig für einen Mann, der seinen Hund tritt«, knurrte Barak.

Relg und seine Männer kletterten lautlos über die Reling und an Seilen hinab in die kleinen Boote, die auf sie warteten.

Ce'Nedra sah atemlos zu, ihre Augen versuchten angestrengt, die Dunkelheit zu durchdringen. Das schwache Licht der Sterne zeigte ihr kurz einige Schatten, die auf die Stadt zuglitten. Dann waren die Schatten verschwunden. Hinter ihnen ertönte das leicht platschende Eintauchen eines Ruders, gefolgt von einer zornig gezischten Ermahnung. Die Prinzessin drehte sich um und sah einen Strom kleiner Boote, die von der vor Anker liegenden Flotte flußabwärts kamen. Der Stoßtrupp glitt lautlos vorbei und folgte Relg und seinen Ulgos zu der befestigten Inselstadt der Thulls.

»Bist du sicher, daß sie genug Männer haben?« wisperte Anheg Rhodar zu.

Der rundliche König von Drasnien nickte. »Sie müssen nur

einen Landeplatz für uns sichern und das Tor halten, wenn die Ulgos es geöffnet haben«, murmelte er. »Dafür sind sie genug Leute.«

Ein leichter Nachtwind kräuselte die Oberfläche des Flusses und schaukelte das Schiff leise hin und her. Unfähig, die Spannung noch länger zu ertragen, legte Ce'Nedra die Fingerspitzen an das Amulett, das Garion ihr vor so vielen Monaten geschenkt hatte. Wie immer drang ein Schwall von Gesprächen auf sie ein.

»*Yaga, tar gohek vilta.*« Das war Relgs rauhe Stimme, die flüsternd sprach. »*Ka tak. Veed!*«

»Nun?« fragte Polgara mit hochgezogenen Augenbrauen.

»Ich verstehe nicht, was sie sagen«, antwortete Ce'Nedra atemlos. »Sie sprechen Ulgo.«

Ein ersticktes Stöhnen kam plötzlich aus dem Amulett, dann wurde es schnell und furchtbar unterdrückt.

»Ich glaube, sie haben gerade jemanden getötet«, sagte Ce'Nedra mit zitternder Stimme.

»Dann haben sie angefangen«, meinte Anheg mit einer gewissen grimmigen Genugtuung.

Ce'Nedra nahm die Finger von dem Amulett. Sie konnte es nicht ertragen zuzuhören, wie Männer in der Dunkelheit starben.

Sie warteten.

Dann schrie jemand, ein Schrei, der entsetzliche Qualen verriet.

»Das ist es!« erklärte Barak. »Das ist das Signal. Lichtet die Anker!« rief er seinen Männern zu.

Ganz plötzlich flammten unter den hohen, dunklen Mauern Thull Mardus zwei Feuer auf, und man konnte in ihrem Licht schattenhafte Gestalten erkennen. Im gleichen Augenblick rasselten schwere Ketten innerhalb der Stadt, und mit einem langgezogenen Ächzen wurde die riesige Zugbrücke hinabgelassen, die über den schmalen nördlichen Arm des Flusses zum Ufer führte.

»An die Ruder!« brüllte Barak seiner Mannschaft zu. Er

schwang das Ruder hart herum und steuerte auf die rasch sinkende Brücke zu.
Auf den Mauern tauchten immer mehr Fackeln auf, Alarmrufe ertönten. Irgendwo begann eine eiserne Glocke mit verzweifelter Dringlichkeit zu läuten.
»Es hat geklappt!« rief Anheg und klopfte Rhodar vergnügt auf den Rücken. »Es hat tatsächlich geklappt.«
»Natürlich hat es geklappt«, erwiderte Rhodar, dessen Stimme man ebenfalls die Freude anhören konnte. »Schlag mich nicht so fest, Anheg. Ich bekomme sonst blaue Flecken.«
Jede Notwendigkeit zu schweigen war jetzt vorüber, und ein großes Geschrei erhob sich auf der Flotte, die Baraks Schiff folgte. Fackeln leuchteten und tauchten die Gesichter der Männer, die an der Reling lehnten, in einen rötlichen Schimmer.
Etwa zwanzig Meter rechts von Baraks Schiff spritzte es plötzlich hoch auf, so daß die an Deck Stehenden durchnäßt wurden.
»Katapult!« schrie Barak, auf die Männer vor ihnen deutend. Wie ein riesiges, beutegieriges Insekt stand die schwere Belagerungsmaschine auf der Mauer, der lange Wurfarm schwang zurück, um einen weiteren Felsbrocken auf die näherkommende Flotte zu schleudern. Dann blieb der Arm stehen, als ein Hagel von Pfeilen die Mauerkrone leerfegte. Ein Trupp von Drasniern, leicht erkennbar an den langen Lanzen, überrannte die Stellung.
»Achtung, da unten!« brüllte einer in das Durcheinander am Fuß der Mauer hinab, dann kippte die Belagerungsmaschine gemächlich und fiel polternd auf die Felsen.
Über die nun herabgelassene Brücke donnerten Hufe, als die mimbrischen Ritter in die Stadt einfielen.
»Sobald wir an der Brücke festmachen, möchte ich, daß du mit der Prinzessin und den anderen Damen ans Nordufer gehst«, sagte König Rhodar knapp zu Polgara. »Bringt euch in Sicherheit. Der Kampf wird wahrscheinlich die ganze Nacht dauern, und es hat keinen Sinn, euch irgendwelchen Gefahren auszusetzen.«

»Schön, Rhodar«, stimmte Polgara zu. »Aber *du* solltest auch keine Dummheiten machen. Du bietest eine recht große Angriffsfläche.«
»Mir wird schon nichts passieren, Polgara – aber ich möchte nichts verpassen.« Dann lachte er, ein seltsam jungenhaftes Lachen. »Ich habe seit Jahren nicht mehr soviel Spaß gehabt.«
Polgara sah ihn an. »Männer!« stieß sie in einem Ton hervor, der alles besagte.
Eine Abordnung mimbrischer Ritter brachte die Damen und Botschaft eine knappe Meile flußaufwärts zu einer kleinen Bucht am Nordufer, die in sicherer Entfernung von dem Weg der Ritter lag, die auf die belagerte Stadt zustürmten. Die Bucht besaß einen sanft ansteigenden Sandstrand und wurde auf drei Seiten durch steile, grasbewachsene Hänge geschützt. Durnik der Schmied und Olban schlugen rasch ein Zelt für sie auf, entzündeten ein kleines Feuer, und kletterten dann den Hang hinauf, um den Angriff zu beobachten.
»Es läuft alles nach Plan«, berichtete Durnik von seinem Aussichtspunkt. »Die cherekianischen Schiffe legen Seite an Seite im südlichen Arm des Flusses an. Sobald sie die Planken ausgelegt haben, können die Truppen auf der anderen Seite hinüber.«
»Kannst du erkennen, ob die Männer drinnen schon das Südtor eingenommen haben?« fragte Olban, zu der Stadt hinüberspähend.
»Ich kann es nicht mit Sicherheit sagen«, antwortete Durnik. »Aber in dem Teil der Stadt wird gekämpft.«
»Ich würde alles geben, um dabei sein zu können«, klagte Olban.
»Du bleibst genau da, wo du bist, junger Mann«, sagte Polgara streng. »Du hast dich selbst zum Leibwächter der Rivanischen Königin ernannt, und du wirst jetzt nicht davonlaufen, bloß weil an anderer Stelle aufregendere Dinge geschehen.«
»Natürlich, Dame Polgara«, sagte der junge Rivaner verlegen. »Es ist nur...«
»Nur was?«

»Ich wünschte mir, ich wüßte, was dort vor sich geht. Mein Vater und meine Brüder sind mitten im Kampfgeschehen, und ich muß hier stehen und zusehen.«
Eine große Flammenzunge schoß plötzlich innerhalb der Mauern hoch und erhellte den Fluß mit ihrem roten Licht.
Polgara seufzte. »Warum müssen sie nur immer alles niederbrennen?« fragte sie traurig.
»Ich nehme an, es vergrößert die Verwirrung«, vermutete Durnik.
»Vielleicht«, sagte Polgara, »aber ich habe dies schon zu oft gesehen. Es ist immer das gleiche. Immer muß es ein Feuer geben. Ich glaube nicht, daß ich mir das noch einmal ansehen möchte.« Sie kehrte der brennenden Stadt den Rücken zu und entfernte sich langsam vom Flußufer.
Die Nacht dehnte sich endlos. Gegen Morgen, als die Sterne am heller werdenden Himmel zu verblassen begannen, stand Prinzessin Ce'Nedra, völlig übermüdet, auf dem grasbewachsenen Ufer der Bucht und beobachtete mit angeekelter Faszination, wie Thull Mardu starb. Ganze Stadtviertel schienen in Flammen aufzugehen, feurige Funkenregen schossen zum Himmel empor, wenn Dächer einstürzten und Häuser zusammenbrachen. Was in ihrer Vorstellung so aufregend, so ruhmvoll gewesen war, stellte sich nun in Wirklichkeit ganz anders dar, und sie fühlte sich elend, als sie sah, was sie angerichtet hatte. Trotzdem legte sie noch einmal die Fingerspitzen an das Amulett, das um ihren Hals hing. Sie *mußte* einfach wissen, was vor sich ging. Wie schrecklich die Ereignisse in der Stadt auch sein mochten, nicht zu wissen was geschah, war noch schlimmer.
»Netter kleiner Kampf«, hörte sie König Anheg sagen. »Die Murgogarnison hat recht gut gekämpft, aber die Thulls sind dauernd übereinandergestolpert, weil sie sich ergeben wollten.«
»Was hast du mit den ganzen Thulls gemacht?« fragte König Cho-Hag.
»Wir haben sie auf den ›Großen Platz‹ getrieben«, antwortete

Barak. »Sie haben sich seitdem damit vergnügt, die Grolims umzubringen, die aus dem Tempel flüchten wollten.«

Anheg kicherte plötzlich boshaft. »Wie geht es Grodeg?«

»Sieht aus, als würde er es überleben«, erklärte Barak.

»Wie schade! Als ich die Axt aus seinem Rücken ragen sah, dachte ich schon, jemand hätte eines meiner Probleme für mich gelöst.«

»Sie saß zu tief«, sagte Barak bedauernd. »Sie hat ihm das Rückgrat gebrochen, aber sonst nichts Lebenswichtiges getroffen. Er wird zwar nicht mehr laufen können, aber er atmet noch.«

»Man kann sich darauf verlassen, daß Murgos aber auch nichts richtig machen«, sagte Anheg voller Abscheu.

»Aber sie *haben* den Bärenkult ordentlich gelichtet«, bemerkte Barak fröhlich. »Ich glaube nicht, daß noch mehr als zwei Dutzend davon übrig sind. Und sie haben gut gekämpft.«

»Dafür waren sie ja auch hier. Wie lange dauert es noch bis zum Tagesanbruch?«

»Vielleicht noch eine halbe Stunde.«

»Wo ist Rhodar?«

»Er und Fulrach plündern die Lagerhäuser«, antwortete König Cho-Hag. »Die Murgos hatten einige Vorräte hier gelagert. Fulrach will sie beschlagnahmen.«

»Das sieht ihm ähnlich«, meinte Anheg. »Wir sollten besser jemanden nach ihnen schicken. Es wird Zeit, an unseren Aufbruch zu denken. Sobald es hell wird, verrät der Rauch jedem im Umkreis von fünfzig Meilen, was wir getan haben. Wir sollten die Flotte allmählich in Bewegung setzen, und es ist noch ein langer Marsch zurück zum Kliff.«

»Wie lange wirst du brauchen, um ins Meer des Ostens zu gelangen?« fragte Cho-Hag.

»Ein paar Tage«, erwiderte Anheg. »Man kann eine ganz schöne Geschwindigkeit erreichen, wenn man mit der Strömung fährt. Es wird eure Armee mindestens eine Woche kosten, zurück zu den Befestigungen zu kommen, nicht wahr?«

»Wahrscheinlich«, sagte Cho-Hag. »Die Infanterie kann nicht so schnell voran. Da ist Brendig! Ich sage ihm, daß er Rhodar holen soll.«

Er rief zu dem Sendarier hinunter: »Oberst Brendig, seht zu, daß Ihr Rhodar findet. Er soll zu uns kommen.«

»Was ist das?« fragte Barak plötzlich.

»Was ist was?« wollte Anheg wissen.

»Ich dachte, ich hätte da draußen etwas gesehen – im Süden – wo man den Hügel gerade erkennen kann.«

»Ich sehe nichts.«

»Es war nur wie ein Flackern – irgend etwas hat sich bewegt.«

»Wahrscheinlich ein Späher der Murgos, der sich anschleicht, um sich umzusehen.« Anheg lachte kurz auf. »Ich kann mir nicht vorstellen, daß wir das, was hier geschehen ist, lange geheimhalten können.«

»Da ist es wieder«, sagte Barak.

»Diesmal habe ich es auch gesehen«, gab König Cho-Hag ihm recht.

Ein langes Schweigen trat ein, während der Himmel unmerklich heller wurde. Ce'Nedra hielt den Atem an.

»Belar!« entfuhr es Anheg überwältigt. »Sie erstrecken sich über Meilen!«

»Lelldorin!« brüllte Barak von der Mauer hinab. »Brendig ist unterwegs, um Rhodar zu holen. Such sie und sag ihnen, sie sollen sofort herkommen. Die Ebene im Süden ist schwarz vor Murgos!«

16

»Polgara«, rief Ce'Nedra, die Zeltklappe aufreißend. »Polgara!«

»Was ist denn, Ce'Nedra?« kam Polgaras Stimme aus dem dunklen Innern des Zeltes.

»Barak und Anheg sind auf den Mauern der Stadt«, erzählte die Prinzessin verängstigt. »Sie haben gerade gesehen, daß aus dem Süden eine Armee von Murgos kommt.«

Polgara kam rasch in den Lichtkreis des Feuers, den schläfrigen Botschaft an der Hand führend. »Wo ist Beldin?« fragte sie.
»Ich habe ihn seit gestern abend nicht mehr gesehen.«
Polgara hob das Gesicht und schloß die Augen. Kurz darauf hörten sie das Rauschen von Flügeln, und der große Habicht sank nicht weit von ihrem Feuer in den Sand.
Beldin fluchte schon, während er noch schimmernd und flirrend seine natürliche Gestalt annahm.
»Wie sind sie an dir vorbeigekommen, Onkel?« fragte Polgara.
»Sie haben Grolims dabei«, grollte er schimpfend. »Die Grolims merkten, daß ich auf Beobachtungsposten war, und so sind die Truppen nur bei Nacht marschiert, geschützt von den Grolims.«
»Wo haben sie sich tagsüber versteckt?«
»Anscheinend in den thullischen Dörfern. Da draußen sind Dutzende von Ansiedlungen. Ich habe nie daran gedacht, ihnen große Aufmerksamkeit zu schenken.« Wieder schimpfte er und verfluchte sich selbst dafür, daß ihm der Marsch der Murgos entgangen war.
»Es hat keinen Zweck, jetzt zu schimpfen, Onkel«, sagte Polgara kühl. »Es ist zu spät.«
»Unglücklicherweise ist es nicht das allein, Pol«, erklärte er. »Aus dem Norden kommt eine weitere Armee, die mindestens ebensogroß ist – Malloreaner, Nadraks und Thulls. Wir sind zwischen ihnen eingekeilt.«
»Wieviel Zeit haben wir noch, bis sie hier sind?« wollte Polgara wissen.
Beldin zuckte die Achseln. »Nicht mehr viel. Die Murgos haben noch schwieriges Gelände vor sich – wahrscheinlich eine Stunde. Die Malloreaner werden etwas eher hier sein.«
Polgara begann unterdrückt zu fluchen. »Geh zu Rhodar«, befahl sie dem Buckligen. »Sag ihm, daß wir Anhegs Flotte sofort losschicken müssen, ehe die Angaraks Katapulte herbeischaffen und die Schiffe an ihren Ankerplätzen zerstören können.«
Der mißgestaltete Mann nickte und ging leicht in die Hocke,

die Arme wie Flügel ausgebreitet, um sich wieder zu verwandeln.

»Olban«, rief Polgara den jungen Rivaner, »geh und suche Baron Mandorallen und Graf Hettar. Schick sie sofort zu mir. Und beeile dich!«

Olban sah sie verblüfft an, dann rannte er zu seinem Pferd.

Durnik der Schmied rutschte den Grashang hinunter auf den kleinen Strand. Sein Gesicht war ernst. »Du und die Damen, ihr müßt sofort hier weg, Herrin Pol«, sagte er. »Es wird einen Kampf geben, und das Schlachtgetümmel wäre nicht der rechte Platz für euch.«

»Ich werde nirgendwo hingehen, Durnik«, erwiderte sie mit einer Spur von Gereiztheit. »Ich habe all dies angefangen, und ich werde es auch bis zum Ende durchstehen.«

Ariana war ins Zelt gegangen, als ihr die Lage klar wurde. Jetzt tauchte sie wieder auf, die große Leinentasche in der Hand, in der sie ihre Heilmittel aufbewahrte. »Habe ich Eure Erlaubnis, mich zu entfernen, Dame Polgara?« fragte sie sachlich kühl. »In der Schlacht werden Männer verwundet, und ich muß Vorbereitungen für ihre Pflege treffen. Dieser Platz hier ist zu weit entfernt vom Geschehen und zu klein, um die Verwundeten aufzunehmen.«

Polgara warf ihr einen raschen Blick zu. »Gut«, stimmte sie zu. »Aber sei vorsichtig, daß du nicht zu dicht an das Kampfgeschehen herankommst.«

Taiba zog ihren Mantel an. »Ich komme mit dir«, sagte sie zu Ariana. »Ich verstehe zwar nicht viel davon, aber du kannst es mir unterwegs erklären.«

»Geh und hilf ihnen, sich einzurichten, Durnik«, bat Polgara den Schmied. »Dann komm wieder zurück.«

Durnik nickte ernst und half den beiden Frauen den steilen Hang hinauf.

Mandorallen donnerte auf seinem Schlachtroß heran, an seiner Seite Hettar.

»Ihr wißt, was passiert ist?« fragte Polgara.

Mandorallen nickte.

»Gibt es eine Möglichkeit für einen Rückzug, ehe der Feind hier ist?«
»Nein, Dame Polgara«, erwiderte der große Ritter. »Sie sind schon zu nahe. Außerdem lag unsere Absicht immer darin, die Schiffe Chereks in das Meer des Ostens fahren zu lassen. Wir müssen ihnen Zeit verschaffen, damit sie außer Reichweite der Belagerungsmaschinen von Angarak segeln können.«
»Das wollte ich nicht«, sagte Polgara zornig und begann erneut zu fluchen.
Brand, der graugekleidete Rivanische Wächter, stieß mit General Varana zu Mandorallen und Hettar. Die vier stiegen ab und rutschten den Hang hinab auf den Strand. »Wir haben angefangen, die Stadt zu räumen«, sagte der große Rivaner mit seiner tiefen Stimme, »und der größte Teil der Flotte lichtet bereits die Anker. Wir halten nur genug Schiffe zurück, um die Brücke über den Südarm zu halten.«
»Gibt es eine Möglichkeit, die gesamte Armee entweder auf das eine oder das andere Ufer zu bringen?« fragte Polgara ihn.
Er schüttelte den Kopf. »Dazu ist keine Zeit, Polgara.«
»Dann sind wir durch den Fluß getrennt«, sagte sie, »und kein Teil ist stark genug, um es mit den Angaraks aufzunehmen, die auf ihn zukommen.«
»Eine taktische Notwendigkeit, Dame Polgara«, erklärte General Varana. »Wir müssen beide Ufer halten, bis die Flotte startklar ist.«
»Ich glaube, Rhodar hat die Absichten der Angaraks falsch eingeschätzt«, sagte Brand. »Er war so überzeugt, daß sowohl Taur Urgas als auch 'Zakath Verluste vermeiden wollten, daß er diese Möglichkeit nicht in Betracht gezogen hat.«
General Varana faltete seine muskulösen Hände auf dem Rükken und hinkte auf dem kleinen Strand auf und ab, das Gesicht gedankenvoll in Falten gelegt. »Ich glaube, ich verstehe allmählich die Bedeutung der Murgokolonne, die wir im Hochland aufgerieben haben«, meinte er schließlich.
»Eurer Gnaden?« fragte Mandorallen verblüfft.
»Sie haben unsere Gefechtsbereitschaft testen wollen«,

erklärte Varana. »Die Angaraks mußten in Erfahrung bringen, wann wir unseren eigentlichen Zug machen wollten. Eine der Grundregeln der Kriegführung lautet, daß man sich nicht in ernsthafte Scharmützel verwickeln läßt, wenn das, was man vorhat, nur zur Ablenkung dient. Die Kolonne war nur ein Köder. Unglücklicherweise haben wir ihn geschluckt.«

»Heißt das, wir hätten die Murgos gar nicht angreifen sollen?« fragte Hettar.

Varana verzog reumütig das Gesicht. »Anscheinend nicht. Das hat unsere Absichten verraten, sie wissen lassen, daß diese Expedition *keine* Ablenkung war. Ich habe Taur Urgas unterschätzt. Er hat tausend Mann geopfert, nur um herauszufinden, was wir vorhatten.«

»Was jetzt?« erkundigte sich Hettar.

»Wir stellen uns zum Kampf«, antwortete Varana. »Ich wünschte, wir hätten besseres Gelände zur Verfügung, aber wir werden uns wohl mit dem zufriedengeben müssen, was wir haben.«

Hettar blickte auf den Fluß hinauf, sein Habichtgesicht wirkte hungrig. »Ich frage mich, ob ich wohl noch genug Zeit habe, um ans Südufer zu kommen«, überlegte er.

»Eine Seite oder die andere«, sagte Brand erstaunt. »Wo liegt der Unterschied?«

»Dort sind die Murgos«, antwortete Hettar. »Ich habe eigentlich nichts gegen Malloreaner.«

»Das ist kein persönlicher Kampf, Graf Hettar«, sagte Varana mit Nachdruck.

»Für mich schon«, widersprach Hettar grimmig.

»Es ist notwendig, daß wir für die Sicherheit der Dame Polgara und der Prinzessin Vorkehrungen treffen«, sagte Mandorallen. »Vielleicht sollte eine Eskorte bereitgestellt werden, die sie zurück zur Klippe geleitet.«

Brand schüttelte den Kopf. »Die Gegend wird bestimmt gründlich bewacht«, widersprach er. »Es wäre nicht sicher.«

»Er hat recht, Mandorallen«, sagte Polgara zu dem Ritter. »Außerdem werdet ihr jeden Mann hier brauchen.« Sie blickte in nordöstliche Richtung. »Und dann ist da noch das.« Sie deutete auf eine schwere Wolkenbank, die den Himmel oberhalb des Horizonts verdunkelte. Die Wolken waren von einem tintigen Schwarz, grollend und brodelnd und durch heftige Blitze wie von innen beleuchtet.

»Ein Sturm?« fragte General Varana überrascht.

»Nicht zu dieser Jahreszeit – und ganz gewiß nicht aus dieser Richtung«, erwiderte Polgara. »Die Grolims planen etwas, und das wird *mein* Kampf sein. Stellt eure Streitkräfte auf, meine Herren. Wenn es eine Schlacht gibt, sollten wir bereit sein.«

»Die Schiffe sind unterwegs«, berichtete Durnik, der gerade mit Olban in die geschützte kleine Bucht zurückkehrte, »und die Truppen verlassen die Stadt.«

König Rhodar ritt herbei. Sein rundes Gesicht war von Ruß und Schweiß verschmiert. »Anheg segelt«, sagte er und schwang sich stöhnend aus dem Sattel.

»Wo ist Fulrach?« fragte Brand.

»Er führt einen größeren Teil der Truppen zum Südufer hinüber.«

»Sind wir dann auf dieser Seite nicht ein wenig unterbesetzt?« fragte General Varana höflich.

»Die Brücke ist zu schmal«, erklärte Rhodar. »Es würde Stunden dauern, genug Männer hinüberzuschaffen, um einen Unterschied zu sehen. Brendig hat bereits Männer eingesetzt, die sich mit der Brücke beschäftigen, so daß wir sie sprengen können, ehe die Angaraks hier sind.«

»Wozu?« fragte Ce'Nedra.

»Thull Mardu ist ein zu wichtiger strategischer Punkt, Eure Hoheit«, erklärte General Varana ihr. »Wir wollen keine Angaraks auf der Insel haben, wenn wir es irgend vermeiden können.« Er sah König Rhodar an. »Habt Ihr Euch schon eine Taktik überlegt?« fragte er.

»Wir sollten Anheg einen halben Tag geben, wenn möglich«, antwortete Rhodar. »Das Gelände am Fluß wird nach etwa sechzig Meilen stromabwärts sumpfig, und die Angaraks werden nicht nahe genug an sie herankommen, um sie zu belästigen, wenn die Flotte erst einmal so weit gekommen ist. Wir sollten eine konventionelle Infanterielinie bilden – Lanzenträger, die Legionen, Sendarier und so weiter. Wir nehmen die Bogenschützen zur Unterstützung und lassen die Algarier die Flanken angreifen. Ich möchte die mimbrischen Ritter in Reserve halten, bis sich die Mallloreaner für den ersten Angriff formieren.«

»Mit Verlaub, das ist keine Gewinnertaktik, Eure Majestät«, sagte General Varana.

»Wir sind auch nicht hier, um zu gewinnen, Varana«, erwiderte Rhodar. »Wir sind hier, um die Angaraks sechs Stunden aufzuhalten und uns dann zurückzuziehen. Ich werde keine Leben in dem Versuch vergeuden, eine Schlacht zu gewinnen, bei der ich nicht die geringste Gewinnchance habe.« Er wandte sich an Hettar. »Ich möchte, daß du eine Abteilung deiner Landsleute zu einer Exkursion stromabwärts schickst. Sag ihnen, sie sollen alle Malloreaner ausrotten, die sie am Ufer finden. Die Bedeutung der Flotte ist 'Zakath und Taur Urgas vielleicht noch immer nicht aufgegangen. Angaraks sind keine guten Seeleute, deshalb erkennen sie vermutlich nicht, was Anheg anrichten kann, wenn er erst ins Meer des Ostens gelangt.«

»Entschuldigt, Eure Majestät«, widersprach Varana, »aber Eure ganze Strategie – selbst die Flotte – ist lediglich eine Verzögerungsaktion.«

»Das ist genau der Punkt, Varana«, sagte Rhodar offen. »Das alles ist eigentlich nicht von Bedeutung. Was wirklich wichtig ist, wird in Mallorea geschehen, wenn Belgarion nach Cthol Mishrak kommt. Wir sollten gehen, meine Herren. Die Malloreaner werden in Kürze hier sein, und wir wollen für sie bereit sein.«

Die Wolkenbank, die Polgara ihnen gezeigt hatte, kam mit beunruhigender Geschwindigkeit auf sie zu, eine wogende, dunkle Purpurwand, die auf krummen Blitzen vorwärts stakste. Ein heißer Wind schien ihr vorauszueilen, der das Gras niederdrückte und die Mähnen und Schweife der Pferde flat-

tern ließ. Als König Rhodar und die anderen davonhasteten, um sich der näherrückenden malloreanischen Armee zu stellen, kletterte Polgara, mit blassem Gesicht und wehendem Haar, gemeinsam mit Ce'Nedra und Durnik den Grashang hinauf und beobachtete die Wolke. »Nimm das Kind, Ce'Nedra«, sagte sie ruhig. »Laß es nicht aus den Augen, egal, was auch geschieht.«
»Jawohl, Dame Polgara«, sagte Ce'Nedra und streckte Botschaft die Arme entgegen. Sofort kam das Kind zu ihr, ohne eine Spur von Angst auf dem ernsten, kleinen Gesicht. Sie hob ihn hoch und drückte ihn fest an sich, ihre Wange an die seine geschmiegt.
»Botschaft?« fragte er, auf den näherkommenden Sturm zeigend.
Dann erhoben sich zwischen den Reihen ihrer Armee plötzlich schattenhafte Gestalten. Sie trugen schwarze Gewänder und polierte Stahlmasken, und sie hielten grausam gekrümmte kurze Speere in der Hand. Ohne zu überlegen, zog ein junger, mimbrischer Ritter sein Breitschwert aus der Scheide und schwang die singende Klinge gegen eine der maskierten Gestalten. Sein Schwert glitt wirkungslos durch die Figur. Doch als er zuschlug, traf ihn ein zischender Blitz, der sich an der Spitze seines Helms festzubrennen schien. Rauch drang durch die Schlitze seines Visiers, als er in seiner Rüstung geröstet wurde. Sein Pferd taumelte und ging in die Knie, als das gespenstische, flackernde Licht sie beide verschlang. Dann war der Blitz verschwunden, und Pferd und Reiter brachen tot zusammen.
Polgara zischte und erhob dann ihre Stimme. Sie schien nicht einmal besonders laut zu sprechen, aber ihre Worte erreichten auch die letzten Reihen der Armee. »Berührt die Schatten nicht«, warnte sie. »Es sind Illusionen der Grolims, die euch nichts tun können, solange ihr sie nicht berührt. Sie sind hier, um die Blitze auf euch zu lenken, also haltet euch von ihnen fern.«
»Aber, Herrin Pol«, protestierte Durnik, »die Truppen werden keine Schlachtordnung einhalten können, wenn sie immer den Schatten ausweichen müssen.«
»Ich kümmere mich schon um die Schatten«, erwiderte sie

grimmig. Sie hob beide Arme hoch über den Kopf, die Fäuste geballt. Ihr Gesicht verriet eine schreckliche Konzentration, dann sprach sie ein einzelnes Wort und öffnete dabei ihre Hände. Das Gras, das sich in dem heißen Wind in ihre Richtung geneigt hatte, bog sich plötzlich in die Gegenrichtung, als die Macht von Polgaras Willen es berührte. Jeder Schatten der Grolims, der dieser Macht nahekam, schien zu flackern, zu zischen und dann zu schrumpfen, um schließlich mit lautlosen Detonationen in Schwärze zu explodieren.
Polgara atmete schwer, als der letzte der Schatten am äußersten Rand der Armee verschwand, und sie wäre zusammengebrochen, wäre Durnik nicht an ihre Seite gesprungen, um sie zu stützen. »Geht es dir gut?« fragte er besorgt.
»Nur einen Moment«, bat sie, sich gegen ihn lehnend. »Das war sehr anstrengend.« Sie lächelte ihn schwach an, dann ließ sie erschöpft den Kopf hängen.
»Werden sie nicht zurückkommen?« fragte Ce'Nedra. »Ich meine, es hat doch den Grolims selbst nicht geschadet, oder? Nur ihren Schatten.«
Polgara lachte schwach. »Oh, es hat ihnen schon geschadet«, antwortete sie. »Diese Grolims *haben* keinen Schatten mehr. Keiner von ihnen wird je wieder einen Schatten werfen.«
»Niemals?« keuchte die Prinzessin.
»Niemals.«
Beldin kam herangesegelt, der Wind zauste seine Federn. »Es gibt Arbeit für uns, Polgara«, grollte er, während er wieder seine natürliche Gestalt annahm. »Wir müssen diesen Sturm aufbrechen, den sie von Westen heranbringen. Ich habe mit den Zwillingen gesprochen. Sie übernehmen die südliche Seite, du und ich diese Seite.«
Sie sah ihn fragend an.
»Ihre Armee marschiert unmittelbar hinter dem Sturm«, erklärte er. »Es hat keinen Sinn, ihn jetzt noch aufhalten zu wollen. Er hat zuviel Kraft. Wir wollen seine Rückseite aufbrechen, so daß er sich über die Angaraks entlädt.«
»Wie viele Grolims arbeiten an dem Sturm, Onkel?«

»Wer weiß?« Er zuckte die Achseln. »Aber er erfordert jedes bißchen Kraft, das sie aufbringen können, um ihn unter Kontrolle zu halten. Wenn wir vier gleichzeitig seine Rückfront angreifen, wird der Druck des Sturms den Rest selbst erledigen.««
»Warum lassen wir ihn nicht einfach vorbeiziehen?« fragte Durnik. »Unsere Truppen sind doch keine kleinen Kinder. Sie lassen sich von einem bißchen Wind schon nicht umpusten.«
»Das ist nicht nur ein bißchen Wind, Schmied«, sagte Beldin beißend. Etwas Großes, Weißes schlug unweit von ihnen dumpf auf den Boden. »Wenn du vier oder fünf von diesen Hagelkörnern auf den Schädel bekommst, wird es dir völlig egal sein, wie die Schlacht ausgeht.«
»Sie sind so groß wie Hühnereier«, stellte Durnik erstaunt fest.
»Und sie werden bestimmt noch größer.« Beldin wandte sich wieder Polgara zu. »Gib mir deine Hand«, sagte er. »Ich gebe Beltira das Signal, dann schlagen wir alle gleichzeitig zu. Mach dich bereit.«
Immer mehr Hagelkörner fielen auf die weiche Erde, und ein besonders großes zerbarst in tausend Stücke, als es mit unglaublicher Gewalt auf einen großen Felsen fiel. Aus Richtung der Armee ertönte metallisches Klingen, wenn die Hagelkörner von den Rüstungen der mimbrischen Ritter oder den hastig erhobenen Schilden der Infanterie abprallten.
Und dann kamen zusätzlich noch die Regenböen – brodelnde Vorhänge aus Wasser, die vor dem Wind dahingetrieben wurden wie tosende Wellen. Es war unmöglich, etwas zu sehen, und fast unmöglich zu atmen. Olban sprang mit erhobenem Schild herbei, um Ce'Nedra und Botschaft zu schützen. Er zuckte einmal zusammen, als ihn ein großes Hagelkorn an der Schulter traf, aber sein Schildarm wankte nicht.
»Er reißt auf, Pol!« rief Beldin. »Wir schlagen noch einmal zu. Dann lassen wir sie ihren eigenen Sturm schmecken.«
Polgaras Gesicht verzerrte sich vor Anstrengung, und sie brach halb zusammen, als Beldin und sie gemeinsam ihren Willen gegen den aufgewühlten Himmel freiließen. Das Krachen, als

die beiden mächtigen Kräfte aufeinanderprallten, war ohrenbetäubend. Der Himmel wurde plötzlich aufgerissen, und Blitze zuckten durch die dampfende Luft. Lange, leuchtende Blitze trafen in großer Höhe aufeinander und ließen Feuerbälle auf die Erde hinabregnen. Männer fielen zu Boden, auf der Stelle schwarz verkohlte, qualmende Hüllen, aber die Verluste waren nicht allein auf der Seite des Westens.

Der heftige Sturm mit seinen unglaublichen Kräften wich zurück, als der vereinte Wille von Polgara und Beldin am Nordufer und den Zwillingen am Südufer seine Rückseite aufrissen, und die herankommenden Malloreaner wurden mit voller Gewalt davon getroffen. Ein Vorhang aus Blitzen fegte über ihre dichtgedrängten Reihen wie ein riesiger, blendender Besen, der die Erde mit qualmenden Toten bedeckte. Als der Stoff, aus dem die Zauberei der Grolims gewirkt war, zerriß, machten die böigen Winde plötzlich kehrt und überschütteten heulend und tobend die Angaraks mit Regen und Hagel.

Aus der Mitte der furchtbaren Wolke senkten sich wirbelnde, schwarze Finger mit einem entsetzlichen Gebrüll auf die Erde. Mit einer letzten, krampfhaften Anstrengung berührte einer dieser riesigen Trichter die Erde inmitten der rotgekleideten Malloreaner. Trümmer flogen hoch, wo der schreckliche Wirbel mit donnernder Gewalt hintraf und eine fast zweihundert Meter breite Schneise in die Reihen des Feindes schlug. Männer und Pferde wurden von den entfesselten Winden innerhalb der wirbelnden Sturmsäule in Stücke gerissen, und Teile von Rüstungen, roten Tuniken und Schlimmerem regneten auf die entsetzten, wie betäubt wirkenden Malloreaner herab, die auf beiden Seiten des Streifens absoluter Zerstörung standen, der unerbittlich durch ihre Mitte zog.

»Wunderbar!« jubelte Beldin, in einem grotesken Freudentanz auf und ab hüpfend.

Plötzlich erklang ein großes Horn, und die dichtgedrängten Reihen der drasnischen Lanzenträger und tolnedranischen Legionäre, die den wankenden Reihen der Malloreaner gegenüberstanden, öffneten sich. Mandorallen, der den Angriff der mimbrischen Ritter führte, ritt hindurch. Die Mimbrer fielen über die verwirrten und demoralisierten Malloreaner her. Schreie untermalten das Aufeinanderprallen beider Seiten. Reihe um Reihe sank vor dem Angriff der Ritter zu Boden, und die entsetzten Malloreaner schwankten erst, dann machten sie kehrt und flohen. Noch während sie rannten, jagten die algarischen Clans von den Flanken herbei. Ihre Säbel glitzerten im Regen.

Bei einem zweiten Ruf von Mandorallens Horn zügelten die Mimbrer ihre Pferde und galoppierten zurück, ein riesiges Schlachtfeld hinter sich lassend.

Der Regen ließ allmählich nach. Es waren nur noch einige launische Schauer, und zwischen den rasenden Wolken am Himmel wurden blaue Flecken sichtbar. Der Sturm der Grolims war gebrochen und verlor sich auf den Ebenen Mishrak ac Thulls.

Ce'Nedra blickte zum Südufer hinüber und sah, daß der Sturm dort ebenfalls gesprengt war und die Truppen unter dem Kommando von König Cho-Hag und König Korodullin die vorderen Reihen der verwirrten Murgos angriffen. Dann sah die Prinzessin scharf auf den Südarm des Flusses. Die letzte Brücke der cherekianischen Schiffe war in dem wütenden Sturm losgerissen worden, und auf dieser Seite der Insel war nur noch offenes Wasser. Die letzten in der Stadt verbliebenen Truppen strömten über die Brücke, die den nördlichen Flußarm überspannte. Ein hochgewachsener sendarischer Bursche war einer der letzten, der sie überquerte. Sobald er das Ufer erreicht hatte, lief er flußaufwärts. Als er näherkam, erkannte Ce'Nedra ihn. Es war Rundorig, Garions Freund aus den Kindertagen auf Faldors Farm. Er weinte hemmungslos.

»Durnik«, schluchzte er, als er bei ihnen war, »Doroon ist tot!«

»Was hast du gesagt?« fragte Polgara und hob ruckartig ihr müdes Gesicht.

»Doroon, Herrin Pol«, weinte Rundorig. »Er ist ertrunken. Wir waren auf der Brücke zum Südufer, als der Sturm die Taue der Schiffe zerriß. Doroon fiel in den Fluß, und er konnte doch nicht schwimmen. Ich habe versucht, ihn zu retten, aber er ging unter, ehe ich ihn erreichen konnte.« Der große, junge Mann vergrub das Gesicht in den Händen.

Polgara wurde leichenblaß, ihre Augen füllten sich mit Tränen. »Kümmere dich um ihn, Durnik«, bat sie den Schmied, dann ging sie, vor Kummer gebeugt, davon.

»Ich habe es versucht, Durnik«, stieß Rundorig schluchzend hervor. »Ich habe wirklich versucht, ihn zu fassen – aber es standen so viele Leute im Weg. Ich konnte nicht rechtzeitig bei ihm sein. Ich sah ihn untergehen, und ich konnte nichts dagegen tun.«

Durniks Gesicht war sehr ernst, als der dem weinenden Burschen den Arm um die Schultern legte. In den Augen des Schmieds standen ebenfalls Tränen, aber er sagte nichts.

Doch Ce'Nedra konnte nicht weinen. Sie hatte die Hand ausgestreckt und diese kriegsungeübten jungen Männer aus ihren Heimen gepflückt, sie durch die halbe Welt geschleppt, und jetzt war einer von Garions ältesten Freunden in dem kalten Wasser des Mardu gestorben. Plötzlich überkam sie ein furchtbarer Zorn. Sie wandte sich an Olban. »Töte sie!« zischte sie mit zusammengebissenen Zähnen.

»Meine Königin?« fragte Olban verblüfft.

»Geh!« befahl sie. »Nimm dein Schwert und geh. Töte so viele Angaraks, wie du kannst – für mich, Olban. Töte sie für mich!« Dann endlich konnte sie weinen.

Olban blickte erst auf die schluchzende kleine Prinzessin, dann auf die unendlichen Reihen der Malloreaner, die immer noch vor dem wütenden Angriff der Mimbrer wankten. Er jubelte, während er sein Schwert zog. »Wie meine Königin befiehlt!« rief er und lief zu seinem Pferd.

Als die dezimierten Frontreihen der Malloreaner flohen, gejagt von den säbelschwingenden Algariern, erreichten mehr und mehr ihrer Landsleute das Schlachtfeld, und bald waren die niedrigen Hügel im Norden vollständig von ihnen bedeckt. Durch die roten Tuniken sah es fast so aus, als ob die Erde blutete. Aber es waren nicht die Malloreaner, die den nächsten

Angriff lieferten. Statt dessen nahmen die kräftigen Thulls in ihren braunen Kitteln widerstrebend Aufstellung. Berittene Malloreaner drängten sie von hinten mit Peitschenhieben.

»Grundlegende malloreanische Strategie«, knurrte Beldin. »'Zakath möchte, daß die Thulls weitgehend das Sterben übernehmen. Er wird versuchen, seine eigenen Truppen für seinen Kampf gegen Taur Urgas aufzusparen.«

Ce'Nedra hob ihr tränenüberströmtes Gesicht. »Was tun wir jetzt?« fragte sie den verkrüppelten Zauberer.

»Wir töten Thulls«, antwortete er barsch. »Ein oder zwei Ausfälle von den Mimbrern sollten reichen, um ihren Kampfgeist zu brechen. Thulls geben keine besonders guten Soldaten ab, und sie werden davonlaufen, sobald wir ihnen dazu Gelegenheit geben.«

Schon als die zögernden Truppen Mishrak ac Thulls braun und trübe wie Schlamm die Hügel hinunterflossen, um sich den massiven Reihen der Lanzenträger und Legionäre zu stellen, hoben die asturischen Bogenschützen, die unmittelbar hinter der Infanterie Aufstellung genommen hatten, ihre Bogen und schossen einen unaufhörlichen Regen ihrer armlangen Pfeile ab. Den Thulls sank der Mut, als Reihe um Reihe von ihnen unter dem vernichtenden Ansturm von Pfeilen niedersank. Die Schreie der Malloreaner in ihrem Rücken wurden immer verzweifelter, und das Knallen ihrer Peitschen erfüllte die Luft.

Und dann erklang Mandorallens Horn, die Reihen der Infanterie öffneten sich und die gepanzerten Ritter von Mimbre griffen erneut an. Die Thulls warfen nur einen Blick auf die stahlgekleideten Männer und Pferde, die da auf sie zustürmten, dann ergriffen sie die Flucht. Die malloreanischen Peitschenschwinger wurden in der panischen Flucht der thullischen Armee niedergetrampelt.

»Soviel zu den Thulls.« Beldin grunzte vor Zufriedenheit, während er beobachtete, wie die Thulls davonliefen. Er grinste häßlich. »Ich kann mir vorstellen, daß 'Zakath deswegen hinterher ein ernstes Wort mit König Gethell reden wird.«

Mandorallens Ritter galoppierten donnernd zurück in ihre Stellung hinter der Infanterie, und die beiden Armeen starrten sich über ein mit toten Angaraks bedecktes Feld an.
Ce'Nedra begann zu zittern, als sich eine plötzliche Kälte über das Schlachtfeld legte. Obwohl die Sonne durch die Wolkenfetzen brach, die von dem Grolimsturm übriggeblieben waren, lag keinerlei Wärme darin. Es wurde kälter, obgleich jeder Windhauch erstorben war. Dann stiegen von der Erde und vom Fluß Nebelfetzen auf.
Beldin sog zischend die Luft ein. »Polgara«, fuhr er die trauernde Zauberin an. »Ich brauche dich.«
»Laß mich in Ruhe, Onkel«, erwiderte sie mit einer Stimme, die vor Kummer halb erstickt war.
»Weinen kannst du später«, sagte er grob. »Die Grolims entziehen der Luft die Wärme. Wenn wir keinen Wind aufrühren, wird der Nebel so dick, daß du darauf gehen kannst.«
Sie drehte sich um und warf ihm einen kalten Blick zu. »Du hast auch vor gar nichts Achtung, was?« fragte sie.
»Es gibt nicht viel«, gab er zu, »aber das steht jetzt nicht zur Debatte. Wenn es den Grolims gelingt, eine dichte Nebelbank aufzubauen, haben wir die ganze stinkende malloreanische Armee auf dem Hals, ehe wir sie überhaupt sehen können. Los, Pol. Menschen werden nun einmal getötet, das passiert immer wieder. Du hast später Zeit genug für Rührseligkeiten.« Er streckte seine kräftige, knotige Hand nach ihr aus.
Die Nebelfetzen waren dichter geworden und bildeten jetzt schon dicke Schlieren. Das Schlachtfeld vor der Infanterie schien zu wabern und verschwand dann ganz, als der Nebel sich zu einer massiven, weißen Wand verdichtete.
»Wind, Pol«, sagte Beldin, ihre Hand ergreifend. »So viel Wind, wie du kannst.«
Der folgende Kampf fand schweigend statt. Polgara und Beldin sammelten Hand in Hand ihren Willen und sandten ihn tastend in die totenstille Luft aus, die den immer dichter werdenden Nebel an den Ufern umschloß, um eine schwache Stelle zu suchen. Launische kleine Windstöße wirbelten den Nebel kurz

auf, erstarben aber so schnell wieder, wie sie aufgekommen waren.

»Stärker, Pol«, drängte Beldin. Kleine Schweißbäche rannen ihm über das häßliche Gesicht, während er mit der unglaublichen Trägheit der bewegungslosen Luft kämpfte.

»So geht es nicht, Onkel«, erklärte sie, indem sie ihre Hand befreite. Ihrem Gesicht war die Anstrengung deutlich anzusehen. »Wir haben nichts, an das wir uns halten können. Was machen die Zwillinge?«

»Die Hierarchen von Rak Cthol reiten mit Taur Urgas«, erwiderte der Bucklige. »Die Zwillinge haben alle Hände voll mit ihnen zu tun. Sie können uns nicht helfen.«

Polgara richtete sich auf, als ob sie Kräfte sammeln wollte. »Wir versuchen es zu sehr aus der Nähe«, sagte sie. »Jedesmal, wenn wir eine kleine, lokale Brise aufrühren, springt ein Dutzend Grolims herbei und zerstört sie wieder.«

»Stimmt«, gab Beldin ihr recht.

»Wir müssen weiter ausholen«, fuhr sie fort, »die Luft außerhalb ihrer Reichweite in Bewegung setzen, so daß sie, wenn sie hier ankommt, so viel Kraft hat, daß sie sie nicht mehr aufhalten können.«

Beldins Augen wurden schmal. »Das ist gefährlich, Pol«, sagte er. »Selbst *wenn* wir es schaffen, wird es uns beide völlig erschöpfen. Wenn sie uns dann noch einmal etwas in den Weg stellen, hat keiner von uns mehr die Kraft, dagegen anzukämpfen.«

»Es ist ein Risiko, Onkel«, gab sie zu, »aber die Grolims sind hartnäckig. Sie werden versuchen, ihre Nebelbank zu schützen, auch wenn sie keine Chance mehr haben. Sie werden müde. Vielleicht zu müde, um etwas anderes zu versuchen.«

»Ich mag kein ›Vielleicht‹.«

»Hast du eine bessere Idee?«

»Im Augenblick, nein.«

»Also dann.«

Sie reichten sich wieder die Hände.

Für die Prinzessin schien es eine Ewigkeit zu dauern. Mit

klopfendem Herzen starrte sie die beiden an, die mit geschlossenen Augen dastanden und ihren Geist in das heiße, unfruchtbare Hochland im Westen ausschickten, um mit aller Kraft zu versuchen, die warme Luft in das Tal des Mardu hinabzuziehen. In ihrer Umgebung fühlte Ce'Nedra die bedrückende Kälte der Grolimgedanken, die schwer auf der stehenden Luft lastete, sie festhielt und allen Anstrengungen trotzte, den erstickenden Nebel aufzulösen.
Polgara atmete keuchend, ihre Brust hob und senkte sich, ihr Gesicht war in unmenschlicher Anstrengung verzerrt. Beldin, dessen knorrige Schultern nach vorn gebeugt waren, kämpfte, als wollte er einen Berg versetzen.
Und dann stieg Ce'Nedra ein ganz schwacher Duft nach Staub und trockenem, sonnenverbranntem Gras in die Nase. Es war nur kurz, und zuerst glaubte sie, sie hätte es sich eingebildet. Dann kam es wieder, diesmal stärker. Der Nebel bewegte sich träge. Noch einmal erstarb die leichte Brise und mit ihr die Luft, die sie gebracht hatte.
Dann stöhnte Polgara erstickt, und der Nebel begann sich zu drehen. Das nasse Gras zu Ce'Nedras Füßen, von Nebeltröpfchen getränkt, wogte leicht, und der staubige Geruch des thullischen Hochlandes wurde stärker.
Die Decke der Konzentration, die den Nebel bewegungslos verharren ließ, schien immer verzweifelter zu werden, als die Grolims darum kämpften, die auffrischende Brise zu unterdrücken, die aus den Trockengebieten des Westens kam. Die Decke begann zu wanken und zu reißen, als die schwächeren Grolims, bis an ihre Grenzen getrieben, vor Erschöpfung zusammenbrachen.
Die Brise wurde stärker, wurde zu einem heißen Wind, der die Oberfläche des Flusses kräuselte. Das Gras neigte sich vor ihm, und der Nebel begann zu brodeln wie ein lebendiges Wesen, das sich unter der Berührung des trockenen Windes wand.
Ce'Nedra konnte jetzt die noch immer brennende Stadt Thull Mardu sehen, und die Infanterie, die auf der Ebene neben dem Fluß Stellung bezogen hatte.

Der heiße, staubige Wind blies kräftiger, und der Nebel, so substanzlos wie die Gedanken, die ihn hatten entstehen lassen, löste sich auf, und die Morgensonne brach durch und badete das Feld in goldenem Licht.
»Polgara!« rief Durnik plötzlich angstvoll.
Ce'Nedra schoß herum, um gerade noch zu sehen, wie Polgara, tödlich blaß, langsam zu Boden sank.

17

Lelldorin von Wildantor war nervös an den Reihen seiner Bogenschützen auf- und abgegangen und immer wieder stehengeblieben, um zu lauschen, ob er aus dem Nebel irgendein Geräusch hören konnte. »Kannst du etwas hören?« fragte er einen tolnedranischen Legionär drängend, der in der Nähe stand.
Der Tolnedraner schüttelte den Kopf.
Dieselbe geflüsterte Frage ertönte an verschiedenen Stellen in dem Nebel.
»Kannst du etwas hören?«
»Kannst *du* etwas hören?«
Irgendwo an der Front klirrte es leise.
»Da!« schrien fast alle einstimmig.
»Noch nicht!« fuhr Lelldorin einen seiner Landsleute an, der schon den Bogen hob. »Das könnte auch nur ein verwundeter Thull sein. Spart eure Pfeile.«
»Ist das Wind?« fragte einer der drasnischen Lanzenträger.
»Bitte, Belar, laß es Wind sein!«
Lelldorin starrte in den Nebel, nervös an seiner Bogensehne zupfend.
Dann spürte er einen sanften Hauch auf den Wangen.
»Wind!« jubelte jemand.
»Wind!« Das Wort verbreitete sich in der ganzen Armee.
Dann erstarb der schwache Hauch, und wieder setzte sich der Nebel, anscheinend dichter denn je.

Irgend jemand stöhnte bitterlich.
Dann waberte der Nebel und begann sich träge zu bewegen. Es *war* ein Wind!
Lelldorin hielt den Atem an.
Der Nebel lichtete sich langsam, floß grau wie Wasser über den Boden.
»Da draußen bewegt sich was!« bellte ein Tolnedraner. »Macht euch bereit!«
Der fließende Nebel bewegte sich rascher, wurde dünner, schmolz in dem heißen, staubigen Wind, der das Tal hinunter wehte. Lelldorin strengte seine Augen an, um bis zur Front sehen zu können. Dort bewegten sich Gestalten, kaum mehr als siebzig Schritte von der Infanterie entfernt.
Als ob all sein hartnäckiger Widerstand auf einmal gebrochen war, flimmerte der Nebel und löste sich auf, die Sonne kam wieder zum Vorschein. Das gesamte Feld vor ihnen war voller Malloreaner. Ihre stetige Vorwärtsbewegung gefror auf der Stelle, und sie zuckten im plötzlichen Sonnenschein zusammen.
»Jetzt!« rief Lelldorin, seinen Bogen hebend. Hinter ihm vollführten seine Bogenschützen wie ein Mann dieselbe Bewegung, und mit einem tiefen, dröhnenden Ton wurden tausend Bogensehnen gleichzeitig losgelassen. Ein pfeifender Pfeilregen flog über die Köpfe der Infanterie, schien einen Augenblick bewegungslos in der Luft zu hängen und senkte sich dann auf die dichten Reihen der Malloreaner.
Der schleichende Angriff der Malloreaner schwankte oder zögerte nicht, er löste sich einfach auf. Mit einem lauten, seufzenden Stöhnen fielen ganze Regimenter unter dem Sturm der asturischen Pfeile.
Lelldorins Hand flog zu dem Wald von Pfeilen, der vor ihm im Boden steckte. Mit einer fließenden Bewegung legte er einen neuen Pfeil auf die Sehne, spannte und schoß. Dann wieder – und wieder. Die Wolke aus Pfeilen spannte sich wie eine Brücke über die Infanterie und dezimierte die Malloreaner.
Der Ansturm der asturischen Pfeile ging unaufhörlich weiter,

und die toten Malloreaner häuften sich, als hätte eine gewaltige Sense sie niedergemäht.

Und dann schmetterte Mandorallens Horn seine Herausforderung, die Reihen der Bogenschützen und Infanterie öffneten sich, und die Erde erbebte unter den donnernden Hufen der mimbrischen Schlachtrösser.

Der Pfeilhagel und der unerbittliche Angriff, dem sie sich ausgesetzt sahen, nahm den Malloreanern den Mut. Sie machten kehrt und flohen.

Fröhlich lachend, senkte Lelldorins Vetter Torasin seinen Bogen, um den ziellos flüchtenden Angaraks Spottrufe hinterherzuschicken. »Wir haben es geschafft, Lelldorin!« rief er lachend. »Wir haben sie in die Flucht geschlagen!« Er hatte sich halb von dem mit Toten übersäten Schlachtfeld abgewandt. Er hielt den Bogen in den Händen, das dunkle Haar war zurückgeworfen, und auf seinem Gesicht stand der Jubel über den Erfolg. Lelldorin sollte ihn immer so in Erinnerung behalten.

»Torasin! Paß auf!« schrie Lelldorin, doch es war zu spät. Die malloreanische Antwort auf den asturischen Pfeilhagel war ein Gegensturm. Von hundert Katapulten, die hinter den niedrigen Hügeln im Norden verborgen waren, schoß eine Wolke aus Steinen und Luft und regnete auf die dichtgedrängten Reihen am Ufer nieder. Ein Stein, etwas größer als der Kopf eines Mannes, traf Torasin mitten auf der Brust und warf ihn zu Boden.

»Torasin!« Lelldorins Schrei klang schmerzerfüllt, als er zu seinem getroffenen Vetter lief. Torasin hatte die Augen geschlossen, aus seiner Nase strömte Blut. Seine Brust war zerschmettert.

»Helft mir!« rief Lelldorin einer Gruppe von Leibeigenen zu, die in der Nähe standen. Gehorsam folgten sie seinem Ruf, aber ihre Augen sagten lauter als Worte, daß Torasin bereits tot war.

Baraks Gesicht war freudlos, als er am Ruder seines großen Schiffes stand. Seine Männer tauchten die Ruder im Rhythmus einer dumpfen Trommel ins Wasser und ließen das Schiff schnell flußabwärts gleiten.

König Anheg von Cherek lehnte an der Reling. Er hatte den Helm abgenommen, so daß die kühle Luft ihm den Rauchgestank aus den Haaren wehen konnte. Er sah ebenso grimmig drein wie sein Vetter. »Wie glaubst du, stehen ihre Chancen?« fragte er.

»Nicht sehr gut«, antwortete Barak offen. »Wir haben nie damit gerechnet, daß wir in Thull Mardu gegen die Murgos und die Malloreaner kämpfen müßten. Die Armee ist durch den Fluß geteilt, und beide Hälften sind dem Gegner zahlenmäßig weit unterlegen. Ich fürchte, sie haben eine schlimme Zeit durchzustehen.« Er blickte über die Schulter auf das halbe Dutzend kleiner, schlanker Boote zurück, die im Kielwasser seines großen Schiffes schwammen. »Bleibt dichter zusammen!« bellte er die Männer in den Booten an.

»Malloreaner voraus! Am Nordufer!« rief der Ausguck im Mast. »Etwa eine halbe Meile voraus!«

»Setzt die Decks unter Wasser«, befahl Barak.

Die Seeleute ließen an langen Seilen Eimer über die Reling hinab, schöpften Wasser und tränkten damit die hölzernen Decks.

»Gib den Schiffen hinter uns das Signal«, befahl Anheg dem bärtigen Seemann, der im Heck des Schiffes stand. Der Mann nickte, drehte sich um und hob eine große Flagge, die an einem langen Stab befestigt war. Er begann sie lebhaft zu schwenken, um so den Schiffen hinter ihnen Zeichen zu geben.

»Seid vorsichtig mit dem Feuer!« rief Barak den Männern zu, die sich um eine erhöhte Plattform drängten, die mit Kies gefüllt und mit glühenden Kohlen bedeckt war. »Wenn ihr das Schiff in Brand steckt, müßt ihr bis ins Meer des Ostens schwimmen.«

Unmittelbar vor der Plattform standen, aufgerichtet und schußbereit, drei schwere Katapulte.

König Anheg spähte zu den Malloreanern hinüber, die sich um etwa ein Dutzend am Nordufer aufgebaute Belagerungsma-

schinen scharten. »Wir sollten die Pfeilboote losschicken«, schlug er vor.
Barak grunzte und winkte den sechs Booten in seinem Kielwasser zu. Als Antwort darauf schossen die schlanken Boote vor. Im Bug eines jeden Pfeilbootes stand ein Katapult mit langem Ausleger, das mit Bündeln von Pfeilen bestückt war. Unterstützt von der Strömung, jagten die Boote vorbei.
»Ladet die Maschinen!« brüllte Barak den Männern um das Kohlebecken zu. »Und laßt nichts auf meine Decks fallen!«
Mit langen Eisenhaken hoben die Seeleute drei große Tonkrüge aus den Kohlen. Die Krüge enthielten eine siedende Mixtur aus Teer, Pech und Steinöl. Sie wurden rasch in Teerfässer getaucht und dann hastig in steinölgetränkte Lappen gewickelt. Dann wurden sie in die Körbe der wartenden Maschinen gestopft.
Als die Pfeilboote, schnell wie Windhunde, ans Ufer steuerten, wo die Malloreaner sich abmühten, ihre Katapulte auszurichten, wurden die Pfeilbündel plötzlich durch die langen Ausleger der cherekianischen Maschinen hoch in die Luft geschossen. Die Pfeile stiegen rasch auf und verlangsamten ihren Flug auf dem Höhepunkt ihrer Bahn, wobei sie sich breit auffächerten. Dann fielen sie als todbringender Regen auf die rotgekleideten Malloreaner.
Baraks Schiff, das unmittelbar hinter den Pfeilbooten fuhr, hielt auf das dicht bewachsene Flußufer zu. Der rotbärtige Mann hatte das Steuer mit beiden Händen ergriffen und starrte angespannt zu seinem Katapultmeister hinüber, einem graubärtigen alten Seemann mit Armen wie Eichenstämmen. Der Katapultmeister spähte durch eine Reihe von Kerben, die vor seinen Maschinen in die Reling gehauen waren. Über seinem Kopf hielt er einen langen weißen Stab, mit dem er die Richtung anzeigte, indem er ihn nach links oder rechts schwenkte. Barak bewegte das Ruder peinlich genau nach diesen Anweisungen. Dann wurde der Stab scharf heruntergerissen, und Barak hielt das Steuer mit eisernem Griff umklammert. Die Lappen, die um die Krüge gewickelt waren, gingen in

Flammen auf, als sie von den bereitgehaltenen Fackeln berührt wurden.

»Schießt!« brüllte der Katapultmeister. Mit donnerndem Krachen schossen die Ausleger vor und jagten die brennenden Krüge mit ihrem tödlichen Inhalt in hohem Bogen auf die Malloreaner und ihre Maschinen zu. Beim Aufprall öffneten sich die Krüge und spuckten Feuer. Die malloreanischen Katapulte wurden unter den Flammen begraben.

»Guter Schuß«, bemerkte Anheg sachverständig.

»Kinderspiel.« Barak zuckte die Achseln. »Ein Geschützstand am Ufer ist keine besonders große Herausforderung.« Er warf einen Blick zurück. Die Pfeilboote von Greldiks Schiff drehten bei, um die Malloreaner mit weiteren Pfeilen zu überschütten, und die Katapulte auf dem Schiff seines bärtigen Freundes waren geladen und schußbereit. »Malloreaner scheinen auch nicht klüger zu sein als Murgos. Ihnen ist wohl nie in den Sinn gekommen, daß wir zurückschießen könnten!«

»Ein typischer Fehler der Angaraks«, erwiderte Anheg. »Er zeigt sich in allen ihren Schriften. Torak hat nie zu kreativem Denken ermuntert.«

Barak warf seinem Vetter einen nachdenklichen Blick zu. »Weißt du, was ich glaube, Anheg? Ich glaube, du hast das ganze Theater in Riva – weil Ce'Nedra die Armee führen sollte, meine ich – veranstaltet, ohne es ganz ernst zu meinen. Du bist zu intelligent, um dich bei etwas, das eigentlich gar nicht so wichtig ist, so stur zu stellen.«

Anheg zwinkerte ihm zu.

»Kein Wunder, daß man dich Anheg den Listenreichen nennt«, lachte Barak. »Aber wozu das alles?«

»Es hat Brand den Wind aus den Segeln genommen.« Der König von Cherek grinste. »Er war der einzige, der Ce'Nedra hätte aufhalten können, wenn ich ihm Gelegenheit dazu gegeben hätte. Rivaner sind sehr konservativ, Barak. Ich habe mich auf Brands Seite geschlagen und das Reden übernommen. Als ich dann schließlich nachgab, habe ich ihm den Boden unter den Füßen weggezogen.«

»Du warst sehr überzeugend. Ich dachte eine Zeitlang, dein Verstand hätte nachgelassen.«

»Vielen Dank«, sagte der cherekianische König mit einer spöttischen Verbeugung. »Wenn man ein Gesicht hat wie ich, denken die Leute gern das Schlechteste von einem. Manchmal ist das ganz nützlich. Hier kommen die Algarier.« Er deutete auf die Hügel hinter den brennenden malloreanischen Gefechtsständen. Ein Reitertrupp fegte über die Hügelkuppen und fiel wie ein Rudel Wölfe über die Malloreaner her.

Anheg seufzte. »Ich wüßte zu gern, was mit den anderen in Thull Mardu ist«, sagte er. »Aber das werden wir wohl nie erfahren.«

»Wahrscheinlich nicht«, pflichtete Barak ihm bei. »Letztendlich werden wir alle versenkt, wenn wir erst einmal im Meer des Ostens sind.«

»Aber wir nehmen viele Malloreaner mit, nicht wahr, Barak?«

Baraks Antwort bestand aus einem finsteren Grinsen.

»Ich finde die Vorstellung, zu ertrinken, nicht besonders angenehm«, meinte Anheg, eine Grimasse schneidend.

»Vielleicht hast du Glück und bekommst einen Pfeil in den Bauch.«

»Herzlichen Dank«, sagte Anheg mißmutig.

Etwa eine Stunde später waren drei weitere Stellungen der Angaraks am Ufer zerstört, und danach wurde das Land entlang des Flusses sumpfig und flach, ein Dickicht aus Rohr und Schilf. Auf Anhegs Befehl wurde ein mit Feuerholz hochbeladenes Floß an einem abgestorbenen Strauch festgebunden und in Brand gesteckt. Als das Feuer gut brannte, wurden eimerweise grünliche Kristalle hineingeschüttet. Eine dicke, grüne Rauchsäule stieg in den blauen Himmel empor.

»Hoffentlich kann Rhodar das sehen.« Der König von Cherek runzelte die Stirn.

»Wenn nicht er, dann die Algarier«, meinte Barak. »Sie werden es ihm sagen.«

»Ich hoffe nur, er hat noch genug Zeit, seinen Rückzug anzutreten.«

»Ich auch«, sagte Barak. »Aber wie du schon sagtest, wir werden es wahrscheinlich nie erfahren.

König Cho-Hag, der Anführer aller Clans von Algarien, saß auf seinem Pferd neben König Korodullin von Arendien. Der Nebel hatte sich inzwischen fast aufgelöst, und nur ein leichter Dunstschleier hing noch in der Luft. Nicht weit von ihnen saßen die Zaubererzwillinge Beltira und Belkira völlig erschöpft von ihren Anstrengungen nebeneinander auf der Erde. Sie atmeten schwer und hielten die Köpfe gesenkt. Cho-Hag schauderte innerlich, wenn er daran dachte, was hätte passieren können, wenn die beiden liebenswerten alten Männer nicht gewesen wären. Die grauenhaften Illusionen, die die Grolims unmittelbar vor dem Sturm hatten entstehen lassen, hatten selbst das Herz der tapfersten Krieger mit Schrecken erfüllt. Dann hatte der Sturm mit seiner betäubenden Wucht die Armee heimgesucht, und schließlich war dieser erstickende Nebel gekommen. Die beiden alten Zauberer hatten sich jedoch jedem Angriff der Grolims gestellt und ihn mit ruhiger Entschlossenheit überwunden. Jetzt kamen die Murgos, und es war die Zeit für Stahl statt Zauberei.
»Ich würde sie noch etwas näherkommen lassen«, sagte Cho-Hag mit seiner leisen Stimme, während er mit Korodullin das Meer von Murgos beobachtete, das sich den Reihen der drasnischen Lanzenträger und tolnedranischen Legionäre näherte.
»Seit Ihr Euch Eurer Strategie gewiß, Cho-Hag?« fragte der junge arendische König. »Von jeher war es Brauch der Ritter von Mimbre, sich einem Angriff frontal zu stellen. Euer Vorschlag, die Flanken anzugreifen, verwirrt mich.«
»Dabei werden mehr Murgos umkommen, Korodullin«, antwortete Cho-Hag, seine schwachen Beine in den Steigbügeln bewegend. »Wenn deine Ritter beide Flanken angreifen, wirst du ganze Regimenter des Feindes von dem Haupttrupp abschneiden. Dann kann die Infanterie sie übernehmen.«
»Es ist ein seltsames Gefühl für mich, mit Fußtruppen gemeinsam vorzugehen«, gestand Korodullin.

»Du bist damit nicht allein, mein Freund«, sagte Cho-Hag. »Für mich ist es genauso fremd wie für dich. Aber es wäre doch nicht gerecht, wenn wir den Fußtruppen nicht wenigstens *ein paar* Murgos überließen, nicht wahr? Sie haben schließlich einen langen Marsch hinter sich.«

Der König von Arendien dachte ernsthaft darüber nach. Ihm fehlte offensichtlich jeder Sinn für Humor. »Das hatte ich nicht bedacht«, gab er zu. »Es wäre äußerst selbstsüchtig von uns, ihnen einen Teil der Schlacht abzusprechen, wie ich gestehen muß. Was glaubt Ihr, wie viele Murgos ihr gerechter Anteil wären?«

»Ach, ich weiß nicht«, erwiderte Cho-Hag mit unbewegtem Gesicht. »Ein paar tausend oder so, denke ich. Wir wollen nicht geizig erscheinen – aber wir müssen auf der anderen Seite auch nicht übertrieben großzügig sein.«

Korodullin seufzte. »Eine schwierige Gratwanderung, König Cho-Hag – diese feine Trennlinie zwischen Geiz und törichter Verschwendung.«

»Ein Preis, den man für seine Stellung als König zahlen muß, Korodullin.«

»Sehr wahr, Cho-Hag, sehr wahr.« Der junge König von Arendien seufzte wieder und konzentrierte sich ganz auf das Problem, wie viele der herannahenden Murgos er wohl verschenken konnte. »Glaubt Ihr, daß zwei Murgos pro Kopf jene, die zu Fuß kämpfen, zufriedenstellen werden?« fragte er zögernd.

»Das erscheint mir gerecht.«

Darauf lächelte Korodullin erleichtert. »Dann ist das die Menge, die wir ihnen zugestehen wollen«, erklärte er. »Ich habe noch nie Murgos verteilt, aber es ist doch bei weitem nicht so schwierig, wie ich befürchtet hatte.«

König Cho-Hag begann zu lachen.

Ariana legte ihre Arme um Lelldorins Schultern und zog ihn sanft von dem Strohlager fort, auf dem die Leiche seines Vetters lag.

»Kannst du nicht *irgend* etwas tun, Ariana?« flehte er tränenüberströmt. »Vielleicht irgendein Verband, oder ein Umschlag.«
»Er ist jenseits meiner Kunst, mein Gemahl«, erwiderte Ariana sanft, »und ich teile Euren Kummer über seinen Tod.«
»Sag das nicht, Ariana. Torasin *kann* nicht tot sein.«
»Es tut mir leid, mein Gemahl«, sagte sie schlicht. »Er ist von uns gegangen, und keine Medizin und keine Kunst kann ihn wieder zurückholen.«
»Aber Polgara kann es«, erklärte Lelldorin plötzlich. Eine unmögliche Hoffnung glomm in seinen Augen auf. »Schick nach Polgara.«
»Ich habe niemanden, den ich schicken könnte«, sagte Ariana mit einem Blick auf das improvisierte Zelt, in dem sie mit Taiba und einigen anderen für die Verwundeten sorgte. »Die verwundeten Männer hier verlangen unsere ganze Aufmerksamkeit und Pflege.«
»Dann gehe ich selbst«, sagte Lelldorin, dem noch immer die Tränen über das Gesicht liefen. Er drehte sich um und lief aus dem Zelt.
Ariana seufzte traurig und zog eine Decke über Torasins bleiches Gesicht. Dann wandte sie sich wieder dem steten Strom von Verwundeten zu, der in ihr Zelt getragen wurde.
»Kümmert Euch nicht um ihn, meine Dame«, sagte ein hagerer arendischer Leibeigener, als sie sich über seinen Gefährten beugen wollte.
Ariana sah den Leibeigenen fragend an.
»Er ist tot«, erklärte er. »Er hat einen malloreanischen Pfeil in die Brust bekommen.« Er sah auf das Gesicht des Toten hinab. »Armer Detton«, seufzte er. »Er ist in meinen Armen gestorben. Wißt Ihr, was seine letzten Worte waren?«
Ariana schüttelte den Kopf.
»Er sagte: ›Wenigstens habe ich gut gefrühstückt.‹ Dann starb er.«
»Warum habt Ihr ihn hergebracht, wenn Ihr wußtet, daß er tot ist?« fragte Ariana sanft.

Der hagere Leibeigene mit dem verbitterten Gesicht zuckte die Achseln. »Ich wollte ihn nicht einfach wie einen Hund im Dreck liegenlassen«, antwortete er. »In seinem ganzen Leben hat ihn nie jemand so behandelt, als ob er auch zählte. Er war mein Freund, und ich wollte ihn nicht wie einen Haufen Abfall da draußen liegenlassen.« Er lachte kurz und bitter auf. »Ich glaube nicht, daß es für ihn noch wichtig ist, aber wenigstens hat er hier ein bißchen Würde.« Er klopfte dem Toten linkisch auf die Schulter. »Tut mir leid, Detton«, sagte er, »aber ich gehe wohl besser wieder kämpfen.«

»Wie heißt Ihr, Freund?« fragte Ariana.

»Man nennt mich Lammer, meine Dame.«

»Braucht man Euch dringend in der Schlacht?«

»Ich bezweifle es, meine Dame. Ich schieße mit Pfeilen auf Malloreaner. Ich kann es nicht sehr gut, aber das ist meine Aufgabe.«

»Dann brauche ich Euch dringender«, entschied sie. »Ich habe viele Verwundete hier und nur wenige Hände, die mir bei ihrer Pflege helfen. Trotz Eures grimmigen Äußeren spüre ich großes Mitleid in Euch. Wollt Ihr mir helfen?«

Er betrachtete sie einen Moment lang. »Was soll ich tun?« fragte er dann.

»Taiba kocht Tücher für Verbände auf dem Feuer dort aus«, antwortete sie. »Versorgt erst das Feuer, dann findet Ihr draußen auf einem Karren Decken. Bringt sie mir herein, guter Lammer. Danach habe ich andere Aufgaben für Euch.«

»Ist gut«, sagte Lammer lakonisch und ging zum Feuer.

»Was können wir für sie tun?« fragte Prinzessin Ce'Nedra den mißgestalteten Beldin. Sie blickte angespannt in das blasse Gesicht der bewußtlosen Zauberin, die erschöpft in Durniks Armen lag.

»Laß sie schlafen«, grunzte Beldin. »In ein, zwei Tagen wird sie wieder wohlauf sein.«

»Was hat sie denn?« fragte Durnik besorgt.

»Sie ist erschöpft«, fuhr Beldin ihn an. »Sieht man das nicht?«

»Nur weil sie ein bißchen Wind gemacht hat? Ich habe sie Dinge tun sehen, die viel schwieriger aussahen.«

»Du hast nicht die leiseste Ahnung, wovon du sprichst, Schmied«, grollte Beldin. »Wenn du anfängst, mit dem Wetter herumzuspielen, setzt du die mächtigsten Kräfte der Welt in Bewegung. Ich würde lieber versuchen, eine Flut einzudämmen oder einen Berg zu versetzen als in totenstiller Luft einen Wind zu entfesseln.«

»Aber die Grolims haben doch den Sturm hergebracht«, wandte Durnik ein.

»Die Luft war bereits in Bewegung. Totenstille Luft ist etwas ganz anderes. Hast du auch nur die leiseste Vorstellung davon, wieviel Luft du in Bewegung setzen mußt, um auch nur den kleinsten Lufthauch zu erzeugen? Weißt du, was für ein Druck dahintersteckt – und was diese ganze Luft *wiegt*?«

»Luft wiegt überhaupt nichts«, widersprach Ce'Nedra.

»Ach nein?« entgegnete Beldin sarkastisch. »Da bin ich aber froh, daß du mir das sagst. Könntet ihr zwei jetzt den Mund halten und mich mal zu Atem kommen lassen?«

»Aber wieso ist sie zusammengebrochen und du nicht?« wollte Ce'Nedra wissen.

»Ich bin stärker als sie«, antwortete Beldin, »und böser. Pol setzt ihr ganzes Herz ein, wenn es um etwas geht, was ihr wichtig ist. Das hat sie schon immer getan. Sie hat sich überanstrengt, und deshalb ist sie jetzt erschöpft.« Der bucklige kleine Mann reckte und schüttelte sich wie ein nasser Hund und sah sich finster um. »Ich habe zu tun«, sagte er. »Ich *glaube* zwar, daß wir den malloreanischen Grolims die Kraft genommen haben, aber ich behalte sie lieber im Auge, nur um sicherzugehen. Ihr zwei bleibt hier bei Pol – und paßt auf das Kind auf.« Er deutete auf Botschaft, der mit ernstem Gesicht auf dem Sandstrand stand.

Dann hockte Beldin sich hin und verwandelte sich flimmernd wieder in den Habicht. Er stieg in die Höhe, fast noch ehe seine Federn vollständig ausgeformt waren.

Ce'Nedra sah ihm nach, wie er in Spiralen über dem Schlachtfeld aufstieg, dann wandte sie ihre Aufmerksamkeit wieder der bewußtlosen Polgara zu.

Der Angriff von Korodullins Rittern kam im letztmöglichen Augenblick. Wie zwei große Sensen kamen die gepanzerten Ritter auf ihren Schlachtrössern in donnerndem Galopp von beiden Seiten, mit gesenkten Lanzen jagten sie durch die Murgos auf die wartenden Lanzenträger und Legionäre zu. Das Ergebnis war verheerend. Die Luft war erfüllt von Schreien und dem Klirren von Stahl auf Stahl. Im Kielwasser des Angriffs lagen erschlagene Murgos, ein hundert Meter breiter Pfad mit menschlichen Überresten.

König Cho-Hag, der in einiger Entfernung auf einem Hügel zu Pferd wartete, nickte zufrieden, während er das Gemetzel beobachtete. »Gut!« sagte er schließlich. Er blickte in die eifrigen Gesichter der Algarier, die sich um ihn drängten. »Schön, meine Kinder«, sagte er ruhig, »dann wollen wir die Reserven der Murgos vernichten.« Er ritt ihnen im Galopp voran, den Hügel hinab, umrundete geschickt die äußeren Flanken der Angreifer, und stieß dann in die unvorbereiteten Murgoeinheiten vor, die die Nachhut bildeten.

Die Taktik des Zuschlagens mit sofort folgendem Rückzug der algarischen Clans hinterließ unzählige niedergesäbelte Tote, während die Algarier in der wachsenden Verwirrung der erschreckten Murgos umherschossen. König Cho-Hag selbst führte mehrere Angriffe, und seine Geschicklichkeit mit dem Säbel, die in Algarien schon Legende war, erfüllte seine Anhänger mit einem ehrfürchtigen Stolz, wenn sie seine peitschenartigen Hiebe sahen, die er auf die Schultern und Köpfe der Murgos niederregnen ließ. Die algarische Strategie baute vor allem auf Geschwindigkeit – ein rascher Ausfall auf einem schnellen Pferd, eine Reihe blitzschneller Säbelhiebe, und zurück, ehe der Feind seine Sinne wieder beisammen hatte. König Cho-Hags Säbelarm war der schnellste ganz Algariens.

»Mein König!« rief einer seiner Männer, der auf einige dichtgedrängte Murgoregimenter zeigte, die sich ein paar hundert

Meter entfernt in einer Senke sammelten. »Dort ist das schwarze Banner!«
König Cho-Hags Augen leuchteten plötzlich auf, als ihn eine wilde Hoffnung durchzuckte. »Bringt mein Banner an die Front!« brüllte er, worauf der Mann mit dem burgunderrot-weißen Banner des Obersten aller Clans herangaloppierte. »Los, meine Kinder!« rief Cho-Hag und lenkte sein Pferd direkt auf die Murgos in der Senke zu. Mit erhobenem Säbel führte der verkrüppelte König von Algarien seine Männer zu den Murgos. Seine Krieger stoben nach links und rechts davon, doch Cho-Hag hielt auf die Mitte zu, die Augen auf das schwarze Banner von Taur Urgas, dem König der Murgos, geheftet.
Und dann sah Cho-Hag das blutrote Kettenhemd von Taur Urgas, der von seiner Leibwache umringt war. Cho-Hag hob seinen blutigen Säbel und rief eine klingende Herausforderung. »Steh auf und kämpfe, du Murgohund!« brüllte er.
Irritiert durch diesen Ruf, riß Taur Urgas sein Pferd herum und starrte den herausfordernden König von Algarien ungläubig an. Plötzlich quollen seine Augen im glühenden Feuer des Irrsinns hervor, und seine schaumbedeckten Lippen verzogen sich zu einem Knurren voller Haß. »Laßt ihn kommen!« knirschte er. »Macht den Weg für ihn frei!«
Seine verblüfften Leibwächter starrten ihn an.
»Macht Platz für den König von Algarien!« kreischte Taur Urgas. »Er gehört mir!« Daraufhin hasteten die Murgos Cho-Hag aus dem Weg.
Der algarische König zügelte sein Pferd. »Endlich ist es soweit, Taur Urgas«, sagte er kalt.
»Tatsächlich, Cho-Hag«, erwiderte Taur Urgas. »Ich habe Jahre auf diesen Augenblick gewartet.«
»Wenn ich gewußt hätte, daß du wartest, wäre ich früher gekommen.«
»Heute ist dein letzter Tag, Cho-Hag.« Die Augen des Murgokönigs blickten jetzt völlig irre, und aus seinen Mundwinkeln tropfte Schaum.

»Willst du mit Drohungen und leeren Worten kämpfen, Taur Urgas? Oder hast du vergessen, wie man ein Schwert zieht?«

Mit einem wahnsinnigen Aufschrei riß Taur Urgas sein Schwert mit der breiten Klinge aus der Scheide und trieb sein schwarzes Pferd auf den algarischen König zu. »Stirb!« heulte er, mit dem Schwert die Luft peitschend. »Stirb, Cho-Hag!«

Es war kein Duell, denn bei einem Duell gelten gewisse Anstandsregeln. Die beiden Könige hieben mit elementarer Brutalität aufeinander ein, und jahrtausendealter, aufgestauter Haß kochte in ihrem Blut. Taur Urgas, dessen Verstand jetzt restlos umwölkt war, schluchzte und plapperte, während er das Schwert gegen seinen Feind schwang. Cho-Hag, eiskalt und mit dem Arm so schnell wie die zuckende Zunge einer Schlange, wich den Hieben des Murgos aus, fing sie mit seinem Säbel ab und ließ seine Klinge wie eine Peitsche knallen, die den König der Murgos wieder und wieder auf Schultern und Gesicht traf.

Die beiden Armeen wichen, wie betäubt von der Wildheit des Zweikampfes, zurück und machten den berittenen Königen Platz für ihre tödliche Auseinandersetzung.

Obszönitäten geifernd, hieb Taur Urgas wie wahnsinnig auf die ungreifbare Gestalt seines Gegners ein, doch Cho-Hag wich kühl aus, parierte und ließ seinen singenden Säbel in das blutende Gesicht des Murgos schnellen.

Schließlich, jenseits aller Grenzen der Vernunft, die ihm noch geblieben war, drängte Taur Urgas mit einem tierischen Aufschrei sein Pferd unmittelbar neben Cho-Hag. Aufrecht in den Steigbügeln stehend, das Schwert wie eine Axt in beiden Händen, holte er aus, um seinen Feind für immer zu zerschmettern. Cho-Hag ließ sein Pferd jedoch zur Seite tänzeln und schlug schon mit aller Kraft zu, als Taur Urgas noch zu seinem Hieb ansetzte. Mit einem stählernen Knirschen fuhr sein Säbel durch das blutrote Kettenhemd des Murgos und durchbohrte den angespannten Körper, um auf seinem Rücken wieder auszutreten.

Taur Urgas, der in seinem Wahn nicht spürte, daß er einen

tödlichen Schlag erlitten hatte, hob noch einmal sein Schwert, doch die Kraft strömte aus seinen Armen, und das Schwert entfiel seinem Griff. Mit ungläubigem Staunen starrte er den Säbel an, der aus seiner Brust ragte, blutiger Schaum schoß ihm aus dem Mund. Er hob seine Hände wie Klauen, als ob er seinem Feind das Gesicht zerkratzen wollte, aber Cho-Hag schlug ihm verächtlich die Hände weg, während er die schlanke, gekrümmte Klinge aus dem Körper des Murgos zog.

»Und so endet es, Taur Urgas«, erklärte er eisig.

»Nein!« krächzte Taur Urgas und versuchte, einen schweren Dolch aus seinem Gürtel zu ziehen.

Cho-Hag beobachtete gelassen seine wirkungslosen Bemühungen. Plötzlich quoll dunkles Blut aus dem Mund des Murgokönigs, und er rutschte geschwächt aus dem Sattel. Mühsam, Blut hustend, kämpfte Taur Urgas sich auf die Füße, den Mann, der ihn gerade tödlich getroffen hatte, verfluchend.

»Trotzdem, guter Kampf«, sagte Cho-Hag mit einem freudlosen Lächeln, dann wandte er sich ab, um davonzureiten.

Taur Urgas fiel zu Boden, seine Hände krallten sich in ohnmächtiger Wut in die weiche Erde. »Komm zurück und kämpfe!« schluchzte er. »Komm zurück!«

Cho-Hag sah über die Schulter zurück. »Tut mir leid, Eure Majestät«, antwortete er, »aber ich habe dringende Angelegenheiten zu erledigen. Das verstehst du doch sicher.« Und damit ritt er davon.

»Komm zurück!« flehte Taur Urgas. Er spuckte Blut und Verwünschungen, die Finger ins Gras gekrallt. »Komm zurück!« Dann brach er zusammen. »Komm zurück und kämpfe«, keuchte er schwach.

Das letzte, was König Cho-Hag von ihm sah, war, wie der sterbende König von Cthol Murgos mit dem Gesicht im Dreck lag und seine zitternden Finger in die Erde grub.

Ein Stöhnen entrang sich den Reihen der Murgos, und von den Algariern ertönte Jubelgeschrei, als Cho-Hag siegreich zu seiner Armee zurückkehrte.

»Da kommen sie wieder«, verkündete General Varana mit kühler Sachlichkeit, während er die neue Welle der Malloreaner beobachtete.

»Wo *bleibt* bloß das Signal?« fragte Rhodar, der angespannt flußabwärts sah. »Was treibt Anheg denn da unten?«

Die vorderen Reihen der Malloreaner prallten auf die Armee. Die drasnischen Lanzenträger stießen mit ihren langen, breiten Speeren zu und richteten unter den rotgekleideten Angreifern erheblichen Schaden an. Die Legionäre hatten ihre Schilde in der Formation einer dichten Mauer erhoben, gegen die die Malloreaner vergebens anliefen. Auf einen scharf gebellten Befehl hin drehten die Legionäre ihre Schilde leicht zur Seite und jeder stieß seine Lanze durch die schmale Lücke zwischen seinem eigenen Schild und dem seines Nachbarn. Die tolnedranischen Lanzen waren zwar nicht so lang wie die drasnischen Piken, aber lang genug. Ein gewaltiger Aufschrei lief durch die vorderen Reihen der Malloreaner, die in großer Zahl vor die Füße ihrer Landsleute fielen.

»Werden sie durchbrechen können?« fragte Rhodar schwer atmend. Obwohl er selbst gar nicht am Kampfgeschehen beteiligt war, geriet der drasnische König bei jedem malloreanischen Angriff ins Schaudern.

Varana schätzte sorgfältig die Stärke des Angriffs ab. »Nein«, schloß er, »diesmal nicht. Habt Ihr einen Plan für den Rückzug ausgearbeitet? Es ist etwas schwierig, sich zurückzuziehen, wenn die Truppen nach vorne drängen.«

»Deswegen schone ich ja die Mimbrer«, antwortete Rhodar. »Sie ruhen ihre Pferde jetzt für einen letzten Angriff aus. Sobald wir das Signal von Anheg bekommen, werden Mandorallen und seine Männer die Malloreaner zurückdrängen, und wir übrigen werden rennen wie die Kaninchen.«

»Der Angriff wird sie nur kurze Zeit zurückhalten«, sagte Varana, »und dann werden sie euch wieder angreifen.«

»Ein Stück weiter flußaufwärts formieren wir uns neu«, erklärte Rhodar.

»Es wird lange dauern, wieder zurück zum Kliff zu kommen,

wenn man alle halbe Meile stehenbleiben und kämpfen muß«, bemerkte Varana.
»Das weiß ich«, fuhr Rhodar ihn unwirsch an. »Habt Ihr eine bessere Idee?«
»Nein«, antwortete Varana. »Ich wollte es nur erwähnt haben.«
»Wo *bleibt* nur das Signal?« wiederholte Rhodar.

Auf einem stillen Hügel in einiger Entfernung von der Schlacht, die am Nordufer tobte, saß der einfältige Bursche aus dem Wald von Arendien und spielte seine Flöte. Seine Melodie war traurig, aber selbst in ihrer Klage schwang sie sich himmelwärts. Der Junge begriff das Kämpfen nicht und war unbemerkt davongewandert. Nun saß er allein auf dem grasbewachsenen Hügel im warmen Sonnenschein, und seine ganze Seele strömte aus seiner Flöte.
Der malloreanische Soldat, der sich mit gezogenem Schwert von hinten an ihn heranschlich, hatte kein Ohr für Musik. Er wußte nicht – oder es kümmerte ihn nicht –, daß die Melodie, die der Knabe spielte, das schönste Lied war, das ein Mensch je gehört hatte.
Das Lied endete ganz plötzlich, um nie wieder zu beginnen.

Der Strom der Verwundeten, die in Arianas Zelt getragen wurden, wurde stärker, und das überforderte Mimbrermädchen war bald gezwungen, grausame Entscheidungen zu treffen. Nur die Männer, die die Chance hatten zu überleben, wurden behandelt. Die tödlich Verwundeten bekamen einen bitteren Kräutertrank, der ihre Schmerzen linderte, dann wurden sie dem Tod überlassen. Jede dieser Entscheidungen zerriß Ariana das Herz, und sie arbeitete mit Tränen in den Augen.
Und dann betrat Brand, der Rivanische Wächter, mit aschfahlem Gesicht das Zelt. Das Kettenhemd des großen Rivaners war blutgetränkt, und sein Schild wies tiefe Kerben von wütenden Schwerthieben auf. Hinter ihm gingen drei seiner Söhne, die die schlaffe, blutende Gestalt ihres jüngeren Bruders Olban trugen.
»Kannst du dich um ihn kümmern?« fragte Brand Ariana heiser.

Doch ein einziger Blick sagte dem blonden Mädchen, daß Olbans Wunde tödlich war. »Ich kann es ihm leichter machen«, sagte sie ausweichend. Sie kniete rasch neben dem blutenden jungen Mann nieder, hob seinen Kopf und setzte ihm einen Becher an die Lippen.

»Vater«, sagte Olban schwach, nachdem er getrunken hatte. »Ich muß dir etwas sagen.«

»Dafür ist später noch Zeit genug«, sagte Brand schroff, »wenn es dir besser geht.«

»Es wird mir nicht mehr besser gehen, Vater«, erwiderte Olban kaum hörbar.

»Unsinn«, widersprach Brand, doch ohne rechte Überzeugung.

»Ich habe nicht viel Zeit, Vater«, sagte Olban hustend. »Bitte hör mich an.«

»Also gut, Olban«, sagte der Wächter und beugte sich vor, um die Worte seines Sohnes besser verstehen zu können.

»In Riva – nachdem Belgarion gekommen war – fühlte ich mich so gedemütigt, weil man dich abgesetzt hatte. Ich konnte es nicht ertragen, Vater.« Olban hustete wieder, blutiger Schaum trat auf seine Lippen.

»Du hättest mich besser kennen sollen, Olban«, sagte Brand sanft.

»Ich weiß es – jetzt.« Olban seufzte. »Aber ich war jung und stolz, und Belgarion – ein Niemand aus Sendarien – hatte dich von deinem rechtmäßigen Platz verdrängt.«

»Es war nie mein Platz, Olban«, sagte Brand. »Es war der seine. Belgarion ist der rivanische König. Das hat nichts mit Rang oder Stellung zu tun. Es ist eine Verpflichtung, und zwar seine, nicht meine.«

»Ich haßte ihn«, wisperte Olban. »Ich begann, ihm überallhin zu folgen. Wo immer er hinging, ich war in seiner Nähe.«

»Wozu?« fragte Brand.

»Zuerst wußte ich es nicht. Dann kam er eines Tages aus dem Thronsaal, in seiner Robe und mit der Krone auf dem Kopf. Er schien so aufgeplustert von seiner eigenen Wichtigkeit – als ob er *wirklich* ein König war, und nicht nur ein sendarischer

Küchenjunge. Da wußte ich, was ich zu tun hatte. Ich nahm meinen Dolch und warf ihn nach ihm.«
Brands Gesicht erstarrte plötzlich.
»Lange Zeit danach versuchte ich, ihm aus dem Weg zu gehen«, fuhr Olban fort. »Ich wußte, daß das, was ich getan hatte, falsch war – schon als der Dolch meine Hand verließ. Ich dachte, wenn ich mich von ihm fernhielte, würde er nie herausfinden, daß ich es gewesen war, der ihn hatte töten wollen. Aber er hat Macht, Vater. Er hat Möglichkeiten, Dinge zu erfahren, die kein Mensch wissen kann. Eines Tages hat er mich aufgesucht und mir den Dolch zurückgegeben, den ich nach ihm geworfen hatte, und er hat mir gesagt, daß ich niemandem erzählen sollte, was ich getan hatte. Er hat das für dich getan, Vater, um dir meine Schande zu ersparen.«
Mit grimmigem Gesicht erhob sich Brand. »Kommt«, sagte er zu seinen drei anderen Söhnen. »Wir müssen kämpfen, wir haben nicht genug Zeit, um sie mit Verrätern zu verschwenden.« Bewußt drehte er seinem sterbenden Sohn den Rücken zu.
»Ich habe versucht, seiner Gnade gerecht zu werden, Vater«, flehte Olban. »Ich habe geschworen, mit meinem Leben seine Königin zu schützen. Zählt das denn nichts?«
Brands Gesicht war steinern, in grimmigem Schweigen wandte er seinem Sohn weiterhin den Rücken zu.
»Belgarion hat mir vergeben, Vater. Kann dein Herz mir nicht auch verzeihen?«
»Nein«, sagte Brand heiser. »Ich kann es nicht.«
»Bitte, Vater«, flehte Olban. »Hast du nicht eine Träne für mich?«
»Nicht eine«, sagte Brand, aber Ariana sah, daß seine Worte nicht der Wahrheit entsprachen. Die Augen des finsteren, graugekleideten Mannes standen voller Tränen, aber seine Miene blieb unbewegt. Ohne ein weiteres Wort schritt er aus dem Zelt.
Wortlos drückten Olbans Brüder ihm nacheinander die Hand, dann folgten sie ihrem Vater.

Olban weinte eine Zeitlang leise, aber dann linderten seine wachsende Schwäche und die Droge, die Ariana ihm gegeben hatte, seinen Kummer. Er lag eine Weile halb dösend auf seiner Pritsche, dann richtete er sich mühsam auf und winkte dem Mimbrermädchen. Sie kniete neben ihm nieder, stützte ihn mit einem Arm und beugte sich zu ihm, um seine stammelnden Worte zu verstehen. »Bitte«, flüsterte er, »bitte sag Ihrer Majestät, was ich meinem Vater gesagt habe, und sag ihr, wie leid es mir tut.« Dann fiel sein Kopf gegen ihre Schulter, und er starb still in ihren Armen.

Ariana blieb keine Zeit zu trauern, denn in diesem Moment trugen drei Sendarier Oberst Brendig herein. Der linke Arm des Obersten war so zerschmettert, daß keine Aussicht auf Heilung bestand.

»Wir waren dabei, die Brücke einzureißen, die zur Stadt hinüberführt«, berichtete einer der Sendarier knapp. »Eine Stütze wollte nicht nachgeben, und da ist der Oberst selbst hin, um sie abzuschlagen. Als sie schließlich brach, fielen die Balken der Brücke auf ihn.«

Ariana untersuchte Brendigs zerschmetterten Arm sorgfältig. »Ich fürchte, hier gibt es keine Rettung, Herr«, sagte sie. »Der Arm muß ab, sonst wird er absterben und Euch das Leben nehmen.«

Brendig nickte düster. »Das hatte ich erwartet«, antwortete er. »Dann sollten wir wohl besser anfangen.«

»Dort!« rief König Rhodar, flußabwärts deutend. »Der Rauch – er ist grün! Das ist das Signal. Wir können jetzt den Rückzug antreten.«

General Varana starrte jedoch auf das flußaufwärts gelegene Ufer. »Ich fürchte, es ist zu spät, Eure Majestät«, sagte er leise. »Eine Armee aus Malloreanern und Nadraks ist gerade westlich von uns am Fluß eingetroffen. Es sieht ganz danach aus, als wäre uns der Weg abgeschnitten.«

18

Die Neuigkeit vom Tode Taur Urgas' verbreitete sich unter Stöhnen in der Armee der Murgos, und den schwarzgekleideten Truppen sank der Mut. Taur Urgas war zwar von seinen Männern gefürchtet worden, aber sein wütender Wahn hatte ihnen doch das eigenartige Gefühl verliehen, unbesiegbar zu sein. Sie hatten den Eindruck gewonnen, daß sich ihnen nichts in den Weg stellen konnte, und daß sie selbst als Werkzeuge seines Willens, in gewissem Grade seine scheinbare Unverwundbarkeit teilten. Doch mit seinem Tode wurde jedem Murgo plötzlich mit kalter Furcht bewußt, daß er ebenfalls sterben konnte, und so wankte der Angriff auf die Armeen des Westens.

König Cho-Hag beobachtete mit grimmiger Genugtuung, wie die Entschlossenheit der Murgos zerbröckelte, dann ritt er hinunter zu der Infanterie und den mimbrischen Rittern, um sich mit den anderen Führern zu beraten. König Fulrach verließ die Reihen seiner Sendarier. Der untersetzte, braunbärtige Monarch wirkte in seinem glänzenden Brustharnisch fast komisch, aber sein Schwert wies Spuren von kürzlichem Gebrauch auf, und sein Helm war an einigen Stellen eingedrückt – stumme Zeugen dafür, daß auch der König von Sendarien am Kampf teilgenommen hatte.

»Habt ihr Anhegs Signal schon gesehen?« fragte Fulrach beim Näherkommen.

Cho-Hag schüttelte den Kopf. »Aber es müßte jetzt jeden Moment kommen«, antwortete er. »Wir sollten einen Plan machen. Hast du Korodullin gesehen?«

»Die Ärzte kümmern sich um ihn«, sagte Fulrach.

»Ist er verletzt?« fragte Cho-Hag bestürzt.

»Ich glaube nicht, daß es allzu ernst ist. Er wollte seinem Freund, dem Baron von Vo Ebor, helfen, und ein Murgo hat ihm eine Keule über den Kopf geschlagen. Sein Helm hat den Schlag weitgehend abgefangen. Er blutet etwas aus den Ohren, aber die Ärzte sagen, er erholt sich wieder. Der Baron ist allerdings in übler Verfassung.«

»Wer führt denn jetzt die Mimbrer?«
»Graf Andorig. Er ist ein guter Mann im Kampf, aber sein Denkvermögen ist etwas beschränkt.«
Cho-Hag lachte kurz auf. »Damit hast du eine Beschreibung fast jeden Arendiers abgegeben, mein Freund. Sie sind *alle* gute Kämpfer, und sie *alle* haben ein leicht begrenztes Denkvermögen.« Vorsichtig stieg er vom Pferd und hielt sich am Sattel fest, als seine schwachen Beine unter ihm nachgeben wollten. »Wir können unsere Entscheidungen auch ohne Andorig treffen, denke ich.« Er warf einen Blick auf die sich zurückziehenden Murgos. »Sobald wir Anhegs Signal sehen, sollten wir hier so schnell wie möglich verschwinden. Im Moment sind die Murgos noch durcheinander, aber wenn der Schock nachläßt, sammeln sie wahrscheinlich noch einmal Kräfte.«
Fulrach nickte. »Hast du Taur Urgas wirklich im Duell getötet?«
Cho-Hag nickte. »Aber es war kein richtiger Zweikampf. Er hat getobt, als er auf mich zustürmte und nicht einmal den Versuch unternommen, sich zu verteidigen. Wenn Anheg das Signal gibt, lassen wir die Mimbrer die Front der Murgos angreifen. Die Murgos werden dann vermutlich kehrt machen und davonlaufen. Ich werde mit meinen Clans hinter ihnen herreiten, um sie davonzujagen. Das sollte dir und deinen Fußtruppen genügend Zeit verschaffen, um flußaufwärts aufzubrechen. Andorig und ich werden euch den Rücken frei halten, bis ihr marschbereit seid. Was meinst du dazu?«
König Fulrach nickte. »Hört sich an, als könnte es klappen«, stimmte er zu. »Glaubst du, sie werden versuchen, uns zu verfolgen?«
Cho-Hag grinste. »Ich werde dafür sorgen, daß sie es nicht tun«, erwiderte er. »Hast du eine Ahnung, was auf der anderen Seite des Flusses vor sich geht?«
»Schwer zu sagen, aber es sieht nicht sehr gut aus.«
»Fällt dir etwas ein, wie wir ihnen Hilfe zukommen lassen können?«
»Auf die schnelle nicht«, meinte Fulrach.

»Mir auch nicht«, gab Cho-Hag zu. Er zog sich wieder in den Sattel. »Ich werde Andorig seine Anweisungen geben. Halt die Augen offen nach Anhegs Signal.«

»Belgarath!« rief Ce'Nedra lautlos, die Hand fest um das Amulett an ihrem Hals gepreßt. »Belgarath, kannst du mich hören?« Sie stand in einiger Entfernung von Durnik, der sich bemühte, es der bewußtlosen Polgara so bequem wie möglich zu machen. Die Prinzessin hielt die Augen fest geschlossen und konzentrierte sich mit aller Kraft und ganzem Herzen darauf, ihre Gedanken auf den alten Zauberer zu richten.

»Ce'Nedra?« Die Stimme des alten Mannes war so klar, als stünde er neben ihr. »Was machst du da? Wo ist Polgara?«

»Ach, Belgarath!« Die Prinzessin schluchzte fast vor Erleichterung. »Hilf uns. Polgara ist bewußtlos, und die Malloreaner greifen wieder an. Wir werden abgeschlachtet, Belgarath. Hilf uns.«

»Beruhige dich«, befahl er barsch. »Was ist mit Pol? Wo seid ihr?«

»Wir sind vor Thull Mardu«, erzählte Ce'Nedra. »Wir mußten die Stadt erobern, damit die Flotte von Cherek flußabwärts fahren konnte. Die Malloreaner und die Murgos haben sich an uns herangeschlichen. Sie greifen seit dem frühen Morgen an.«

Belgarath begann zu fluchen. »Was ist mit Pol?« fragte er unwirsch.

»Die Grolims haben einen schrecklichen Sturm geschickt, und dann kam der Nebel. Polgara und Beldin haben einen Wind wehen lassen, und dann ist sie einfach zusammengebrochen. Beldin sagt, sie hätte sich überanstrengt und wir sollen sie schlafen lassen.«

»Wo ist Beldin?«

»Er sagte, er müßte die Grolims im Auge behalten. Kannst du uns helfen?«

»Ce'Nedra, ich bin dreitausend Meilen von euch entfernt. Garion, Silk und ich sind in Mallorea – praktisch auf Toraks

Türschwellle. Wenn ich auch nur meine Hand hebe, werde ich ihn aufwecken, und Garion ist noch nicht so weit, ihm gegenüberzutreten.«

»Dann sind wir alle dem Untergang geweiht«, jammerte Ce'Nedra.

»Laß das«, fuhr er sie an. »Jetzt ist keine Zeit für hysterische Anfälle. Du mußt Polgara aufwecken.«

»Das haben wir schon versucht – doch Beldin sagt, daß wir sie ruhen lassen müssen.«

»Sie kann sich später ausruhen«, gab Belgarath zurück. »Ist die Tasche, die sie immer bei sich hat, irgendwo in der Nähe? Die, worin sie ihre Kräuter aufbewahrt?«

»Ich – ich glaube schon. Durnik hatte sie vor kurzem noch.«

»Durnik ist bei euch? Gut. Jetzt hör zu, und hör mir gut zu. Hol die Tasche und öffne sie. Das, was du brauchst, ist in einem seidenen Beutel. Öffne weder die Gläser noch die Flaschen. Darin hat sie ihre Gifte. In einem der Seidenbeutel findest du ein gelbes Pulver. Es verströmt einen äußerst beißenden Geruch. Nimm etwa einen Löffel von dem Pulver und streue es in einen Topf mit kochendem Wasser. Stell den Topf neben Pol und leg ihr ein Tuch über das Gesicht, so daß sie die Dämpfe einatmen muß.«

»Und was passiert dann?«

»Sie wird aufwachen.«

»Bist du sicher?«

»Streite nicht mit mir, Ce'Nedra. Sie wird aufwachen, glaube mir. Diese Dämpfe würden auch Tote aufwecken. Wenn sie aufwacht, wird sie wissen, was zu tun ist.«

Ce'Nedra zögerte. »Ist Garion da?« brach es schließlich aus ihr hervor.

»Er schläft. Wir hatten eine schwere Nacht.«

»Wenn er aufwacht, sag ihm, daß ich ihn liebe.« Sie sprach sehr schnell, als ob sie befürchtete, die Worte könnten ihr im Hals steckenbleiben, wenn sie erst noch darüber nachdachte.

»Warum ihn durcheinanderbringen?« fragte der alte Mann.

»Belgarath!« rief Ce'Nedra gekränkt.

»Ich wollte dich nur necken. Ich sage es ihm. Geh jetzt an die Arbeit – und mach das nicht noch einmal. Ich versuche, mich an Torak heranzuschleichen, und es ist ziemlich schwer zu schleichen, wenn man jemanden anbrüllt, der dreitausend Meilen weit weg ist.«

»Wir brüllen doch gar nicht.«

»O doch, es ist zwar eine besondere Art von Geschrei, aber nichtsdestoweniger Geschrei. Jetzt laß das Amulett los und mach dich an die Arbeit.« Dann war seine Stimme verschwunden.

Durnik würde es natürlich nicht verstehen, also tat Ce'Nedra alles Notwendige selbst. Sie suchte herum, bis sie einen kleinen Topf gefunden hatte. Sie füllte ihn mit Wasser und setzte ihn auf das Feuer, das der Schmied in der letzten Nacht angefacht hatte. Dann öffnete sie Polgaras Kräutertasche. Das blonde Kind stand neben ihr und sah ihr neugierig zu.

»Was machst du da, Prinzessin?« fragte Durnik, immer noch besorgt über die schlafende Polgara gebeugt.

»Ich mache etwas, das sie leichter schlafen läßt«, log Ce'Nedra.

»Bist du sicher, daß du auch weißt, was du da tust? Manches davon ist sehr gefährlich.«

»Ich weiß, was ich suche«, antwortete sie. »Vertrau mir, Durnik.«

Das Pulver, das sie nach einigem Suchen schließlich fand, war so beißend, daß ihr die Tränen in die Augen traten. Vorsichtig maß sie etwas davon ab und gab es in den Topf. Die aufsteigenden Dämpfe waren abscheulich, und die Prinzessin hielt das Gesicht abgewandt, als sie den Topf zu Polgara hinübertrug. Sie stellte den Topf neben das blasse, schlafende Gesicht und breitete dann ein Tuch über beides. »Gib mir einen Stock«, bat die Prinzessin den Schmied.

Durnik reichte ihr mit zweifelnder Miene einen abgebrochenen Pfeil.

Ce'Nedra steckte den Pfeil sorgfältig so unter das Tuch, daß sich ein kleines Zelt über Polgaras Gesicht und dem Topf bildete.

»Was jetzt?« fragte Durnik.
»Jetzt warten wir«, sagte Ce'Nedra.
Dann kam vom Schlachtfeld eine Gruppe von verwundeten Sendariern zu dem Grashang, der den kleinen Strand umgab. Ihre Kittel waren blutverschmiert, und einige der Männer trugen Verbände. Im Gegensatz zu den meisten Verwundeten, die an jenem Morgen schon vorbeigekommen waren, hatten diese Männer jedoch noch ihre Waffen.
Unter dem aufgespannten Tuch begann Polgara zu husten.
»Was hast du gemacht?« rief Durnik und riß das Tuch fort.
»Es war nötig«, antwortete Ce'Nedra. »Ich habe mit Belgarath gesprochen. Er hat mir gesagt, daß ich sie aufwecken muß – und wie.«
»Du wirst ihr schaden«, warf Durnik ihr vor. In plötzlichem, untypischem Zorn trat er gegen den dampfenden Topf, so daß er ins Wasser rollte.
Polgaras Lider flatterten, und sie hustete erneut. Aber als sie die Augen öffnete, war ihr Blick leer und verständnislos.
»Könnt ihr uns etwas Wasser geben?« fragte einer der verwundeten Sendarier beim Näherkommen.
»Da ist ein ganzer Fluß voll Wasser«, antwortete Ce'Nedra geistesabwesend mit einer Geste, während sie angespannt in Polgaras Augen sah.
Durnik sah die Männer jedoch bestürzt an und griff plötzlich nach seinem Schwert.
Aber die Männer in den sendarischen Kitteln waren schon den Hang hinabgesprungen und über ihnen. Drei von ihnen waren nötig, um den kräftigen Schmied zu entwaffnen und zu bändigen.
»Ihr seid keine Sendarier«, rief Durnik um sich schlagend.
»Wie klug von dir, das zu bemerken«, erwiderte einer in einem so gutturalen Akzent, daß er kaum zu verstehen war. Ein anderer zog sein Schwert und stellte sich über die verwirrte Polgara. »Hör auf, dich zu wehren, Freund«, befahl er Durnik mit einem häßlichen Grinsen, »oder ich töte diese Frau.«
»Wer seid ihr?« fragte Ce'Nedra entrüstet. »Was soll das?«

»Genaugenommen sind wir Angehörige der Kaiserlichen Elitetruppe«, antwortete der Mann mit dem Schwert gewandt. »Und wir sind hier, Eure Hoheit, um Euch die Einladung Seiner Kaiserlichen Majestät 'Zakath, Kaiser von Mallorea, zu überbringen. Seine Majestät bittet um die Ehre Eurer Gesellschaft in seinem Pavillon.« Seine Miene verfinsterte sich, und er warf seinen Männern einen Blick zu. »Nehmt sie mit«, befahl er. »Wir wollen hier verschwinden, bevor jemand kommt und anfängt, Fragen zu stellen.«

»Sie ziehen Gräben«, berichtete Hettar König Rhodar, nach Westen auf ihren nunmehr blockierten Fluchtweg deutend. »Sie haben schon einen Graben fertig, der etwa eine halbe Meile weit vom Fluß wegführt.«

»Gibt es eine Möglichkeit, sie zu umgehen?« fragte Rhodar.

Hettar schüttelte den Kopf. »Die ganze Flanke brodelt nur so vor Nadraks.«

»Dann müssen wir durch sie hindurch«, entschied der König von Drasnien.

»Man kann Gräben schlecht zu Pferd angreifen«, erklärte Hettar.

»Wir stürmen sie mit der Infanterie«, erläuterte Rhodar. »Wir haben einen gewissen Vorteil. Die asturischen Bögen haben eine größere Reichweite als die der Malloreaner. Wir schicken die Bogenschützen an die Front, während wir vorrücken. Sie können die Gräben unter Beschuß nehmen und anschließend die malloreanischen Bogenschützen, die hinter der Front stehen. Die Lanzenträger gehen zuerst.« Der schwitzende, dicke Mann warf General Varana einen Blick zu. »Können Eure Legionäre die Gräben säubern, wenn wir eine Bresche für sie schlagen?«

Varana nickte. »Wir üben gerade intensiv Grabenkämpfe«, erwiderte er zuversichtlich. »Wir säubern die Gräben.«

»Wir transportieren die Verwundeten mit der Hauptmacht«, sagte Rhodar. »Jemand soll Polgara und die Prinzessin suchen. Es ist Zeit zum Aufbruch.«

»Welche Aufgabe habt Ihr für Graf Hettar und mich?« fragte Mandorallen. Die Rüstung des großen Ritters wies etliche Beulen auf, aber er sprach so ruhig, als hätte er nicht den ganzen Vormittag mit schweren Gefechten verbracht.

»Ich möchte, daß du mit deinen Rittern die Nachhut bildest«, sagte Rhodar. »Haltet uns den Rücken frei.« Er wandte sich an Hettar. »Und ich möchte, daß du dich mit den Clans um die Nadraks kümmerst. Ich will nicht, daß sie heranschwärmen, während wir noch in den Gräben hocken.«

»Das ist eine Verzweiflungstaktik, König Rhodar«, sagte General Varana ernst. »Es ist immer mit Verlusten verbunden, Verschanzungen anzugreifen, auch wenn sie nur eilig errichtet wurden, und Ihr wollt das tun, während Euch von hinten noch eine Armee bedrängt. Wenn Euer Angriff zurückgeschlagen wird, steht Ihr zwischen zwei übermächtigen Fronten. Sie werden Euch zermalmen.«

»Ich weiß«, gab Rhodar düster zu, »aber unsere einzige Hoffnung zu entkommen liegt darin, die Linie zu durchbrechen, die uns den Weg abgeschnitten hat. Wir *müssen* uns flußaufwärts zurückziehen. Sag deinen Männern, daß diese Gräben beim ersten Angriff genommen werden *müssen*. Wenn nicht, werden wir alle hier sterben. Also, meine Herren, viel Glück.«

Wieder einmal führte Mandorallen seine stahlgepanzerten Ritter in ihrem furchtbaren Angriff, und wieder einmal wichen die angreifenden Malloreaner entsetzt zurück, als die berittenen Männer Mimbres ihre vorderen Reihen erschütterten. Diesmal jedoch wandten sich die Lanzenträger und die Legionäre, sobald sie sich vom Feind lösen konnten, scharf nach links und verließen in klirrendem Laufschritt ihre Stellungen, um den Sendariern und Asturiern zu folgen, die sich bereits nach Westen von dem Schlachtfeld zurückzogen.

Die Hinhaltetaktik der Mimbrer brachte Verluste. Reiterlose Pferde galoppierten wild über das Schlachtfeld und vergrößerten die Verwüstung noch dadurch, daß sie die Malloreaner niedertrampelten. Hier und dort lag zwischen den roten Tuniken, die das Feld wie ein Teppich bedeckten, die blitzende

Gestalt eines gefallenen Ritters. Wieder und wieder stürmten die Mimbrer gegen die vorrückende rote Flut an. Sie verlangsamten das Heer der Malloreaner, aber sie konnten es nicht aufhalten.

»Es wird knapp, Eure Majestät«, sagte General Varana, während er neben König Rhodar auf die hastig aufgestellten Linien zuritt, die ihren Rückzug verwehrten. »Selbst wenn wir durchbrechen, werden wir den Großteil der malloreanischen Kräfte auf den Fersen haben.«

»Ihr habt Talent, das Offensichtliche auszusprechen, General«, entgegnete Rhodar. »Sobald wir durch sind, schicken wir die Bogenschützen nach hinten und lassen die Malloreaner in einem Regen von Pfeilen marschieren. Das wird sie aufhalten.«

»Bis den Bogenschützen die Pfeile ausgehen«, setzte Varana hinzu.

»Nachdem wir durchgebrochen sind, schicke ich die Algarier vor. Fulrach hat ganze Wagenladungen von Pfeilen an den Stromschnellen.«

»Die zwei Tagesmärsche entfernt sind.«

»Müßt Ihr immer nur die dunkle Seite aller Dinge betrachten?«

»Ich versuche nur, vorauszuschauen, Eure Majestät.«

»Macht es Euch etwas aus, woanders vorauszuschauen?«

Die Algarier ritten an die rechte Flanke der zurückweichenden Armee und sammelten sich dort in ihren charakteristischen kleinen Gruppen, um sich auf den Angriff gegen die Nadraks vorzubereiten, die auf den Hügeln oberhalb des Flusses zusammengezogen waren. Hettar galoppierte mit wehender Skalplocke voran, den Säbel gezogen, mit kaltem Blick. Die Nadraks schienen zuerst seinen Angriff abwarten zu wollen, doch dann wandten sie sich überraschenderweise ab und ritten eilig zum Fluß hinunter.

Aus der Mitte dieser plötzlichen Woge schwenkte etwa ein halbes Dutzend Reiter unter der nadrakischen Fahne aus und hielt auf die anrückenden Algarier zu. Einer der Reiter hielt einen kurzen Stock mit einem weißen Stoffetzen daran hoch. Etwa hundert Meter vor Hettar blieb die Gruppe abrupt stehen.

»Ich muß mit Rhodar sprechen«, bellte einer der Nadraks mit schriller Stimme. Er war groß und hager, hatte ein pockennarbiges Gesicht und einen kümmerlichen Bart, doch auf dem Kopf trug er eine Krone.

»Ist das ein Trick?« rief Hettar zurück.

»Natürlich, du Hohlkopf«, brüllte der hagere Mann. »Aber diesmal nicht gegen euch. Bring mich sofort zu Rhodar.«

»Behaltet sie im Auge«, befahl Hettar einem anderen Clanführer und deute auf die nadrakische Armee, die jetzt auf die malloreanischen Gräben zuströmte, mit denen den zurückweichenden Alornern der Weg versperrt wurde. »Ich bringe diesen Verrückten zu König Rhodar.« Er machte kehrt und führte die nadrakischen Krieger zur Infanterie.

»Rhodar!« schrie der dünne Mann mit der Krone, als sie sich dem drasnischen König näherten. »Beantwortest du deine Post eigentlich nie?«

»Was machst du hier, Drosta?« rief König Rhodar zurück.

»Ich wechsle die Seiten, Rhodar«, antwortete König Drosta lek Thun mit einem fast hysterischen Lachen. »Ich verbünde mich mit euch. Ich stehe seit Wochen mit deiner Königin in Verbindung. Hast du ihre Nachrichten nicht erhalten?«

»Ich dachte, du würdest nur ein Spielchen betreiben.«

»Natürlich treibe ich Spielchen.« Der nadrakische König kicherte. »Ich habe immer etwas im Ärmel. Gerade im Moment öffnet meine Armee einen Fluchtweg für euch. Ihr *wollt* doch fliehen, oder nicht?«

»Selbstverständlich.«

»Ich auch. Meine Truppen werden die Malloreaner in den Gräben abschlachten, und dann können wir gemeinsam Fersengeld geben.«

»Ich traue dir nicht, Drosta«, sagte Rhodar unverblümt.

»Rhodar«, sagte Drosta mit gespielter Enttäuschung, »wie

kannst du einem alten Freund so etwas sagen?« Wieder kicherte er, schrill und nervös.

»Ich möchte wissen, warum du mitten in der Schlacht die Seiten wechselst, vor allem, wenn deine Seite dabei ist zu gewinnen.«

»Rhodar, in meinem Reich wimmelt es vor Malloreanern. Wenn ich dir nicht helfe, sie zu schlagen, wird 'Zakath Gar og Nadrak einfach verschlingen. Aber es ist eine lange und zu komplizierte Geschichte, um sie jetzt zu erzählen. Willst du meine Hilfe annehmen?«

»Ich nehme alle Hilfe, die ich bekommen kann.«

»Gut. Vielleicht können wir uns später betrinken und über alles reden, aber im Moment sollten wir hier verschwinden, ehe 'Zakath davon hört und persönlich hinter mir her ist.« Der König von Gar og Nadrak lachte wieder, dasselbe schrille, nahezu hysterische Lachen wie schon vorher. »Ich habe es geschafft, Rhodar«, jubelte er. »Ich habe es tatsächlich geschafft, 'Zakath von Mallorea zu verraten und davonzukommen.«

»Noch bist du nicht davongekommen, Drosta«, sagte Rhodar trocken.

»Aber ich werde es, wenn wir schnell genug sind, Rhodar, und im Moment habe ich die rechte Lust zu einem Rennen.«

'Zakath, Kaiser des grenzenlosen Mallorea, war ein Mann mittlerer Größe, mit glänzendem, schwarzem Haar und heller, olivfarbener Haut. Seine Züge waren regelmäßig, er sah sogar gut aus, aber sein Blick wirkte gehetzt, als würde er von einer tiefsitzenden Niedergeschlagenheit gequält. Er mochte etwa fünfunddreißig Jahre alt sein, und er trug ein einfaches Leinengewand ohne Schmuck oder Abzeichen, die seinen hohen Rang verrieten.

Sein Pavillon stand in der Mitte des malloreanischen Lagers, einer ausgedehnten Ansammlung von Zelten, die auf der Ebene von Mishrak ac Thull aufgeschlagen war. Der Lehmboden des Pavillons war mit kostbaren malloreanischen Teppi-

chen bedeckt, und die glänzend polierten Tische und Stühle waren mit Gold und Perlmutter eingelegt. Kerzen verbreiteten warmes Licht. Irgendwo in der Nähe spielte eine kleine Gruppe von Musikanten gedämpfte Melodien in Moll.
In Gesellschaft des Kaisers befand sich einzig eine noch junge Katze, eine gewöhnliche Tigerkatze mit der hochgewachsenen, langbeinigen Ungeschicklichkeit, die den Jungtieren ihrer Rasse eigen ist. Während 'Zakath sie mit einer Art trauriger Belustigung beobachtete, schlich sich die kleine Katze an ein zusammengeknülltes Pergament heran. Ihre Pfoten bewegten sich lautlos über den Teppich, ihr Gesicht war angespannt vor Konzentration.
Als Prinzessin Ce'Nedra und ihre Freunde in den Pavillon geführt wurden, hob 'Zakath, der auf einem niedrigen, mit Kissen gepolsterten Diwan saß, seine Hand, um Schweigen zu gebieten, die Augen noch immer auf die Katze geheftet. »Sie jagt«, murmelte der Kaiser mit lebloser Stimme.
Die Katze pirschte näher an ihre Beute heran, drehte sich und bewegte nervös die Hinterbeine. Ihr Körper wand sich von links nach rechts, der Schwanz peitschte hin und her. Dann sprang sie auf das Pergament. Die Kugel knisterte beim Aufprall, und verwirrt schoß das Tier in die Höhe. Es stieß versuchsweise mit der Pfote gegen die Kugel und hatte plötzlich ein neues Spiel gefunden. Sie stieß die Kugel mit sanften Pfotenhieben über den Boden und hüpfte mit linkischer Begeisterung hinter ihr her.
'Zakath lächelte traurig. »Eine junge Katze«, sagte er, »die noch viel zu lernen hat.« Er erhob sich elegant und verbeugte sich vor Ce'Nedra. »Eure Kaiserliche Hoheit«, begrüßte er sie förmlich. Seine Stimme war klangvoll, aber eigenartig leblos.
»Eure Kaiserliche Majestät«, antwortete Ce'Nedra, höflich den Kopf neigend.
»Bitte, Herr«, sagte 'Zakath zur Durnik, der die immer noch benommene Polgara stützte, »laßt die Dame hier ruhen.« Er deutete auf den Diwan. »Ich werde nach meinen Ärzten schikken, die sich um ihre Unpäßlichkeit kümmern werden.«

»Eure Majestät ist zu freundlich.« Ce'Nedras Lippen formten die üblichen Phrasen, aber ihre Augen suchten in 'Zakaths Gesicht nach Anzeichen für seine wahren Absichten. »Es ist überraschend, eine solche Höflichkeit anzutreffen – unter diesen Umständen.«

Er lächelte wieder sein seltsames Lächeln. »Und natürlich sind alle Malloreaner wütende Fanatiker – wie Murgos. Höflichkeit paßt nicht zum Charakter, oder?«

»Wir wissen nur wenig über Mallorea und sein Volk«, erwiderte die Prinzessin. »Ich war nicht sicher, was ich erwarten sollte.«

»Das überrascht mich«, bemerkte der Kaiser. »Ich weiß sehr viel über Euren Vater und Eure alornischen Freunde.«

»Eure Majestät hat auch die Grolims, die bei der Beschaffung von Informationen behilflich sind«, sagte Ce'Nedra, »während wir uns mit gewöhnlichen Sterblichen begnügen müssen.«

»Die Grolims werden überschätzt, Prinzessin. Ihre Loyalität gilt in erster Linie Torak, in zweiter ihrer eigenen Hierarchie. Sie sagen mir nur, was sie mir sagen wollen – wenn es mir auch gelegentlich gelingt, von dem einen oder anderen zusätzliche Informationen zu erhalten. Das hilft, die übrigen ehrlich bleiben zu lassen.«

Ein Diener betrat den Pavillon, fiel auf die Knie und preßte das Gesicht auf den Boden.

»Ja?« fragte 'Zakath.

»Eure Kaiserliche Majestät bat darum, daß der König von Thull hergebracht würde«, antwortete der Diener.

»Ach ja, das hatte ich fast vergessen. Bitte entschuldigt mich für einen Moment, Prinzessin Ce'Nedra – eine kleine Angelegenheit erfordert meine Aufmerksamkeit. Bitte, macht es Euch und Euren Freunden bequem.« Er betrachtete kritisch Ce'Nedras Rüstung. »Wenn wir gespeist haben, werde ich dafür sorgen, daß die Frauen meines Haushaltes passendere Kleidung für Euch und die Dame Polgara besorgen. Braucht das Kind noch irgend etwas?« Er sah Botschaft neugierig an, der interessiert die Katze beobachtete.

»Ihm fehlt nichts, Eure Majestät«, antwortete Ce'Nedra. Ihr Verstand arbeitete rasch. Dieser gewandte, geschliffene Herr war vielleicht leichter zu behandeln, als sie gedacht hatte.

»Bringt den König der Thulls herein«, befahl 'Zakath, mit einer Hand müde die Augen beschattend.

»Sofort, Eure Kaiserliche Majestät«, sagte der Diener, kam auf die Füße und ging tief gebückt rückwärts aus dem Pavillon.

Gethell, der König von Mishrak ac Thull, war ein kräftig gebauter Mann mit strähnigem, graubrauem Haar. Sein Gesicht war käsig weiß, als man ihn hereinführte, und er zitterte heftig. »Eu-Eure Kaiserliche Majestät«, stammelte er heiser.

»Du hast vergessen, dich zu verbeugen, Gethell«, erinnerte 'Zakath ihn sanft. Einer der malloreanischen Wachtposten ballte die Faust und hieb sie Gethell in den Magen. Der thullische Monarch klappte zusammen.

»So ist es besser«, sagte 'Zakath anerkennend. »Ich habe dich aufgrund einiger unerfreulicher Nachrichten, die mich vom Schlachtfeld erreichten, hergebeten, Gethell. Meine Kommandeure berichten, daß deine Truppen sich im Kampf bei Thull Mardu nicht besonders tapfer gezeigt haben. Ich bin kein Soldat, aber mir scheint, daß deine Männer zumindest *einen* Angriff der mimbrischen Ritter hätten aushalten sollen, ehe sie davonliefen. Man hat mich jedoch davon in Kenntnis gesetzt, daß sie es nicht taten. Hast du mir eine Erklärung dafür anzubieten?«

Gethell begann unzusammenhängend zu stammeln.

»Das hatte ich auch nicht erwartet«, sagte 'Zakath. »Nach meiner Erfahrung ist es das Ergebnis schlechter Führung, wenn die Leute nicht tun, was von ihnen erwartet wird. Mir scheint, daß du dir nicht genügend Mühe gegeben hast, deine Männer zur Tapferkeit zu erziehen. Das war eine sehr ernste Nachlässigkeit von dir, Gethell.«

»Vergebt mir, edler 'Zakath«, jammerte der König der Thulls, entsetzt auf die Knie fallend.

»Aber selbstverständlich vergebe ich dir, lieber Freund«, erwiderte 'Zakath. »Wie absurd anzunehmen, ich täte es nicht. Aber irgendein Verweis wäre doch angebracht, meinst du nicht?«

»Ich übernehme die volle Verantwortung«, erklärte Gethell auf Knien.

»Wunderbar, Gethell. Wirklich ausgezeichnet. Ich bin so froh, daß dieses Gespräch so angenehm verläuft. Wir haben alle Unannehmlichkeiten vermeiden können.« Er wandte sich an den Diener. »Würdest du so gut sein, König Gethell mit hinauszunehmen und ihn auspeitschen zu lassen?«

»Sofort, Eure Kaiserliche Majestät.«

Gethell traten fast die Augen aus dem Kopf, als die beiden Soldaten ihn hochzerrten.

»Nun«, überlegte 'Zakath. »Was machen wir mit ihm, nachdem er ausgepeitscht wurde?« Er dachte einen Augenblick nach. »Ach, ich weiß. Gibt es hier in der Nähe irgendwo schönes, festes Holz?«

»Es ist alles nur offenes Grasland, Eure Majestät.«

»Wie schade.« 'Zakath seufzte. »Ich wollte dich eigentlich kreuzigen lassen, Gethell, aber ich fürchte, ich muß davon Abstand nehmen. Vielleicht sind fünfzig Extrahiebe ebenso zweckdienlich.«

Gethell begann zu blubbern.

»Ach komm, mein lieber Freund, so geht das doch nicht. Du *bist* schließlich ein König, dann mußt du auch deinen Männern mit gutem Beispiel vorangehen. Geh jetzt. Ich habe Gäste. Wir wollen hoffen, daß der Anblick deiner öffentlichen Auspeitschung deinen Truppen größeren Ansporn gibt, sich tapferer zu verhalten. Sie werden sich denken können, wenn ich *dir* das antue, wird das, was sie erwartet, entschieden schlimmer sein. Wenn du dich erholt hast, bestärke sie in diesem Glauben, denn wenn es das nächste Mal passiert, werde ich dafür sorgen, daß die notwendigen Holzbalken zur Verfügung stehen. Bringt ihn fort«, sagte er zu seinen Männern, ohne Gethell auch nur noch eines Blickes zu würdigen.

»Verzeiht mir die Unterbrechung, Eure Hoheit«, entschuldigte

er sich. »Diese kleinen Verwaltungsdinge nehmen immer soviel Zeit in Anspruch.«
Der König der Thulls wurde schluchzend aus dem Pavillon geschleift.
»Ich habe ein kleines Essen für Euch und Eure Freunde bereiten lassen, Prinzessin Ce'Nedra«, fuhr 'Zakath fort. »Nur die feinsten Delikatessen. Dann werde ich Vorsorge treffen, daß es Euch nicht an Bequemlichkeit mangelt.«
»Ich hoffe, daß ich Eure Kaiserliche Majestät nicht beleidige«, begann Ce'Nedra tapfer, »aber man ist gespannt auf Eure Zukunftspläne in bezug auf uns.«
»Bitte macht Euch keine Sorgen, Eure Hoheit«, erwiderte 'Zakath mit seiner leblosen Stimme. »Mich hat die Nachricht erreicht, daß dieser Verrückte, Taur Urgas, tot ist. Ich werde nie imstande sein, Euch diesen Dienst zurückzuzahlen, und ich hege keinerlei Groll gegen Euch.« Er warf einen Blick in eine Ecke des Zeltes, wo seine Katze, behaglich schnurrend, auf dem Rücken in Botschafts Schoß lag und alle viere von sich streckte. Das lächelnde Kind kraulte der Katze zärtlich den Bauch. »Wie reizend«, murmelte 'Zakath traurig.
Dann erhob sich der Kaiser des grenzenlosen Mallorea und näherte sich dem Diwan, auf dem Durnik saß und Polgara stützte. »Meine Königin«, sagte er, sich tief verbeugend. »Eure Schönheit übertrifft bei weitem alles, was ich davon gehört habe.«
Polgara öffnete die Augen und sah ihn kühl an. Eine wilde Hoffnung keimte in Ce'Nedra auf. Polgara war bei Bewußtsein.
»Ihr seid höflich, Herr«, sagte Polgara mit schwacher Stimme.
»Ihr *seid* meine Königin, Polgara«, erklärte 'Zakath, »und jetzt kann ich das ewige Verlangen meines Gottes nach Euch begreifen.« Er seufzte, als ob seine dauernde Traurigkeit wieder von ihm Besitz ergriffen hätte.
»Was habt Ihr mit uns vor?« fragte Durnik, die Arme schützend um Polgara gelegt.
Wieder seufzte 'Zakath. »Der Gott meines Volkes ist kein guter

oder freundlicher Gott«, sagte er zu dem Schmied. »Wenn es mir überlassen worden wäre, die Dinge zu arrangieren, wäre alles anders gekommen. Aber man hat mich nicht gefragt. Ich bin ein Angarak, und ich muß mich dem Willen Toraks beugen. Der Schlaf des Drachengottes wird unruhig, und ich muß seinen Befehlen gehorchen. Auch wenn es mich zutiefst schmerzt, ich muß Euch und Eure Freunde an die Grolims ausliefern. Sie werden Euch zu Zedar bringen, dem Schüler Toraks, und in Cthol Mishrak, der Stadt der Nacht, wird *er* über Euer Schicksal entscheiden.«

Teil III

Mallorea

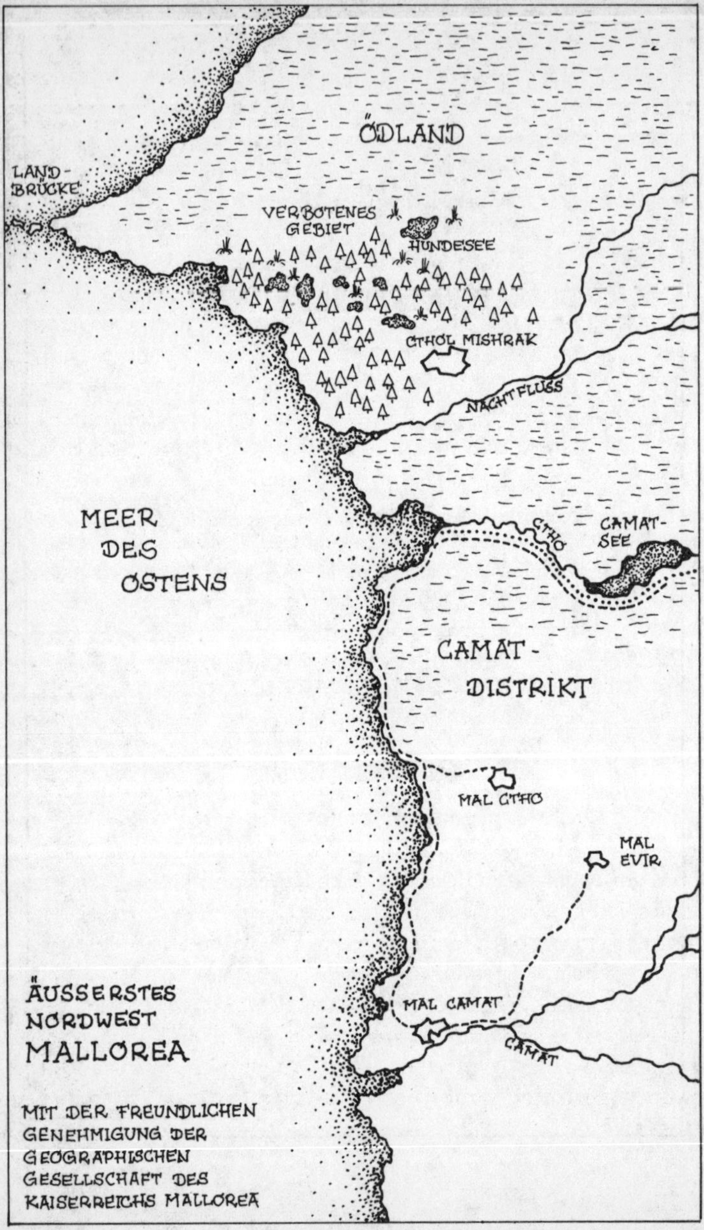

ÖDLAND
LANDBRÜCKE
VERBOTENES GEBIET
HUNDESEE
CTHOL MISHRAK
NACHTFLUSS
MEER DES OSTENS
CTHO
CAMAT-SEE
CAMAT-DISTRIKT
MAL CTHO
MAL EVIR
MAL CAMAT
CAMAT
ÄUSSERSTES NORDWEST MALLOREA
MIT DER FREUNDLICHEN GENEHMIGUNG DER GEOGRAPHISCHEN GESELLSCHAFT DES KAISERREICHS MALLOREA

19

Sie blieben fast eine Woche lang in den kaiserlichen Gemächern als persönliche Gäste Kaiser 'Zakaths, der aus irgendeinem Grund ein melancholisches Vergnügen an ihrer Gesellschaft zu haben schien. In dem Labyrinth aus seidenen Zelten und Pavillons, die 'Zakaths Haushalt beherbergten, wurden ihnen Unterkünfte angewiesen, und um ihre Bequemlichkeit kümmerte sich der Kaiser höchstpersönlich.

Der seltsame Mann mit den traurigen Augen verwirrte Prinzessin Ce'Nedra. Obwohl er eine Seele von Höflichkeit war, fand sie die Erinnerung an sein Gespräch mit König Gethell erschreckend. Seine Unbarmherzigkeit wirkte um so furchterregender, weil er nie die Beherrschung verlor. Auch schien er nie zu schlafen, und wenn er – oft mitten in der Nacht – das Bedürfnis nach Unterhaltung verspürte, schickte er nach Ce'Nedra. Er entschuldigte sich nie dafür, daß er ihre Ruhe gestört hatte. Es schien ihm nicht einmal in den Sinn zu kommen, daß seine Ansprüche ihr Wohlbefinden in irgendeiner Weise beeinträchtigen könnten.

»Wo hat König Rhodar seine militärische Ausbildung erhalten?« fragte 'Zakath sie während einer dieser nächtlichen Unterhaltungen. »Meine Informationen über ihn erwähnen überhaupt nichts von einem solchen Talent.« Der Kaiser saß tief in den purpurfarbenen Kissen eines gepolsterten Sessels. Goldenes Kerzenlicht spielte auf seinem Gesicht, und seine Katze lag dösend in seinem Schoß.

»Ich weiß es wirklich nicht, Eure Majestät«, antwortete Ce'Nedra, geistesabwesend mit dem Ärmel des hellen Seidengewandes spielend, das man ihr kurz nach ihrer Ankunft gegeben hatte. »Ich habe Rhodar erst letzten Winter kennengelernt.«

»Sehr seltsam«, grübelte 'Zakath. »Wir hatten immer angenommen, daß er nur ein törichter alter Mann sei, der seine junge Frau vergöttert. Wir hatten ihn nie als mögliche Bedrohung eingestuft. Wir haben unser Augenmerk auf Brand und Anheg gerichtet. Brand ist zu bescheiden, um einen guten

Führer abzugeben, und Anheg schien zu unberechenbar zu sein, um uns ernsthafte Sorgen zu bereiten. Dann tauchte Rhodar aus dem Nichts auf und übernahm das Kommando. Die Alorner sind ein Rätsel, nicht wahr? Wie kann ein vernünftiges tolnedranisches Mädchen wie Sie es sind, diese Leute ertragen?«

Sie lächelte kurz. »Sie haben auch einen gewissen Charme, Eure Majestät«, sagte sie keck.

»Wo ist Belgarion?« Die Frage kam ohne jede Vorwarnung.

»Das wissen wir nicht, Eure Majestät«, antwortete Ce'Nedra ausweichend. »Die Dame Polgara war außer sich, als er sich davongeschlichen hat.«

»In Gesellschaft von Belgarath und Kheldar«, setzte der Kaiser hinzu. »Wir haben von der Suche nach ihnen gehört. Sagt mir, Prinzessin, hat er zufällig Cthrag Yaska bei sich?«

»Cthrag Yaska?«

»Den brennenden Stein – den ihr im Westen das Auge Aldurs nennt.«

»Ich bin nicht bereit, darüber zu sprechen, Eure Majestät«, sagte sie spröde, »und ich bin überzeugt, daß Ihr zu höflich seid, um die Information aus mir herauszuzwingen.«

»Prinzessin«, sagte er tadelnd.

»Es tut mir leid, Eure Majestät«, entschuldigte sie sich mit dem raschen, mädchenhaften Lächeln, das immer ihre letzte Zuflucht war.

'Zakath lächelte sanft. »Ihr seid eine gerissene junge Frau, Ce'Nedra.«

»Ja, Eure Majestät«, gab sie zu. »Was hat Euch und Taur Urgas veranlaßt, Eure Feindschaft zu begraben und Euch gegen uns zu vereinen?« Sie wollte ihm zeigen, daß auch sie überraschende Fragen stellen konnte.

»In unserem Angriff lag keine Einheit, Prinzessin«, erwiderte er. »Ich habe lediglich auf Taur Urgas reagiert.«

»Das verstehe ich nicht.«

»Solange er in Rak Goska blieb, war ich völlig zufrieden, in Thull Zelik zu bleiben, aber sobald er begann, nach Norden zu marschieren, mußte ich handeln. Das Land der Thulls ist von zu großer strategischer Wichtigkeit, als daß man es von einer feindlichen Macht besetzen lassen könnte.«

»Und was jetzt, 'Zakath?« fragte Ce'Nedra dreist. »Taur Urgas ist tot. Wohin wollt Ihr Euch jetzt auf der Suche nach einem Feind wenden?«

Er lächelte kalt. »Wie wenig Ihr uns versteht, Ce'Nedra. Taur Urgas war nur das Symbol für den Fanatismus der Murgos. Ctuchik ist tot, und Taur Urgas ist tot – aber das Reich der Murgos besteht weiter, ebenso wie Mallorea weiterbestehen wird, wenn ich nicht mehr bin. Unsere Feindschaft reicht Äonen zurück. Aber endlich ist ein malloreanischer Kaiser in der Lage Cthol Murgos ein für allemal zu zerschmettern und sich zum unumschränkten Großkönig von Angarak zu machen.«

»Dann geht es Euch um die Macht?«

»Worum sonst?« fragte er traurig. »Als ich noch sehr jung war, glaubte ich, daß es noch andere Dinge gäbe, aber die Ereignisse haben bewiesen, daß ich mich getäuscht hatte.« Ein schmerzlicher Zug glitt über sein Gesicht, und er seufzte. »Mit der Zeit werdet Ihr dieselbe Wahrheit entdecken. Euer Belgarion wird kälter werden, wenn die Jahre vergehen und die kalte Befriedigung der Macht ihn mehr und mehr in Besitz nimmt. Wenn dies abgeschlossen ist und nur noch seine Liebe zur Macht übrigbleibt, dann werden er und ich unausweichlich gegeneinander prallen wie zwei große Flutwellen. Ich werde ihn nicht angreifen, ehe seine Erziehung nicht vollständig ist. Es liegt keine Befriedigung darin, einen Mann zu vernichten, der die Wirklichkeit noch nicht vollkommen begreift. Wenn alle seine Illusionen dahin sind und ihm nur mehr die Liebe zur Macht geblieben ist, dann wird er ein würdiger Gegner für mich sein.« Sein Gesicht hatte sich umwölkt. Er sah sie an, mit Augen, kalt und leblos wie Eis. »Ich habe Euch lange genug von Eurem Schlaf ferngehalten, Prinzessin«, sagte er. »Geht zu Bett und träumt von Liebe und anderen Absurditäten. Zu bald schon werden diese Träume zerbrechen, darum freut Euch an ihnen, solange Ihr könnt.«

Früh am nächsten Morgen betrat Ce'Nedra den Pavillon, in dem Polgara ruhte und sich von dem Kampf mit den Grolims vor Thull Mardu erholte. Sie war wach, aber immer noch sehr schwach.
»Er ist genauso verrückt wie Taur Urgas«, berichtete Ce'Nedra. »Er ist so besessen von der Idee, Großkönig von Angarak zu werden, daß er überhaupt nicht auf das achtgegeben hat, was wir getan haben.«
»Das wird sich vielleicht ändern, wenn Anheg damit anfängt, seine Schiffe zu versenken«, meinte Polgara. »Es gibt im Moment nichts, was wir tun könnten, also hör ihm weiter zu und sei höflich.«
»Glaubst du, wir sollten versuchen zu fliehen?«
»Nein.«
Ce'Nedra sah sie verblüfft an.
»Was im Augenblick geschieht, ist so vorbestimmt. Es gibt einen Grund dafür, daß wir vier – du, Durnik, Botschaft und ich – nach Mallorea gehen. Damit sollten wir nicht spielen.«
»Du wußtest, daß dies geschehen würde?«
Polgara lächelte sie müde an. »Ich wußte, daß wir dorthin gehen würden. Aber ich wußte nicht genau, wie. 'Zakath stört unsere Pläne nicht, also sollten wir ihn nicht verärgern.«
Ce'Nedra seufzte resigniert. »Wie du meinst, Polgara.«
Am frühen Nachmittag desselben Tages erreichten die ersten Nachrichten von König Anhegs Taten im Meer des Ostens Kaiser 'Zakath. Ce'Nedra, die anwesend war, als die Neuigkeiten überbracht wurden, spürte insgeheim Genugtuung, als der eiskalte Mann die ersten Anzeichen von Verwirrung zeigte, die sie an ihm sah.
»Bist du sicher?« fragte er den zitternden Boten und deutete auf das Pergament.
»Ich habe die Nachricht nur überbracht, Herr.« Der Bote wich ängstlich vor dem Zorn seines Kaisers zurück.
»Warst du in Thull Zelik, als die Schiffe einliefen?«
»Es war nur ein Schiff, hoher Herr.«
»Ein Schiff von fünfzig?« 'Zakaths Ton verriet seine Ungläu-

bigkeit. »Waren da nicht noch andere – vielleicht an der Küste?«

»Die Seeleute sagten nein, Eure Majestät.«

»Was für ein Barbar ist dieser Anheg von Cherek?« rief 'Zakath zu Ce'Nedra gewandt aus. »Jedes dieser Schiffe hatte zweihundert Mann an Bord.«

»König Anheg ist Alorner, Eure Majestät«, erwiderte Ce'Nedra kühl. »Sie sind ein unberechenbares Volk.«

Unter großen Mühen gewann 'Zakath seine Fassung wieder. »Ich verstehe«, sagte er nach kurzer Überlegung. »Das war von Anfang an Euer Plan, nicht wahr, Prinzessin? Der ganze Angriff auf Thull Mardu war ein Täuschungsmanöver.«

»Nicht ganz, Eure Majestät. Man hat mir versichert, daß die Stadt eingenommen werden mußte, damit die Flotte passieren konnte.«

»Aber warum ertränkt er *meine* Soldaten? Ich hege keinen Groll gegen die Alorner.«

»Aber Torak – so sagte man mir jedenfalls. Und es ist Torak, der die vereinten Armeen von Angarak befehligen wird. Wir können nicht zulassen, daß Eure Truppen auf diesem Kontinent landen, Eure Majestät. Wir können Torak diesen Vorteil nicht zugestehen.«

»Torak schläft – und wird wohl noch eine Reihe von Jahren weiterschlafen.«

»Nach unseren Informationen wird es nicht annähernd so lange sein. Belgarath selbst ist überzeugt, daß die Zeit nahe ist.«

Seine Augen verengten sich leicht. »Dann muß ich Euch den Grolims übergeben«, sagte er. »Ich hatte gehofft, warten zu können, bis Polgara ihre Kräfte wiedergewonnen hat, ehe ich sie auf die Reise schicke, aber falls Ihr die Wahrheit sprecht, darf ich keine Zeit mehr verlieren. Bittet Eure Freunde, ihre Reisevorbereitungen zu treffen, Prinzessin. Ihr werdet Thull Zelik morgen früh verlassen.«

»Wie Eure Majestät befiehlt«, antwortete Ce'Nedra, der es kalt über den Rücken lief, während sie fügsam den Kopf neigte.

»Ich bin ein weltlicher Mann, Prinzessin«, erklärte er. »Ich verbeuge mich vor dem Altar Toraks, wenn die Gegebenheit es erfordert, aber ich gebe nicht vor, besonders fromm zu sein. Ich werde mich nicht in einen religiösen Streit zwischen Belgarath und Zedar einmischen, und ich werde mich ganz gewiß nicht zwischen Torak und Aldur stellen, wenn sie sich gegenüberstehen. Ich möchte Euch dringend raten, es ebenso zu halten.«

»Diese Entscheidung liegt nicht bei mir, Eure Majestät. Meine Rolle wurde festgelegt, lange ehe ich geboren wurde.«

Er sah sie belustigt an. »Die Prophezeiung, meint Ihr? Wir Angaraks haben ebenfalls eine Prophezeiung, Prinzessin, und ich kann mir nicht vorstellen, daß Eure zuverlässiger ist als unsere. Prophezeiung ist nichts weiter als ein Trick der Priesterschaft, um die Einfältigen einzuschüchern.«

»Dann glaubt Ihr also an gar nichts, Majestät?«

»Ich glaube an meine eigene Macht. Nichts anderes ergibt einen Sinn.«

Die Grolims, die sie in leicht zu bewältigenden Tagesetappen über die sommerbraunen Ebenen Mishrak ac Thulls nach Mallorea begleiteten, waren kühl und höflich. Ce'Nedra war nicht sicher, ob dieses Verhalten aus den Warnungen des Kaisers von Mallorea oder aus der Furcht vor Polgara resultierte. Die erstickende Hitze war vorüber, und die Luft roch schwach nach dem Ende des Sommers. Verstreut auf der thullischen Ebene lagen zahlreiche Dörfer, wahllose Ansammlungen strohgedeckter Häuschen und schmutziger Straßen.

Die Dörfler beobachteten finster und ängstlich, wie die Priester Toraks mit kalten und zurückhaltenden Mienen durch die kleinen Städte ritten.

Die Ebene im Westen von Thull Zelik war von den roten Zelten des riesigen Heerlagers bedeckt, das für die malloreanische Armee errichtet worden war. Mit Ausnahme weniger Wachtruppen war das Lager jedoch leer. Die Truppen, die sich bereits in Mishrak ac Thull befanden, waren mit 'Zakath bei Thull Mardu, und der stete Strom neuer Ankömmlinge war plötzlich unterbrochen worden.

Thull Zelik selbst wirkte wie jede andere Hafenstadt der Welt mit ihrem Geruch nach Salzwasser, Fisch, Teer und faulendem Seetang. Die grauen Steinhäuser waren niedrig und geduckt, fast wie die Thulls selbst, und die kopfsteingepflasterten Straßen führten ausnahmslos hinunter zum Hafen, der auf einer Seite der breiten Bucht lag. Auf der gegenüberliegenden Seite befand sich ein ähnlicher Hafen.

»Welche Stadt ist das?« fragte Ce'Nedra einen der Grolims neugierig, während sie über das schmutzige Wasser die andere Stadt betrachtete.

»Yar Nadrak«, antwortete der schwarzgekleidete Priester kurz angebunden.

»Ach«, sagte sie, sich wieder an ihre langweiligen Geographiestunden erinnernd. Die beiden Städte, die eine thullisch, die andere nadrakisch, lagen an der Mündung des Mardu einander gegenüber, und die Grenze zwischen Mishrak ac Thull und Gar og Nadrak verlief genau in der Mitte des Flusses.

»Wenn der Kaiser aus Thull Mardu zurückkehrt, wird er wohl etwas unternehmen, um diese Stadt auszuradieren«, setzte einer der anderen Grolims hinzu. »Das Verhalten von König Drosta auf dem Schlachtfeld hat ihm gar nicht gefallen, und eine Strafe ist nur angemessen.«

Sie ritten durch eine gepflasterte Straße direkt zum Hafen, wo nur wenige Schiffe angelegt hatten.

»Meine Mannschaft weigert sich strikt, in See zu stechen«, berichtete der malloreanische Kapitän des Schiffes, mit dem sie reisen sollten. »Die Chereks da draußen sind wie ein Rudel Wölfe. Sie verbrennen und versenken alles, was auf dem Wasser schwimmt.«

»Die cherekianische Flotte ist weiter im Süden«, erklärte der oberste Priester der Gruppe dem Kapitän.

»Die Flotte von Cherek ist überall, verehrter Priester«, widersprach der Kapitän. »Vor zwei Tagen haben sie vier Küstenstädte niedergebrannt, die fünfhundert Meilen weiter südlich von hier liegen, und gestern haben sie ein Dutzend Schiffe dreihundert Meilen weiter nördlich von hier versenkt. Man glaubt es kaum, wie schnell sie sind. Sie nehmen sich nicht einmal die Zeit, die Städte zu plündern, die sie niederbrennen.« Er schauderte. »Die Chereks sind keine Menschen, sie sind eine Naturkatastrophe.«

»Wir werden innerhalb einer Stunde Segel setzen«, beharrte der Grolim.

»Nicht, solange Eure Priester nicht wissen, wie man die Ruder und die Takelage handhabt«, sagte der Kapitän. »Meine Männer haben Angst. Sie werden nicht segeln.«

»Wir werden sie schon überreden«, sagte der Grolim finster. Er gab seinen Unterpriestern ein paar rasche Befehle. Schnell wurde auf dem hohen Achterdeck ein Altar errichtet und ein Becken mit glühenden Kohlen daneben aufgestellt.

Der Anführer der Grolims nahm seinen Platz am Altar ein und begann, mit tiefer, hohler Stimme zu singen, die Arme hoch erhoben. In der rechten Hand hielt er ein funkelndes Messer. Seine Leute wählten einen beliebigen Seemann aus und zerrten ihn, kreischend und zappelnd, zum Achterdeck. Wie Ce'Nedra entsetzt beobachtete, wurde er rücklings über den Altar gebeugt und mit geradezu lässiger Geschicklichkeit abgeschlachtet. Der Grolim mit dem Messer hob das triefende Herz des Toten hoch. »Nimm unser Opfer an, Drachengott von Angarak!« rief er mit lauter Stimme, dann warf er das Herz in das glühende Kohlebecken. Das Herz qualmte und zischte einen Moment lang grauenhaft, dann wurde es schwarz und schrumpfte, als das Feuer es verzehrte. Vom Bug des Schiffes dröhnte ein Gong in eiserner Feier des Opfers.

Der Grolim am Altar drehte sich mit blutigen Händen zu den aschfahlen Seeleuten um, die sich mittschiffs zusammendrängten. »Unsere Zeremonien werden andauern, bis das Schiff segelt«, sagte er. »Wer will der nächste sein, unserem geliebten Gott sein Herz zu schenken?«

Das Schiff setzte unverzüglich Segel.

Ce'Nedra wandte sich, krank vor Ekel, ab. Sie sah Polgara an, deren Augen vor Haß brannten und die einen übermenschlichen, inneren Kampf auszufechten schien. Ce'Nedra kannte sie und wußte, daß Polgara es nur durch enorme Willenskraft schaffte, an dem blutbefleckten Grolim am Altar nicht schrecklich Vergeltung zu üben. Neben ihr, schützend von ihrem Arm umfangen, stand Botschaft. Auf dem Gesicht des Kindes lag ein Ausdruck, den Ce'Nedra an ihm noch nie gesehen hatte. Sein Blick war traurig, mitfühlend, und gleichzeitig voll eiserner Entschlossenheit, als ob er, wenn er nur die Macht dazu hätte, jeden Altar Toraks auf der Welt zerstören würde.

»Ihr geht jetzt unter Deck«, befahl einer ihrer Grolimwächter ihnen. »Es wird ein paar Tage dauern, ehe wir die Küste des grenzenlosen Mallorea erreichen.«

Sie segelten nordwärts, immer an der nadrakischen Küste entlang, ängstlich bereit, jedes Ufer anzusteuern, das sich bot, sollten cherekianische Schiffe am Horizont auftauchen. An einem Punkt der Reise spähte der malloreanische Kapitän auf See hinaus, schluckte hart und schwang sein Steuer herum für die Fahrt über das offene Meer nach Osten.

Einmal, als sie etwa einen Tag von der nadrakischen Küste entfernt waren, sahen sie eine häßlich schwarze Rauchsäule, die weit im Süden in den Himmel stieg, und am Tag darauf segelten sie durch ein Gebiet, wo verkohlte Planken und blasse, aufgeschwemmte Leichen auf den dunklen Wellen des Ostmeers trieben. Die entsetzten Seeleute ruderten mit aller Kraft, ohne der Ermutigung durch die Peitschen zu bedürfen, schneller zu rudern.

Dann, an einem grauen Morgen, als der Himmel hinter ihnen mit Regenschauern drohte und die Luft bedrückend schwer war von dem herannahenden Sturm, tauchte am Horizont vor ihnen ein niedriger, dunkler Fleck auf, und die Seeleute verdoppelten ihre Anstrengungen und ruderten verzweifelt auf die Sicherheit der malloreanischen Küste zu.

Der Strand, auf dem die kleinen Beiboote ihres Schiffes landeten, war ein langsam ansteigender Hang, von dunklem, salzverkrustetem Kies bedeckt, auf dem die ablaufenden Wellen ein eigenartig klagendes Geräusch von sich gaben. In einiger Entfernung vom Wasser wartete eine Gruppe berittener Grolims auf sie, die ihre schwarzen Roben in der Taille mit dunkelroten Schärpen zusammenhielten.

»Erzpriester«, bemerkte Polgara kalt. »Wir werden mit einiger Feierlichkeit begleitet, wie ich sehe.«

Der Grolim, der ihren Trupp bislang befehligt hatte, ging rasch über den Strand auf die wartende Gruppe zu und warf sich vor ihr auf den Boden. Er sprach mit ehrfürchtig gedämpfter Stimme auf sie ein. Einer der Erzpriester, ein alter Mann mit tiefen Falten und eingefallenen Augen, stieg steif vom Pferd und kam an den Strand hinunter, wo Ce'Nedra und ihre Freunde gerade aus dem kleinen Boot stiegen.

»Meine Königin«, sagte er mit einer respektvollen Verbeugung zu Polgara. »Ich bin Urtag, Erzpriester des Distrikts von Camat. Ich bin mit meinen Brüdern hier, um Euch in die Stadt der Nacht zu geleiten.«

»Ich bin enttäuscht, Zedar nicht vorzufinden«, erwiderte die Zauberin kühl. »Ich hoffe, er ist wohlauf.«

Urtag warf ihr einen gereizten Blick zu. »Lehnt Euch nicht gegen Euer vorbestimmtes Schicksal auf, Königin von Angarak«, empfahl er.

»Auf mich warten zwei Schicksale, Urtag«, sagte sie. »Welchem ich folgen werde, ist noch nicht entschieden.«

»Ich habe diesbezüglich keinerlei Zweifel«, erklärte er.

»Vielleicht liegt das daran, daß du noch nie gewagt hast, die Alternative zu betrachten«, entgegnete sie. »Sollen wir gehen, Urtag? Ein zugiger Strand ist nicht gerade der passende Ort für philosophische Streitgespräche.«

Die Erzpriester hatten Pferde mitgebracht, und bald saß die Gruppe im Sattel und ritt landeinwärts über eine Kette niedriger, bewaldeter Hügel, die in nordöstlicher Richtung verlief. Am Rand des Kiesstrandes hatten Sträucher mit dunklen Zweigen gestanden, doch sobald sie auf der ersten Hügelkuppe waren, blickten sie in einen ausgedehnten Wald aus hellborkigen Espen hinab. In Ce'Nedras Augen sahen die kräftigen, weißen Stämme fast aus wie Tote, und der ganze Wald verströmte eine düstere, ungesunde Atmosphäre.

»Herrin Pol«, flüsterte Durnik kaum hörbar, »sollten wir uns nicht einen Plan ausdenken?«
»Wozu, Durnik?«
»Für unsere Flucht, natürlich.«
»Aber wir wollen doch gar nicht fliehen, Durnik.«
»Nicht?«
»Die Grolims bringen uns genau dorthin, wo wir hinwollen.«
»Warum sollten wir in dieses Cthol Mishrak gehen wollen?«
»Weil wir dort etwas zu tun haben.«
»Nach allem, was ich davon gehört habe, ist das ein böser Ort«, sagte er. »Bist du sicher, daß du da nicht einen Fehler machst?«
Sie legte eine Hand auf seinen Arm. »Lieber Durnik, du mußt mir einfach vertrauen.«
»Selbstverständlich, Herrin Pol«, sagte er sofort. »Aber sollte ich nicht wissen, was uns erwartet? Wenn ich etwas unternehmen muß, um dich zu schützen, sollte ich vorbereitet sein.«
»Ich würde es dir sagen, wenn ich es wüßte, Durnik«, antwortete sie, »aber ich weiß nicht, was auf uns zukommt. Ich weiß nur, daß wir vier nach Cthol Mishrak gehen sollen. Was dort geschehen wird, erfordert unsere Anwesenheit, sonst ist es nicht vollständig. Jeder von uns hat dort etwas zu tun.«
»Sogar ich?«
»Vor allem du, Durnik. Zuerst habe ich nicht verstanden, wer du wirklich bist. Deswegen habe ich versucht, dich davon abzuhalten, mit uns zu kommen. Aber jetzt verstehe ich. Du mußt dort sein, weil du das tun wirst, was das Ganze in die eine oder andere Richtung beeinflußt.«
»Und was ist das?«
»Wir wissen es nicht.«
Seine Augen wurden groß. »Was ist, wenn ich es falsch mache?« fragte er besorgt.
»Ich glaube nicht, daß du das kannst«, beruhigte sie ihn. »Soweit ich es verstehe, wird das, was du tun mußt, einfach aus dem herausströmen, wer und was du bist.« Sie warf ihm ein kurzes Lächeln zu. »Du wirst nicht imstande sein, es falsch zu machen, Durnik – ebensowenig wie du dazu imstande wärst zu

lügen, zu betrügen oder zu stehlen. Es ist dir eingegeben, es richtig zu machen, also mach dir deswegen keine Sorgen.«

»Schön und gut, wenn du das sagst, Herrin Pol«, antwortete er, »aber wenn du nichts dagegen hast, mache ich mir doch Sorgen – natürlich privat.«

Sie lachte liebevoll. »Ach du lieber, lieber Durnik«, sagte sie und nahm impulsiv seine Hand. »Was würden wir ohne dich tun?«

Durnik wurde rot und versuchte, seinen Blick abzuwenden, aber ihre strahlenden Augen hielten die seinen fest, was ihn noch tiefer erröten ließ.

Nachdem sie den Espenwald durchquert hatten, kamen sie in eine seltsam trostlose Landschaft. Weiße Felsen ragten wie Grabsteine eines längst verlassenen Friedhofs aus struppigen Ranken, und abgestorbene Bäume reckten ihre gekrümmten Zweige wie flehende Finger zu dem grauen Himmel empor. Am Horizont lag eine dunkle Wolkenbank von so intensivem Schwarz, daß es fast purpurn wirkte. Ce'Nedra bemerkte, daß sich die Wolkenbank eigenartigerweise überhaupt nicht zu bewegen schien. Nirgends gab es Spuren menschlichen Lebens, und der Weg, dem sie folgten, war ohne jede Markierung.

»Lebt denn niemand hier?« fragte die Prinzessin Polgara.

»Cthol Mishrak ist völlig verlassen, bis auf einige Grolims«, antwortete die Zauberin. »Torak hat die Stadt niedergerissen und ihre Bevölkerung davongejagt an dem Tag, als mein Vater mit König Cherek und seinen Söhnen das Auge aus dem Eisernen Turm gestohlen hat.«

»Wann war das?«

»Vor sehr langer Zeit, Ce'Nedra. So weit wir es genau bestimmen können, war es am selben Tag, als Beldaran und ich geboren wurden – und an dem unsere Mutter starb. Es ist schwer, es genau zu sagen. Wir waren damals etwas nachlässig darin, die Zeiten festzuhalten.«

»Wenn eure Mutter gestorben ist und Belgarath hier war, wer hat dann für euch gesorgt?«

»Beldin natürlich.« Polgara lächelte. »Er war keine sehr gute Mutter, aber er tat sein Bestes, bis Vater zurückkehrte.«

»Hast du ihn deshalb so gern?«

»Das ist einer der Gründe, ja.«

Die seltsame Wolkenbank bewegte sich immer noch nicht. Sie hing so bewegungslos am Himmel wie ein Gebirge, und als sie näherkamen, türmte sie sich höher und höher auf.

»Das ist aber eine komische Wolke«, meinte Durnik, nachdenklich den dichten Purpurvorhang betrachtend. »Der Sturm kommt aus unserer Richtung, aber diese Wolke scheint sich überhaupt nicht zu rühren.«

»Sie bewegt sich auch nicht, Durnik«, sagte Polgara. »Sie hat sich noch nie bewegt. Als die Angaraks Cthol Mishrak erbauten, hat Torak diese Wolke darüber gelegt, um die Stadt zu verbergen. Seitdem ist sie da.«

»Und wie lange ist das?«

»Ungefähr fünftausend Jahre.«

»Die Sonne scheint dort niemals?«

»Niemals.«

Die Grolimpriester sahen sich schon seit einer Weile immer wieder mit einer gewissen Nervosität um, und schließlich befahl Urtag anzuhalten. »Wir müssen uns zu erkennen geben«, erklärte er. »Wir wollen nicht, daß die Wächter uns versehentlich für Eindringlinge halten.«

Die anderen Erzpriester nickten nervös und nahmen daraufhin polierte Stahlmasken aus ihren Gewändern, mit denen sie sorgfältig ihre Gesichter verdeckten. Dann löste jeder eine große Fackel von seinem Sattel und entzündete sie mit einer kurzen, gemurmelten Beschwörungsformel. Die Fackeln brannten mit einer eigentümlich grünen Flamme und verbreiteten einen üblen Schwefelgeruch.

»Ich frage mich, was wohl geschähe, wenn ich eure Fackeln auspustete«, sagte Polgara mit einem boshaften Lächeln. »Ich könnte das tun, wie ihr wißt.«

Urtag warf ihr einen besorgten Blick zu. »Jetzt ist nicht die Zeit für Torheiten, meine Dame«, warnte er sie. »Die Wächter gehen sehr rüde mit Eindringlingen um. Unser Leben hängt von diesen Fackeln ab. Bitte tut nichts, was uns alle ins Verderben stürzen könnte.«

Sie lachte leicht auf und ließ es dabei bewenden.

Als sie der Wolke näherkamen, wurde es stetig dunkler. Es war nicht die klare Dunkelheit der Nacht, sondern eher eine schmutzige, undurchdringliche Finsternis, ein tiefer Schatten, der in der Luft hing. Sie erklommen einen Hang und sahen vor sich eine Senke, die von der Wolke eingeschlossen wurde, und in ihrer Mitte, halbverborgen von dem ewigen Dunkel, die zerstörte Stadt der Nacht. Die Vegetation um sie herum bestand nur noch aus ein paar kümmerlichen Schlinggewächsen und ungesund wirkendem, verkrüppeltem Gras, das aus Mangel an Sonne blaß und kränklich war. Die Felsen, die aus der Erde ragten, waren von einer Flechte wie mit Aussatz bedeckt, die sich in den Stein hineinzufressen schien, und große Klumpen eines weißen Pilzes wuchsen in grotesker Fülle auf der feuchten Erde, als ob der Boden selbst von Krankheit verzehrt wurde.

Langsam und vorsichtig, die flackernden Fackeln hoch über den Köpfen haltend, führten die Grolimpriester sie in die düstere Senke hinab und über die Ebene zu den zerfallenden Mauern Cthol Mishraks.

Als sie die Stadt betraten, sah die Prinzessin flüchtige Bewegungen zwischen den übereinandergefallenen Steinen. Schattenhafte Gestalten huschten hierhin und dorthin, die das leicht klappernde Geräusch von Wesen, die mit Klauen bewehrt sind, verursachten. Ce'Nedra verspürte Angst und Kälte. Die Wächter von Cthol Mishrak waren weder Mensch noch Tier, und sie schienen auf alles, was lebte, unterschiedslos ihre Bösartigkeit auszustrahlen. Vor allem aber fürchtete die Prinzessin, daß eins der Wesen sich plötzlich umdrehen und sie mit einer Fratze konfrontieren würde, die ihr mit ihrer Abscheulichkeit den Verstand raubte.

Während sie durch die verfallenen Straßen ritten, begann Urtag mit hohler, zitternder Stimme ein uraltes Gebet an

Torak zu singen. Die dumpfe Luft wurde kälter, und die Ruinen der Häuser waren überall von den krankhaften Flechten überwuchert. Alles war moderig, in Ecken und Ritzen gedieh der weißliche Pilz in widerwärtiger Üppigkeit. Über allem lastete der Geruch des Verfalls, ein dumpfer, fauliger Gestank. Zwischen den Ruinen lagen schleimige Tümpel mit brackigem Wasser.

Inmitten der Stadt stand der rostige Stumpf eines riesigen, eisernen Turms, dessen abgebrochene Stützpfeiler dicker gewesen waren als die Taille eines Mannes. Südlich des Stumpfes zog sich eine breite, rostige Spur völliger Zerstörung dort lang, wo der Turm hingestürzt war und alles unter sich zermalmt hatte. Über die Jahrhunderte hinweg war das Eisen zu einem feuchten, roten Schlamm verrostet, der die ungeheuren Ausmaße des ehemaligen Turms nachzeichnete.

Der Stumpf war abgetragen, die Kanten von den Jahren rund geschliffen. An einigen Stellen vermischte sich der Rost mit einer dickflüssigen schwarzen Masse, die wie geronnenes Blut über die Eisenplatten lief.

Urtag, der jetzt sichtlich zitterte, stieg vor einem großen Torbogen vom Pferd und ging als erster durch eine halb offenstehende Eisentür. Der widerhallende Saal, den sie betraten, war so groß wie der kaiserliche Thronsaal in Tol Honeth. Die Fackel hochhaltend, führte Urtag sie wortlos über den unebenen Boden zu einer weiteren eisernen Bogentür und dann eine Reihe von hallenden Eisenstufen hinab in die Dunkelheit. Am Fuß der Treppe, etwa fünfzig Meter unterhalb der zerstörten Geschosse, war wieder eine Tür aus schwarzem Eisen, die mit großen, runden Nieten beschlagen war. Zögernd klopfte Urtag an die Tür, und sein Klopfen hallte hohl in dem dahinterliegenden Raum wider.

»Wer kommt, den Schlummer des Drachengottes von Angarak zu stören?« fragte eine gedämpfte Stimme jenseits der Tür.

»Ich bin Urtag, Erzpriester von Camat.« Die Stimme des Grolims war angsterfüllt. »Wie befohlen, bringe ich dem Schüler Toraks die Gefangenen.«

Nach kurzer Stille rasselte eine gewaltige Kette, dann knirschte ein mächtiger Riegel. Langsam und quietschend öffnete sich die Tür.
Ce'Nedra schnappte nach Luft. Vor ihr im Türrahmen stand Belgarath! Es dauerte einen Moment, bis ihre erstaunten Augen die leichten Unterschiede wahrnahmen, die ihr zeigten, daß der weißhaarige Mann vor ihr nicht wirklich der alte Zauberer war, sondern jemand, der ihm so ähnlich sah, daß sie ohne weiteres für Brüder gelten konnten. So fein die Unterschiede auch waren, sie waren doch tiefgreifend. In den Augen des Mannes, der dort in der Tür stand, lag ein gehetzter Ausdruck – ein Blick aus Kummer und Entsetzen und einem furchtbaren Selbsthaß, überlagert von der hilflosen Verehrung eines Mannes, der sich vollkommen einem grausamen Herrn unterworfen hatte.
»Willkommen im Grab des einäugigen Gottes, Polgara«, begrüßte er die Zauberin.
»Es ist lange her, Belzedar«, erwiderte sie seltsam unbeteiligt.
»Ich habe das Recht auf diesen Namen aufgegeben«, sagte er in leicht bedauerndem Ton.
»Das war deine Entscheidung, Zedar.«
Er zuckte mit den Achseln. »Vielleicht«, sagte er, »vielleicht auch nicht. Vielleicht ist das, was ich tue, ebenfalls notwendig.« Er öffnete die Tür weiter. »Kommt herein, wenn ihr wollt. Diese Krypta ist leidlich bewohnbar.« Dann sah er Urtag an. »Du hast einen Dienst geleistet, Urtag, Erzpriester Toraks, und ein Dienst sollte nie unbelohnt bleiben. Komm.« Damit drehte er sich um und ging voran in die Gewölbekammer. Die Wände bestanden aus Stein, aus massiven Blöcken, die ohne Mörtel zusammengefügt und übereinandergetürmt waren, bis sie auf die großen, eisernen Streben trafen, die die Decke und die Ruine darüber trugen. Die Kälte dieser gewaltigen Masse aus Stein und Eisen wurde von großen, glühenden Kohlebekken ferngehalten, die in den vier Ecken des Raumes standen. In der Mitte stand ein Tisch mit einigen Stühlen, und an einer Wand lagen lose zusammengerollte Strohsäcke und ein Stapel

ordentlich gefalteter Wolldecken. Auf dem Tisch standen zwei große Kerzen, deren Flammen in der totenstillen Luft der Grabkammer ruhig und stetig brannten.

Zedar blieb kurz am Tisch stehen, um eine der Kerzen zur Hand zu nehmen, dann ging er über den steinernen Plattenboden zu einem gewölbten Alkoven, der in die gegenüberliegende Wand eingelassen war. »Deine Belohnung, Urtag«, sagte er zu dem Grolim. »Komm und schaue das Antlitz deines Gottes.« Er hob die Kerze hoch.

Auf einer steinernen Bahre in dem Alkoven lag eine riesenhafte Gestalt auf dem Rücken, die ganz in Schwarz gehüllt war. Das Gesicht war von einer polierten, stählernen Maske verborgen. Die Augen der Maske waren geschlossen.

Urtag warf einen entsetzten Blick darauf, dann fiel er auf die Knie.

Ein tiefes, heiseres Seufzen erklang, und die ruhende Gestalt bewegte sich leicht. Wie Ce'Nedra mit entsetzter Faszination sah, wandte sich das stahlbedeckte Gesicht ihnen rastlos zu. Ganz kurz öffnete sich das linke, glänzende Augenlid. Hinter dem Lid brannte das furchtbare Feuer des Auges, das nicht mehr war. Das stählerne Gesicht bewegte sich, als ob es aus Fleisch und Blut wäre, verzog sich zu einer verächtlichen Grimasse auf den Priester, der im Staub lag, und von den stählernen Lippen kam ein hohles Murmeln.

Urtag fuhr heftig zusammen und hob dann plötzlich sein bestürztes Gesicht, um dem hohlen Murmeln zu lauschen, das nur er allein in der dämmrigen Krypta deutlich hören konnte. Die hohle Stimme fuhr fort, in Urtags Ohren zu murmeln. Das Gesicht des Erzpriesters verlor jegliche Farbe, und ein Ausdruck unaussprechlichen Grauens malte sich auf seinen Zügen ab. Das Murmeln dröhnte weiter. Die Worte waren nicht zu verstehen, wohl aber ihre Wirkung. Verzweifelt hielt Ce'Nedra sich die Ohren zu.

Schließlich schrie Urtag auf und kam mühsam auf die Beine. Sein Gesicht war totenblaß, und seine Augen traten fast aus den Höhlen. Wie wahnsinnig schluchzend, floh Urtag, und das

Echo seiner Schreie hallte von der eisernen Treppe zurück, als er voller Entsetzen aus der Turmruine flüchtete.

20

Das Wispern hatte unmittelbar, nachdem Belgarath, Silk und Garion die Küste Malloreas erreicht hatten, begonnen. Zuerst war es nur undeutlich, kaum mehr als ein zischendes Atmen, das unaufhörlich in Garions Ohren drang, doch in den folgenden Tagen, während sie stetig südwärts zogen, tauchten gelegentlich auch Worte auf. Die Worte waren von berechnender Art – Zuhause, Mutter, Liebe, Tod – Worte, die augenblicklich die Aufmerksamkeit auf sich zogen.

Im Gegensatz zum Land der Morindim, das sie verlassen hatten, bestand der nördliche Teil Malloreas aus sanften Hügeln, die mit kräftigem, dunkelgrünem Gras bewachsen waren. Namenlose Flüsse wanden sich unruhig unter einem bleigrauen Himmel durch diese Landschaft. Es kam ihnen vor, als hätten sie schon seit Wochen nicht mehr die Sonne gesehen. Vom Meer des Ostens waren Wolken aufgezogen, die keine Feuchtigkeit mit sich brachten, und ein steifer Wind, kalt und nach Polareis riechend, blies ihnen fortwährend in den Rücken auf ihrer Reise in den Süden.

Belgarath bewegte sich jetzt mit äußerster Vorsicht. Von dem üblichen Halbschlaf, in den er in zivilisierteren Teilen der Welt verfiel, war nicht mehr viel zu spüren, und Garion merkte, wie der alte Mann behutsam tastend seinen Geist aussandte, um nach verborgenen Gefahren zu suchen. Die Suche des Zauberers ging so vorsichtig vonstatten, daß sie wie ein langsames Ausatmen wirkte, leicht, prüfend und kunstvoll versteckt in den Geräuschen des Windes, der durch das hohe Gras strich.

Silk war ebenfalls wachsam, hielt oft an, um zu lauschen und sog gelegentlich schnuppernd die Luft ein. Mehrfach ging er sogar so weit, vom Pferd zu steigen und das Ohr auf die Erde

zu legen, ob er vielleicht das gedämpfte Geklapper von Hufen aus der Ferne hörte.
»Nervenaufreibende Arbeit«, sagte der kleine Mann, als er nach einer solchen Pause wieder auf seinen Pferd kletterte.
»Besser, etwas übervorsichtig zu sein, als plötzlich in irgend etwas hineinzustolpern«, erwiderte Belgarath. »Hast du etwas gehört?«
»Ich glaube, ich habe einen Wurm herumkriechen hören«, antwortete Silk fröhlich. »Aber er hat nichts gesagt. Du weißt ja, wie Würmer sind.«
»Muß das sein?«
»Du hast doch gefragt, Belgarath.«
»Ach, halt den Mund!«
»Du hast doch gehört, daß er mich gefragt hat, nicht wahr, Garion?«
»Du hast sicher die unangenehmsten Angewohnheiten, die ich je bei einem Menschen kennengelernt habe«, erklärte Belgarath dem kleinen Dieb.
»Ich weiß«, entgegnete Silk. »Deswegen mache ich es ja. Wie lange dauert es noch, bis wir wieder im Wald sind?«
»Noch ein paar Tage. Wir sind noch immer ein ganzes Stück nördlich der Baumgrenze. Hier oben sind die Winter zu lang und die Sommer zu kurz für Bäume.«
»Langweilige Gegend, nicht wahr?« meinte Silk, einen Blick auf das endlose Grasland und die sanften Hügel werfend, die alle gleich aussahen.
»Unter diesen Umständen kann ich etwas Langeweile gut ertragen. Die Alternativen sind nicht besonders vergnüglich.«
»Dann kann ich es aushalten.«
Sie ritten weiter, ihre Pferde wateten bei jedem Schritt durch das kniehohe, graugrüne Gras.
Das Wispern in Garions Kopf begann von neuem. »Hör mich an, Kind des Lichts.« Dieser Satz hob sich deutlich von dem ansonsten unverständlichen Lispeln ab. Diese eine Bemerkung hatte etwas schrecklich Zwingendes an sich. Garion konzentrierte sich, um mehr zu verstehen.

»Das würde ich nicht tun«, sagte die vertraute trockene Stimme.
»Was?«
»Tun, was er dir sagt.«
»Wer ist das?«
»Torak natürlich. Was hast du denn gedacht?«
»Er ist schon wach?«
»Noch nicht. Jedenfalls noch nicht ganz – aber er hat auch nie wirklich geschlafen.«
»Was bezweckt er denn damit?«
»Er versucht, dich davon abzubringen, ihn zu töten.«
»Er hat doch wohl keine Angst vor mir, oder?«
»Natürlich hat er Angst. Er weiß genausowenig wie du, was geschehen wird, und er hat ebensoviel Angst vor dir wie du vor ihm.«
Sofort fühlte Garion sich besser. *»Was soll ich denn tun, wenn er weiter so auf mich einflüstert?«*
»Du kannst nicht viel tun. Du darfst dir nur nicht angewöhnen, seinen Befehlen zu gehorchen, das ist alles.«
An diesem Abend zelteten sie wie üblich in einer gutgeschützten Senke zwischen zwei Hängen, und wie üblich machten sie kein Feuer, um ihren Standort nicht zu verraten.
»Ich habe diese kalten Abendessen allmählich satt«, beklagte sich Silk, der kräftig auf einem Stück Dörrfleisch herumkaute. »Dieses Fleisch ist zäh wie altes Leder.«
»Ein gutes Training für deine Kaumuskeln«, meinte Belgarath.
»Du kannst ein sehr unangenehmer alter Mann sein, wenn du es darauf anlegst, weißt du das?«
»Die Nächte werden länger, nicht wahr?« fragte Garion, um einer Zankerei vorzubeugen.
»Der Sommer geht zu Ende«, bestätigte Belgarath. »In ein paar Wochen wird es hier schon Herbst sein, und sehr bald dann Winter.«
»Ich frage mich, wo wir wohl sein werden, wenn der Winter kommt«, sagte Garion etwas kläglich.
»Das würde ich nicht tun«, riet Silk ihm. »Darüber nachzuden-

Die große Saga vom Auge Aldurs strebt ihrem Höhepunkt und Ende zu. Sicher wissen Sie, daß man solche Fantasy-Abenteuer selbst erleben kann als aktiver Mitspieler beim Rollenspiel »Das Schwarze Auge«. Aber vielleicht wissen Sie noch nicht, daß mit dem Schwarzen Auge auch ganze Kampagnen, also weitgespannte, auf Fortsetzungen ausgelegte Abenteuer möglich sind: So ließe sich auch die vorliegende 5bändige Serie gut mit dem Schwarzen Auge spielen. Dazu ist nur ein wenig Kleinarbeit notwendig, um Helden wie Garion oder Belgarath dem Spielsystem anzupassen, und schon können Sie deren Erlebnisse nachvollziehen oder gar die Fortsetzung dieser großartigen Serie selbst gestalten ...

☞ *Bitte umblättern*

ken hilft dir überhaupt nicht, sondern es macht dich nur ruhelos.«

»Ruheloser«, berichtigte Garion ihn. »Ruhelos bin ich schon.«

»Gibt es ein Wort wie ›ruheloser‹?« fragte Silk Belgarath neugierig.

»Jetzt schon«, erwiderte Belgarath. »Garion hat es gerade erfunden.«

»Ich wünschte, ich könnte auch ein Wort erfinden«, sagte Silk bewundernd zu Garion. Seine Wieselaugen funkelten boshaft.

»Bitte, mach dich nicht über mich lustig, Silk. Ich habe schon so genug Sorgen.«

»Wir sollten uns schlafen legen«, schlug Belgarath vor. »Diese Unterhaltung führt sowieso zu nichts und wir haben morgen noch einen langen Ritt vor uns.«

In dieser Nacht drang das Wispern in Garions Schlaf ein und schien ihm mehr in Bildern als mit Worten mitzuteilen, was es sagen wollte. Ein Freundschaftsangebot – eine Hand, die sich in Liebe nach ihm ausstreckte. Die Einsamkeit, die seine Kindheit geplagt hatte, seit er entdeckt hatte, daß er Waise war, schien zu verblassen, irgendwo hinter diesem Angebot zurückzubleiben, und er merkte, daß er sich verzweifelt wünschte, auf diese Hand zuzulaufen, die sich ihm da entgegenstreckte.

Dann sah er ganz deutlich zwei Gestalten, die Seite an Seite standen. Die Gestalt des Mannes war sehr groß und mächtig, und die Gestalt der Frau war ihm so vertraut, daß ihm der bloße Anblick fast das Herz zerriß. Der große Mann schien ein Fremder zu sein, aber gleichzeitig auch wieder nicht. Sein Gesicht besaß viel mehr als nur rein menschliche Schönheit. Es war das schönste Gesicht, das Garion je gesehen hatte. Die Frau war ihm natürlich nicht fremd. Die weiße Locke an ihrer Schläfe und die strahlenden Augen waren die vertrautesten Dinge in Garions Leben. Seite an Seite stehend, streckten der schöne Fremde und Tante Pol ihre Arme nach ihm aus.

»Du wirst unser Sohn sein«, sagte die wispernde Stimme. »Unser geliebter Sohn. Ich werde dein Vater sein, und Polgara deine Mutter. Dies ist keine bloße Idee, Kind des Lichts, denn ich kann alle Dinge geschehen lassen. Polgara wird wirklich deine Mutter sein, und ihre Liebe wird dir allein gehören, und ich, dein Vater, werde euch beide lieben und umsorgen. Willst du dich von uns abwenden und wieder die bittere Einsamkeit des Waisenkindes schmecken? Läßt sich diese kalte Leere mit der Wärme liebender Eltern vergleichen? Komm zu uns, Belgarion, und nimm unsere Liebe an.«

Garion schreckte aus dem Schlaf hoch und setzte sich zitternd und schwitzend auf. »*Ich brauche Hilfe*«, schrie er lautlos in den Gewölben seines Geistes, um das andere, namenlose Bewußtsein zu finden.

»*Was hast du denn jetzt schon wieder für ein Problem?*« fragte die trockene Stimme ihn.

»*Er macht mir falsche Versprechungen*«, erklärte Garion empört.

»*Falsche Versprechungen? Ist jemand dagewesen und hat neue Regeln aufgestellt, als ich nicht aufgepaßt habe?*«

»*Du weißt doch, was ich meine. Er verspricht mir, Tante Pol zu meiner Mutter zu machen, wenn ich tue, was er sagt.*«

»*Er lügt. Er kann die Vergangenheit nicht ändern. Ignoriere ihn.*«

»*Wie denn? Er greift nach meinem Geist und legt seine Finger auf die empfindlichsten Stellen.*«

»*Denke an Ce'Nedra. Das wird ihn verwirren.*«

»*An Ce'Nedra?*«

»*Immer, wenn er versucht, dich mit Polgara zu locken, denk an deine quirlige kleine Prinzessin. Erinnere dich genau daran, wie sie aussah, als du damals im Wald der Dryaden zu ihr hinübergeblinzelt hast, während sie badete.*«

»*Ich habe nicht geblinzelt!*«

»*Wirklich nicht? Wie kommt es dann, daß du dich so lebhaft an alle Einzelheiten erinnerst?*«

Garion wurde rot. Er hatte vergessen, daß ihm seine Tagträume nicht ganz allein gehörten.

»*Konzentriere dich einfach auf Ce'Nedra. Es wird Torak wahrscheinlich genauso irritieren wie mich.*« Die Stimme schwieg einen Moment. »*Ist das eigentlich wirklich alles, woran du denken kannst?*« fragte sie dann.

Garion versuchte gar nicht erst, diese Frage zu beantworten.

Sie ritten unter dem schmutziggrauen Himmel weiter nach Süden und erreichten nach zwei Tagen die ersten Bäume, die spärlich verstreut am Rande des offenen Geländes wuchsen. Hier grasten große Herden von Tieren, die Geweihe trugen, so ruhig und friedlich wie Kühe. Auf ihrem weiteren Weg wuchsen die Bäume immer dichter und wurden bald zu einem Wald dunkler, immergrüner Gehölze.

Die wispernden Schmeicheleien Toraks gingen unaufhörlich weiter, aber Garion setzte ihnen Gedanken an seine rothaarige, kleine Prinzessin entgegen. Er konnte die Gereiztheit seines Feindes spüren, wenn er mit diesen Tagträumen auf die sorgfältig ausgemalten Bilder antwortete, mit deren Hilfe Torak versuchte, ihm seine Vorstellungen einzuimpfen. Torak wollte, daß er an seine Einsamkeit und seine Angst dachte und an die Möglichkeit, Teil einer liebenden Familie zu werden, und daß er Ce'Nedra in diese Bilder hineindrängte, verwirrte und erstaunte den Gott. Garion begriff rasch, daß Toraks Verständnis der Menschen sehr begrenzt war. Mehr mit den elementaren Dingen, mit den übermächtigen Zwängen und Leidenschaften beschäftigt, konnte Torak mit den vielfältigen Verwicklungen und widersprüchlichen Wünschen nichts anfangen, die den meisten Menschen eigen sind. Garion nahm seinen Vorteil wahr, um das hinterhältige und unwiderstehliche Gewispere zu durchkreuzen, mit dem Torak ihn von seinem Ziel abbringen wollte.

Die ganze Geschichte war ihm eigenartig vertraut. Dies war schon früher geschehen – vielleicht nicht in genau der gleichen Weise, aber doch sehr ähnlich. Er suchte in seinen Erinnerungen, um dieses seltsame Gefühl der Wiederholung auf einen bestimmten Punkt zurückführen zu können. Der Anblick eines gekrümmten Baumstumpfes, der vom Blitz gespalten und verkohlt war, brachte ihm plötzlich die Erinnerung zurück. Wenn man den Stumpf unter einem bestimmten Blickwinkel betrachtete, hatte er eine vage Ähnlichkeit mit einem Mann zu Pferde, einem dunklen Reiter, der sie zu beobachten schien, als sie an ihm vorbeikamen. Weil der Himmel bedeckt war, warf der Baum keinen Schatten, und das war genau das Bild, das in seine Erinnerung paßte. Seine ganze Kindheit hindurch hatte Garion, immer nur am Rande seines Gesichtsfeldes, die seltsame, bedrohliche Gestalt eines dunkelgekleideten Reiters auf einem schwarzen Pferd gesehen, der selbst bei strahlendstem Sonnenschein keinen Schatten warf. Das war zwar Asharak, der Murgo, gewesen, der Grolim, den Garion bei seiner ersten offenen Tat als Zauberer vernichtet hatte. Aber war er es wirklich gewesen? Zwischen Garion und der finsteren Gestalt, die seine Kindheit heimgesucht hatte, hatte ein starkes Band bestanden. Sie waren Feinde gewesen, Garion hatte das immer gewußt, aber in ihrer Feindschaft hatte auch immer eine seltsame Nähe zueinander bestanden, etwas, das sie zueinander zu drängen schien. Angenommen, der dunkle Reiter war tatsächlich nicht Asharak gewesen – oder wenn doch, dann jedenfalls überlagert von einem anderen mächtigeren Bewußtsein.

Je mehr er darüber nachdachte, desto überzeugter wurde Garion, daß er versehentlich über die Wahrheit gestolpert war. Torak hatte unter Beweis gestellt, daß sein Bewußtsein, auch wenn sein Körper schlief, durch die Welt ziehen und die Ereignisse zu seinem Vorteil lenken konnte. Asharak war daran beteiligt gewesen, sicherlich, aber die beherrschende Macht war Torak gewesen. Der Dunkle Gott hatte seit seiner Kindheit über ihn gewacht. Die Angst, die er in der dunklen Gestalt gespürt hatte, war nicht die Angst Asharaks gewesen, sondern die Toraks. Torak hatte von Anfang an gewußt, wer er war, hatte gewußt, daß Garion eines Tages das Schwert des Rivanischen Königs nehmen und sich zu der Begegnung aufmachen würde, die schon vorausbestimmt worden war, ehe die Welt erschaffen wurde.

Aus einem plötzlichen Impuls heraus steckte Garion seine linke Hand unter die Tunika und griff nach seinem Amulett. Mit einer leichten Verrenkung legte er das Zeichen seiner rechten Hand auf das Auge, das auf dem Knauf des großen Schwertes auf seinem Rücken stand.

»Ich kenne dich jetzt«, erklärte er schweigend, diesen Gedanken in den düsteren Himmel sendend. »Du kannst ebensogut damit aufhören, mich auf deine Seite ziehen zu wollen, denn ich werde meine Meinung nicht ändern. Tante Pol ist nicht deine Frau, und ich bin nicht dein Sohn. Du solltest aufhören, deine Spielchen mit mir zu treiben und dich bereit machen, denn ich komme, um dich zu töten.«

Das Auge unter seiner Hand flackerte in plötzlichem Jubel auf, als Garion dem Dunklen Gott seine Herausforderung entgegenschleuderte, und das Schwert auf seinem Rücken wurde von einer blauen Flamme eingehüllt, die selbst durch die Scheide zu erkennen war.

Einen Augenblick lang entstand ein tödliches Schweigen, und dann wurde aus dem Wispern ein gewaltiges Dröhnen. »Dann komm, Belgarion, Kind des Lichts«, erwiderte Torak die Herausforderung. »Ich erwarte dich in der Stadt der Nacht. Bringe deinen ganzen Willen und all deinen Mut mit, denn ich bin bereit für unsere Begegnung.«

»Was im Namen der sieben Götter tust du da?« Belgarath schrie Garion fast an, sein Gesicht war vor zorniger Überraschung rot angelaufen.

»Torak flüstert jetzt schon seit fast einer Woche auf mich ein«, erklärte Garion gelassen und nahm die Hand von dem Auge. »Er hat mir sehr viel angeboten, wenn ich dies alles aufgebe. Es hat mich gestört, also habe ich ihm gesagt, er solle damit aufhören.«

Belgarath ließ eine Reihe saftiger Beschimpfungen vom Stapel und wedelte aufgebracht mit den Armen.

»Er weiß, daß ich komme, Großvater«, sagte Garion in dem Versuch, den zornigen alten Mann zu besänftigen. »Er weiß, wer ich bin, seit meiner Geburt. Er hat mich all die Jahre hindurch beobachtet. Wir werden ihn nicht überraschen können, warum sollten wir es also versuchen? Ich wollte ihn

wissen lassen, daß ich komme. Vielleicht ist es an der Zeit, daß *er* anfängt, sich Sorgen zu machen und Angst zu haben.«
Silk starrte Garion an. »Er ist wirklich ein Alorner«, sagte er schließlich.
»Er ist ein Idiot«, fuhr Belgarath ihn wütend an. Er wandte sich wieder Garion zu. »Ist dir je der Gedanke gekommen, daß Torak nicht das einzige ist, worüber wir uns hier draußen Sorgen machen müßten?«
Garion blinzelte.
»Cthol Mishrak ist *nicht* unbewacht, du junger Schafskopf. Dir ist es gerade gelungen, jedem Grolim im Umkreis von ein paar hundert Meilen unsere Anwesenheit zu verkünden.«
»Daran hatte ich nicht gedacht«, murmelte Garion.
»Das hatte ich auch nicht angenommen. Manchmal glaube ich, du kannst überhaupt nicht denken.«
Silk sah sich nervös um. »Was tun wir jetzt?« fragte er.
»Wir verschwinden hier so schnell uns unsere Pferde tragen können«, sagte Belgarath. Er funkelte Garion an. »Bist du sicher, daß du unter deinen Kleidern nicht noch eine Trompete hast?« fragte er sarkastisch. »Vielleicht möchtest du unterwegs noch ein paar Fanfaren blasen.« Er schüttelte angewidert den Kopf und faßte dann die Zügel wieder fester. »Reiten wir«, sagte er.

21

Die Espen standen kahlweiß und regungslos unter dem toten Himmel, schlank und ebenso gerade wie die Stäbe eines unendlichen Käfigs in die Höhe ragend. Belgarath ritt im Schrittempo voran und suchte sich sorgsam seinen Weg durch diesen endlosen, stillen Wald.
»Wie weit ist es noch?« fragte Silk den alten Mann gespannt.
»Nicht viel mehr als eine Tagesreise«, antwortete Belgarath.
»Die Wolken vor uns werden dichter.«
»Du sagst, die Wolkenbank bewegt sich nie?«
»Nie. Sie ist unverrückbar, seit Torak sie dorthin gesetzt hat.«

»Was wäre, wenn Wind aufkäme? Würde sie sich dann nicht bewegen?«

Belgarath schüttelte den Kopf. »Die normalen Naturgesetze gelten in diesem Gebiet nicht. Soweit ich weiß, kann es auch sein, daß die Wolke gar keine richtige Wolke ist. Vielleicht ist sie auch etwas anderes.«

»Was denn, zum Beispiel?«

»Möglicherweise eine Illusion. Die Götter lieben Illusionen.«

»Suchen sie nach uns? Die Grolims, meine ich?«

Belgarath nickte.

»Wirst du etwas tun, damit sie uns nicht finden?«

»Selbstverständlich.« Der alte Mann sah ihn an. »Woher dieser plötzliche Rededrang? Seit einer Stunde redest du fast ununterbrochen.«

»Ich bin etwas nervös«, gestand Silk. »Wir befinden uns auf unbekanntem Terrain, und das macht mich immer nervös. Ich fühle mich sehr viel wohler, wenn ich meine Fluchtwege im voraus ausarbeiten kann.«

»Bist du denn immer bereit, davonzulaufen?«

»In meinem Beruf muß man das. Was war das?«

Garion hatte es auch gehört. Weit hinter ihnen erklang ganz schwach ein tiefes Bellen, erst nur von einem Tier, dem aber bald andere folgten. »Wölfe?« vermutete er.

Belgaraths Gesicht hatte sich verfinstert. »Nein«, sagte er, »keine Wölfe.« Er ließ sein nervöses Pferd in Trab fallen, dessen Hufgeklapper von dem weichen Lehmboden des Waldes gedämpft wurde.

»Was ist es denn dann, Großvater?« fragte Garion.

»Toraks Hunde«, antwortete Belgarath knapp.

»Hunde?«

»Nicht eigentlich. Es sind Grolims – eine ganz besondere Art. Als die Angaraks die Stadt erbauten, entschied Torak, daß er etwas brauchte, um das Umland zu bewachen. Einige Grolims stellten sich freiwillig zur Verfügung, eine nicht-menschliche Gestalt anzunehmen. Die Veränderung war von Dauer.«

»Mit Wachhunden werde ich schon fertig«, meinte Silk.

»Nicht mit diesen. Wir wollen versuchen, sie abzuhängen.« Belgarath klang nicht sehr hoffnungsvoll.

Sie trieben die Pferde zum Galopp an und jagten zwischen den Bäumen hindurch. Die Zweige schlugen ihnen ins Gesicht, so daß Garion schützend seinen Arm hob.

Sie kamen auf eine niedrige Hügelkuppe und galoppierten auf der anderen Seite des Hügels wieder hinunter. Das Gebell hinter ihnen war schon nicht mehr so weit entfernt.

Dann stolperte Silks Pferd, so daß der kleine Mann fast aus dem Sattel geworfen wurde. »So geht das nicht, Belgarath«, sagte er, als Garion und der alte Mann anhielten. »Der Boden ist zu gefährlich für dieses Tempo.«

Belgarath hob die Hand und lauschte kurz. Das tiefe Gebell kam deutlich näher. »Sie holen uns ohnehin ein«, gab er zu.

»Dann solltest du dir etwas einfallen lassen«, meinte Silk, nervös über die Schulter zurückblickend.

»Das tue ich bereits.« Belgarath sog prüfend die Luft ein. »Laßt uns weiterreiten. Ich habe eben stehendes Wasser gerochen.«

Sie ritten den sanften Hang hinunter ins Tal. Der Geruch stehenden Wassers verstärkte sich.

»Da vorn.« Garion deutete auf einen braunen Tümpel, der zwischen den weißen Baumstämmen glitzerte. Der Sumpf war recht ausgedehnt, mit stinkendem, öligem Wasser, umgeben von dichtem Gebüsch. Abgestorbene Bäume ragten aus dem Wasser, deren blätterlose Äste sich wie klauenbewehrte Hände in stummes Flehen dem gleichgültigen Himmel entgegenzustrecken schienen.

Silk rümpfte die Nase. »So wie das stinkt, dürfte eigentlich kein Wesen mehr in der Lage sein, unsere Witterung aufzunehmen.«

»Wir werden sehen«, entgegnete Belgarath. »Einen normalen Hund würde das wahrscheinlich abschütteln, aber du darfst nicht vergessen, daß diese Hunde eigentlich Grolims sind. Sie haben die Gabe der Vernunft, so daß sie sich nicht allein auf die Witterung verlassen werden.«

Sie drängten die zögernden Pferde in das trübe Wasser und

ritten platschend weiter, wobei sie oft die Richtung wechselten und sich zwischen den abgestorbenen Bäumen hindurchwanden. Die Hufe ihrer Pferde wühlten faulige Pflanzenreste vom Grund des Tümpels auf, die die Luft mit einem noch stärkeren Gestank verpesteten.

Das Gebell der Hunde kam immer näher und klang jetzt nach Erregung und furchtbarem Hunger.

»Ich glaube, sie sind jetzt am Rand des Sumpfes«, sagte Silk, den Kopf zur Seite geneigt, um zu lauschen.

Aus dem Gebell hinter ihnen hörte man Erstaunen heraus.

»Großvater!« rief Garion, heftig an seinen Zügeln reißend.

Unmittelbar vor ihnen stand knietief im Wasser eine geifernde, schwarze Hundegestalt. Sie war riesig – groß wie ein Pferd, mit Augen, die in einem bösartigen Feuer grünlich brannten. Schultern und Brust waren massig, und die Reißzähne, die aus dem Maul ragten, waren fast einen halben Meter lang, grausam gekrümmt und tropfend vor Geifer.

»Jetzt haben wir euch«, grollte er. Er schien die Worte fast zu kauen, wenn er die Schnauze zum Sprechen verzog. Die Stimme, die aus diesem Maul kam, war rauh und rissig.

Silks Hand fuhr sofort zu einem seiner verborgenen Dolche.

»Laß das«, sagte Belgarath. »Es ist nur eine Projektion – ein Schatten.«

»So etwas können sie?« fragte Silk verblüfft.

»Ich habe dir doch gesagt, daß es Grolims sind.«

»Wir haben Hunger«, knurrte der Hund mit den feurigen Augen. »Bald werde ich mit meinem Rudel zurückkehren, und dann werden wir Menschenfleisch fressen.«

Dann flackerte die Gestalt und verschwand.

»Jetzt wissen sie, wo wir sind.« Silk klang beunruhigt. »Du solltest etwas tun, Belgarath. Kannst du nicht irgendeine Zauberei einsetzen?«

»Das würde unseren Standort nur noch deutlicher kennzeichnen. Hier draußen gibt es außer den Hunden noch andere Dinge.«

»Ich würde sagen, wir müssen es riskieren. Wir können uns

immer nur um eine Sache zur Zeit sorgen. Hast du diese Zähne gesehen?«
»Sie kommen«, sagte Garion gepreßt. Vom Rand des Sumpfes hörten sie deutlich Wasser spritzen.
»Tu etwas, Belgarath!«
Der Himmel war dunkler geworden, und die Luft war auf einmal bedrückend schwer. Aus weiter Ferne hörten sie ein zorniges Donnern. Ein gewaltiger Seufzer ließ den Wald erzittern.
»Reitet weiter«, befahl Belgarath, und weiter ging es durch das schleimig-braune Wasser auf die andere Seite des Sumpfes zu. Die Espen auf dem festen Untergrund vor ihnen drehten plötzlich die silbrige Unterseite ihrer Blätter nach oben, so daß es aussah, als hätte eine große, helle Welle den Wald erfaßt. Die Hunde waren ihnen jetzt dicht auf den Fersen, und ihr Gebell klang triumphierend, während sie durch den öligen, stinkenden Sumpf schwammen.
Dann blitzte es plötzlich gleißend blauweiß, ein heftiger Donnerschlag folgte. Der Himmel öffnete seine Schleusen. Sie wurden von einem Wolkenbruch verschlungen, der fast ebenso lärmend war wie der Donner selbst. Der Wind heulte, riß die Blätter von den Bäumen und wirbelte sie durch die Luft. Der Regen wurde waagerecht vor dem plötzlichen Sturm dahingetrieben, ließ den Sumpf dampfen und machte alles, was mehr als ein paar Meter entfernt war, undeutlich und verschwommen.
»Hast du das gemacht?« rief Silk Belgarath zu.
Aber Belgaraths verblüfftes Gesicht verriet Silk, daß der Sturm für ihn eine ebensolche Überraschung war wie für ihn selbst. Beide drehten sich zu Garion um. »Hast du das gemacht?« fragte Belgarath.
»Er nicht. Ich war es.« Die Stimme, die aus Garions Mund kam, war nicht die Garions. »Ich habe zu lange an alldem gearbeitet, um es mir jetzt von einem Rudel Hunde zunichte machen zu lassen.«
»Ich habe nichts gehört«, sagte Belgarath bewundernd und

wischte sich den Regen aus dem Gesicht. »Nicht einmal ein Wispern.«

»Du hast zur falschen Zeit gelauscht«, erwiderte die Stimme von Garions innerem Begleiter. »Ich habe es letztes Frühjahr in Gang gesetzt. Es kommt nur erst jetzt hier an.«

»Du wußtest, daß wir es brauchen würden?«

»Wie du siehst. Wendet euch nach Osten. Die Hunde können eurer Spur bei dem Unwetter nicht folgen. Schlagt einen Bogen und nähert euch der Stadt von Osten her. Auf dieser Seite gibt es weniger Wächter.«

Der Wolkenbruch hielt an, unterstrichen von heftigen Donnerschlägen und zuckenden Blitzen.

»Wie lange wird der Regen andauern?« überschrie Belgarath den Lärm.

»Lange genug. Er baut sich seit einer Woche im Meer des Ostens auf. Heute morgen hat er die Küste erreicht. Wendet euch nach Osten.«

»Können wir unterwegs reden?« erkundigte sich Belgarath. »Ich habe viele Fragen.«

»Jetzt ist kaum die Zeit für Gespräche, Belgarath. Ihr müßt euch beeilen. Die anderen sind heute morgen in Cthol Mishrak eingetroffen, gerade noch rechtzeitig vor dem Sturm. Alles ist bereit, also beeilt euch.«

»Dann ist es *heute* abend?«

»Ja, wenn ihr rechtzeitig da seid. Torak ist schon fast erwacht. Ich finde, ihr solltet da sein, wenn er die Augen öffnet.«

Belgarath wischte sich noch einmal das Gesicht ab, seine Augen blickten besorgt. »Reiten wir«, sagte er knapp und hielt durch den Regen auf festen Untergrund zu.

Der Regen hielt noch einige Stunden an, gepeitscht von dem heulenden Wind. Durchnäßt, unbehaglich und halb blind durch herumfliegende Blätter und kleine Zweige, galoppierten die drei ostwärts. Das Gebell der Hunde, die in dem Sumpf gefangen waren, wurde schwächer und nahm einen erstaunten, enttäuschten Ton an, als das tosende Unwetter alle Witterung in Wald und Sumpf auslöschte.

Bei Einbruch der Nacht hatten sie eine niedrige Hügelkette weit im Osten erreicht, und der Regen hatte bis auf ein stetes, unangenehmes Nieseln nachgelassen, das hin und wieder von kühlen Böen und heftigen Schauern unterbrochen wurde, die vom Meer des Ostens kamen.

»Bist du sicher, daß du den Weg findest?« wollte Silk von Belgarath wissen.

»Ich werde ihn schon finden«, antwortete Belgarath. »Cthol Mishrak strömt einen ganz besonderen Geruch aus.«

Der Regen ließ immer mehr nach und versiegte schließlich ganz, als sie an den Waldrand kamen. Der Geruch, von dem Belgarath gesprochen hatte, war kein scharfer Gestank, sondern eher eine gedämpfte, modrige Geruchsmischung, zu der feuchter Rost einen Großteil beizutragen schien, aber auch der Gestank nach faulendem Wasser und der muffige Geruch von Schimmelpilzen war vertreten. Der Gesamteindruck war der von Verfall. Als sie unter den letzten Bäumen waren, hielt Belgarath an. »Hier sind wir also«, murmelte er leise.

Die Senke vor ihnen wurde schwach erhellt von einem blassen, kränklichen Leuchten, das die Erde selbst auszustrahlen schien. In der Mitte der großen Vertiefung erhoben sich die zerklüfteten, zerfallenen Überreste der Stadt.

»Was ist das für ein seltsames Licht?« wisperte Garion angespannt.

Belgarath grunzte. »Phosphoreszenz. Das kommt von dem Schimmel, der hier überall wächst. Die Sonne scheint niemals auf Cthol Mishrak, und so ist es die natürliche Heimat aller verdorbenen Dinge, die im Dunkeln wachsen. Wir lassen die Pferde hier.« Er glitt aus dem Sattel.

»Ist das eine gute Idee?« meinte Silk, während er sich ebenfalls aus dem Sattel schwang. »Vielleicht müssen wir eilig aufbrechen.« Der kleine Mann war völlig durchnäßt und zitterte.

»Nein«, sagte Belgarath ruhig. »Wenn alles gut geht, wird niemand in der Stadt Interesse daran haben, uns Schwierigkeiten zu machen. Und wenn es nicht gut geht, spielt es ohnehin keine Rolle mehr.«

»Ich mag keine Unternehmen, bei denen es nur eine Möglichkeit gibt«, brummte Silk verdrießlich.
»Dann hast du die falsche Reise mitgemacht«, entgegnete Belgarath. »Was wir tun, ist so unabänderlich, wie es nur sein kann. Wenn wir einmal angefangen haben, gibt es kein Zurück mehr.«
»Trotzdem muß es mir doch nicht gefallen, oder? Was tun wir jetzt?«
»Garion und ich müssen uns erst einmal darum kümmern, etwas weniger auffällig zu wirken. Du bist Experte darin, dich im Dunkeln zu bewegen, ohne gesehen oder gehört zu werden, aber wir sind darin nicht so geübt.«
»Du willst Zauberei anwenden – in dieser Nähe zu Torak?« fragte Silk ungläubig.
»Wir werden sehr leise sein«, beruhigte Belgarath ihn. »Ein Gestaltwechsel ist fast vollständig nach innen gerichtet, so daß es sowieso nicht viel Lärm macht.« Er wandte sich an Garion. »Wir machen es langsam«, sagte er. »Dadurch breitet sich der Lärm aus und wird noch weiter abgeschwächt. Verstehst du?«
»Ich glaube schon, Großvater.«
»Ich mache es zuerst. Paß auf.« Der alte Mann warf einen Blick auf die Pferde. »Laß uns ein Stück beiseite gehen. Pferde haben Angst vor Wölfen. Sie sollen nicht hysterisch werden und hier herumtanzen.«
Sie schlichen am Waldrand entlang, bis sie ein gutes Stück zwischen sich und die Pferde gelegt hatten.
»Das ist weit genug«, meinte Belgarath. »Jetzt paß auf.« Er konzentrierte sich einen Moment, dann begann seine Gestalt zu schimmern und zu verschwimmen. Die Veränderung ging ganz allmählich vonstatten, und einen Augenblick lang sah es so aus, als existierten sein Gesicht und das des Wolfes an gleicher Stelle. Es wurde nur von einem ganz schwachen Wispern begleitet. Dann war es vorbei, und der große graue Wolf saß auf seinen Hinterbeinen vor ihnen.
»Jetzt mach du es«, sagte er zu Garion in dem leichten Wechsel der Ausdrucksweise, der für die Sprache der Wölfe typisch ist.

Garion konzentrierte sich angestrengt und hielt das Bild im Geiste fest. Er tat es so langsam, daß er das Gefühl hatte, spüren zu können, wie ihm der Pelz wuchs.
Silk hatte sich unterdessen zur Tarnung das Gesicht mit Erde eingerieben. Dann sah er die beiden Wölfe fragend an.
Belgarath nickte und ging voran, hinaus auf die nackte Erde der Senke, die langsam zu den Ruinen von Cthol Mishrak abfiel.
In dem geisterhaften Licht bewegten sich noch andere Schatten, schleichend und witternd. Einige der Gestalten strömten einen Hundegeruch aus, andere rochen reptilähnlich. In Kapuzengewänder gehüllte Grolims standen auf Erhebungen und Felsen und durchsuchten die Dunkelheit mit Augen und Geist nach Eindringlingen.
Der Boden unter Garions Pfoten fühlte sich leblos an. Kein Wachstum, kein Leben gab es in dieser Öde. Silk ging gebückt an ihrer Seite, und gemeinsam schlichen sie zu den Ruinen, jede Deckung ausnutzend, die Felsen und ausgewaschene Gräben boten. Garion erschien die Geschwindigkeit zermürbend langsam, doch Belgarath achtete nicht auf die Zeit. Gelegentlich, wenn sie in der Nähe eines wachhabenden Grolims waren, bewegten sie immer nur eine Pfote gleichzeitig. Die Minuten vergingen, während sie sich näher und näher an die zerfallene Stadt der Nacht heranpirschten.
In der Nähe der eingefallenen Stadtmauer standen zwei Priester Toraks in leisem Gespräch. Ihre gedämpften Stimmen waren für Garions geschärfte Ohren deutlich zu verstehen.
»Die Hunde scheinen heute abend nervös zu sein«, sagte einer der beiden.
»Der Sturm«, erwiderte der andere. »Schlechtes Wetter macht sie immer unruhig.«
»Ich frage mich, wie es wohl ist, ein Hund zu sein«, überlegte der erste Grolim.
»Wenn du willst, kannst du dich ihnen ja anschließen.«
»*So* neugierig bin ich nun wieder nicht.«
Silk und die beiden Wölfe schlichen lautlos wie Rauch an den beiden müßig plaudernden Wächtern vorbei über die zerfalle-

nen Steine in die tote Stadt der Nacht. Als sie innerhalb der Mauern waren, konnten sie sich rascher bewegen. Die Schatten verbargen ihre Bewegungen, und sie huschten hinter Belgarath zwischen den Trümmern hindurch, stetig auf die Mitte der Stadt zuhaltend, wo sich der Stumpf des Eisenturms jetzt schwarz und düster gegen den Himmel abzeichnete.

Der Geruch nach Rost, fauligem Wasser und Verfall war jetzt viel stärker und flutete in überwältigenden Wellen in Garions wolfsscharfe Nase. Es war ein erstickender Gestank, und er hielt seine Schnauze fest geschlossen und bemühte sich, nicht daran zu denken.

»Wer ist da?« rief eine scharfe Stimme unmittelbar vor ihnen. Ein Grolim trat mit gezogenem Schwert auf die trümmerübersäte Straße und spähte angestrengt in die tiefen Schatten, in die sich die drei, zu Stein erstarrt, duckten. Garion spürte mehr als daß er es sah, oder hörte, wie Silk langsam und vorsichtig nach dem Dolch griff, der in einer Scheide auf seinem Rücken hing. Dann fuhr der Arm des kleinen Mannes ruckartig nach unten, und sein Messer wirbelte singend, mit tödlicher Genauigkeit, davon.

Der Grolim grunzte, klappte vornüber zusammen, dann seufzte er und sank mit klirrendem Schwert zu Boden.

»Los!« Silk hastete an der zusammengesunkenen Gestalt des Grolims vorbei.

Garion roch frisches Blut, als er an ihm vorbeisprang, und dieser Geruch trieb ihm einen heißen Geschmack ins Maul.

Sie erreichten das Gewirr von verbogenen Pfeilern und zerbrochenen Platten, die einst den eisernen Turm gebildet hatten und schlichen lautlos durch die offenstehende Tür in die völlige Finsternis des dahinterliegenden Saales. Hier war der Geruch nach Rost allgegenwärtig, verbunden mit dem Odor uralten, brütenden Unheils. Garion blieb stehen, schnüffelte nervös die verdorbene Luft und fühlte, wie sich seine Nackenhaare aufrichteten. Nur mit Mühe konnte er das tiefe Knurren unterdrücken, das unwillkürlich in seiner Kehle hochstieg.

Er spürte die Berührung von Belgaraths Schulter und folgte dem alten Wolf in dieser absoluten Finsternis, nur geleitet von seinem Geruchssinn. Am anderen Ende des gewaltigen, leeren, eisernen Saals war eine weitere Tür.

Belgarath blieb stehen, und Garion spürte das leise Wispern, als der alte Mann wieder Menschengestalt annahm. Garion sammelte seinen Willen und floß langsam zurück in seine eigentliche Gestalt.

Silk stieß lebhaft, aber leise, eine Reihe bildreicher Flüche aus.

»Was ist los?« flüsterte Belgarath.

»Ich habe vergessen, mein Messer zu holen«, antwortete Silk zähneknirschend. »Es war eins meiner Lieblingsmesser.«

»Was jetzt, Großvater?« fragte Garion heiser flüsternd.

»Direkt hinter dieser Tür führt eine Treppe abwärts.«

»Was ist da unten?«

»Ein Keller. Eine Art Grab, in das Zedar Toraks Körper geschafft hat. Sollen wir hinuntergehen?«

Garion seufzte, dann straffte er die Schultern. »Deswegen sind wir ja wohl hergekommen.«

22

»Du glaubst doch nicht ernsthaft, daß ich das akzeptiere, Zedar?«

Garion erstarrte mitten in der Bewegung, als er die eiserne Tür am Fuß der Treppe berühren wollte.

»Du kannst dich deiner Verantwortlichkeit nicht unter dem Vorwand der Notwendigkeit entziehen«, fuhr die Stimme jenseits der Tür fort.

»Werden wir nicht alle von Notwendigkeiten getrieben, Polgara?« fragte eine fremde Stimme in müde-traurigem Ton. »Ich würde nicht sagen, daß ich nicht zu tadeln sei, aber war meine Abtrünnigkeit nicht schon vorherbestimmt? Das Universum war vom Anfang aller Zeiten an gespalten, und jetzt eilen die beiden Prophezeiungen auf ihre letzte Begegnung miteinander zu, in der alles gelöst wird. Wer kann sagen, daß das, was ich tat, für diese Begegnung nicht wesentlich war?«

»Das sind Ausflüchte, Zedar«, entgegnete Tante Pol.

»Was macht *sie* denn hier?« fragte Garion Belgarath flüsternd.

»Sie muß hier sein«, flüsterte Belgarath befriedigt zurück. »Hör nur.«

»Ich glaube nicht, daß wir irgend etwas erreichen, wenn wir miteinander streiten, Polgara«, sagte Zedar der Abtrünnige. »Jeder von uns glaubt, das Richtige getan zu haben. Keiner von uns könnte den anderen je dazu überreden, an diesem Punkt die Seiten zu wechseln. Warum belassen wir es nicht dabei?«

»Von mir aus, Zedar«, erwiderte Tante Pol kühl.

»Was jetzt?« hauchte Silk.

»Es sollten noch andere da drin sein«, antwortete Belgarath leise. »Wir sollten uns vergewissern, ehe wir hineinplatzen.«

Die eiserne Tür schloß nicht ganz dicht, und ein schwacher Lichtschimmer drang durch die Ritzen. Garion konnte Belgaraths angespanntes Gesicht in diesem Licht erkennen.

»Wie geht es deinem Vater?« fragte Zedar im Konversationston.

»Wie immer. Er ist sehr wütend auf dich, wie du dir denken kannst.«

»Das war wohl zu erwarten.«

»Er hat aufgegessen, Polgara«, hörte Garion Ce'Nedra sagen.

Er sah Belgarath scharf an, aber der alte Mann legte nur einen Finger an die Lippen.

»Breite einen der Strohsäcke für ihn aus, Liebes«, bat Tante Pol, »und decke ihn gut zu. Es ist sehr spät, und er ist müde.«

»Ich mache das schon«, bot Durnik an.

»Gut«, hauchte Belgarath. »Sie sind alle da.«

»Wie sind sie hergekommen?« wisperte Silk.

»Ich habe nicht die leiseste Ahnung, aber ich mache mir deswegen auch keine Gedanken. Wichtig ist nur, daß sie hier sind.«

»Ich bin froh, daß ihr ihn vor Ctuchik retten konntet«, sagte Zedar. »In den Jahren, die wir zusammen verbracht haben, habe ich ihn richtig ins Herz geschlossen.«
»Wo hast du ihn gefunden?« fragte Tante Pol. »Wir konnten nie feststellen, aus welchem Land er stammt.«
»Ich weiß es nicht mehr genau«, antwortete Zedar. Seine Stimme klang leicht verwirrt. »Vielleicht in Camaar oder Tol Honeth – oder in irgendeiner Stadt auf der anderen Seite von Mallorea. Mir entfallen immer die Einzelheiten, fast, als ob ich mich nicht an sie erinnern sollte.«
»Versuche, dich zu erinnern«, sagte sie. »Es könnte wichtig sein.«
Zedar seufzte. »Wenn es dir Spaß macht«, sagte er. Er hielt inne, um zu überlegen. »Aus irgendeinem Grund war ich rastlos geworden«, begann er. »Es war – ach, vor fünfzig, sechzig Jahren. Meine Studien interessierten mich nicht mehr, und die Zänkereien der Grolims untereinander begannen mich zu ärgern. Ich ging auf Reisen, ohne groß darauf zu achten, wo ich mich befand. Ich muß die Königreiche des Ostens und Westens in jenen Jahren etliche Male durchquert haben.
Jedenfalls war ich irgendwo in einer Stadt, als mir ganz plötzlich eine Idee kam. Wir alle wissen, daß das Auge jeden zerstört, der es berührt und auch nur den Hauch des Bösen im Herzen trägt, aber was würde es jemandem antun, der es in völliger Unschuld berührte? Die Einfachheit dieser Idee betäubte mich fast. Die Straße, auf der ich ging, war voller Menschen, und ich brauchte Ruhe, um über diese bemerkenswerte Idee nachzudenken, also bin ich um eine Ecke in eine verlassene Gasse abgebogen, und dort stand das Kind – fast so, als ob es auf mich gewartet hätte. Es schien etwa zwei Jahre alt zu sein, alt genug, um laufen zu können, aber nicht viel mehr. Ich hielt ihm meine Hand hin und sagte: ›Ich habe eine kleine Botschaft für dich, mein Junge.‹ Er kam zu mir und wiederholte das Wort ›Botschaft‹. Es ist das einzige Wort, das ich ihn je habe sagen hören.«
»Was hat das Auge gemacht, als er es zum erstenmal berührte?« fragte Tante Pol.

»Es hat geflackert. Auf irgendeine eigenartige Weise schien es ihn zu erkennen, und zwischen ihnen hat sich etwas abgespielt, als er seine Hand darauf legte.« Er seufzte. »Nein, Polgara, ich weiß nicht, wer das Kind ist – oder auch nur, was es ist. Soweit ich weiß, kann es ebensogut eine Illusion sein. Die Idee, es zu benutzen, kam mir so plötzlich, daß ich mich manchmal frage, ob sie mir nicht eingegeben wurde. Ich halte es ohne weiteres für denkbar, daß nicht ich *es* gefunden habe, sondern es *mich*.« Daraufhin fiel er in Schweigen.
Auf der anderen Seite der Eisentür entstand eine lange Pause.
»Warum, Zedar?« fragte Tante Pol ihn leise. »Warum hast du unseren Meister verraten?« Ihre Stimme war voller Mitgefühl.
»Um das Auge zu retten«, antwortete er traurig. »Jedenfalls war das zuerst mein Ziel. Von dem Moment an, in dem ich es zum erstenmal gesehen habe, hat es mich gefesselt. Nachdem Torak es unserem Meister geraubt hatte, begannen Belgarath und die anderen, Pläne zu schmieden, um es mit Gewalt zurückzugewinnen, aber ich wußte, daß es ihnen nicht gelingen konnte, wenn nicht Aldur selbst sich mit ihnen gegen Torak verbünden würde – und das würde Aldur nie tun. Ich überlegte mir, wenn Gewalt versagte, dann könnte List Erfolg haben. Ich dachte, wenn ich ein Bündnis mit Torak vortäuschte, könnte ich vielleicht sein Vertrauen gewinnen und es ihm wieder abnehmen.«
»Und was ist dann geschehen, Zedar?« Sie sah ihn offen an.
»Ach, Polgara!« Zedars Stimme erstickte in einem heftigen Schluchzen. »Du kannst es dir nicht vorstellen! Ich war meiner so sicher, so überzeugt, daß ich einen Teil meines Geistes Toraks Herrschaft vorenthalten könnte. Aber ich hatte mich geirrt – geirrt! Sein Geist und sein Wille überwältigten mich. Er nahm mich in die Hand und wrang allen Widerstand aus mir heraus. Die Berührung seiner Hand, Polgara!« In Zedars Stimme schwang Entsetzen mit. »Er reicht in die tiefsten Tiefen einer Seele. Ich kenne Torak und weiß, wie er ist – abscheulich, verdreht, böser, als du je begreifen könntest – aber wenn er mich ruft, muß ich gehen, wenn er mir befiehlt, muß

ich gehorchen, auch wenn meine Seele sich dagegen aufbäumt. Selbst jetzt, wo er schläft, hält seine Hand mein Herz umklammert.« Wieder schluchzte er heiser auf.
»Wußtest du denn nicht, daß es unmöglich ist, einem Gott zu widerstehen?« fragte Tante Pol mit derselben mitfühlenden Stimme. »War es dein Stolz, Zedar? Warst du deiner Kraft so sicher, daß du glaubtest, du könntest ihn überlisten – deine wahren Absichten vor ihm verbergen?«
Zedar seufzte. »Vielleicht«, gestand er. »Aldur war ein liebevoller Meister. Er hat nie seinen Geist gegen mich eingesetzt, und so war ich nicht auf das vorbereitet, was Torak mir antat. Torak ist nicht sanft. Was er will, das nimmt er sich, und wenn er dir dafür deine Seele aus dem Leib reißen muß, dann macht es ihm nicht das geringste aus. Du wirst seine Macht kennenlernen, Polgara. Bald wird er erwachen und Belgarion vernichten. Nicht einmal der Rivanische König ist diesem furchtbaren Geist gewachsen. Und dann wird Torak dich zur Braut nehmen, so wie er es gesagt hat. Widersetz dich ihm nicht, Polgara. Erspare dir diese Qualen. Am Ende wirst du doch zu ihm gehen. Du wirst willig gehen, sogar gern.«
In dem Raum hinter der Eisentür hörten sie plötzlich ein Knirschen, dann das Getrappel eiliger Füße.
»Durnik!« schrie Tante Pol auf. »Nicht!«
»Was ist da los?« fragte Garion.
»Also *das* bedeutet es!« keuchte Belgarath. »Macht die Tür auf!«
»Zurück, du Narr!« rief Zedar.
Es krachte laut, als ob bei einem Ringkampf Möbel umgestoßen würden.
»Ich warne dich!« schrie Zedar wieder. »Zurück!«
Sie hörten den heftigen Schlag einer Faust, die auf Knochen traf.
»Zedar!« dröhnte Belgarath und hämmerte gegen die Eisentür.
In dem Raum dahinter gab es eine donnernde Detonation.
»Durnik!« rief Tante Pol.
In einem plötzlichen Wutausbruch hob Belgarath seine geballte

Faust, vereinte seinen Willen mit seinem Arm und hieb auf die verschlossene Tür ein. Die massive Gewalt seines Schlages riß die Eisentür aus den Angeln, als wäre sie aus Papier.
Der Raum hinter der Tür hatte eine hohe, gewölbte Decke, die von eisernen, altersschwarzen Pfeilern getragen wurde. Garion schien jede Einzelheit des Raumes gleichzeitig in sich aufzunehmen, er tat dies jedoch mit einer seltsamen Distanz, so als wären ihm sämtliche Gefühle entzogen worden. Er sah Ce'Nedra und Botschaft, die sich verängstigt an einer Wand aneinanderklammerten. Tante Pol stand wie angewurzelt auf der Stelle. Ihre Augen waren weit geöffnet, als sie in betäubter Ungläubigkeit die leblose Gestalt Durniks anstarrte, der zusammengekrümmt am Boden lag. Die tödliche Blässe seines Gesichts konnte nur eines bedeuten.
Auf einmal überkam sie die furchtbare Erkenntnis – die Erkenntnis eines unwiederbringlichen Verlustes. »Nein!« schrie sie auf. »Mein Durnik! Nein!« Sie lief zu dem Gestürzten, fiel neben ihm auf die Knie und nahm mit einem untröstlichen Wimmern der Verzweiflung seine leblose Gestalt in die Arme.
Und dann sah Garion zum erstenmal Zedar den Abtrünnigen. Der Zauberer starrte ebenfalls den toten Durnik an. Sein Gesicht spiegelte ein verzweifeltes Bedauern wider, das Wissen darum, daß er nun das eine getan hatte, was ihm jede Hoffnung auf Erlösung nahm. »Du Narr«, murmelte er. »Warum? Warum mußtest du mich dazu zwingen, dich zu töten? Das war genau das, was ich auf gar keinen Fall tun wollte.«
Dann trat Belgarath, unerbittlich wie der Tod selbst, durch die Überreste der Tür zu dem Mann, den er einmal Bruder genannt hatte.
Zedar wich vor dem furchtbaren Zorn des Zauberers zurück. »Ich wollte es nicht tun, Belgarath«, stammelte er, die Hände erhoben, um Belgaraths Angriff abzuwehren. »Der Narr hat versucht, mich anzugreifen. Er war...«
»Du...«, knirschte Belgarath haßerfüllt. »Du... Du...« Doch ihm fehlten die Worte. Kein Wort konnte seinen Zorn

beschreiben. Er hob beide Arme und hieb Zedar die Fäuste ins Gesicht. Zedar schlug zurück, doch Belgarath war schon bei ihm, klammerte sich fest und bearbeitete ihn mit den Fäusten. Garion spürte, wie Willensfetzen von dem einen oder dem anderen aufflackerten, aber sie waren so tief in ihren Gefühlsaufwallungen verstrickt, die jeden Gedanken auslöschten, daß keiner von beiden genügend Konzentration aufbringen konnte, um seinen Willen zu sammeln. Also wirbelten sie, wie bei einer Wirtshausprügelei, über den Boden, traten, würgten und schlugen einander, Belgarath außer sich vor Wut und Zedar vor Angst und Enttäuschung.

Verzweifelt riß der Abtrünnige einen Dolch aus der Scheide an seinem Gürtel, doch Belgarath ergriff mit beiden Händen sein Handgelenk und schlug es auf den Boden, bis der Dolch klirrend davonschlitterte. Beide versuchten daraufhin, das Messer zu erreichen, kratzten und schlugen sich gegenseitig, die Gesichter zu Grimassen verzogen.

Irgendwann im Verlauf dieser wahnsinnigen Sekunden, seit sie in den Raum gestürmt waren, hatte Garion, ohne zu überlegen, das große Schwert aus der Scheide auf seinem Rücken gezogen, aber Auge und Klinge waren kalt und teilnahmslos in seiner Hand, während er den tödlichen Kampf zwischen den beiden Zauberern beobachtete.

Belgaraths Hände umklammerten die Kehle Zedars, und dieser zerrte keuchend und verzweifelt an den Armen des alten Mannes. Belgaraths Gesicht war zu einer animalischen Fratze verzerrt, die Lippen von den zusammengebissenen Zähnen zurückgezogen, als er seinen alten Feind würgte. Als ob er alle Grenzen der Vernunft überschritten hatte, kämpfte er sich schließlich auf die Beine und zog Zedar mit sich. Den Abtrünnigen mit einer Hand an der Kehle haltend, begann er, ihn mit der anderen Hand unablässig zu schlagen. Zwischen zwei Schlägen deutete er dann mit dem Arm auf die Steine zu ihren Füßen. Mit schaurigem Knirschen öffnete sich ein großer Spalt, der im Zickzack über den Boden lief. Die Felsen kreischten protestierend, als der Spalt sich verbreiterte. Immer noch kämpfend schwankten die beiden Männer und fielen in den Abgrund. Die Erde schien zu beben. Mit einem gräßlichen Geräusch schloß sich der Spalt wieder.

Ungläubig, mit offenem Mund, starrte Garion wie betäubt auf den nun kaum mehr sichtbaren Riß, durch den die beiden Männer gefallen waren.

Ce'Nedra schrie und verbarg entsetzt das Gesicht in den Händen.

»Tu etwas!« brüllte Silk Garion an, doch Garion konnte ihn nur verständnislos anstarren.

»Polgara!« sagte Silk verzweifelt und wandte sich an Tante Pol. Noch völlig benommen von ihrem plötzlichen, überwältigenden Kummer, konnte sie nicht antworten, sondern hielt weiter einfach den leblosen Körper Durniks in den Armen. Sie schluchzte unbeherrscht, wiegte sich hin und her, wobei sie ihn fest an sich drückte.

Aus unendlicher Tiefe erscholl ein dumpfer Knall, dann noch einer. Selbst in den Eingeweiden der Erde ging der tödliche Kampf weiter.

Wie unter einem Zwang wanderten Garions Augen zu der Nische in der gegenüberliegenden Wand. Dort konnte er in dem schwachen Licht die Umrisse des ruhenden Torak erkennen. Seltsam gefühllos betrachtete Garion die Gestalt seines Feindes, peinlich genau jede Einzelheit registrierend. Er sah die schwarze Robe und die funkelnde Maske. Und er sah Cthreg Goru, Toraks großes, schwarzes Schwert.

Obwohl er sich nicht bewegte oder etwas fühlte – es nicht einmal konnte – tobte ein Kampf in ihm, ein Kampf, der vielleicht noch schrecklicher war als der, der Belgarath und Zedar soeben in die Tiefen der Erde gerissen hatte. Die beiden Kräfte, die zuerst auseinandergestrebt waren, dann kehrt gemacht hatten und durch die endlosen Korridore der Zeit wieder aufeinander zueilten, hatten sich schließlich in ihm getroffen. Das EREIGNIS, das das endgültige Ende der beiden Prophezeiungen bildete, hatte begonnen, und seine anfänglichen Scharmützel fanden in Garions Geist statt. Durch kleine,

raffinierte Anpassungen wurden einige seiner am tiefsten verwurzelten Vorstellungen und Haltungen verschoben.
Torak bewegte sich unruhig, als ob diese beiden Kräfte auch in *ihm* miteinander rangen.
Furchtbare Einblicke in Toraks Geist überfielen Garion, und er erkannte deutlich die grausame Täuschung, die hinter Toraks Angebot von Freundschaft und Liebe lag. Hätte seine Angst vor ihrem Duell ihn zur Aufgabe gezwungen, wäre die Hälfte der Schöpfung verschwunden. Mehr noch, was Torak ihm angeboten hatte, war nicht Liebe, sondern eine so abscheuliche Versklavung, daß sie sein Vorstellungsvermögen überstieg.
Aber er hatte nicht aufgegeben. Irgendwie war er der überwältigenden Kraft von Toraks Geist entronnen und hatte sich völlig in die Hände der Prophezeiung gegeben, die ihn hierher geführt hatte. Mit absoluter Selbstverleugnung war er zum Werkzeug der Prophezeiung geworden. Er hatte keine Angst mehr. Mit dem Schwert in der Hand, erwartete das Kind des Lichts den Augenblick, in dem die Prophezeiung es freiließ, um den tödlichen Kampf mit dem Dunklen Gott auszutragen.
Und dann, als Silk noch verzweifelt versuchte, Garion oder Polgara zum Handeln zu bewegen, hoben sich die Steinplatten des Fußbodens, und Belgarath entstieg der Erde.
Garion, immer noch geistesabwesend und benommen, sah, daß alle Spuren des manchmal törichten alten Mannes, den er gekannt hatte, verschwunden waren. Der diebische alte Geschichtenerzähler war nicht mehr. Auch der reizbare alte Mann, der die Suche nach dem Auge geleitet hatte, existierte nicht mehr. An ihrer Stelle stand die Gestalt Belgaraths des Zauberers, des Ewigen, schimmernd in der Aura seiner vollen Macht.

»Wo ist Zedar?« fragte Tante Pol und hob ihr tränenüberströmtes Gesicht von Durniks leblosem Körper, um ihren Vater mit furchtbarer Intensität anzustarren.
»Ich habe ihn unten gelassen«, antwortete Belgarath kalt.
»Tot?«
»Nein.«
»Bring ihn zurück.«
»Wozu?«
»Damit er mir ins Gesicht sieht.« Ihre Augen brannten.
Der alte Mann schüttelte den Kopf. »Nein, Pol«, sagte er. »Du hast noch nie getötet. Bleib dabei.«
Sanft ließ sie Durniks Körper zu Boden gleiten und stand auf, das blasse Gesicht war vor Kummer und einem schrecklichen Zwang verzerrt. »Dann gehe *ich* zu ihm«, erklärte sie und hob beide Arme, als wollte sie ihre Kraft gegen den Boden richten.
»Nein«, widersprach Belgarath, selbst die Hände ausstreckend, »das wirst du *nicht*.«
Sie standen sich gegenüber, gefangen in einem lautlosen Kampf. Tante Pols Blick verriet ihren Zorn über die Einmischung ihres Vaters. Sie hob wieder einen Arm, um die Kraft ihres Willens gegen die Erde einzusetzen, doch wieder streckte Belgarath seine Hand aus.
»Laß mich gehen, Vater.«
»Nein.«
Sie verdoppelte ihre Anstrengungen, wand sich, als ob sie sich von unsichtbaren Fesseln befreien wollte. »Laß mich gehen, alter Mann«, rief sie.
»Nein. Laß es, Pol. Ich will dir nicht weh tun.«
Wieder versuchte sie es, jetzt verzweifelt, aber wieder unterdrückte Belgarath ihren Willen mit dem seinen. Sein Gesicht verhärtete sich, und er biß die Zähne zusammen.
In einer letzten Anstrengung richtete sie ihren ganzen Willen gegen die Barriere, die er errichtet hatte. Doch der alte Mann blieb unbeweglich wie ein Fels. Schließlich ließ sie die Schul-

tern hängen, kniete wieder neben Durnik nieder und begann erneut zu weinen.
»Es tut mir leid, Pol«, sagte er sanft. »So etwas wollte ich nie tun müssen. Bist du in Ordnung?«
»Wie kannst du das fragen?« erwiderte sie, verzweifelt die Hände über Durniks Leiche wringend.
»Das habe ich nicht gemeint.«
Sie drehte ihm den Rücken zu und verbarg das Gesicht in den Händen.
»Ich glaube ohnehin nicht, daß du ihn hättest erreichen können, Pol«, sagte der alte Mann. »Du weißt ebenso gut wie ich, daß keiner von uns rückgängig machen kann, was ein anderer getan hat.«
Silk, dessen Frettchengesicht schockiert wirkte, fragte mit gedämpfter Stimme: »Was hast du mit ihm gemacht?«
»Ich habe ihn mit hinabgenommen, bis wir zu massivem Fels kamen. Dort habe ich ihn dann versiegelt.«
»Kann er nicht ebenso wieder aus der Erde kommen wie du?«
»Nein. Das ist jetzt für ihn unmöglich. Zauberei besteht aus Gedanken, und niemand kann exakt die Gedanken eines anderen wiederholen. Zedar ist für immer im Fels gefangen – oder bis ich ihn wieder freilasse.« Der alte Mann blickte traurig auf Durniks Leiche. »Und ich glaube kaum, daß ich das tun werde.«
»Aber er wird doch sterben, oder nicht?« fragte Silk.
Belgarath schüttelte den Kopf. »Nein. Das war ein Teil dessen, was ich ihm angetan habe. Er wird bis zum Ende aller Tage in dem Felsen liegen.«
»Das ist monströs, Belgarath«, sagte Silk voller Abscheu.
»Das auch«, entgegnete Belgarath und deutete auf Durnik.
Garion konnte hören, was sie sagten und sie auch deutlich sehen, aber irgendwie hatte er das Gefühl, sie seien alle an einem anderen Ort. Alle anderen in der unterirdischen Krypta schienen nur am Rande seiner Wahrnehmung zu existieren. Für ihn gab es nur den einen in der gewölbten Kammer, und das war Kal Torak, sein Feind.

Die ruhelosen Bewegungen des schlafenden Gottes wurden immer deutlicher. Garions eigenartig vielfaches Bewußtsein – zum Teil sein eigenes, zum Teil das von dem Auge abgeleitete, wie immer überlagert von dem Bewußtsein, daß er die trockene Stimme in seinem Geist nannte – erkannte in dieser Ruhelosigkeit die Schmerzen, die hinter den Regungen des entstellten Gottes steckten. Torak wand sich im Schlaf. Die Wunden eines Menschen heilen mit der Zeit, und seine Schmerzen klingen allmählich ab und hören schließlich ganz auf, weil Verletzungen Teil des Menschseins sind. Ein Mensch wird geboren, um hin und wieder verletzt zu werden, und ihm ist die Fähigkeit zur Gesundung angeboren. Aber ein Gott ist unverwundbar und hat keinen Bedarf für die Fähigkeit, gesund zu werden. Und so war es mit Torak. Das Feuer, mit dem das Auge ihn gebrannt hatte, als er es benutzt hatte, um die Erde zu spalten, versengte noch immer sein Fleisch, und seine Schmerzen hatten nicht im mindesten nachgelassen in den endlosen Jahrhunderten seit seiner Verwundung. Hinter der Stahlmaske qualmte noch immer das Fleisch des Drachengottes, und sein verbranntes Auge brodelte unaufhörlich in seiner Höhle. Garion schauderte. Fast überkam ihn Mitleid mit diesen ewigen Qualen.

Das Kind machte sich von Ce'Nedra los, die es zitternd im Arm gehalten hatte, und ging durch den Raum. Das kleine Gesichtchen war angespannt. Es blieb stehen, bückte sich und legte seine Hände auf Durniks Schulter. Sanft schüttelte es den Toten, als wollte es ihn aufwecken. Sein Gesicht nahm einen bestürzten Ausdruck an, als der Schmied nicht reagierte. Wieder schüttelte es ihn, diesmal etwas fester. Seine Augen blickten verständnislos.

»Botschaft«, rief Ce'Nedra mit versagender Stimme, »komm her. Wir können nichts für ihn tun.«

Botschaft sah erst sie an, dann Durnik. Er klopfte dem Schmied mit einer seltsamen Geste liebevoll auf die Schultern, seufzte und ging zurück zu der Prinzessin. Sie schlang heftig die Arme um ihn und begann zu weinen, das Gesicht an seinem kleinen

Körper vergraben. Mit derselben eigenartigen Geste tätschelte er ihr flammendes Haar.

Dann ertönte aus dem Alkoven ein langgezogener, rasselnder Seufzer, ein zitterndes Ausstoßen von Luft. Garion sah hastig zu der Nische hinüber, seine Hand umklammerte unwillkürlich das kalte Schwert fester. Torak hatte seinen Kopf gedreht, seine Augen waren geöffnet. Das grausame Feuer brannte in dem Auge, das nicht war, als der Gott erwachte.

Belgarath sog zischend den Atem ein, als Torak den verkohlten Stumpf seiner linken Hand hob, wie um die letzten Reste des Schlafs hinwegzufegen, während seine rechte Hand bereits nach dem massiven Heft von Cthrek Goru griff, seinem schwarzen Schwert. »Garion!« sagte Belgarath scharf.

Aber Garion, immer noch wie erstarrt durch den Kampf der Mächte in ihm, konnte den erwachenden Gott nur ansehen. Ein Teil von ihm versuchte sich freizukämpfen, und seine Hand zitterte vor Anstrengung, sein Schwert zu heben.

»*Noch nicht*«, wisperte die Stimme.

»Garion!« Diesmal schrie Belgarath fast. Dann sprang der alte Zauberer in einem Akt der Verzweiflung an dem benommenen jungen Mann vorbei zu der liegenden Gestalt des Dunklen Gottes.

Toraks Hand ließ das Schwert los und ergriff Belgarath fast verächtlich an seiner Tunika und hob den alten Mann hoch, wie man ein Kind hochhebt. Die Stahlmaske verzerrte sich zu einem häßlichen Hohnlächeln, als der Gott den hilflosen Zauberer am ausgestreckten Arm von sich hielt. Als Toraks Geist dann zuschlug, wurde Belgarath durch den Raum geschleudert. Seine Tunika blieb jedoch in der Hand des Gottes zurück. Etwas glitzerte an Toraks Fingern, und Garion erkannte, daß es die Silberkette von Belgaraths Amulett war, des blankpolierten Medaillons mit dem Wolf. Auf irgendeine eigentümliche Weise war das Medaillon immer der Mittelpunkt von Belgaraths Macht gewesen, und jetzt lag es in der Hand seines alten Feindes.

Entsetzlich langsam erhob sich der Dunkle Gott von seinem Lager. Er überragte sie alle und hielt Cthrek Goru in der Hand.

»Garion!« schrie Ce'Nedra. »Tu etwas!«
Mit tödlichen Schritten ging Torak auf den bewußtlosen Belgarath zu, das Schwert erhoben. Aber Tante Pol sprang auf und stellte sich zwischen sie.
Langsam senkte Torak sein Schwert, dann lächelte er abscheulich. »Meine Braut«, rasselte er mit furchterregender Stimme.
»Niemals, Torak«, erklärte sie.
Er ignorierte ihren Trotz. »Schließlich bist du doch zu mir gekommen, Polgara«, sagte er hämisch.
»Ich bin gekommen, um dich sterben zu sehen.«
»Sterben, Polgara? Mich? Nein, meine Braut, nicht deswegen bist du gekommen. Mein Wille hat dich hierhergezwungen, so wie es vorbestimmt war. Und jetzt bist du mein. Komm zu mir, Geliebte.«
»Niemals!«
»Niemals, Polgara?« Eine furchtbare Eindringlichkeit lag in der rasselnden Stimme des Gottes. »Du wirst dich mir unterwerfen, meine Braut. Ich werde dich meinem Willen beugen. Deine Weigerung wird meinen Sieg nur um so süßer machen. Am Ende werde ich dich bekommen. Komm her.«
Die Kraft seines Geistes war so überwältigend, daß sie schwankte wie ein Baum im Sturm. »Nein«, keuchte sie, schloß die Augen und wandte ruckartig ihr Gesicht ab.
»Sieh mich an, Polgara«, befahl er, fast schnurrend. »Ich bin dein Schicksal. Alles, was du vor mir geglaubt hast zu lieben, wird sich in Nichts auflösen, und du wirst nur noch mich lieben. Sieh mich an.«
Hilflos wandte sie den Kopf und öffnete die Augen, um ihn anzusehen. Haß und Widerstand schienen in ihr dahinzuschmelzen, und eine entsetzliche Angst malte sich auf ihrem Gesicht ab.
»Dein Wille zerfällt, Geliebte«, sagte er. »Nun komm zu mir.«
Sie *mußte* Widerstand leisten! Alle Verwirrung war von Garion abgefallen, jetzt endlich begriff er. *Dies* war die eigentliche Schlacht. Wenn Tante Pol unterlag, waren sie alle verloren. Für diesen Kampf war alles gewesen.

»*Hilf ihr*«, sagte die Stimme in ihm.
»*Tante Pol!*« Garion warf ihr den Gedanken entgegen. »*Denk an Durnik!*« Er wußte, ohne zu wissen weshalb, daß dies das einzige war, was sie in diesem tödlichen Kampf aufrechterhalten konnte. Er durchwühlte seine Erinnerungen und warf ihr Bilder von Durnik zu – die starken Hände des Schmieds an der Esse, seine ernsten Augen, die ruhige Stimme, und vor allem die unausgesprochene Liebe des Mannes zu ihr, die Liebe, um die sich Durniks ganzes Leben gedreht hatte.
Unwillkürlich hatte sie angefangen, sich zu bewegen, nur eine leichte Verlagerung des Gewichtes als Vorbereitung für den ersten, fatalen Schritt als Antwort auf Toraks übermächtigen Befehl. Wenn sie diesen Schritt erst getan hatte, war sie verloren. Aber Garions Erinnerungen an Durnik trafen sie wie ein Blitz. Ihre Schultern, die schon niedergeschlagen herabgesunken war, strafften sich plötzlich, ihre Augen funkelten in wiederaufflammendem Trotz. »Niemals!« rief sie dem erwartungsvollen Gott zu. »Ich will *nicht*!«
Toraks Gesicht verfinsterte sich zusehends. Seine Augen glühten, als er die volle, geballte Macht seines Willens über sie hereinbrechen ließ, aber sie stand unerschütterlich gegen alles, was er ihr antun konnte, klammerte sich an die Erinnerungen an Durnik, als ob sie etwas so Unverrückbares wären, daß nicht einmal der Dunkle Gott sie davon losreißen konnte.
Toraks Gesicht verzerrte sich in verwunderter Enttäuschung, als er erkennen mußte, daß sie nie nachgeben würde, daß ihm ihre Liebe für immer versagt blieb. Sie hatte gewonnen, und ihr Sieg war wie ein Messer, das in einer offenen Wunde rührte. Zurückgewiesen, außer sich vor Wut und jenseits aller Vernunft durch ihren unbeirrbaren Willen zum Widerstand, hob Torak die Hand und heulte plötzlich auf – ein entsetzlicher, tierischer Laut überwältigender Enttäuschung.
»Dann geht beide zugrunde!« tobte er. »Stirb mit deinem Vater!« Damit hob er sein todbringendes Schwert.
Ohne mit der Wimper zu zucken, sah Tante Pol dem zornigen Gott entgegen.

»Jetzt, Belgarion!« rief die Stimme in Garions Geist.
Das Auge, das während der ganzen Auseinandersetzung zwischen Tante Pol und dem entstellten Gott kalt und leblos geblieben war, flammte plötzlich zu neuem Leben auf. Das Schwert des Rivanischen Königs explodierte feurig und erfüllte die ganze Krypta mit durchdringendem blauem Licht. Garion sprang mit vorgestrecktem Schwert nach vorn, um den tödlichen Hieb abzufangen, der sich bereits auf Tante Pols ungeschütztes Gesicht zu senken drohte.
Das stählerne Klirren von Stahl auf Stahl klang wie Glockengeläut in der Krypta und hallte von den Wänden wider. Toraks Schwert, das von Garions flammender Klinge abgelenkt wurde, schlug einen Funkenregen aus dem steinernen Fußboden. Das eine Auge des Gottes weitete sich, als er mit einem Blick den Rivanischen König, das flammende Schwert und das glühende Auge Aldurs erkannte. Garion ersah aus diesem Blick, daß Torak Tante Pol bereits vergessen hatte und sich jetzt ganz auf *ihn* konzentrierte.
»Und so bist du schließlich gekommen, Belgarion«, grüßte der Gott ihn ernst. »Ich habe dich seit dem Anfang aller Tage erwartet. Hier liegt dein Schicksal. Heil Belgarion, und Lebewohl!« Sein Arm fuhr zurück, um zu einem mächtigen Schlag auszuholen, doch Garion hob instinktiv sein Schwert. Wieder dröhnte in der Krypta der metallische Klang von Stahl auf Stahl.
»Du bist nur ein Knabe, Belgarion«, sagte Torak. »Willst du dich gegen die Macht und den unbeugsamen Willen eines Gottes stellen? Unterwirf dich, und ich werde dein Leben schonen.«
Jetzt war der Wille des Gottes von Angarak gegen *ihn* gerichtet, und in diesem Moment begriff Garion, wie schwer Tante Pols Kampf gewesen war. Er fühlte, wie der furchtbare Zwang zu gehorchen ihm die Kraft nahm. Aber da erklang plötzlich ein gewaltiger Chor durch die Jahrhunderte für ihn, der nur das eine Wort sang: »Nein!« Des Leben aller, die ihm vorangegangen waren, war auf diesen einen Moment gerichtet gewesen,

und diese Leben durchdrangen ihn jetzt. Obwohl nur er allein das Schwert von Riva Eisenfaust hielt, war Belgarion von Riva *nicht* allein, und Toraks Wille konnte ihn nicht schwankend machen.

Herausfordernd hob Garion erneut sein Schwert.

»So sei es denn«, dröhnte Torak. »Bis zum Tode, Belgarion!«

Zuerst schien es nur eine Täuschung des flackernden Lichts zu sein, das die Krypta erhellte, aber sehr bald schon erkannte Garion, daß Torak tatsächlich höher und höher wuchs, sich ausdehnte, turmhoch wurde. Donnernd fegte er mit den Schultern das rostige Eisendach der Grabkammer beiseite, während er weiter in die Höhe wuchs.

Ohne zu überlegen, ohne auch nur daran zu denken, *wie* er es machen sollte, begann sich Garion ebenfalls auszudehnen. Auch er brach durch die einstürzende Decke, schüttelte beim Wachsen die rostigen Trümmer ab.

Unter freiem Himmel, zwischen den verfallenen Ruinen der Stadt der Nacht, standen sich die beiden Widersacher gegenüber, beschattet von der ewigen Wolke, die die Sterne verdunkelte.

»Die Bedingungen sind eingetroffen«, sagte die trockene Stimme durch Garions Mund.

»So sieht es aus«, erklang eine zweite, ebenso unbeteiligte Stimme aus Toraks stahlumschlossenem Mund.

»Willst du noch andere daran beteiligen?« fragte Garions Stimme.

»Das dürfte nicht notwendig sein. Diese beiden haben genügend Kraft für das, was sie tragen müssen.«

»Dann soll es sich hier entscheiden.«

»Einverstanden.«

Bei diesem Wort fühlte Garion, wie plötzlich alle Zurückhaltung von ihm genommen wurde. Torak, gleichermaßen befreit, hob Cthrek Goru, die Lippen in einer Hohngrimasse voller Haß von den Zähnen zurückgezogen.

Ihr Kampf war ungeheuerlich. Steine zerbrachen unter der enormen Kraft der abgelenkten Schläge. Das Schwert des

Rivanischen Königs tanzte in blauen Flammen, und Cthrek Goru, Toraks Schattenklinge, verbreitete eine sichtbare Dunkelheit um sich. Ohne zu denken, ohne jedes Gefühl außer blindem Haß, schlugen und parierten die beiden, machten Ausfälle und zerschmetterten alles unter sich. Die Elemente selbst brachen los, als der Kampf weiterging. Der Wind heulte durch die verfallene Stadt und zerrte an den bebenden Ruinen. Blitze zuckten glühend um sie herum. Die Erde dröhnte und bebte unter ihren Füßen. Die gestaltlose Wolke, die seit fünf Jahrtausenden die Stadt der Nacht in ihren dunklen Mantel gehüllt hatte, begann über ihnen zu brodeln und sich zu bewegen. Sterne erschienen und verschwanden wieder in der aufgewühlten Mitte der kochenden Wolke. Die Grolims, menschliche wie nicht-menschliche, die den gigantischen Kampf beobachteten, der in ihrer Mitte entbrannt war, flohen schreiend vor Entsetzen.

Garion zielte seine Hiebe auf Toraks blinde Seite, und jedesmal, wenn das Flammenschwert zuschlug, wich der Dunkle Gott vor dem Feuer des Auges zurück, doch der Schatten Cthrek Gorus jagte eine eisige Kälte durch Garions Adern, wenn er über ihn fuhr.

Sie waren sich ebenbürtiger, als Garion es je für möglich gehalten hatte. Toraks Größenvorteil war dadurch zunichte gemacht, daß sie beide zu enormer Größe angewachsen waren, und Garions Unerfahrenheit wurde durch die Entstellung Toraks ausgeglichen.

Es war der unebene Boden, der Garion zum Nachteil geriet. Vor einem Hagel massiver Schläge zurückweichend, trat er mit einem Fuß in einen Trümmerhaufen, und die losen Steine zerbröckelten und rollten unter ihm davon. Trotz aller Anstrengungen, das Gleichgewicht zu halten, stürzte er.

Toraks Auge funkelte triumphierend auf, als er sein dunkles Schwert hob. Aber, sein Schwert mit beiden Händen greifend, hob Garion die flammende Klinge, um den gewaltigen Hieb abzufangen. Als die Schwerter aufeinandertrafen, ging ein heftiger Funkenregen auf Garion nieder.

Wieder erhob Torak Cthrek Goru, doch ein seltsamer Hunger zuckte über sein stählernes Gesicht. »Ergib dich!« dröhnte er. Garion starrte zu der gewaltigen Gestalt hinauf, die über ihm aufragte, und seine Gedanken überschlugen sich.
»Ich habe nicht den Wunsch, dich zu töten, Knabe«, sagte Torak fast flehend. »Ergib dich, und ich werde dein Leben schonen.«
Und da begriff Garion. Sein Feind versuchte nicht, ihn zu töten, sondern wollte ihn statt dessen zwingen, sich zu unterwerfen. Die treibende Kraft in Torak war seine Herrschsucht. *Hier* lag der eigentliche Kampf zwischen ihnen!
»Wirf dein Schwert fort, Kind des Lichts, und beuge dich vor mir«, befahl der Gott, und die Kraft seines Geistes war wie ein erdrückendes Gewicht.
»Das werde ich *nicht*«, keuchte Garion und versuchte angestrengt, sich von diesem Zwang freizumachen. »Du kannst mich töten, aber ich werde *nicht* aufgeben.«
Toraks Gesicht verzerrte sich, als ob seine ewigen Qualen sich durch Garions Weigerung verdoppelt hätten. »Du *mußt*«, schluchzte er fast. »Du bist mir hilflos ausgeliefert. Unterwirf dich meinem Willen!«
»Nein!« rief Garion, nutzte den Vorteil aus, den ihm der Kummer Toraks über seine wütende Zurückweisung verschaffte, rollte sich unter dem Schatten Cthrek Gorus fort und sprang auf die Füße. Jetzt war ihm alles klar, und endlich wußte er, wie er gewinnen konnte.
»Hör mich an, du häßlicher und verachteter Gott«, knirschte er mit zusammengebissenen Zähnen. »Du bist nichts. Dein Volk fürchtet dich, aber es liebt dich nicht. Du wolltest mich durch Täuschung dazu bringen, dich zu lieben, du wolltest Tante Pol zwingen, dich zu lieben, aber ich verweigere mich dir, so wie sie es tat. Du bist ein Gott, aber du bist nichts. Im ganzen Universum gibt es keinen Menschen – kein Ding – das dich liebt. Du bist einsam und leer, und selbst wenn du mich tötest, werde ich gewinnen. Ungeliebt und verschmäht wirst du bis ans Ende deiner Tage über dein elendes Leben klagen.«

Garions Worte trafen den entstellten Gott wie Schläge, und das Auge flammte erneut auf, geißelte den Drachengott mit seinem verzehrenden Haß wie ein Echo dieser Worte. *Dies* war das EREIGNIS, auf das das Universum von Anbeginn der Zeit gewartet hatte. *Dies* war es, wozu Garion in diese Ruinenstadt gekommen war – nicht um gegen Torak zu kämpfen, sondern um ihn zurückzuweisen.

Mit einem animalischen Geheul vor Zorn und Schmerz erhob das Kind der Dunkelheit Cthrek Goru und stürmte dem Rivanischen König entgegen. Garion unternahm keinen Versuch, den Hieb abzuwehren, sondern faßte sein Flammenschwert mit beiden Händen, hielt es weit von sich und sprang auf seinen angreifenden Feind zu.

Es war so einfach. Das Schwert des Rivanischen Königs glitt in Toraks Brust wie in Butter, und als sie in den Körper des Gottes fuhr, wallte die Macht des Auges über die flammende Klinge. Toraks riesige Hand erschlaffte zuckend, und Cthrek Goru entfiel harmlos seinem Griff. Er wollte schreien, doch nur eine blaue Flamme schoß wie Blut aus seinem Mund. Er fuhr sich mit den Händen ans Gesicht und riß die Stahlmaske herab, um seine grauenhaft entstellten Züge zu enthüllen, die sich dahinter verbargen. Tränen strömten aus seinen Augen, sowohl aus dem gesunden als auch aus dem nicht mehr existierenden Auge, aber auch die Tränen waren aus Feuer, denn das Schwert des Rivanischen Königs, das in seiner Brust steckte, erfüllte ihn mit seinem Feuer.

Er torkelte rückwärts. Stählern glitt das Schwert aus seinem Körper. Aber das Feuer, das die Klinge in ihm entzündet hatte, erlosch nicht. Er preßte die Hände auf die klaffende Wunde, und blaue Flammen züngelten zwischen seinen Fingern hervor.

Sein entstelltes Gesicht, über das die feurigen Tränen liefen, verzerrte sich qualvoll. Er hob sein brennendes Gesicht dem Himmel entgegen und streckte die Arme aus. In Todesqualen schrie der Gott zum Himmel: »Mutter!« und der Klang seiner Stimme hallte noch von dem fernsten Stern wider.

Einen Moment lang blieb er wie erstarrt stehen, dann schwankte er und fiel tot zu Garions Füßen nieder.
Dann herrschte vollkommene Stille. Toraks toten Lippen entrang sich ein heulender Schrei, der in unendlicher Ferne verhallte, als die Dunkle Prophezeiung floh, den schwarzen Schatten Cthrek Gorus mit sich nehmend.
Wieder trat Stille ein. Die rasenden Wolken hielten in ihrer wilden Jagd über dem Himmel inne, und die Sterne, die zwischen den Wolkenfetzen zu sehen waren, verloschen. Das gesamte Universum erbebte – und blieb stehen. Für einen Moment herrschte absolute Finsternis, als überall jegliches Licht erlosch und alles zum Stillstand kam. In dieser Sekunde wurde alles Existierende – alles, das gewesen war, alles, das war, und alles, das sein würde – in den Lauf einer Prophezeiung gezwungen. Wo es immer zwei gegeben hatte, gab es jetzt nur noch eins.
Und dann, ganz schwach zuerst, begann der Wind zu wehen, der den fauligen Gestank der Stadt der Nacht davontrug, die Sterne kamen wieder hervor wie die plötzlich angestrahlten Juwelen auf dem Samtkleid der Nacht. Als es wieder hell wurde, stand Garion erschöpft über dem Körper des Gottes, den er gerade getötet hatte. Sein Schwert flackerte noch blau in seiner Hand, und das Auge jubilierte in den Gewölben seines Geistes. Vage war er sich bewußt, daß in dem erschütternden Moment, als alles Licht erstarb, sowohl er als auch Torak wieder ihre normale Größe angenommen hatten, doch er war zu müde, um sich darüber zu wundern.
Aus der zertrümmerten Grabkammer tauchte Belgarath auf. Er zitterte, und man sah ihm die Erschöpfung an. Die zerrissene Kette seines Medaillons fest umklammernd, blieb er stehen und sah einen Moment lang Garion und den gefallenen Gott an.
Der Wind stöhnte zwischen den Ruinen und irgendwo, weit draußen in der Nacht, heulten die Hunde Toraks eine Klage für ihren toten Herrn.
Belgarath straffte die Schultern, dann hob er in einer Geste, die

eigenartig der glich, die Torak im Augenblick seines Todes gemacht hatte, die Arme zum Himmel.
»Meister!« rief er mit mächtiger Stimme. »Es ist vollbracht!«

24

Es war vorüber, doch Garions Sieg haftete ein bitterer Beigeschmack an. Ein Mensch tötete einen Gott nicht so leicht, wie böse oder verdreht dieser Gott auch sein mochte. Und so stand Belgarion von Riva traurig über dem Körper seines gefallenen Feindes, während der Wind, der schon den Duft der Morgenröte mit sich brachte, über die verfallenen Ruinen der Stadt der Nacht strich.
»Bereust du es, Garion?« fragte Belgarath leise und legte die Hand auf die Schulter seines Enkels.
Garion seufzte. »Nein, Großvater«, sagte er. »Ich glaube nicht – nicht wirklich. Es mußte getan werden, nicht wahr?«
Belgarath nickte ernst.
»Es ist nur, daß er am Ende so allein war. Ich habe ihm alles genommen, bevor ich ihn tötete. Darauf bin ich nicht sehr stolz.«
»Wie du schon sagtest, es mußte getan werden. Es war die einzige Möglichkeit, ihn zu schlagen.«
»Ich wünschte nur, ich hätte ihm irgend etwas gelassen, das ist alles.«
Aus den Trümmern des Eisernen Turms tauchte eine traurige kleine Prozession auf. Tante Pol, Silk und Ce'Nedra trugen den Leichnam von Durnik. Botschaft ging ernst an ihrer Seite.
Ein fast unerträglich schmerzlicher Stich durchzuckte Garion. Durnik, sein ältester Freund, war bleich und tot, und in dem inneren Aufruhr, der dem Duell mit Torak vorangegangen war, hatte Garion nicht einmal trauern können.
»Es war notwendig, das mußt du verstehen«, sagte Belgarath traurig.
»Warum? Warum nur mußte Durnik sterben, Großvater?«

Garions Stimme klang gequält, und in seinen Augen standen Tränen.

»Weil sein Tod deiner Tante die Kraft gab, Torak zu widerstehen. Das war immer die Schwachstelle in der Prophezeiung – die Möglichkeit, daß Pol aufgeben könnte. Torak brauchte nur einen einzigen Menschen, der ihn liebte. Das hätte ihn unverwundbar gemacht.«

»Was wäre geschehen, wenn sie zu ihm gegangen wäre?«

»Du hättest den Kampf verloren. Deswegen mußte Durnik sterben.« Der alte Mann seufzte bedauernd. »Ich wünschte, es hätte anders kommen können, aber es war unvermeidlich.«

Die drei, die Durnik aus der eingestürzten Krypta getragen hatten, legten seine Leiche sanft auf den Boden, und Ce'Nedra kam traurig zu Belgarath und Garion. Wortlos legte das kleine Mädchen seine Hand in Garions, und die drei sahen schweigend zu, wie Tante Pol, jenseits von Tränen, liebevoll Durniks Arme an seine Seite legte und ihn mit ihrem Mantel zudeckte. Dann setzte sie sich hin, nahm seinen Kopf in ihren Schoß und streichelte ihm fast abwesend übers Haar, den Kopf in ihrem Kummer über den seinen gebeugt.

»Ich kann es nicht ertragen«, schluchzte Ce'Nedra plötzlich, verbarg ihr Gesicht an Garions Schulter und begann hemmungslos zu weinen.

Und dann wurde Licht, wo vorher nur Dunkelheit gewesen war. Garion sah einen Strahl gleißend blauen Lichts aus der aufgebrochenen Wolke herabsinken. Die ganze Ruine war in sein intensives Leuchten getaucht, als das Licht die Erde berührte. Wie eine große, glühende Säule kam der Lichtstrahl von dem nachtschwarzen Himmel auf die Erde. Andere Strahlen folgten, rot und gelb und grün und Farben, für die Garion keinen Namen hatte. Wie die Farben eines Regenbogens standen die Säulen aus Licht nebeneinander an Toraks Seite. Dann sah Garion, zuerst nur undeutlich, daß inmitten jeder Lichtsäule eine glühende, strahlende Gestalt stand. Die Götter waren zurückgekehrt, um ihren toten Bruder zu beklagen. Garion erkannte Aldur, und er konnte auch die anderen leicht benennen. Mara weinte noch immer, und Issa mit den leblosen Augen schien sich schlangengleich in seiner glühenden Säule aus blaßgrünem Licht zu winden. Nedra hatte ein scharfsinniges Gesicht, und Chaldan wirkte stolz. Belar, der blonde, jungenhafte Gott der Alorner, sah frech und verschmitzt aus, wenn sein Gesicht auch, wie das seiner Brüder, Trauer über den Tod Toraks widerspiegelte. Die Götter waren auf die Erde zurückgekehrt in Licht und Klang. Die modrige Luft Cthol Mishraks war plötzlich erfüllt von diesem Klang, denn jede farbige Lichtsäule gab einen anderen Ton von sich, und die Töne verbanden sich zu einer so vollendeten Harmonie, daß sie alle Fragen zu beantworten schien, die je gestellt wurden.

Und schließlich stieß zu den anderen Lichtsäulen ein einzelner, blendendweißer Strahl, in dessen Mitte UL stand, der fremdartige Gott, den Garion einmal in Prolgu gesehen hatte.

Die Gestalt Aldurs, umhüllt von ihrem blauen Schimmer, näherte sich dem uralten Gott von Ulgo. »Vater«, sagte Aldur traurig, »unser Bruder Torak ist erschlagen.«

Schimmernd und strahlend bewegte sich UL, der Vater der anderen Götter, über den trümmerbesäten Boden zu dem Leichnam Toraks. »Ich habe versucht, dich von diesem Pfad abzubringen, mein Sohn«, sagte er leise, und eine einzelne Träne lief ihm über die unsterbliche Wange. Dann wandte er sich wieder an Aldur. »Nimm deinen Bruder, mein Sohn, und trage ihn zu einem passenderen Ruheplatz. Es bekümmert mich, ihn hier so auf der nackten Erde liegen zu sehen.«

Gemeinsam mit seinen Brüdern hob Aldur seinen toten Bruder auf und legte ihn auf einen großen Steinblock, der mitten in den Ruinen stand. Sie bildeten einen strahlenden Kreis um die Bahre und betrauerten das Hinscheiden des Gottes von Angarak.

Furchtlos wie immer und offenbar ohne zu erkennen, daß die schimmernden, vom Himmel herabgestiegenen Gestalten keine Menschen waren, ging Botschaft zuversichtlich auf UL zu. Er streckte seine kleine Hand aus und zupfte an der Robe des Gottes. »Vater«, sagte er.

UL blickte in das kleine Gesichtchen hinab.
»Vater«, wiederholte Botschaft, vielleicht Aldur nachahmend, der mit der Nennung dieses Namens schließlich die wahre Identität des Gottes von Ulgo enthüllt hatte. »Vater«, sagte der kleine Junge wieder. Dann drehte er sich um und zeigte auf die leblose Gestalt Durniks. »Botschaft.« Auf eine seltsame Weise war es eher ein Befehl als eine Bitte.
ULs Gesicht nahm einen kummervollen Ausdruck an. »Es ist nicht möglich, Kind«, erwiderte er.
»Vater«, beharrte das Kind, »Botschaft.«
UL blickte Garion fragend an, ohne ihn wirklich zu sehen. »Die Bitte des Kindes ist schwierig zu erfüllen«, sagte er ernst, nicht zu Garion, sondern zu jenem anderen Bewußtsein, »und erlegt mir eine Verpflichtung auf – aber sie überschreitet die unüberschreitbare Grenze.«
»Die Grenze muß unversehrt bleiben«, antwortete die trockene Stimme durch Garions Mund. »Deine Söhne sind leidenschaftlich, Heiliger UL, und wenn die Grenze einmal überschritten ist, mögen sie versucht sein, es wieder zu tun. Und bei einer solchen Überschreitung mag einmal etwas verändert werden, was nicht verändert werden darf. Laß uns nicht das Werkzeug liefern, wodurch das Schicksal erneut zwei verschiedenen Pfaden folgen muß.«
UL seufzte.
»Aber willst du und wollen deine Söhne etwas von ihrer Macht *meinem* Werkzeug leihen, so daß *es* die Grenze überschreiten kann?«
UL sah ihn verblüfft an.
»So wird die Grenze geschützt, und du kannst deinen Verpflichtungen nachkommen. Es kann auf keine andere Weise geschehen.«
»Dann sei es, wie du willst«, stimmte UL zu.
Er drehte sich um, und ein seltsamer Blick wurde zwischen dem Vater der Götter und seinem ältesten Sohn, Aldur, ausgetauscht.
Aldur, in blaues Licht gebadet, unterbrach seine trauernde

Betrachtung seines toten Bruders und ging zu Tante Pol, die sich noch immer über Durnik beugte.
»Sei getröstet, meine Tochter«, sagte er. »Sein Opfer galt dir und der ganzen Menschheit.«
»Das ist ein schwacher Trost, Meister«, erwiderte sie, die Augen voller Tränen. »Er war der beste von allen.«
»Alle Menschen sterben, meine Tochter, die besten ebenso wie die schlechtesten. Du hast dies in deinem Leben doch schon oft gesehen.«
»Ja, Meister, aber dies hier ist anders.«
»Weshalb, liebe Polgara?« Aldur schien irgend etwas von ihr zu wollen.
Tante Pol biß sich auf die Lippen. »Weil ich ihn liebte, Meister«, antwortete sie schließlich.
Ein Hauch von einem Lächeln umspielte Aldurs Lippen. »Ist das so schwer auszusprechen, meine Tochter?«
Sie konnte nicht antworten, sondern beugte sich wieder über Durnik.
»Würdest du wollen, daß wir dir diesen Mann zurückgeben, meine Tochter?« fragte Aldur.
Sie sah ruckartig auf. »Das ist nicht möglich, Meister«, sagte sie. »Bitte, spiele nicht mit meinem Kummer.«
»Laß uns nur einmal annehmen, es wäre *doch* möglich«, sagte er. »Würdest du es wollen?«
»Von ganzem Herzen, Meister.«
»Zu welchem Zweck? Welche Aufgabe hast du für diesen Mann, die seine Wiederbelebung verlangt?«
Wieder biß sie sich auf die Lippen. »Mein Gatte zu sein, Meister«, stieß sie schließlich leicht trotzig hervor.
»War das auch so schwer auszusprechen? Bist du sicher, daß deine Liebe nicht deinem Kummer erwächst, und daß dein Herz sich, wenn er dir zurückgegeben wird, nicht von ihm abwendet? Denn du mußt zugeben, daß er ein ganz einfacher Mann ist.«
»Durnik war nie einfach«, entgegnete sie hitzig. »Er ist der beste und tapferste Mann der Welt.«

»Ich wollte ihn nicht beleidigen, Polgara. Aber ihn durchströmt keine Macht. Die Kraft des Willens und des Wortes fließt nicht in ihm.«

»Ist das so wichtig, Meister?«

»Eine Ehe muß eine Verbindung von Gleichrangigen sein, meine Tochter. Wie könnte dieser gute, tapfere Mann dir ein guter Gatte sein, solange *du* deine Macht hast?«

Sie sah ihn hilflos an.

»Könntest du, Polgara, dich selbst beschränken? Willst du ihm ebenbürtig werden und nicht mehr Macht haben als er?«

Sie starrte ihn an, zögerte und stieß dann nur hervor: »Ja.«

Garion war entsetzt – weniger über Tante Pols Einwilligung als über Aldurs Forderung. Tante Pols Macht war der Angelpunkt ihres Lebens. Ihr diese Macht zu nehmen, bedeutete, sie mit nichts zurückzulassen. Was würde sie ohne ihre Macht sein? Wie konnte sie auch nur ohne sie leben? Es war grausam, dies zu verlangen, und Garion hatte immer geglaubt, Aldur sei ein freundlicher Gott.

»Ich nehme dein Opfer an, Polgara«, sagte Aldur. »Ich werde mit meinem Vater und mit meinen Brüdern sprechen. Aus guten und angemessenen Gründen haben wir uns diese Macht selbst versagt, und wir müssen alle zustimmen, ehe einer von uns versuchen darf, die natürliche Ordnung der Dinge solchermaßen zu verletzen.« Damit kehrte er zu den Trauernden um Toraks Bahre zurück.

»Wie konnte er das tun?« fragte Garion, immer noch Ce'Nedra im Arm haltend, seinen Großvater.

»Was?«

»Von ihr verlangen, daß sie ihre Macht aufgibt? Es wird sie vernichten.«

»Sie ist viel stärker, als du glaubst, Garion«, beruhigte Belgarath ihn, »und Aldur hat ganz recht. Keine Ehe würde diese Art von Ungleichheit überleben.«

Unter den strahlenden Göttern erhob sich jedoch eine zornige Stimme. »Nein!« Es war Mara, der weinende Gott der Marags, die nicht mehr waren. »Warum soll ein Mann wieder auferweckt werden, wenn alle meine gemordeten Kinder kalt und tot bleiben? Hat Aldur *mein* Flehen erhört? Ist er *mir* zu Hilfe geeilt, als meine Kinder starben? Ich werde nicht zustimmen.«

»Damit habe ich nicht gerechnet«, murmelte Belgarath. »Ich muß etwas unternehmen, bevor das noch weitergeht.« Er ging über die Trümmer zu ihnen hinüber und verbeugte sich respektvoll. »Verzeiht meine Einmischung«, sagte er, »aber würde der Bruder meines Meisters eine Frau der Marag als Gegengeschenk für seine Hilfe bei der Wiederbelebung Durniks annehmen?«

Maras Tränen, die unaufhörlich geflossen waren, versiegten plötzlich, sein Gesicht nahm einen ungläubigen Ausdruck an. »Eine Maragfrau?« fragte er scharf. »Eine solche existiert nicht. Ich hätte es in meinem Herzen gespürt, wenn eins meiner Kinder in Maragor überlebt hätte.«

»Gewiß, Mara«, sagte Belgarath rasch. »Aber was ist mit den wenigen, die aus Maragor *hinaus* in ewige Sklaverei verschleppt wurden?«

»Kennst du eine solche Frau, Belgarath?« fragte Mara mit einem verzweifelten Eifer.

Der alte Mann nickte. »Wir haben sie in den Sklavenhöhlen unter Rak Cthol gefunden, Mara. Sie heißt Taiba. Sie ist nur eine, aber ihre Rasse kann durch jemanden wie sie wiedererstehen – vor allem, wenn ein liebender Gott über sie wacht.«

»Wo ist meine Tochter Taiba?«

»In der Obhut Relgs, des Ulgos«, antwortete Belgarath. »Sie scheinen sich sehr zueinander hingezogen zu fühlen«, setzte er sanft hinzu.

Mara sah ihn nachdenklich an. »Eine Rasse kann nicht durch einen Menschen allein wiedererstehen«, sagte er, »selbst unter den Händen des liebevollsten Gottes nicht. Es erfordert zwei.« Er wandte sich an UL. »Willst du mir diesen Ulgo geben, Vater?« fragte er. »Er soll Herrscher über mein Volk werden.«

UL sah Belgarath durchdringend an. »Du weißt, daß Relg eine andere Pflicht zu erfüllen hat«, sagte er nachdrücklich.

Belgarath erwiderte den Blick fast schelmisch. »Der Gorim und

ich werden sicher die Einzelheiten ausarbeiten können, Heiligster«, erklärte er voller Selbstvertrauen.
»Vergißt du nicht etwas, Belgarath?« fragte Silk schüchtern, als ob er sich nur ungern einmischte. »Relg hat doch dieses kleine Problem, erinnerst du dich?«
Belgarath sah den kleinen Mann finster an.
»Ich dachte, ich sollte es erwähnen«, sagte Silk unschuldig.
Mara sah sie scharf an. »Was bedeutet das?«
»Eine unbedeutende Kleinigkeit, Mara«, sagte Belgarath rasch. »Ich bin sicher, daß Taiba sie überwinden kann. Ich setze auf diesem Gebiet äußerstes Vertrauen in sie.«
»Ich will die Wahrheit wissen«, erklärte Mara entschieden.
Belgarath seufzte und warf Silk einen grimmigen Blick zu. »Relg ist ein Eiferer, Mara«, sagte er. »Aus religiösen Gründen meidet er – äh, gewisse – äh, Formen menschlichen Kontakts.«
»Vaterschaft ist sein Schicksal«, sagte UL. »Ihm wird ein ganz besonderes Kind entspringen. Ich werde es ihm erklären. Er ist gehorsam, und um meinetwillen wird er seine Abneigungen ablegen.«
»Dann wirst du ihn mir geben, Vater?« fragte Mara eifrig.
»Er ist dein – mit einer Einschränkung. Aber darüber reden wir später.«
»Dann wollen wir uns um den braven Sendarier kümmern«, sagte Mara, von dessen Weinen keine Spur mehr zu sehen war.
»*Belgarion*«, sagte die Stimme in seinem Geist.
»*Was ist?*«
»*Die Wiederherstellung deines Freundes liegt jetzt in deinen Händen.*«
»*In meinen? Warum?*«
»*Mußt du das denn immer fragen? Willst du, daß Durnik das Leben wieder geschenkt wird?*«
»*Selbstverständlich, aber ich kann das nicht. Ich wüßte nicht einmal, wo ich anfangen sollte.*«
»*Du hast es doch schon einmal getan. Erinnerst du dich an das Fohlen in der Höhle der Götter?*«
Garion hatte das schon fast vergessen.

»Du bist mein Werkzeug, Belgarion. Ich kann dich davon abhalten, Fehler zu machen – jedenfalls meistens. Entspanne dich, ich zeige dir, was du tun mußt.«

Garion bewegte sich bereits, ohne etwas dazu getan zu haben. Er nahm seinen Arm von Ce'Nedras Schultern und ging langsam, das Schwert noch immer in Händen haltend, auf Tante Pol und Durnik zu. Er blickte ihr in die Augen, während sie den Kopf des Toten in ihrem Schoß streichelte. Dann kniete er neben ihr nieder.

»Für mich, Garion«, murmelte sie.

»Wenn ich kann, Tante Pol«, sagte er. Dann legte er, ohne genau zu wissen warum, das Schwert des Rivanischen Königs auf den Boden und nahm das Auge aus dessen Knauf in die Hand. Mit einem leisen Klicken löste sich das Auge von dem Schwert und lag nun frei in seiner Hand. Botschaft, der jetzt lächelte, kam von der anderen Seite heran und kniete ebenfalls nieder. Dann nahm er Durniks leblose Hand in die seine. Garion nahm das Auge in beide Hände und hielt es an die Brust des Toten. Er war sich undeutlich der Tatsache bewußt, daß die Götter sich um sie versammelt hatten, sich an den Händen hielten und so einen undurchdringbaren Kreis formten. Innerhalb dieses Kreises begann ein helles Licht zu pulsieren, und das Auge in seinen Händen erglühte wie zur Antwort darauf.

Die glatte Wand, die er schon einmal gesehen hatte, ragte wieder schwarz und schweigend vor ihm auf. Wie damals in der Höhle der Götter stieß Garion vorsichtig gegen den Tod selbst, bemühte sich, hindurchzugreifen und seinen Freund zurück in die Welt der Lebenden zu ziehen.

Aber diesmal war es anders. Das Fohlen, das er in der Höhle ins Leben gerufen hatte, hatte außer im Leib seiner Mutter niemals gelebt. Sein Tod war ebenso sanft gewesen wie sein Leben, und es lag erst kurz hinter der Barriere. Durnik hingegen war ein erwachsener Mann gewesen, und sein Tod, wie auch sein Leben, war viel tiefgründiger. Garion stieß mit aller Kraft vor. Er spürte die gewaltige Kraft der vereinten Willen der Götter, die sich mit dem seinen in dem lautlosen Kampf verbanden, aber die Barriere wollte nicht nachgeben.

»*Nimm das Auge!*« befahl die Stimme.

Dieses Mal konzentrierte Garion die ganze Macht, seine eigene wie die der Götter, auf den runden Stein in seinen Händen. Er flackerte, glühte, flackerte dann erneut auf.

»*Hilf mir!*« befahl Garion.

Als ob es plötzlich begriff, loderte das Auge in einer blitzenden Flamme aus farbigem Licht auf. Die Barriere wurde schwächer.

Mit einem aufmunternden Lächeln legte Botschaft eine Hand auf das strahlende Auge.

Die Barriere gab nach. Durniks Brust hob sich, und er hustete einmal.

Mit tiefem Respekt in ihren unsterblichen Augen traten die Götter zurück. Tante Pol schrie in plötzlicher Erleichterung auf und schlang ihre Arme um Durnik und drückte ihn fest an sich.

»Botschaft«, sagte das Kind mit einer eigenartigen Befriedigung zu Garion, der stolpernd auf die Füße kam, erschöpft von dem Kampf.

Er schwankte fast, als er weggehen wollte.

»Bist du in Ordnung?« fragte Ce'Nedra, während sie bereits ihren Kopf unter seinem Arm durchschob und den Arm um ihre Schulter legte.

Er nickte, obwohl seine Knie fast unter ihm nachgaben.

»Stütz' dich auf mich«, sagte sie.

Er wollte protestieren, doch sie legte entschieden einen Finger auf seine Lippen. »Streite nicht, Garion«, sagte sie. »Du weißt, daß ich dich liebe und du dich ohnehin für den Rest deines Lebens auf mich stützen wirst, also kannst du dich ruhig schon einmal daran gewöhnen.«

»Ich glaube, von nun an wird sich mein Leben verändern, Meister«, sagte Belgarath zu Aldur. »Pol war immer da, immer bereit zu kommen, wenn ich sie rief. Sie kam vielleicht nicht immer gern, aber sie kam. Jetzt hat sie andere Interessen.« Er seufzte. »Unsere Kinder werden wohl alle einmal erwachsen und heiraten.«

»Diese Haltung steht dir nicht gut an, mein Sohn«, sagte Aldur.

Belgarath grinste. »Ich konnte nie etwas vor dir verbergen, Meister«, sagte er. Dann wurde sein Gesicht wieder ernst. »Polgara war fast wie ein Sohn für mich«, meinte er, »aber vielleicht wird es Zeit, daß ich sie einfach Frau sein lasse. Das habe ich ihr zu lange verwehrt.«

»Wie du meinst, mein Sohn«, sagte Aldur. »Und jetzt bitte ich euch, geht etwas beiseite und überlaßt uns unserer Familientrauer.« Er sah zu Torak hinüber, der auf seiner Bahre lag, dann sah er Garion an. »Ich habe noch eine Aufgabe für dich, Belgarion«, bat er. »Nimm das Auge und lege es meinem Bruder auf die Brust.«

»Jawohl, Meister«, antwortete Garion sofort. Er nahm seinen Arm von Ce'Nedras Schultern und ging zu der Bahre hinüber, bemüht, das verkohlte und verzerrte Gesicht des toten Gottes nicht anzusehen. Er legte den runden blauen Stein auf die reglose Brust Kal Toraks. Dann trat er zurück. Sogleich zwängte sich seine kleine Prinzessin wieder unter seinem Arm hindurch und umschlang seine Hüften. Es war nicht unangenehm, aber er stellte sich kurz vor, daß die Dinge sich etwas schwierig gestalten würden, wenn sie darauf beharrte, den Rest ihres Lebens in dieser engen Umarmung zu verbringen.

Wieder formten die Götter einen Kreis, und wieder begann das Auge zu leuchten. Allmählich veränderte sich das verbrannte Gesicht, langsam schlossen sich die Wunden. Das Licht, das die Bahre und die Götter umgab, wurde stärker, und das Leuchten des Auges wurde weißglühend. Als Garion Toraks Gesicht zum letztenmal sah, war es ruhig, gefaßt und makellos. Es war ein schönes Gesicht, aber trotz allem ein totes Gesicht.

Dann wurde das Licht so intensiv, daß Garion nicht mehr hinsehen konnte. Als es wieder nachließ und Garion auf die Bahre blickte, waren die Götter und Torak verschwunden. Nur das Auge war schwach glühend zurückgeblieben.

Botschaft ging, mit demselben zuversichtlichen Blick wie immer, zu der Bahre hinüber. Er stellte sich auf die Zehenspitzen, um den glühenden Stein erreichen zu können. Dann trug er ihn zu Garion. »Botschaft, Belgarion«, sagte er fest und reichte ihm das Auge. Als ihre Hände sich berührten, fühlte Garion, wie vollkommen andersartig er war.

Durch die Geschehnisse einander nähergebracht, sammelte sich die kleine Gruppe um Tante Pol und Durnik. Im Osten wurde der Himmel langsam heller, und der rosige Hauch der Morgenröte überflutete die letzten Überreste der Wolke, die Cthol Mishrak verborgen hatte. Die Ereignisse dieser furchtbaren Nacht waren titanisch gewesen, aber nun war die Nacht fast vorüber, und sie standen schweigend beisammen und beobachteten den Sonnenaufgang.

Der Sturm, der in der langen Nacht getobt hatte, war weitergezogen. Unzählige Jahre lang war das Universum gespalten gewesen, aber jetzt war es wieder eins. Wenn es überhaupt Anfänge gibt, dann war dies ein Anfang. Und so brach die Sonne am Morgen des ersten Tages durch die Wolken.

Epilog

Die Insel der Winde

25

In der Nacht vor seiner Hochzeit schlief Belgarion von Riva sehr unruhig. Wenn Ce'Nedra und er kurz nach seinem Duell mit Torak in einer schlichten, privaten Feier hätten heiraten können, wäre vielleicht alles einfacher gewesen. Damals waren sowohl er als auch seine kleine, sprunghafte Prinzessin viel zu müde und von den Ereignissen überwältigt gewesen, um anders als vollkommen aufrichtig zueinander zu sein. In jenen kurzen Tagen hatte er sie von einer ganz neuen Seite kennengelernt. Sie hatte jeden seiner Schritte mit geduldiger Bewunderung beobachtet, und sie hatte ihn immerzu berührt – seine Haare, sein Gesicht, seine Arme – und ihre Finger waren zärtlich und neugierig gewesen. Die eigenartige Angewohnheit, die sie angenommen hatte, sich nämlich ungeachtet der Anwesenden oder der Örtlichkeit unter seinen Arm zu schlängeln, war alles in allem ganz angenehm gewesen.

Aber jene Tage waren nicht von Dauer. Sobald sie sich davon überzeugt hatte, daß es ihm gut ging und daß er tatsächlich da war, und nicht etwa nur ein Produkt ihrer Einbildungskraft, das sich jeden Moment in Luft auflösen konnte, hatte Ce'Nedra sich allmählich verändert. Er fühlte sich wie ihr Besitz. Und dem ihr eigenen Vergnügen an Besitztum folgend, hatte die Prinzessin auf eigene Faust große Änderungen geplant.

Und nun war der Tag, an dem er auch formell in ihren Besitz übergehen sollte, nur noch Stunden entfernt. In seinem unruhigen Schlaf vermischten sich Träume und Erinnerungen, und er sank in Schlaf und tauchte wieder daraus empor.

Er war wieder auf Faldors Farm. Selbst im Schlaf konnte er noch Durniks Hammerschläge hören und die Düfte aus Tante Pols Küche riechen. Rundorig war dort – und Zubrette – und Doroon – und Brill, der sich in einer Ecke herumdrückte. Er erwachte halb und drehte sich rastlos in seinem königlichen Bett um. Das war nicht möglich. Doroon war tot, ertrunken im Mardu, und Brill war über die Brüstung Rak Cthols für immer verschwunden.

Dann war er im Palast von Sthiss Tor, und Salmissra, deren aufdringliche Nacktheit durch ihr dünnes Gewand schimmerte, berührte mit kalten Fingern sein Gesicht.
Aber Salmissra war keine Frau mehr. Er hatte selbst zugesehen, wie sie sich in eine Schlange verwandelt hatte.
Grul, der Eldrak, hämmerte mit seiner eisenbewehrten Keule auf den gefrorenen Boden und bellte: »Komm, 'Grat, kämpfen!« und Ce'Nedra schrie.
In der chaotischen Traumwelt, in die sich die Erinnerungen mischten, sah er Ctuchik mit angstverzerrtem Gesicht, der noch einmal in dem hängenden Turm in Rak Cthol ins Nichts explodierte.
Dann stand er wieder mit flammendem Schwert in den verfallenen Ruinen von Cthol Mishrak und beobachtete, wie Torak seine Arme der brodelnden Wolke entgegenstreckte, feurige Tränen weinend, und noch einmal hörte er den tödlich getroffenen Gott rufen: »Mutter!«
Er bewegte sich unruhig, erwachte halb und schauderte, wie immer, wenn dieser Traum wiederkehrte. Aber er fiel fast sofort wieder in Schlaf.
Er stand vor der malloreanischen Küste an Deck von Baraks Schiff und hörte zu, wie König Anheg erklärte, weshalb Barak an den Mast gekettet war.
»Wir mußten es tun, Belgarath«, sagte der rauhbeinige Monarch traurig. »Mitten in diesem Sturm verwandelte er sich in einen *Bären*! Er hat die ganze Nacht hindurch die Mannschaft zum Rudern angetrieben, und dann, kurz vor Tagesanbruch, hat er sich wieder zurückverwandelt.«
»Binde ihn los, Anheg«, sagte Belgarath voller Abscheu. »Er wird sich nicht mehr in einen Bären verwandeln – nicht, solange Garion gesund und in Sicherheit ist.«
Garion setzte sich auf. *Das* war eine verblüffende Enthüllung gewesen. Baraks zeitweilige Verwandlungen hatten einen Sinn gehabt.
»Du bist Garions Verteidiger«, hatte Belgarath dem großen Mann erklärt. »Das ist der Grund, weshalb du geboren wur-

dest. Jedesmal, wenn sich Garion in Gefahr befand, hast du dich in einen Bären verwandelt, um ihn zu beschützen.«
»Willst du damit sagen, daß ich ein Zauberer bin?« hatte Barak ungläubig gefragt.
»Das wohl kaum. Die Änderung der Gestalt ist gar nicht so schwierig, und du hast es nicht bewußt getan. Die Prophezeiung hat die Arbeit geleistet, nicht du.«
Barak hatte den Rest der Rückreise von Mishrak ac Thull damit verbracht, sich zu überlegen, wie er dies geschmackvoll und dezent auf seinem Wappenschild unterbringen konnte.
Garion kletterte aus seinem hohen Himmelbett und trat ans Fenster. Die Sterne des Frühlingshimmels blickten auf das schlafende Riva und die dunklen Wasser des Meers der Winde jenseits des Hafens hinab. Noch kündigte nichts die Morgendämmerung an. Garion seufzte, trank ein Glas Wasser und ging zurück zu seinem Bett und seinen Träumen.
Er war in Thull Zelik, und Hettar und Mandorallen berichteten von 'Zakath, dem malloreanischen Kaiser. »Er belagert jetzt Rak Goska«, sagte der habichtgesichtige Hettar. Seit Garion ihn zuletzt gesehen hatte, waren Hettars Züge weicher geworden, als ob er etwas Bedeutsames erlebt hätte. Der hochgewachsene Algarier sprach weiter. »Letztendlich wirst du doch etwas gegen 'Zakath unternehmen müssen«, sagte er. »Ich nehme nicht an, daß du ihn in diesem Teil der Welt herumlaufen haben möchtest.«
»Wieso ich?« fragte Garion, ohne zu überlegen.
»Du bist Großkönig des Westens, erinnerst du dich?«
Wieder wachte Garion auf. Früher oder später *würde* er sich um 'Zakath kümmern müssen, das stand völlig außer Frage. Vielleicht hatte er nach der Hochzeit Gelegenheit, die Sache zu überlegen. Dieser Gedanke ließ ihn jedoch innehalten.
Seltsamerweise hatte er keinerlei Vorstellung von dem, was ihn nach der Hochzeit erwartete. Sie stand vor ihm wie eine schwere Tür, die zu einem Ort führt, an dem er noch nie gewesen war. 'Zakath würde warten müssen. Zuerst mußte Garion die Hochzeit überstehen.

Halb schlafend, zwischen Träumen und Erinnerungen, durchlebte Garion noch einmal eine typische Auseinandersetzung mit Ihrer Kaiserlichen Hoheit.

»Das ist doch albern, Ce'Nedra«, protestierte er. »Ich werde mit niemandem kämpfen, wozu soll ich also mein Schwert schwingen?«

»Sie haben ein Recht, dich zu sehen, Garion«, erklärte sie in einem Ton, als spräche sie zu einem Kind. »Sie haben Haus und Hof verlassen, um deinem Ruf in den Krieg zu folgen.«

»Ich habe niemanden gerufen.«

»Ich tat es an deiner Stelle. Es ist wirklich eine sehr gute Armee, und ich habe sie ganz allein zusammen bekommen. Bist du denn nicht stolz auf mich?«

»Ich habe dich nicht darum gebeten.«

»Du warst zu stolz, mich zu bitten. Das ist einer deiner Fehler, Garion. Du darfst nie zu stolz sein, die um Hilfe zu bitten, die dich lieben. Jeder Mann in der Armee liebt dich. Sie sind mir um deinetwillen gefolgt. Ist es für den mächtigen Großkönig des Westens zuviel verlangt, daß er seine treuen Soldaten mit etwas Pomp und Anerkennung belohnt? Oder bist du schon zu erhaben und hochmütig für schlichte Dankbarkeit?«

»Du verdrehst alles, Ce'Nedra. Das tust du oft, weißt du das?«

Aber Ce'Nedra redete bereits weiter, als ob die Angelegenheit schon erledigt war. »Und selbstverständlich *wirst* du deine Krone tragen – und eine hübsche Rüstung. Ich glaube, ein Kettenhemd wäre angemessen.«

»Ich werde mich doch nicht zum Narren machen, nur damit du deine theatralischen Neigungen befriedigen kannst.«

Ihre Augen füllten sich mit Tränen. Ihre Unterlippe bebte. »Du liebst mich nicht mehr«, beschuldigte sie ihn mit zitternder Stimme.

Selbst im Schlaf stöhnte Garion auf. Es lief *immer* darauf hinaus. Sie gewann jede Auseinandersetzung mit dieser Schwindelei. Er *wußte*, daß es nicht echt war. Er *wußte*, daß sie es nur tat, um ihren Willen durchzusetzen, aber er war absolut machtlos dagegen. Auch wenn es nicht das geringste mit ihrem Thema zu tun hatte, gelang es ihr stets, alles so zu verdrehen, daß sie schließlich diese verheerende Anklage anbringen konnte, und damit waren alle seine Hoffnungen, auch nur den kleinsten Punkt für sich zu verbuchen, zunichte. Wo hatte sie nur gelernt, so herzlos zu heucheln?

Und so kam es, daß Garion, angetan mit Kettenhemd und Krone, verlegen sein flammendes Schwert hochhaltend, unter dem donnernden Jubel von Ce'Nedras Armee in die Befestigungsanlagen am Rand des Ostkliffs geritten war.

So viel war geschehen, seit Garion, Silk und Belgarath sich im vergangenen Frühjahr aus der Zitadelle von Riva geschlichen hatten. Der junge König lag in Gedanken versunken auf seinem Himmelbett und hatte die Hoffnung auf Schlaf schon fast aufgegeben. Ce'Nedra *hatte* tatsächlich eine Armee zusammengetrommelt. Als er nähere Einzelheiten erfuhr, staunte er mehr und mehr – nicht nur über ihre Kühnheit, sondern auch über die ungeheure Energie und Willenskraft, die es sie gekostet haben mußte. Sicher, sie hatte Unterstützung und Hilfe gehabt, aber die ursprüngliche Idee stammte von ihr. In seine Bewunderung für sie mischte sich leise Angst. Er würde eine sehr willensstarke junge Frau heiraten, die dazu nicht übermäßig von Skrupeln geplagt wurde.

Er rollte sich herum und bearbeitete sein Kissen mit den Fäusten, in der Hoffnung, daß ihm diese vertraute Handlung doch noch etwas ungetrübten Schlaf bescherte, doch wieder glitt er nur in ruhelose Träume hinüber. Relg und Taiba kamen auf ihn zu, und sie hielten sich bei den Händen!

Dann war er in der Festung und saß an Adaras Bett. Seine schöne Cousine war noch blasser, als er sie in Erinnerung hatte, und sie hatte einen hartnäckigen, quälenden Husten. Während sie sich unterhielten, bereitete Tante Pol eine Medizin vor, die die letzten Komplikationen der Wunde heilen sollte, die um ein Haar das Leben des Mädchens gefordert hatte.

»Ich war natürlich zutiefst gedemütigt«, sagte Adara. »Ich hatte mir soviel Mühe gegeben, ihn nichts merken zu lassen,

und dann bin ich damit herausgeplatzt und nicht einmal gestorben.«
»Hettar?« sagte Garion noch einmal. Er hatte es bereits dreimal gesagt.
»Wenn du nicht damit aufhörst, Garion, werde ich ernstlich böse«, sagte Adara entschieden.
»Es tut mir leid«, entschuldigte er sich rasch. »Es ist nur, daß ich ihn nie in diesem Licht gesehen habe. Er ist ein guter Freund, aber ich habe ihn nie für besonders liebenswert gehalten. Er ist so – ich weiß nicht – so unerbittlich, vielleicht.«
»Ich habe gute Gründe anzunehmen, daß sich das ändern wird«, sagte Adara errötend. Dann begann sie wieder zu husten.
»Trink das, Liebes«, befahl Tante Pol und reichte dem Mädchen einen dampfenden Becher.
»Es wird scheußlich schmecken«, warnte Garion seine Cousine.
»Das reicht, Garion«, sagte Tante Pol. »Ich komme auch ohne deine hilfreichen Kommentare aus.«
Und dann war er in den Höhlen unterhalb von Prolgu und stand neben Relg, als der Gorim die schlichte Zeremonie vollzog, die den Eiferer und die Maragfrau, die Relgs Leben so völlig verändert hatte, miteinander vereinte. Garion spürte in dem unterirdischen Saal noch eine weitere Gegenwart, und er fragte sich, ob wohl irgend jemand Relg schon von dem seltsamen Handel erzählt hatte, der in Cthol Mishrak abgeschlossen worden war. Zuerst hatte er es ihm selbst sagen wollen, aber dann hatte er sich doch dagegen entschieden. Alles in allem betrachtet, war es sicher am besten, wenn Relg sich immer nur an eine Sache gleichzeitig gewöhnen mußte. Die Heirat mit Taiba war fürs erste sicherlich ein genügender Schock für die Gedankenwelt des Fanatikers. Garion fühlte, wie Mara vor Freude jubelte, als die Zeremonie vorüber war. Der weinende Gott weinte nicht mehr.
Es war zwecklos, stellte Garion fest. Er konnte doch keinen Schlaf mehr finden – jedenfalls nicht den Schlaf, der ihm

guttun würde. Er warf die Decken zurück und zog sein Gewand an. Das Feuer im Kamin war für die Nacht zugedeckt worden, und er fachte es wieder an. Dann setzte er sich in den Sessel davor und starrte nachdenklich in die tanzenden Flammen.

Wenn seine Hochzeit mit Ce'Nedra unmittelbar nach ihrer Rückkehr nach Riva stattgefunden hätte, hätte sich alles noch zum Guten wenden können, aber die Vorbereitungen für eine Hochzeit in dieser Größenordnung waren viel zu umfangreich, als daß sie über Nacht getroffen werden konnten, und viele derjenigen, die als Ehrengäste teilnehmen sollten, mußten sich noch von den Wunden erholen, die sie in der Schlacht bei Thull Mardu davongetragen hatten.

Diese Zeitspanne hatte Ce'Nedra die Gelegenheit verschafft, einen ausgeklügelten Plan von Änderungen auszuarbeiten. Sie hatte offenbar eine ganz bestimmte Vorstellung von ihm, ein Idealbild, das nur sie sehen konnte, und sie war wild entschlossen, ihn trotz aller Einwände und Proteste in dieses Bild zu pressen. Nichts konnte sie davon abbringen, ihn zielstrebig ihren Vorstellungen anpassen zu wollen. Es war so ungerecht. Er war durchaus bereit, sie genau so zu nehmen, wie sie war. Sie hatte ihre Fehler – viele sogar –, aber er wollte ihre schlechten Seiten um der guten willen mit in Kauf nehmen. Warum konnte sie ihm nicht die gleiche Liebe erweisen? Aber jedesmal, wenn er sich durchsetzen und eine ihrer Launen entschieden ablehnen wollte, füllten sich ihre Augen mit Tränen, ihre Unterlippe begann zu zittern, und das fatale »Du liebst mich nicht mehr« brach stammelnd über ihn herein. Belgarion von Riva hatte in diesen langen Wintermonaten schon oft an Flucht gedacht.

Nun war es wieder Frühling, und die Stürme, die während des Winters die Insel der Winde unzugänglich machten, waren vorüber. Der Tag, von dem Garion schon geglaubt hatte, daß er nie käme, eilte plötzlich mit Riesenschritten näher. Heute war nun der Tag, an dem er die kaiserliche Prinzessin Ce'Nedra zur Frau nehmen sollte, und es war zu spät, um davonzulaufen.

Er wußte, daß er in völlige Panik geraten würde, wenn er noch länger grübelte, also stand er auf und zog sich rasch eine einfache Tunika und Hose an, bewußt die prunkvolleren Gewänder ignorierend, die ihm sein Diener nach genauen Anweisungen von Ce'Nedra herausgelegt hatte.

Es war etwa eine Stunde vor Tagesanbruch, als der junge König von Riva die Tür der königlichen Gemächer öffnete und auf den stillen Flur hinaustrat.

Eine Zeitlang wanderte er durch die dämmrigen, leeren Hallen der Zitadelle, bis seine Schritte ihn schließlich unvermeidlich zu Tante Pols Tür trugen. Sie war schon wach und saß am Feuer, eine Tasse duftenden Tee in den Händen. Sie trug einen dunkelblauen Morgenmantel, und ihr schwarzes Haar floß wie eine glänzende Welle über eine Schulter.

»Du bist früh auf«, sagte sie.

»Ich konnte nicht schlafen.«

»Das wäre aber besser für dich. Du hast noch einen sehr langen Tag vor dir.«

»Ich weiß. Deswegen konnte ich ja nicht schlafen.«

»Tee?«

»Nein, danke.« Er setzte sich in den geschnitzten Sessel ihr gegenüber. »Alles verändert sich, Tante Pol«, sagte er nach einem Moment nachdenklichen Schweigens. »Nach dem heutigen Tag wird nichts mehr so wie früher sein, nicht wahr?«

»Wahrscheinlich nicht«, gab sie ihm recht, »aber das bedeutet nicht unbedingt, daß es schlechter werden muß.«

»Wie fühlst du dich bei dem Gedanken an deine Hochzeit?«

»Etwas nervös«, gestand sie gelassen.

»Du?«

»Ich habe auch noch nie geheiratet, Garion.«

Etwas dabei beunruhigte ihn schon länger. »War das wirklich so eine gute Idee, Tante Pol?« fragte er. »Ich meine, daß du Durnik am selben Tag heiratest wie ich Ce'Nedra? Ich will sagen, du bist doch die wichtigste Frau der Welt. Sollte deine Hochzeit nicht etwas ganz Besonderes sein?«

»Gerade das wollten wir ja vermeiden, Garion«, antwortete sie. »Durnik und ich haben beschlossen, eine stille Hochzeit zu feiern, und wir hoffen, daß sie in dem Trubel und den Zeremonien untergeht, die eure Hochzeit begleiten werden.«

»Wie geht es ihm? Ich habe ihn schon seit Tagen nicht mehr gesehen.«

»Er ist immer noch ein wenig seltsam. Ich glaube nicht, daß er je wieder derselbe Mann sein wird, den wir kannten.«

»Aber es geht ihm doch gut, nicht wahr?« fragte Garion besorgt.

»Es geht ihm gut, Garion. Er ist nur etwas verändert, das ist alles. Er hat etwas erlebt, was noch nie ein Mensch erlebt hat, und das hat ihn verändert. Er ist so praktisch wie eh und je, aber jetzt sieht er die Dinge auch von ihrer anderen Seite. Ich glaube, das gefällt mir.«

»Müßt ihr Riva *wirklich* verlassen?« fragte er plötzlich. »Durnik und du, ihr könntet doch hier in der Zitadelle wohnen.«

»Wir möchten unser eigenes Zuhause haben, Garion«, sagte sie. »Wir wollen allein miteinander sein. Außerdem, wenn ich hier wäre, würde jedesmal, wenn ihr beide streitet, einer von euch an meine Tür hämmern. Ich habe mein Bestes getan, euch zwei großzuziehen. Jetzt müßt ihr allein fertig werden.«

»Wohin werdet ihr gehen?«

»Ins Tal. Das Häuschen meiner Mutter steht noch immer dort. Es ist ein sehr solides Haus. Es braucht nur ein neues Strohdach, neue Fenster und neue Türen. Durnik wird sich darum kümmern, und es wird ein guter Ort sein, wo Botschaft aufwachsen kann.«

»Botschaft? Ihr nehmt ihn mit?«

»Jemand muß für ihn sorgen, und ich habe mich daran gewöhnt, einen kleinen Jungen um mich zu haben. Außerdem meinen Vater und ich, daß er besser in einiger Entfernung von dem Auge bleiben sollte. Er ist noch immer der einzige Mensch neben dir, der es berühren kann. Irgendwann kommt vielleicht jemand, der das ausnutzen und ihn in der gleichen Weise gebrauchen will wie Zedar.«

»Wozu? Ich meine, Torak ist doch tot. Welchen Nutzen hätte das Auge für jemand anders?«

Sie sah ihn ernst an, die weiße Locke an ihrer Schläfe schien in dem weichen Licht der Kerzen zu glühen. »Ich glaube nicht, daß das der einzige Grund für die Existenz des Auges war, Garion«, sagte sie. »Irgend etwas ist noch nicht vollständig.«

»Was denn? Was bleibt denn noch zu tun?«

»Das wissen wir nicht. Der Mrin-Kodex endet nicht mit der Begegnung zwischen dem Kind des Lichts und dem Kind der Dunkelheit. Du bist jetzt der Wächter des Auges, und es ist immer noch so wichtig wie seit jeher, also darfst du es nicht einfach in einen Schrank legen und vergessen. Sei wachsam, und laß deinen Verstand nicht von den alltäglichen Dingen einschläfern. Das Auge zu bewahren, ist immer noch deine oberste Pflicht – und ich werde nicht hier sein, um dich jeden Tag daran erinnern zu können.«

Daran wollte er lieber nicht denken. »Was willst du tun, wenn jemand ins Tal kommt und versucht, Botschaft zu entführen? Du wirst nicht imstande sein, ihn zu beschützen, jetzt, wo –« Er brach ab. Er hatte noch nie mit ihr darüber gesprochen.

»Sprich es ruhig aus, Garion«, sagte sie offen. »Laß uns den Dingen ins Gesicht sehen. Du wolltest sagen, jetzt, wo ich keine Macht mehr habe.«

»Wie ist es, Tante Pol? Ist es, als ob man etwas verliert, ein Gefühl der Leere?«

»Ich fühle mich genauso wie immer, mein Lieber. Natürlich habe ich noch nicht versucht, etwas zu *tun*, seit ich mich einverstanden erklärt habe, sie aufzugeben. Es könnte schmerzlich sein, es zu versuchen und dann zu versagen. Ich glaube nicht, daß ich diese Erfahrung machen möchte, also versuche ich es erst gar nicht.« Sie zuckte die Achseln. »Dieser Teil meines Lebens ist vorbei, also muß ich ihn hinter mir lassen. Aber Botschaft wird trotzdem in Sicherheit sein. Beldin ist im Tal – und die Zwillinge. Das ist genug Macht an einem Ort, um alles fernzuhalten, was ihm schaden könnte.«

»Warum verbringt Durnik soviel Zeit mit Großvater?« fragte Garion plötzlich. »Seit wir wieder in Riva sind, stecken sie fast jede freie Minute zusammen.«

Sie lächelte ihn wissend an. »Ich glaube, daß sie eine Überraschung für mich planen«, antwortete sie. »Ein passendes Hochzeitsgeschenk. Sie sind beide recht leicht zu durchschauen.«

»Was ist es?« wollte Garion wissen.

»Ich habe nicht die leiseste Ahnung, und ich denke nicht im Traum daran, es herausfinden zu wollen. Was es auch ist, sie haben beide zu hart daran gearbeitet, als daß ich ihnen die Freude verderben möchte, indem ich spioniere.« Sie warf einen Blick aus dem Fenster, hinter dem das erste Licht des Morgens auftauchte. »Vielleicht solltest du jetzt besser gehen, Lieber«, schlug sie vor. »Ich muß mich fertig machen. Dies ist auch für mich ein ganz besonderer Tag, und ich möchte so gut wie möglich aussehen.«

»Du könntest nie anders als schön sein, Tante Pol«, sagte er treuherzig.

»O Garion, danke schön.« Sie lächelte ihn fast mädchenhaft an. Sie betrachtete ihn abschätzend und berührte seine Wange. »Warum nimmst du nicht ein Bad, Lieber?« meinte sie. »Und wasch dir die Haare und laß dich rasieren.«

»Das kann ich selbst, Tante Pol.«

»Das ist keine gute Idee, Garion. Du bist heute etwas nervös, und du solltest dich nicht selbst rasieren, wenn deine Hände zittern.«

Er lachte reumütig, dann küßte er sie und ging zur Tür. Dort blieb er stehen und sah sich noch einmal um. »Ich liebe dich, Tante Pol«, sagte er schlicht.

»Ja, mein Junge, ich weiß. Ich liebe dich auch.«

Nachdem er den Bädern einen Besuch abgestattet hatte, machte sich Garion auf die Suche nach Lelldorin. Zu den Dingen, die schließlich geregelt worden waren, gehörte auch der eheliche Status des jungen Asturiers und seiner halboffiziellen Braut. Ariana war fast daran verzweifelt, ob Lelldorin je den ersten Schritt tun würde, und hatte das Problem dadurch gelöst, daß sie einfach zu ihm gezogen war. Sie war sehr entschlossen gewesen. Garion vermutete, daß Lelldorins

Widerstand sehr rasch geschwunden war. Seine Miene war in letzter Zeit noch törichter als sonst, und Ariana strahlte zwar, wirkte aber auch etwas selbstgefällig. Auf eine seltsame Art ähnelten sie in dieser Hinsicht Relg und Taiba. Seit seiner Hochzeit zeigte Relg fast ständig eine erstaunte Miene, während Taiba die gleiche Selbstgefälligkeit zur Schau trug wie Ariana. Garion fragte sich, ob er am nächsten Morgen beim Aufwachen wohl feststellen würde, daß um Ce'Nedras Lippen dasselbe selbstzufriedene Lächeln spielte.

Garions Suche nach seinem asturischen Freund hatte einen bestimmten Grund. Als Ergebnis einer Laune Ce'Nedras sollte ihrer Trauung ein großer Ball folgen, und Lelldorin hatte Garion Tanzunterricht erteilt.

Der Ball war von allen Damen mit Begeisterung begrüßt worden, die Männer waren jedoch keineswegs ungeteilt dafür. Barak hatte besonders vehement Einspruch erhoben. »*Ich* soll mich aufs Parkett stellen und tanzen?« hatte er die Prinzessin empört gefragt. »Was ist daran verkehrt, daß wir uns alle einfach betrinken? Das ist die übliche Art, eine Hochzeit zu feiern.«

»Du wirst es sehr schön machen«, hatte Ce'Nedra entgegnet, und ihm in ihrer aufreizenden Art die Wange getätschelt. »Und du wirst es tun, nicht wahr Barak – für mich?« Dabei hatte sie heftig und unaufrichtig mit den Wimpern geklimpert. Barak war schimpfend davon gestapft.

Garion fand Lelldorin und Ariana, die sich über den Frühstückstisch in ihrer Wohnung hinweg anhimmelten.

»Wollt Ihr mit uns frühstücken, Eure Majestät?« fragte Ariana höflich.

»Nein, danke«, lehnte Garion ab, »ich scheine heute nicht viel Appetit zu haben.«

»Nerven«, bemerkte Lelldorin weise.

»Ich glaube, das meiste habe ich begriffen«, kam Garion auf den Grund seines Besuches zu sprechen, »aber diese Kreuzschritte bringen mich durcheinander. Meine Füße verknoten sich dabei immer.«

Lelldorin holte sofort eine Laute herbei, und mit Arianas Hilfe durchschritt Garion die komplizierte Stelle.

»Ihr werdet noch ein ausgezeichneter Tänzer, Eure Majestät«, beglückwünschte Ariana ihn am Ende der Stunde.

»Ich will es nur hinter mich bringen, ohne zu stolpern und in aller Öffentlichkeit auf die Nase zu fallen.«

»Sicherlich würde die Prinzessin Euch stützen, solltet Ihr stolpern.«

»Da bin ich nicht so sicher. Es könnte ihr auch Spaß machen, zuzusehen, wie ich mich zum Narren mache.«

»Wie wenig Ihr von Frauen versteht.« Ariana warf Lelldorin einen hingebungsvollen Blick zu – einen Blick, den er ebenso erwiderte.

»Wollt Ihr zwei wohl aufhören?« bat Garion gereizt. »Könnt ihr damit nicht warten, bis ihr allein seid?«

»Mein Herz ist zu voll der Liebe, als daß ich sie verbergen könnte, Garion«, sagte Lelldorin übertrieben.

»Das habe ich gemerkt«, erwiderte Garion trocken. »Ich muß mit Silk reden, also überlasse ich euch zwei euren Vergnügungen.«

Ariana errötete, dann lächelte sie. »Dürfen wir dies als königlichen Befehl verstehen, Eure Majestät?« fragte sie keck.

Garion ergriff die Flucht.

Silk war am vorigen Abend erst spät aus dem Osten eingetroffen, und Garion hungerte nach Neuigkeiten. Er fand den kleinen Drasnier bei einem Frühstück aus Rebhühnern und heißem Gewürzwein.

»Ist das nicht ein bißchen schwer zum Frühstück?« fragte Garion.

»Für Haferschleim am Morgen hatte ich noch nie viel übrig«, antwortete Silk. »Haferschleim gehört zu den Dingen, zu denen man sich überwinden muß.«

Garion kam ohne Umschweife zur Sache. »Was geschieht in Cthol Murgos?«

»'Zakath belagert noch immer Rak Goska«, berichtete Silk. »Aber er zieht mehr Truppen zusammen. Ganz offensichtlich will er nach Süden marschieren, sobald der Boden fest genug ist, eine Armee zu tragen.«

»Sind Thulls bei ihm?«

»Nur wenige. Die meisten konzentrieren sich darauf, die übriggebliebenen Grolims in ihrem Land zu suchen. Ich habe Thulls immer für dumm gehalten, aber du würdest staunen, wie kreativ sie sein können, wenn es gilt, neue und interessante Arten zu erfinden, Grolims zu Tode zu bringen.«

»Wir müssen 'Zakath im Auge behalten«, sagte Garion. »Ich will nicht, daß er sich von Süden an uns heranschleicht.«

»Ich glaube, du kannst dich darauf verlassen, daß er nicht schleichen wird«, meinte Silk. »Er hat dir übrigens seine Glückwünsche gesandt.«

»Er hat *was*?«

»Er ist zivilisiert, Garion – *und* Politiker. Es hat ihn tief erschüttert, daß du Torak getötet hast. Ich glaube, er hat wirklich Angst vor dir, und deshalb will er es sich mit dir nicht verderben – jedenfalls nicht, solange er im Süden von Cthol Murgos beschäftigt ist.«

»Wer befehligt die Murgos, jetzt, wo Taur Urgas tot ist?«

»Urgit, der dritte Sohn seiner zweiten Frau. Es gab die üblichen Streitereien über die Nachfolge zwischen den verschiedenen Söhnen seiner ganzen Frauen. Die Todesfälle waren zahlreich, wie ich gehört habe.«

»Was für ein Mann ist Urgit?«

»Er ist ein Intrigant. Ich glaube nicht, daß er ein wirklicher Gegner für 'Zakath ist, aber er wird die Malloreaner zehn oder zwanzig Jahre lang beschäftigen. Dann ist 'Zakath vielleicht zu alt und zu müde, um dir Schwierigkeiten zu machen.«

»Wollen wir es hoffen.«

»Ach, das hätte ich beinahe vergessen. Hettar hat letzte Woche deine Cousine geheiratet.«

»Adara? Ich dachte, sie sei krank.«

»Anscheinend nicht zu krank. Sie kommen zu eurer Hochzeit, zusammen mit Cho-Hag und Silar.«

»Heiratet denn jetzt jeder?«

Silk lachte. »*Ich* nicht, junger Freund. Trotz dieses allgemeinen Ansturms auf den Stand der Ehe habe ich meinen Verstand noch nicht verloren. Wenn es zum schlimmsten kommt, kann ich mich immer noch verdrücken. Die Algarier sollten im Laufe des Vormittags eintreffen. Sie haben Korodullins Troß getroffen und kommen alle zusammen. Ihr Schiff lag hinter meinem, als wir Camaar verließen.«

»War Mandorallen mit dabei?«

Silk nickte. »Zusammen mit der Baronin von Vo Ebor. Der Baron ist noch zu krank, um reisen zu können. Ich glaube, er hofft, daß er stirbt, damit der Weg für seine Frau und Mandorallen frei ist.«

Garion seufzte.

»Sei deswegen nicht unglücklich«, meinte Silk. »Arendier lieben diese Art von Unglücklichsein. Mandorallen ist damit völlig zufrieden, edel zu leiden.«

»So etwas zu behaupten, ist niederträchtig«, warf Garion ihm vor.

Silk zuckte die Achseln. »Ich bin eben niederträchtig«, gab er zu.

»Wo gehst du hin, nachdem –« Garion ließ die Frage in der Luft hängen.

»Nachdem ich zugesehen habe, wie du sicher verheiratet wirst?« schlug Silk vergnügt vor. »Sobald ich mich von der Trinkerei heute abend wieder erholt habe, breche ich nach Gar og Nadrak auf. Die neue Lage dort bietet viele Möglichkeiten. Ich habe seit einiger Zeit Kontakt mit Yarblek. Wir beide werden eine Partnerschaft eingehen.«

»Du und Yarblek?«

»Er ist gar nicht so übel – wenn man ihn im Auge behält – und er ist sehr schlau. Wir fahren bestimmt gut zusammen.«

»Das kann ich mir vorstellen.« Garion lachte. »Einer von euch allein ist schlimm genug, aber ihr beide zusammen werdet jedem ehrlichen Kaufmann das Fell über die Ohren ziehen.«

Silk grinste. »So ungefähr hatten wir uns das gedacht.«

»Ich nehme an, daß du sehr reich werden wirst.«

»Ich werde wohl lernen können, damit zu leben.« Silks Blick schweifte in die Ferne. »Aber das ist nicht alles«, sagte er. »Es ist ein Spiel. Das Geld dient eigentlich nur dazu, die Punkte zu zählen. Das Spiel selbst ist es, das den Reiz ausmacht.«
»Mir scheint, daß du mir das schon einmal erzählt hast.«
»Seitdem hat sich nichts verändert, Garion«, sagte Silk lachend.
Die Hochzeit von Tante Pol und Durnik fand etwas später an jenem Morgen in einer kleinen Kapelle im Westflügel der Zitadelle statt. Nur wenige Gäste waren anwesend. Belgarath und die Zwillinge Beltira und Belkira waren natürlich da, und Silk und Barak. Tante Pol, wunderschön in einem tiefblauen Samtkleid, wurde von Königin Layla begleitet, Garion stand neben Durnik.
Die Zeremonie wurde von dem buckligen Beldin vollzogen, der zum erstenmal anständige Kleider trug und auf dessen häßlichem Gesicht ein seltsam sanfter Ausdruck lag.
Garions Gefühle während der Zeremonie waren zwiespältig. Schmerzhaft erkannte er, daß Tante Pol von nun an nicht mehr ausschließlich ihm gehören würde. Ein elementarer, kindischer Teil in ihm bedauerte dies. Andererseits freute er sich, daß es Durnik war, den sie heiratete. Wenn überhaupt jemand sie verdiente, dann Durnik. In den Augen des guten, schlichten Mannes stand grenzenlose Liebe, und er konnte offensichtlich seinen Blick nicht von ihr wenden. Tante Pol selbst stand würdevoll strahlend an seiner Seite.
Als Garion zurücktrat, während die beiden die Gelübde sprachen, hörte er ein leises Rascheln. An der Tür der Kapelle stand, von Kopf bis Fuß in ein Kapuzengewand gehüllt, das Gesicht hinter einem schweren Schleier verborgen, Prinzessin Ce'Nedra. Sie hatte viel Aufhebens darum gemacht, daß Garion sie – nach altem tolnedranischen Brauch – an diesem Tag nicht vor der Hochzeit sehen durfte, und Gewand und Schleier gaben ihr nun die Illusion, unsichtbar zu sein. Er konnte sich vorstellen, wie sie mit dem Problem gerungen hatte, bis ihr diese Lösung eingefallen war. Nichts auf der Welt

hätte sie von Polgaras Hochzeit fernhalten können, aber alle Feinheiten und Formalitäten mußten natürlich beachtet werden. Garion lächelte, als er sich wieder der Zeremonie zuwandte.

Er drehte sich um und spähte in den Hintergrund der Kapelle, als er Beldins Miene sah – eine Miene, die Überraschung verriet und sich dann in ein stilles Erkennen verwandelte. Zuerst sah Garion überhaupt nichts, doch dann erhaschte eine leichte Bewegung im Gewölbe seinen Blick. Die helle, geisterhafte Gestalt einer scheeweißen Eule hockte hoch oben auf einem dunklen Balken und beobachtete die Trauung von Tante Pol und Durnik.

Als die Zeremonie vorüber war und Durnik respektvoll und etwas nervös seine Braut geküßt hatte, breitete die weiße Eule ihre Schwingen aus und kreiste lautlos durch die Kapelle. Sie schwebte kurz, wie in schweigendem Segen, über dem glücklichen Paar, dann glitt sie mit zwei sanften Flügelschlägen zu Belgarath. Der alte Zauberer wandte entschlossen den Blick ab.

»Du kannst sie ruhig ansehen, Vater«, sagte Tante Pol. »Sie wird nicht eher verschwinden, ehe du sie nicht erkannt hast.«

Daraufhin seufzte Belgarath und sah den eigenartig schimmernden Vogel, der vor ihm schwebte, an. »Ich vermisse dich immer noch«, sagte er schlicht. »Selbst nach all den Jahren.«

Die Eule betrachtete ihn einen Moment mit ihren goldenen Augen, dann flimmerte sie und verschwand.

»Wie erstaunlich«, keuchte Königin Layla.

»Wir sind nun einmal erstaunliche Leute, Layla«, erwiderte Tante Pol, »und wir haben viele seltsame Freunde – und Verwandte.« Dann lächelte sie und nahm Durniks Arm fest in den ihren. »Außerdem«, setzte sie augenzwinkernd hinzu, »du erwartest doch nicht ernsthaft, daß ein Mädchen ohne seine Mutter heiratet, oder?«

Nach der Trauung gingen sie alle durch die Gänge der Zitadelle zurück in die innere Festung. Vor der Tür von Tante Pols Wohnung blieben sie stehen. Garion wollte schon Silk und Barak folgen, die nach kurzer Gratulation weitergingen, aber

Belgarath nahm seinen Enkelsohn beim Arm. »Bleib' noch einen Moment«, sagte der alte Mann.
»Ich finde nicht, daß wir da jetzt hineingehen sollten, Großvater«, sagte Garion nervös.
»Wir bleiben ja nur ein paar Minuten«, beruhigte Belgarath ihn. Die Lippen des alten Mannes bebten förmlich vor unterdrücktem Vergnügen. »Ich möchte, daß du dir etwas ansiehst.«
Tante Pols Augenbrauen hoben sich fragend, als ihr Vater und Garion ihr in die Wohnung folgten. »Ist dies ein alter, vergessener Brauch, Vater?« fragte sie.
»Nein, Pol«, antwortete er unschuldig. »Garion und ich wollten nur auf euer Glück anstoßen, weiter nichts.«
»Was hast du wieder vor, alter Wolf?« fragte sie, doch ihre Augen blickten belustigt.
»Muß ich denn etwas vorhaben?«
»Meistens ist es so, Vater.« Trotzdem holte sie vier Kristallpokale und eine Karaffe mit gutem, altem tolnedranischen Wein hervor.
»Vor langer Zeit haben wir vier dies gemeinsam begonnen«, sagte Belgarath. »Ehe wir uns trennen, sollten wir uns vielleicht einen Augenblick Zeit nehmen, um uns daran zu erinnern, daß wir seitdem einen langen Weg zurückgelegt haben, und daß uns seltsame Dinge zugestoßen sind. Ich glaube, wir alle haben uns auf die eine oder andere Weise verändert.«
»Du hast dich nicht besonders verändert, Vater«, meinte Tante Pol bedeutungsvoll. »Willst du nicht zur Sache kommen?«
Belgaraths Augen funkelten jetzt vor unterdrücktem Lachen. »Durnik hat etwas für dich«, sagte er.
Durnik schluckte schwer. »Jetzt?« fragte er Belgarath ängstlich.
Belgarath nickte.
»Ich weiß, wie sehr du schöne Dinge liebst – wie diesen Vogel dort drüben«, sagte Durnik zu Tante Pol, den Blick auf den kristallenen Zaunkönig gerichtet, den Garion ihr im vorigen Jahr geschenkt hatte. »Ich wollte dir auch so etwas schenken – aber ich kann nicht in Glas oder Edelsteinen arbeiten. Ich bin

Schmied, und deshalb muß ich in Stahl arbeiten.« Während er sprach, wickelte er ein kleines Päckchen aus. Zum Vorschein kam schließlich eine fein gearbeitete Rose aus Stahl, die sich eben erst öffnete. Die Einzelheiten waren liebevoll geschaffen, und die Blume schimmerte, als hätte sie ein Eigenleben.

»Oh, Durnik!« rief Tante Pol erfreut. »Wie schön sie ist.«

Doch Durnik gab ihr die Rose noch nicht. »Sie hat allerdings keine Farbe«, bemerkte er kritisch, »und keinen Duft.« Er warf Belgarath einen nervösen Blick zu.

»Mach schon«, sagte der alte Mann. »So, wie ich es dir gezeigt habe.«

Durnik wandte sich wieder Tante Pol zu, die schimmernde Rose noch immer in der Hand haltend. »Ich habe nichts, was ich dir geben kann, meine Pol«, sagte er demütig, »nur mein aufrichtiges Herz – und dies.« Er hielt die Rose in der flachen Hand, und sein Gesicht nahm einen Ausdruck äußerster Konzentration an.

Garion hörte es ganz deutlich. Es war die vertraute, anschwellende Woge, das Wispern, erfüllt von einem seltsam glockenähnlichen Klang. Die Rose in Durniks Handfläche schien leicht zu pulsieren, dann begann sie sich allmählich zu verändern. Die Außenseiten der Blütenblätter wurden schneeweiß, doch die Innenseiten, dort, wo sich die Blüte gerade öffnete, waren von einem tiefen Rot.

Als Durnik fertig war, hielt er Tante Pol eine lebende Blume hin, deren Blätter von Tauperlen benetzt waren.

Tante Pol starrte die Rose ungläubig an. Sie ähnelte keiner schon existierenden Blume. Mit zitternden Fingern griff sie danach, ihre Augen füllten sich plötzlich mit Tränen. »Wie ist das nur möglich?« fragte sie ehrfürchtig.

»Durnik ist jetzt ein ganz besonderer Mann«, sagte Belgarath. »Soweit ich weiß, ist er der einzige Mensch, der je gestorben ist und danach wieder zum Leben erweckt wurde. Das mußte ihn ja verändern – wenigstens ein bißchen. Außerdem glaube ich, daß unter der Oberfläche unseres guten, praktischen Freundes schon immer ein Dichter steckte. Der einzige wirkliche Unterschied ist vielleicht, daß er jetzt eine Möglichkeit hat, den Dichter herauszulassen.«

Durnik, leicht verlegen, berührte die Rose prüfend. »Sie hat einen Vorteil, meine Pol«, erklärte er. »Der Stahl ist immer noch in ihr, so daß sie nie verwelken wird. Sie wird immer so bleiben, wie sie jetzt ist. Selbst mitten im Winter wirst du wenigstens eine Blume haben.«

»Oh, Durnik!« rief sie und umarmte ihn.

Durnik wirkte leicht aus der Fassung gebracht, als er ungeschickt ihre Umarmung erwiderte. »Wenn sie dir wirklich gefällt, könnte ich dir noch mehr machen«, sagte er. »Einen ganzen Garten davon vielleicht. Wenn man es erst einmal begriffen hat, ist es gar nicht so furchtbar schwer.«

Doch Tante Pols Augen waren plötzlich groß geworden. Mit einem Arm Durnik festhaltend, drehte sie sich um und sah den kristallenen Zaunkönig an, der auf seinem gläsernen Zweig hockte. »Flieg«, befahl sie, und der glitzernde Vogel breitete seine Flügel aus und flog auf ihre ausgestreckte Hand. Neugierig inspizierte er die Rose, tauchte seinen Schnabel in einen Tautropfen und hob dann sein Köpfchen, um ein kleines Lied zu trillern. Tante Pol hob sanft die Hand, und der Kristallvogel flog zurück auf seinen Zweig. Das Echo seines Liedes hing noch in der Luft.

»Ich glaube, es wird Zeit, daß Garion und ich gehen«, sagte Belgarath mit gerührter Miene und verschleiertem Blick.

Aber Tante Pol zwar inzwischen etwas aufgegangen. Ihre Augen wurden schmal, dann wieder groß. »Einen Augenblick noch, alter Wolf«, sagte sie mit einem Hauch von Stahl in der Stimme. »Du wußtest es von Anfang an, nicht wahr?«

»Was, Pol?« fragte er unschuldig.

»Daß Durnik – daß ich –« Zum erstenmal in seinem Leben sah Garion sie sprachlos an. »Du wußtest es!« fauchte sie.

»Natürlich. Sobald Durnik aufwachte, spürte ich etwas in ihm, das anders war. Ich bin überrascht, daß du es nicht selbst gemerkt hast. Ich mußte allerdings mit ihm arbeiten, um es ans Licht zu bringen.«

»Warum hast du es mir nicht gesagt?«
»Du hast nicht gefragt, Pol.«
»Du – ich –« Mühsam gewann sie ihre Fassung wieder. »Du hast mich die ganzen Monate in dem Glauben gelassen, daß ich keine Macht mehr hätte, und dabei war sie die ganze Zeit da! Sie war immer da, und du hast mich das durchmachen lassen?«
»Also wirklich, Pol. Wenn du nur einmal gründlich nachgedacht hättest, wäre dir klargeworden, daß du sie nicht einfach so aufgeben kannst. Wenn du sie einmal hast, hast du sie.«
»Aber unser Meister hat gesagt –«
Belgarath hob abwehrend die Hand. »Wenn du dich erinnern wolltest, Pol, hat er nur gefragt, ob du bereit wärst, deine Unabhängigkeit in der Ehe zu beschränken und durchs Leben zu gehen, ohne mehr Macht zu haben als Durnik. Da es keine Möglichkeit gab, dir *deine* Macht zu nehmen, hatte er damit offenbar etwas anderes im Sinn.«
»Du hast mich glauben lassen –«
»Ich habe keinerlei Kontrolle über das, was du glaubst, Pol«, sagte er nachdrücklich.
»Du hast mich hinters Licht geführt!«
»Nein, Pol«, widersprach er, »du hast dich selbst hinters Licht geführt.« Dann lächelte er sie liebevoll an. »Und bevor du jetzt eine lange Rede vom Stapel läßt, denk einmal kurz darüber nach. Genau besehen, hat es doch gar nicht so weh getan, nicht wahr? Und ist es nicht viel angenehmer, es so herauszufinden?« Aus seinem Lächeln wurde ein Grinsen. »Du kannst es sogar als mein Hochzeitsgeschenk für dich betrachten, wenn du willst«, fügte er hinzu.
Sie starrte ihn einen Moment an, offensichtlich willens, böse mit ihm zu sein, aber er erwiderte ihren Blick schelmisch. Ihre Auseinandersetzung hatte sich im geheimen abgespielt, aber diesmal hatte er gewonnen. Schließlich konnte sie nicht länger so tun, als ob sie sich ärgerte, und begann hilflos zu lachen. Sie legte zärtlich eine Hand auf seinen Arm. »Du bist ein schlimmer alter Mann, Vater.«

»Ich weiß«, gestand er. »Kommst du, Garion?«
Als sie auf dem Flur standen, begann Belgarath zu kichern.
»Was ist denn so lustig?« fragte Garion.
»Ich habe seit Monaten auf diesen Moment gewartet«, erklärte sein Großvater vergnügt. »Hast du ihr Gesicht gesehen, als sie endlich begriff, was geschehen war? Die ganze Zeit ist sie mit einer Miene edler Selbstaufopferung herumgeschlichen, und dann muß sie plötzlich feststellen, daß es völlig unnötig war.« Ein boshaftes Grinsen zog über sein Gesicht. »Deine Tante war sich ihrer selbst immer ein wenig zu sicher, weißt du. Vielleicht war es ganz gut für sie, daß sie eine Zeitlang geglaubt hat, ein ganz normaler Mensch zu sein. Vielleicht hat ihr das eine gewisse Einsicht vermittelt.«
»Sie hatte recht.« Garion lachte. »Du *bist* ein schrecklicher alter Mann.«
Belgarath grinste. »Man tut sein Bestes.«
Sie gingen in die königlichen Gemächer, wo bereits Garions Hochzeitsgewänder vorbereitet waren.
»Großvater«, sagte Garion, während er sich hinsetzte, um seine Stiefel auszuziehen, »ich wollte dich noch etwas fragen. Kurz bevor Torak starb, rief er nach seiner Mutter.«
Belgarath, der einen Krug in der Hand hielt, nickte.
»Wer ist seine Mutter?«
»Das Universum.«
»Das verstehe ich nicht.«
Belgarath kratzte sich nachdenklich den kurzen, weißen Bart. »Soweit ich es verstehe, haben die Götter als Idee im Geiste ULs, des Vaters der Götter, ihren Ursprung gehabt, aber es war das Universum, das sie zur Welt brachte. Es ist sehr kompliziert. Ich verstehe es selbst nicht ganz. Jedenfalls, als er starb, rief Torak nach dem einen Wesen, von dem er wußte, daß es ihn noch immer liebte. Er hatte natürlich Unrecht. UL und die anderen Götter liebten ihn ebenfalls noch, obwohl sie wußten, daß er vollkommen böse geworden war. Und auch das Universum hat um ihn getrauert.«
»Das Universum?«

»Hast du es nicht gemerkt? Die Sekunde, wo alles stillstand und alles Licht erlosch?«

»Ich dachte, das wäre nur ich gewesen.«

»Nein, Garion. In diesem Augenblick erlosch alles Licht im Universum, und jede Bewegung wurde unterbrochen – alles, überall. Ein Teil davon war der Kummer des Universums über seinen toten Sohn.«

Garion dachte darüber nach. »Aber er mußte doch sterben, nicht wahr?«

Belgarath nickte. »Es war der einzige Weg, die Dinge wieder ihren rechten Lauf nehmen zu lassen. Torak mußte sterben, damit alles so gehen kann, wie es sein soll. Anderenfalls wäre alles unwiderruflich in das Chaos gestürzt.«

Plötzlich hatte Garion einen Einfall. »Großvater«, fragte er, »wer ist Botschaft?«

»Ich weiß es nicht«, antwortete Belgarath. »Vielleicht ist er nur ein seltsamer kleiner Junge. Vielleicht ist er auch etwas anderes. Du solltest dich jetzt besser umziehen.«

»Ich habe mich bemüht, nicht daran zu denken.«

»Ach, was. Heute ist der glücklichste Tag deines Lebens.«

»Wirklich?«

»Vielleicht hilft es, wenn du es dir dauernd vorsagst.«

Mit allgemeiner Zustimmung war der Gorim von Ulgo dazu ausersehen worden, die Zeremonie zu vollziehen, die Garion und Ce'Nedra für das Leben vereinte. Der zerbrechliche, heilige alte Mann hatte die Reise von Prolgu in kurzen, leicht zu bewältigenden Etappen unternommen, zuerst auf einer Sänfte durch die Höhlen bis nach Sendarien, dann in König Fulrachs herrschaftlicher Kutsche nach Sendar und von dort mit dem Schiff nach Riva. Die Enthüllung, daß der Gott der Ulgos der Vater der anderen Götter war, hatte die theologischen Kreise wie ein Donnerschlag getroffen. Ganze Bibliotheken voller pompöser philosophischer Theorien waren auf einen Schlag hinfällig geworden, und überall befanden sich die Priester in einem Schockzustand. Grodeg, der Hohepriester Belars, fiel bei der Neuigkeit in Ohnmacht. Der überhebliche Kleriker, der durch die Wunden, die er in der Schlacht bei Thull Mardu erhalten hatte, schon für sein Leben verkrüppelt war, überstand diesen letzten Schlag nicht gut. Als er aus seiner Ohnmacht erwachte, mußten seine Diener feststellen, daß sein Verstand nur mehr der eines kleinen Kindes war, und er verbrachte seine Tage nun, umgeben von Spielzeug und bunten Bändern.

Die königliche Hochzeit fand selbstverständlich in der Halle des Rivanischen Königs statt, und alle waren gekommen. König Rhodar war in Rot, König Anheg in Blau erschienen. König Fulrach trug Braun, und König Cho-Hag das traditionelle Schwarz der Algarier. Brand, der Rivanische Wächter, dessen Gesicht seit dem Tod seines jüngsten Sohnes noch strenger geworden war, trug das Grau der Rivaner. Auch andere königliche Gäste waren anwesend. Ran Borune XXIII. in seinem goldenen Mantel war heiter wie selten, während er sich mit dem kahlgeschorenen Sadi zankte. Eigenartigerweise kamen die beiden gut miteinander aus. Die Möglichkeiten, die die neue Situation im Westen bot, reizten sie beide, und sie strebten offenbar eine gewisse Verständigung an. König Korodullin in herrschaftlichem Purpur, stand bei den anderen Königen, ohne sich allerdings viel am Gespräch zu beteiligen. Der Schlag auf den Kopf, den er in der Schlacht bei Thull Mardu erhalten hatte, hatte sein Gehör beeinträchtigt, und der junge König von Arendien fühlte sich in Gesellschaft offensichtlich unbehaglich.

Inmitten der versammelten Monarchen stand König Drosta lek Thun von Gar og Nadrak in einer seltsam unschönen gelben Weste. Der nervöse, ausgemergelte König der Nadraks sprach in kurzen, abgehackten Redeschwällen, und wenn er lachte, klang seine Stimme schrill. König Drosta traf an jenem Nachmittag viele Vereinbarungen – von denen er einige sogar einzuhalten beabsichtigte.

Belgarion von Riva beteiligte sich nicht an diesen Gesprächen, was wahrscheinlich auch nicht viel ausmachte. Die Gedanken des Rivanischen Königs waren zur Zeit etwas abgelenkt. Ganz in Blau gekleidet, schritt er nervös in dem Vorzimmer auf und ab, in dem er mit Lelldorin die Fanfare abwarten sollte, die ihn in die große Halle rief. »Ich wünschte, es wäre vorbei«, sagte er wohl zum sechstenmal.

»Hab Geduld, Garion«, wiederholte Lelldorin.

»Was *machen* sie denn nur da draußen?«

»Sie warten vermutlich darauf, daß Ihre Hoheit fertig wird. Im Augenblick ist sie wesentlich wichtiger als du. So sind Hochzeiten nun einmal.«

»Du hast Glück gehabt. Du bist mit Ariana einfach davongelaufen und hast sie ohne dieses ganze Theater geheiratet.«

Lelldorin lachte reumütig. »Ich bin dem auch nicht ganz entgangen, Garion«, sagte er, »ich habe es nur etwas hinausgeschoben. Die ganzen Vorbereitungen haben meine Ariana angesteckt. Sobald wir nach Arendien zurückkehren, will sie, daß wir anständig Hochzeit feiern.«

»Was haben Hochzeiten nur an sich, daß sie so seltsame Auswirkungen auf die Frauen haben?«

»Wer kann das sagen?« Lelldorin zuckte die Achseln. »Der Geist einer Frau ist ein Geheimnis – wie du auch bald entdecken wirst.«

Garion warf ihm einen düsteren Blick zu und rückte seine Krone noch einmal zurecht. »Ich wünschte, es wäre vorbei«, sagte er noch einmal.

Endlich schallte die Fanfare durch die Halle des Rivanischen Königs, die Tür ging auf und Garion rückte abermals seine Krone zurecht und ging, sichtlich zitternd, hinaus, um sich seinem Schicksal zu stellen. Obwohl er die meisten Anwesenden in der Halle kannte, verschwammen alle Gesichter vor ihm, als er mit Lelldorin an den Feuern, die in Vertiefungen im Boden brannten, entlang zum Thron schritt, wo sein großes Schwert wieder an seinem angestammten Platz hing und das Auge Aldurs auf dem Knauf glühte.

Der Saal war mit Fahnen und Bannern geschmückt und verschwenderisch mit Frühlingsblumen ausgestattet. Die Hochzeitsgäste, in Seide, Samt und Brokat, wirkten selbst wie ein

Blumengarten, während sie sich die Hälse verrenkten, um den Einzug des königlichen Bräutigams zu sehen.
Vor dem Thron wartete der weißgekleidete alte Gorim von Ulgo lächelnd auf ihn. »Ich grüße dich, Belgarion«, murmelte der Gorim, als Garion die Stufen erklomm.
»Heiliger Gorim«, erwiderte Garion nervös und verbeugte sich.
»Ganz ruhig, mein Sohn«, sagte der Gorim, der Garions zitternde Hände bemerkt hatte.
»Ich versuche es, Heiliger.«
Eine zweite Hornfanfare ertönte, und die Tür am hinteren Ende der Halle wurde weit geöffnet. Die kaiserliche Prinzessin Ce'Nedra stand, angetan mit ihrem cremeweißen, perlenbestickten Brautkleid, neben ihrer Cousine Xera in der Tür. Sie war überwältigend. Ihr flammendes Haar floß ihr über eine Schulter, und sie trug den schimmernden, goldenen Stirnreif, den sie so liebte. Ihr Gesicht war ernst, und eine reizende Röte überzog ihre Wangen. Sie hielt die Augen gesenkt, doch einmal warf sie Garion einen raschen Blick zu, so daß er das Funkeln hinter ihren langen Wimpern sehen konnte. Das gab ihm die Gewißheit, daß ihre würdevolle Bescheidenheit nur Pose war. Sie blieb lange genug stehen, daß sich alle an ihrer Vollkommenheit sattsehen konnten, ehe sie, begleitet von sanfter Harfenmusik, durch den Saal zu ihrem bebenden Bräutigam schritt. Mit einer Feierlichkeit, die Garion für ein klein wenig übertrieben hielt, gingen Baraks zwei kleine Töchter vor der Braut her und bestreuten ihren Weg mit Blumen.
Auf der Empore küßte Ce'Nedra impulsiv den liebenswerten, alten Gorim und nahm dann ihren Platz an Garions Seite ein. Sie war von einem blumenähnlichen Duft umgeben, einem Duft, der Garions Knie weich werden ließ.
Der Gorim blickte auf die versammelte Menge. »Wir sind heute hier zusammengekommen«, begann er, »um Zeuge der letzten Bestimmungen der Prophezeiung zu sein, die unser aller Leben durch todbringende Gefahren geleitet und uns sicher bis zu diesem glücklichen Augenblick geführt hat. Wie

es geschrieben war, ist der Rivanische König zurückgekehrt. Er hat sich unserem uralten Feind gestellt und hat gesiegt. Seine Belohnung steht strahlend an seiner Seite.«

Belohnung? In diesem Licht hatte Garion es noch gar nicht betrachtet. Er dachte ein wenig darüber nach, während der Gorim fortfuhr, aber das schien auch nicht zu helfen. Plötzlich bekam er einen unsanften Stoß in die Rippen.

»Paß auf«, wisperte Ce'Nedra.

Kurz darauf kamen sie zu den Fragen und Antworten. Garions Stimme überschlug sich leicht, aber das war zu erwarten gewesen. Ce'Nedras Stimme klang jedoch klar und fest. Konnte sie nicht wenigstens *vorgeben*, auch nervös zu sein – wenigstens ein kleines bißchen?

Botschaft trug auf einem kleinen Samtkissen die Ringe, die sie austauschen sollten. Das Kind erfüllte seine Pflicht ernsthaft, aber selbst auf *seinem* Gesichtchen war dieser belustigte Ausdruck. Garion nahm ihm das übel. Lachten denn alle heimlich über ihn?

Die Feier schloß mit dem Segen des Gorims, den Garion jedoch nicht hörte. Das Auge Aldurs glühte in unerträglicher Selbstgefälligkeit und erfüllte seine Ohren mit seinem Jubelgesang, und fügte seine eigenen, seltsamen Glückwünsche hinzu.

Ce'Nedra hatte sich zu ihm gewandt. »Nun?« wisperte sie.

»Nun was?« flüsterte er zurück.

»Willst du mich nicht küssen?«

»Hier? Vor aller Augen?«

»Das ist so Brauch.«

»Ein dummer Brauch.«

»Tu es einfach, Garion«, sagte sie aufmunternd und lächelte ihn warm an. »Wir können später darüber diskutieren.«

Garion versuchte, den Kuß mit einer gewissen Würde zu absolvieren, als züchtige Formalität, die zum allgemeinen Ton der Feier paßte. Doch davon wollte Ce'Nedra nichts wissen. Sie stürzte sich mit einer Begeisterung hinein, die Garion leicht beunruhigend fand. Ihre Arme schlossen sich um seinen Hals, ihre Lippen schienen auf den seinen festgeleimt zu sein. Er

fragte sich unsinnigerweise, wie weit sie wohl gehen wollte. Seine Knie gaben allmählich nach.
Der Jubel, der durch die Halle brauste, rettete ihn. Die Schwierigkeit beim Küssen in aller Öffentlichkeit bestand immer darin, daß man nie genau wußte, wie lange es dauern sollte. Waren die Küsse zu kurz, hielten es die Gäste vielleicht für einen Mangel an Aufmerksamkeit, waren sie zu lang, fingen sie an zu kichern.
Recht albernd grinsend, drehte sich Belgarion von Riva zu seinen Gästen um.
Der Hochzeitsball und das dazugehörige Festmahl folgten unmittelbar auf die Trauungszeremonie. Fröhlich schwatzend zogen die Gäste durch einen langen Gang in eine festlich geschmückte Halle, die man in einen riesigen Ballsaal verwandelt hatte und im Licht vieler Kerzen erstrahlte. Das Orchester bestand aus rivanischen Musikern unter Leitung eines umständlichen arendischen Dirigenten, der seine liebe Not damit hatte, die eigenwilligen Rivaner davon abzuhalten, diejenigen Melodien zu improvisieren, die ihnen gefielen.
Dies war der Teil, den Garion am meisten gefürchtet hatte. Der erste Tanz sollte eine Solovorführung des königlichen Paares sein. Man erwartete von ihm, daß er Ce'Nedra in die Mitte des Saals führte und dann vor aller Augen mit ihr tanzte. Mit plötzlichem Entsetzen stellte er, während er mit seiner Braut durch den Saal schritt, fest, daß er alles vergessen hatte, was Lelldorin ihm beigebracht hatte.
Der Tanz, der in jener Ballsaison an den Höfen des Südens beliebt war, war anmutig und kompliziert. Die Partner blickten in dieselbe Richtung, der Herr stand leicht seitlich hinter der Dame. Die Arme waren ausgestreckt, die Hände lagen ineinander. Diesen Teil brachte Garion ohne nennenswerte Schwierigkeiten hinter sich. Es waren diese kleinen, raschen Schritte im Takt der Musik, die ihm Kopfzerbrechen bereiteten.
Aber trotz allem machte er seine Sache recht gut. Der Duft von Ce'Nedras Haar übte jedoch weiterhin seine Wirkung auf ihn aus, und er merkte, daß seine Hände zitterten, als sie miteinan-

der tanzten. AM Schluß der ersten Melodie applaudierten die Hochzeitsgäste begeistert, und als das Orchester das zweite Stück anstimmte, standen alle auf, um zu tanzen und füllten den Saal mit wirbelnden Farben.

»Ich glaube, es war gar nicht so übel«, murmelte Garion.

»Es war sogar sehr gut«, versicherte Ce'Nedra ihm.

Sie tanzten weiter.

»Garion«, sagte sie nach einer Weile.

»Ja?«

»Liebst du mich wirklich?«

»Ja, natürlich. Was für eine dumme Frage.«

»*Dumm*?«

»Falscher Ausdruck«, entschuldigte er sich rasch. »Tut mir leid.«

»Garion«, sagte sie nach ein paar weiteren Schritten.

»Ja?«

»Ich liebe dich auch, mußt du wissen.«

»Natürlich, ich weiß.«

»Natürlich? Hältst du nicht ein bißchen viel für selbstverständlich?«

»Warum streiten wir uns eigentlich?« fragte er kläglich.

»Wir streiten nicht, Garion«, erwiderte sie hochmütig. »Wir diskutieren.«

»Ach so«, machte er. »Dann ist es ja gut.«

Das königliche Paar erfüllte die Erwartungen und tanzte mit jedem. Ce'Nedra wurde wie ein Siegespreis von König zu König weitergereicht, und Garion führte Königinnen und Edeldamen der Reihe nach auf das Parkett. Die kleine blonde Königin Porenn von Drasnien gab ihm gute Ratschläge, ebenso wie die würdevolle Königin Islena von Cherek. Die mollige kleine Königin Layla war mütterlich – fast ein wenig albern. Königin Silar beglückwünschte ihn ernst, und Mayaserana von Arendien meinte, daß er besser tanzen würde, wenn er nicht so steif wäre. Baraks Gattin Merel, in reichem, grünem Brokat, erteilte ihm den besten Rat von allen. »Selbstverständlich werdet ihr miteinander streiten«, sagte sie, während sie tanzten, »aber geht nie zornig ins Bett. Das war immer *mein* Fehler.«

Schließlich tanzte Garion mit seiner Cousine Adara.

»Bist du glücklich?« fragte er.

»Glücklicher, als du dir vorstellen kannst«, antwortete sie mit einem sanften Lächeln.

»Dann hat sich alles zum Guten gewandt, nicht wahr?«

»Ja, Garion. Es ist, als ob alles vom Schicksal vorbestimmt war. Alles fühlt sich irgendwie so richtig an.«

»Es ist gut möglich, *daß* es vorbestimmt war«, überlegte Garion. »Manchmal denke ich, daß wir nur sehr wenig Einfluß auf unser Leben haben – ich jedenfalls.«

Sie lächelte. »Was für tiefsinnige Gedanken für einen Bräutigam an seinem Hochzeitstag.« Dann wurde sie wieder ernst. »Laß dich von Ce'Nedra nicht verrückt machen«, sagte sie. »Und gib ihr nicht immer nach.«

»Hast du gehört, was sie getan hat?«

Sie nickte. »Nimm es nicht zu ernst, Garion. Sie will dich auf die Probe stellen, das ist alles.«

»Willst du damit sagen, daß ich noch *immer* etwas beweisen soll?«

»Ce'Nedra ja – wahrscheinlich jeden Tag. Ich kenne deine kleine Prinzessin, Garion. Alles, was sie sich von dir wünscht, ist, daß du ihr deine Liebe beweist. Hab keine Angst, es ihr zu sagen. Ich glaube, du wirst überrascht sein, wie umgänglich sie sein kann, wenn du dir die Mühe machst, ihr zu sagen, daß du sie liebst, und das oft.«

»Aber das weiß sie doch.«

»Du mußt es ihr trotzdem sagen.«

»Und wie oft, meinst du, muß ich es sagen?«

»Ach, vermutlich stündlich oder so.«

Er war fast sicher, daß sie scherzte.

»Ich habe festgestellt, daß Sendarier zurückhaltend sind«, fuhr Adara fort. »Das geht bei Ce'Nedra nicht. Du wirst deine Erziehung vergessen müssen und alles offen aussprechen. Es wird die Mühe wert sein, glaub' mir.«

»Ich versuche es«, versprach er.
Sie lachte und küßte ihn leicht auf die Wange. »Armer Garion.«
»Wieso armer Garion?«
»Du hast noch so viel zu lernen.«
Sie tanzten weiter.
Erschöpft und ausgehungert machten sich Garion und seine Braut auf den Weg zu den schwerbeladenen Tischen, um ihr Hochzeitsmahl einzunehmen. Die Speisen waren etwas ganz Besonderes. Zwei Tage vor der Hochzeit war Tante Pol in die Küche marschiert und hatte dort das Kommando übernommen. Das Ergebnis war natürlich vollkommen. Die Düfte, die von den ächzenden Tischen aufstiegen, waren überwältigend. König Rhodar konnte einfach nicht vorbeigehen, ohne jedesmal noch ein bißchen zu naschen.
Musik und Tanz gingen weiter, und Garion sah zu, erleichtert, daß er dem Parkett entronnen war. Seine Augen suchten in der Menge nach alten Freunden. Barak, riesig und doch seltsam sanft, tanzte mit Merel, seiner Frau. Sie sahen sehr gut zusammen aus. Lelldorin tanzte mit Ariana, und ihre Augen verloren sich in denen des anderen. Relg und Taiba tanzten nicht, saßen jedoch zusammen in einer Nische. Wie Garion feststellte, hielten sie sich bei den Händen. Relg trug noch immer einen leicht erstaunten Ausdruck, aber er sah nicht unglücklich aus.
Mitten auf dem Tanzboden drehten sich Hettar und Adara mit der angeborenen Anmut derer, die ihr Leben zu Pferde verbringen. Hettars Habichtgesicht wirkte irgendwie verändert, und Adara strahlte vor Glück. Garion überlegte, daß es an der Zeit wäre, Adaras Ratschläge einmal auszuprobieren. Er beugte sich zu Ce'Nedra hinüber und räusperte sich. »Ich liebe dich«, flüsterte er ihr ins Ohr. Beim erstenmal war es etwas schwierig, also versuchte er es gleich noch einmal – nur um das Gefühl dafür zu bekommen. »Ich liebe dich«, wiederholte er. Beim zweitenmal ging es schon viel leichter.
Die Wirkung auf die Prinzessin war hinreißend. Ein rosiger

Hauch überstrahlte ihre Wangen, und ihre Augen wurden groß und irgendwie wehrlos. Ihr ganzes Herz schien in diesem Blick zu liegen. Sie schien unfähig zu sprechen und berührte statt dessen zärtlich sein Gesicht. Als er ihren Blick erwiderte, war er erstaunt über die Veränderung, die der schlichte Satz bei ihr hervorgerufen hatte. Adara hatte recht gehabt. Er merkte sich dies gut und fühlte sich so zuversichtlich wie schon seit Monaten nicht mehr.

Der Saal erstrahlte in allen Farben, während die Gäste der Hochzeitsfeier tanzten. Einige Gesichter spiegelten jedoch die allgemeine Freude nicht wider. Mandorallen tanzte mit der Dame Nerina, der Baronin von Vo Ebor, und ihre Züge sprachen von der Tragödie, die ihr Leben regierte. Unweit von ihnen tanzte Silk mit Königin Porenn. Wieder einmal trug das Gesicht des kleinen Mannes den bitteren, selbstironischen Ausdruck, den Garion zuerst in König Anhegs Palast in Val Alorn an ihm gesehen hatte.

Garion seufzte.

»Jetzt schon niedergeschlagen, mein Gatte?« fragte Ce'Nedra augenzwinkernd. Selbst im Sitzen schlüpfte sie wieder unter seinen Arm und zog ihn in der ihr eigenen Weise um ihre Schultern. Sie duftete sehr gut, und er spürte, wie weich und warm sie war.

»Ich habe nur über einiges nachdenken müssen«, beantwortete er ihre Frage.

»Gut. Versuche, mit all diesen Dingen abzuschließen. Ich möchte nicht, daß sie uns später stören.«

Garion wurde feuerrot, und Ce'Nedra lachte. »Ich glaube, später ist gar nicht mehr solange hin«, sagte sie dann. »Du mußt noch mit Polgara tanzen und ich mit deinem Großvater. Danach wird es wohl an der Zeit sein, daß wir uns zurückziehen. Es war ein langer Tag.«

»Ich bin tatsächlich etwas müde«, gab Garion zu.

»Dein Tag ist noch nicht zu Ende, Belgarion von Riva«, erklärte sie mit Nachdruck.

Mit einem etwas eigenartigen Gefühl ging Garion auf Tante

Pol zu, die mit Durnik den Tanzenden zusah. »Willst du mit mir tanzen, Tante Polgara?« fragte er mit einer kleinen Verbeugung.
Sie sah ihn forschend an. »Also hast du es dir endlich eingestanden«, sagte sie.
»Was eingestanden?«
»Wer ich wirklich bin.«
»Das wußte ich doch längst.«
»Aber du hast mich noch nie bei meinem vollen Namen genannt, Garion«, erklärte sie, stand auf und strich sich die Haare zurück. »Ich glaube, das ist ein wichtiger Schritt.«
Im sanften Schein der Kerzen tanzten sie zu der Musik von Flöten und Lauten.
Polgaras Schritte waren etwas gemessener und langsamer als der Tanz, den Lelldorin Garion unter so vielen Mühen beigebracht hatte. Garion wußte, daß sie in die ferne Vergangenheit zurückgekehrt war und ihn durch die würdevollen Figuren eines Tanzes führte, den sie vor Jahrhunderten gelernt hatte, als sie bei den Wacite-Arendiern lebte. Zusammen bewegten sie sich durch den langsamen, anmutigen und irgendwie traurigen Tanz, der vor zweieinhalbtausend Jahren für immer erstorben war, um nur in Polgaras Erinnerung weiterzuleben.
Ce'Nedra war flammend rot, als Belgarath sie für den letzten Tanz zu Garion zurückgeleitete. Der alte Mann grinste unverschämt, verbeugte sich vor seiner Tochter und nahm sie bei der Hand, um sie auf die Tanzfläche zu führen. Die vier tanzten nicht weit voneinander entfernt, so daß Garion die Frage seiner Tante deutlich verstehen konnte. »Haben wir alles gut gemacht, Vater?«
Belgaraths Lächeln war aufrichtig. »Ja, Polgara«, antwortete er lächelnd. »Ich glaube sogar, daß wir es sehr gut gemacht haben.«
»Dann war es also das alles wert, nicht wahr, Vater?«
»Ja, Pol, das war es wirklich.«
Sie tanzten weiter.
»Was hat er zu dir gesagt?« fragte Garion Ce'Nedra flüsternd.

Sie errötete. »Das spielt keine Rolle. Vielleicht sage ich es dir noch – später.«
Da war schon wieder dieses Wort.
Der Tanz endete, und ein erwartungsvolles Schweigen legte sich über die Menge. Ce'Nedra ging zu ihrem Vater, küßte ihn liebevoll und kehrte dann zurück. »Nun?« sagte sie zu Garion.
»Nun, was?«
Sie lachte. »Oh, du bist unmöglich.« Damit nahm sie seine Hand und zog ihn entschlossen mit sich fort.

Es war schon recht spät, vielleicht zwei Stunden nach Mitternacht. Belgarath der Zauberer war in launiger Stimmung, als er durch die verlassenen Hallen der rivanischen Zitadelle wanderte, einen Bierkrug in der Hand. Belgarath hatte tüchtig gefeiert, und jetzt war er ziemlich angeheitert – wenn auch bei weitem nicht so stark wie viele andere der Hochzeitsgäste, die bereits bis zur Bewußtlosigkeit benebelt waren.
Einmal blieb der alte Mann stehen, um einen Wächter zu betrachten, der in einer Bierlache lag und schnarchte. Dann machte sich der alte Mann leise summend mit ein paar kleinen Tanzschritten auf den Weg zum Ballsaal, wo er hoffte, noch Bier zu finden.
Als er an der Halle des Rivanischen Königs vorbeikam, stellte er fest, daß die Tür etwas offenstand und drinnen Licht brannte. Neugierig steckte er seinen Kopf zur Tür herein, um zu sehen, ob jemand da war. Aber die Halle war leer, und das Licht kam von dem Auge Aldurs, das auf dem Schwert des Rivanischen Königs saß.
»Oh«, sagte Belgarath zu dem Stein, »du bist das.« Dann ging der alte Mann mit ein wenig unsicheren Schritten durch die Halle zum Fuß der Empore. »Nun, alter Freund«, sagte er zu dem Auge hinaufblickend, »wie ich sehe, sind sie alle fort und haben dich allein gelassen.«
Das Auge flackerte zum Zeichen, daß es ihn erkannte.
Belgarath ließ sich schwer am Rand der Empore nieder und

nahm einen Schluck Bier. »Wir sind einen langen Weg zusammen gegangen, nicht wahr?« fragte er das Auge im Unterhaltungston.
Das Auge ignorierte ihn.
»Ich wünschte, du wärst nicht immer so ernst. Du bist ein sehr fader Kamerad.« Der alte Mann nahm noch einen Schluck.
Beide schwiegen eine Weile, dann zog Belgarath die Stiefel aus, seufzte und bewegte zufrieden seine Zehen.
»Du verstehst eigentlich gar nichts, nicht wahr, mein Freund?« fragte er das Auge schließlich. »Trotz allem hast du doch die Seele eines Steins. Du begreifst Haß und Loyalität und unerschütterliche Hingabe, aber die menschlicheren Gefühle verstehst du nicht – Mitleid, Freundschaft, Liebe, vor allem Liebe nicht, denke ich. Es ist eigentlich eine Schande, daß du das nicht begreifst, denn dies waren die Dinge, die letztendlich alles entschieden haben. Sie gehörten von Anfang an dazu, aber das hättest du nicht verstanden, was?«
Das Auge beachtete ihn immer noch nicht, seine Aufmerksamkeit galt offensichtlich anderen Dingen.
»Worauf konzentrierst du dich denn bloß so?« fragte der alte Mann neugierig.
Das Auge, das bislang leuchtendblau gestrahlt hatte, flackerte, und das Blau wurde plötzlich von einem zarten Rosa übertönt, das dunkler und dunkler wurde, bis der Stein tatsächlich errötet war.
Belgarath warf einen zwinkernden Blick in die Richtung, in der die königlichen Gemächer lagen. »Ach so«, sagte er, plötzlich verstehend. Dann begann er, in sich hineinzukichern.
Das Auge errötete noch tiefer.
Belgarath lachte, zog seine Stiefel wieder an und erhob sich schwerfällig. »Vielleicht verstehst du doch mehr, als ich dachte«, sagte er zu dem Stein. Er schlürfte die letzten Tropfen aus seinem Krug. »Ich würde wirklich gern bleiben und mich mit dir darüber unterhalten«, meinte er, »aber ich habe kein Bier mehr. Du entschuldigst mich doch sicher.« Damit ging er durch den breiten Mittelgang zurück.

Als er die Tür erreicht hatte, drehte er sich noch einmal um und warf einen belustigten Blick auf das noch immer flammendrote Auge. Dann kicherte er wieder und schloß leise die Tür hinter sich.

Hiermit endet die Saga vom Auge Aldurs, die mit der *Prophezeiung des Bauern* begann. Und da die Geschichte im Gegensatz zur Feder der Sterblichen nicht vergänglich ist, bleiben die Geschehnisse, die über diesen Punkt hinausgehen, noch im Verborgenen.

Knaur

Taschenbücher

Science Fiction & Fantasy

Alexander, David M.:
Fane
Im Mittelpunkt steht »Fane«, ein Planet, der anders ist als alle anderen.
320 S. Band 5774

Charnas, Suzy McKee:
Alldera und die Amazonen
Nach der großen Verheerung hat sich eine neue Gesellschaft gebildet: Die Männer haben die Kontrolle und die Frauen keinerlei Recht. Alldera flieht bei sich bietender Gelegenheit zu den freien Frauen.
256 S. Band 5772

Charnas, Suzy McKee:
Tochter der Apokalypse
Eine neue Gesellschaft hat sich etabliert: Jeder muß lernen, in völliger Anonymität aufzugehen. Die Frauen werden völlig versklavt. Doch ein Mann und eine Frau brechen aus.
256 S. Band 5770

Charnas, Suzy McKee:
Der Vampir-Baldachin
Weyland ist ein Vampir, der im modernen Amerika lebt. Dieses Buch gilt in den USA als einer der besten Vampirromane.
336 S. Band 5776

Goldin, Stephen:
Sklaven der Träume
Das TV ist zum alles beherrschenden Unterhaltungsmedium geworden. Im Dramatic-Dreams-Studio träumen Berufsträumer Abenteuer nach vorgegebenen Scripts, mit denen sich Tausende berieseln lassen. Doch eines Nachts wird ein Traum des Meisterträumers Vince Rondel zum Horrortrip…
240 S. Band 5780

Shirley, John:
Die PSI-Armee
Unsere Erde im 21. Jahrhundert – die Menschheit steht vor dem Ultimatum: Totale Vernichtung oder Aufschwung auf eine höhere Ebene psychischer Entwicklung.
160 S. Band 5762

Shirley, John:
Rebellion der Stadt
San Francisco 1991: In dem brodelnden Hexenkessel von Sex und Gewalt versuchen zwei, sich gegen die mafiaähnlichen Syndikate zu wehren.
158 S. Band 5753

Science Fiction Fantasy **Knaur®**

Taschenbücher

Reisen ans Ende des Bewußtseins

Fred Saberhagen

Das erste Buch der Schwerter

272 Seiten – Band 5791

Der Ton steigerte sich zu einem schrillen Kreischen. Er kam von dem Schwert in den Händen seines Bruders. In der Luft war ein sichtbares Phänomen entstanden.
Dann kam der Speerstoß. Der Ton in der Luft schwoll abrupt an, als der Speer in den verwischten Schimmer eindrang, in dem das Schwert seitwärts parierte. Mark sah, wie die Speerspitze wirbelnd durch die Luft flog, und mit ihr ein handbreites Stück des sauber durchtrennten Schaftes. Noch bevor die Spitze zu Boden fiel, hatte Stadtretter im Rückschwung das Kettenhemd von der Brust des Speerträgers gerissen, so daß die feinen Stahlglieder umherflogen wie eine Handvoll sommerlicher Blütenfedern …

Jahrtausende nach einem Krieg, der so schrecklich war, daß er die Naturgesetze außer Kraft setzte, schreiten wieder Götter und Riesen auf der Erde einher und treiben ihr grausames Spiel mit den Menschen …

Der erste Band eines neuen, meisterhaften Fantasy-Epos.